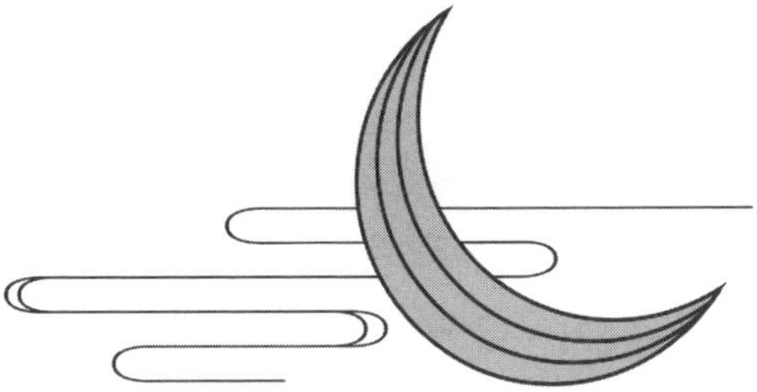

红楼妙探

吉羽 著

中国工人出版社

目录
Contents

第一章 人鬼尸棺暗同屋

银浪翻叠，潮音渺渺，层层海浪披着月色扑向石崖，撞得粉身碎骨，飞溅开来，被柔柔月光染作莹亮的鲛泪。数十丈高崖顶端矗立着一座不大不小的石屋，掩映在低矮的树丛中，显得古朴而神秘。

石屋中烛火通明，一金发青年单手支颐，斜靠窗边，看似闭目听潮，脸上却带着一丝焦虑，不时地睁眼瞧瞧握在手中的洋表，又望望窗外的明月，像是在等什么人。直到瞧见一艘小船乘着潮水急速驶来，金发青年才舒展眉头，轻轻出了口气。

不多时，乘船而来的客人到了石屋门口，是三个金发碧眼的年轻人。当先一女子二十五六岁，披着金黄头发，打着联垂，头上缀着一串珊瑚珠，身穿洋锦袄袖，胁下带着倭刀，别有一份潇洒爽利，只有凝重的面色与俊美的容貌极不相配。

她身后一男一女两名少年，都只十五六岁年纪，男孩穿一身黑亮的锦袄，金发结成一根马尾拖在脑后，腰佩短剑，神情庄重，显出几分少年老成之色；女孩青襦蓝裙，散着头发，斜挎一只药箱，浅笑吟吟，淳朴天然。

三人近前施礼，口称“殿下”。

那青年便是真真国王子阿诠，他见状忙道：“鸿音先生，稚玄、雏青，夤夜来此，辛苦了，坐吧。”

那名叫鸿音的女子在阿诠斜侧坐了，稚玄、雏青两人侍立身边。

阿诠道："事出紧急，我也不多客套。鸿音先生可知中华与我国和亲之事？"

"这我当然知道，听说来和亲的是南安王府的郡主，生得花容月貌，你有福了。"鸿音说着微微一笑，又正色道，"此番和亲，消弭战祸，海疆安定，渔业重兴，商船亦可畅行，实乃上上之策。"

阿诠叹道："可惜我朝中有一嗜战之人……"

鸿音道："殿下是说孟堂将军？如今人心思定，凭他一人能掀起多大风浪？"

阿诠皱眉道："此人勇猛好杀，心狠手辣。我有亲信探知，孟堂勾结垂纶岛岛绅姜伯仪，命他暗害和亲使团！要知道使团自中华出海来此，必经过垂纶岛，且要好生修缮给养一番，才可确保此行所需。那姜伯仪乃漆艺巨匠，又是垂纶岛首富，不仅家业极大，还有一干爪牙，甚是了得。使团上岛，必到垂纶村姜家大宅借宿，若他暗中做什么手脚，后果不堪设想。按照行程，使团将在二十五日抵达垂纶岛，今日是三月十八，从我这里赶去岛上也需三四天，因此，我想稚玄、雏青火速上岛，暗中保护，务使郡主无恙。"

稚玄睁大了眼睛，一攥拳头，一副跃跃欲试的样子。雏青却笑嘻嘻地说："我却要看那中国郡主可否配得起殿下，样貌丑陋是万万要不得的，就算有几分模样，性子不好也不成……"

鸿音瞪她一眼，嗔道："事出紧急，不是闹着玩的。"

阿诠又道："垂纶岛虽远离大陆，胡汉混居，然尚属中华治下，你二人此番前去，须时时谨慎，事事斟酌，切不可逞一时之意气，鲁莽行事。若和亲不成，战事又起，必使银资耗尽，生灵涂炭。垂纶岛虽无中国官吏常驻，但垂纶村村正归垣是我的故友，是个精明能干的人物，还有一干巡检为其所用，故此那姜伯仪势力虽大，却不敢恃强妄为。你二人到岛上时，先持我亲笔书信面见归垣，请他暗中助力。"说着取出一封信来。

稚玄上前接了信，垂首问道："殿下、师父，还有什么吩咐？"

阿诠笑了笑说："一切小心吧。"鸿音只挥挥手，示意二人退下。

待二人去后，鸿音轻轻一叹道："殿下真信得过我那两个孩子？"

阿诠笑道："哦？鸿音师父连自己的弟子都信不过？"

鸿音摇摇头，望着窗外明月，低吟道："月本无今古，情缘自浅深。汉南春历历，焉得不关心。"

阿诠拊掌道："诗境甚好。"

鸿音淡淡地说道："幼时游戏之作，殿下见笑了。"

阿诠道："'汉南春历历，焉得不关心。'鸿音师父心念故土，我派一艘船送您还乡如何？"

鸿音哼了一声，嗤笑道："少给我耍这些虚招，你不派我去垂纶岛，不就是想要我去盯着孟堂吗？我照办就是。"

阿诠道："多谢了。"

这天是三月二十三，大海依旧湛蓝，天空却是灰蒙蒙的一片，淡雾飘忽，渺渺茫茫远愈微；放眼望去，天连水尾水连天。一艘小小的帆船随着碧波白浪上下起伏，船上只有一男一女两名少年，便是雏青、稚玄。

雏青站在船头，极目远眺，只见远处天空云气翻滚，灰暗骇人，不禁咋舌道："哎呀，那边一定起风暴了，万一和亲使团舟覆人亡，我们可要白辛苦一场了。"

稚玄轻轻把着舵，闷闷地说："我不喜欢这天气，更不喜欢你的乌鸦嘴。"

"乌鸦嘴什么意思？"雏青的汉语学得不精。

"就是……就是说话不中听。"稚玄也好不到哪儿去。

"哎，快到了吗？"雏青有些受不了小船上无趣的生活。

稚玄看看罗盘，又看看海图，挠头道："快了，今天中午就能到。师父说垂纶岛是大商埠，有许多商船停靠。你瞧前面有座大船，一定是去往垂纶岛做生意的，我们就跟着他们走吧。"

巳时刚过，垂纶岛已遥遥在望，各色大小的船只云集码头，人头攒动，热闹非凡。转眼间小船靠岸，雏青当先跳下船来，睁着一双蓝盈盈的大眼四处观瞧，但见各色新奇货物，有丝绸、瓷器、玉石，更有垂纶岛独产的漆雕，不远处一群光背赤脚的小后生呼哧呼哧地扛着海鱼、巨龟、珊瑚、盐袋，忙碌地小跑着。

稚玄交代了船只，赶来携了雏青的手，便向一个岛民打听归垣住处。那岛民打量了稚玄几眼，说道："你问村正？他在西岸码头呢，看小哥是西海沿子的人，知道和亲的事吧？那和亲的船队碰上风暴，郡主的凤船和使臣的船队失散了……"

稚玄心头一紧。

岛民接着说："巧得很哪，本来船队后天上午才能到的，可是就在刚刚，郡主的凤船被一阵急风吹到了西边的码头，村正和姜剥皮带人赶过去了。"

稚玄急问道：“姜伯仪也去了？”

“是啊，小哥也认得那姓姜的？”

“不好啊……雏青快走！”

“走什么啊，那不是吗，人来啦！”雏青指着从西面走来的队伍说，“中间那个就是郡主吧？”

一时间船工商旅都停下了手中活计，拥上前来争看郡主。只见几十个青衣大汉手持乌木棒挡在队伍外围，高声呵斥，禁止人群近前，队伍正中一人，头戴金丝凤冠，当中双凤攒珠，两翅叠金挂翠，脑后串串明珠如玉瀑低垂；身穿大红霞帔，海风轻抚下飘飘然如红云舒卷，宛若仙子临凡。这女子年纪虽轻，仪态却着实端重，弯眉秀目，顾盼神飞，削肩细腰，风姿绰约。众人都看呆了，说不出话来，只静静地望着那郡主。

郡主身边，只有一名彩衣侍婢相随，二人身后是两个顺目垂首的中年男子，再之后就是凤船上的数十名侍从官吏，一个个惊魂未定，面色青白，显然是刚从风暴的阴影中挣脱出来，三魂七魄还未还窍。

稚玄一扯那岛民，问道：“哪个是村正？哪个是姜伯仪？”

岛民好容易把眼睛从郡主身上拔出来，指着郡主身后的长髯男子道：“那个就是村正。”

稚玄见那人身量不高，却仪态翩翩，目光如电，显然是个精明人物，心中暗道：殿下故友，果然不凡。

岛民又指着那高壮豪绅道：“那就是姜剥皮了，阔得很哪！”稚玄听他话里酸溜溜地挂着几分不满，暗笑道：这姜伯仪定是不讨人喜欢。又踮起脚细细看去，见他身高九尺，虎背熊腰，精壮彪悍，却神色张皇，不时地抹着额上汗珠，显得焦躁不安。稚玄自忖道：看来是个厉害的家伙呢……不过他慌什么……嗯，定是琢磨暗害郡主的奸计。

眼见队伍向村口走去，雏青一捅稚玄道：“还不快去叫住那村正！”又嘟囔，“只顾着看那郡主……”

稚玄红着脸说：“谁只顾看郡主啦？这种场合哪好随便上前，若是冲撞凤驾，我可吃罪不起，那女人将来是诠王子的人呢。走吧，跟他们进村。”说着一把拉住雏青的手，跟在队伍后面。

村民、商人见那郡主进了村口，还伸着脖子远远观望，几名巡检手持乌木棒，拦在路中央，为首一人高声喝道：“散了吧！当心惊了凤驾！喂，你们两个要干什么？”说着把木棒一挥，挡在雏青、稚玄面前。

稚玄瞥他一眼，说道："找村正。"说着把手轻轻一抬，"咔嚓"一声，杯口粗的乌木棒应声折断。那一众巡检目瞪口呆，眼睁睁看着两人尾随队伍进了村。

那姜家大宅果然豪华，五进大院，二百余间房屋，层层叠叠。姜伯仪站在门口，迎郡主进院，归垣也在门外张罗打点。数十人拥在门外，虽是惊魂方定，却个个毕恭毕敬，丝毫不乱。一群青衣巡检持棍立于圈外，警惕地望着周遭。

稚玄伏在拐角处一棵枝叶繁茂的大榕树上，拨开枝叶向下看去，见人多眼杂，无机可乘，不禁心焦，雏青却稳稳坐在一根横枝上，晃着双脚，一边嚼着刚买的鱼干一边说道："着急啦？瞧我的。"说着伸进稚玄怀里，一下将那信抽出来，扯一把树叶，攥着绿水儿在信封背面写了"屋后西拐角"五字，连着封带信裹在鱼头上，一扬手掷将下去，正打中归垣后脑。

稚玄吓了一跳，险些叫出声来，一回头咬着牙瞪着眼指着雏青，压着嗓子道："你……你……"

雏青嘻嘻笑道："你什么你，瞧。"

稚玄向下看去，见归垣莫名其妙地四处张望，伸手把那信捡了起来，展开看见王子署号，顿时怔住，忙冲着门厅下的姜伯仪喊一声少陪，便匆匆赶向姜宅屋后。

稚玄、雏青早候在那里，见归垣赶来，忙把阿诠所说转述一遍，归垣顿时失色，沉声道："这可怎么好，这可怎么好……不如我先行发难，拿了姜伯仪。"

稚玄道："不妥，姜伯仪是孟堂的人，若没有证据便贸然拿了他，殿下那里不好与孟堂交代，再说姜伯仪也不好对付。只烦请村正安排我们住进姜宅，见机行事。还有，切不可暴露我们身份，只说我们是王室采买官，这番是出来寻购一些奇异珍玩，恰巧来到垂纶岛，求在姜宅借宿两日。"

归垣道："也好，二位随我来。"说着便引二人直奔姜宅后门。

雏青道："不用先告诉那姜伯仪吗？"

归垣道："无妨，我带来的客人，姜伯仪不会说什么的。"

三人刚到后门，却听得车声辘辘，只见一辆马车拉着一口棺材缓缓停在门外，车上下来一个瘦高的中年人，敲了敲门。"吱呀"一声，小门打开，一个少年探出头来，见状一怔："何管家，这棺材是二老爷用的？"

那何管家一瞪眼，叱道："少管闲事，让开。"

那少年轻轻一哼，又问道："那归村正带来的这二位是……"

何管家忙一回头，这才瞧见归垣三人，愣了一下，脸上惊慌神色一闪而没，忙赔着笑上前见礼。

归垣奇道："昨日二老爷还生龙活虎的，这棺材……"

何管家忙道："二老爷是健在，这……不便多说啊。"何管家忙岔开话题，"这两位是……"

归垣照稚玄的话说了，又补充道："你也知道，我家房子又潮又小，他们富贵人家的孩子，娇生惯养的，只怕睡出病来。"

何管家道："既是真真国官人，本不应推拒，只是那郡主一行……"

话没说完，那应门的少年便说道："只有郡主一船人，能占几间屋子？再说老爷和村正交情甚笃，你擅自回绝，只怕不妥吧？"

稚玄、雏青对视一眼，甚是惊讶：这小小的门童竟敢对管家这么说话，胆子可真不小。又仔细打量那少年，见他不过十五六岁年纪，生得清秀乖巧，虽是布衣短袄，举手投足却有一种潇洒的大气。

何管家正羞恼时，只听院里有人唤道："想容，门外何人？"是个年轻女子的声音。

那少年道："回夫人，是管家和村正。"说着把门大开，迎几人进院。

一进后院门便是一条四五尺宽的石板路，路旁栽植了各色花木，正值仲春时节，小小海岛上本已是鲜花遍地，姜府后院更是色彩斑斓，近百种不知名的花草直令人眼花缭乱。何管家小心地赶着马车，生怕碰坏了花木。一个面容娇好的素衣女郎俏生生倚在橘树下，漠然地望着那口棺材，嘴角微微一挑，似有一丝冷冷的笑意。何管家上前躬身道："夫人。"

女子淡淡"嗯"了一声，森然道："快走，别让这东西玷污我的花园。"

何管家冷冷一哼，低声道："是，这就走。"

那想容见何管家离去，又说道："夫人，村正引来两位真真国故友，是官府中人，想在府里借宿几日。"

那夫人点点头，微微笑道："好吧，村正引他们去。"

稚玄见这位夫人对管家甚是冷硬，却对这少年如此温和，心中暗暗好笑：这里面一定有事。

三人到侧院小屋里安置下，雏青忙拉住归垣询问："归老伯，我看这位夫人和姜员外不大般配哦，活像貂蝉嫁给张飞。”

稚玄配合地使劲点头：“是啊是啊，那姜员外粗犷彪悍，怎配得上这样一个娇柔美貌的女子。”

归垣暗道：这两个小鬼到底靠不靠得住，怎么只关心这些问题？他轻轻一叹，说道：“这萧氏是姜伯仪续弦的夫人，听说是去年从岛外买来的风尘女子，倒也算知书达理，只是嗜爱花草。姜伯仪为讨她欢心，又到各处去买花童，买来不下十几个，那萧氏均不满意，最后只留下想容一人。这孩子乖巧得很，颇得夫人欢心。”

雏青与稚玄对视一眼，嗤笑道：“只留下这一个啊……”

归垣叹了口气，一脸悲戚地说：“郡主安全全仗二位了，我这就去和姜伯仪说明此事。”

“什么事？”雏青两眼放光。

“你们来此借宿的事……”归垣越发没了信心，“难道去跟他说‘你的夫人和花童有问题’？”

雏青倒也不尴尬，只嘿嘿一笑说道：“且留步，我说个方子：苏梗二钱、槟榔二钱、木香一钱、厚朴三钱、甘草六分、佛手三钱、木瓜三钱、苡米四钱。这方子可治您老的胃病。”

归垣奇道：“你怎知我有胃病？”

雏青笑道：“望字足矣。您请便吧。”

归垣去后，雏青伸个懒腰，揽住稚玄胳膊道：“哎，你想不想知道那口棺材是干什么的？我听那花童说什么二老爷用的，可管家和村正都说二老爷还活着，这是怎么回事？”

稚玄把身子甩在躺椅上，眨着墨蓝的大眼道：“那棺材别是给郡主用的就行……要不咱们去瞧瞧？”

“好啊！”雏青使劲把稚玄拽出躺椅，“正有此意。”

稚玄道：“我想，还是先去郡主那边看看吧。”

雏青笑道：“我若是姜伯仪，就不会现在动手。郡主在他姜家出了事，两国怪罪下来，他吃罪不起。”

稚玄点头道：“对，他现在一定已经知道府上来了两个真真国采买官，就算他不把我们放在眼里，也总归有几分忌惮。依我看，他会在郡主离开当日动手脚，等船行至茫茫大海中，郡主一命呜呼，谁也怪罪不到他头上。最好的法子就是修补时在船上做些手脚，让郡主和使团葬身鱼腹。”

“哎呀！”雏青惊道，“那我们得赶紧去码头守着。”

稚玄懒懒地扫她一眼，做出个“真笨”的表情，一面抬手挡住雏青挥来的粉拳，一面说道：“现在靠岸的只有郡主的凤船，如果他只在凤船上做鬼，一旦行船途中发现异状，郡主完全可以到使臣船上暂避。而且郡主会在岛上小住几日，若他现在下手，不等郡主离开，凤船就沉在近港了，所以他定要等所有船只都到达垂纶岛后，再于船队离开的前夜对所有船只一齐下手。到时神不知鬼不觉，便能让郡主和使臣葬身大海。”

雏青点点头：“哦，那现在我们就不用担心啦？”

稚玄道：“嗯……破坏船只是最简单有效的办法，姜伯仪若是个聪明人的话，多半会这么做。但也不能排除郡主离开前夕他在食物里投毒，船行半途，毒性发作，郡主一样没救。”

雏青笑着说：“这好办，无论什么毒药，只消我一瞧一嗅，立时知晓。只是我想他不会这么做，慢性毒药的发作时间和中毒者体质有很大关系，姜伯仪无法保证毒在什么时候发作，如果郡主身子弱些，死在他家里，那可大大不妙。而且郡主出海，船上一定带有医术精湛的御医，万一御医识破毒物，妙手回春，他姜伯仪可就要遭殃了。”

“嗯，这倒也对……”

“好啦，我现在感兴趣的是棺材，走！”

二人出了侧院，也不管姜府下人诧异的眼神，大摇大摆地顺着走廊一路走来，众人见他们气定神闲，只当是迎亲使团的人，也不多问。雏青随手拦了一个洗衣丫鬟，笑嘻嘻问道：“姐姐，可知道何管家把那棺材运往何处了吗？”

那丫鬟一愣，手中木盆险些落地，忙低下头去，小声道：“我不知道……”说着转身要走。稚玄轻轻一咳，板着脸道：“哼，吞吞吐吐，气杀小爷。”一伸手，“咚”的一声，廊外的假山上顿时多了一个半寸深的拳印。

那丫鬟吓得直翻白眼，颤声道：“东……东边小院里……”

雏青道：“多谢姐姐。”便和稚玄憋着笑向东跑去。

刚到东院门外，就闻见浓浓的香火味，二人矮身伏在院外树丛里，只见一个中年男子焦躁地来回踱步，这人面容与姜伯仪有几分相似，只是身材单薄，眉目疏朗，满面愁容，不时地双掌合十，喃喃念叨：“妈祖娘娘饶命，妈祖娘娘饶命……无意冒犯……无意冒犯……”又转到棺材边，扶着棺木，嘀嘀咕咕不知在说些什么。

这人便是姜伯仪之弟姜豫，青玄二人见他这副模样，暗自好笑。又见那东院的正屋被布置作灵堂的样子，香烟缭绕，阴气森森。棺材停在正中，纸钱、白幡、铜盆、供品之类一应俱全，当中一块灵牌上面赫然写着姜豫自己的名字。

雏青忍着笑小声说道：“这家伙得罪了妈祖？”

稚玄却“嘘”了一声：“瞧那边。”

雏青抬头去瞧，只见院门外闪过一角淡粉色衣裙，却是那郡主的侍女，不禁奇道：“这是怎么回事？她也对这棺材感兴趣？”

稚玄道：“跟着她。”

二人跟着那侍女转过几个弯儿，就到了正北的大院，那侍女对守在门外的巡检点头示意，便进了院门。稚玄见那院门守备森严，院墙外也有十余人巡视，断不可自此强入，想来后门也是如此，便四下瞧瞧，伸手一揽雏青手臂，轻轻跃上一棵荫盖院内外的大榕树。

雏青抱怨道：“成天爬高上低，简直是只小猴子。”

稚玄不言语，沿着横七竖八的枝丫爬到大院上方，扒开树叶向下看去，见园中静悄悄无人走动，此时是午睡时间，想来那郡主和随从已经歇下了，便挽住雏青轻轻落在院里，直奔主卧房。

刚到窗外，便听屋里有人说话：“姑娘还是先歇歇吧，这几日风浪颠簸，寝食难安，又流了那么多眼泪，身子都快垮了……唉，早知如此，就不认作那南安太妃的义女，也不至远嫁海疆……”

青玄二人一惊：这郡主是假的？

又听那郡主说道：“我自有我的道理，你不懂的……再说那姜伯仪心怀鬼胎，我哪敢放心安歇？”

窗外二人又是一惊：她已经知道了？王子百般嘱咐过不能告诉她的，万一让中国皇帝知道我们的将军要害郡主，可不是好玩的……

那侍女又说道：“姑娘不是说他不敢现在动手吗，还说他多半会在船上做文章……”

郡主轻叹一声：“如履薄冰啊！先说说那棺材吧，你可打听清楚了？”

那侍女道：“说来也好笑，姜伯仪的弟弟姜豫生得虽俊，却是个酒色之徒，一个月前他醉卧妈祖庙，玷污妈祖圣像，酒醒后便有些惴惴。谁料他半月前出海经商时被一个急浪掀翻小船，幸而他会水，周围又有不少商船，这才捡了条命。我听那些丫鬟说，姜豫自那以后便足不出户，生怕妈祖报复。

“可是五天前，姜伯仪请来一个算命先生，他告诉姜豫说，要躲避妈祖的惩罚，须于三月二十三妈祖诞辰之夜封入棺中‘诈死’，还要至亲之人亲手钉上棺钉，还要……还要放追魂炮。这不，姜伯仪托人买来棺材，摆下灵堂，让这位姜二爷今晚在那棺材里睡上一宿，便可脱灾免祸。”

郡主冷笑道：“哼，胡言乱语。天罚难避啊，殷商千里河山，皆因女娲一怒，君死国倾。他小小的岛绅竟敢亵渎海神，等死吧。窗外的人，要进来吗？”

青玄二人一惊，顿时手足无措。

“吱呀”一声，那侍女猛然把窗子打开，现出两张惊惶的脸来。那郡主见是两个金发少年，也是一怔，打量了二人一番，说道：“进屋吧！”

二人低着头进了卧房，尴尬地站在郡主面前，偷偷抬眼看去，见郡主似笑非笑，一脸高深的表情，心中更觉慌乱。场面冷了半晌，才听郡主问道：“你们从真真国来？”

二人一惊，稚玄道：“你怎么知道？姜家人告你的？”

话一出口，便觉可笑：她虽是暗杀目标，但毕竟是郡主，姜家自然要尽到礼数，家里住了外人的事，能不说还是尽量不说的。

那侍女也问道：“姑娘怎么知道？万一他们是姜伯仪的杀手怎么办？”

郡主笑道：“不会，姜伯仪不敢现在下手的。你瞧这小姑娘耳朵上坠着绿珊瑚，是真真国独产，迎亲使臣曾贡献此物。这男孩子辫子的结法为真真国人独有。宝琴遍游西海，对各国风俗颇有了解，尤其是这真真国，闲时她对我们说起过，我对这些海外逸闻也有些兴趣，便记住了。”

那侍女点点头，依然警惕地望着二人。

稚玄吸了口气，问道：“你怎么知道我们在外面，我的脚步很轻，连一流的高手都察觉不了。”

郡主笑道：“现在午时刚过，日头还在南方，这主卧在院子正北，窗缝又不甚紧，所以你们在这儿一探头，窗缝便被黑影填住了。说说吧，你们是谁，来做什么？你们若不老实，我可喊人了。”

稚玄支支吾吾，说不出话。雏青忙道：“我叫……小蓝，他叫小黑。我们是跟着商船来的，听说郡主住在这儿，就来瞧瞧。”

郡主又露出那副似笑非笑的表情。

那侍女叹道："此处荒蛮之地，守卫松散之极，下人又少得可怜，若是在京城，不等你们近此十丈，就会被射成刺猬。"

稚玄撇了撇嘴，显得十分不屑。

郡主道："你们不愿实说也罢。"

稚玄吞了口唾沫，小心地问道："你究竟是谁？"

郡主道："皇上钦封的南安郡主，有御赐凤冠霞帔、高船仪仗、御笔文牒，假不了。"

"那你刚才说的……"

"你不说实话，还想听我的实话吗？"

稚玄吐了口气，又问道："你怎么知道姜伯仪要害你？"

郡主眉头一挑："这么说确有此事了？我只知姜府有异，其他的都是猜测而已。按说凤船靠岸，应由岛上巡检守卫，船上也应留人，可是姜府的家丁极其热情地劝走了巡检，然后他们自己守在了码头上，那姜伯仪还极力邀请船上全员到姜府暂住，真是热情得有些过头。我离开中国前曾听说真真国尚有好战之人，需小心提防。这姜伯仪从码头一路引我们进村，神色诡异，显然是心怀鬼胎，我便加了层小心。到正午时，侍书去安排一些琐事，看见一个管家模样的人拉着一口棺材经过中院，又匆匆忙忙地掉头绕走。侍书赶回来对我说明，我便吩咐她再去打听。"

"你就知道这些？"雏青问道，心里却记下了那侍女的名字——侍书。

"当然。"郡主微笑着说，"你们没事的话就先回吧，我乏了，想歇歇。"

青玄二人对视一眼，均是长出了一口气。走到门口，稚玄转身问道："如果，我是说如果，我们是姜家的杀手，你怎么办？"

郡主和侍书对视一眼，长袖一翻，赫然现出两柄火铳。郡主道："这是红夷进贡的火器，厉害之极，无论什么高手，一旦露出歹意，哼……"

这一夜安静得很，雏青睡得很香，稚玄却辗转一夜，未到辰时便睁着一双熊猫眼来到雏青房中。

"你被人打了？"雏青笑着问。

稚玄嘴角抽搐两下："谁能打得了我？好啦，去郡主那儿瞧瞧吧。"

雏青却歪着头说："我倒想去东院看看，不知道那个姜二爷怎么样了。"

稚玄虽记挂着郡主，却也对那姜豫有些好奇，苦等雏青梳洗打扮小半个时辰后，两人便结伴往东院而去。未到院门口，便听一阵哄闹，只见院外乱哄哄地围了一群下人，探头探脑，神色张皇。二人忙拨开人群到院中去，只见何管家脸色惨白，带着几个家丁连滚带爬地从屋里出来，高叫道："都凑在这儿做什么？快去请村正！快！"院外众人呼啦一声散开，只有几个家丁胆战心惊地守在院里。

青玄二人探头向屋中看去，只见香烛已罄，棺盖也被打开，起出的棺钉放在一旁，棺中却毫无动静。雏青小声道："会不会是那姜二爷闷死在棺材里了？"说着一拉稚玄的胳膊，二人走进屋里，向棺中看去，顿时变了脸色。

"什么情况？这是什么情况？"雏青攥着稚玄的手急问，"怎么俩人都死了？"

"我也不知道啊，而且他们怎么是这种姿势，难道姜家兄弟是……不会吧……"

棺材里是姜氏兄弟的尸体，姜豫倒是穿着寿衣平平躺在棺内，奇怪的是姜伯仪一袭黑袍衣衫不整，脸贴着脸趴在姜豫身上，情状诡异之极。

稚玄眉头紧锁，转身便往郡主处跑去，雏青却把姜伯仪尸身反转，细细查验。那何管家缓过劲来，见雏青翻动尸身，忙大声呵斥。雏青却满不在乎："怎么啦，出了命案难道不该验尸吗？这小岛上还有比我更厉害的验尸官吗？耽误了查案你担得起责任吗？把眼瞪那么大干什么？一边候着！"

何管家瞠目结舌，想反驳却插不进话去，又有些忌惮雏青的"王室采买官"身份，张了张嘴，终是不言语了。雏青回过头去继续翻看尸身，一面查验，一面自言自语。何管家甚是机灵，忙吩咐人寻了纸笔记录。

"姜伯仪，约死于昨夜子时，死因是……嗯？被蛇咬死的，剧毒……咬痕在侧颈大脉，这倒怪了……其弟姜豫，约死于昨夜子时——即姜伯仪死前不超过两三刻，遭缢颈而死，勒痕较细……会是什么凶器呢？噢，在这儿！"她伸手从姜豫身边拈起一把水草，伸手一扯，那草果然极为坚韧，非但不断不裂，反勒得雏青手掌生疼。

雏青用水草细细比对姜豫颈上勒痕："完全吻合，不会错了。喂，你们几个，过来把尸体抬出去，别让二位就这么挤在棺材里。还有啊，看看附近有没有蛇之类的东西。"

"姑娘，你再查查二位亡者身上可有其他伤口。"

雏青回头一看，却是郡主翩然站在灵堂外，一脸高深莫测的表情，侍书如影随形。归垣率一众巡检站在院子里，灵堂门口则是一脸窘相的稚玄。雏青虎着脸恶狠狠地瞪着他，稚玄哭丧着脸道："我见这儿死了人就赶紧去看郡主，她问我有什么事我就说死人了她问我谁死了我说姜家兄弟死了她就来了兴致偏要过来看看我拦都拦不住……”

“你说话喘口气会死啊！”雏青怒冲冲地说，又问郡主，“为什么会有其他伤口？”

郡主指着门前几点凝固的喷溅状血迹道：“如果他们身上没有伤口，那这就是凶手的血了。还有，血迹不远处的地砖上有一点崭新的白痕，应该是刀剑匕首之类的利器掉落所致，何管家不妨让人在灵堂里找找，如未发现利器的话，那这东西就是凶手带走了。咦？你怎么了，何管家？”

何管家面色苍白，喃喃道：“不可能的，不可能的……”

郡主疑道：“什么不可能？”

何管家道：“二老爷怎么会被勒死？这棺材被封得死死的，我们早上来时才起的钉！当时一开棺盖，就发现两位老爷已经死了。”

郡主问道：“这棺材上总有气孔吧，不然二老爷这一夜如何呼吸？”

何管家道：“棺头有个鸡蛋大的小孔，凶手总不可能就从这样的小孔里把人勒死吧？”

雏青也说道：“对，勒痕是齐颈环绕，不是从棺头外伸入拉拽。而且这根作为凶器的水草是展开了平放在姜豫身边的，若不打开棺盖，绝对无法办到。”

何管家又道：“而且昨晚亥初是老爷亲手把棺材钉上的，这之后老爷就回去睡下了，他怎会和二老爷一起死在棺材里？”

郡主道：“这么说这一夜都没有人看到你家老爷，也就是说他完全可能到任何地方。”

何管家道：“那也不会钻到棺材里吧？”

郡主不再坚持，回头冲院里的归垣道：“村正，来得好快啊。”

归垣一怔，何管家忙道：“村正为保郡主安危，昨夜就睡在偏院。”

郡主一笑，又转身问雏青：“死者身上可有其他伤口？”

雏青露出莫测高深的神色：“没有伤口，倒是姜豫手指上有红泥印，好像是按过手印。而且红印色泽未退，应该是昨夜亥时到子时之间蘸上的，也就是他死前一个时辰。”

众人面面相觑，郡主低头思索。

雏青却得意扬扬地说：“你干的吧，何管家！我在你身上闻到了两种味道，其一是一种辽东狼毒草的味道，其二是浓重的香泥朱砂味。瞧你衣襟上，还有一片淡淡的红印，是昨夜印泥扣在衣服上又来不及擦干净吧？我想事情是这样的，你昨夜来到此处，要趁人之危胁迫姜豫答应什么条件，姜豫不同意，你就以毒相逼，还点燃了一根狼毒草香，从小洞里伸了进去。姜豫无法抵抗，只得把手指伸出小洞，你抓着他的手蘸上印泥，按了手印，却一不小心打翻了印泥盒，因此到现在你身上还有红印。”

何管家怔了怔，冷笑道：“姑娘可别乱讲，我昨夜录账时不慎把印泥打翻在身上，这才落下红印，至于狼毒香嘛，是我驱杀虫蚁所用。仅凭这两点，姑娘可不能乱说，再说这灵堂里又没有毒香的味道。”

雏青道：“那是你昨晚做的，量也少得可怜，又开了棺盖，香味早就没啦。”

郡主不语，悄悄在侍书耳边吩咐了几句，侍书点头一笑，轻轻闪出门外，不多时又潜了进来。

那边何管家继续得理不饶人：“姑娘又如何解释两位老爷的死因？这棺材盖得紧紧的，直到今早起钉时还颇费了些力气……”

“呀，好大的虫子！”侍书突然叫起来，“你们瞧啊，这棺材里有几只好大的死虫子。”众人纷纷扭头去看，见侍书皱着眉头从棺材里捡出一只虫子的尸体，狠狠向地上一摔，踩了几脚，气呼呼地质问何管家：“如果你没有把狼毒香伸进棺材里，这里面怎么会有这么多死虫子？”说着又仔细瞧瞧那眼气口，大声道，“果然啊，这气孔上还有被火熏烤过的痕迹，一定错不了。”

何管家愣了半晌，未及开口，郡主便问道：“何管家，你昨夜在何处，可有人证？此外，你拿住了姜豫什么把柄？是钱还是色？”何管家一时结舌。

不等他应答，郡主便继续追问：“怎么，你昨夜既然不在此处，那就说出个证据来，若没有证据的话，凭你衣上印痕和棺中虫尸、火印，村正足以把你请到巡检衙门去了。杀人偿命！”

何管家一个激灵，急道：“人不是我杀的！一定是夫人！”

郡主眉头一挑：“哦，这话怎么说？”

何管家道：“两个月前，我看见二老爷趁想容不在，到后院调戏夫人，衣裳都扯破了，可还是被夫人给打了出来，我躲在暗处，他们没瞧见我……”

“于是你就以此事相威胁，想从姜豫身上榨些好处。正巧这次荒唐的‘棺中避祸’给了你机会。你昨夜来到此处，以此事相挟，强迫姜豫在字据上按下手印。”

“是房契。”归垣走进屋中，“方才侍书姑娘吩咐我在何管家屋里找一份字据，我带人翻找了一遍，只有这份房契指痕未干，而且立契双方就是管家和姜豫。”说着把房契递与郡主。

郡主看着垂头丧气的何管家，笑道："刚才小蓝姑娘所说的气味、红印当然不能作为你杀人的罪证，连作为敲诈的推论都牵强得紧，所以我吩咐侍书在门外捉了几只小爬虫，捏死之后放进棺材里，再偷拔一根供香烤一下棺壁上的气孔，大家的注意力都在你这里，没人注意到帘后的她。我顺着小蓝姑娘的歪理，一来是想诈你的供词，二来是想拖些时间给村正找证据，你果然被吓住了，村正也找来了房契。你诈人房产，罪过不轻，若你能助我破案，我倒可以给你求个情。"

"怎么？人不是他杀的？"雏青不服气地问。

"当然不是啦！"郡主笑着说，"能令棺中两人莫名丧生，这凶手定是智计过人，绝不会是个三言两语就诈出破绽的笨家伙，也不会连衣服都不换就这么带着红印返回现场，更不会蠢到连不在场证明都没有。"

何管家讪讪低头，不停地抹汗。郡主道："好了，村正，把他带下去，我们去找找姜夫人。"说罢当先走出灵堂。

雏青一拉稚玄的衣袖，咬牙道："你冻住啦？刚才那个管家死不认账，你不会用点手段让他说实话吗？风头全让假郡主抢走了。"

稚玄道："她比你聪明呗，我看她刚才在棺材旁边走了一圈，瞧了一瞧，露出那份神色，好像已经成竹在胸了。你看她刚才一诈一拖，就让那何管家一败涂地，咱们且跟着她，看她怎么破案。"

雏青嗤的一声："要不是我先发现了那死管家身上的破绽，她去哪儿借这东风？"

"不错呦，还知道借东风！"稚玄拍手笑道，"你这小狗鼻子还真厉害，轻轻一吸就是一阵东风……哎呀，别打，你打得过我吗……"

姜家的后院依然繁花似锦，夫人萧氏好像早就知道有人要来似的，穿着一身素服，抱着一只白猫坐在树下的竹椅上轻轻啜泣，不时地拿眼睛瞥一下走进后院的郡主等人，眼里却无多少泪花，连眼眶都不见红。

花童想容穿着一件薄薄的白色背心，裸露着两条膀子，自顾自地低头在花丛里修修剪剪。郡主瞥了他一眼，见他左臂上缠着纱布，不禁一怔，却没有发问，只对萧氏道："夫人节哀。"

萧氏忙起身还礼，把怀中的白猫放在地上，那白猫嘶叫一声，嗖嗖几下爬到树上，警觉地望着树下众人，喉中发出"哈哈"的示警声。

雏青拉着稚玄跑到后院，一眼便瞧见想容臂上的纱布，忙伸手一指道："哎呀，是他！他身上有伤口。”

想容抬起头来，展眉道：“伤口怎么啦？”

萧氏解释道：“他的伤口是猫抓的，可不是……”

“不是什么？”郡主迅速抓住了萧氏的破绽。

“不是……和人打架弄伤的，这孩子胆子小，不敢和人打架的。”萧氏眼神闪烁，不自禁地低下头来。

归垣轻咳一声，上前道：“夫人，据之前调查所知，杀害二位老爷的凶手身上应有伤口，且多半为利器所伤，来此之前我已调查过所有家仆，未见他们身上有什么伤口，所以……”

不等萧氏说话，想容便收了花钳，上前道：“昨天夫人的猫爬到屋檐上下不来了，我上去捉它，结果被挠了一爪。”说着一把解开纱布，三道猫抓痕赫然在目，雏青一把扳过他的臂膀，细细看过，扫兴地说：“果然是猫抓的。”

想容龇着牙夺回臂膀道：“当然是啦，你这姑娘好凶，扳得我好疼。”

萧氏也指着树上的白猫道：“喏，就是它，它爪上还有血迹呢。”

郡主笑道：“咦，夫人刚才说想容胆子小，那他怎敢爬到那么高那么陡的屋檐上去捉猫？还有啊，我看这猫身手敏捷，不像是下不了房的笨猫。”

萧氏忙道：“他胆子虽小，到底是个男孩子，怎会连爬梯上房都不敢……”

郡主又道：“那好吧，就请夫人把猫叫下来，让我们看看它的指甲。”

萧氏勉强点点头，走到树下又是拍手又是呼叫，那猫却警觉无比，非但不下来，反而爬到更高处去了。想容见萧氏窘迫，攀着枝条便要爬树，稚玄一扯他的胳膊笑道：“我来吧。”

想容被他一扯，好似被铁钳夹住似的，痛得一咬牙，忙使劲挣扎，却一丝也动弹不得，只急道：“好生无礼，你来就你来，抓我做什么！”

稚玄暗道：果然有伤。随后他来到树下，一跃落上斜枝，伸手一抄，那白猫无力挣扎，被稳稳拿在手里。稚玄轻轻跳下，翻着白猫的趾爪道：“好长的爪子啊，这儿还真有血。”

萧氏略略松了口气，伸手拭去额上汗珠，想容挡在她身前，猫儿也似的警惕地望着郡主。郡主笑着说：“夫人，这一招就不怎么高明了。”

萧氏一惊，急问道：“郡主此言何意？”雏青、稚玄二人也莫名其妙，歪着头琢磨郡主话中机锋。

郡主却突然移开了话题："夫人不请我们屋里去坐吗？日头正旺，这院子里好晒人啊。"

萧氏道："哦，是……郡主、村正，这边请。"

郡主低声吩咐侍书两句，又冲稚玄道："小黑，拎着那猫进来。"稚玄不解，拎着白猫随众进屋。

这屋里陈设奢华，又颇有几分书香门第的情调，花草、文房、桌椅、帘帐皆清爽干净，整洁得体。郡主环视一周，突然说道："小黑，放下猫。"

那白猫刚一落地，便要向外跑，侍书一伸手关上房门，随即闪身退开，挥手叫了两名巡捕向里屋转去。那猫叫了几声，便在屋中踱起步来，众人意在听郡主与萧氏问话，也就不再看那猫了。

郡主却只是自顾自地饮茶、闲谈，或是欣赏墙上的壁画，弄得归垣莫名其妙，萧氏不知侍书到里屋做些什么，心里一阵阵发慌。

不多时，侍书走到正厅，一扬手，说道："姑娘，这屋里的床帐、窗帘和坐垫我都细细看过，一根白色的猫毛也没有发现，倒是找到几根橙黄色的猫毛，我都捡了来，凑成了一小把，姑娘请看。"

郡主接过那把黄毛，递与萧氏道："黄猫在哪儿？"

萧氏神色惊慌，不知如何回答，想容忙道："早就丢了，现在夫人只养了这只白猫。"

郡主一笑："早就丢了？我看这几根黄毛又亮又粗，倒像是刚掉的。哼，这只白猫只怕不是夫人养的，而是从外面捉来的野猫。现下正是猫脱毛的时节，你瞧瞧这屋子里一根白毛都没有。再瞧这野猫虽然已经洗干净了，但是小脸尖瘦，白毛多有分叉，眼神凌厉，处处防人，绝非家猫的慵懒做派。而且夫人刚才百般呼唤，它就是不肯从树上下来。还有，这猫的趾爪这么长、这么尖，显然是很久不曾修剪过了，但你看这屋子里，一处猫磨指甲的抓痕都没有，侍书，里屋如何？"

"回郡主，里屋也没有抓痕。"话音刚落，这白猫竟配合地抓起窗帘来。

想容轻轻地啐道："没教养的小畜生。"

郡主道："屋里没有抓痕，没有白毛，只有黄毛，我可以这样推测，夫人养了一只黄猫，而且常常给它剪指甲，所以这只黄猫没有在屋里留下抓痕。而后不知夫人出于什么原因，把这只黄猫藏了起来，又从外面捉了一只白猫，而且这只猫还抓伤了想容，这事情倒真有趣了。夫人、小花童，你们解释一下吧。”

萧氏讷讷无言，脸色发白，想容挡在她身前，眼珠急转，试图寻找什么理由。

郡主叹道：“你不说，那我来说吧……”

不等她说话，稚玄便叫了起来：“我知道了！”

雏青喜道：“你知道啦！他们怎么杀的人？”心中暗喜：这小子倒蛮聪明嘛，这下轮不到假郡主出风头了。

谁知稚玄却说：“我知道郡主刚才说‘夫人这一招不怎么高明’是什么意思了。”

“啊？”雏青脸上的笑容僵住，郡主则笑吟吟地看着她。

稚玄道：“刚才我从树上抱下那猫来，见它趾爪很尖而且有血。难道夫人在猫抓伤了花童后都不晓得给它剪剪趾爪么？所以这尖爪和血痕一定是她捉来野猫布下的障眼法。”

郡主笑道：“聪明。夫人，让我来猜测一下你们昨晚的所为吧。想容昨晚一定是去了灵堂，至于他做了什么，就不得而知了，总之他被利器所伤，血溅当场，当他慌乱地跑回来时，夫人也慌了神。你为了替他隐瞒，想出一个李代桃僵之计，在想容身上再添一处新伤，而且要当着众人把伤口袒露在外，人们看见这处新伤，定然十分兴奋，也一定会细细验查，但发现此伤并非利器所致时，必然大失所望，想容也许能凭此逃过追查。

“那制造一个什么伤口好呢，夫人养着猫，自然想到了猫抓伤，但夫人的黄猫没有趾爪，所以想容提出去捉一只野猫来。姜府是岛上大户，伙食丰盛，所以夜里一定有野猫到府中觅食，设下香饵捉来一只再容易不过。

“我想你的本意是让野猫在想容小臂上抓一下——因为这时节他应该是穿着单衣，袖子挽在手肘处，在小臂上露出伤口最为合适。不料这猫凶得很，一把抓在想容大臂上，所以我们来到后院时就看见这可怜的孩子在早春时节当着守孝夫人的面，穿着一件露出膀子的无袖背心修剪花草，让伤口确实暴露在了我们面前。想想小蓝姑娘看见伤口时那股兴奋劲，再想想她验明是猫抓痕时失望的表情，夫人的计划倒也有几分效果。现在只要查明一件事就能证明我的推测，那就是想容身上是否有其他伤口。”

话音刚落，稚玄便拦上前去，一把扯下想容的背心，露出胸腹，郡主主仆忙低下头。

想容左胸处果然有一道刚刚结痂的血痕，刚才想容被青玄二人验伤、拉扯，几番挣扎下，伤口几乎裂开，已经有细细的血丝从红痂下溢了出来。

萧氏轻呼一声，抽咽起来，这回是真流泪了。

雏青伏在想容胸前道："我看看。"

想容掩住胸口，红着脸一把将她推开："你这夷女好不识礼数，这是刀伤，一目了然，你还想怎么验？"

雏青道："验什么伤？我是给你治伤。"

稚玄道："喂，小子，你怎么不用纱布包扎？虽然刀痕极浅，不多时就能结痂，但也该……"

"笨哦。"雏青道，"伤在胸前，要包扎纱布定从肋下绕过，他只穿一件裲裆，肋下露着肉，纱布会被人看见的。"

郡主轻叹一声："小花童，你本想杀二爷姜豫，却误杀了姜伯仪。"

想容一惊："你怎么知道？"

郡主道："这么说你是承认了？其实单凭一处刀伤无法证明你去过灵堂，也无法证明你杀了人，因为我无法验明溅在灵堂的是你的血。"

萧氏暗暗切齿，想容低头不语，任凭雏青从随身药箱里扯出纱布在他身上绕来绕去。

郡主问道："你为什么想杀姜豫？"

想容道："如果你破得了案，我才能告诉你。"

归垣道："郡主如何晓得他想杀姜豫却误杀了姜伯仪？那又是谁杀了姜豫？"

郡主道："好，现在我来说说我对昨晚凶案的推测。我刚到姜府时，无意中看见何管家运着一口棺材匆匆向东院走去，出于一时无聊，我便让侍书去查问棺材的用途。侍书从丫鬟那里打听来了姜二爷醉亵妈祖像和道士算命设计躲灾之事，起初我也没在意，直到命案发生后，我才细细去想这场闹剧。

"据丫鬟所说，道士的避祸之法是：家人摆设灵堂，备下一应殡葬器物，姜豫身穿寿衣躲在棺中，还要至亲之人钉盖封棺、放送灵炮。等妈祖娘娘深夜来取他性命时，看见这一切，自然会以为姜豫死了，便会悻然离去。且不说这个办法是多么荒谬可笑，竟然把妈祖娘娘当成索命女鬼来耍，只说他提的这几点要求：摆设灵堂；备下殡葬器物；躲在棺中，这几点倒都是蒙鬼的法子，只有至亲之人钉棺这一点有些奇怪。女鬼，啊不，妈祖又不管是谁钉的棺材，只看他是否死了。"

归垣点头道："不错，这一点是有些奇怪。"

郡主又道："那么这案子骇人之处是……？"

归垣道："自然是姜家兄弟莫名其妙死在棺材里了。当晚姜伯仪把姜豫钉进棺材后就回屋了，自此后再没有出现过，到第二天何管家带人起钉时，钉子完好无损，很难起出，显然棺材未被人打开过。但棺盖打开后，众人竟发现姜氏兄弟皆死于棺中，其中姜伯仪是被毒蛇咬死，而姜豫竟是被水草绞死。毒蛇虽能从气孔出入，但它下口的地方不对：一般毒蛇都是挑人身上细瘦处下口，如手指脚趾，姜伯仪身上的蛇齿印竟然在脖颈上，这就有些奇怪了。更奇怪的是，姜豫被一把海草勒死，更不似人力所为，倒像是海神杀人。"

郡主道："不错，从表面上来看，棺内和棺外的连接处只有一个气孔，但若不考虑那些棺钉的话，棺盖就能打开了，也就是说如果有人在夜里起出钉子的话，就能轻易杀死棺内的姜豫，而姜伯仪也能进入棺中。"

归垣道："只怕不妥，起出棺钉需要楔子锤子，而且声音不小。这灵堂离住人的地方虽远，但若在夜里起棺钉，还是会惊动府里的人，那凶手若是谨慎之人，应该不会这样做。"

"如果他起出棺钉时，外面放着送灵炮呢？"郡主笑着说，"棺外之人要想杀死棺内之人，只有两处可入手：气孔和开棺，气孔几乎不可能，那就只有开棺了。夜里开棺会惊动府里的人，所以只能在入夜前开，何时开棺不会惊动府里的人呢？就只有当晚放送灵炮的时候了。据府里丫鬟讲，那炮又多又响，足足放了两三刻钟。"

"那您的意思是起出棺钉的就是大老爷姜伯仪？他在钉棺的时候就杀了姜豫？那不对啊，屋外放炮的同时，姜伯仪在屋里钉棺，而不是起钉。而且屋外的仆人放完送灵炮进屋时，姜伯仪当着他们的面使劲推了推棺盖，钉得死紧，而且姜豫还曾隔着棺材和姜伯仪说话，所以说当时棺钉并未起出，姜豫也活着。此外据小蓝姑娘验尸得出，姜氏兄弟死亡时间确是昨夜子时，今晨何管家起钉时，钉子也钉得颇紧。"

郡主道："村正说得都没错，那让我来说说姜伯仪的计划，不知出于什么动机，姜伯仪要杀掉弟弟姜豫。正巧一个月前姜豫醉亵妈祖，酒醒后心中暗惧，更因心神不宁险些坠海身亡，姜伯仪据此想出一条杀弟毒计。他请来个道士说出棺中避祸的谬计，而且强调了两点：其一，要至亲之人钉棺，钉棺的同时放起送灵炮；其二，棺材在灵堂过这一夜不得有外人靠近。正是这两点给了姜伯仪杀人的机会。

"当晚姜伯仪钉棺前，备下数挂极长的响炮让仆人燃放，他自己在屋里钉棺。一口棺材需要六枚木钉，姜伯仪备下了七枚，一枚是货真价实的硬木钉，其他的都是浸饱了水，又放进冰窟冻得结结实实的软木钉。他先把一枚硬木钉钉进棺材，再奋力起出，往钉孔里塞入一枚冻硬的泡水软木钉，六个软木钉都是如此炮制，当然他没有杀死姜豫。事毕后他把硬木钉揣进怀里，等屋外的仆人放完炮进来，再装模作样地推推棺盖，和棺材里的姜豫说几句话，离开灵堂假装就寝。虽然钉棺和起钉声音大不相同，但屋外炮声雷动，其他人根本听不见任何声音，棺材里的姜豫心惊胆战，也无暇顾及声音有何不妥。

“当夜子时，姜伯仪怀揣着六枚冰冻过但未浸水的硬木钉偷偷潜回灵堂。这时候姜豫刚刚被何管家要挟着签下一笔房契，但姜伯仪不知道，他只知道自己毒计将成。此时吸饱了水又冻住的软钉已经融化，水顺着棺壁流下来，棺钉也已松动软化，轻轻一摇一拉，‘扑’的一声就出来了——我今天在棺材内壁六个钉孔下都发现了流水的痕迹，这才想到冰冻木钉这一奇怪做法。

“姜伯仪和姜豫说了几句话，先把他稳住，打开棺盖，趁其不备用一把水草将他勒死，只想着完事后把水草放进棺材里，再盖上棺盖，在钉孔里放入冰冻过的未浸水的硬木钉……”

“冰冻过的硬木钉，还不浸水？那有什么用啊？”雏青不解，“而且硬木钉就算沾水也不会吸水，更不会因冰冻而改变大小。”

稚玄却若有所思：“会不会是热胀冷缩？我听真真国宫里的几个老头子提起过这个。”

“热胀冷缩，这个词很精到。”郡主拍手赞道，“此状《华阳国志》《南村辍耕录》皆有所载。那硬木钉被冰冻之后，会呈现出肉眼难以察觉的收缩，姜伯仪是漆艺巨匠，对木器特性精熟无比，他定是精确计算过，这六枚硬木钉被冰冻收缩后，刚好能够用力塞入先前钉出的钉孔，待他携带软木钉离开之后，气温渐高，硬木钉也会微微发胀，到次日上午已经不易拔出，所以何管家等人起钉时还费了些力气。此计目的是让人以为此案非人力所为，而是妈祖识破了诈死之计，用神力绞死了姜豫。

“姜伯仪本以为计划很顺利，谁知半夜想容也趁此机会来杀姜豫，姜伯仪杀弟之行被撞个正着，当然要杀想容灭口。想容不知道棺盖能打开，所以他带的杀人工具是能从气孔爬入的毒蛇，在打斗中姜伯仪用随身的匕首划伤了想容，想容也捏着毒蛇咬向姜伯仪脖颈。刀伤极浅，蛇毒极烈，姜伯仪未挣扎多久便气绝身亡。而想容定下神来细细瞧过现场留下的一干物事，自然识破了姜伯仪的计划，于是他把姜伯仪也抬进棺材，奋力把硬木钉塞进钉孔，带走了软木钉。他绝不敢把软木钉丢在府中其他地方，定是带回了后院，但刚才侍书并未在里屋找到，所以这木钉不是被埋进了土里，就是被丢进了池塘，我说得对吧？”

想容道：“不错，你很聪明。”

郡主道：“现在能告诉我你杀姜豫的动机了吧？还有，夫人是姜伯仪之妻，为什么一直住在后院？你一个少年男子，姜伯仪怎能容你单独陪着夫人？你到底是谁？夫人又是谁？还有，姜伯仪杀姜豫的动机何在？”

想容道：“好，我告诉你，我的父亲是漆艺巨匠花云溪，夫人是花家萧老管家的孙女萧玳，姜伯仪这个畜生算是我的师兄，姜豫曾在我家管些账务……”

“墀岛漆艺大师花云溪！你是他的公子？”归垣惊叹道，“难怪你眉宇间有一股柔柔的贵气，想不到竟是花家遗孤！可是十年前花家满门已死于一场大火，墀岛丧了顶梁柱，绝艺已断，岛民纷纷迁往岛外，昔日繁荣的岛屿也就没落了……”

萧氏泪眼迷蒙，将口中玉齿一挫道：“一年后的垂纶岛又崛起了一个姜伯仪，技艺精绝，人们都说他的手艺与花云溪有几分相似，却又独有新意。哼，什么新意，都是他偷走了老爷的半本手札，手札里都记着老爷被害前创造出的新式剔红技艺。”

“你说被害……”

“那场大火就是姜家兄弟放的，他们还在我家的水井里下了毒，满门主仆数十口，都被活活毒死，又焚尸灭迹。那天我和萧玳姐姐在海边玩才逃过一劫。岛绅受了姜家兄弟的贿赂，面对中毒的黑骨竟然硬说是火烤所致，还把去喊冤的萧玳姐姐乱棍打出，且密告姜家兄弟说花家逃出了活口，姜伯仪立即派人搜捕。那年我才六岁，姐姐十二岁，我们无处栖身，想报仇更是难比登天，只能逃离墀岛，乞讨为生。后来萧姐姐竟自卖青楼，以求我二人糊口……”

他说到此，萧氏骤然以掌击案，失声痛哭，泪如泉涌，观者恻然。

想容眼圈发红，继续道：“去年秋天，萧姐姐为了报仇，刻意接近去青楼寻乐的姜伯仪，把那恶贼迷得神魂颠倒。姜伯仪早年死了老婆，就把萧姐姐赎来做续弦，姐姐又提出要买个花童，使了些手段教那姜伯仪把我也买到姜家。我们只想着可以报仇了，心里又喜又怕，却不料姜伯仪早就认出了我们，他娶萧姐姐回来就是为了另外半本手札，把我买来也只是为了多一个人质罢了。”

“那手札呢？”郡主不禁动容，忙问道。

“记在心里。”想容道，“起先姜伯仪凶神恶煞地刑讯逼问……”

“咦，你身上没有刑伤啊？”雏青小心地问道。

“我少年男儿，岂能怕他酷刑？姜贼狡诈歹毒，日日当着我的面鞭打萧姐姐，逼得我心如刀剜，只好向他吐露手札内容。”

“那他怎会容你们活到现在？”郡主问道。

“是萧姐姐机智，骗他说当年萧老管家也偷得一本手札，她偷看过手札内容，依稀记得几分。姜伯仪惊喜若狂，也不敢再动酷刑，当即把萧姐姐像个夫人似的软禁在后院，虽说锦衣玉食，但他总是三天两头地来催问手札内容。其实根本没有那本手札，萧姐姐哪说得出？幸亏我们平日里也晓得漆艺，我也背过父亲的手札，他若来催，我就临时胡诌几句，姜伯仪便忙不迭地拿笔记下，那份神色，活像见了羊羔的恶狼。我们就这样挨了多半年，直到昨夜，我终于找到机会杀死帮凶姜豫！我哪能放过他？我带了毒蛇去取他狗命，不料上苍助我，让我手刃姜伯仪！我看着他倒在地上，像濒死的猪猡一样浑身发抖，最后蜷成一团，连声都出不了，只能‘嘶嘶’地抽着凉气毒发身死，想到他那可怜相我便觉得解气！太痛快了！”

众人听罢，半晌不发一语，一时气氛极为尴尬。雏青见状，小心翼翼地说：“夫人玉容雪肤，瞧不见半点刑伤，定然是天佑善人……”

萧玳泪眼一横，蓦地尖声惨笑，哧地一扯素袍，骤然转过身去，众人一见之下，悚然震骇。那白玉也似的背上纵横交错着数十道鞭痕，虽然已过了半年，犹然狰狞可怖，令人不敢想象当年皮翻肉卷血肉横飞的惨景。

萧玳泣道：“满院仆从不知我名为夫人，实为囚徒，那恶贼不便派人看押，又怕我们逃走，便给公子服了毒药。他每隔十天便来索要手札内容，若说得出，他便给公子一粒解药。他说我们若敢逃走，公子不出十天便会毒发身亡。昨夜公子血淋淋地跑回来，抱着我又哭又笑，直说‘他们死了！都死了！都死了’！高兴得像个孩子。可我一点也高兴不起来！姜伯仪死了，公子的毒就无人可解，他……”她说到此，忽地瘫伏在地，泣不成声，想容忙上前抱住她，轻声抚慰。

雏青一扬头道：“夫人放心，我来替他解毒，不出半个月，定还你一个生龙活虎的公子！”

萧氏哭得如泪人一般，也不知她是否听到，倒是想容抬头道：“你说真的？”

“真的！我是真真国的圣手御医，这世上没有我解不了的毒。”

想容展颜一笑：“谢谢了。”

稚玄道：“对了，那个要钱不讲理的墀岛岛绅也不是什么好人，方才在下多有得罪，现在只要你一句话，我七日内便把他的首级提到你面前。”

想容一怔，咬咬嘴唇，不知说些什么。

归垣急道："哎呀，小官人切莫妄语。"

郡主却道："妄语？他说什么了，我怎么没听见？"

半月后，和亲船队也到了垂纶岛，在休整补给完毕后，次日便要扬帆起航。雏青、稚玄和郡主主仆站在海边，听潮观海。

稚玄道："其实我们是诠王子派来保护郡主的，孟堂密令姜伯仪谋害郡主以破坏和亲，殿下知道这个消息，立即派我们前来。前日有所隐瞒，还望郡主见谅。"

郡主道："情势复杂，我理解。"

雏青也说道："还有……我们不叫什么小蓝小黑，我叫雏青，是王子的医官，他叫稚玄，是王子的侍卫。我们的师父是真真国第一侠女，鸿音先生。"

郡主点头笑道："早知道你们的名字是假的。不过小蓝小黑叫得还算顺口，以后就这样叫你们啦。"又瞧见他二人仍然眼巴巴望着自己，已知其心事，便笑道："我姓贾，闺名探春，金陵人氏，乃荣国公之后，南安太妃义女，圣上钦封的郡主，绝不是什么假货哦。"

稚玄也说道："我几次听这位侍书姐姐脱口称您'姑娘'，就猜到您多半是哪家公府的小姐……"

雏青道："可义女不就是……假的吗？中原人真是奇怪……"

探春苦笑一声，低头不语，呆了半晌，又问道："那花童身上的毒可解了？"

雏青道："早就活蹦乱跳的了。萧玳背上的伤，我也帮她消解许多。"

探春点头称善。

雏青挠了挠头道："花家的大仇算是报了。不过那个姜伯仪也算倒霉，本想着杀了姜豫再迎候郡主，却没想到凤船提前抵岛，两场阴谋撞到一起，也没想到自己竟然死在花云溪遗孤手里，更没想到郡主竟然洞悉了他所有阴谋！"

探春默然呆立，过了好一阵，才静静说道："可是……花家毁了呀。可怜花云溪养出一匹狼，偌大的家业，骤然间如大厦崩摧……这样的大户啊，必须先从家里自杀自灭起来，才能一败涂地呢……"说罢，怅然若失，轻轻叹息。

雏青莫名其妙，不知接些什么话。侍书忙靠上前去，揽住探春手臂。

稚玄忽然问道："您怎么知道萧玳养了一只黄猫的？您在进萧玳屋前吩咐侍书姐姐去找东西，应该是找猫毛和抓痕吧？万一萧玳本没有养猫，或者她养的也是白猫的话，找到的就会是白色猫毛，效果反而会适得其反。"

雏青也说道："如果是花猫的话，就更麻烦了。"

郡主和侍书对视一眼，哧地笑出声来："这就是巧合了。那天想容捉来一只白猫，当然不能把黄猫继续养在夫人房里，于是他把黄猫灌得烂醉放在西院里一处隐蔽假山下，盖在草窝里，只想着次日事毕后再偷偷把它抱回来。不料这黄猫酒量好得很，次日清早便一觉醒来，闻着早饭的香味跳到我房里去了。"

侍书道："而且这猫儿很黏人，吃东西时还颇为挑拣，一看就是大户人家豢养的玩物。"

探春道："所以当想容说出他手臂上是猫抓痕，我又看见树上那只白猫不像是家猫时，便猜到了个大概，这才吩咐侍书去里屋找线索。"

雏青笑着说："原来是那黄猫自个儿把线索送到郡主门口去啦。"

稚玄吐了口气："原来是这样。那姜伯仪为什么要杀死姜豫呢？"

探春道："那何管家已经招了，姜豫私拆了孟堂给姜伯仪的书信，知道了姜伯仪阴谋破坏和亲，以此相要挟，因此姜伯仪动了杀心。可怜这姜豫以书信要挟兄长，自己却被管家诈去一套房子，真个可笑。"

侍书道："姑娘还笑得出？那信里写着'昭王南征而不复'！姓孟的摆明了要姜伯仪破坏凤船，让使团沉入大海！"

稚玄吃了一惊，望着茫茫大海，心悸道："姜伯仪事败，孟堂定已知情，不知这一路上还会有多少波折。"话一出口，猛觉郡主在侧，此言大大不妥，忙说道，"郡主莫怕，我说着玩的，就算有九九八十一难，您只当我是孙行者，她是天蓬元帅，一定保您到真真国。"

雏青不知道什么孙行者之类，也没想到稚玄如此蔫坏，暗中损了她一把，只晓得"元帅"比"行者"气派，便笑着应道："对啊，我是彭元帅，他是孙行者，一定保护郡主到真真国。"

探春和侍书对视一眼，笑弯了腰。

第二章 纵使相逢应不识

夜幕低垂，潮声阵阵，数艘大船停泊在一座小海岛旁，把小小的港湾压得透不过气来。为首的是一座十余丈高绘彩雕花的凤船，皇家气派十足。船队高打旗幡，被海风吹得猎猎招展，打得满天星斗翻滚闪跃。

那凤船是赴真真国和亲的南安郡主所乘，其后的船队由中国送亲使臣邓殊率领，真真国迎亲使则是国王幼子范恩。已是亥时，天寒水冷，除了各船守夜卫士外，随行军士都已睡下，范恩年轻贪玩，又无人管束，便在各艘船上来回乱跑，谁知竟跑上了郡主的凤船，他抬眼看去，但见甲板上孤零零一袭白衣，凭栏望月，正是南安郡主贾探春。

范恩轻轻问道："嫂子不睡吗？"

探春猛然惊觉，一回头，却看见这金发少年龇着两颗虎牙笑嘻嘻地打招呼："天寒雾重，嫂子还是回船舱吧。"

"哦……"探春忙转身揩去泪痕，展颜道，"辗转难眠，只好观星赏月，聊解疲乏。还有……大礼未成，还是不要随便叫我嫂子的好。"

范恩挠了挠头："啊，你们汉人的礼数还真是……嗯……"他也不知说些什么，只是嘿嘿地笑。

侍书从舱内取了披风出来，见范恩傻乎乎杵在甲板上，也吃了一惊，忙上前见礼道：“小王子好。”

范恩答了句：“噢，好。”便不知说什么。他对中原礼数一知半解，懵懵懂懂闯上凤船时，便觉不妥，又不知哪里不妥，这样一冷场，更觉得发窘，便扬起头来瞧着乌蒙蒙的月色说道：“嗯……天气不错啊。”

探春、侍书忍不住，“扑哧”笑了出来。侍书道：“殿下，这鬼地方几乎每天中午都下雨，海上腥风阵阵，好容易有个补给的小岛，岛上又闷热难耐，哪有什么好天气了？”

范恩道：“哦，这一带就是这样，每天中午都会下一场雨，下得还不小。不过明天我们就能到‘鲲临岛’了，我听说岛上风景极好，还有一座美轮美奂的‘瑰兰庄’。”

“名园胜景，甚得我心。”探春笑道。

“我的‘庄主’，你不是绞尽脑汁在打那郡主的主意吗？如今岛外来了十二艘战船，你却在这儿躲清闲。”一个金发女子走进瑰兰庄主房中，低声埋怨，“莫不是那边又出了什么事……”

这庄主是个俊俏的西洋青年，闻言青瞳一闪，拧眉道：“战船？有十二艘？‘夫人’哪，这绝不是和亲使团。”

“没错。”那夫人道，“这些战船是从真真国方向来的，看样子少说有八百军卒，却不知是受谁差遣。”

庄主冷冷一笑：“走，去看看。”

岛外战船上足有大小将士八百余名，为首的是两位顶盔冠甲的将军，其中一人目光如隼，褐面黑髯，典型的南洋水手相貌，身材却高得吓人。

庄主远远瞧见，对夫人道：“真真国招纳了近万名南洋勇士，组建了数支卫队，用以巡卫海疆，看来这支队伍便是如此，此将更是个中翘楚。”

夫人轻轻一笑：“就算是勇冠三军的猛将，在我眼里不过土鸡瓦犬。你若要他的性命，我随时取来如何？”

庄主吐吐舌头：“淡定，先看看他要做什么。”

那大将身后的一员副将，也是南洋人相貌，黄褐色面庞，深目高鼻，身材比于前者略显矮小，眼中透着狡黠，自上岛后，便警觉地四处环视。

庄主略整衣衫，堆起笑脸迎上前去：“在下瑰兰庄主莫文携妻苏雪，不知二位将军到此，未能及时来迓，祈望恕罪。”

那大将哈哈一笑：“庄主说起话来，怎么倒像汉人一样酸溜溜的？”

副将却神色如常，看不出半分喜怒。

庄主莫文赔笑道：“只因明日中国郡主凤驾亲临，故此这些天临阵磨枪，学了些经籍章句。”

那将军清清嗓子，正色道：“我乃真真国巡海校尉孙赫，这是舍弟孙介，我二人受国王陛下差遣，在此恭候郡主凤驾，并护送使团前往真真国。”

庄主道：“二位将军辛苦！有二位将军在此，我们心里也踏实许多，夫人，速去安排酒宴，为二位接风洗尘。”又问孙赫，“孙将军，不知麾下将士是进庄安歇，还是只上岛暂驻？”

副将孙介阴沉沉地说：“都不需要，我麾下水师都是南洋勇士，水性精熟，一生以船为家，若上岸停驻，一旦外敌来袭，不便调遣。我自会安排他们驾船环岛护卫，不劳庄主挂心。”

莫文与苏雪对视一眼，说道：“那就委屈诸位勇士了。”

孙赫道：“庄主客气。贤弟且持我令箭，安排各位兄弟驾船围岛。”

莫文夫妇听得“围岛”二字，脸色俱是一沉，孙介瞧在眼里，冷冷一笑，也不说什么，冲孙赫使个眼色，自接了兵符去调遣水军。

莫文道：“孙将军，请。”

孙赫道：“庄主、夫人请。”

三人走到瑰兰庄外，孙赫突然停步，瞧瞧门前一对一人高的青石狮子，突然放声大笑：“哈哈哈，庄主啊，这两只镇宅石狮也是迎合那汉人郡主的口味特意摆放的？”说罢不等莫文答话，便伸手扳住石狮前腿，“嘿呀”一声暴吼，亚赛雷鸣，单臂发力，竟生生将那千斤石狮提了起来，向半空一扬，又双手接住。

孙赫亲兵舌绽春雷，大声喝彩，瑰兰庄客却两股战战，纷纷避退，唯恐被那巨狮碰到。孙赫一手举着石狮，一手掐腰，回首瞧瞧目瞪口呆的莫文夫妇，笑着说：“倒是一对不错的石锁，用来镇宅只怕轻了些……哎呀不好……”他手一软，那重逾千斤的石狮子“呜”的一声，如雄狮搏瘦鹤般，径直向苏雪身上倒了下去。

莫文见状，吓得魂不附体，正是“分开八片顶阳骨，倾下一盆雪水来”，失声叫道：“哎呀夫人！”待要上前去救，却一个踉跄踩到裤脚，直直扑倒。苏雪眼睁睁瞧着偌大一道灰影劈面盖下，一声不吭，直挺挺昏厥过去。

孙赫一咬牙，纵身蹿出，霎时拦在苏雪身前，脚下扎稳，双掌横揉平推，那石狮子与他手掌一触，立时转了方向，“嘭”的一声巨响，轰然落在距苏雪四尺开外的草地上，把草地砸出个半尺有余的深坑，刹那间草叶纷飞，土石四溅。孙赫战袍一抖，草叶土石尽卷入袍内，近在咫尺的苏雪分毫未损。

这几招好似兔起鹘落，电光石火间已将石狮拨至一边，众人都呆住了，也不知是该叫好还是继续待下去。

莫文脸色煞白，心中虽怪孙赫托大逞能，却也不禁叹服他武功超绝。

孙赫讪讪转身，连声谢罪，莫文也不好说什么，只得命人将苏雪搀回房去。

当夜鲲临岛上灯火通明，庄客们为迎接使团一事忙得不可开交，岛外还多了八百名巡夜的水兵。

莫文坐在书房里，懒懒地把玩着一把小火铳，看看面沉似水的苏雪，低声道：“你说那孙赫有什么意图？”

“试探。”苏雪道，“他不放心我们，设下这个局试探我们的反应，如果我能顺利躲开石狮，就证明我们不是普通岛绅，那时孙介令旗一挥，将鲲临岛团团围住的八百水师立时会将岛上生灵斩尽杀绝！你别忘了，我们只有五十名粗通武艺的庄客，面对八百名南洋水兵，无异于蚂蚁搏象。”

“与我所想一致，看来这孙氏兄弟一个武功高强粗中有细，一个深沉狡诈运筹帷幄，绝非易与之辈。”

“先想想怎么对付他们吧。”苏雪道。

“办法倒是有。”莫文笑着说，“不过要等郡主来了才行，而且我要借用范恩和中国送亲将军邓殊的力量。”

“你想让他们和孙家兄弟掐起来？你别忘了，邓殊、范恩二人各自只有一百人的卫队，保护郡主勉勉强强，要对付孙家兄弟，则无异于以卵击石。而且，你的目标不是郡主吗？这样一来会不会打乱计划……”苏雪有些担心。

“原计划取消，我有一个新计划。”

“什么计划？”

“先别急。中国有一句话叫‘知己知彼，百战不殆’，你去孙家兄弟那边探探虚实再说。”

“行。”

“小心点，那两人都不是善类。”莫文笑着说，“你被伤着了我可要心疼的。”

苏雪眼中寒光一闪：“油嘴滑舌！你还真敢把我当夫人？”说完一把抄起窝在床沿上的黑猫，如幽灵般倏地飘至窗外，眨眼间不见了踪影。

“大哥，那对夫妇可有异状？”

“你也太小心了，我看没什么问题，我进庄时见门外有对石狮子，便想个法儿捉弄了他们一下，两个小雏儿吓得脸都白了。”说着哈哈一笑，大口大口地嘬着椰汁。

“大哥武功盖世，对付这两人自然不在话下。不过一切还是小心为上，毕竟郡主明天就到了，到时可不能出什么岔子。还有，我见这瑰兰庄一应事务调度得当，园林花木亭台山石皆颇具章法，若用作兵防堡垒，也是进可攻，退可守，这建庄之人，定是一代巨匠。”

“哼，我管他什么巨匠，只要不打乱我的计划就行……谁！”孙赫蓦地一声爆吼，巨熊一般的身躯径直撞开窗户冲至院中，环视一周，黑魆魆不见人影，正疑惑时，只听“哇呜”一声，回头看去，却见一只黑猫毛发直竖，弓着身子朝他嘶叫。

孙介跃出窗来，看着被孙赫抓在手里的猫，怔了怔，说道：“这像是庄主夫人的猫，怎么在这里？”

孙赫啐了一声：“该死的小畜生。”说着手上加劲，要将这猫捏死。

孙介忙说道：“大哥且慢，不要节外生枝，先放了它。”

孙赫气冲冲地吼了一声：“小畜生，滚吧！”手一甩，那黑猫“嗖”地钻进一丛芭蕉树中。

孙介森然道：“夫人，出来吧，这个黑色的小伙伴已经暴露了你的行迹。”说着弯刀出鞘，横削而下。“嚓”的一声，三棵芭蕉树齐腰而断，肥厚的叶片和半熟的芭蕉扑扑地落了一地，却不见一个人影。

孙赫笑道：“你也太小心了，那娇滴滴的小夫人被石狮子吓得当场昏厥，只怕这时候魂儿还没回窍呢！晚饭后我借口谢罪去探视过她，她看见我活像见了鬼，哪敢跑到这儿来？”

孙介悻悻道：“我还是那句话，小心为上。”

次日清晨，平静的鲲临岛忽然喧闹起来，岛上的男女老少一大早就拥到了东北港，交头接耳，翘首盼望。丛林掩映中的瑰兰庄更是热闹非凡，庭院房屋细细打扫自不必说，苏雪还特意率人精心修剪花草果树，整个瑰兰庄顿时焕然一新。

辰时未到，和亲船队便抵达了鲲临岛，孙氏兄弟和莫文早早等候在港口，孙介命人驱散岛民，红绸铺地，毕恭毕敬地请郡主下船。

小王子范恩懒得更换朝服，只换了一套体面的便装，会同中国送亲使节——怀远将军邓殊，一道护送探春登岛。

探春前一夜辗转反侧，癔梦连连，脑海中尽是大观园情状，这一刻是白雪红梅、炙鹿赏雪，下一刻便是潇湘夜魇、玉女归泉，或悲或喜，或笑或哭，直到被侍书连推带扯地唤醒，才大喊一声，满头大汗地坐起身来。

主仆二人怅然相偎，一夜无话，直至巳时，也只好强打精神，梳洗更衣，下船登岸。侍书见探春身形不稳，忙凑在耳边小声说："姑娘不要紧吧？瞧眼圈都黑了，足足半盒粉才压住，您若熬不住，就早点歇息……"

"不必。"探春道，"奉旨和亲，万不可折了天朝威仪。"说罢抬眼细看这座鲲临岛，见港口椰林树影、碧水白沙、浪打鸥群、空明如画；岛屿深处碧莹莹一团浓绿，掩映座座楼台，玉柱雕甍，云气缭绕，好似蓬莱仙境，探春心中忽地腾起一阵久违的豁然。

一个褐发青年笑吟吟迎上前施礼："瑰兰庄莫文恭迎郡主殿下。"

探春细细打量这位庄主，见他面色白润、身材颀长，眸深似海却又出奇地清澈透亮，皓齿如贝，笑起来又带一分隐隐的邪气，长长的褐色鬈发软绵绵地搭在背上，用一串银环束住，走起路来叮当作响，活力十足。

探春一见之下，竟有些痴了，但她毕竟精明冷静，不同于寻常女子，稍一愣神，便微笑道："庄主免礼。"又看见莫文身后两位戎装武士，便问道，"这二位是……"

孙赫、孙介忙上前见礼，报明身份，探春又勉强应付一番，暗自思量：真真国竟招纳南洋武士。

怀远将军邓殊见到岛外战船，心中早觉诧异，忙上前询问。孙介道："奉国王陛下钧命，在此地等候郡主一行，并护送使团前往真真国。"

邓殊皱皱眉头，略一颔首，范恩却只顾大口大口地呼吸岛上带着果香的甜风，美其名曰：吐纳。邓殊暗道：还是个半大孩子，全不知此行凶险。

范恩见邓殊面如苦瓜，便笑着拍拍他的背："邓将军，你看这鲲临岛风光如画，景致天然，有什么好担心的？再说我这一百名卫士，每人都配有两把双管火铳，不论什么船匪海盗，都管教他有来无回！"

邓殊摇摇头，低声道："殿下不知，这一路上最可怕的，可不是船匪海盗……哎？殿下你……"他正考虑可否对这单纯得有点憨的殿下说及中国密探侦得真真国主战派的阴谋，却见范恩从靴筒里拔出一把小铳，瞄准了树上的椰子。邓殊苦叹：还是把这件事装到心里吧，免得落个离间外国君臣的罪名。

从港口到瑰兰庄，要穿过一片方圆数百丈的果园，道路窄小，探春不能乘轿，只好步行。莫文连连告罪，探春虽一笑置之，心里却暗暗叫苦，幸而莫文不时指点一些新奇花木供她玩赏，探春倒也兴致盎然。

孙氏兄弟走在最后，孙赫闷声不语，孙介掌心冒汗，咬牙道："刚才用鸟铳打椰子的年轻人就是小王子！大哥听到了吧？他麾下的卫队配有双管火铳，我们……"

"不急，总有办法。"孙赫攥了攥沙包大的拳头，"我今天也觉得莫文那小鬼有些不对劲，你到前面去看看，小心他做什么手脚。"

孙介道："放心，他若坏事，我一刀劈了他。"说着便赶到了队伍前面。

鲲临岛气候湿热，最宜栽植果树，此时青黄色的杧果倒挂枝头，水灵灵的煞是可爱，探春伸手抚摸，触感匀净光滑，宛若婴儿肌肤，她忍不住攥在手里，不舍放开。莫文笑着说："这果儿还没熟呢！此处的杧果分三批抽芽，一年三熟，郡主若喜欢，寒舍倒有不少杧果蜜饯，郡主尽管品尝。"

探春脸一红："我倒不是嘴馋，只是爱这果子圆润光柔。那干涩甜腻的蜜饯，我却不喜欢。"

莫文大笑："郡主好情调。不过来到鲲临岛，有三样美食定要品尝——药荔、陈玄李、专猪肉。"

探春一怔："那是些什么东西？"

莫文道："这药荔嘛，是用上好的荔枝脯配以各种药材熬制、晾晒而成，甜而不腻，补气养颜，乃是绝佳的果品；陈玄李乃是用陈皮、玄参以及上好的北国李子制成的果糕；那专猪肉更是绝妙，须用最鲜最嫩的猪肉辅以上百种食材、补药闷炖、腌制，这三样美食都是真真国贵族才能享用的上佳补品！"

探春见他说得天花乱坠、手舞足蹈，不禁笑道："哦，那我倒有些迫不及待了。"

莫文道："我送给郡主的礼物中，就有这三样美食：药荔一斤八，陈玄李一斤八，专猪肉一斤八。"

探春一怔，面露惊惧之色，侍书却嗤地笑出声来："庄主，按中国量值，一斤是十六两，半斤是八两，我只听说过一斤半，可没听说过一斤八。”

探春脸色大变，斥道：“不得妄言！”

侍书吓了一跳，忙缄口不语。

不多时，众人来到瑰兰庄，只见满眼亭台院落，皆是西洋风格；草木花池，又是南国格调；芭蕉槟榔，大叶肥厚如绿蜡含汁；屋宇阁楼，横平竖直简洁爽利，不带一丝婉转雕琢。

瑰兰庄前院的庭院中已设下桌案，桌上摆着各色点心果品，座椅摆放在槟榔树下，布置得闲趣十足。一个身材窈窕的西洋美人微笑着迎上前来，莫文介绍道：“这是拙荆苏雪。”探春细细打量，见这位夫人骨骼清奇，仪态洒脱，似有几分仙风道骨，又带了一丝柔媚的红尘味，不禁赞道：“想不到小小海岛，竟有这等绝代佳人。”

苏雪浅浅一笑：“郡主谬赞了，请这边就座。”

众人依次落座，探春坐在槟榔树下，一面品尝糕点，一面听莫文讲南国逸闻，倒也舒适惬意。不多时，邓殊、范恩安排了麾下兵甲船员以及使团随从，也赶到庄中，苏雪一面安排二人入座，一面吩咐侍婢撤去甜品，端上菜肴。

探春对南国菜品倍感新奇，饮食交谈却庄重从容，丝毫不失郡主风度。

孙氏兄弟、邓殊、莫文夫妇各怀心事，却都堆出一张笑脸，拼命烘托出一派和谐的气氛。侍书瞧着孙氏兄弟褐色的纠结的笑脸，心里没来由地窜起一股寒意，不由得往探春身上靠了靠。

莫文忽然说道：“对了，我还安排了一出中国戏，郡主可有兴趣？”

探春想起昔日宴饮听戏，心里忽地一空，此时也只好应道：“庄主费心了，不知是什么戏？”

莫文道：“《孔雀东南飞》。”

探春愕然，邓殊却有些恼了：和亲大喜，半路上岂能上演这等晦气戏？他眉头一皱便要起身，却见探春冲他轻轻摇手，邓殊不知何故，只得闷声不语。

这戏一开演，邓殊一口可可汁险些喷将出来：太可乐了！这是巧娘子刘兰芝还是丑娘娘钟离春啊，舞枪弄棒的像什么样子！

侍书背过身去，肩膀不断地耸动。探春在侍书腿上捏了一把，又对邓殊道：“邓将军，如何这般失态？”

邓殊忙起身道：“郡主恕罪，臣实在喝不下这可可汁。”

莫文忙道："邓将军，这边有蜜糖。"

苏雪也起身道："对了，还有一道蛇肉火锅，早就吩咐厨下准备，现在也该好了，我这就去端来。"

不多时，一道热气腾腾的火锅端了上来，那火锅径约二尺，纯铜精锻，咕嘟嘟冒着热气，苏雪细瘦的胳膊哆哆嗦嗦，戴着厚厚的麻布手套，晃悠悠地端着火锅直奔酒桌。

孙赫坐在酒桌最外，背对着苏雪，苏雪气喘吁吁地说："孙将军，让……让让……啊呀！"她脚下一绊，火锅"呼"地飞出，直奔孙赫后脑扣去。

邓殊霍地起身："郡主小心！"

范恩眼明手快，手臂一伸，把探春抱到一边。

那孙赫眼观六路，绝非常人可比，伸手抄起桌上竹碗回身一磕，铿然巨响下，那铜锅"嗖"地飞到院中芭蕉树上，"咔咔"几声压断了半树芭蕉叶，苏雪失声尖叫，抱着头蜷在一边。

这闪电般的一瞬，就算孙赫挡得开这滚烫的铜锅，也挡不开那沸水火炭。滚汤和着蛇肉带着红亮亮的辣椒扑面而来，孙赫大惊，向上一跃，却见几块通红的火炭当头落下，不等双足着地，头上已腾起阵阵白烟，那一锅肉汤都扑在胸前，孙赫"咕咚"一声蹲坐在地，连声惨叫。

范恩扭过头来："蛮香的……啊！"他眼见孙赫头上白雾腾腾，忙掰下一片三尺来长的大芭蕉呼呼地扇。

孙介眼中冒火，端起一碗蜜水当头浇下，那火炭登时熄了。

孙赫破口大骂，伸手握住刀把，孙介大惊，忙上前抱住孙赫胳膊，高叫道："大哥伤势如何？"孙赫猛地醒转，瞪着一双豹眼，呼呼喘气："无妨……"

那苏雪却哭哭啼啼地说："火炭倒没什么，蛇肉汤可是有毒的……"

孙赫豹眼一瞪，宝刀出鞘，寒光一闪，直指苏雪脖颈。

莫文大惊："啊呀将军……"话音未落，就听"砰""铛"两声。孙赫忽觉一股巨大的冲力撞上刀面，好像有人猛力夺刀似的，他虎口一麻，三尺来长的钢刀"嗖"地飞出七八丈远。

孙赫猛吃一惊，回头看去，只见范恩笑嘻嘻地一扬小火铳，"噗"地吹吹枪口道："孙将军，郡主在此，不可惊了凤驾。"

孙介忙施礼道："郡主、殿下恕罪，这夫妇二人在火锅中下毒，意图谋害郡主，家兄性如烈火，一时鲁莽，万望恕罪。”

探春不动声色。

范恩道：“她若真想下毒害人，还能自个儿说出来吗？”

苏雪忙站起身来：“孙将军，谁说毒物不可食？中国有个东坡先生也曾拼死吃河豚，这海蛇火锅虽有毒性，但只要蘸上些小佐料，就可放心食用。”

孙介剑尖挑了一块蛇肉，递到苏雪面前：“你给我吃了它。”

苏雪拿起蛇肉，走到桌边，在一小碟酱汁里蘸了蘸，大大方方吃了下去。

孙氏兄弟对视一眼，也想不出什么不妥，孙介道：“我兄长的伤势如何处理？”

莫文道：“头上的烫伤倒也简单，只是身上被毒汤灼烧，须得涂上特制解药，在不见光的暗室之中静养三日，方可痊愈。”

苏雪道：“瑰兰庄后院有一座房屋，可以作为病房，我这就派人去收拾屋子，配制解药。”

孙赫无奈，只好先去静养。孙介附耳道：“大哥一切小心，小弟须在此监视，无法前去陪护，就点四名侍卫相随。”

孙赫一点头，一把推开莫文派来的担架，一手捂着头，一手按着胸口，快步离开，四名卫士紧紧跟随。

侍书有些慌乱，一扯探春衣袖，劝她离席，探春却笑道：“莫慌。”

莫文命人收拾残羹火炭，清扫庭院，又重新摆上酒菜，吩咐戏班继续开唱。折腾了小半个时辰，侍书本已是牢骚满腹，此时又忍不住发笑：这《孔雀东南飞》传到海外，怎么成了全武行？

邓殊抱着胳膊坐在下首，皱着眉闷声不语，范恩最受不了冷清，忙揽着邓殊的肩膀一个劲地劝酒说笑话，气氛倒也稍有缓和。

但不到一刻钟，天空乌云密布，黑压压地闷得人透不过气来，莫文吩咐道：“拉雨棚。”四名庄客利索地爬上竹架，一扯绳索，一张大油布呼地盖住庭院，连戏台带酒宴都罩在下面。不多时大雨倾盆，园中宴乐却丝毫不受影响。

探春道：“这遮雨棚设计得倒是巧妙。”

莫文道：“每到雨季，附近诸岛每天中午都有大雨，故此设有遮雨棚。”

戏台上咿咿呀呀，不伦不类，戏台下推杯换盏，各怀鬼胎，莫文见孙介一脸阴沉，也只好赔着笑敬酒，又把话题引到戏台上：“郡主，这戏比之中土如何？”

探春道：“很独特。”

这时苏雪已经返回，战战兢兢地坐在莫文身边，也是想扫开尴尬，便叹道：“这刘兰芝真可怜啊，睡着觉就被人举起来扔到池子里淹死了，如果当时身边有亲人陪着，也不至于如此啊。”

探春有点把持不住：她们是这么理解“举身赴清池”的吗？

侍书又转过身去，肩膀不住地抖，邓殊终于把可可汁喷了出来，莫文适时地递上蜜糖。

孙介却觉得浑身寒毛直竖，咬牙暗忖：不妙，大哥那边只有四名亲兵，虽说大哥武艺高强，但他们若使什么阴招……他思及此，倏地站起身来：“郡主、殿下，恕臣无礼，家兄性子急躁，臣实在放心不下，去去就来。”

“将军请便。”探春道。

不多时，乱七八糟的《孔雀东南飞》终于结束，众人又小坐片刻，雨也停了，莫文命人撤去雨棚，园中豁然开朗，蕉叶浓绿如油，天空碧蓝如洗。范恩伸个懒腰，站起身来：“呼，吃得好饱。还有什么好玩的？”

苏雪说：“午时已过，正适小憩。”

莫文道：“你若乏了，就自去歇息，我可不能怠慢了客人。”

苏雪忙道：“那我告罪了。”说罢，施施然独自向东院走去。

莫文转过脸来，对探春道：“郡主，我少时仰慕中原文化，尤好收藏书画古玩，十余年来，略有小成，郡主若有兴致，随我同去赏玩如何？”

探春道：“也好。”

侍书忙附耳道：“姑娘累了一上午，也该好好歇歇了。”

探春道：“我自有打算。”

范恩却说：“哎呀，书画有什么好看的，还有什么其他的吗？”

莫文道：“这么说来，在西院饲养着一些珍禽异兽，但是味道有些冲，小王子若有兴致，我派人领您去看。”

范恩道：“这当然好啦。”

莫文又问探春，探春道：“腥膻恶臭的我不喜欢，还是去看书画吧。”

莫文的书房设在一座小竹楼上，布置得十分雅致，探春饶有兴致地瞧着莫文一件件地取出各式各样的藏品，暗笑道：这些东西在中国实属平常，在这里竟被当作宝贝珍藏起来，是我们自己不识宝，还是夷人眼界太浅？

忽然莫文欢叫一声：“哎呀，这东西怎么放在这儿？”

探春抬眼看去，见莫文捧着几幅书稿，便问道：“这是什么？”

莫文道：“是我临的皇象草书《急就章》，稚拙得很。”

探春对书法造诣颇深，也极有兴趣，便接过细看，见这一笔草书激昂跌宕、潇洒遒劲，不禁啧啧赞道：“好字！”

莫文喜道：“郡主谬赞了，若说好，我觉得只有这句最有味道：夏偹侠，公孙都。”

探春闻言嘴角一挑……

再说早先孙介雨中离席，撑了一把油纸伞，急匆匆赶往孙赫休息处，走得越快，脚步却越来越沉。孙介心焦：这是怎么了，怎么身上越来越软……大哥那边可别出事……咦？

他蓦地发现，莫文夫妇安置孙赫的房屋四周极为僻静，自进入这瑰兰庄的后院，走了半天，连个人影也未见着。孙介心突突直跳，却只觉眼皮重逾千斤，腿像灌了铅似的，寸步难移，手一松，油伞落地。他心中暗暗发慌：不好！定是中了慢药，坐在那里不易发觉，这样快步疾走，气血翻涌，毒性会迅速漫及全身，该……该死……

他开口要叫，却叫不出声来，抬头看看，朦朦胧胧能瞧见雨帘中孙赫屋的房檐，身子却怎么也挪不过去了。他悲叹一声，跌倒在地，想要奋力睁开眼睛，却抵不住强劲的药性，挣扎两下，闭上了双眼。

不知过了多久，孙介只觉得有人在摇晃他的身体，他长长吐了口气，睁开眼睛，只觉得浑身上下疲软难受，他挣起身，看到眼前的人，不由惊道：“是你？”

那人笑着说：“是我，你怎么了？”

孙介舌头还有些不利索：“我……”

那人不等他说完，便摆手道：“你怎样与我无关，我关心的是那屋里的病人。”

“你要干什么？”孙介一个鲤鱼打挺，跃起身来，噌地拔出弯刀。

那人笑着说：“怎么，要动粗？”说着手臂一摇，掌中也多了一把短剑，寒光灼灼，冷气森森，“哼，明告诉你，我就是要拿孙赫的命！”说罢剑尖下指，直刺孙介膝盖。

孙介顿觉一阵剧痛，膝骨已被挑开，一阵钻心的剧痛蓦地袭遍周身，他惨叫一声，扑地跪倒在泥水里，心中惊骇之极：不可能！怎么会这么快！此时他再想什么都于事无补，唯一能做的就是运足力气大叫："有刺客！有刺客！"

那人阴恻恻地笑笑："很好，中气十足，叫两声足够了。"寒气一闪，"嚓"的一声轻响，红光迸射，孙介头颅滚落在泥水里，眼睛兀自瞪得滚圆。

后墙外小屋里的孙赫朦胧中听见孙介惨叫，心中突地一颤，猛然坐起，侧耳细听时，却被淅淅沥沥的雨声掩盖。孙赫只觉一阵毛骨悚然，两步抢下床去，想着到窗口看看，可这小小的窗户在墙壁上两丈高处，孙赫下意识地一仰头，只见一颗血头飞了进来，咚地落在地上，滚了两滚，脸孔正对着孙赫，目瞪口张，正是孙介。

孙赫见状又惊又痛，浑身寒毛直竖，几乎钻透衣袍。他哀号一声，俯身抱住人头，跌坐在地，抬眼看去，只见窗口树影摇曳，雨声沥沥，不见半个人影。他心念数转，起身便要出门，不料刚伸手一推门，门顶上便扑地落下一纸包药粉，正砸在孙赫头上。那纸质极为轻脆，登时碎裂，黄白的药粉尽泼在孙赫脸上。孙赫骤然惊觉，向后急跃，但为时已晚，狠狠打了几个喷嚏后，便软绵绵地昏倒在地。

不知何时，孙赫恍恍惚惚地醒来，一抬眼皮，见自己仍身处刚才的小屋内，斜躺在门槛上，又看见门外躺着三具尸体，却是孙介派来保护自己的侍卫。他撑起身子，晃了晃头，只觉脑中一阵刺痛，又见孙介头颅仍血淋淋滚在一边，顿时一股无名怒火冲破顶门，暴喝一声，纵起身来，一手提头，一手持刀，迈开大步直奔前院。

探春正和莫文欣赏字画，苏雪午睡刚起，也站在一边，范恩从西苑回来，有一搭没一搭地与邓殊闲聊。正是恬然闲适之时，忽见孙赫挟风带火怒冲冲地闯进来，众人都是一怔。

孙赫牙关一锉，"咚"地将人头掷在书桌上。探春乍见血淋淋一颗头颅，忍不住叫出声来，两腿一软，瘫坐在竹椅上。侍书已吓得发不出声来，偎在探春身边，瑟瑟发抖，那苏雪竟尖叫一声，向后一仰晕厥过去。范恩一皱眉头，一眨眼工夫掣出两把火铳，邓殊抽刀在手，拦在探春身前，莫文扶着苏雪，战战兢兢问道："怎……怎么啦？这是什么？"

孙赫双眼赤红，须发直立，恶狠狠地从牙缝里挤出一句话来："谁都不许离开书房！郡主恕罪，舍弟方才被人杀害，臣急于追查凶手……"

"好……好了，你说说是怎么回事。"探春回过神来，颤颤地说，"先把那人头拿开。"

孙赫一把翻起一只书箱，哗啦啦把书倒在地上，小心地把孙介的人头摆在书箱里，轻轻合上，扫视在场诸人，此时谁若敢与他目光相触，难保不做上三天噩梦。

“那时候我服了药，正迷迷糊糊地睡着，忽然听见舍弟惨叫‘有刺客’。我下了床，想从窗子探出头去看看，但那窗子开在离地面两丈高处，根本看不见外面，我正想出门去看，不料从那窗子外突然有一件东西被掷进来，却是一颗人头……”他每一个字都是咯嘣咬碎了又吐出来，听者无不毛骨悚然。

探春浑身发冷，吞口唾沫问道：“那是什么时候？”

孙赫道：“也不知这女人给我的药里掺了什么东西，我服了药便睡得昏昏沉沉，哪知道时间？”

苏雪刚回过神来，哆哆嗦嗦地说：“虽说有些安神助眠的药物，但那方子是祖上传下来的，我只是按方配药，将军若不信，我就派人去拿药方……”

莫文道：“不知道孙介将军遇刺的时间，岛上也没有仵作，后院还没有报时钟，否则将军能听到报时的话，就好办了，唉……”

“听到……我听到雨声了。我听到舍弟喊叫时，雨声也不小。这之后……我抱起人头，推门出去，却不料门上掉下一包药粉，我猝不及防，给砸个正着。等我醒来时，雨已经停了。”

“据将军所述，孙介将军被杀时雨还未停。”探春强调道。

“不错。”

探春又道：“可雨停之前这书房内所有人都在园中宴饮。”

“也就是说，雨停之前，这夫妻二人都和郡主在一起？”孙赫切齿问道。

“正是。听将军话里的意思，是在怀疑庄主夫妇？您可有证据？”探春道。

“舍弟在这鲲临岛瑰兰庄遇害，他们脱不了责任。还有，若不是庄中之人，谁能把迷药放在我房门顶上？我出门时看到我的三个侍卫被杀死在院门外，这定是你庄中之人所为。”

“等等，当时跟随将军的有四名侍卫，既有三人被杀，那第四个去哪儿了？”范恩眼睛一亮，“说不定是这个家伙干的！”

孙赫怒道：“小小侍卫，岂是舍弟对手？又如何能割下他的头颅？”

“他不是有迷药吗？连你都着了道，何况令弟？”范恩坚持己见。

孙赫不语，眼神却仍恶狠狠瞪着莫文夫妇，苏雪打个寒噤，钻在莫文怀里。

探春缓缓起身，说道：“既然如此，就烦劳将军带我们到房中看看吧。”

苏雪为孙赫安排的卧房是一座独立的小屋，倚着几棵高大的椰树，静静地矗立于瑰兰庄后院，小院虽然不大，却极为清净，与嘈杂热闹的前院完全是两个世界。

“倒是个调养病体的绝佳所在。”探春道。

邓殊看过三名侍卫的尸首，对探春道：“这三人都是喉部中剑，伤口极细极薄，凶手定非常人，但臣看不出三人死于何时。”

孙介的无头尸身在后院旁的一座偏院中被找到，浑身血污泥水，甚是凄凉。孙赫解下长袍，苫住孙介尸身，口中恶狠狠念了几句，面目越发狰狞。

探春走进小屋，细细查看，见那窗户离地面足有两丈高，桌椅床帐与屋子搭配也不甚协调，她来回踱了几遭，猛然惊觉：这不是一座改装过的仓库吗！苏雪怎么用这种地方来安置一位将军？

那一尺见方的窗户被椰树盖住大半，使得整间屋子十分阴暗，探春俯下身，细细查看门口那一摊白色药粉，那破碎的纸包还躺在门角，她捡起纸来，却看见地板缝里夹着一粒稻谷，便用指甲轻轻挑出。

侍书陪在探春身边，见她用指尖去挑那地板缝，忙劝阻道：“姑娘这是作甚？您何必管他们的凶事？”

探春低声道：“这事情若弄不清，只怕你我二人连性命都难保。”

侍书吃了一惊，正要问话，莫文毕恭毕敬地走进屋道：“郡主有何高见？”

探春敷衍道：“没什么，带我出去看看。”

“郡主请。”

邓殊在院中询问下人，但这后院极为偏僻，孙赫入住前孙介特意吩咐不许庄客接近，故此问不出任何线索。孙赫红着眼站在树下，探春不敢看他，匆匆从他身边掠过，在院子里来回踱步，众人都不说话，只看着探春低着头走来走去。

忽然探春抬起头来，问道：“夫人，宴会时你不在厨房，是怎么知道蛇肉熟了？”

苏雪道：“郡主金枝玉叶，不事庖厨，自不晓我等民间女儿繁杂俗务，常言道熟能生巧，做得多了，自然就能把握时间。这蛇肉火锅全岛仅我一人可烹制，是我在巳时八刻上火的，这时丫鬟来报郡主已到庄外，我便赶去迎接，随即开戏开宴，到午时三刻那蛇肉才能炖好，我心里盘算着时间，便回去端锅了，不料手一滑……”她畏惧地看了孙赫一眼，便不再说下去。

探春吩咐莫文备下纸笔，一面说，一面飞速记录道：“我们到瑰兰庄的时间是巳时末，宴会开始的时间大约是午时二刻，夫人端上火锅的时间，也就是孙将军被烫伤的时间是午时三刻，那么夫人安置孙将军在此处歇下，又吩咐下人煎药大致用时几许？”

“半个时辰。”苏雪道。

“那么夫人返回宴会的时间大致在午时七刻，接下来不到一刻钟，孙介将军便离席而去，当时雨还在下着，刚才我大致测算过，从前院到后院大概需要一刻多钟，也就是说，孙将军遇害是在未时初刻，那时候我们所有人都在前院。那雨停的时间呢？”

莫文道：“大概是未时四刻，我书房里有时钟，到书房时我特意看过的。”

“嗯……到未时四刻雨停，夫人去午睡，小王子去西院，我和邓将军便随庄主去玩赏字画。所以庄主夫妇确实不可能对孙将军下手，我也听到孙将军吩咐庄上诸人，不得靠近后院，所以连后院附近的几个偏院也没人敢过去。”

“那郡主认为，凶手是什么人？”孙赫问道。

“三个侍卫死于院中，那第四人可曾找到？”

孙赫不语。探春道：“将军可曾记得那第四名侍卫的名字，或是相貌？”

孙赫想了好久，才说道：“都是舍弟安排，我哪里记得住？不过总归是舍弟亲近的侍从。”

探春道：“现在这案子打了一处死结，就是那侍卫的去向。假设他是凶手，此人行事缜密，手段狠辣，这等人物必然极富心计。将军想想，如果是你，你会藏在哪里？”

孙赫答不出，只得说：“臣愚钝，请郡主明说。”

探春道：“这瑰兰庄是最危险的地方，也是凶手最不了解的地方，我想他不会继续藏在庄上，中国有句古话叫‘藏木于林’，所以说仍然以原来的身份回到岛外的兵船上，是最安全的。”

“那岂不是有几百个嫌犯！”

“我来的这一路上，小王子为我讲过真真国水师调遣情况——兵不识将，将不识兵。将军统兵，国王调兵，而且每次调遣出海的都是不同屯所的战船和士兵。虽然那侍卫是孙介将军的亲随，但船上的士兵未必认得他，他们只认得同船的人，这个凶手若是跑回去，必然不敢乘坐孙介将军来时的船驾，而是会凭借下级军官身份，编造理由，上了其他战船。”

孙赫沉吟道：“若是这样，他早晚有被识破的一天，也许很快！而且，他是舍弟亲随，又为何下此毒手？”

探春道：“他不需要长时藏在战船上，只需要等到今夜，趁机偷乘舢板逃离。至于他杀害孙介将军的原因嘛……恕我直言，据我观察，令弟万事小心，却有些刻薄寡恩、多疑多虑，莫不是有什么事冤枉了那凶手，也未可知。不过这都是我的猜测，没有半点证据，但现在最重要的是找到那侍卫，将军不妨召集兵船询问查找，若找不到，再另寻他法。”

孙赫道：“十二艘战船，环岛屯卫，若一一查问，到夜里也查不完，若被他逃走又当如何？”

一直自个儿玩耍的范恩接口道：“用你的兵符将他们召集起来，一起查问，保管他跑不了！”

孙赫又道：“若是郡主所断并非实情，岂不是要我无事调军，平白滋生怨言？再说，若使众军得知舍弟遇害，岂不动摇军心？”

莫文道：“别告诉他们不就行了吗？就问他们‘哎，你们哪艘船上见到个不认识的’就成了。”

孙赫大怒：“无端调兵，使卒生怨；所问莫名，使卒生疑；言而不实，众军不悦，此乃为将欺军，你是要我不容于三军吗？”

这一声怒吼字字如雷，莫文只能缩着头连连后退，一个字也不敢多说了。

邓殊道：“孙将军此言有理。然在下统兵多年，自有一套驭兵之术。军心所在，敌忾同仇也，将军不如索性把令弟遇害一事明示三军，使之怒气昂扬，然后再告知凶手所匿，令各船察寻非同船之人，即可得之。到时不用将军多言，众军自会把他捆了献与将军。”

孙赫思索一阵，说道：“也罢。”接着犹犹豫豫地拿出兵符，大踏步赶奔岛外，除莫文留守外，众人都随之而去。

不过半个时辰，十二艘战船齐齐排列在鲲临岛正西的海港，军容严整，气势逼人。站在高台的探春不禁心惊肉跳，和侍书相互偎依着，迎着风俯瞰三军。孙赫双眼赤红，一手攥拳，一手扶着刀把，逐一扫视各船，又深深吐了几口气，压下心神，突然暴喝一声：“众军听着！”

紧接着竟是数声炸雷般的巨响，海面上三道十余丈高的水柱冲天而起，探春大叫一声，跌倒在地，侍书急去扶持，却也觉得头晕耳鸣，站不起身。孙赫一个踉跄，险些跌倒，钢刀出鞘，四下环视。探春不知发生了什么事，强挣着向下看去，但见十二艘战船已有三艘被轰得支离破碎，海浪中尽是残桅碎板，以及随着波浪上下挣扎的水兵和残肢碎体。

探春惊魂未定，又听三声炮响，紧接着又是三艘战船遭殃。那十二艘战船紧挨着挤在港口，一艘中炮，必然殃及左右，是以六艘沉没之余，剩余六艘也都遍体鳞伤，船上水兵此时急欲靠岸，却彼此磕碰，一艘也挣脱不得。又是三声炮响，再看六艘战船，只剩得两艘尚还堪堪浮在水上，那湛蓝的海水早已染作殷红。

站在高台上的诸人离港口颇有一段距离，未受波及，但目睹如此惨状，探春、侍书早已浑身发木，动弹不得。孙赫眼见八百精锐水兵瞬间覆没，脸上肌肉扭曲得宛如幽冥罗刹，握刀的手掌青筋暴出，猛地回身，死死盯着鲲临岛的最高山岗，但见山上三道黑烟，蜿蜿蜒蜒，升上天空去了。孙赫此时才明白，岛上埋伏着精锐炮手，趁众军船集结之时，以巨炮击之。

“是你们……”孙赫抬起刀锋，指着苏雪的鼻梁，“好毒的奸贼！”

“不错。”苏雪轻轻拨开刀尖，笑着说，“你的奸计我们早已看穿，只是忌惮你麾下水师，不敢妄动，而现在，你已经走投无路了。”

“是吗？”孙赫狞笑一声，刀光一闪，却不砍苏雪，竟是直击探春头顶。

几乎是一瞬间，一柄长剑击向刀面，铿然巨响，孙赫的刀蓦地偏离了方向，落在离探春一尺来远的石台上，竟把那石台剁出半寸深的印痕，孙赫一怔，不知是何人掷剑竟有这等力道，回头看时，却见邓殊握着空空的剑鞘说道：“孙将军，虽然我不知发生了什么事，但你若胆敢对郡主不利，我顷刻间便要你粉身碎骨！”

孙赫咬牙道：“你丢了兵器，能奈我何？”

到此时，探春才回过神来，挣扎着要拉侍书站起来，孙赫眼中凶光大炽，又举起刀，却见白影一闪，探春二人踪迹全无。孙赫骇然，四下看去，却见苏雪一手抱着一人远远飘落在石台下，范恩麾下火铳队登时将二人围在当中，护卫起来。

孙赫倒吸一口凉气：好厉害的女人！

探春舒了口气，拍拍傻呆呆的侍书道：“好啦，没事了。”

石台上只剩下孙赫与邓殊、范恩对峙，范恩笑呵呵地说：“喂，投降吧，乖乖的啊。”

孙赫大怒：“小东西，你找死！”说罢钢刀一举，跃上前来，直劈范恩顶门。

范恩摇头道：“刀哪有比火铳快的……呀！忘记添铅弹了哈……”

邓殊与范恩隔着十来步远，不及援手，一听这话险些晕倒：“这小子怎么没心没肺的，这回要把命丢了！”

孙赫眼见得手，喉中暴出一阵刺耳的尖笑：“劈了你这小子，也算够本了。”

“你真能劈了我吗？”范恩依然满不在乎。

孙赫刚一迟疑，忽觉手腕被一股大力拿住，一阵酸麻袭遍周身，定睛看时，却是苏雪纤细的左手钳住他碗口粗的右臂，碎骨的剧痛顷刻令孙赫惨叫起来。但他虎狼之性，不死不休，左拳暴起，欲殴苏雪右颊，却被一阵撕心裂肺的疼痛彻底击溃，抬手细看，惊愕地发现不知什么时候，手筋已被挑断了。

苏雪右手中一柄薄如蝉翼的短剑颤了两颤，落下一滴暗红的血珠。左手松开孙赫碎裂的右腕，看着瘫在地下倒抽冷气的孙赫道：“来人，绑了。”

邓殊难以置信地看着那短剑：“夫人，原来是你……我真有些糊涂了。”

苏雪笑道：“邓将军糊涂，可郡主不糊涂。”

孙赫麾下残部已被火铳队收押，邓殊命人清理港口，自己护送探春进了瑰兰庄，侍书懵懵懂懂地伺候探春休息，神色却还有些恍惚，探春笑着安慰。

当晚，众人在莫文的书房落座，莫文此时换了个人似的，一扫懦弱迂腐之态，眉宇之间尽是英风锐意，身上也换了精干的风衣，浑身散发出一种优雅的贵族气息，举手投足间竟还隐隐透出一股内敛的霸气。

苏雪依旧是一袭白色长袍，一派帝师风范。范恩大大咧咧地靠在椅子上，笑着向探春打招呼，探春暗道：只有这家伙还是老样子。

莫文含笑对探春道：“在下真真国靖海总督莫文伯爵，此番累郡主受惊，万望宽宥。”

探春道：“伯爵说哪里话，进庄前伯爵几次三番暗示与我，我自然早有准备。”

邓殊奇道：“伯爵如何暗示？”

探春道：“当时孙介在一旁，伯爵不好明说，便提到岛上三样名称古怪的特产——药荔、陈玄李、专猪肉，此时我心里便有谱了：这分明是说中国三个古人：要离、陈玄礼、专诸，两个刺驾的杀手，一个兵变逼死贵妃的将军！这之后伯爵又说，他要送我的礼物中，便有‘药荔一斤八，陈玄李一斤八，专猪肉一斤八’，这话任谁听都觉得奇怪，侍书还忍不住笑了出来，但这‘一斤八’三字叠于一处，便是个‘兵’字，这不就是指那些人要发动兵变，意图刺驾吗？”

莫文道：“好机灵的郡主！”

探春道：“也许是伯爵怕我反应不过来，又进行了第二次暗示，就是安排一场打打杀杀的《孔雀东南飞》，好好一出婚变悲剧满是刀光剑影，实在令我哭笑不得，但细细想来，这‘孔雀东南飞’似乎是一个字谜，除去孔之东，雀之南，余者组合便是草书的‘孙’字，伯爵也许是想说，‘姓孙的欲动刀兵’。”

莫文道：“一点不错。”

邓殊摇头叹道：“伯爵用心良苦，末将憋笑也憋得苦。”

莫文忙道：“将军休怪，那孙氏兄弟虎视眈眈，我此举也是无可奈何。”

探春道：“因为‘孙’字正书是‘子系’组成，伯爵怕我看不出其中玄机，便在宴后领我去欣赏字画，拿出早已摹写好的皇象草书《急就章》，还特意指出写得最满意的是‘夏脩侠，公孙都’二句，让我看到‘子小’二字组成的草书‘孙’字，正合‘孔雀东南飞’的谜底。”

莫文赞道：“厉害厉害，那么，郡主可知道是谁杀了孙介？”

“当然是夫人。”探春道。

“但我未时初刻前后是和郡主在一起啊。”苏雪道，“我如何分身去杀孙介？”

“孙介的遇害时间根本不是未时初刻，而是在未时四刻左右，也就是夫人你去‘午睡’之时。”探春道。

“何以见得？”苏雪问道。

“因为孙赫发现头颅后，第一时间定要冲到前院问个清楚，而伯爵却说此处没有仵作，没有时钟，于是只能按照下雨的时间和各人行动的时间来算。这样算下来孙介将军是在未时初刻遇害，当时除了昏睡于后院的孙赫，其他人都在前院宴饮，孙赫便想当然地排除了在场诸位作案可能。”

“在我看来，你们的计划是这样的：夫人装作手滑，用含毒的沸汤烧伤孙赫，孙赫只能离席调养，而夫人又特意把他安排在最为偏僻的后院。孙介生性多疑，他的目标是我，所以要亲自在此监视，只能派四名亲随保护孙赫。

“而夫人安置好孙赫，回到前院时，故作多愁善感地说了一句：‘这刘兰芝真可怜，睡着觉就被人举起来扔到池子里淹死了，如果当时身边有亲人陪着，也不至于如此啊’，这句话虽然曲解本意，但在孙介听来，此语明言刘兰芝，可能暗指孙赫，这着实令不识中华古曲的孙介大为不安，急匆匆赶赴后院。当时是午时八刻。”

“所以啦，孙介赶到后院附近正好是未时初刻，他总不可能呆呆等在后院外，直到我未时四刻时去杀了他吧？”苏雪道。

“在路上小王子曾说过，南洋诸国有多种蛇毒，在中毒者静坐时毫无异状，一旦剧烈运动，立时毒发，轻则昏迷，重则致命。我们都看过孙介的头颅，他眼睑下垂，口角生有水泡，这是蛇毒入口的症状，定是宴饮时吃下了你们安排的毒物，而孙介被夫人一番话说得忧心忡忡，必然一路小跑，所以不等他到后院，便已毒发昏迷。”

“嗯，他跑到离后院最近的一处偏院才昏倒，的确令我意外，我只当他走不了三五重院便支撑不住呢。”莫文摇头叹道，“倒真是条铁汉。”

“什么铁汉，是你药量下得太少！”苏雪道，“继续说吧，郡主。”

探春接着说：“南洋各国每到这个季节，几乎每天午时到未时都有急雨，孙介离席之后，伯爵特意在雨停时——未时四刻——宣布终止了拖沓的宴会，小王子明说去看什么异兽，实则去岛中山顶安排火炮，夫人则借口午睡赶到后院，先轻松杀死四名侍卫，藏起一人尸首，又到偏院唤醒孙介，故意刺伤了他，令他大声惨叫，惊醒孙赫，随后一剑致命。也就是说，你们空出的时间差，就是孙介中毒昏迷的这段时间。此外，孙介是要由夫人唤醒的，因此毒下得略重些，而孙赫不论何时醒来都可以，所以迷药下得不重。

“当孙赫闻声下床，懵懵懂懂不知所措时，你将人头掷入窗中，孙赫震惊之下，第一反应是从窗中查看虚实，但你安排他养病的是一座窗户位置过高的仓库——这一点从地板缝里残存的谷粒可以得到证实——所以孙赫迅速改变主意，夺门而出，却被早放在门顶上的一包迷药扑在头上，登时昏厥。这一系列事情发生在未时四刻到五刻，而不是未时初刻到二刻。当时，不，应该是自从孙介离席后，脱离我视线的只有两人，就是夫人和小王子，这样嫌疑便锁定到两人身上。直到在石台上，邓将军看出夫人制伏孙赫的短剑与数名死者伤口极为吻合，凶手的身份便不言自明了。”

“但孙赫亲口说过，他听到孙介遇刺惨叫时，同时听到了淅淅沥沥的雨声，但未时四刻到五刻时雨已经停了。”

探春眼中光芒闪烁：“你们延迟了雨停的时间，仅限于后院。”

“那我们是如何做到的？”

时间	莫文苏雪营造的假象	真实情况
午时八刻 1:45——2:00	孙介离席	孙介离席
未时初刻 2:00——2:15	孙介在偏院遇害	孙介因席间服下毒物，路上疾走致昏迷
未时二刻 2:15——2:30	雨未停，孙赫见弟遇害，夺门而出， 中毒昏迷，前院众人宴饮	后院一切如常，前院众人宴饮， 偏院孙介昏迷中
未时三刻 2:30——2:45	孙介已遇害，前院宴会中， 孙赫昏迷中	后院一切如常，前院众人宴饮， 偏院孙介昏迷中

续　表

时间	莫文苏雪营造的假象	真实情况
未时四刻至五刻 2∶45——3∶15	雨停，宴会终止， 苏雪去午睡，范恩去西院观看异兽， 孙介已遇害，孙赫昏迷中	雨停，宴会终止， 苏雪、范恩脱离众人视线， 苏雪杀侍卫、孙介；范恩安排火炮
未时六刻至七刻 3∶15——3∶45	探春、邓殊与莫文观赏书画， 苏雪午睡中，范恩观赏异兽	苏雪营造雨未停的假象，掷入人头， 孙赫见弟遇害，夺门而出，中毒昏迷
未时八刻至申时初刻 3∶45——4∶15	苏雪、莫文回到前院书房， 孙赫苏醒，携孙介头颅随后赶到	苏雪、莫文回到前院书房， 孙赫苏醒，携孙介头颅随后赶到

“去后院的路上，我能看到每座院里都有收起的遮雨棚，唯独后院没有。而在后院的东侧，也就是仓库窗户正对的一边，大约有三丈见方的地面较为湿润，而在后院的其他地方都较为干燥，这就是说，后院的遮雨棚原本设在仓库的窗外。遮雨棚是用十余根竹竿搭建起来的，油布被撑得笔挺，但若把那些拆卸方便的竹竿之间的距离调整得稍微近一些，遮雨棚就会变成倒伞状，成为一个大蓄水兜。当下雨时，其中会积聚许多雨水，而当时孙赫昏睡在仓库里，侍卫们定时守卫在面南的门前宽敞的屋檐下，很难注意到东侧的异状，就算注意到，也会认为是庄客装卸遮雨棚时没有调整好尺度，不会过于关注。

“未时四刻，雨刚刚停下，伯爵就宣布宴会结束，残存在树叶上的水珠还未落尽，夫人便赶到后院，迅速杀死了四名侍卫，紧接着用簪子之类在油布上刺出数百个小孔，再笨手笨脚的人，搬个梯子去刺小洞也不会超过一刻钟，更何况是武功卓绝的苏雪夫人？

“这之后夫人赶到偏院，杀死了孙介，这时被孙介的惨叫声惊醒的孙赫当然会听到雨声，但他抬头看时，只能看到被椰树挡住的窗户，却看不到遮雨棚。孙赫又慌又怒，正要出门时，却中迷药昏倒，夫人确认过之后，便将遮雨棚拆除，连竹竿和油布一起藏好，把孙介的尸身搬到孙赫回前院不会经过的另一座偏院里，又装作午睡刚起的样子，回到前院，去书房找到我们。而小王子也架设好三门火炮，回到前院。这时你们便要千方百计劝孙赫集结十二艘战船，以便一举击毁。所以伯爵才会提到‘没有听到报时’，以此来提醒孙赫是否听到什么声音，孙赫当即想到雨声，假如他没有想到，你们恐怕会继续提醒下去，然后循循诱之……”

“等等，范恩架设火炮一事，郡主如何知道？”莫文问道。

“哦，刚才他告诉我的。”

“呃……”

“精彩的计划。”探春道，“现在，告诉我这到底是怎么回事！”

“其实，”莫文道，“孙氏兄弟是真真国主战派水军大将孟堂派来杀害郡主和小王子的，他意图以二位之死挑起两国战火。这孙氏兄弟本是南洋巨盗，乃是孟堂擅自编入麾下，尚未通报国王，故此这二人也不认得我这靖海总督。”

苏雪道：“诠王子事先探知孟堂阴谋，故我们在此等候，以保护郡主，不料孟堂竟然拨给孙赫精锐的南洋水师，孙赫得以把岛屿团团围住。这样一来，一旦一艘战船受到威胁，其余十一艘便能在小岛不同方向同时发动进攻，小小岛屿立刻灰飞烟灭。故此我们不敢妄动，只得设下这个局，先在使团登岛时与小王子联系，再杀死孙介诱使孙赫把所有船只聚集在港口，一举歼灭。这鲲临岛百年之前乃是真真国水军要冲，早已荒废多年，不过三架火炮是伯爵带来的，威力巨大，伯爵又是真真国第一炮手，所以当看到十二艘战船聚于海港时，我便知道胜券在握了。”

探春道：“原来如此，真是条一箭三雕的妙计。”

莫文一怔：“三雕？”

探春道：“杀孙介、擒孙赫是第一雕；留孙赫活口，揭穿孟堂，为诠王子除去朝中政敌，是第二雕；考验我这个中国郡主是否够胆色，能否配得上你们的王子，便是第三雕。”

“考验？”莫文道，“郡主何出此言？”

探春道：“就是那几条蹩脚的暗语！在进庄路上和宴会时用暗语提示我很正常，但孙介离席后，我们到书房欣赏书画，当时只有你、我和邓将军三人，你本可对我说明孙氏兄弟的阴谋，可你却多此一举地抛出另一条暗语作为‘孔雀东南飞’的补充！我故意插手此案，你也未作阻拦，这岂不是有心考校我的能力？又或者，你们在此迎接，就怀有试探本郡主之意？”

莫文讪讪地笑，苏雪忙打圆场：“郡主息怒，我替你狠狠收拾这家伙！”

探春笑道：“算啦，他是一心为诠王子着想，我不怪他。”

莫文忙道：“那诠王子呢？”

探春道：“我倒想早点见到他，看看到底是什么样的人物，能让你们这样的奇才为之所用。”

范恩笑着说：“我大哥啊，那可是个了不起的‘大孩子’呢！”

晚饭后，探春、邓殊各自回房休息，莫文、苏雪、范恩坐在一处闲聊。

“大哥，如果大嫂知道‘莫文’就是诠王子，会生气吗？还有啊，她不会真的认为你们有什么关系吧？女人吃起醋来也会很可怕的。”范恩幸灾乐祸地说。

“就是，你到现在都不跟她说实话。”苏雪道，“要知道中国女人最恨的便是欺骗。”

诠王子挠挠头说：“我没骗她呀，我是瑰兰庄主，也是靖海总督，还是伯爵大人，只不过有一个身份没告诉她而已。而且……这个女人很厉害的，如果现在告诉她，难保她不生气。我还是再想想办法吧……”

第三章 泥泷曲池飞海燕

笨重的货船在海浪里上下颠簸，一个眉心有红痣的六七岁小男孩晕头晕脑地从木桶里爬出来，呆呆地望着眼前的一切：大货船赫然已成了一片修罗场，断头的、破腹的、穿心的、裂背的，船板早已被暗红的血浆漫透，船上不知有多少具死状极惨的尸体，却只有他孤零零一个魂飞魄散的活人。小男孩置身于尸山血海间，愣愣地站了好久，蓦地嘶声尖叫起来，叫声惊起了几只站在船桅上的海鸥，随即被巨大的潮音吞没。

一对夫妻慵懒地倚在黄花梨云纹大罗汉床上，丈夫年纪不到四十，一头棕色鬈发垂在脑后，用绸带束着，颏下一部浓密卷曲的胡子打理得一丝不乱，一双灰蓝色的眼睛不安地来回滚动，眸子里带着几分焦虑，还隐隐透出一丝阴鸷，这是一双标准的老牌政客的眼睛。此人名叫卢勋，官居石门总督，掌管真真国石门六岛军政要务，治所苏禄岛屯有三千水军，叱咤西海，威名赫赫，此时正一手拈着心爱的胡须，一手在填漆戗金卷草纹炕案上有规律地敲打。

那卢夫人沛南看上去不过三十出头，披着一头柔柔的金色长发，好奇地盯着丈夫说："别敲啦，你知道这戗金的案子多难得吗？这一天到晚不知在想些什么……"一面说，一面嗔怪地抓起炕案上甜白小碟里的荔枝，三两下剥了皮递到卢勋面前。

卢勋迅速敛起愁容，笑着接过荔枝，一面吃一面含含糊糊地说："还有不到十天，中国的南安郡主就要来了……”

沛南脸色骤然间警惕起来：“我劝过你了，这郡主你最好别动。你可别忘了，现如今在朝里，孟堂的势力被我爹压得抬不起头来，手中的兵权也被分得七七八八，可笑这老贼直到今日还一心主战，我看他早晚抄家灭族！你若是和他扯上关系，只怕到时候我也救不了你。”

卢勋举指朝天道：“我都说过多少遍了，我卢勋绝不敢做半点破坏和亲的勾当！我这些天又是修园子又是请厨子，一应器物装饰都按照中国式样来，生怕这郡主有一丁点儿的不满意，何况如今朝野上下一片主和之声，我食君之禄，为君分忧，岂能对她不利？”

沛南嘴角轻挑，显得十分满意，伸手又递给卢勋一颗荔枝，笑盈盈地说：“这就好。”

卢勋满怀心事地嚼嚼荔枝，扑地把核吐在青花渣斗里，小心翼翼地问：“阿南，那地道钥匙……”

“这你放心，等郡主走了，我自会把钥匙给你。”沛南正色道。

“你还是信不过我？”卢勋有些不悦。

“说实话，那天你们的谈话，着实把我吓得不轻。”沛南眼中泛起一层惧意，还微微带着些恼怒，“孟堂派来的那个使者，叫什么杜铎的，他交代你办的那件事，着实是诛灭满门的重罪！所以这地道的钥匙，我还不能交给你。”

“我已经把杜铎杀了！毁尸灭迹！”卢勋有些急。

“杜铎不过是一条小鱼罢了，杀一条小鱼有什么用？如果我是你，就把他解送王城，这一条小鱼就成了孟堂的催命符。”沛南静静地盯着卢勋。

卢勋讪讪道：“我当时也是一时心急，生怕留着他惹来祸端。”

沛南道：“你这个石门总督，说得好听点是个封疆大吏，说得难听点，算是流放远疆吧？你当时若是放胆一搏，说不准就成了扳倒孟堂的大功臣，到时候还怕做不成京官？”

卢勋摇摇头：“孟堂乃两朝元老，战功卓著，根基深厚，不是那么好斗的，连皇上都让他三分。”

沛南撇撇嘴，沉默半晌，又问道：“你既无意与孟堂合作，还要地道的钥匙做什么？”

“嗯……这个……你也知道，那中国的皇亲国戚都爱听戏，所以我费了不少力气请了个中国的大戏班，就为讨好那郡主一番。明眼人都看得出，如今诠王子最受国王宠爱，这南安郡主很有可能就是将来的王后。”

沛南眉峰一耸：“什么意思？”

“如今的王后就是当年佛朗思牙的和亲公主，这你不会不知道吧？当年真真国与佛朗斯牙结了亲，西海小国哪个还敢对真真国说个不字？中国可是比佛朗斯牙更大的靠山，陛下有意让诠王子与中国郡主结亲，其中的意思，我也能猜到几分。”卢勋继续道。

沛南好奇地看着卢勋：“也就是说，你想要通过这种蹩脚的途径来博取诠王子的好感，有朝一日他继承王位，多少会给你些封赏？呵，且不说到陛下百年之后王子是否还会记得你这些小恩小惠，单说这请戏班和地道有什么关系？”

“不管王子是否会记得，郡主是一定能记住的。毕竟是一介背井离乡的年少女流，这茫茫大海上的一曲乡音足以令她动容落泪。我想把宴请郡主的宴席设在致和园，地道入口的地穴在园子正南，正对着致和园大门，两边草木假山一应俱全，视界也算开阔，在此处搭建戏台是最合适不过的。”

“对，我也选准这地方了，可搭个戏台又用不着地道。”

“可是中国人搭台唱戏要分前台、后台，这园子四面都是芭蕉林，还有修园子引来的山泉水，在花园正南搭建一个戏台还将将就就，但园子外围根本没有可以用作后台的房屋，也没有合适宽敞的空地，毕竟院里摆设酒宴要占不小的地方，也不能把戏台搭在水上或是树林里。所以我想让戏班暂用地穴作为后台，化装、休息、换行头都在地道里，你看如何？”

沛南想了想：“能不能把宴席设在其他院落……”话未出口便自己摇头道，“不好不好，这石门六岛八大园林，唯独这致和园最是雅致，也最应景。嗯……你砍伐半亩芭蕉树，还不够搭个戏台吗？”

卢勋一怔，也不好反驳，只得点了点头，面色却有些不悦。

正此时，管家卢佑在门口道：“老爷，朱漆已经运到，摘星楼可以粉刷了。”

卢勋道：“好，我就来。”说着起身离开。

沛南见卢勋、卢佑离开，咳嗽一声，对屏风后喝道：“云双！你这听墙角的毛病怎么就不肯改！”

话音未落，一个小丫鬟端着一碟杧果低头走来，低声嘀咕：“要不是我听墙角，怎么能听到老爷和那个什么杜铎的阴谋？”

沛南伸指在她额上一点："小心被老爷发现，一顿鞭子打出府去！"

云双辩解道："我只是来送杧果，刚到前屋就听见老爷说杜铎，还跟夫人讨钥匙，着实把我吓了一跳。夫人，婢子家里世世代代打鱼为业，过得倒还舒坦，孟将军和中国水军那一场恶仗，害得多少渔民妻离子散、家破人亡，婢子心里实在……"她说着眼圈一红，几乎落下泪来。

"你放心，只要郡主平平安安到达王都，这仗就再打不起来了。老爷在官场摸爬滚打多少年，如今的形势他还摸得清，他不过是有点优柔寡断、立场不稳罢了。怕只怕孟堂那边再加些筹码……"沛南摇摇头，"不会的，老爷这石门总督还是靠我爹得来的。更何况地道的钥匙在我手里，杜铎的毒计别想得逞。"

"可是杜铎那个家伙竟然要老爷在地道里埋下火药，把地上的使团统统炸死！到时候只怕整个致和园都要飞上天，太可怕了！"云双心有余悸，"不过……老爷杀了杜铎，会不会得罪那个孟将军？"

"怕什么？和亲已成，他孟堂还能翻了天？哼！"沛南说着把一个杧果递在云双手里，"好啦，两国战和之事，不是你一个小丫头该关心的，吃个杧果。小鱼准备好了吗？"

"准备好啦，就放在外面。"云双剥着杧果说。

"好，去冲云崖。"沛南擦擦手，轻巧地从哆罗尼花毯上跃起来，向西走去。

云双从门口费力地提了两只硕大的竹篓，小跑着跟在后面，嘴里嘀咕着："您就那么喜欢这些海鸟啊……不过我爹打鱼时也喜欢看鸟儿找鱼群……哎夫人慢些！"

探春有些恼怒地看着范恩："你是说，你把罗盘看偏了？那你能告诉我现在我们在哪儿吗？"

"能能能，前方不远就是苏禄岛北岸。"范恩道，"这苏禄岛是真真国西疆的大岛。驻守此岛的是石门总督卢勋将军，不过苏禄岛周遭风急浪高，尽是些礁石浅滩。北岸只有一个小码头可以停靠，不过早就弃用了，按说我们本该把船队带到西岸的……"

"现在怎么办，现在改变航向的话可能触礁。"探春脸色不善。

"我们可以先用烟花信号通知卢勋迎接凤驾。"范恩道。

探春无奈地点点头，又看看送亲使臣——怀远将军邓殊，邓殊只好摆摆手，示意探春：也只好这样了，好歹没有迷路。又回头对范恩道："恩王子，恕臣直言……"

范恩红着脸拽拽衣角："知道啦知道啦，掌舵不是好玩的，海图也不是好看的，罗盘什么的趁早别动……不过幸亏我开偏了航向，才赶上顺风顺流，提早两天到苏禄岛呢！”

邓殊心中嘀咕：真真国王怎么派了这么个嘴上没毛的做迎亲大使？要不是后面的船发现航线不对，真不知要漂到哪儿去……

探春稳定心神，倚着舷窗坐下，望着海外成群结队向南飞去的海鸥，喃喃自语：“盟鸥还海道，问雁觅家书……”

侍书向探春身边靠了靠，低声道：“窗口风大，姑娘当心吹着。”

探春摇摇头，示意无妨，又问道：“那些海鸟成群结队的，要去哪里？”

范恩道：“去苏禄岛！卢大人的夫人是沛炎丞相的女儿，自幼最爱海鸟，自从嫁到苏禄岛后，每天都提着几大筐小鱼在北岸冲云崖‘天女散花’，这附近海鸟几乎养成习惯了。每天酉时，苏禄岛北岸都壮观之极，成百上千的各种海鸟围着冲云崖上下环绕，宛如仙境。”

探春笑笑：“这倒有趣。”

范恩招招手：“稚玄……啊不，小黑！”

小黑放下抱在怀里的一只海鸥——这只可怜的鸟昨天被大贼鸥啄断了翅膀，掉在甲板上，被小黑捡到，还在桀骜不驯地扑腾，小蓝细细包扎之后，倒是乖顺不少。

范恩唤小黑过来：“小黑……我说这倒霉名字真是你们自己取的？”

小黑郁闷地看他一眼。

范恩忙正色道：“给岛上发信号！”

小黑领命：“是。”

不到一个时辰，石门总督卢勋带着一队仆役驾二十艘小船驶来。探春和邓殊对视一眼：来得好快。

到得近前，探春细细打量卢勋，见他身着墨蓝色锈金边过膝长袍，脚下一双长靴，褐发灰眸，神色谦恭。众人叙礼已毕，换乘小船直奔苏禄岛。

使团自北岸登岛，见一女子率一众仆从在码头相迎，卢勋介绍道：“这是拙荆沛南。”

沛南穿淡紫色纱袍，金发碧眼，深目高鼻，嘴角微微上翘，带起一对浅浅酒窝，不卑不亢，笑盈盈上前施礼，透着几分潇洒干练，探春见了，顿觉分外可亲。那沛南乃宰相之女，见惯风浪，更不见外，携了探春的手，一路高谈阔论，先谈衣妆首饰，又谈海外奇闻，继而是书道棋艺、天文历法，甚至于鼎彝金石、风水阴阳。探春暗暗称奇，这卢夫人见识广博、多才多艺，不仅精通西洋奇技淫巧，对于中国文明风物也颇有涉猎。

探春有意无意地把话题引到两国和战事宜，沛南笑笑说：“两国谈和乃是大势所趋，孟堂一个人翻不起什么大风浪。”

探春却摇摇头：“站在风口浪尖的是我，只要这浪把我吞了，那就是天崩地裂。且不说这茫茫大海危机重重，就算到了王城，我这日子只怕也过不舒坦。”

沛南道：“我们生在这样的人家，嫁到那样的人家，这辈子就不只为‘舒坦’二字活着，郡主您明白的。”

探春笑着说：“我明白，我只是对孟将军送出的两份贺礼心有余悸。”

沛南冷冷一哼：“这天杀的老贼，冒天下之大不韪……”

探春道：“好了好了，我在海上颠簸数日，好容易得此须臾喘息，夫人切莫再提孟堂之事。此獠之所以敢冒天下之大不韪，恐怕在朝中还是有些根基的，现如今局势将定未定，诸多势力蠢蠢然不知所动，夫人还是三缄其口的好。”

沛南轻轻点头。

众人沿小路前行，不多时，抬头便可望见一座高崖直冲云海，崖端群鸥未散，喑喑哑哑上下盘旋，白羽纷飞间隐隐现出小亭一角，宛若云端屋宇、空中楼阁，探春举目望去，便觉一阵晕眩，却又实在不愿意把目光收拢回来，只啧啧叹道：“奇险之处果然是奇景之所在！白鸥湖海一身轻，好个画意诗情！”

沛南惊喜道：“郡主也喜欢海鸟啊？不如明日酉时，我带郡主到这冲云崖揽月亭去玩赏一番，您看如何？您尝试过成百上千只各色海鸟在你身边飞舞盘旋的感觉吗？就像置身仙境！身边鸟鸣风涌、白羽翩翩，远处海天相接、潮声阵阵，脚下水打礁滩、海浪叠叠……”

沛南正说得兴致勃勃，卢勋却连连摆手：“这不妥吧？你带的那些鱼虾腥臭难闻，郡主是金枝玉叶，哪里禁得住？再说冲云崖山势太陡，而且那揽月亭亭栏古旧不堪，万一有个闪失，可叫我如何交代？”

“不会吧？亭栏用料都是上好的铁力木，应该不会出问题吧……”沛南小声嘀咕道，心中却也觉得有几分不妥。

探春微觉扫兴，也不好说什么，范恩却不满地嘀咕出来：“这么好玩的事又泡汤了……”

卢勋微微一笑："小王子莫要扫兴，要说好玩的物事，这苏禄岛上也有不少。对了，臣收藏有西海诸国历代各式火铳七十二把，到时小王子随意玩赏。"

"真的？"范恩两眼放光，他最爱火铳了，现在身上就带了不下五把：靴中两把，袖中两把，腰中一把。

邓殊暗自摇头：喜形于色，到底是个孩子……

"邓将军。"卢勋又转向邓殊，"邓将军可曾读过唐《卫公兵法》？"

"自然读过。"邓殊有些不悦：这番将是在小看于我？

"全篇。"卢勋微笑着补充。

"嘶——"邓殊倒吸一口凉气，"可是，《卫公兵法》宋时已残缺不全……"

"许是机缘巧合吧，我手中这套正是宋初孤本！"卢勋露出一丝得意神色，"明日借与将军一阅如何？"

"此话当真？求之不得，求之不得！多谢卢大人！"邓殊乃一兵痴，此时"喜形于色"的程度，比之范恩有过之而无不及。

探春暗自惊愕：这卢勋好生了得，三言两语，竟然把邓将军和小王子哄得心花怒放……

"郡主，我这里有一卷唐虞世南摹晋王羲之《兰亭集序》……"

话音未落，探春心里便只有一个声音：我也要沦陷了，我也要沦陷了……

不过两刻钟，众人已来到总督府外，大管家卢佑忙前忙后，准备茶点、安排房间、船只补给等一应事宜打点得都还算周到。那卢佑生得又干又瘦，浅褐色脸庞，穿一身短衣，此时正忙得焦头烂额，还一个劲地对探春赔不是："郡主休怪，郡主休怪，是小的愚钝，小的只以为郡主后天才到，不曾提前准备，故此耽搁了……"

探春笑笑："无妨，卢管家辛苦。"

卢佑一个劲地躬身施礼："郡主言重了，小的不敢当，不敢当！"

此时也到了晚饭时间，卢勋夫妇备下酒菜，探春等人多日浪里奔波，疲乏得很，草草吃罢，便早早睡了。探春临睡前还念叨着那一卷虞世南真迹和酒宴间谈及的中国戏。

侍书打着哈欠劝道："书法的话，我不大懂。至于戏嘛……那卢大人信誓旦旦说这回要请的是正宗的中国戏班，可在这种地方，能有什么好戏？只要不像莫庄主的《孔雀东南飞》一样就好。姑娘您快别惦记了，早些睡吧。"

探春又把"虞世南"念叨了十几遍，才沉沉睡去。

次日一早，沛南换了一身墨蓝色的长裙，戴一顶天蓝色嵌珍珠的小纱帽，撑一把素纱小阳伞，带着云双来到探春下榻的秋垠馆。

“石门六岛共有八座名园，其中四座都在苏禄岛上，使团下榻的秋垠馆便是其一，此外还有致和园、摘星楼、弄玉堂，今晚的宴会设在致和园，那一卷虞世南书法，就藏在弄玉堂。”沛南笑吟吟地说。

探春喜不自胜，匆匆吃罢早饭，便带了侍书，与沛南一道直奔弄玉堂而去。四座花园中，秋垠馆在最西，探春与沛南一路东行，不多时便到了致和园。园林四周密密麻麻栽了数千株芭蕉树，一片片肥厚的芭蕉叶层层叠叠扑出大片大片的浓绿，值此时节，芭蕉已经挂了果，大把大把碧绿的芭蕉吊在枝头，打眼望去，也颇为壮观。花园四周不知从何处引来的泉水，九曲盘桓，清澈见底，似有几尾小鱼逡巡其间，探春细细看时，那鱼儿却警觉地躲在芭蕉树荫下，摇头摆尾啄食溪底石上的细藻。

致和园正南伐出一片开阔地，搭起戏台，台分前后，一群总督府的仆役正在忙上忙下挂大幕帘。戏台两侧设有假山奇石，内园周遭的芭蕉已被伐去，栽植了几百株粗壮的大棕榈。探春笑道：“宴饮此间，真如置身山林一般，别有一番野趣，不知会用什么样的桌椅。怎么不见中国戏班的人？”

沛南道：“都是外子考虑不周，我们只以为郡主明晚才到，谁知提前两天来了，故此还来不及通知戏班赶来，不过郡主放心，今天下午戏班就能上岛。至于桌椅……听说好像是从中国运来的什么木料，中午前就运到，我都还没瞧见呢。”

不多时来到摘星楼，探春抬头望去，见这摘星楼高十丈，分七层，真不愧“摘星”二字。沛南笑道：“冲云崖上还有一座揽月亭，与这摘星楼相映成趣，只可惜摘星楼地处岛心，罕有海鸟飞来，也没有揽月亭下惊涛拍岸、大浪卷雪之势，不过这楼下尚有一座寒潭，其水极浅，不过尺许，但这潭底乌泥却是无价之宝，用这乌泥涂在脸上，有除纹消皱的功效。”说着俯身从潭底抓出一把泥来。

探春、侍书嘴角抽搐几下，齐声道：“免了。”又抬头望去，见摘星楼显然是刚刚粉刷一新，从一楼到七楼的楼栏都以朱漆粉饰，还挂着各色彩绸。一层至七层的匾额上，依次提着天枢、天璇、天玑、天权、玉衡、开阳、摇光。

沛南道：“这摘星楼也藏有不少宝贝，一楼是珊瑚玳瑁，二楼是古玉玛瑙，三楼是中国书画，四楼、五楼尽是些兵书战册、古籍善本，六楼藏有七十二把精制火铳，七楼还有整整一架的中国棋谱。我幼时迷上中国棋艺，费了好些功夫搜罗来的，不过这

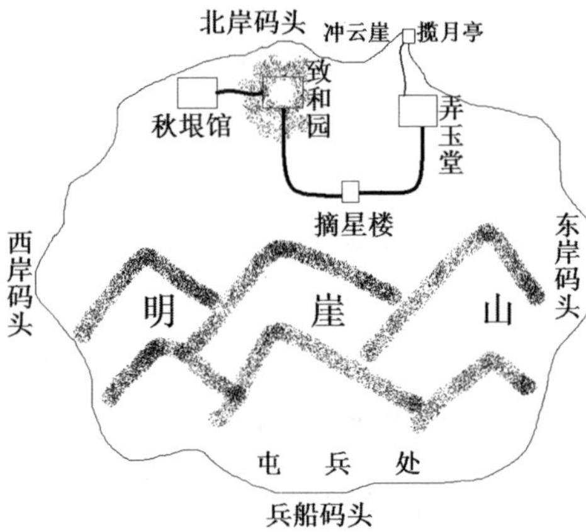

苏禄岛

些年也不看了……”

“哦，书画、棋谱？”探春颇有兴趣地问道。

“摘星楼的钥匙都在我手里，郡主可有兴趣前往一观？”

“也好。”

当下二人直奔三楼“天玑”，沛南取出一大串钥匙，翻翻找找，探春凭栏远望，却见一片青翠，不见人烟，原来这摘星楼正对着苏禄岛南的明崖山，最是幽静。沛南开了门，请探春进去。这屋中悬挂字画不少，倒也多是真迹，却罕有精品，探春心里记挂着那卷虞世南，粗粗欣赏一番，实在不愿再爬七层，便下了摘星楼。

刚到楼下，探春一眼望见寒潭边地面上有一块石板，便问道：“这是……酒窖吗？”

沛南道：“不，这是一处地道入口。”

“地道？”

“对，这苏禄岛北部四大园林地下有地道相通，这些地道是家父麾下的机关大师寻彰设计的，极为精巧。我也不怕您见怪，前些年真真国海疆不宁，不仅与中国关系不善，甚至于夫瑶、摆季这些小国也来侵扰。石门六岛地处边疆，这苏禄岛又是总督治所，因此，家父派了寻彰来修建地道，既可屯兵，亦可屯粮，到紧要关头还能保命。地道的钥匙一直在我手里，若是不用钥匙强行打开，地道内的机关就会开启，入者有死无生。”

探春感到十分新奇，但这里面毕竟有不少杀人的机关，还是少碰为好。

正此时，忽见小黑小蓝匆匆跑来，小蓝怀里还抱着那只懒懒的海鸥，探春不知何故，便问道：“有事吗？”

小黑一摇头：“没事。”

“那你们……”

“保护郡主。”小黑道，“在垂纶岛就说过的。”

探春笑笑：“好，一起来吧。”

沛南见了那海鸥，便问道：“这鸟儿怎么了？被猫伤的？唉，猫这东西最讨厌了，我一见到猫就寒毛直竖两脚发软，浑身骨头节儿都酥了……”

“是大贼鸥咬的。明明伤都快好了，可这小东西还是没什么力气。”小蓝郁闷地说。

沛南掩口而笑：“这是闲的。鸟儿最怕养尊处优，你们成天这样抱着它，它哪儿来的精神？”

“鸟儿要是伤了翅膀，得吃些有壳的东西。”沛南身边的云双插嘴道。

“我喂它吃过栗子，侍书姐姐从中原带来的上好的炒栗子。”小黑道。

探春看侍书：“我说栗子怎么少了。”

侍书低头：“我只拿了五个。”

沛南笑得更欢乐了：“哎呀呀，不是那种壳！这娃儿太可爱了！”

云双笑得发颤：“我爹说过，要是见到翅膀不便的海鸟落在一块大礁石上，那礁石下面肯定有不少肥美的海贝海螺。不如这样，你把它交给我，等你们离岛那天，让它飞着跟你走。”

“真的？”小蓝惊喜地说，“说实话，给鸟治病我真不擅长。”

儿人正说笑，却见卢勋带着邓殊、范恩来到摘星楼下，不用说，两人定然是嗅着兵书和火铳的“香味”一路颠过来的。沛南取摘星楼的一串钥匙，卢勋便带两位兴冲冲的贵客上了摘星楼。

沛南、探春继续东行，来到弄玉堂前。卢勋夫妇平日里就住在这弄玉堂后堂，此处的景致格外静雅，砖瓦草木都带些文人味道。沛南请探春在红木四出头官帽椅上坐了，又从锦缎绣宝相花香囊里取了一撮玫瑰香，吩咐云双在白玉狮钮香炉里点了，自己摘下指上金丝碧玺戒指，转开了花梨木多宝阁左下一处极其隐蔽的小柜，探春抬眼一扫，那小柜里的两件东西皆令她怦然心动！

沛南只取了一个紫檀嵌白玉的小木匣来，打开木匣，将一幅书卷捧至探春面前。

纸寿千年，卷寿八百，这幅千年神迹此时就这样静静地摆在面前，黄庭坚曾叹曰：“虞书庙堂贞观刻，千两黄金那购得？”饶是探春见多识广，此时亦觉惊心动魄，虞书看似柔和纤怯，却有一股劲气漫溢开来，光华内敛、疏朗恬淡。探春不敢碰触，忍不住抬指临空，细细摹写。

沛南一笑：“好郡主，笔墨在此。”说着递上一支狼毫。

整整一个上午，探春都耗在弄玉堂中，或是摹写书卷，或与沛南畅论书道，甚是投机，直到被小黑提醒吃午饭，才恋恋不舍地离开弄玉堂。回到秋垠馆，探春才知道范恩是带着一大包点心进的摘星楼，邓殊也传话说午饭就在摘星楼用了，探春有些后悔："我回来作甚，早知道也留在弄玉堂了。"

侍书哭笑不得："我的好姑娘，人家夫妻俩的居室，你留在那算怎么回事？你这一上午和那卢夫人开心得像魔怔了一样，我倒还顶得住，小黑、小蓝在院子里闲得发慌，不知从什么地方抓了只野猫来，吓得云双叫赶紧扔出去，被卢夫人看见可不得了……"

正说着，卢勋命人送了些精制菜肴，探春匆匆吃罢，便觉得有些倦了，想来是吃得太急，便在屋里来回踱了几步，越发倦了，只好躺在床上闭目养神，谁知这一睡便一直睡到戌时二刻。

探春揉揉眼坐起身来，见天色暗了，忙问了侍书时间，不由得大吃一惊："我和夫人说好，下午也要去弄玉堂的。让她白白等我一场，这可如何是好？"

侍书道："夫人等到酉时，见您没过去，便打发个小厮来问过，说您若乏了不愿走动，夫人便去揽月亭喂海鸥了，我见姑娘睡得香，也没好惊动。"

探春道："想是上午走动多了，竟累成这副样子。"

侍书忙催促道："姑娘快些梳洗打扮吧，马上就是晚宴时间了。"

探春忙下了床，坐在玫瑰镜前："只怕那两位腻在摘星楼里，拽都拽不走呢。"

侍书一面为探春梳头一面说道："邓将军和小王子酉时不到就被卢大人请回秋垠馆了，毕竟他们还有不少大事商议，男人嘛，还都是朝廷重臣、皇家贵胄，私事公事还是分得清的。"

探春脸色一红："他们现在还在吗？"

侍书道："不到戌时就都奔了致和园，只等姑娘了。"

探春又问道："小黑小蓝呢？"

侍书不满地说："刚才小蓝看见一只紫毛红嘴的长脖鹳跑进院子里，就紧张得像见了鬼似的，张牙舞爪追出去了，小黑也跟她一起跑了。"

"不管他们了，我们先过去。"探春总觉得这种"紫毛红嘴的长脖鹳"像是在什么书上看到过，但此时卢勋已派人来请，探春不及细想，便向致和园赶去。

致和园里灯火通明，如同白昼，内层的大棕榈被灯光照映得油光闪闪，格外漂亮。戏台上的布景已经搭好，要唱全本的《姜子牙斩将封神》，神仙魔怪层出不穷，极其热闹。此时的卢勋显得格外兴奋，准确地说是格外紧张，目光闪闪，紧攥双拳，身体也有些微微颤抖。邓殊看得莫名其妙，皱了皱眉头。

探春赶到致和园，众人见礼已毕，落了座，各色菜肴便依次呈上。

酒桌上三尺三的巨型龙虾吓住了探春和邓殊，戏台上闻太师的金龙钢鞭也打翻了金吒木吒哪吒，闹腾腾的，热闹非凡。范恩正看得有趣，却听探春忍不住问："卢大人，为何不见夫人来？"

卢勋忙道："我也正奇怪，按说酉时到冲云崖逗弄些海鸟儿，也早该回来了，我刚才已经派卢佑去找了，估计一会儿就有信儿了。"

不多时，忽听一声哭天抢地的"老爷啊"！大管家卢佑带着几名精悍的家仆赶到致和园，哭丧着脸说："大事不好，夫人从冲云崖坠落下去，已然身亡！"

卢勋倒抽一口冷气，跌坐在地，身后随侍的小厮忙上前搀扶。

探春吃了一惊，蓦觉得胸口一阵发堵，极不是滋味，抬眼看去，只见一台担架停在园门外，上有白布苫住一具尸体，透出血迹斑斑，一只纤细的手掌从担架上垂下来，手上戴着金丝碧玺戒指，确是沛南无疑。

探春心里极不好受，攥住侍书的手，站起身来，看着冲出园去号啕大哭的卢勋，也不知说些什么，只好望向范恩和邓殊，见二人也有些惶然无措。

园门外卢佑手忙脚乱地搀着卢勋，诉说找到夫人尸体的经过："我们来到冲云崖，先在揽月亭外叫了几声，不见有人回应，只好上亭去看，结果瞧见亭栏上好大一个缺口，缺口下面八九丈就是海潮礁石！我看见礁石缝里好像有个人，绕下去一看，果然就是夫人！所幸尸体没被海浪冲走……哦，还有那个造孽的栏杆就摔在夫人尸身旁边……"

探春稳稳心神，对侍书使个眼色，侍书会意，向园门外走去，见两个小厮抬着一节樟木栏，看断茬处果然有老化折断痕迹，却不见丝毫人为砍锯之伤，忙回报探春，探春点点头。

正此时，小黑、小蓝慌手慌脚地钻到探春身边，探春一惊："你们从哪来的？"

小黑惊魂未定地说："从树林里钻过来的。郡主，先别问那么多，我们把刚才看到的事原原本本地告诉您。"

探春看看园门外哭得气噎喉干的卢勋，又与邓殊、范恩对视一眼，三人同时低声道："讲。"

小黑目示小蓝，小蓝定定神，说道："您知道我们刚才在院子里发现了一只什么鸟吗？"

"紫色翎子的……什么鹳？啊，难道是……"探春猛然反应过来，惊得脸都白了。

"没错，是鸩！"小蓝道，"我也不知它怎么跑到这岛上的，只知道一旦它的羽毛落到溪水里，这岛上的人都要遭殃！所以我们赶紧追了出去，这鸟不大会飞，可是跑得极快，还专往密林子里钻，我们跌跌撞撞一直追到弄玉堂外，才把它抓住。这时候小黑听见前面的密林里隐约有呜呜的声音，我还以为是风，可循声而去，竟然发现了云双！”

探春一惊，又侧耳去听园外卢勋的讲述：“那个云双丫头根本没找见，想来是怕事逃走了，又或者就是她把夫人推下去的……”

小黑低声道：“他说谎，我们找到云双时，她被绑在一棵树上，嘴还被堵着，正在那儿哭哭啼啼地磨绳子呢，绳子若绑得紧些，还容易磨断，偏偏绑得半松半紧，云双手腕子都被树皮刮得鲜血淋漓。”

小蓝也轻轻说：“我看过云双的手腕，从瘀痕来看，她至少已被绑了一个时辰。”

探春点头道：“可是一个时辰前，云双本该陪夫人一起去冲云崖揽月亭。”

小黑道：“她根本没有去。据云双说，夫人本在弄玉堂等候郡主，此时忽然有个十六七岁、眉心有红痣的小厮跑来，说云双的爹来看她了。云双家不在苏禄岛，家人很少过来，云双高兴得什么似的，跟夫人告了假，就跟着那小厮走了。直到现在云双才反应过来，她在总督府一年多了，根本没见过这个小厮，而且她离开之前，弄玉堂的下人们早就被抽调到致和园了，弄玉堂只剩下夫人一人……”

“等一下，眉心有红痣？姑娘，酉时来秋垠馆的小厮眉心也有红痣。”侍书惊恐地说，“难道就是他绑了云双？”

探春低声道：“也就是说，这小厮很有可能是骗云双离开弄玉堂后，将她绑在树林里，然后来到秋垠馆，明着是问我醒没醒，实则有意透出如果我不愿走动，夫人便去揽月亭的消息。也就是说，他是来告诉侍书不必叫醒我，我也不必去弄玉堂了。”

“嫂子啊，他怎么会知道你有嗜睡症呢？”范恩歪着脑袋问。

“现在想来，卢勋派人送来的饭菜定然下了催眠药，我平日里就算很累也不至于如此嗜睡。”探春恶狠狠地盯着范恩道，“你才有嗜睡症！”

邓殊点点头：“或许是卢大人有问题，或许是饭菜在送来的路上被做了手脚。”

探春又问小黑：“云双呢？鸩呢？”

小黑道：“云双姐姐本来说她看着鸩，我们不敢，就把鸩塞进口袋里，带到致和园来了，就挂在那边暗处的棕榈树顶上。云双躲在弄玉堂外的树林里，安全得很，只是不知道夫人遇害了。”

探春点点头，又见小黑小蓝的神色仍然出奇地凝重，便问道：“还有什么情况？”

小黑道：“您别害怕，我就说。”

“说。”

“云双说，前不久孟堂派了一个叫杜铎的家伙来，跟卢大人商量说，趁着宴请郡主的工夫，在致和园下的地道里遍布火药，把使团一行全部炸死……”

“你个死小孩！是不是郡主怕了你就不说啦？”邓殊差点嚷起来，又怕惊动园外失声悲号的卢勋，只得狠狠地压低了嗓子爆粗口。

探春也是一惊，忙问道：“然后呢？卢勋怎么回应？”

小黑道：“卢勋很干脆地杀了杜铎。”

范恩道：“哼，说话大喘气，叫我哥打你屁股！”

小黑摆手道：“可是几天前卢大人突然问夫人讨要地道的钥匙，夫人不肯给，卢大人还老大不高兴。”

小蓝紧接着说：“还有，我刚才偷偷从夫人尸体旁边经过，只闻到了血腥味。”

范恩道：“那又如何？”

探春恍然道：“没有海腥味！所以那个卢管家说从礁石上发现夫人的尸体，定是撒谎了。”

此时园外的卢佑劝慰卢勋道：“老爷，为今之计，我们还是先把夫人送回弄玉堂，好生盛殓，再派人寻找云双……”

探春小声道：“别让他们离开……”

邓殊应道：“臣明白。”忙走到院门外，高声道，“听卢管家的话，好像是怀疑丫鬟谋害夫人。”

卢佑一愣，点头道：“啊……是，是。”

邓殊道：“既然如此，不如先让郡主的随行医官看一下尸体，如果真是被人谋害，尸体上定能找到些蛛丝马迹，也好为夫人报仇雪恨。卢大人，你看如何？”

卢勋犹犹豫豫地说：“嗯，好吧……”

当下尸体抬进园中，小蓝揭开苫布，探春不忍去看，忙转过身去。

小蓝粗略验过，说道：“肋骨、胯骨、腿骨皆有折损，如此看来，夫人确是从大约八九丈的高处坠落。”

探春身子晃了晃，说道：“小黑，我受不了，快扶我到那边去坐坐。”

小黑红着脸，搀着探春走到一边，探春却低声道：“附耳过来……”嘱咐一番，小黑一点头，鬼魅般腾出园外，卢勋主仆及众戏子都是一惊，想不到这世上竟有如此好的轻功，如此快的身手。

小蓝查看一番，走到探春身边，把沛南身上的金绸滚云边的香囊塞到探春手里，耳语几句，探春一惊，略一思索，又对小蓝耳语几句，小蓝低声应道："郡主放心。"一闪身出了致和园。

探春站起身来，抬眼一扫卢勋、卢佑。

卢勋、卢佑皆是一个激灵，心中涌起一种不祥的预感。

"夫人今日酉时确实在揽月亭吗？"探春问道。

"应该在吧，今日酉时和往常一样，揽月亭被一群海鸥团团包裹住，邓将军和恩王子也看到了，所以阿南应该是在揽月亭。除她之外，别人也没心思去喂那些鸟。"卢勋有气无力地说。

"卢管家！"探春猛然喝道，"你说是在海滩的礁石上发现夫人尸体的，那为什么尸体上根本没有海腥味？夫人身上其实是被淡水浸湿的吧！我记得夫人进庄前无意中提起过，揽月亭的亭栏是上好的铁力木，你带来的这一节栏杆却是樟木，这应该是从别处找来的老化了的樟木栏杆吧？还有，在夫人的前襟上有一股尚未被冲淡的猫尿味，夫人最怕猫了，这股猫尿味从何而来？"

"这……不知道……也许是别人害了夫人，故意移动了尸体。"

"我们再看，夫人用铜环紧紧拴在腰带上的一串钥匙不翼而飞了，可幸运的是，夫人的香囊还在，这个香囊和我上午所见到的大不一样，其中装着的竟然是樟脑草，这种东西会令接近夫人的猫变得疯狂。还有，夫人的指甲里是潭泥而不是海沙，这种乌黑色的泥只在摘星楼下的寒潭里有。

"据我推测，在云双离开后，有人把夫人骗去摘星楼的七层摇光——因为只有那里是和冲云崖高度接近的，借口或许是郡主想看看夫人收藏的古棋谱。于是夫人孤身一人来到摘星楼，但她不知道香囊已经被人换过了。夫人推开摇光的门，发现屋里竟有几只猫，香囊的气味令这些猫疯狂地向夫人扑来，夫人恐惧之极，退出屋去，扑向楼栏，却不料门外的楼栏已被人几乎锯断，夫人这一靠，当场从七层楼坠落下去，时间正是酉时许。"

"郡主，这么说有何根据，夫人又不是瞎子，锯过的栏杆她怎会看不出？"卢佑反问。

"证据马上就到。"探春自信满满。

"证据在此！"小黑左手捧着一只猫，右手提着一段栏杆，气喘吁吁地赶了过来。

探春接过猫，笑了笑说："直接凶手找到了。"

小黑把栏杆摆在卢勋主仆面前，说道："这就是证据，七楼里面备下了好多猫最爱吃的小东西，足够十五只猫吃半个月的，而且这些东西还有极淡的酒味。我过去的时候，一些猫靠在架子上打盹儿，两只猫还窝在那儿一个劲地吃呢。栏杆是在摘星楼下的假山里找到的，显然是还没来得及处理，先随便藏起来的。"

探春道："瞧，凶手先锯过栏杆，锯个将断未断，然后在外面涂一层朱漆，再挂上彩带绸缎。且不说夫人当时惊慌失措，就算是心平气和，恐怕也不会发现栏杆上的蹊跷。"

卢勋、卢佑面面相觑，闷声不语。

"总之，夫人从七楼坠落，应是在酉时五六刻。卢管家，这段时间你在哪里？"探春问道。

"我在致和园。"卢佑似乎早就在等这一问，"大人和邓将军、恩王子都能做证。直到戌时初，大人见夫人还不来，才派我去冲云崖附近寻找的。所以夫人一定是被别人害死后移尸到冲云崖下的，十有八九就是那个云双！"

探春似乎早就在等他这么说，迅速发问道："那你能让我看看你的鞋底是沙还是泥吗？若你去的是冲云崖，脚下必有沙，若是摘星楼，脚下必有泥。"

"这……"卢佑后退了一步。

"其实，据查验，夫人身上虽然多处骨折，但她只是坠落而非坠死，夫人是被溺死的，因为在夫人的口中也有潭泥！而且夫人的坠落时间虽是酉时，但死亡时间正是戌时二刻。我是不是可以这样推测，你从致和园离开后，来到摘星楼下，本想抬回夫人的尸体，却出乎意料地发现夫人尚未气绝，还挣扎着爬到了寒潭边。你一不做二不休，把奄奄一息的夫人按进潭水里，生生溺死！这段时间，没有不在场证明的，就是你卢管家和你的几个小跟班！"探春厉声斥道。

不等卢勋回过神来，探春便斥道："卢大人，是你指使他干的吧？"

"啊？我……"

"夫人说过，安排摘星楼粉刷的就是你！还有，我说过云双离开后，夫人应该是独自一人离开弄玉堂的，其他人呢？只有你才能命令他们早早离开吧，理由应该是致和园这边缺人手，证据就是方才上菜的几个丫头我上午在弄玉堂见过。"

"呃，这里确实缺人手啊。"

"夫人的贴身丫头只有云双，除云双之外，十分了解夫人又可能换掉香囊的就只有她最亲近的丈夫了。”

卢勋眼珠来回转动，辩解道：“我为何杀她？又为何要在摘星楼杀她？”

“你的目的是地道钥匙吧？为何要在摘星楼嘛，应是因为摘星楼七层夫人不常上去的缘故。”

“此言何意？”

“你需要提前不少天对栏杆下手，如果真在揽月亭动手的话，夫人也许早就坠崖身死了，不会等到今天。如果夫人早在数日前于揽月亭身亡的话，云双定会发现栏杆的蹊跷，从而怀疑到你身上，毕竟岛上驻军有不少丞相的部属，你不敢擅动。因此你借迎接郡主、粉刷摘星楼的机会，对夫人不常上去的七层做了手脚，还借请贵客欣赏火铳、兵书骗到了摘星楼的钥匙，又在今天中午趁机换下了夫人的香囊。下午你用钥匙打开摇光室藏入几只猫，并放置大量含酒的食物，让它们或吃或睡发不出叫声，然后你很不礼貌地以商谈国事为由把邓将军和小王子唤出摘星楼，回到秋垠馆。你在酉时许命人将落单的夫人骗上摘星楼，可令猫儿们清醒、兴奋、继而发狂的樟脑草终于随夫人一起出现，于是这些猫就成了夫人的勾魂使者。而到戌时你命人去寻找夫人，实则是去搜取钥匙，不出所料的话，钥匙已经在你身上了。

“在条件方面嘛，冲云崖揽月亭地势险要，平时几乎没有人去，而每日酉时揽月亭的海鸥就成了夫人的标志。你先派人在酉时把一些小鱼倾倒在揽月亭中，吸引大量海鸥像往常一样包围揽月亭，做出夫人在亭中的假象。至于案发处的摘星楼，平日里就不会有人进去，毕竟那里偏僻阴冷，还是你们夫妻的私人藏宝楼。此外，你早已清空了弄玉堂，而且在这时候整个总督府的人都集中在苏禄岛西北部，尤其是致和园一带，如此一来就不会有人发现夫人坠楼的尸体了。然后你命人通知夫人到摘星楼，之后的一切就交给猫了。”

“不过夫人坠楼后并未立即身亡，因此在戌时你派去搜取钥匙的卢佑慌了手脚，只好把夫人溺死在她身边的寒潭当中，留下了致命的破绽。说实话，你的计划实在是漏洞百出，疏漏之大，实在不像总督所为。因为这些细节你根本没有必要注意，你的目的是在顺利取得钥匙后取我性命，同时保住你的性命，之后再有谁来查夫人的案子，都不是你考虑的问题了。你上午拿出兵书、书法等吸引我们的注意，不仅是为了得到摘星楼的钥匙，还因为你还要瞒着夫人紧急搬运这些早已备好的松木桌椅。”

卢勋后退一步，森然问道：“这与桌椅何干？”

“看看这里的桌椅吧，竟然都是普通的松木。我很奇怪，我早就听说过，石门六岛盛产黄花梨、红木等硬材，这些从你书房的陈设也能看出来。如此重要的宴会，主宴的桌椅怎么会用松木？还有，这致和园本来是被大片芭蕉包围，你平白无故伐掉了最内一层的芭蕉而改种棕榈，这都是为什么？是因为你认为松木、棕榈都是易燃的木材吧？”探春步步紧逼，“你杀死夫人，夺取钥匙，目的就是等大火烧起之后，你的人可以通过地道逃生吧？从我来到园中就发现，从山上引来的曲行于园中的泉水竟然不流动了，显然是被人自园外截断，你应该是想在水面上倾倒火油，防止我们跳水逃生。”

卢勋攥紧了拳头，一言不发。

探春长叹一声：“其实完全有更简单的办法，你可以让卢佑在宴间来通知你‘出事了’，你并不告诉我们是什么事，而是让我们尽情宴饮、听戏，而你因为某件要事‘去去就来’，等你离开后即可命人点火，到时候整个致和园会化作一片火海，连戏班的人也留不下。你这么做虽有失礼数，但不需要钥匙也可逃出生天，顺利地去领取你主子的奖赏，尤其不用杀害夫人，我真不知你是怎么想的。”探春越说越恼，狠狠指着卢勋的鼻梁大声呵斥。

“哈哈哈哈，郡主果然聪明。”戏台上的画着红白相间脸谱，身披金色长袍，手舞钢鞭的殷商太师“闻仲”撕开累赘的戏袍，暴出一阵骇人的狂笑：“他怎么敢烧死戏班呢？烧死戏班，他也得死！”

探春道：“是你们指使他的？”

“不错。”“闻仲”答道，“他吃了我的鸩涎丹，如不杀死那个女人，他就别想拿解药！”

“你们是孟堂的人？”邓殊按剑在手，喝问道。

“怎么会？”“闻仲”狞笑一声，“沛炎和孟堂在真真国朝中明争暗斗，可还没你死我活地掐起来，如果沛炎的女儿一死，陪她一起化作灰烬的还有中国郡主，你说沛炎会把账算到谁的头上？到时我们的人再扇一阵风，点一把火，真真国朝中内乱，我夫瑶国趁虚而入，嘿嘿……”

“原来是夫瑶人，难怪长得像中国人。”探春道。

“你莫名其妙地截留尸体时，我就知道杀沛南的计划露馅了，但是你能从木材、水流看出纵火计，还是令我有些惊讶。不过你放心，我也不愿放火，若把你烧成一具焦尸，我拿谁的首级去请赏呢？只要你们乖乖引颈受戮，也可免受烈火焚身之苦，若是强作挣扎，那就怪不得我了。”“闻仲”得意地说。

探春点点头：“整个戏班都是杀手吗？”

“不错。不过我能问一个问题吗？”“闻仲”道，“听到我是卢勋的主谋，你为何一点也不惊讶？”

话音刚落，探春、邓殊、范恩都笑了出来。

“你们笑什么？”

“夫瑶人总是千方百计地学中国人，不论是军政国体，还是衣食娱乐，可是没有一个学得像的。”邓殊笑道，“若是中国戏班，主家出了这等大事，绝不会这么虎视眈眈地站在戏台上看着，后台的弟子更不会一窝蜂拥到前台来，而应是立刻偃旗息鼓，闭合大幕，全部伶人退到后台，等候差遣。瞧瞧你们，连刚刚被‘打死’的九龙四圣魔家四将都跑到前台了，脸上的装还没卸。”

“闻仲”脸色一寒，他身后的“姜子牙”“赵公明”把戏服一扯，各执一根钢鞭，站到“闻仲”身边，恶狠狠地盯住邓殊。邓殊见这三人渊渟岳峙、吐息绵长，心知皆是高手。

范恩瞧瞧这几根钢鞭，摇头道：“连我都看得出，整场戏的道具都是真家伙。‘闻仲’的金龙鞭、‘姜尚’的打神鞭、‘赵公明’的黑虎神鞭，哦，倒和斩将封神有几分吻合，难怪你们要演这出戏。三位不会就是夫瑶国铁鞭门的三大护法吧？我说怎么刚才‘闻仲’鞭打‘哪吒’的时候胳膊一直架着呢，这一鞭真打下去，你自个儿肯定也收不住。这要实打实地敲上，恐怕‘哪吒’要骨断筋折哟。”说着看了看扮“哪吒”的小武生，“哪吒”冷森森盯他一眼。

范恩道：“你瞪什么瞪，你化装倒是不费事哈。”

“哪吒”一怔：“你什么意思？”

小黑笑道：“十六七岁年纪，眉心一颗红痣，圆眼睛细眉毛，高鼻子薄嘴唇，这和云双描述的诓骗他的小厮完全吻合。你眉心这个红点是真的，倒省了化这一笔。哎兄弟你听我说，你看咱们年纪差不多大，不如交个朋友吧？你没有杀死云双，也算是良心未泯，倒不如反戈一……”

话音未落，只听“哧”的一声，再看“姜子牙”的颈中，透出一柄火尖枪来，鲜血喷涌，狰狞可怖。这一枪来得太快，角度又极刁极狠，那扮姜子牙的汉子听到颈侧风声，已绝无招架之机，堂堂铁鞭门左护法竟不明不白地死在一个少年手里，雪白的髯口霎时化作血红。在场众人都呆住了，夫瑶戏班里更是一阵惊呼。

探春身子一颤，转过脸去，暗道：连眼都不眨，好狠的小子。

“反戈一击，你不说我也会。”“哪吒”抽出枪来，冷冰冰地说。

“啊……干得好。”小黑也有些愕然。

“你做什么？”那扮赵公明的花脸大汉又惊又怒，五官拧作一团，狞声暴喝，抬手一鞭向“哪吒”头顶击去，“哪吒”合枪一挡，趁着鞭劲倒翻筋斗跃下戏台，瞧着小黑说：“如你所说，做个朋友吧。”

“怎么称呼，总不能喊你哪吒三太子吧？”小黑道。

“原来的名字我忘了，那些家伙给的名字，我不想要，还叫我哪吒吧。”

“赵公明”举鞭要冲下台去，被“闻仲”喝住。“闻仲”一双阴沉沉的眸子上下打量了“哪吒”几眼，点点头道：“中国人？呵呵，不管你混入戏班是什么目的，你选择在现在倒戈实在是太不明智了，到时大火一起，你就和你们的郡主一起烧成炭吧，别忘了钥匙在我们手里。”

“不不不，他倒戈的时机恰到好处。你这人，看着老谋深算，怎么有点缺心眼？”探春戏谑地看着“闻仲”，“钥匙在卢勋手里，可不在你手里。”

“卢勋已经是我的人，他不给我钥匙就得死！”

“难道我们不会抢啊？我们离得近，小黑！”

探春一声令下，一道黑风眨眼间刮到卢勋身边，卢勋正和卢佑靠在一起筛糠似的哆嗦，只觉一个激灵，腰上挂着的钥匙已被扯走，连裤腰带都扯断了。这位靠岳父荫庇威震一方的石门总督，眼巴巴地望着自己的救命稻草落入他人之手，几乎要瘫倒在地，真是狼狈之极。

探春道：“卢勋的计划是抚尸痛哭一番后，命人趁乱把钥匙交给戏班弟子，他随尸体暂退，你们则迅速把处于惊变中的我们团团围住，若遇反抗，当即点火。不料我们截住尸体，揭破卢勋，他的钥匙还没来得及交给你呢。现在钥匙在我们手里，火具在你们手里，我们要这钥匙没用，而你们的火具也没用了。地道口打不开，你们若想连自己一起烧死，请便。”

“闻仲”阴沉沉的脸上青一阵白一阵，瞧瞧眼前的形势：嗯，丫鬟婆子们都逃走了，不过他们逃不了多远，只要他们喝这岛上的水，就别想活下来；卢勋、卢佑也想逃，被邓殊手下侍卫死死堵在院子一角；怀远将军邓殊是个高手，不大好对付，他手下共有二十名带刀侍卫，看起来武功平平；小王子嘛，玩世不恭的皇家子弟，郡主和那侍女不会武功；那个穿一身黑的白人小孩身手了得，那个倒戈的中国小孩深浅不知……哼，总之我有六十多人，还拿不下他们？而且他们是来赴宴的，除了小叛徒和武功低微的侍卫，其他人都没带武器。

邓殊戟指“闻仲”，大喝道：“呔！花面贼！是战是逃！思前想后是要做甚？”

“闻仲”冷笑道：“逃？我为什么要逃？你们只有二十多人，而我有六十人。”紧接着暴喝一声，“擒贼先擒王，随我拿下中国郡主！”飞身凌跃，话随鞭至，那十三节水磨鞭携风雷之势，搂头盖顶直奔探春砸来。

这扮演闻仲的大汉乃是夫瑶国铁鞭门大护法，武功精绝，这一鞭来得迅速之极，探春还没回过神来，便觉一阵劲风扑面袭至。她眼前一花，只见小黑平地一个倒跃，脚尖不偏不倚，正点在“闻仲”手腕上。“闻仲”腕子一麻，那铁鞭砸偏在探春身边的松木椅上，木屑纷飞。恰在此时，侍书一把扯住探春，三步并作两步，眨眼的工夫便钻进了二十名带刀侍卫围成的保护圈里。

戏台上、戏台下的铁鞭门弟子各操兵刃呼啦一下扑将上来，被邓殊一个扫堂腿，先倒了一片。那扮哪吒的小武生以枪为棍，一个横扫千军，又倒下七八人。大失颜面的铁鞭门众弟子跌跌撞撞爬起身来，壮着胆子又拥上前来。

探春定定神，捏捏侍书的细胳膊：“了不得啊，我的侍书到这生死关头还真是眼疾手快！”

侍书颤着嘴唇说：“姑娘您别说了，我这辈子没跑过这么快，腿现在还抖着……”

小黑拉开架势，死死盯住“闻仲”手中的钢鞭，“闻仲”左手按按右腕，心中暗自惊奇：这蓝眼珠的白人小孩，比我想象的还要厉害，浑身上下没有半点破绽，不过，他没有武器。

他正想着，两名铁鞭门弟子各执一把钢刀直奔小黑后心，小黑早已察觉，蓦地向前躬身，让过刀锋，双臂向后一翻，五指如钩，嘭的一声，死死扣住两人手腕，向下猛压，借力轻身跃起，避过“闻仲”趁机劈心捣来的钢鞭，再落地时，两把雪亮的钢刀已擎在手中，转身一挥，鲜血喷出，两具死尸扑倒在地。这一招使得如行云流水，煞是漂亮。

“闻仲”大怒，挥鞭斜劈小黑面门，鞭势虎虎生风，刮得小黑脸面生疼。小黑自幼习武，深知锤棍鞭槊以力取胜，万不可以力拼之，只好以刀作剑，闪展腾挪尽是轻灵套路，好似惊涛骇浪里一艘小船，似是被巨浪裹挟，却总沉不下去。

当着这等高手拼杀，普通铁鞭门弟子哪插得下手去，那扮哼哈二将的弟子各举一根短杵，恶狠狠地向背叛师门的“哪吒”攻去，一招未过，两人身上便各添一个透明窟窿，尸身栽倒。“哪吒”踏过地上的死尸，冷冰冰地向迎面冲来的数十名铁鞭门弟子走去，眼中精光暴露，口中喃喃道：“夫瑶人，好久没杀得这么痛快了！”纵身飙入人群，霎时间血肉横飞。这个挽着双抓髻，穿着莲花衣的清秀少年，好似修罗附体般，令正与“赵公明”生死相拼的邓殊都有些胆寒。

邓殊这边倒是占尽了优势，那扮赵公明的豹头大汉武功虽精，比之那边的“闻仲”却略有差距。邓殊则一拳轰开了扮杨戬的武生的太阳穴，夺了三尖两刃刀在手里，这兵刃是邓殊最趁手的家伙。“赵公明”性格暴戾，每一鞭都暴出十成力道，却总被邓殊轻而易举地四两拨千斤，还总能顺手斩杀几名妄图偷袭的铁鞭门弟子，“赵公明”急得双目喷火，却总奈何邓殊不得。

那拧眉立目的“魔家四将”望着倒地的死尸，各吞一口唾沫，转而去攻被二十名侍卫保护着向门外退去的探春主仆。范恩守在保护层外，见四人各举一杆长枪凶神恶煞地冲杀过来，也不说话，一扬手中的火铳，砰砰几声，四将胸膛碎裂，应声而倒，正应了“四天王命断攒心钉”的戏码。

范恩一面填着铅弹一面笑着说：“这年头谁还用长枪？还是短枪好使。对了，我得赶紧给火铳队发信号，铁鞭门的弟子虽是熊包，可人太多……哎呀？发信号的长铳好像落在摘星楼了……”一面说，一面噘着嘴打爆了三个铁鞭门弟子的脑袋。

探春掩面道：“省省吧，他们听见这几声响，岂有不来之理？再说那些逃走的丫鬟婆子，恐怕早就把‘老爷杀了夫人，戏班子是刺客’的消息传遍整个苏禄岛了。再说，我为求完胜，还有最后一步棋。”

此时众侍卫已保护着探春退出致和园，卢勋主仆也被拉扯着退出园门。只听一声整齐的“救驾来迟，殿下恕罪”，范恩的火铳队已然赶到。范恩一握拳：“大局已定。”紧接又是山摇地动的脚步声，一队盔明甲亮的水兵疾奔而来，少说千人上下，为首的一个金发少女骑在高头大马上，冲探春挥着手，正是小蓝。

范恩一伸舌头：“这就是最后一步棋？”

探春笑道：“然。上午摹写书卷时，夫人无意间跟我说过，在明崖山以南，屯驻着三千水师，都是丞相训练出的精锐。而且当夫人从书房隐蔽处的小柜里取出虞世南手书时，我无意间向柜中瞧了一眼，瞧见了那枚兵符和盛书卷的匣子珍藏在一处。故此我命小蓝拿着夫人的戒指，到空无一人的弄玉堂盗走兵符，又骑快马翻过明崖山缓坡，调来一千水兵，还命人前往苏禄岛北岸码头剿灭铁鞭门余部。”

范恩听得直打愣：“你怎么知道在北岸有铁鞭门余部？”

探春解释道：“你对我说过，北岸码头早已弃用了，但是昨晚我们刚到时，卢勋只用了多半个时辰便率一队小船来迎接，他来得太快了吧，我们到达苏禄岛的日期提前了整整两天！我当时便觉得，也许是卢勋在苏禄岛北岸屯有小船。而且我发现，卢勋所驾那些小船样式、纹饰都有些奇怪，可是昨晚我实在乏得厉害，也不曾细想，今天见到这个蹩脚的戏班，才猛然惊觉，昨晚的船都是夫瑶样式。想来也对，卢勋和铁鞭门做的是见不得人的事，当然要到罕有人迹的北岸码头，而且北岸码头和揽月亭应互为视线死角——昨天我们是上岛多时才望见揽月亭的——所以卢勋不必担心被夫人看见。他昨晚忽然得知使团到达北岸附近的海域，一时慌了手脚，直接率停在北岸的夫瑶船队前来迎接，幸好当时铁鞭门主力尚未登岛，停在北岸的小杂鱼们不敢妄自改变首领'在酒宴时一网打尽'的计划，否则我们凶多吉少。"

她回头看看被火铳队推搡着的卢勋："可叹卢勋身为一方总督，连兵符都掌握在夫人手上，真不知他还剩几许实权。"

此时火铳队已经包围了致和园，那"赵公明"心焦难耐，只求速胜，铁鞭大开大阖之间，上三路露出破绽，邓殊眼疾手快，反手一刀电光石火般斩在"赵公明"肩后，红光迸现，死尸倒地。"闻仲"自知已成死局，方寸大乱，被小黑一刀背磕在手腕，钢鞭落地，水兵拥上前去，五花大绑。

小黑吐了口气，见"哪吒"绰枪站在一旁，浑身浴血，脸上的妆粉被汗水冲刷下来，手臂上青筋暴起，赤裸的双足踏在堆积的血淋淋的尸体上，显得格外妖异。小黑不禁颤声赞了句："好兄弟。要不……你先把装卸了？真像哪吒下凡一样……"

从"哪吒"枪下逃脱的二十名铁鞭门弟子看见拿着绑绳的水兵，就像看见救星一样，连滚带爬乖乖束手就擒。水兵们直咧嘴：当年跟随相爷打过不少仗，拿过不少人，可今天这乐子实在太大了，黄脸的、蓝脸的、绿脸的、白脸的、青面獠牙的、赤发红须的、翎子折了的、髯口忘了摘的，哪来这么一群妖魔鬼怪。

探春瞧瞧被缚的"闻仲"，笑道："武功不错，就是脑袋缺了八根弦。你看上去还很镇静嘛，是不是等着岛上的人都毒发身亡后，你好挣断绳索逃生啊？"

"闻仲"闻言猛吃一惊。

小黑纵身一跃，从一棵棕榈树取下布袋："郡主，这里面就是鸩。"说着提了袋子走到"闻仲"面前："这鸩是你放到岛上的？"

"什么针？""闻仲"沉着脸问。

"你还嘴硬！"小蓝给他一脚，"你够毒的呀，想把整个岛的人都毒死吗？"

探春道："你之所以没有阻拦侍宴的丫鬟婆子们逃走，就是因为这只鸩吧，只要她们还在岛上，还要用岛上的淡水，不出一天，就会全部毒发身亡，这是你的第三条毒计吧？谋刺、火焚、鸩杀，用心何其歹毒！不过也算你倒霉，这只鸩阴差阳错地跑到我的院子里，引得两个孩子去追它，才发现了云双，幸亏发现了云双，这案子才破的这么顺利。”

“闻仲”恶狠狠瞪了探春一眼。

“你信不信我把这袋子连鸩一起套在你头上？”小黑怒冲冲地上前扳住“闻仲”的脖子。

“鸩是自己逃走的，不是我放出去的！我也没想启用第三计划！”“闻仲”几乎把脸谱上的红色都吓掉了，正拼命挣扎，忽听一声大吼：“大护法！解药，把解药给我吧！”原来是那卢勋眼巴巴望着被缚的大护法，撕心裂肺地吼叫。

探春暗啐一声，喝道：“卢大人，你是愿意在这小岛上自己毒发身亡，还是愿意我把你交给丞相？你杀了丞相的女儿，还杀了将军的心腹，就算吃下解药，你认为你还能活几天？”

卢勋叫得越发撕心裂肺了，范恩心烦，挥挥手命人把他押走。

三天后，小黑、小蓝和“哪吒”一道坐在礁石上，“哪吒”穿了一身暗红色短衣，长发束在脑后，双足浸在水中，望着海潮怔怔出神。

“还是想不起你小时候的名字？”小黑问。

“懒得去想了。”

“你混进铁鞭门是要……”

“杀夫瑶人。”

“为什么？”

“报仇。”

“什么时候混进去的？”

“一个月前。”

“那之前呢，你在哪里？”

“懒得去想！”“哪吒”有些不耐烦。

“你去找过云双吧，然后被她打出来了？”小黑转换了话题。

“哼。”

“你喜欢她？”小蓝兴冲冲地问。

“哪有！我只是觉得有点对不起她，对不起卢夫人。”

“怎么说？”

“嗯……如果我没有遵照大护法的指示去骗走云双，夫人就不会落单了，也不会骗到摘星楼坠死。我在戏班这么多天，竟然没有发觉大护法的这条毒计，被他派走时，我还有些莫名其妙。”

“嗨，你一个刚入门的小弟子，他怎么会把计划泄露给你？不过……你既然早有意诛杀铁鞭门人，为何还要遵从他的指示骗走云双？”小蓝问道。

“倒戈时机未到。如果当时我不听从命令，定会引起怀疑，被铁鞭门弟子围杀，单那三条铁鞭把我围住，我就必死无疑了。如果在宴会上突然发难，就能得到使团协助，或许能把铁鞭门骨干一网打尽。”

小黑想起大护法那条杀气凛冽的铁鞭，顿觉头顶凉气嗖嗖，后怕不已，忙说道：“这不怪你，铁鞭门有六十名弟子，这件事你若不做，他定会派别人去。而且那个大护法心狠手黑，他交给你的任务应该不是骗走云双，而是把她诓到僻静处杀掉。因此当我无意透露出云双未死的信息时，你当场发难，刺死了左护法。”

“哪吒”点头。

“也幸亏这个任务派到你的头上，否则云双也活不下来。”小蓝道，“可是你为什么把她绑在树林里？”

“怕她到处乱跑，被人发现。”

“你不会跟她解释清楚吗？”

“懒得解释……”

“呃，说说你为什么这么恨铁鞭门吧。”见小蓝脸色不善，小黑再度转换话题。

“懒得说。”谁料“哪吒”又来了这么一句。

“你懒死算了。”小蓝黑着脸吼道。

“我觉得你和传说中的一个人很像。”小黑索性把话题挑明。

“……”

“你有没有听说过专杀夫瑶黑道的修罗童子？”

“哪吒”霍地站起：“你查我底？”

“这倒没有。凭你的年纪，你的武功，你的臭脾气，我多少能猜到几分。”

“哼。”

“你杀夫瑶黑道是为了……”

“报仇。”“哪吒”的语气淡淡的，冷冷的，不带一丝情绪，“在我六岁那年，我的父亲率队出一趟海镖，不料被夫瑶十二大寨的水寇联手劫杀，六艘大船上三百余人全部惨死，只留下躲在木桶里的我。后来，我忘掉了报仇之外的一切，包括我的名字。”修罗童子长长叹了口气，眉宇间竟透出一丝伤感，“十三岁时，我回到西海，这之后……”

“这之后你专杀夫瑶黑道人物，三年来惨死在你手里的各派高手，甚至与黑道牵连的高官显宦，没有一千也有八百。气急败坏的夫瑶十二大寨出黄金万两买你的人头，还送你一个绰号叫‘修罗童子’，至于你的真名，没人知道。”

“我自己也不知道，真的。”

“说实话，你杀人的样子很可怕。”

“多谢夸奖。”

“云双那边怎么办，用不用我帮你解释一下？”

“免了。”

“这个给你。”小黑递上一只海鸥。

“什么意思？”

“云双精心调教的。”

“嗯。”修罗童子把海鸥抱在怀里，“求你件事。”

“修罗童子开口，我岂有不应之理？”

“拿住的铁鞭门人，不要留活口。他们都见过我的样貌，而且多半能猜到我是谁了。”

“这个好说。”小黑一口答应，“不过，你打算怎么办？”

“回夫瑶。”

“继续你的杀戮？”

“对。”

“杀到什么时候？”

“有人拿到那万两黄金的时候。”

第四章 折戟沉沙铁未销

十三艘兵船刚刚从暴风雨的魔爪中挣脱出来，奄奄一息地在海面上游荡，夫瑶国水军都督秦原惊魂未定地坐在甲板上，脸色铁青。骤然来袭的暴风雨吞噬了他麾下半数以上的精锐，最坚固的战船，最精壮的水兵，最有杀伤力的枪炮几乎在这场天劫中折损殆尽。秦原把佩剑重重插在甲板上，双眼赤红，暴跳如雷："白历……白历是故意把我们引到风暴区的！他是怎么知道昨夜有暴风雨的？"

军师小心翼翼地凑上前去："将军莫慌，我们的三名勇士已经潜伏在白历的军堡里了……"

"潜伏……有个屁用！"秦原揪着军师的领子，磨着牙说，"如果他们能早些动手刺杀白历，我们何至于落到如此地步！"

暖月岛军港中五十艘兵船扬帆起航，浩浩荡荡地向南开进。

暖月岛最南端的一座军堡顶部，真真国水军大将白历手抚长髯迎风而立，气定神闲地对副将陶汝说："刚才哨探来报，闯出风暴区的夫瑶国水军现已逃窜到蔷薇海附近，只剩下十几艘战船，想必秦原此时正在跳着脚诅咒我吧，哈哈。"

陶汝是员年轻的小将，拍着手难掩兴奋之情："将军不费一兵一卒就消灭了秦原的半数精锐，现在派出这两千名鲛兵，定能大获全胜！"他崇拜地望着雄姿英发的白历，心头浮现出老家仆陶三教他念的中国古诗："羽扇纶巾，谈笑间，樯橹灰飞烟灭。"

"不过……您怎么知道昨夜会有暴风雨？"陶汝歪着头问，"难道是您学中国大智者诸葛亮借东风，向老天借来的？"

白历微笑道："我学诸葛亮，不是学他借东风，而是学他观天象。我自幼在暖月岛长大，这片海域风暴频发，来势极猛，去势也极快，风平浪静间便大雨倾盆，疾风骤雨后便是朗朗晴空，如果不能提前预知，风雨一来，只能听天由命，因此有经验的渔民和水军，都能观星象，善察风水。诸葛亮能提前三天预知长江大雾，我也能提前三天预知海上风雨。"他笑着拍拍陶汝结实的肩膀，说道："这里面学问深着哪，我以后慢慢教你。"

"嗯。"陶汝兴奋不已，乖乖点头。

正在此时，身后楼梯上传来呵斥之声，二人回头看时，只见三名身穿真真国水兵军服的年轻人狼行虎跳般冲上顶楼，白历的侍卫长见势不对，忙上前阻拦，竟被为首的一人手起刀落，当场杀死，守卫顶楼的八名侍卫也算身经百战，在这三人面前竟毫无挣扎的余地，眨眼间尸横遍地。

白历回过神来，愕然道："夫瑶刀法！"

陶汝抽剑出鞘，大叫："有刺客！有刺客！"

那刺客冷笑数声，手使双刀，飞扑而来，一个瘦高青年挺着钩矛，从后助攻，那看起来年纪最小的刺客从背上摘下一副连弩，瞄准了白历。

白历一见那弩，顿时变了脸色，沉声嘱咐陶汝："小心！"

陶汝从未见白历如此失态，一时也有些慌。

这座石堡是一座石山开凿而成，共分五层，白历、陶汝身处山顶，这里被这座石堡从前的主人改造成了一座花园，有假山，有庭院，有花草，一棵大树横生枝丫，荫住山顶一角，战争爆发后，这里便成了白历的点将台。白历手使长剑，在亭台之间游走腾挪，一面与那双刀刺客周旋，一面借助亭柱山石躲避冷箭，还趁隙对陶汝打个手势：先除掉连弩！

陶汝会意，举剑向那连弩杀去，却被那钩矛刺客截住，钩矛招数刁钻，是最难缠的短兵器，陶汝不好脱身，正心焦时，忽被一支弩箭悄无声息地从手背上划了过去，霎时刮出一条半寸深的血槽。陶汝剧痛难忍，两眼充血，发狠一剑，将那得意扬扬的钩矛刺客连矛带颈，一并劈开。那连弩刺客见势不好，迅速闪到树后。

白历剑术大气稳重，挥洒自如，那双刀刺客招架不住，狼狈间飞身一跃，落在那大树的横枝上，喘息未定时，白历已纵身踏上横枝，举剑便刺。那刺客山穷水尽，自知难逃一死，把眼一闭，却忽听树下一声弦响，一支雕翎羽箭破空而来，准确地从刺客颈边擦过，直奔白历心窝。白历大惊，下意识一侧身，只觉胸口受了重重一拳，他虽身穿铠甲，未伤皮肉，但这一击着实不轻，白历在这细小的树枝上站立不稳，一头栽了下去，那根横枝下，正是硬瘦锋利的假山山尖……

那刺客呆立片刻，才知道形势逆转，不禁大为惊喜，忙扳住树干，向下看去，却见眼前寒光一闪，一支白羽雕翎箭飞刺而来，刺客骇然惨叫，叫声未息，已被那箭贯穿咽喉，直挺挺地钉在树干上。

那连弩刺客七支弩箭都已用尽，躲在树后慌手慌脚地往弩匣里填补。陶汝抽出宝剑，大步赶上前去，刺客慌了神，把弓弩露头盖顶向陶汝砸来，陶汝侧身躲过，一把擒住刺客手腕，宝剑径直送出，刺客应声而倒，弓弩短箭散落一地。

陶汝此时才觉手背上一阵麻痒，怔怔俯身抓起一把弩箭，望着鲜血淋漓的假山，血贯瞳仁……

鱼肉烤得金黄焦嫩，整齐地码在雪白的瓷盘里，四周围了一圈粉白的虾仁，浇上几勺浓浓的蜜汁，再撒一撮葱绿色的香草，宽敞的舱室里顿时香气四溢。

和亲使团的船队刚刚闯过一场风浪，探春受不得如此剧烈的颠簸，整日精神不振，范恩便命大厨烹制了海鲜拼盘。探春一日不曾进食，早已饥肠辘辘，忙用竹签挑一片鱼肉，细细品尝，只觉得肉质爽嫩，滋味十足，顿时舒展了眉头，又刺了一签虾仁，问道：“这是什么鱼？”

小黑道：“您忘啦？昨天水手们捉到的那条大鱼……”

“呕……”探春顿时脸色发白——那条鱼太可怕了！

原来昨天傍晚，水手们捕获了一条五尺来长的鲨鱼，这深海食人魔一张血盆大口衬着森森白牙，两腮兀自翕动不止，在暗红的夕阳下显得格外凶狠诡异，把来甲板上看日落的探春、侍书主仆吓得花容失色。探春眼见甲板上血迹斑斑，心中不忍，便回船舱去了，不料今日这条大鱼竟成了盘中之物，探春口中满是怪异的感觉。

“其实这鲨鱼肉还是一味药材呢。”见探春皱眉，小蓝忙道，“鲨便是鲛鱼，鲨肉味甘性平，属脾经，能补虚消肿，利水健脾。”

“哦……”探春的竹签犹犹豫豫，还是戳在了虾仁上。

“因为风浪，我们耽搁了三天，嗯……前面不远就到暖月岛了。”范恩用竹签挑了一块鱼肉，说道，“暖月岛上的渔民以捕鲨为业，用上好的鲛革制成的鲛铠，坚如金石，畅销西海。”

“嗯，这我晓得，当年真真国与夫瑶国那一场大战，真真国两千名鲛兵，身披鲛函，刀枪不入，令夫瑶水兵吃尽苦头。”邓殊捻须道，“当年真真国水兵还用鲛皮制成孔明灯，传递军情。”

范恩点点头：“暖月岛盛产的石油，便是鲛灯上好的燃料，这石油乌黑如凝膏，一小块便能让一盏径围三尺的鲛灯直上云霄，每逢妈祖诞祭，暖月岛上空明灯万盏，每一盏鲛灯之下都悬有祭品，少则几斤，多则几十斤，与星月齐明，壮观之极！”他一面说，一面手舞足蹈，一对湛蓝的眼睛神采奕奕。

探春听得有趣，笑道：“如此豪奢的灯祭，也不怕坠火烧毁房屋吗？”

范恩得意扬扬：“不怕！这暖月岛遍地巨石，所有岛民都是凿石而居，一座木屋都没有。”

“凿石而居？”探春有些无奈：我可不想住在石头里。

“对了，现在管辖暖月岛的陶汝，是不是当年做过水军副将？”邓殊问道。

“没错，他是白历将军的副将，当年大战夫瑶水军时，陶汝才二十岁！”范恩道，“邓将军也听说过白历将军吧？”

“那是自然，白将军用兵如神，尤以水战见长，只可惜……”邓殊摇头一叹。

“怎么？”探春问道。

“二十年前那场惊天动地的海战中，夫瑶水军遭遇风暴，损失惨重，眼见取胜无望，便派三名刺客扮作真真国水军，潜入暖月岛，白历将军为其所害，副将陶汝也中了毒箭，无法继续征战，幸好白将军在遇刺前已经派出两千名鲛兵剿灭了夫瑶水军残部。战争结束后，白夫人带着五岁的女儿离开了暖月岛，陶汝却执意留下，管理岛上事务，直到现在。我听说这陶将军哪儿都好，就是有些贪酒好色，处处留情，处处薄幸，活脱脱一个浪荡公子！直到前年，陶将军才认认真真娶了一房妻子，就是白将军的女儿白樱。这白小姐美则美矣，脾气却不大好。”范恩擦擦嘴上的蜜汁说，“陶将军把当年驻军的石楼改成府邸，府里那些如花似玉的女仆，都被白小姐换成了塌鼻露齿的丑丫头，唉……”他摇头一叹，“苦了陶将军喽。”

探春淡淡一笑，很有些不以为然：这种事情我见得多了，那琏二哥天天嚼着辣子照样过得滋润快活……呃……还算是滋润快活……吧？

次日傍晚，船队到达了暖月岛西岸，陶汝夫妇已经率队在码头等候。

这陶汝年约四旬，身材高大，两臂颀长，脸颊微微塌陷，淡褐色的胡须垂在胸前，探春略一打量，只觉陶汝身上没有半点叱咤疆场的豪情，却有一种懒散淡漠的气质。那陶汝远远地瞧见探春，原本慵懒谦恭的眼神瞬间变得神采十足，惊羡地张了张嘴，想要说些什么，却说不出来，两道碧莹莹的目光却好像定住了似的，一寸也移不开了。

探春见他这副神色，顿生不悦，暗道：小王子说得不错，果然是个好色之徒！

范恩走在探春身后，见陶汝这副模样，便轻轻一咳，坏笑着说："嫂嫂，我说得没错吧……哎呀！"话没说完，便被探春狠狠踩了一脚，委屈地扁着嘴，"我也是好意啊，再说他也不敢真的做什么……"

"他若真敢做什么，我顷刻间要他剑下做鬼！"邓殊恶狠狠从牙缝里挤出一句话来。

陶汝见探春脸上冷冰冰的瞧不出半分喜怒，正不知所措，忽觉后臀上一阵钻心剧痛，忍不住"呵"地倒吸一口凉气，两眼瞪得如鹅蛋也似。

探春瞧得明白，那走在陶汝侧后方的年轻女子伸出两根细瘦的手指，在陶汝背后痛施惩戒：两指尖紧紧捏起小小一块皮肉，用力一提一拧，任凭他钢铸的罗汉铁打的金刚，也要浑身冷飕飕，泪花滚滚流。

探春暗笑：这是女人最常用的招数。

范恩缩缩脖子：我多次领教过。

小黑瞧了小蓝一眼：喂，你也常常这么干。

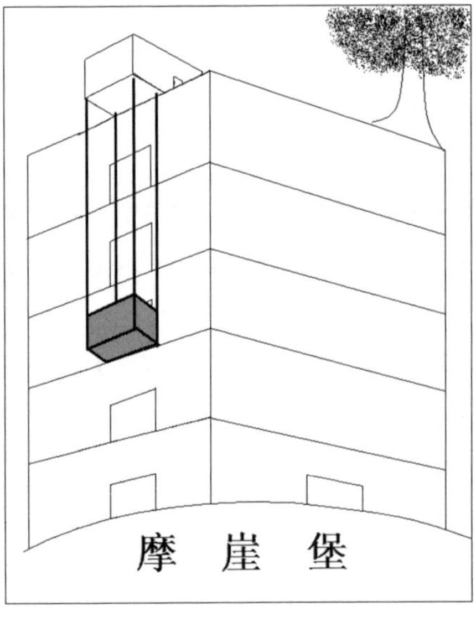

小蓝回瞪：然，百试不爽！

这女子便是陶汝之妻白樱，二十四五的年纪，身穿乳色长裙，乌发披肩，面容姣好，高挺的鼻梁略有下钩，一双青灰色的妙目恶狠狠地盯着陶汝，显然在发出警告。探春正幸灾乐祸，却见白樱一眼横来，迸出浓浓的敌意。

"冤死我了！"探春暗暗叫屈：你个洋辣子吃的哪门子飞醋！

陶汝也意识到自己失态，只好规规矩矩上前见礼，众人心照不宣，不凉不热客套几句，陶汝请探春上了一辆精致华美的羊车，

摩崖堡各层布局示意图

一个精瘦和蔼的白发老人驾着羊车向探春微笑示意，陶汝介绍这是从小陪他长大的老管家陶三。

探春从未见过羊拉的车，也觉得新奇，便坐了上去，心中却有几分忐忑：这羊长这么大个子，走路怎么颤颤巍巍的，可别把我摔了啊……噢，这就是……石楼？

羊车绕了一个弯，大片大片参差错落的“石头”出现在眼前，每一块石头都被凿成有门无窗的方体石楼，鳞次栉比不下千座。探春从未见过如此奇异，如此壮观的民居，那一座座拔地而起的巨石，与其说是大石，不如说是小山，一路走来，道旁石楼矮则不足两丈，凿成一层平房，高则三丈有余，凿成两层复式楼，所有石楼皆是一整座石山镂空而成，巧夺天工，令探春啧啧称奇，心中暗道：在这样韵味独特的石楼中小住数日，一定很惬意。

不多时，羊车来到小岛正南方，停在一座十丈来高的石山前，探春下了羊车，望着眼前的石山，还有些懵懵懂懂：“这……这是……天哪！”

这是一座高约十五丈，径逾二十丈的方柱形高山，上下一般粗细，不知耗费多少人力物力，生生凿成了一座五层石楼！探春以手遮目，抬头望去，见这石楼沧桑斑驳，脚下白浪如银，头顶红云似血，几只海鸥呀呀叫着在赤红色的天幕中划出几道弧线，抖抖翅膀落在楼顶的大树上。原来这石山东北顶石缝里生出一棵大树，半边树冠露在石山外，浓绿如墨。如果说榫卯砖瓦中包容的是生活的琐碎，那眼前的石楼撑起的则是生命的传奇，置身其间，只觉古拙神秘，厚重苍凉。探春初至此地，见此奇景，不由得叹为观止：亿万年天地生成的一块奇石，竟被能工巧匠雕琢出浓浓的人情味儿，大概这便是“巧夺天工”四字的由来吧。

陶汝手抚石壁，说道：“三百年前，机关大师海逸、筑造大师海冉率族人迁居此处，凿成大小石楼千余座，这座高楼名叫摩崖堡，处于小岛正南，站在堡顶，能俯视全岛。”

邓殊叹道：“我曾驻雁门，常倾服雄关之奇伟，此楼雄壮虽不及，然奇异精巧甚过之。”

陶汝走到石楼正东的大门前，继续说道：“摩崖堡是战时开凿，因此上下楼只有一条极窄极陡的楼梯……” 众人说着进了石楼东壁的大门，探春向楼中望去，一进楼便是一座大厅，四面无窗，灯火通明，地上铺着奢华富丽的羊毛毯，大厅南边有一扇宽大的木门，不知作何用途，东、西、北三面都是房间，大厅东北角有通往楼上的石楼梯，陡峭逼仄，仅可供一人通行，若是身材胖些，只怕会被卡住，更不妙的是，每一级台阶高逾一尺，看着都觉费力。

使团的随行人员都被安排在摩崖堡附近的小石楼中居住，老管家陶三跟去安排打点，陶汝为探春等人安排的住处在摩崖堡第三层，是岛上最豪华的客房。

探春望着陡峭的楼梯叫苦不迭，陶汝道：“郡主莫怪，摩崖堡本是军堡，用于居住多有不便，因此，本朝机关大师寻彰设计了一座升降梯，现在女眷进出也方便得很。”说着带探春一行来到石楼南侧。

摩崖堡的南壁离海岸不过半里地，涨潮时海水会漫过层层礁石，逼近到石堡数丈之外。四条碗口粗的铁链悬挂着一个八尺见方无顶棚的铁皮屋，紧紧贴着石楼的南壁，五层楼的南墙上都有一座大门，宽约一丈，当升降梯悬停在某一层时，打开大门，放下升降梯靠石楼的挡板，平搭在门内大厅地面上，升降梯里的人便可进入这一层的大厅内。

“郡主怕高吗？”白樱有些挑衅地问，“若是怕高，就只好走楼梯了。”

“不怕。”探春微微一笑，又扫了白樱一眼，“走楼梯也可，怕只怕夫人挤不上去。”

白樱虽有些珠圆玉润，却绝不至于“挤不上去”，闻言顿时涨红了脸，咬牙切齿，暗道这郡主不好斗。

范恩摇了摇头，叹了口气。

小蓝拉拉小黑：小王子怎么了？

小黑挑挑眉毛：为兄长未来的日子担忧。

小蓝不解：担忧什么？

小黑一摊手：吵架吵不赢了。

邓殊拔了拔胸脯：这女子实在无礼，是该给她句狠话尝尝。

陶汝见气氛不对，只好打个哈哈，当先上了升降梯，白樱生着闷气陪探春、侍书随后跟上，紧接着是范恩、邓殊，最后是小黑、小蓝。

陶汝见众人站定，便用手晃了晃挂在铁链上一只巨大的铃铛，声音浑厚悠远，与滚滚潮声一唱一和，雄壮之极。紧接着，升降梯缓慢而平稳地上升，隐隐约约能听见机关转动的声音。

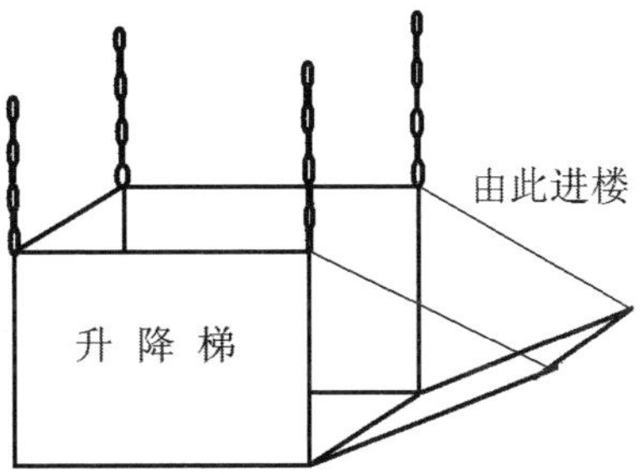

陶汝殷勤地介绍："摩崖堡楼顶最南有一座凸起的青石，被开凿成阁楼，作为控制升降梯的机关室，室内有大小齿轮一百零八枚，靠手柄操纵悬梯升降，这机关是战后寻彰大师亲自打磨设计的，虽不宽敞，但可载重五千斤，机关室里齿轮严丝合缝，运转精确，而且声音小、速度快，自造成之日起从未出过故障。"

不多时，升降梯到达三楼，探春一进大厅，便觉眼花缭乱：这大厅地面上铺着绵软厚实的红底金线海兽纹羊毛地毯，屋顶悬挂一盏七层水晶吊灯，照得大厅内如同白昼。如同一层一样，东西北三面是房间，东北角是通往上下楼层的石楼梯，只是各个房间的门都用了上好的木料，镂刻着精致的花纹。进入房间，迎面是一座一人来高的血色珊瑚，屋顶镶嵌八颗夜明珠，光华灼灼。左手边是内室，室内一张硕大的中式木床，掐金丝镶螺钿，床上铺着崭新的被褥，床前有一盏水晶灯，房间内壁未作粉刷，仍保留青石本色，墙上挂着各色饰品，件件价值连城，探春四下环视，有些受宠若惊，连道："太铺张了。"

陶汝连连摆手："郡主说的哪里话，不过是一点心意罢了。"

众人安顿下来后，已过了晚饭时间，幸好陶三安排得当，已吩咐厨下准备宴席，就在三楼大厅内摆开桌椅，酒菜汤水陆陆续续端上来，各种奇形怪状的鱼虾蟹贝令探春眼花缭乱，离开金陵几个月来，近半数时间住在船上，沿途各岛所产的海鲜都尝了个遍，探春挑剔的舌头对鱼虾已有些审美疲劳，幸好餐桌上有不少羊肉烹制的菜肴，有的烤得金黄，有的炖得酥烂，点缀几颗红亮诱人的野果，再配以暖月岛独有的香料，令整个大厅泛着浓浓的鲜香。

探春吃得十分满意，陶汝也得意地介绍，这暖月岛海中盛产鲨鱼，陆上盛产岩羊，鲨肉羊肉是岛上居民的主菜，鲨皮、鲨骨、羊皮、羊毛都制成重要的日用品，此外小岛北岸出产优质的陶土和铜矿，东岸有数百亩果园，四季瓜果不断……

探春有些好奇："既然这样，那暖月岛应该商贾往来不绝，为什么刚才没有看到商船？"

白樱轻轻冷笑："因为这暖月岛附近海域'盛产'风暴，上一刻晴空万里、星月交辉，下一刻便是黑云翻墨、狂风四起，别说商船了，铁甲战船又能挺过几场风浪？不瞒郡主，明晨丑时，必有风暴，持续时间至少一个时辰。”

探春想到停泊在港口的和亲船队，和邓殊对视一眼，都有些担心。

陶汝忙解释道：“正因为如此，这附近不少有经验的水军和渔民都懂得观测星云天象，至少要提前一天预知风暴，才有充足的时间做准备。像当年白将军这样的海军宿将，深谙天文海事，能提前三天预知风暴，因此，在二十年前那场大战中定下巧计，将夫瑶舰队引入风暴区，一举歼灭。”陶汝说着，讨好地看了白樱一眼，白樱不睬。

“呃，所以说，和亲的船队我已命陶三妥善防护起来，不会有损伤的。”

探春、邓殊都松了口气。

“啊对了。”陶汝继续缓解尴尬，“郡主，臣还有一件薄礼相送。”说着从袖中取出一个小盒，轻轻打开，里面是一颗核桃大的黑珍珠，柔和圆润，宝光四溢。

探春生长贵馔之家，虽知此物珍贵，却未觉奇罕难得，只不动声色，巧言推辞，陶汝却执意相送。白樱见陶汝大献殷勤，心中不悦，酸溜溜地说：“郡主自幼生长上邦，见多识广，怎么会看得上这等货色，快收起来吧，免得丢人现眼。”

探春嘴角一挑，一言不发，陶汝有些尴尬，咳了两声，不知说些什么。

正此时，只听一声柔和的轻笑，众人回头看去，只见大厅的大门不知什么时候打开，一个薄纱遮面的金发女郎从升降梯里轻轻巧巧走了过来，发梢上一串铃铛随着脚步铃铛作响，她站在房间门口，柔柔地说：“我代将军送出一份礼物，保管叫郡主大开眼界。”

陶汝大喜，一拍手道：“好好好，云先生请！”

“先生？”探春一怔，望着这女子纱裙下玲珑有致的身材，有些不解。

金发女郎走到陶汝身边，缓缓抬手，搭在他肩上，身子缓缓凑上前去，娇声道：“将军，把我抱起来。”

探春一扭脸，有些奇怪：旁边这个大醋坛子怎么还没打翻？

白樱脸上并未露出明显的怒意，只是在旁边静静看着。

小黑捅了捅小蓝：“好放肆。”

小蓝一吐舌头：“你瞧，他还真敢抱。”

范恩瞪大了眼睛探着头，瞧瞧陶汝，看看白樱，像是幸灾乐祸地等待一场好戏，白樱却只沉着脸在一旁坐着，并未如范恩所料雷嗔电怒地扑上前去和陶汝同归于尽。

邓殊摇头叹气：有伤风化……

只见陶汝大大方方地搂住那金发女郎的腰，右手在她腿弯处一揽，轻轻横抱而起。

探春一怔："陶将军……"

"哈哈，轻得很。"陶汝一笑，竟用右掌托住那女子的双脚，将她举了起来，金发女郎惊呼一声，随即咯咯一笑，竟在陶汝掌心跳起舞来，舞姿曼妙，如一只展翅欲飞的天鹅，发间一串银铃摇得众人心都要酥了。

探春啧啧称奇：都道赵飞燕能在成帝掌心起舞，不料这夷女也有这样厉害的舞功。

陶汝看见探春惊喜的表情，微微得意，把手一翻，那女子缓缓落地，竟换了一个男子的声音，问探春道："郡主，这礼物如何？"

探春吃了一惊，只见一个黑衣银发的年轻男子笑盈盈站在身后，两指一晃，那金发女郎直挺挺走到探春面前，探春这才看清，这竟是一尊与真人同等大小的傀儡，肤色、头发、五官、衣着都与常人一般无二，两颗眼珠是蓝水晶制成，脑后有专门的丝线操纵眼睛活动，尤具神采。

那银发傀儡师微笑着说："在下云绍。"又与探春对视一眼，笑着说，"我有个朋友，想在郡主掌心起舞，不知郡主肯赏光否？"

探春见他笑容可亲，谈吐得体，便打心眼里欣赏，又对这傀儡戏颇为好奇，当下欣然同意，伸开手掌。云绍浅浅一笑："失礼了。"三指一勾，一个身穿袍衫，手持酒壶的仙人从他身后闪出来，跌跌撞撞走着，醉醺醺吟唱着不知哪国的歌谣，蓦地平地一跃，稳稳站在探春掌心，打了个酒嗝，憨态可掬，正是诗酒仙人的模样。

范恩看得有趣，见云绍身边还呆呆站着一个娇小的女孩子，眉心有一颗红痣，一头卷曲的银色的长发，插着一支纤薄的亮银梳，圆脸大眼，十分可爱，便兴奋地上前道："我玩玩这只。"

那女孩子眼中却现出惊恐神色，张了张嘴，一个劲向后退，范恩瞧瞧云绍："云先生，别小气嘛，玩不坏的……呃……哇呀，你是活的？"他抓起那女孩子的手，却觉得手是热的，顿时吓了一跳。

白绍忙收起酒仙傀儡，赔礼道："殿下莫怪，这是我的助手，彩鸥。"

探春瞧了范恩一眼，眼神中满满地写着：你是不是故意吃豆腐？

范恩挠挠头，有些不好意思："彩鸥，对不起……"

云绍道："她天生聋哑，听不见的，只会读唇语。"

范恩一怔，颇为同情地看了彩鸥一眼，彩鸥有些害怕，闪在云绍身后，乖巧地收起了金发女郎的傀儡。探春见彩鸥小巧白皙，活像只瓷娃娃，又见她羞羞怯怯的样子，更觉得可爱可怜，便招招手叫她过来，送她一只青玉镯子，彩鸥也不懂推让，红着脸接过，抿着嘴笑。探春握起她的手掌，为她戴上，不经意间一回头，却见陶汝直勾勾盯着彩鸥，眼睛里闪着绿光。

探春顿时兴致全无，重重咳了一声，厌恶地横了陶汝一眼。那云绍笑着一翻手掌，诗酒仙人踉踉跄跄地挡在陶汝与彩鸥之间，“我给将军敬酒！”云绍为傀儡配着音，那傀儡伸手端起酒杯道，“先干为敬。”说罢一仰头竟把酒喝了下去。

陶汝讪讪回敬，忽觉芒刺在背，转头一看，见白樱浑身泛出阵阵杀气，顿时一个机灵，慌不迭地夹菜讨好。云绍见气氛诡异，仍笑得满脸阳光，不慌不忙地表演了几个戏法，让那金发女郎揽着彩鸥的肩膀，唱着东方歌谣，跳了一支轻松欢快的舞蹈，人们的注意力又转移到他身上。一场表演结束，探春连声喝彩，白樱的眉头也略略舒展，陶汝松了口气，请云绍入席。那云绍虽然快乐潇洒，却不胜酒力，两杯酒下肚，便眼神迷离，舌头也不听使唤。

陶汝一拍脑门：“忘了忘了，云先生不会饮酒，夫人，上次那个解酒丸……”

白樱道：“那个药是在睡前服用的，餐时服用伤脾胃。”

众人见状，便不再劝云绍饮酒。

宴席结束时，已经是亥时六刻，云绍已有些站不稳了，陶汝脸上也现出红晕，白樱吩咐仆人：“将军醉了，今晚不用送羊奶来了。”

管家陶三吩咐仆人撤去桌椅酒席，清扫一番，已近子时，众仆人向主人告退，回到一层、二层。探春和范恩、邓殊等人就住在三层，与陶汝夫妇客套几句，便各自回房休息。陶汝夫妇和云绍、彩鸥从升降梯离开，陶汝夫妇住在四层主人卧房，云绍住在五层的客房。云绍卷着已经不太利索的舌头，有些不好意思地说：“夫……夫人，那个解酒药丸……”白樱从袖子里抖出一个小葫芦递过去，彩鸥伸手接过。

升降梯停在四楼，陶汝、白樱走进大厅，回房休息，彩鸥扶着云绍回到五层客房，嗔怪地望着他，用眼神埋怨：怎么喝成这样？云绍摇摇头，示意无妨，又一指桌上的茶壶，示意倒杯茶来吃药。彩鸥倒了杯茶，轻轻吹了吹，又尝了尝冷热，正要递给云绍，却见他已经倒在床上，发出轻轻的鼾声。

摩崖堡的客房的确舒适，这一夜岛上雨急风骤，探春却睡得很踏实，清晨醒来，还窝在暖暖的被窝里不愿动弹，这种半梦半醒的感觉最舒服的了。可就在这时，门外大厅里却一阵哄乱，侧耳细听，好像是管家陶三在对邓殊说：“陶将军不见了……”

探春与候在床边的侍书面面相觑，叹了口气，起身梳妆。

侍书为探春梳着头，小声问道：“我们是不是撞了邪？怎么这一路上都不太平……”

探春一笑：“哪个‘邪’敢撞我，我打得它灰飞烟灭。”

“姑娘你最邪，到哪儿哪儿出事。”侍书也许还没睡醒，嘀嘀咕咕说出这么一句。

探春却愣了一阵，点点头说：“有道理。”

梳洗打扮完毕，探春穿了一身素色衣裳，到大厅里询问情况，才知道今早陶三到四层卧室去找陶汝，却发现卧室里空无一人。

探春看看站在一旁生闷气的白樱：“夫人昨晚没有和将军在一起吗？”

白樱“哼”了一声，一指陶三：“你问他。”

陶三有些尴尬：“昨晚丑时四刻，我和夫人在卧室里发现老爷在……在欺负彩鸥姑娘。”

众人都是一惊。

刚从房间里出来的范恩正迷迷糊糊地揉眼睛，一听此言立刻气得跳脚：“老色鬼，天打雷劈……罢他的官！”

探春一咧嘴：天打雷劈了还怎么罢官……

邓殊皱眉问道：“夫人，这到底是怎么回事？”

白樱怒冲冲地说：“昨晚他喝多了酒，也不知撒什么酒疯，翻来覆去到丑时多还没睡着，只好穿好衣裳起来喝茶。我想着他有睡前喝一杯羊奶的习惯，就让他乖乖待着，我去一层厨房找人给他热羊奶，升降梯的运作时间是辰时整到亥时末，当时已经丑时四刻，我只好走楼梯下去。当我走到三层时，看见彩鸥在大厅里找什么东西，原来云先生傀儡上的一颗银铃铛掉了，彩鸥睡不着，便来找找。我忽然想到那瓶解酒丸，便用唇语问她，她说云先生还没吃药就睡了，药瓶就在她身上。我急着去厨房，便说将军醒着，让她给将军送去……”

“你也不怕他借着酒劲做出什么事来……”范恩皱着鼻子摇头。

白樱咬牙道：“我取了羊奶就上楼来，我还以为他不敢……”

陶三也摇头叹道：“老爷平时确实不这样……”

“当时你们看见什么情况？”探春问道。

陶三道：“昨晚我也睡不着，觉得有些饿了，到厨房去让厨子做些东西吃，正巧遇见夫人也下楼来，要了一份羊奶，几份点心……”

“大半夜还吃点心，难怪长个将军肚。”范恩在陶汝背后说坏话。

“啊，老爷不爱吃点心的。”陶三忙道。

范恩看白樱，白樱哼了一声。

陶三继续道：“我帮着夫人把羊奶和点心拿上楼去，夫人推卧房开门，正瞧见彩鸥姑娘被一大块头巾塞着嘴，将军擒着她的双手，把她按倒在躺椅上。房门一开，将军吃了一惊，彩鸥姑娘把手挣脱出来，一甩之下，镯子甩飞出去，打到将军头上，又用头上的银梳子刺了将军的胳膊，闪到一旁。将军脸色不善，叫我去二楼取些纱布，然后……夫人冲进屋去……”他说到这里，声音越来越小，畏怯地看了白樱一眼，低下头去。

众人看着白樱，都暗暗咋舌：幸亏这石楼隔音效果好，否则昨晚我们都别想睡了。

范恩一指白樱：“会不会是你醋海生波，把陶将军给……”

陶三道：“哦不，我把纱布和伤药拿上来，见夫人哭着甩门出来，老爷在屋里很生气地说已经用巾子包扎好了，不用纱布了，让我走。我便和夫人一起到了二楼，夫人昨晚和两个女仆睡在一起。”

白樱身后一胖一瘦两位女仆赶紧点头。

瘦女仆说：“这事情是老爷的不对，昨晚夫人哭了大半个时辰，好可怜的。”

胖女扑说：“夫人还好心给老爷热羊奶呢，结果老爷还做出这种事，夫人就和我们把羊奶和点心都吃了。”

探春道：“那彩鸥呢？”

白樱一翻眼皮：“哭着回去了，幸亏没被怎么样，不然我怎么和云先生交代。”

探春道：“好了，先找找陶将军在哪儿吧。”

范恩惦记着彩鸥，忙到五层去敲她的房门，敲了好久，云绍才迷迷糊糊探出头来，问范恩发生了什么事，看上去显然对昨晚那一幕并不知情。范恩张口要说，却被跟他上来的侍书、小蓝一边一个拉住衣角，只好把话咽回肚里。

云绍揉揉黑眼圈，请众人进屋，这客房是一个套间，一间外屋，两间卧房，外屋里满满地堆放了二三十只不同款式的等身傀儡，还有各种衣物、饰品，虽然摆放得整齐，但略显拥挤，侍书踩到一只傀儡的裙子，绊了一跤，小蓝忙把她扶起。

云绍忙道：“窄小了些，委屈诸位了。”

侍书神色古怪，拉着小蓝一只只傀儡仔细观察过去。

范恩斟酌片刻，问道：“云先生，昨晚有没有听见什么动静？”

云绍尴尬地笑笑：“昨晚我饮酒过量，睡得很沉，直到殿下刚才敲门，还宿醉未醒。”

范恩又问：“那彩鸥呢？”

云绍一指关着门的卧室：“还睡着吧，昨晚她帮我表演，也很累了。”

范恩正要敲门，却被小蓝一把推开：“小殿下，你个大男人怎么能乱敲姑娘的门？”范恩挠挠头退到一旁，小蓝敲敲门，屋里没有声音，轻轻一推，那门便开了。小蓝和侍书进了屋，见彩鸥蹙着眉安静地睡在床上，手镯和银梳放在床头，那银梳的齿折了三只，一旁的小桌上放着茶碗糕点，小蓝细细检查过，对侍书耳语几句，便轻轻关上门，退了出去。

云绍梳顺了长发，打着哈欠问道：“发生什么事了？”

范恩敷衍道：“嗯，那个……陶将军和夫人赌气，藏起来了……”

侍书扶额：“打扰云先生了，我们这便告辞。还有……一会儿多陪陪彩鸥，她有些憔悴。”

几人离开云绍的房间，却见探春等都乘升降梯来到五层，面色凝重。

“怎么了？”范恩问。

探春道：“操作升降梯的仆人早上去阁楼，在楼顶上找到了陶将军的尸体。”说着盯着地毯皱皱眉头，问陶三道：“怎么上楼顶？”

“五楼的天花板有一个天窗。”陶三走到五楼大厅的正中央，指着屋顶，众人抬头一看，见是一个五尺见方的厚实木板，陶三从大厅角落里推了一架结实稳当的木楼梯来，放在天窗下，噔噔几步上去，一推天窗把手，把天窗掀了起来，众人顺着木楼梯来到楼顶上，只觉眼前一亮。

这楼顶被造成一座中式庭院，有几座亭台，几座假山，东北角一棵十分粗壮的大树伸出层层枝条，一根横枝上挂着一架秋千，在晨风中吱吱呀呀轻响，几只海鸟落在树上，互相梳毛，地上散落着不少细小的枝叶，应该是被昨夜的风雨打落的，庭院里一切都是雨后清晨的清新恬淡，但假山上的那具尸体却着实令人胆寒。

陶汝身上穿着怪异的铠甲——应该就是范恩提到的坚固的鲛铠，挂在一座假山上。假山不大，目测只有五六百斤，但山峰细瘦，锋锐的山尖戳破铠甲，刺入陶汝软肋，身躯被强大的冲力挤压得变了形，人早已死去。

白樱惨叫一声，险些跌倒，靠在树上干呕抽噎，探春从未见过如此震撼的死状，扶着侍书转过身去，深呼两口气，想着要不要找个西洋庙拜拜洋菩萨，怎么一路上处处不太平。

陶三惊恐之状异于常人，两腿忽忽打战，几乎一屁股坐在地上，哆哆嗦嗦地说：“一样的，一样的……”

“什么一样？”探春问道。

“和当年白将军的死法，一样的！”陶三惊恐地喊，白樱也神色凄惨，呜咽不止。

“你仔细说说。”探春道。

“当年，这座假山不在这里，是放在那边大树下的……”陶三指指楼顶东北角的大树说：“那天……白将军和一个刺客在树上打了起来，结果被另一个刺客用弩箭射中，跌下树来，落在这座假山上死了……”

“那陶将军呢？”

“将军手上被射伤，拼命杀死了刺客，这时大队侍卫赶到，但是白将军已经死去多时……”陶三带着几分惧意讲述。

“这铠甲呢？”

陶三一脸皱纹都吓散了：“很久未见将军穿过盔甲了，我也不知道放在哪里……这一定是白将军的鬼魂，鬼魂索命……”

“什么意思，白将军的鬼魂来找陶将军索命？”探春迅速问道。

“呃……不，我……口误、口误。”陶三遮遮掩掩，退到一边。

探春也不多说什么，只自言自语道：“看来凶手把尸体布置成这副模样是有意为之，可能是在重现白将军被害的现场……”她思索片刻，又转过头去，吩咐道，“小蓝……”

小蓝答应一声，上前验尸，不久之后便得出结论：“陶将军是被山尖刺破软肋，脏器破裂而死，此外还有多处骨折，应是坠落导致的剧烈撞击所致，手臂上有一排细小的疤痕，应该是昨晚被彩鸥用梳子刺的。死亡时间是今天凌晨丑时初到寅时初，但尸体被风雨冲洗过，血迹残留不多，时间也很难判断准确。据夫人和管家所说，丑时四刻陶将军还活着，二人离开陶将军也是在丑时五六刻，暴风雨的时间是……”

“丑时整到寅时二刻左右。”陶三小心地说，“风雨时间有专人统计，不会出错。”

小蓝点头：“可以断定，尸体挂在假山尖上之后被暴风雨冲刷过，而且从树枝被打落的情况来看，昨夜有过冰雹，尸体的头部也有明显的被冰雹打过的痕迹，所以死亡时间就在昨夜丑时六刻到寅时二刻这半个时辰之间。”

探春点点头。

小蓝却皱起眉头：“但奇怪的是，刺破鲛铠这样大的力道，需要从差不多十二三丈的高处坠落到假山上……”她抬头望望假山上空，一片蓝天白云，假山在楼顶中部偏西北，连那棵大树最长的横枝都远没有伸到这里，“就算能伸过来，这横枝的高度也远不足十丈，尸体是从哪儿落下的呢？”

探春四下打量一番，命人把陶汝的尸体抬走，自己走到假山前，掩住口鼻，细细观察。陶三见状，有些过意不去，正要劝阻，却被邓殊拦住。

探春围着假山打量几遭，用洁白的指甲挑挑山上的细石缝，钩钩山缝里钻出的水莹莹的细小植株，又俯下身看着山脚和山下的泥土，侍书凑到她身边，小声说了几句，探春微微错愕，低头不语……

范恩看着探春忙忙碌碌，自己也开动小脑筋，转了转眼珠，忽然一拍手道：“暖月岛不是盛产陶土和铜矿吗？凶手可以用陶模制作一个和山尖形状一样的金属质凶器，运足力气将陶将军刺死，使伤口和山尖的形状吻合，然后把尸体套在山上，假托鬼魂杀人……”

小蓝道：“不会，单凭人力很难刺透鲛铠，而且假山几处小山窝里还留有未被冲洗掉的喷溅状血迹，可以断定这假山就是导致陶将军死亡的‘凶器’，最重要的是，高空坠落还会导致多处骨折和内脏爆裂，因此，我十分确定陶将军就是直接坠死在假山上的，而且尸体没有离开过假山。”

范恩扁扁嘴，不再说话。

小黑道：“那儿不是有一架秋千吗，把陶将军打昏放到秋千上，荡到最高处甩出去，把他甩到假山上……”

范恩拍拍他的肩膀：“比我还不靠谱，这能甩得准吗，能甩到十来丈高吗，要是一不小心甩到楼外面，啧啧啧……”

“我就随口那么一说。”小黑郁闷地说。

侍书拉拉探春的衣袖，说道：“用鲛灯行不行呢？”

探春道：“说说看。”

侍书道：“岛上不是能生产鲛灯吗？可以用一个大的鲛灯，下面带一个筐，凶手带着陶将军坐在筐里，等鲛灯上升到一定高度，把他推下去……”

陶三摇摇头：“鲛灯最多能带起几十斤的东西，一百斤是极限，同时带两个人的话，不大可能。”

侍书道：“可以用几张鲛皮缝制一个大型鲛灯，多烧些燃料……”

“嗯，这也不太可能。”陶三道，“鲛皮质地坚硬，不好弯曲，不易缝制，鲛灯都是用一整张皮制成的。”

探春拍拍侍书道：“你忘了，陶将军死时风雨大作，鲛灯怎么升得起来？就算能升起来，十来丈的高度，在风雨中又怎么控制位置？”

侍书“哦”了一声，低下头去。

探春一笑：“陶管家，鲛皮不易缝制，那羊皮呢？”

“羊皮……那自然好了，坚韧柔软……郡主的意思是……”

探春道：“凶手可以制作一盏巨大的羊皮灯！岛民制作的大型鲛灯能带起几十斤的祭品，我想只要热源足够充足，羊皮足够厚实足够多，缝制的灯足够大，那么悬吊起五六百斤的巨石，也不是不可能……”

“悬吊巨石？”众人瞪大了眼睛。

“对，我刚才发现一片叶子被压在了假山之下，只露出一根与泥土颜色接近的淡褐色叶柄，尚未枯萎，应该是暴风雨时被打落的，所以我想，这假山在风雨来临之前应该被人搬动过。”探春说着，一抬手，指尖拈着刚才撕断的叶柄，连着一小块叶片。

邓殊对小黑递个眼色，小黑会意，与邓殊站在假山两边，运足力气，奋力将假山抬起，只见山脚边缘处压着两枚断柄的叶片，还连着一段细细的树枝，油润水灵，显然刚刚落下不久。

探春点点头，继续说：“不知大家有没有发现五层大厅的地毯有些异常？”

“什么异常？”邓殊不解，当他们上来时，大厅里灯光昏暗，众人也未注意脚下。

探春道：“地毯上有一条被重物压过的痕迹，大概四尺来宽，从天窗正下方一直延伸到升降梯的大门边，应该是有人把一件重物从天窗正下方推到了升降梯上。地毯上被压扁的羊毛还没有完全回缓，说明是在不久前被压过的，很可能就是昨夜。我见那假山上石缝里挂着几丝麻绳的丝线，还湿答答的贴着山石，山脚部的青苔也有大片磨损，说明假山被绳索捆绑过。”

邓殊一皱眉头：“这说明……”

“也许这座假山被凶手通过天窗从楼顶搬到了五楼。”探春解释道。

范恩挠挠头：“这是做什么，凶手吃饱了撑的？再说，他又是怎么把假山搬到五楼的呢？这假山虽小，但怎么看也不下五六百斤，难道凶手天生神力，就算人撑得住，这木楼梯也撑不住啊。”

探春一笑：“这就要用到侍书说的鲛灯了，瞧。”探春手一扬，指尖捏着绿豆大一小块乌黑的膏状物，是在岛上作为燃料炼制好的石油，“这是我在假山山窝里发现的，未被雨水冲走。陶管家，加工成这种膏状的石油，是用来做什么的？”

陶三躬身近前，小心地说：“回郡主，这种石油膏，是岛民放鲛灯使用的燃料，这应该是大块燃料被剐蹭落下来的。”

侍书道：“姑娘不是说鲛灯不成的吗？而且风雨和承重量……”

探春道：“且不论风雨，但说承重，鲛皮不成，羊皮却可。岛上自古便有放鲛灯祭祀的风俗，凶手大概是受到启发，如我刚才所说用数十张羊皮缝成一个巨大的羊皮孔明灯。”

“用它来搬运假山？”范恩瞪大了眼。

探春道：“我想凶手是这样做的：昨夜暴风雨之前大约子时左右，天气晴好，风速不急，凶手点燃了羊皮灯底部的供热源，使羊皮灯迅速膨胀升起，接着把已经捆绑好的假山用长三丈以上的绳索悬吊在灯下。而且羊皮灯向上的浮力与假山向下的重力要近于平衡，才便于施加人力进行控制，凶手控制着它来到天窗边，天窗的宽度刚好足够假山通过，所以凶手可以通过天窗把假山放在五层大厅的地板上。”

“您刚才说三丈以上的绳索，为什么是三丈……”邓殊忙问。

探春解释道：“摩崖堡各层顶板和地面之间的距离接近三丈。由于羊皮灯太过巨大，无法进入天窗，所以要用至少三丈长的绳索悬挂假山，在羊皮灯被天窗卡住之前，假山已经顺利地放到了地上。绳索也不能太长，否则羊皮灯不好控制。还有，为了防止假山落地的声音被四层、三层的人听见，他应该在地上铺了厚厚的软滑的羊皮垫子，而且还有一位帮凶在下面接应，这个帮凶所做的应该是把木楼梯移开，在下面协助凶手把假山平稳地放在地上。”

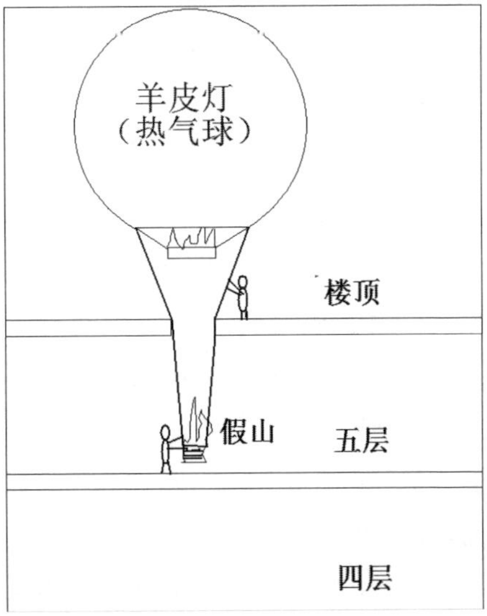

“那然后呢？”邓殊问。

“然后，解开绳索，熄灭热源，把羊皮灯叠起收好，凶手下到五楼，打开大厅门，与帮凶一起把假山推到升降梯上——这也就是地毯上出现那道长长的压痕的原因。地毯和羊皮垫子绵顺柔滑，推动重物阻力很小，两个人是能够推动假山的。”

“升降梯……”人们似乎听懂了。

“没错，小蓝判断陶将军是从十二三丈

的高度坠亡在假山上的，既然从高空将尸体准确地扔在山尖上不够现实，那么就只有这座石堡的一层到五层符合这一高度了，大门正下方就是升降梯，从五层大门把陶将军推出去，他一定会坠落在停在一层的升降梯里。”

“郡主的意思是，将军是坠亡在升降梯里的？”陶三惊骇地问。

“没错，凶手们做完这一切的准备后，一个躲在阁楼操作室，一个在五楼守着已被迷昏的陶将军，静静等候风雨来临。果然如夫人所说，暴风雨在丑时骤然而至，早已潜伏在阁楼里的凶手趁着风雨声打开了升降梯的机关，令带着假山的升降梯下降到一层。这时，守在五楼的凶手把早已被打昏的陶将军从大门里推了出去，陶将军身穿重甲，下落速度极快，瞬间便坠落在升降梯里，在这样短暂的时间里，风雨很难对重物的坠落位置造成影响。这假山虽然不高，面积却不小，足足占据了升降梯里一半以上的平面，所以陶将军的身体一定会坠落在假山上。

“升降梯的承重是五千斤，因此，完全能够承受尸体下落的冲撞力，从这样的高度坠落，就算鲛铠再坚硬，也无济于事。接下来，凶手只要再次开动机关，令升降梯回到五层，停在门外，任风雨冲洗。开动机关声音虽不大，但若在宁静的夜晚还是会引起人们的注意，所以这一切要在暴风雨中完成。暴风雨结束之后，天气放晴，凶手打开大门，将假山和尸体拖进大厅——为了防止血迹滴在地毯上，假山下面应该还垫着羊皮垫——接着故技重施，鼓起羊皮灯，把假山和尸体一起运回楼顶便可，不过这回可能要费些力气，毕竟多了一具尸体的重量。”

“这方法……实在费时费力，倒不如一刀把他刺死来得轻松。”小黑撇撇嘴说。

“凶手不只是要取陶汝的性命，他真正的目的是用这种方式祭奠白将军。”探春望着陶三说，“你也说过，当年白将军就是这样摔死在假山上的，而且……杀死他的并不是夫瑶刺客吧？”

陶三脸色发白，小声说：“应是夫瑶刺客无疑，国王陛下也是这样认为的。”

“你是搬出国王来压我吗？”

“不敢……”

“那，凶手是谁？”邓殊忙问。

探春道：“按照行程安排，我们本应在四天前到达暖月岛，在前天离开，不会对你们实施计划造成影响，不过由于路上耽搁，两件事情碰到一起，也许给你们的计划造成些许不便，对吧夫人？”

“郡主，您这话我听不懂。”白樱下巴一挑，警惕地望着探春。

“陶将军对这身铠甲珍爱有加，连管家都不知道它被放在何处，可能知道宝甲所在的，大概只有陶将军的枕边人了吧。”

“哼，这可难说。而且将军是在丑时六刻以后死的，那以后我可没离开过二层的房间，同房睡的女仆都可做证。”

“谁说陶将军丑时以后还在房间里的？”探春双目炯炯，盯着白樱反问。

白樱一惊，忙指着陶三说：“我和管家都看见了，将军在房间里和彩鸥纠缠，当时钟响了两声，正是丑时四刻。”

陶三也点头称是。

探春摇摇头：“陶管家，你确定你看见的就是陶将军和彩鸥？”

“啊……郡主此言何意？”陶三茫然。

“你丑时进屋去送羊奶时，看见的女子不是彩鸥，而是一具傀儡。”探春盯着陶三说。

“傀儡？”陶三大惊。

“没错，你进屋时看见彩鸥被一大团头巾堵住嘴，对吗？”

“对……”

“但是彩鸥天生聋哑，堵不堵嘴有什么区别？用那么大一团头巾，不仅可以堵住嘴，还能挡住她半张脸，这样一来，在昏暗的房间里乱作一团，陶管家也看不清那女子是不是真的彩鸥，你确定她是彩鸥多半因为她的身材、银发、红痣和银梳、手镯这些明显的特征。”

陶三仔细一想：好像……真是这样。

白樱忙解释道：“堵住她的嘴多半是因为将军酒醉，一时忘了她哑……”

探春一摆手说：“陶管家还描述过，陶将军双手紧紧攥着彩鸥的手腕，不让她挣扎，在你们进门的那一瞬间，陶将军吃了一惊，彩鸥挣出手来，用力一扬，那只镯子甩落在地下。”

“对，就是这样。”陶三点头。

探春道：“那镯子是我亲自给彩鸥戴上的，她手臂虽瘦，手掌却宽，那镯子戴上去时费了不少力气，险些没套进去。我当时还想，如果她再长大些，镯子只怕拿不下来了。你所说的把手一扬，镯子竟然能甩出去，实在让我无法相信。那应该是一具与彩鸥相似的傀儡，手掌较窄，因此能把手镯甩脱。

“还有，陶将军离席时，已有几分醉意，这样的人应该会很快入睡，夫人也说过

‘将军醉了，羊奶不必送了’，陶将军怎么会翻覆了一个多时辰还未睡着？另外，彩鸥一个小姑娘，大半夜独自一人跑到三楼去找丢失的小铃铛，这已经有些奇怪了，更奇怪的是，夫人明明可以顺便拿上解酒丸的，可你竟然让她亲自到将军的卧房来还，难道你不知道将军对彩鸥心怀不轨吗？如果真如你所说，此时酒醉未眠的将军独自坐在房间里，你就不怕他对彩鸥做出什么事来？我想所谓的‘在三楼大厅里看到找铃铛的彩鸥’，全是夫人的杜撰吧？”

白樱解释道：“我当时心烦意乱，只急着到一楼厨房里去取羊奶，也没考虑那么多……”

探春摇头嗤笑，步步紧逼：“据陶管家所说，将军睡前只喝羊奶，不爱吃点心的，你为什么让厨子准备了那么多小点心？”

“我当时也饿了，想要吃些东西。”

“只怕不然，如果只是一壶羊奶，你一个人便可拿上楼去，加上几份点心，就需要一个人陪你上楼，这个人会看到‘将军’对‘彩鸥’的不轨行为，这正是你所需要的——有人证明将军在丑时四刻还活着，你应该只想叫个厨师，没想到陶管家却跟了来。”探春盯着白樱的眼睛，捕捉到她眼里闪过的一丝慌乱。

陶三看看探春，又看看白樱，不知说些什么。

范恩突然发问：“如果那个‘彩鸥’是傀儡的话，那么‘陶将军’是谁？”

“能流畅自如地操纵傀儡，除了云先生，还能有谁？”探春回答。

“不是他！”白樱慌忙解释，“他昨晚酒宴时就喝醉了。”

探春却问陶三：“陶管家，你清楚地看到陶将军的正脸了吗？”

“呃……没有，当时屋里黑着灯，只能借着大厅里的灯光看个大概，他还半侧着身子，我只看见他的侧后方，可是无论身材、头发还是声音、动作，都和将军一模一样。”

探春道：“身材、头发都不是难题，云绍与陶将军一般高，只略瘦些，只要穿着厚实的内衣，再戴上褐色的假发便可。他是高明的傀儡师，观察人的动作、模仿人的声音都是基本功，席间的金发女子和诗酒仙人都是他亲自配音，简直惟妙惟肖，真假难辨。”她看看白樱，接着说，“我想你们的计划是这样的：酒席结束时已过亥时六刻，这之后我们住在三层的客人自去歇息，陶管家带仆人们到一层、二层休息，你和将军回到四层，彩鸥扶着佯装醉酒的云绍回到五层。按照规矩，升降梯在子时前停运，次日辰时开始运行，所以昨晚云绍回房之后，升降梯就停在了五层。

“你回到房间后，趁酒醉的陶将军不备，不知用什么方法将他弄昏，找出鲛铠为他穿上，此时云绍也用迷药迷晕了彩鸥，取下手镯、银梳等可以显示她身份的东西，准备好一只按照她的模样制作的傀儡。接下来，你和云绍通过楼梯把陶将军搬到五楼，藏在了云绍的房间。”探春说着冲侍书一挥手，侍书从袖中取出一颗黑色的珍珠，正是陶汝打算在席间送给探春的礼物。

侍书道：“我在云先生房间一尊傀儡的裙角下发现了这颗珍珠，应该是你们把陶将军抬到那里时不慎掉落的。”

白樱脸色又白了几分，咬了咬嘴唇。

小蓝也说道：“我在彩鸥卧室的一只小碗里发现了半碗混有‘浮生一日’的茶水，这种药害处不大，只会令人长时间沉睡，有些医生还用它来治失眠。”

探春继续说：“宴席结束后，你回到房间时间大约是子时初……大概子时三刻左右，你们把身穿鲛铠、昏迷不醒的陶将军抬到五层，在他臂上用梳子刺下伤口，接着云绍迅速来到顶楼，为羊皮灯充足热气，你们合力把假山搬到五层，再推到升降梯上，这一切大概需要半个时辰左右。接下来你在五层静静等着暴风雨的到来，云绍则潜入阁楼操作室，等风雨来临时，云绍开动机关，把升降梯放到一层，而你则把陶将军从五层大门推了出去，陶将军就这样坠落在升降梯里，被那座假山刺死，你杀死陶将军后，走楼梯回到四层。等陶将军的尸体被风雨浇得透湿，血迹也被基本冲刷干净，阁楼里的云绍又启动了机关，令升降梯停到五层大门外，然后离开阁楼，冒雨回到五层自己的房间，脱去被淋湿的衣服，扮作陶汝的模样，带着那只傀儡‘彩鸥’来到四层和你碰面。

“这时约是丑时三刻，你离开房间，走楼梯来到一层，当然路过三层时根本没有看见彩鸥，彩鸥这时还昏睡在五层的房间里。你命厨师准备了羊奶和点心，想让他和你一起到楼上，发现‘将军’在对‘彩鸥’行暴，从而使他成为‘将军丑时四刻还活着’的证人，然后‘陶将军’假装被‘彩鸥’刺伤，让这位证人去二层拿药，等他回来之后，‘陶将军’用羞怒的语气假称伤口已经包扎过了，证人怕惹恼了将军，也不敢多问，自会离开，他会以为在他去拿药的这段时间里，彩鸥已经回到了五楼。

“大闹一场之后，你和陶管家同到二楼，和两位女仆同处一屋，让她们忍受了你半个多时辰的抱怨和唠叨，这样一来，你在将军的死亡时间里，就有了充分的不在场证明。寅时二刻，风雨停止，天气重新放晴，你让女仆吃下了有迷药的点心和羊奶，等她们睡着后，你又回到顶楼，和云绍重新燃起羊皮灯，把戳着尸体的假山放回原处，清洗了升降梯里残留的血迹和你们留在顶楼的脚印，但因为当时天黑，你们心里也很慌乱，故此没有注意到假山下压了两片树叶，假山被绳索捆绑过的痕迹也没有完全清理掉，而且假山下的泥土中没有渗入大量血迹，这也是你们计划的硬伤。完成一切善后工作，你又回到了二楼女仆的房间，假装睡觉，云绍也回到自己的房间，在早晨小王子敲门时装成宿醉未醒的样子。”

白樱不甘地盯着探春，暗暗切齿。

探春叹了口气：“要证明这些很容易，除了在云绍房间发现的珍珠和‘浮生一日’，你昨晚准备的羊奶和点心应该还有残渣，可以让小蓝检验一下里面是否有迷药；云绍的那一尊傀儡就算已经拆卸掉了，那银色假发应该还在，还有他扮成陶将军时所用的褐色假发；另外，那只羊皮灯应该已经叠好藏起来了，也许在云绍的房间，也许在你的房间，还有用来捆绑假山的绳索也应该在一起，我们还能叫云绍和彩鸥来对质……”

话音未落，侍书拽了拽她的衣袖：“姑娘……”

探春一回头，见云绍已经悄悄来到楼顶，脸上似乎还挂着一丝浅浅的笑容，长长的银发静静地垂着，一如既往地潇洒，深蓝色的眼睛里却满是凄凉。

白樱望了云绍一眼，眼中泪光盈盈，对探春道：“不是他，都是我……”

“是我。”云绍冲白樱笑了笑，幽幽一叹，从袖中取出一长一短两支箭来，“郡主，可认得这是什么？”

探春摇头。

小黑眼睛一亮：“这是二十年前真真国海军所用的箭。”

“白将军和夫瑶水师交战时，用的就是这种箭吗？”探春问。

“对。”小黑点头，“此箭箭身较长，需用硬弓射出，箭镞类似于小型的矛头，呈双翼状，穿刺力强，杀伤力大，但一般没有毒。”

“不错，有见识。”云绍点点头，又问小黑，“可认得这支短箭？”

“当然认识。”小黑道，“那根短的是夫瑶人所用连弩的弩箭，叫作‘三日透骨钉’，三棱箭镞，三面皆有毒槽，槽内所嵌剧毒非常可怕，就算只被射伤皮肉，如果没有解药，三日之内人也必死无疑。”

探春看看陶三：“当年白将军和陶将军中的，就是这毒箭吗？”

陶三神色惶然，点了点头。

云绍道：“当年救治陶汝的，便是家父，他是真真国最好的军医，也是白将军的结拜兄弟，他为陶汝解了毒，陶汝却害死了他。”

云绍攥了攥拳，眼神忽然变得凌厉狠毒，探春不由得一阵发冷，忙问道："为什么？"

"因为云伯伯发现我爹死得蹊跷。"白樱怨毒地说，"按照陶汝所说，我爹是站在大树的横枝上与夫瑶刀客厮杀时，被连弩从树下射中咽喉，坠落假山而死，如果是这样，入射角度应是从下往上的，入肉也不应很深，但是云伯伯却发现那支弩箭是平平射入的，入肉一寸，显然是有人在离他很近的地方扣下弩机。"

探春道："云老先生怀疑凶手是陶汝？"

云绍道："没错。家父检查过白将军的铠甲，发现在心口处有一个窄坑，应该是有利器刺入，但没有刺透坚固的鲛铠。经过对比发现，这个窄坑与双翼形的长箭箭镞完全吻合，而当时的夫瑶刺客是没有携带长箭硬弓的，整个摩崖堡顶上，佩有弓箭的只有陶汝！因此家父推测，当白将军在树上与刺客交战时，陶汝从树下射出一支冷箭，射中白将军前胸，虽未射穿铠甲，但白将军受这一击，站立不稳，跌落在假山上，陶汝杀死刺客后，又在白将军咽喉处射了一支夫瑶弩箭，推说是刺客射死了白将军！"

"而且……"白樱泪光盈盈，"而且当时我爹摔在假山上，也许还没死，二十年前，那根树枝远没有现在这么高，他还穿着鲛铠……"

"不，白将军他……当时已经死了。"陶三颤颤巍巍地说，"将军见白将军在树上和刺客交锋，只想着射那刺客一箭，但将军当时还小，又中了毒箭，一时有些心慌，那一箭射偏了，才射到白将军身上，但将军马上又射出一箭，杀死了那个刺客，接着又把树下那个使弩的刺客也杀了，等他到假山那里去看时，白将军已经死了。"

"那为什么还要再射我爹一箭！"白樱流着泪质问，"我爹哪里对不起他？"

"不！将军很崇拜白将军的！"陶三道，"眨眼间横生剧变，将军当时害怕极了……他已经完全失控，又怕国王降罪于他，所以……"

"所以就把罪过推到了使弩的刺客身上？那我爹的事又怎么说，也是误杀？"云绍冷冷盯着陶三问。

陶三打个寒战，嗫嚅道："当时云先生拿着白将军的铠甲去质问将军，两人争吵起来，云先生说要上报国王。将军年少气盛，一时心急，就上去扼住他的脖子……等我听到响动进屋时，云先生已经没气了。"

"所以你就帮他毁灭证据？"云绍摇摇头，"你算什么，帮凶？"

陶三缩成一团，小声说道："将军当时还年轻，如果东窗事发，他的前程就毁了……"

探春摇摇头："他就背着两条人命一路顺风顺水？"

陶三连连摇头："将军没有升迁！将军是最尊敬白将军的，战争结束后，他拒绝了国王陛下的封赏，留守在暖月岛，一住就是二十年。"

探春又问白樱："你什么时候知道真相的？"

"三年前，云大哥从云伯伯的旧书箱里发现一封未寄出的弹劾奏章，我们这才知道实情……"

"那你嫁给他，是为了……"

"为了听他亲口认个错。"白樱道，"他若肯亲口说出实情，我是不愿对他下杀手的，毕竟他是我父亲的爱将，这么多年也对我们母女十分照顾……"

陶三道："将军年轻的时候，经常在梦中叫着白将军惊醒，然后跑到白将军墓前，整夜整夜地流泪……"

"可是这两年，他梦里叫的都是美人！美人！美人！"白樱歇斯底里地吼道，"这个人没有心！"

"人到中年，学会了在酒色里忘掉过去的痛苦。"陶三老泪纵横，"将军他一直在自责，所以，他一直在用娇娃美酒麻痹自己，我看得心疼，却劝不住。夫人嫁过来这两年，将军已经收敛了很多，如果夫人再等几年……也许就是一两年，将军一定会把事情原原本本地说给你听。"

云绍背过身去，轻轻说道："绳索、羊皮灯和带血的羊毛垫子都叠在我床下，你们去取吧。"

"你后悔吗？"探春问道。

"后悔……只是后悔利用了彩鸥，她单纯得很，一直以为我是个好人……"

"你觉得自己是坏人吗？"

云绍耸耸肩，笑了笑，没有回答。

探春长出一口气："我累了，这是你们真真国的一桩旧案，我参与进来已属越礼，接下来的事，就交给你们自己人处理吧。"说罢，探春施施然下了木楼梯，邓殊等人也不好多说什么，只好跟她一起离开，连范恩也揉着头发逃走了，空旷的楼顶花园里只剩下白樱、云绍、陶三，面面相觑，不知所措，不知谁对谁错，更不知要由谁来为这件错综复杂的旧案画上句号。

第五章 不识庐山真面目

瘦小的少年闷哼一声，捂着后脑跌倒在地，血顺着后颈流了下来。少年心中大为惊恐，挣扎着翻过身，呼呼喘着粗气抬起头来望着在身后暗施毒手的黑衣人。黑衣人身材不高，若不是天边一钩月牙，这瘦小的身影几乎要融化在漆黑的小巷里。

少年恐惧地盯着黑衣人手中黑沉沉的木棒和冷森森的短剑，正要呼救，却被黑衣人一脚踏在胸口。

“庄……老板……是你杀的……嘶……嘶……”少年努力地从喉中挤出几个字。

“哼……”黑衣人用鼻子表示赞许，把木棒一扔，剑交左手，迅速而准确地刺入少年心口，少年口中嗬嗬数声，双目圆睁，气绝身亡。

黑衣人扯下少年脖子上的小玉件，失望地嗤笑：“下等货色，穷酸小鬼。”手腕一翻，少年胸口的短剑被拔出，鲜血迸溅。寒光一闪，少年左手食指被整齐地削下，黑衣人踮起脚，以少年断指为笔，在墙上工整地写下三个大字——五十二，又歪着头欣赏良久，陶醉地说：“美极了。”

探春努力睁开眼，重重吐了一口气，只觉眼前一片朦胧，又揉揉眼睛，四下打量：“嗯？这里是……”她强打精神想要挣起身来，忽觉手脚酸麻，浑身乏力，脑侧筋脉突突直跳，不由呻吟一声，重重倒在床上。一旁单手托腮靠在桌上打盹的男子听见响声，猛然惊醒，看着懵懵懂懂的探春，惊喜地说：“你醒啦！”

探春定定神，望着眼前俊美儒雅的年轻人，又抬眼看看刚刚推门进屋的金发女子和跟在她脚边的小黑猫，呆了半晌，犹犹豫豫地说：“你是……莫文庄主……哦不，伯爵大人，还有夫人……嘶……”探春试着坐起身来，却觉得周身骨骼像是要散架了似的，疼得倒吸一口凉气。

那金发女子便是在鲲临岛见过的苏雪。她见状忙把手中的小碗放在桌上，上前扶探春躺下，皱着眉说：“我的郡主，溺水后不能这么折腾身子的，我让店家熬了些米粥，你先趁热吃了，好好睡上一晚……”

“你是说……我溺水了？”探春瞪大眼睛，捶捶脑袋，“我怎么不记得……今天是什么日子？这是哪儿？”

苏雪和莫文对视一眼，头皮一阵发麻：郡主失忆了？

“但是……你还记得我们。”苏雪轻轻抚摸探春颈窝的瘀伤，试探地问。

“我记得，可是……”探春被苏雪手指触痛，咬着牙一哆嗦。

莫文小心问道：“你记不记得自己是谁？”

探春点头道：“我是前往真真国和亲的中国南安郡主。”

“你还记得这一路上走过哪些地方吗？”

探春略一回想，答道：“垂纶岛、鲲临岛、苏禄岛、暖月岛、鹦鹉洲，然后……然后……”她忽然觉得头疼欲裂，脑海中一片空白，嘤咛一声，颓然闭眼，“五月初一早上，我和侍书到鹦鹉洲的彩翎湾看日出，然后……我就什么都不记得了……”

莫文沉吟道：“问题出在鹦鹉洲……”又问苏雪，“派人告诉范恩和邓将军了吗？”

苏雪点头道：“我吩咐范恩封锁郡主已被找到的消息，暂且按兵不动，静观变化。”

“很好。”莫文站起身来，活动活动筋骨，对探春道，“赶紧吃些东西吧。”

“等等，这是哪儿？”探春焦急地问，“邓将军呢？还有小王子……”

“这里是比邻馆，是唐人岛最大的客栈，和亲使团还停驻在鹦鹉洲。”苏雪端着米粥坐在探春身边，说道，“我们从鲲临岛来此游玩，四天前，也就是五月初二清晨，在一座小岛旁的礁石上发现了昏迷不醒的你，就带你一起来到这里，并派人去鹦鹉洲通知邓将军和小王子。”

“唐人岛？”探春不止一次听说过这座传奇海岛，唐人岛是一座辽阔富饶的岛屿，以盛产美玉良工名扬西海，此岛虽属真真国治下，但一切风情制度都与中国一般无二，连管理岛屿的官员也是中国人，探春自离开金陵后，便时刻盼着能到这座小岛看看，不久前得知唐人岛不在使团船队的航行路线上，还郁闷了好一阵子，没想到今日竟然躺在唐人岛上的客栈里。

探春望着奢华的锦帐雕床，思绪早飞到了数千里外的金陵繁华地、苏南富贵乡，孤独无助的感觉骤然袭来，眼圈微微泛红，忙深吸一口气，把头埋进柔软的鹅毛枕里。

这一睡便是两天一夜，第三天上午，睡得迷迷糊糊的探春被一个毛茸茸的东西惊醒，轻轻打了个喷嚏，睁眼一瞧，只见苏雪那只墨团儿似的黑猫小悟正眯着眼蹭自己的脸，见她醒来，便跳到一旁，自顾自舔毛，探春捏捏它软软的肉垫，觉得心情好了些，只是肚子饿得难受，她坐起身来，环视周遭，见苏雪不在，便自己起身穿衣梳洗。正在此时，只听门外一阵急促的脚步声，苏雪掀开门帘闯了进来，盯着探春的脸，一上一下仔细打量。

探春让她看得心里发毛，抱着枕头问道："怎么了？"

苏雪只是点点头说："这个是真的。"

"是吗？"莫文在门外松了口气。

探春隐隐感到一丝不妙，忙说道："伯爵大人，有什么事进来说吧。"

莫文道："你遇袭坠海是在五月初一，当日正午邓将军便向附近各座岛屿发出协查令，所以唐人岛布政武德也知道了郡主失踪的消息，当然，小王子嘱咐过，此事暂时不得上报真真国朝廷……但是昨天，也就是五月初八上午，岛上来了一个自称郡主的女子，武德对她深信不疑。"莫文皱着眉头说，"现在岛上百姓都在传，中国郡主来了唐人岛。"

"怎么办？"探春感到事情不妙，又自答道，"去会会她。"

"你不怕？"莫文笑着问。

"她该怕我才对。"探春抬起右手说，"这是天子御赐的掐丝嵌宝金凤镯，凤凰尾羽上有红蓝白三色宝石共十八粒，世间仅此一对，外人是无法仿造的，此物足以证明我的身份。"

"一对……那另一只呢？"莫文问道。

"丢了，也许掉进大海……"

"也许在另一个'郡主'手里。"苏雪一指梳妆台说，"坐，我给你打扮打扮。"

走在唐人岛首府安洛城中整齐的棋盘式格局街道上，探春恍然间有一种重归中土的幻觉，这里的繁荣富庶比之金陵有过之而无不及，烟柳画桥，风帘翠幕，酒旗斜矗，繁华竞逐，不论大街小巷，总能看见售卖玉器的小摊小铺，大大小小的玉件式样别致，种类繁多，一时令探春目不暇接。

“久闻唐人岛玉脉纵横，巧匠辈出，今日一见，果然名不虚传。”探春赞不绝口。

“其实在安洛城，这些货色是再普通不过的，真正的好东西，大都出在鬼市。”莫文道。

探春对数见于书中的神秘鬼市分外好奇，正要开口，却听莫文道：“可惜我们无法见识安洛城独有的鬼市了。”

“为什么？”探春不解。

“一个专在午夜杀人的恶魔——断指玉盗回来了，安洛城的玉贩谁敢在凌晨出门？”莫文压低了声音说。

“什么盗……”探春被莫文的表情吓了一跳，也不由自主地压低了声音问。

“饿了吗？快三天没吃东西了。”莫文笑着转移了话题。

“嗯……”

“拿着。”莫文递过一个纸袋，袋子里是软软的热气腾腾的包子，“木耳虾仁笋丝馅儿的，正经金陵籍大厨的手艺。”

“哦……”探春接过包子，小声说，“吃东西会把妆弄花吗？”

原来在两人出行前，苏雪为了避免不必要的麻烦，为探春仔仔细细打扮了一番，当看见镜中的自己时，探春才知道眼睛也会骗人，尤其是当你眼前之物本就真假莫辨的时候：镜子里是一个再平常不过的女子，不浓不淡的眉毛，不大不小的眼睛，不挺不塌的鼻子，不厚不薄的嘴唇，整张脸上写满了中规中矩，那只光华璀璨的金镯也未戴在手上，若不是一头染成深褐色的头发，只怕丢进人堆里就再也找不出来。

莫文嘿嘿一笑：“不会的，狼吞虎咽都没问题。”

“喔……”探春确实饿了，低着头小口咬包子。她从未像这样和一个年轻男子并肩走在街上，望着莫文笑得暖融融的脸，心里忽然涌起一种异样的感觉，忙甩甩头，反复叮咛自己：我是跨海和亲的宗室女，最忌妄动真情！莫说一个与我毫无瓜葛的普通勋贵，就算是未来的枕边人，也不能向他吐露心事！

“这郡主神了，那几步棋走得绝妙！”街边茶摊上一位老者端着茶碗啧啧称奇。

探春正心乱如麻，闻言一怔，停住了脚步。

“可不是！秋先生精擅黑白称霸西海，想不到被郡主十来招便逼入了死局。”坐在老者对面的学究也抚须赞叹。

探春皱了皱眉。

"要说这郡主厉害之处，还在书法。"一个年轻书生两眼放光，"您二位是没瞧见，昨儿个郡主在武大人府上摹了一段'化度寺铭'，把布政府那些书吏看得目瞪口呆，武大人都直接把郡主的字裱起来啦！"

探春脸色又黑了几分。

又见一个秀才模样的人摇头晃脑地从文房铺子里出来，抖着一张宣纸喃喃自语："郡主夸咱们唐人岛是'海上神仙屿，人间富贵家'，好句，好句，未作雕琢而意境全出！若是不记下来，只怕懊悔终生。"

探春哼了一声说："什么意境！这分明是把韦庄律诗化七作五，他竟听不出来？"

"好浓的火药味。"莫文担忧地望着探春，"息怒啊，这唐人岛的百姓背井离乡多少辈，好容易盼来一个来自故土的郡主，还不拿她当菩萨似的供起来？更何况此女柳絮才高风头正盛，你现在去揭穿她实在不妥，众怒难犯啊！"

探春眉毛一挑："谁要揭穿她？我只想看看她要玩什么花样。武大人既然认定她是郡主，定已派人到鹦鹉洲通知邓将军，不出三天，邓将军便会亲至唐人岛，到时候她怎么应付？此时我尚不知她意欲何为，还是先探探虚实，再作打算。"

"好，争风夺彩不在一时。"莫文点头道，"不过你若想出出风头，倒有个法子可以试试。"

"那个断指玉盗的案子？"探春提起几分兴趣，"不过按照常理，你该极力保护我远离这些是非才对，说，你到底有什么企图？"

"断指玉盗名叫古沁，早年曾被孟堂招致麾下，但据说他三年前已经坠海身亡。"莫文眯着眼说，"孟堂一心主战，这一路上多次派人对你痛下杀手，五月初一你遇袭落海，次日凌晨被我救起；五月初五，我们来到唐人岛；初六、初七凌晨在唐人岛上连发两起命案，杀人方法与三年前的古沁如出一辙；五月初八，也就是昨天上午，一个自称郡主的女人高调地来到唐人岛布政府。你认为这一切都是巧合吗？顺便说一句，如果你未被我们救起，而是任海流冲走的话，现在应该被冲到鹦鹉洲以西的蔷薇群岛，而不是唐人岛……"

"这么说断指玉盗和我也能扯上关系了？那就仔细说说这案子吧。"探春目光炯炯，暗暗咬牙：孟堂老儿……

"不急，到布政府就知道了。"莫文笑着说，"布政武德是我的故交，此人虽有些絮叨，却是个十足的厚道人。”

“故交？”探春奇道，“想不到堂堂靖海总督竟会和一个小小的九品布政官有交情。”

“嘿，去年二月我来唐人岛取一批玉料，当时武德还是个捕头。我协助他破了一桩小小的走私案，他倾慕我的才智，我欣赏他的忠厚，便结为好友。三天前我驾船登岛时，还到布政府拜望过他，但武德不知道我的身份，只认为我是个聪明的商人。”莫文道，“你可别说漏嘴呀。”

“庄主、商人、总督、伯爵，你到底有多少身份？”探春盯着莫文的眼睛问。

“呵呵，我数数……”莫文笑着回避。

武德的师爷卫成带领莫文、探春沿着石板小路走向位于布政府后院的书房，看着卫成瘦瘦小小的身躯在石板小路上晃啊晃，探春生怕哪来一阵风把他吹到树上，不禁暗笑，又一眼看见卫成细瘦的后颈上刺有一个金印，与莫文对视一眼，暗暗纳罕：这布政大人倒是开通，竟要一个有案底的人来做师爷。

布政府后院藏在一片茂密的竹林里，踏进院门，便听一阵琴声如林间流水般溶溶而来，探春抬眼看去，只见斑驳的古旧的水井旁，几株芭蕉半掩轩窗，小窗中露出一袖青纱，在近午柔光的笼罩下显得神秘而闲适。那垂首抚琴的年轻女子听到脚步声，抬头向窗外望去，正与探春四目相对，探春微微一怔，这女子却浅浅一笑，仿如一株柔弱的兰花般静默安闲。

探春对这种笑容有种莫名的反感，甚至有些恐惧，她猜不透这种美丽的笑容下埋藏了多少可怕的机关，更让她尴尬的是，她忽然发现自己好像很喜欢看莫文笑，莫文笑起来像一只偷鱼成功的波斯猫，有点得意有点坏，骨子里却贵气十足，还让人觉得很踏实，探春现在最需要的就是这种踏实的感觉，想到此处，探春脸色又红了几分，忙深吸几口气，提醒自己静下心来。

走进书房，一股久违的墨气书香扑面而至，探春定定神，默默望着江南味十足的书架、书桌，心里顿时涌出一种亲切感，又挑剔地看看墙上峻峭险劲的楷书竖轴，暗道：功力不差。当她看到那女子为抚琴而摘下放在琴炉边的金镯时，心中忽地一跳，知她定是“郡主”无疑，想不到苏雪一语成谶，这只镯子真的在另一位“郡主”手里。

唐人岛布政武德三十来岁，身材不高却很壮实，面色黑红，嘴唇微厚，正如莫文所说，给人一种朴实忠厚的感觉，此时他正闭目凝神坐在书桌旁，贪婪地享用宛如天籁的琴声，试图以此来驱散俗务的疲劳，即使如此，探春仍能从他脸上读出重重的焦虑。

一曲奏罢，武德长长舒了口气，慢慢睁开眼，见莫文笑吟吟地坐在博古架下，不禁一怔，面带愠色瞧着卫成：“怎不早提醒我？”

不等卫成回答，那郡主便悠悠起身，微笑着说：“大人休恼，卫师爷是不想惊扰大人听琴。”说着望了莫文一眼，“也请这位先生见谅。”她本是倾国美人，这嫣然一笑，武德心里那一丝愠烦顿如春雪般顷刻消释。

卫成见郡主亲自为他讲情，只觉得受宠若惊，脖子挺得笔直，话都说不出来了。

探春见卫成仰视着郡主，平凡的脸上写满了恭顺仰慕，心中暗道：这个“赝品”能屈尊为武德抚琴，亲自替师爷说情，举止神色谦恭持重，言语力度恰到好处，处世之道修炼得炉火纯青，金陵城中的女子，除了宝姐姐，有几个能有如此修为？她又偷偷打量这郡主，只觉得她与宝钗大不相同，至少宝钗的面具她还是看得透的，而且宝钗身上绝没有这种神秘而危险的气息。

莫文在武德介绍下与“郡主”见礼，又介绍探春：“这是我的一位朋友，翠花姑娘。”

探春脸上带笑，心里默默问候着莫文家的历代先祖：翠花！你敢再俗点吗！你全家都是翠花！

莫文笑得无辜而自然：“翠花姑娘学比山成、辩同河泻、蕙质兰心、颖悟绝伦，是中国有名的才女！”

探春心中暗道：不用你往我脸上贴金！脸上却做出如迎春般羞怯忸怩的小女子模样坐在莫文身边，一面应付武德，一面用惊艳的眼神望着那郡主，还努力挤出一种羡慕的神色。

那郡主倒是亲切随和，拉起探春的手，微笑着问东问西，探春小心翼翼，回答得滴水不漏。也许是她太过普通了，郡主并没有把过多的注意放在她身上，倒是对莫文很感兴趣，只和探春敷衍几句，便与莫文攀谈起来。

探春细细打量武德，见他已从琴声的短暂麻醉中清醒过来，脸上满是颓丧，还挂着两个大大的黑眼袋，便知断指玉盗的案子定不简单。

莫文与那郡主敷衍几句，便咳嗽一声，苦着脸说：“武兄，我有几颗上好的夜明珠想在鬼市出手，可这三天来鬼市上连个鬼影都没有！我听客栈掌柜说古沁死而复生，安洛城的百姓人人自危，不敢在夜间出门，这样下去我可要赔惨了！”

武德满面羞惭，小声说：“不瞒贤弟，在五月初六、初七发生了两起凶案，行凶手法与古沁完全一致。”

莫文满脸惊讶：“古沁不是在三年前就死了吗？我记得他正是死在武兄之手。”

武德也百思不解：“是……当年我率百余名捕快和卫戍兵，将古沁从百丈悬崖逼入大海，他怎么可能活着回来！”

那郡主皱皱眉头，小心问道：“大人说的是斩指夺玉的古沁？”

武德无奈地点头。

莫文眉毛一挑，问：“郡主初至此地，怎会知道这个臭名昭著的大盗？”

郡主道：“我昨天登岛时无意中听见几位渔人闲聊，说三年前在安洛城连杀十二人的断指玉盗古沁来找大人寻仇，已经杀了大人两位朋友。”说着担心地望了武德一眼，武德与她四目相对，只觉得浑身暖洋洋的，当年那股精神头儿好像又回来了。

莫文问道：“死者是武兄朋友？”

武德神色黯然，答道：“第一位死者是得意楼的老板庄笑迎，你也该晓得，他与我不过是泛泛之交罢了。得意楼是唐人岛最豪华的酒楼，在真真国有十几处分店，总店在安洛城西柔云塔下，这些开酒楼的，黑白两道都要打点妥当，故此每到节庆年关放衙之后，他都会请衙门里的朋友到得意楼喝几杯酒，此人虽然体胖笨拙，但为人圆滑机灵，乐善好施，在岛上口碑极佳。”

“第二位死者是我的小家仆丘小五，才十六岁。”武德痛惜地叹了口气：“你不认得他，他本是个小偷，去年正月十五我在得意楼应酬之后，天已不早，街上观灯的人已散了大半，当我走到一家玉器行门口时，正撞见他被几个伙计抓个现行，打得头破血流，我一时看不过，便顺手把他救下，赏了几个钱给他治伤。我本没把此事放在心上，哪想到两个月后这孩子养好了伤，竟托人打听到我的住处，跪在门外口口声声嚷着要报恩，我被他缠不过，便让他在家里做些粗活，替我陪伴老父。今年年初家父病故，我也被提拔为布政，搬到衙门居住，就让他帮我打理老宅。这孩子老实勤快嘴也甜，家父生前最喜欢他，想不到他竟会因我而遭横死。”

“如此说来这两人与武兄关系平常，那凶手也未见得就是冲你来的。”莫文宽慰道。

武德从书桌上拿起一个信封：“看看这个吧，钉在府衙大门上的。”

信封里没有书信，只有一枚绞丝玉环，以及一个带血的箭镞。

“这只玉环是当年古沁从一位著名的藏玉人身上夺走的，是此人家传十代的宝物，和大多赃物一样，自古沁死后便消失无踪。箭镞很普通，附近各岛布政衙门捕役所配箭支都用这种镞，这也许是当年古沁遭围杀时所中之箭。”武德喝一口茶润润喉咙，继续说，“如今两起命案杀人手法与当年的古沁如出一辙：入更之后，藏身于几处鬼市附近僻静窄巷中，等候孤身怀璧夜行之人，一刀夺命，抢走死者身上携带的玉件——安洛城几乎人人佩玉，尤其混迹鬼市者多携有上佳美玉——杀人夺玉后，斩断死者一根手指，以指为笔，以血为墨，在墙上写下数字！”

“这么说，的确是古沁回来寻仇了……”郡主担心地望了武德一眼。

“血指题字……”探春只觉得身上一阵发冷。

“这些数字，就是他杀人的数目。”武德道，“古沁在三年前的初夏潜入安洛城，半年内连杀十二人，写在尸体旁边墙皮上的数字依次是‘二十五’到‘三十六’，当年安洛城中的十二位死者，是他杀死的第二十五到第三十六人。”

莫文道：“那这几天出现的数字是……”

“五十一、五十二。”武德痛苦地攥紧拳头，“和三年前不同的是，当年的命案都发生在城东北鬼市附近，庄老板和小五却陈尸于我家老宅边的两条小巷里。除此之外，和我交情最好的王捕头也已失踪两日，音信全无，我怕古沁会对他下手。”

“既然是捕头，古沁应该有所忌惮吧？”莫文道。

“王捕头已经年过六旬，在五年前便已卸任，现在只在府衙里做些闲活，他虽武艺平平，却有一手好厨艺，而且和家父交情最好，每到年节还会做些饽饽、粽子、元宵之类的小点心，放衙后送到我家去和家父小酌一番……”武德絮絮叨叨地说，“面对古沁这样的高手，王捕头毫无反抗之力。”

探春暗想：古沁以一种挑衅式的怪癖在墙上记录杀人数目，凭一人之力令全城百姓惶惶不可终日，他像是躲在暗处欣赏人们的恐惧和痛苦，十足是个沉醉于杀戮快意中的魔鬼。他要找武德复仇，却先从他的亲友下手，使其陷入痛苦焦虑和深切自责中不能自拔……王捕头与武德交情甚笃，且已失踪两日，情况不妙……

郡主轻轻一叹，安慰道：“不怪大人，从百丈高崖坠入大海，任谁都会断定古沁必死无疑。再说这么多年来，除了大人你，还有谁能把古沁这样的巨寇逼入大海呢？为今之计，还是先加派人手寻找王捕头，我怕再拖下去……”她看了武德一眼，闭口不言。

探春却一抬手说：“王捕头两天来音讯全无，这样苦找不是办法，不妨先把当年与古沁有关的证物及文案重新检视一遍，看能否发现什么线索。”

武德点头道：“嗯，翠花姑娘言之有理。”一面吩咐卫成去取证物箱，一面从书案下取出一个小木匣，“古沁坠海之后，我们找到他的藏身之处，但只搜出三件赃物，包括绞丝玉环在内的其他赃物皆不知去向。”

探春提醒自己：先适应翠花这个名字吧！轻轻打开木匣，一对白玉镯、一只翠玉扳指、一块受沁极重的谷纹璜静静躺在白色绸缎里，探春小心地一一取出，仔细查看。

郡主见探春看得细致，便笑盈盈问道：“翠花姑娘也懂玉？”

探春搪塞道：“家父是做古玩生意的，我自小耳濡目染，多少懂些皮毛。”

“哦……”郡主若有所思，眉头轻轻一蹙，探春看在眼里，心里微微一动。

莫文见卫成离开，忙凑到武德身边问道：“武兄，卫师爷颈后的金印是怎么回事？而且我见他左臂似乎有些不便，左颊的汗珠也用右手来擦。”

武德一笑：“卫成是我去年擒获的盗贼。”

“盗贼？”莫文讶然。

“他的酒友是我对街邻居赵员外家的账房，这账房和卫成闲聊时无意说出赵府藏有一批血玉，要在元宵节后出手。卫成一时鬼迷心窍，在元宵节当夜借赵府大摆夜宴之机，从赵府后门外的小巷翻墙入户，趁乱下手。我当时刚从得意楼回家，走到巷子口时，正瞧见一个鬼鬼祟祟的家伙背着包袱从赵家墙头跃下……”

“当时卫师爷刚刚得手？”莫文暗笑：这家伙真是走背运。

“嗯……我一时失手，把卫成的左臂打断，为他接骨的郎中手艺也差，就这样落下了病根。平日里时常发病，还随身带着外用药……”武德讪讪道。

“去年元宵节大人很忙啊。”探春若有所思，“既然卫师爷是个盗窃犯，您为何要把他留在身边？”

武德道：“真真国律法规定，血玉不得私下买卖。若不是卫成牵出这条线索，赵员外这个走私血玉的老狐狸岂不要在我眼皮底下暗度陈仓？抓获卫成后，我从赵员外处顺藤摸瓜，半月之内便把一个盘根错节的血玉走私行会连根铲除，卫成在其中出力不少，故此关押三个月便释放出狱，我见他老成稳重办事周到，也会写字作文，就留在身边听差，今年才让他当了师爷。”

莫文一歪头：这也不算走背运。

正在此时，门外传来几声沉重的脚步声，却是卫成提着一个笨重的榉木箱子气喘吁吁地走来。

“这是什么？”莫文好奇地凑过去。

“血字。”卫成抹着汗说。

“血字……”探春倒吸一口凉气，但当她看到箱子里那几块从案发现场割下的墙皮时，惊讶之情溢于言表，险些把脸上的妆撑破了：好俊的魏碑体，潇洒古淡，风力危峭，正是“张猛龙碑”的风格！想不到古沁是个书道大家！若不是每一个数字背后都有一桩血淋淋的惨案，我真有心拓去做帖。

莫文见探春眼中闪过异样神采，忙问道：“怎样，数字里有什么门道？”

探春沉吟道：“劲健雄俊，堪称上品，美中不足的是上下字距不等，为题记之大忌。”说着小心地把几块漆皮取出，摆在书桌上，指着第一幅字说：“这是古沁在安洛城杀死的第一个人，‘二十五’三字上下纵列，其中‘二’‘十’两字间距近，‘五’字离得稍远，其他几幅都是一样，或是首字稍远，或是尾字稍远，看起来很奇怪。”

武德道：“也许只是古沁一时疏忽吧。”

探春把十二张墙皮整整齐齐摆在桌上，仔细端详：“古沁精于书道，每个字都写得一丝不苟、气定神闲，按说字距不等应是有意为之……”

武德摇摇头，多少有点不以为然。

那郡主望着探春的背影，柔和乖巧的眼神瞬间消失无踪，变得如同鹰隼般凌厉狠辣，还带着一丝狡黠的玩味。

探春在十二张拓片上来来回回扫了几眼，问道：“武大人，有安洛城街道的详细地图吗？”

武德一怔，答道：“有……”说着从书架上取出一个长条形纸盒，盒中是一幅叠起的地图。安洛城南北向的街道共有一百条，东西向的街道也是一百条，大街宽可逾十丈，小巷窄不足五尺，整幅地图宽约一丈，绘制十分精细，看起来就像一幅间距不等的棋盘。

探春又问道：“所有命案都发生在两条街道交会处附近吧？”

“对。”武德有些惊讶。

探春嘴角一挑，正要说话，莫文适时地递来一个棋子盒：“我猜你要用这个。”莫文笑着把棋盒送到探春手上，两人的手指相触，莫文感到探春的手微微颤了颤，心不禁突地一跳，又见探春眼中闪过一丝窘迫，莫文心里痒痒：一定脸红了吧，真想看看她脸红的样子……妆怎么这么厚！

探春定定神，拿起一颗棋子，落在图中东北方标注鬼市区的一处路口：“不出所料，这就是第一桩命案发生处。”

“对！”武德瞪大了眼睛。

探春道：“据我猜测，古沁写下的血字有两点作用，其一是死者数目，其二是陈尸地点。”说着拿起第一张拓片，“这个不只是‘二十五’，也是‘二十’和‘五’，也就是说古沁在自东向西第二十条纵向街道，与自北向南第五条横向的街道的交界处杀人弃尸。同理，第二位死者陈尸于此。”两指一落，一枚棋子摆在第二条纵向街道上的第六个横向路口。

“对，一点不差！”武德愕然道，“姑娘怎么想到的？”

探春道：“墙壁上数字的序号是从二十五到三十六，每一个数字三字间距不等，皆可拆成两个数字，由此我想到用数字标注路口的做法。这大概是古沁和大人做的一个可怕的游戏，从种种怪异的举动来看，古沁此人偏执而狂傲，一定会按照数字的顺序在对应路口作案，如果大人能早看出数之所指，就能把古沁下一次作案的地点锁定在两个路口，早作准备，定能避免下一起命案发生，甚至能直接擒获古沁！可是官府一直茫然无计地追着古沁的脚印大海捞针，他牵着你们的鼻子跑，自己却在暗处看着全城百姓和捕快焦急、忙碌、恐惧，乐在其中……”

武德面露惭色，低头不语。

探春却自顾自说：“太可怕了，嚣张狂妄行踪诡秘，倒不像为了夺玉，像是以杀人为乐……”

莫文见武德犯窘，忙一扯探春衣袖，拿起拓片说：“自东向西数，嘉定路是第二条路，建炎路是第三条，大观路是第二十条，大业路是第三十条，这么说来，发生在嘉定路的案件是‘二——十六’‘二——十八’；发生在建炎路的案件是‘三——十’‘三——十三’‘三——十五’；发生在大观路上的案件分别是‘二十——五’‘二十——七’‘二十——九’；发生在大业路的案件是‘三十——一’‘三十——二’‘三十——四’‘三十——六’。所有案件都集中在安洛城东北的鬼市附近，我记得那儿的小巷里住着一些有名的琢玉工匠和藏玉名家，这些人都是鬼市的常客，古沁选择的作案地点非常高明，若在别处的四条街道如此集中作案，武兄早就能看出数字意指了。”

武德红着脸咳嗽两声说：“如此看来，眼下两起命案发生之处确是五十——一，五十——二，在安洛城正北，我家老宅附近！如果‘五十三’出现的话，它会在……”

“五——十三。”郡主轻轻说，“如果是在城正北的‘五十——三’的话，离前两位死者陈尸地点太近，那一带一定早已被搜查过了，所以不必再查。”她笑着看了探春一眼，“我说的对吧，翠花姑娘？”

探春点头同意。

“五——十三……”武德跳着脚说，“那个路口附近有座老钟楼，平时几乎没人进去！”

赶往钟楼的路上，莫文走在武德身边，低声问道：“冒昧地问一句，武兄当年既未看出数字中的含意，是如何查到古沁行踪的？”

武德面色微红，低声道：“三年前的断指玉盗神出鬼没，行踪飘忽，半年之内连杀十一人，满城百姓人心惶惶，当时的布政大人被弹劾办案不力，戴罪留职，我身为捕头，也忙得焦头烂额，只好借酒浇愁。我记得那天夜里我喝得半醉，走到大业路时，忽然嗅到一股血腥气，我往路边的小巷口一看，正看见一个身高八尺的高大男子在墙上写写画画，地上躺着一具尸体！”

“这么说，古沁落网完全是巧合？”莫文惊讶不已。

武德红着脸点头：“巧得出奇！当时我大喊起来，附近街道上巡夜的官兵和大户人家的护院家将也从四面围追堵截，不过古沁确实身手了得，竟能突破层层围杀，逃出安洛城。次日清晨，他被我们逼到城外三十里处一座百丈高的临海悬崖上，进退无路，只得跳海自尽。”

莫文摇摇头：“人算不如天算，古沁机关算尽，却输在一个巧字上，和那赵员外倒是同病相怜。”

“是啊……”武德长叹一声，也不知该庆幸还是该羞愧。

“对了武兄，中国郡主怎么会来到岛上，你怎么确定她是郡主的？”莫文转移了话题。

探春也竖起耳朵听着。

武德道：“郡主不慎与船队失散，于昨日清晨搭乘一艘渔船来到岛上。她手上戴着一只金镶宝石的凤凰镯子，我仔细看过，那的确是中国皇室御赐之物，这种纤若毫发的掐丝嵌宝工艺，只有皇家金匠能熟练掌握，常人是无法仿造的，而且郡主才华横溢谈吐不凡，令全城百姓为之心折，若不是天潢贵胄，岂能有如此风采？”

莫文意味深长地笑笑，抬眼望去，钟楼已近在眼前。

王捕头的尸体静静地躺在钟楼内部的角落里，头上的皂纱帽滚到一旁，一支玉簪别住稀疏的头发，脑后血量不多，但一大片花白的头发已被鲜血浸染。胸口有一处剑伤，穿心而过，血已凝固，显然已死去多时。左手食指被整齐地削下，在钟楼的石壁上干脆地写下“五十三”三个硬瘦的血字，血已干涸，呈现出惨淡的黑红色。探春这一路闯过的血雨腥风不算少，但是这种病态的规律化的标识还是令她脑后凉气直冒。

武德虽早已料到这般结果，但亲眼看见王捕头的尸首，身体还是阵阵发颤，攥紧了拳头，又无奈地摊开手掌，合上王捕头的眼睛。探春望着王捕头敦厚朴实的脸，轻轻叹了口气：“大人，凶手不是古沁。”

武德一怔：“怎么讲？”

“大人请看，王捕头脑后有伤，应是被人从身后暗算所致，纱帽也是此时脱落的，很明显，凶手先从身后将王捕头打晕，再自胸前一刀致命。大人说过古沁武功高强，三年前杀人时皆为一刀夺命，他要对付王捕头这样一位普通的老人，用得着如此麻烦吗？王捕头左手拇指上有一道宽约一寸的印痕，手边的地面上有几片墨绿色的碎玉屑，我想他生前应该戴有一只碧玉扳指，当尸身倒地时撞碎一角，但还是被凶手摘下取走。”

探春把一小块玉屑挑在指尖说：“恕我直言，扳指的玉质不算上乘。再看王捕头束发的簪子，看似极不起眼，像一支普通的骨簪，但这是一支战国前的古玉笄，只因受沁极重，失去了原本的光泽。从证物箱中遗留的三件赃物来看，古沁是识玉行家，而且品位不低，这支玉笄的年代、沁色皆与箱中谷纹玉璜几同，古沁既称玉盗，想来嗜玉成癖，如果袭杀王捕头的真是他，这件古笄绝不会留在现场。”

武德恍然道：“不错，这是王捕头家传数辈的玉簪，他手上的扳指我也记得，只是在街边随手买的小玩意儿罢了。”

“武兄……”背着手打量墙上血字的莫文回头问道，“三年前的十二个数字写在墙上什么位置？”

武德答道：“大概离地面七尺有余，和这三起命案一样。”

探春站起身来，望着血字摇了摇头：“古沁身高八尺，抬手题字在七尺以上位置最为方便，这个凶手显然是在极力模仿古沁，不仅写下极为标致的碑体字，还使三字皆位于离地七尺多的高度，但凶手脚下露出了破绽。钟楼地面上积灰较多，墙脚边的背风处尤其明显，凶手杀人是在凌晨，光照昏暗，他题字时也未注意脚下，因此在这面墙前留下一个明显踮脚的印迹，由此推断凶手身高不足七尺。”

“会不会是个女子？”莫文颇有深意地问。

“也许是吧。”探春答道，“从靴印来看，凶手很可能是瘦小的男子，或是天足的女子，还有可能是女子故作奇怪装束而穿上男子的长靴。除脚印外，更明显的破绽在字体，凶手极力模仿古沁的北魏张碑体，但‘五’字弯折处隶意浓厚，这是欧体楷书的味道，其他的……也看不出什么了。”

莫文一点头，回头道：“武兄，可否去其他两处现场看看？”

武德挥挥手，吩咐同去的差役收殓王捕头尸首，与莫文、探春走出钟楼，疲惫地说：“二位跟我来吧。”

武家老宅位于安洛城正北的一条小巷里，宅子不大，却整洁干净，精致条理，离此不远的两条街外便是安洛城北有名的奢华街，整条街上满是烟馆酒楼，步步莺歌燕语，处处彩栋雕甍。老宅门外二十余步有一条丈许宽的小街，小街转角的墙壁上，“五十二”三个血字赫然狰狞，这里便是丘小五陈尸之处。

探春望着墙上的“五十二”三字，点头道：“字体与钟楼内的‘五十三’完全一致，字体、技法都模仿得无可挑剔，笔迹与古沁几乎完全相同，但较之三年前的字体隶意更浓，笔势也更含蓄，嚣张霸道之气较弱，反多了些内敛阴柔的气质……不过说到底，这只是我的感觉罢了……”

“那……古沁的确死了？”武德一心希望探春给出肯定的答案。

“古沁是死是活我不知道，毕竟绞丝玉环的出现我无法解释，但我们当前的对手不是他。”探春道。

“那会是谁？”武德神色焦虑。

“也许……是有人借尸还魂吧。”探春道。

正在此时，街边拐角传来吱呀吱呀的轻响，一乘两抬小轿轻轻巧巧走进小巷，轿帘一挑，假郡主起身下轿，神色凝重：“我听卫师爷说王捕头已经遇害，怕大人难过，便请卫师爷备下轿子，赶来看看。”又惋惜地望着武德说，“大人节哀。”

郡主纡尊亲临，武德自是受宠若惊，也不知说什么好，只得请郡主进老宅休息。走到院门外，郡主却突然停住脚步，问道：“对了，大人不是说得意楼在城西吗？我记得刚才来武府的路上，也经过一家得意楼。”说着转过头去，指着两条街外一挂高高的酒旗说，“就是那里。”

探春随着她手指的方向看去，只见一座金碧辉煌的五层高楼，在城中显得格外突兀。武德道：“这是得意楼在北城的分号，前年冬天开业，因楼高八丈，视野极佳，吸引了不少文人雅士登楼吟咏，现已大有超越总店之势，只可惜庄老板已经……”

“原来如此，我还以为大人记错了。”郡主打断武德的悲伤思绪，“等这案子结了，我一定要来得意楼上好好欣赏安洛城的夜景。”郡主带着一脸向往的神情说，“安洛城三河六塔十二桥，从得意楼上都能看到。”

“郡主怎么知道得这么清楚？”莫文敏锐地问。

“卫师爷说的啊。”郡主道，“只可惜现在是五月，城中没有灯会。卫师爷说正月十五花灯会时，三条河上满是灯船，如三条金龙穿城而过，六座高塔彩灯高悬，彻夜不熄，整座安洛城浑如仙境。”

“等一下。”探春忽然眼睛一亮，“大人说过得意楼总店在城西柔云塔下，那一定无法看到柔云塔全貌！这座分店在安洛城最北端，楼高八丈，足以远眺安洛城全景。如果卫师爷在去年正月十五夜在得意楼看到如郡主所说的‘三河六塔十二桥’，说明他当时就在这座分店，而且在高层。”

“嗯，应该是吧。”郡主歪着头问，“那又如何？噢……我明白了，他也能看到这条小巷，看到赵府，甚至看到大人回家……”

探春又问武德：“卫师爷是在去年正月十五夜盗窃赵家血玉时被大人偶然撞见的，对吗？”

“对。”武德隐隐感到一丝不安。

“大人是在去年五月任唐人岛布政的，去年元宵节时还是捕头，穿戴的还是皂纱帽、青色圆领袍和乌皮六合靴，和王捕头一样吧？”探春继续问。

“是，姑娘为什么问这些？”武德不解。

探春道：“我可能有些眉目了，但只是猜测而已。”

“愿闻其详。”武德道。

“其实我知道的并不多：庄笑迎每逢节日都会宴请官府的朋友，元宵节定也不例外；王捕头常把自家制作的应节点心送给武大人，也就是去年的武捕头，正月十五送的自然是元宵了；大人从得意楼回家途中救了丘小五，回家时捉住了盗取邻家财物的卫成。”探春道。

“也就是说，卫成被捕纯属巧合，和当年的古沁一样。”郡主一语道破。

探春点头道：“武家大门正对着赵府后门，除此之外，这条小巷里再无其他人家，大人的身材和王捕头差不多，在夜半时分从得意楼向下看，虽能清楚地看到这条小巷，但小巷里灯光远逊于大街上的灯会场所，故此很难看清人的相貌。

“卫成既然能成功地从赵府盗出血玉，一定调查过赵府的情况，也该知道赵府对街的邻居是一位捕头。他下手的时间是正月十五夜晚，也担心会遇到放衙回家的捕头，故此潜身于得意楼上，伺机而动。按照常例，在逢年过节时，没有执勤任务的捕快应在戌时放衙回家，卫成也知道这一点，但他不知道庄老板和王捕头的惯例，所以当他看到王捕头提着一袋元宵送到武府老宅时，想当然地认为这位捕头邻居已经回家过节，便放心地来到赵府后墙外，翻墙入户。当他顺利地携血玉离开赵府时，被刚从城西赶回的大人撞个正着，一场发财梦就此断送了。”

“你的意思是……”武德有些不敢相信。

“也许在卫成看来，如果没有庄笑迎的酒局和丘小五的行窃，大人可能已经早早回家，不会目睹他盗窃血玉越墙而出；如果王捕头没有到武宅去送元宵，卫成也不敢放心地在赵府后墙翻进翻出，他也许会放弃盗窃计划。在卫成眼中，这一系列的巧合将他的发财梦击得粉碎，还在他手臂上留下病根。卫成和古沁都是因一场巧合而功败垂成，他便利用这个同病相怜的大盗借尸还魂，先后杀死庄笑迎、丘小五、王捕头，三位死者和大人或近或远都有交情，这种报复手段足以使您身心俱疲、痛苦不堪。另外，那枚玉环虽然暂时无法解释，但卫成能轻而易举得到官府配发的箭支。还有，他既然能模仿古沁的字迹，说明他一定看过这些被官府割取备案的墙皮，在府衙中除了卫成，谁还能有如此便利？”

“不可能吧，卫成跟了我将近一年，一直是忠心耿耿。”武德皱眉道，“而且我给了他一个体面的身份，让他衣食无忧。”

“虽说是衣食无忧，但唯唯诺诺屈居人下与一夜暴富逍遥自在实在相差太远。”郡主摇头叹道，“卫师爷本以为计划天衣无缝，谁知竟会莫名其妙地撞在大人手里，一定极为不甘，满腹怨毒，这和当年的古沁何其相似，更何况他手臂上已落下病根。而且卫师爷在大人身边将近一年，对府衙一应事宜都有所了解，对大人的性格习惯更是了如指掌，所以我同意翠花姑娘的看法，大人不妨亲自回去问问卫师爷，再做定夺。”

武德一时乱了阵脚，也只好同意郡主的建议，但当他忧心忡忡赶回布政府时，早已不见了卫成的踪影，丫鬟、家仆、公人差役都未见其离开，这个疑凶竟在府衙内离奇消失了。

莫文和探春回到客栈时已近黄昏，苏雪不在客栈，只在桌上留下一瓶卸妆药水，探春仔细洗了脸，对着镜子整理头发时，却听扑通一声，回头看去，见小悟在梳妆台上悠闲地舔毛，脸盆里闪着柔和的绿光，探春定睛一瞧，顿时变了脸色。

“你到底是谁？”探春截住在客栈后花园散步的莫文，劈头问道。

莫文一怔，只觉探春神色与往日大为不同，有些羞恼，有些警惕，有些了然，还有些不知所措。

“你到底是谁？”探春又问一遍。

“我……你为什么这样问？”莫文觉得探春此时的样子可爱之极，便靠着假山坐下，歪着头揉着一旁的芭蕉叶子说，“你又有什么奇怪的想法啦……”

“你看这是什么？”探春手掌一伸，一枚浓绿欲滴的翡翠佩饰横卧在白腻的掌心，“翠羽金雕，这是真真国皇室的图腾，你不仅是一个总督，还是皇族！这只金雕爪中握着一枚珊瑚，据我所知，这样的翡翠佩件一共有四块，分别由真真国四位王子霍遥、霍迦、霍迩、范恩佩戴，范恩那块玉佩我见过，玉质、雕工、大小和你这块几乎完全一样，‘伯爵’什么的根本不靠谱，你是国王的儿子！”

莫文下意识在腰间一摸，不由得咧了咧嘴：“身为郡主，从哪儿学到妙手空空的本事？”

探春恼道：“是那只猫衔到脸盆里的。”

“噢……”莫文眯着眼望着溜达到客房门口的黑猫小悟说，“让苏雪打它屁股。”说着掰下一块芭蕉茎，向小悟脚边掷去。

“一开始我就觉得奇怪，你顺口直呼范恩的名字，还叫得那么自然，照常理应该称一句小王子才对吧，除非你是他的长辈，比如叔父、兄长……”探春把奓了毛的小悟抱在怀里说，“据我所知，二王子霍迦身长九尺，外号小霸王，统率三万精兵镇守真真国北疆千溟岛，人称溟王子；三王子霍迩年方十七岁，绝擅丹青，但自幼体弱多病，现居皇城。你脸色红润，绝非痼疾缠身，也不是堪比项王的猛将，所以，你只可能是……是……”她咬着牙，脸涨得通红，挂在嘴边的答案始终不敢说出来。

“我真名叫霍遥，是真真国大皇子，自幼受封于诠智岛，朝野上下皆称我为诠王子。”莫文终于吐露实情，却见探春脸上露出几分羞怒神色。

“嗯，你好像有点生气……”莫文有些局促，“你拆穿了我的身份，应该很得意，或者……”

“我到底是一国郡主，就这样被你玩弄于股掌之间，还得意？我怎么也想不到这么多天腻在我身边的竟然是我的……”

“你的什么？”莫文一摊手，见探春不语，又狡猾地笑着说，“好啦，夫人。”

探春心里紧绷的弦被“夫人”两字重重拨动，一时方寸大乱，目瞪口呆地望着莫文，还有些不适应这样的称呼。

“你可以叫我相公，或者直接叫我的名字……”

“嗯……阿诠。”探春嘴角一挑，诡笑着唤道。

“这是什么奇怪的称呼？”莫文哭笑不得。

“我想怎么叫，就怎么叫，走吧。”探春幽怨地说。

“去哪？”莫文一时有些懵懂。

“你难道没看出来？”探春有些不可思议。

“好吧，我们去‘五十——四’还是‘五——十四’？”莫文耸耸肩说，“要赶在那个假郡主杀掉武德前制止她。”

“五——十四，我记得地图上标注那里是一座废弃的小庙，王捕头陈尸的钟楼也在那附近——安洛城东北人迹罕至的角落。”

“好，我们走。”

“等一下，你去年协助武德破获的走私案，是否和赵府的血玉有关？”

“的确有关，而且赵府和孟堂关系匪浅。”莫文点头，“还有什么问题？”

“还有……那个一直和你假扮夫妻的女人是谁？”

“真真国有四大国师，机关大师寻彰，铸造大师云雷，星象大师明宿，医卜大师鸿音，鸿音本名苏雪，她更喜欢这个平平淡淡的名字。从假郡主拜会武德之时起，她的一举一动都在苏雪的监视之下，包括现在。”莫文笑着说，“哦对了，翠花这个名字也不是随便起的，每一位真真国王妃都会在大婚之日准配紫翠郁金香。”

“古沁是我的师兄，你可以叫我影仙。”

武德在府衙喝下一杯决明子茶后便觉昏昏沉沉，伏在桌上酣然睡去。当他醒来时，发现自己坐在一间逼仄的小屋的墙角，郡主换了一身奇怪的装束手持短剑甩出这么一句莫名其妙的话。

“啊？”武德觉得自己可能在做梦，拼命挣了挣，却提不起半分力气，腰间一软，头撞在墙上，疼得直咬牙，这才明白自己的处境，瞪着影仙道，“你是什么人？”

“五月五日，我便已来到唐人岛。”影仙不睬武德，自顾自说道，“我看见你从得意楼分店路过，那个姓庄的胖子满脸堆笑地站在店门口和你闲聊，那一脸谄媚的样子让我打心眼里讨厌！”她恶狠狠一咬牙，继续说，“我跟着你来到武家老宅，看着那个姓丘的小鬼兴高采烈出来迎接的样子，你知道吗，我很嫉妒！这种尖嘴猴腮的小穷鬼都有人疼，为什么这世上唯一疼我的人却沉尸海底？这不公平！还有那个老头子，一把年纪亲自上门给你送粽子，我不明白，除了运气，你还有什么值得一提？”

武德还有些没回过神来，望着影仙发愣。

“如果败在一个足够强大的神捕手里，师兄也许会输得心服口服，可你靠的是什么？运气！你连墙上数字的意指都不知道，如果不是那场天杀的巧遇，你们一定会被我师兄活活玩死！”影仙幽幽地叹了口气，举剑在武德腿上缓慢地划开一个浅而细长的口子，武德疼得倒抽冷气。

“怎么，你很痛苦？你很后悔？恨自己瞎了眼没认出我这个假郡主？哈！”影仙残忍地笑道，“你把郡主已经找到的消息通知使团，三天后中国怀远将军邓殊就会亲自来唐人岛，在那之前我会在全城散布消息，因为布政大人保护不力，他们的郡主已经死了。作为前提，我今晚便会在布政府放一把火，把你的尸体丢入火海，然后随便杀一个俊俏的女孩子，让她带着金凤手镯和你一起化为焦炭。当然，那些嵌在手镯上价值连城的宝石是烧不化的，它们能证明火中少女的郡主身份，哈哈！”影仙笑着说。

“这会重新挑起两国战火！嘶……”武德心惊肉跳，“你这是何苦？你要我武德的命，朝我心口刺一剑便罢！”

“呵……”影仙轻笑，“我要的不只是你的命，还要你身败名裂！庄笑迎、丘小五和那个王老头子都是小小的开胃菜，算是我送你的小礼物，看着你愁眉不展自责自怨的样子，我抚琴写字时都觉得神清气爽，三年来我从未如此痛快过！如果郡主身亡，战火重燃，你武德便是千古罪人，西海沿子的商人、渔人顶着战火日日夜夜咒骂你这个脓包！这才是真正的复仇，不是吗？”影仙艳丽的脸孔被晃动的烛焰照得阴森可怖。

“到此为止了。”

影仙被这慵懒玩味的话吓了一跳，惊慌地回头看去，见莫文斜倚着门框，一个从未见过的素衣女子跟在他身后，容貌精致得无可挑剔，眉宇间却有一种潇洒从容的神采，四目相冲，一时令影仙气为之窒，她倒退一步，觉得此女身形、眼神、步态都十分熟悉，细一打量，不由得惊道：“翠……”

“住口。”探春喝道，“你手上少说已有四条人命，也该去地狱找你师兄做伴了。”

影仙面色骤寒：“你是什么人？”又一眼瞥见莫文腰间的翠羽金雕佩，再看看探春宝光闪烁的右腕，顿时了然，“你们是……怎么可能！”

探春却淡然冷笑，自顾自开门见山：“武大人不仅是你的仇人，也是孟堂命你除掉的目标。”

影仙听到孟堂的名字，意外地瞪了探春一眼。

“你敢假冒郡主来到唐人岛，定已知道我失踪的消息，这条消息在我被找到之前是绝密，邓殊将军只把密函传与包括唐人岛在内附近三座岛屿的布政，你一个江湖人是怎么知道的？”探春一指影仙，“除非你是刺客，或者是刺客的同伙。我颈窝处有一道拜刺客所赐棒伤，从伤痕来看，刺客身高在八尺以上，所以刺杀我的不是你，而是你的同伙。当我跌入大海后，主使者并不确定我已死去，便将手下几名干将分别派遣至附近几座岛屿搜查，来到唐人岛的就是你，这也解释了为什么我丢失的手镯会在你手上：手镯在我遇袭时不慎脱落，被刺客拾到交给孟堂，孟堂又将此物交给你。按说我受伤落水，生还的可能不大，但孟堂怕我逃过此劫，故命你假扮郡主来唐人岛：如果已经有一个持有金镯且才华过人的绝色‘郡主’在唐人岛现身，那么就算我大难不死，也很难说清自己的身份，此外你还可利用这只镯子制造郡主身亡的假案，令和亲陷入僵局。

“也许你是主动请命来此搜查的，古沁三年前便已毙命，你为何迟迟不为他报仇？因为你已被孟堂招至麾下，一切行动皆受其调遣节制，近年来孟堂活动频繁，你无隙抽身为兄报仇，这次借搜查郡主之机来到唐人岛，才把积蓄了三年的仇恨尽数倾泻。当然，我突然出现在唐人岛是你始料未及的，因为按照海潮流向，我会被冲到蔷薇群岛，我想孟堂派往该岛的一定是其麾下最可怕的杀手，而来到唐人岛的你虽然未抱找到我的希望，但也从孟堂那里领下其他任务，这个任务和你的目的不谋而合——杀武德，基于以上三点目的，你的一切行为才有合理的解释。”

“哦，将军为什么让我杀武德？”影仙阴沉沉地问。

探春看了莫文一眼，莫文笑着说：“铸造大师云雷善于制造各种威力巨大的火器，孟堂为拉拢他可谓绞尽脑汁。云雷不贪财色，但嗜玉成狂，眼光挑剔，孟堂为讨云雷欢心，曾派古沁潜入唐人岛搜购上等古玉，不料古沁魔心大起，在搜罗古玉的同时杀人取乐，我正要派人将他除掉，却不料他一跤跌在武兄手里。古沁将夺来的美玉分批上交孟堂，孟堂选取其中上品赠予云雷，这些入不得云雷法眼的猎物便留在孟堂手里，包括绞丝玉环。古沁死后，孟堂便把这枚玉环给了你，毕竟这是你师兄为之丧命的猎物之一。

“我的密探无意中发现，在古沁死后不久，孟堂又数次入手上等血玉原石，精致小巧者赠予云雷，余者用于购买战船、兵器，这令我大感意外。孟堂此次行动十分谨慎，我直到去年正月才查到赵员外身上，但未等我着手处理，武兄便误打误撞擒获卫成，半月之内即把孟堂苦心编织的血玉走私网扯得粉碎，孟堂只好迅速斩断与赵府的一切联系，故此武兄最终未能查到他头上。当我以采购玉料为名来到唐人岛时，抓捕行动已近尾声，我只是以闲人的身份顺手帮武兄扫掉几个喽啰，甚至都不知道卫成的存在。孟堂两次计划都坏在武兄手里，以他睚眦必报的性格，岂能善罢甘休？不过武兄虽是我的福将，却是孟堂的煞星，我怎能让他死在你手里？哈哈……”

“不准笑！”影仙恶狠狠抬起手来，短剑指着莫文。

“凶什么凶，你又刺不到。”莫文一摊手说。

探春无奈地斜了莫文一眼，又对影仙道：“你刚才的‘供述’非常清楚：你五月五日来到唐人岛，着手完成你的任务，准确地说是实施复仇计划。要找到武大人再容易不过，按说他应该在府衙居住，但这天是端午节，他要回老宅在亡父灵前祭拜，因此你候在府衙外，跟踪放衙的大人一路回家。当大人经过得意楼分店时，和他打招呼的庄老板进入你的视线，紧接着是在家应门的丘小五和上门送粽子的王捕头。你的心被仇恨涂得漆黑，早已不满足于杀人偿命的简单复仇，而是要诛神、诛心，令大人陷入自责与恐惧中，因此你并没有直接对他下手，而是在五月初六、初七、初八凌晨，分别杀死三个你认为与大人关系密切的人，可怜这三人莫名其妙地成了你复仇的棋子。当然，如你所愿，当你在初八上午假冒郡主来到布政府衙门时，大人早已焦头烂额、心神俱疲。

“但今天你见到证物匣中的玉璜时，发现其玉质及成色皆与王捕头的玉笄相同，这令你感到一丝慌乱：一旦王捕头的尸体被找到，发间的玉笄会是一个不小的破绽。此时武大人一直未放在心上的数字游戏被我轻松点破，你自也晓得我的厉害，而且我无意中搪塞你的话令你误以为我是古董商的女儿，因此对自己的疏漏大感恐慌，你怕我看出凶手不是古沁，所以急需抛出一只替罪羊，这时卫师爷进入了你的视线。

“选择卫成顶罪有三便，其一，卫成身材矮小，与普通女子相近；其二，卫成曾被武大人捉拿入狱，手臂落下残疾，他有充分的理由憎恶大人；其三，卫成身为布政府师爷，熟知府衙诸事动向。于是你把所知的一切信息进行整理，这些消息或许是从我们和武大人的交谈中得知的：庄笑迎在元宵节当夜邀府衙捕快到得意楼饮酒，武大人也在其中；武德从城西回家的路上因丘小五而耽误了不少时间；王捕头早已离职，故不在庄笑迎邀请之列，但他会在元宵节放衙后送一些自制的元宵给武老太爷品尝。

“以上几点线索看似毫无关系，但都锁定了一个时间——去年正月十五夜晚，这也是此次事件的巧合之处，如果诠王子没有多嘴问大人卫师爷颈后金印的由来，恐怕你也无法临时编造这个故事。你惊喜地发现你所杀之人皆与卫成的被捕或多或少有些关联，因此在我们离开后，你迅速整理了所知的一切信息，并巧妙地利用了武家周围的环境——那里是你连杀两人之处，你对那一带再熟悉不过。在编造出一个完整的故事后，你借故支开在后院随侍的下人，请卫成为你准备小轿，待他下令后迅速杀之，独自来到院门外，乘轿赶往武宅——你知道我们接下来会去那里寻找线索。

“来到案发现场时，你急不可耐地抛出卫成曾在得意楼分店观灯的假线索，引诱我顺着你挖好的陷阱得出错误的结论，而你则完全遁身于案情之外，只是在最后对我所说的表示极力赞同，也算有点小聪明。但你编造的这个故事实在疏漏过多，其一，卫成恭顺寡言，应该不会兴致勃勃地对你说起这些琐碎的内容；其二，卫成左臂不便，而死者脑后的击打伤在左侧，这说明凶手惯用左手；其三，王捕头虽与大人身材相近，但六十岁的人和三十岁的人步态绝不相同，如果卫成当时真的在得意楼上，他不可能看不出差别。

“此外，我注意到大人书案右边有常年摆放砚台的印迹，说明大人是个右撇子，但墨砚当时的摆放位置却在左手边，很奇怪不是吗？我听人说起你曾为大人摹写‘化度寺铭’，这是极见功夫、极耗精力的欧体楷书帖，你可能是为书写方便临时把砚台移到左边，所以你是左撇子无疑。”

“瞧，你现在还是左手持剑。”莫文慢悠悠补充道。

探春继续说：“你诱导我们揭开的所谓真相，只是一个并不成熟的故事罢了。当你把疑点引到卫成身上的时候，我便猜到他多半已性命不保，也只好顺着你的思路推断出这个‘凶手’，先把你稳住。”

“哼……没错，四个人都是我杀的。不过我倒想听听，你有什么证据？还有，卫成的尸体在哪儿？”影仙道。

探春摇摇头：“卫成的尸体不难找。府衙后院水井边的青苔有重重剐蹭的痕迹，还有一股药味，应该是你搬运尸体时把卫成随身携带的药洒在井边，你丢掉了药瓶，却无法除去药味。显而易见，尸体在井里，当然你也无法把尸体藏在后院之外的其他地方，那会被人看见的。”

“证据呢！证明我是凶手的证据！”

“一枚绿豆大小的红宝石丢在古井旁的泥土里，你仔细看看你的镯子，那只凤凰的尾羽上是不是缺了一颗小红宝石？”

影仙一愣，低头看时，却忽觉劲风扑面，一道白幕在眼前闪过，影仙猝不及防，急忙仰身后撤，等她重新站定时，手中短剑已不知去向，武德也被莫文抱到一边，一个白衣女子面冷如霜站在自己面前，而镯子上的宝石光华灿烂，完整无缺。影仙暗骂自己糊涂，郡主遇刺时百般挣扎，手镯都完好无损，搬运尸体怎么会蹭掉宝石？

“你是谁？”影仙瞪着白衣女子问。

“鸿音。”白衣女子冷冷地说。

“鸿……医卜大师？”影仙只觉一桶凉水当头浇下。

“哦对了……”莫文扶武德坐下，又说道，“云雷为孟堂设计的火器图纸都被我派人暗中抄走，所以在我眼里，孟堂的种种计划就像一场幼稚的猴戏，耍得不亦乐乎，却挣不了几个铜板。还有啊，我的下属在蔷薇群岛附近的海港发现了孟堂的座船，任谁都能猜到这次郡主遇袭便是他一手策划，为了给郡主出这口恶气，我命人把孟堂的伤风药换成了泻药，而且……”他狡猾地笑了笑，“我听说孟堂好色，他手下的每一位女杀手都被收入房中，你是不是也……”

“住口。”影仙浑身发抖。

莫文却不依不饶，斜睨影仙问道：“你和孟堂是什么关系？古沁没有得到的，孟堂是不是已经得到了？”

“你最好少说废话……”影仙深深吸了几口气，恶狠狠地说。

“你的手抖什么？我戳到你的软肋了！”莫文一拍手，得意扬扬地说。

“不准笑！”影仙恶狠狠抬起手来，以掌为刀，直刺莫文胸口，苏雪脚步一晃，挡在莫文身前，影仙却忽然停止了攻击，击向莫文的手掌猛地缩回，将手上的戒指送入口中，那一块浓绿顷刻化在喉间……

“你怎么逃回来的？”孟堂努力克制着功败垂成的羞恼，冷冷地盯着影仙问。

“我吞下戒指上的药丸，令脉搏停止，他们以为我死了，把我抬到府衙的停尸房，我便趁夜逃走了……哦，还有，我在镯子上涂了毒，只要那个郡主长期戴在手上，不出半年，便会中毒身亡……”影仙见孟堂满面怒容，忙急着邀功。

“嘿！”孟堂嗤笑一声，“鸿音在她身边，你的毒只怕连小孩子的把戏都算不上。”说着猛然一拍桌案，像一只凶恶的狮子般扑上前去，铁钳般的手掌扼住影仙纤细的脖颈，恼怒地问，“中国郡主和武德安然无恙，你却杀掉了几个毫不相干的人，这就是你的复仇方式？一个小小的布政两次坏我好事，我要他干干脆脆地死，而不是愧天怍人地活！”

影仙白皙的脸涨得通红，惶恐地望着孟堂，说不出话来。

孟堂鹰隼般的灰眸里闪过一丝不舍，松开影仙，冷然道："你去吧，这一路上我们的机会多的是，你可要将功折罪。"说着转身进入内舱。

"小郡主，我们的游戏才刚刚开始。"影仙跌跌撞撞走上甲板，伸手掸了掸肩头被孟堂搂过的地方，那一脸厌弃的样子活像刚从污秽的沟渠中挣扎出来，对自己肮脏的身体满怀嫌恶，又不忍舍弃这副臭皮囊，只好无奈地游走在崩溃的边缘。

"你是故意放走影仙的？"莫文低声问苏雪，"那个诈死的小把戏连我都能瞧出来。"

"嗯……"苏雪道，"毕竟她是明宿的弟子，还是让明老处置吧。对了，从她身上取回的镯子有些小毛病，先交给我修一修。"

"嗯……"莫文挠挠头，"这一路上孟堂的矛头会对准和亲使团，郡主继续随团而行我不放心。"

"那你的意思……"

"你冒充郡主随使团同行，那个叫侍书的姑娘为了保护郡主受伤不轻，你正好帮她调养调养，让雏青、稚玄随我携郡主走另一条路，我们在皇城外会合。"莫文道。

"也好。"苏雪站起身来，"好了，去陪陪你的郡主吧，我看她还余怒未消呢。"

莫文一咧嘴："她比你还难缠，不过我喜欢。还有啊，管管你的猫。"

第六章 故人相见未从容

郑亲王瘦长的脸被火把照得油光闪闪，额头上的皱纹里填满了欲望，望着眼前翠竹森森的木兰山，脸上的肌肉兴奋地直抽动。

“禁军的作战能力果然不容小觑……”

不到一个时辰，那如雨点般凌空而下的白羽雕翎便夺走了其麾下近两千名士卒的性命。禁军骇人的守御能力虽令郑亲王心有余悸，但此刻他完全可以气定神闲地等候木兰山被攻破：一个时辰了，禁军的箭也该射完了吧……

“山穷水尽了吧？皇上！”郑亲王遥望山巅竹林中隐隐露出的碧瓦朱墙，得意地狂笑，“昔日隋炀帝以平陈之业换雷塘数亩薄田，贻笑千古，如今你用先祖的百年基业换来一头九色白鹿，不知后人又会如何评说呢？”他神清气爽地抖抖马缰，心中已经开始盘算拥立幼主、监国摄政，继而……就算做不成隋文帝，也要做个魏武王吧！

“求援吧，皇上，禁军快顶不住了。”老太监褚龄一双浑浊的三角眼死死盯着笼里的信鸽，带着哭腔连声恳求，“石将军的大军就在五十里之外，现在求援还来得及！”

皇帝面沉似水，望着跪在脚边的元妃道：“这只信鸽的主人是石光珠。”

元妃惨然一笑：“石光珠要我的命，郑亲王要皇上的江山……个中利弊，请皇上定夺。”

皇帝俯下身，轻轻抬起元妃的下颌，静静注视着她的眼睛，缓缓说道：“你的眼睛是会说话的，它们告诉朕你怕极了，石嫔死时，你是不是也像现在这么怕？”

元妃悚然缩肩，望着皇帝的眼睛，只觉他的眼神从容坦然，谈及石嫔竟无丝毫愧色，不禁心如刀剜，只好低下头去，听着山下越发惨烈的喊杀声，双手攥得骨节发白，胸口气血上涌，连咳数声，咳出一口血痰。

皇帝轻轻拍拍元妃的后背，叹道：“你的病比之上月夫人进宫探视时，又加重了几分，朕这回实在不该带你出来。”

元妃头昏目眩，不知该如何回话。

信鸽呼啦啦扇着翅膀飞入夜空，皇帝独自坐在木兰山行馆偏院的石亭里，默默品茶。

“皇上好像胸有成竹……”褚龄小心翼翼地问。

“郑亲王贪而不智，举事仓促，殊不知士心尚一，国未有衅，不可图也，故其必败。”皇帝说着叹了口气，“但朕实在没有料到他会趁朕外出狩猎之机率军杀驾，现在想来，那头引朕上山的白鹿，定是郑亲王垂下的香饵。”

“那石将军……”

“石光珠骁勇善战，两个时辰之内定可取郑亲王首级，解行馆之围，但此人乃沙陀王室后裔，行事乖张，凶蛮霸道，视礼数尊卑为草芥，且对石嫔之死耿耿于怀，几次三番欲杀元妃以‘清君侧’，若朕此时求他解围，他向朕开出的条件无疑又是赐死元妃。”皇帝眼神一寒，“毕竟元妃害死了石嫔和她尚未出世的孩子……”

“可是……”褚龄还要说话，却被皇帝挥手制止。

“这件事你去办吧，有些人……该舍便舍……”皇帝怅然起身，拂衣而去。

腊月十八日，皇帝将郑亲王传首诸藩，次日，荣宁二府毫无准备地接到元妃薨逝的消息，而这无异于一道炸雷劈在风雨飘摇的笨重游船上。探春独自坐在秋爽斋芭蕉树下，望着阖府上下人等来回奔忙，暗自苦笑。

次年清明，探春默默坐在驶离故乡的凤船上，任凭眼泪簌簌而下乱了妆容，口中喃喃念道：“游丝一断浑无力，莫向东风怨别离……”

垂纶岛、鲲临岛、苏禄岛、唐人岛……一路走来，步步杀机，探春已经有些心力交瘁……

探春一袭素衣与莫文并肩站在码头的人群中，目送和亲使团的船队浩浩荡荡地离开唐人岛。“孟堂的目标是你，找到你的唯一办法就是找到船队，所以我们甩开船队绕小路到王城是最安全的办法。”莫文如是说，“我们先去蔷薇群岛吧。”

蔷薇群岛是一群充满了浪漫气息的小岛，像一把散落在海面上的粉红色珍珠，大大小小不下百颗，这里的百姓好像天生不懂忧愁，人人穿着艳丽的衣裙，涂着明媚的妆容，在满街花海中欢声笑语谈天说地。海风吹过，几片花瓣飘飘摇摇落在探春脚边，黑猫小悟欢快地扑上去，在薄薄的粉红色地毯上眯着眼睛打滚撒欢，发出嫩嫩的喵喵声，引得几个在街边玩耍的小姑娘惊喜地扑上前来，又揉又抱，小悟舒坦地伸伸脚，喉咙里发出轻轻的呼噜声。莫文长长伸了个懒腰，深吸一口气，神清气爽地摇着探春的袖子说：“我们去放风筝吧！”

“别跟我提风筝！”探春心里对这种莫向东风怨别离的东西多少有些阴影，哼了一声说，“也不想想现在的处境，再说你多大了！”

“那……我们去吃鱼吧，蔷薇群岛的大黄鱼可是一绝！每场鱼汛打上来的鱼吃不了也卖不完，有的晾成鱼干，有的冻进冰窖，所以你想吃鲜鱼还是鱼干，干炸还是红烧，都没有问题。”

探春轻轻叹了口气，摇了摇头。

“那……蔷薇花粥怎么样？清热解暑，是蔷薇群岛一绝呢！”

“没胃口。”

莫文一摊手：“唉……你放宽心，别总皱着眉头，蔷薇群岛是这一带最安全最干净的岛，这里已经几十年没发生过命案了，布政吕檬是我的旧部，你想吃什么想玩什么尽管说，至于住处嘛，我看东部的雪薇岛不错，那儿有一座雅致的别墅，花园里还有温泉。这里的姑娘们都用蔷薇花瓣泡热水澡，听说对皮肤很好，要么用蔷薇根，对骨节好哦……”

探春俯身抱起小悟，掸掸它身上的花瓣，边走边说：“我看这里每一座岛都很小，彼此之间距离也不算近，来往交通全靠小船，真发生些什么事，布政府派兵救援也来不及吧？还是住在首府附近妥当……”话音未落，却蓦地怔住了，一双美目直勾勾望着街角一座掩藏在一簇白蔷薇里的店铺，胸口微微起伏，呼吸也渐渐急促起来，小悟抬头看看探春，喵呜一声，又不解地望望莫文。

莫文顺着探春目光望去，只见一座黑沉沉的棺材铺坐落在开得沸沸扬扬的白色蔷薇中：这大概是唯一和蔷薇岛气氛格格不入的店铺了吧，我的灾星郡主，和你扯上关系的怎么全是这种东西？他无奈地叹了口气，又见棺材铺门口站着一个身穿素衣的汉人女子，三十来岁年纪，脸上愁容惨淡，却遮掩不住那种似是与生俱来的高贵气质，棺材铺的老板、伙计以及来往行人都不敢直视她的面容，生怕露出半点轻亵眼神，活活把自己愧死。莫文暗道：常听人说“国色天香”，今天才算真正见识到了。又转脸去看探春，见她眼圈已微微泛红，口中喃喃道：“姐姐，大姐姐……”

莫文蓝蔚蔚的眼睛瞪得滚圆：“大……姐？那个元妃娘娘？不是已经死了吗……”

那素衣女子见一个俊俏的姑娘失魂落魄地朝自己靠过来，还轻轻叫着“姐姐”，不禁微微一怔，小心问道：“你是……”

探春定定神，试探地问：“你不认得我？”

那女子上下打量探春一番，摇摇头。

“元妃娘娘！”莫文冷不丁爆出一句。

那女子吃了一惊，又勉强一笑：“这位官人真有趣，你怎么知道我叫袁霏？可我不是什么娘娘，我哪有那好命……”

棺材铺老板操着蹩脚汉语说：“这里哪有啥娘娘哦，不过这大姐的样子可真不比娘娘差，可惜命不好哦，年纪轻轻做了寡妇……”

莫文无奈地冲探春眨眨眼：“蔷薇群岛民风淳朴得有些过头，说话从来没遮没拦的。”

“寡妇？你的丈夫……不是……”探春细细打量眼前的“袁霏”，只觉得她的相貌举止都和元春一般无二，连说话的语气口音都完全相同，唯一与省亲当年所见不同只是身材略瘦了些，皮肤也稍显粗涩。

袁霏神色一黯，说道：“他被人杀了，就在昨天夜里。”

探春看看莫文：几十年无命案？

莫文尴尬地搔搔头，忙问袁霏：“他在什么地方被杀的？”

“我住在南部的碧薇岛，岛上只有一座院子，虽然不大，倒还清净，房东把院子租了出去，现在除了房东杜大娘，那里一共住着四个人。昨天晚上我去旁边的岛上看病，没想到院子遭了强盗，财物被洗劫一空不说，外子也被杀害……”袁霏脸含悲色地说。

探春见她这副神色，不由自主上前拉住她的手。

莫文却狐疑道：“堂而皇之抢劫杀人，难道同住的邻居毫无反应？那院子里都住了些什么人啊？”

袁霏一面吩咐店铺伙计把棺材搬上小船，一面无奈地叹了口气：“东屋住着一个小筌篌师，昨夜应吕大人之邀去了布政府，西屋有一个邋遢的老道，耳聋眼花，昨晚也不在岛上，而且外子昨日喝得大醉，只怕到死也不知道发生了什么……”她说到此，眼圈又微微泛红。

探春瞪了莫文一眼：“你先别问那么多。”说着不由自主靠上前，抱住袁霏的肩膀，心里忽然涌起一种异样的感觉：当年元妃大观园省亲时，身旁簇拥数十名宫娥彩女，太监侍卫更是不计其数，而自己却只是个十岁出头的小孩子，规规矩矩在一旁等候觐见，面对那样高高在上美得有点不真实的姐姐，小探春心里平白生出一种自卑和惶恐，觉得那个姐姐变得有些陌生，有些可怜，有些可亲而不可近。现在这情不自禁地一抱，探春心蓦地融化了，觉得现在偎在自己肩上的袁霏才更像一个姐姐，可亲可近的姐姐。

“姐姐你瞧，我长大了，我的肩膀也可以给你靠了。”探春轻轻地说。

袁霏不由自主地流下泪来。

“你看，好好的把人说哭了。”莫文一摊手说。

袁霏回过神来，擦擦眼泪说：“嗯……这位妹妹好面善，得空来找我说说话吧，碧薇岛离这座白薇岛只有小半个时辰船程。”

探春忙道：“不如现在同去！”

袁霏那艘小帆船被一口棺材几乎占去一半，再加上香烛蜡扦和一应供果纸钱，以及船夫和两名棺材铺伙计，几乎没有可供探春二人落脚的地方，在蔷薇群岛租小船是要预订的，莫文仓促之间别无他法，只好出三倍价格租下一艘小船紧随其后。

“这世上不乏容貌相似之人，你怎么确定她就是你姐姐？再说那位元妃娘娘早已仙逝……”莫文望着前方不远的小帆船和默默站在船舱外的袁霏，小声对探春说。

“宫里放出的话，有几成可信？”探春嘴角一挑，反问道。

“这个嘛……”莫文讪讪地搔搔头，他虽率性自由素爱闲游四海，但自幼长在深宫，对这千层万缕的微妙关系再熟悉不过，有时官面儿上放出的话，有三成可信便实属不易了，“刚才我诈了她一下，她的反应轻松自如，毫无破绽。”

“在宫里摸爬数载，早历练得处变不惊。”探春坚定地说，“就算体貌变了，举止气度也无法改变，她就是我元春姐姐。”

“她为何不敢认你？”

“也许……也许她有苦衷，也许她失忆了……”

“难道失忆是你家的遗传病……呃……”莫文戏谑地捅了捅探春，却被探春狠狠一个眼刀刺来，忙闭了嘴。

碧薇岛位于蔷薇群岛南部，岛上被一座方形宅院满满霸占，院子里共有东、西、北三座房子，袁霏夫妇就住在宅院正北的房子里。院墙外围有一层青色的石板，石板周围的松软土地开满了碧绿色的蔷薇，再向外则是洁白的沙地，碧蓝的海浪滚滚而来，柔柔地拍打沙滩，住在这座院子里，每日闻香而起，听潮而眠，想来惬意无比。

一个瘦削的金发男子满面阴郁站在院中，木然地看着几名衙属忙进忙出，从昨夜案发到现在，已经过去四个时辰，他的头脑中还是一团乱麻，当他看到走进院中的人时，难以置信地揉了揉眼睛，失声道：“殿……”

“嘘——”莫文竖起食指，眨眨眼睛。

那男子恭敬地走上前去，规规矩矩地施了一礼，莫文介绍道：“这位是蔷薇群岛布政吕檬吕大人，这位是……我的朋友，翠花姑娘！”

探春无奈：算了，翠花就翠花吧。

吕檬把莫文拉到一边，小声说：“和亲在即，殿下还是不要到处拈花惹草为好……”

莫文脸一红，咳了一声：“你想太多了，在你眼里我就这么风流吗？咳，算了，看在以往的交情，也不怕告诉你，这位便是我的正牌夫人！”

“啊！郡唔……”吕檬忍不住叫出声来，莫文忙捂住他的嘴。吕檬定定心神，毕恭毕敬与探春重新见礼。

“切不可泄露风声。”莫文叮嘱道。

袁霏的亡夫名叫沈延，仵作已验过尸首，袁霏便命伙计把棺木抬到北屋正厅，盛殓尸体，又忙前忙后布置灵堂，探春见元春一时无暇抽身，便只好听吕檬为莫文介绍案情。

“据仵作所说，凶案发生的时间是昨晚戌时，凶器不曾找到，从伤口来看，应该是个尖锐的矛状物，而且含有剧毒。我们发现了凶手的脚印，脚印长约一尺二，步子也长，定是个彪形大汉。”吕檬道，“那沈延喝多了酒，从午后就一直睡在书房里屋的一张小榻上，沈夫人和房东杜大娘去琼薇岛看病，就把房门锁了。所以案发时房门是从外面锁上的，钥匙共有两把，分别由沈夫人和杜大娘保管。昨夜亥时两人从琼薇岛回来时，门锁完好无损，进屋后沈夫人发现正对房门的窗户的窗闩被强力推断了，点燃烛火后，便发现了沈延的尸体。我们发现的脚印也显示，凶手是从北面的窗户进来的，应是凶手发出声音惊醒了沈延，凶手怕他叫嚷，于是先走到小榻旁边，用一根涂了剧毒的利器刺进他的喉咙。

“凶手杀死沈延后，翻箱倒柜搜罗了不少金银珠宝，依旧从北面窗户离开，我们循其脚印发现，脚印一直向北，穿过花丛和沙滩，走到海边才消失，定是凶手驾船停在岛的北岸，抢劫杀人后又乘船离开，但奇怪的是，我们没有发现他登岛时的脚印，好像凶手是从天而降的。”

莫文道：“这倒有些意思，那些人是……”说着指了指几个正在院子里接受官差问话的人。

东屋门外站着一个干净漂亮的男孩子，面对虎背熊腰的官差不慌不忙无拘无束，一双黑亮的大眼睛滴溜乱转，不时好奇地打量着探春和莫文，举止间倒有几分气定神闲的坦然，探春见到他这副小大人的架势，突然有种想捏捏他圆脸蛋的冲动。

“他叫林珑儿。”吕檬满脸敬仰地说，“是个小箜篌师，虽然架子有些大，但技艺精绝，吕某平生所见无人能出其右！”

莫文笑着对探春说：“吕大人酷爱管弦之乐，对高明的乐师最是崇敬。”

探春却看着林珑儿啧啧称奇：“这么小的年纪，竟当得起‘技艺精绝’四字，倒是个奇才。不过这圆头圆脑豆包似的小模样，能摆出多大架子？”

吕檬一咧嘴，小声说：“前些天小林公子在首府所在的金薇岛十字街头演奏箜篌，引得千余人驻足观看，吕某也是如醉如痴，一时难以自拔，当下邀小林公子在吕某生日当天，也就是五月十九晚上到寒舍演奏，可是前天小林公子突然说要赶着离开蔷薇群岛，到王城去，要把演奏日期提前到昨晚，吕某拗不过，只好答应了，可惜演奏刚刚结束，我正和小林公子闲聊时，就接到杜大娘和沈夫人报案……”吕檬显得非常扫兴，咂咂嘴，又说道，“哦对了，据小林公子说，那沈夫人不仅是个琴道高手，也爱琵琶、箜篌、火不思，前些天沈夫人还去朱薇岛买了一架箜篌，请小林公子教授擘技。”

探春心下一动：精通琴道，也爱各种弦乐，那更是大姐无疑了。

西房门口坐着一个邋遢的老者，穿一身破旧道袍，向他问话的官差已经急得面红耳赤，吼得嗓子嘶哑，他却把手拢在耳朵旁边一个劲地说：“啊？你说什么？大声点！”

吕檬无奈，只好介绍说：“这位是罗道长，是个云游道人，耳朵不好使，脚也有些跛，一个月前来到蔷薇群岛，在碧薇岛租了房子。因为要和附近墨薇岛的云真人谈禅论道，罗道长每天早上卯时便乘船离开，到深夜才回，有时就索性住在墨薇岛上，昨晚他就在云真人的小茅屋里挤了一夜。”

“哦？他每天怎么走，如此年迈还能自己划船吗？”探春问道。

“在蔷薇群岛，可以雇佣小船和船夫，但是一般都要提前一天预订，罗道长雇了张老大的小船一个多月，我派人问过，张老大证明罗道长昨晚一直没有离开墨薇岛。”吕檬解释道。

“谈禅论道，靠比画吗？”莫文暗笑。

探春横他一眼：不准毁僧骂道。

院子西北角的石凳子上坐着一个胖乎乎的银发老妇，正和官差连说带比画描述当晚的可怕场景，可怜的官差想问话都插不上嘴，和那边的罗道人可谓一静一动，看起来倒也有趣。吕檬道：“这是房东杜大娘，和沈夫人十分要好，平时住在西屋靠北的一间小卧房里，昨晚和沈夫人同去琼薇岛看病……”

“等一下，也就是说这些人除了沈延，昨晚案发时都不在岛上，而且都有明确的证人！”探春道。

“对呀……凶手是外来的强盗，与岛上住户无关。”吕檬道，“这些住户谁有那么大的脚啊！”

莫文示意吕檬先忙公事，自己陪着探春走进北屋。

北屋共有三间房，当中一间正厅，左边是书房，右边是卧房，沈延死在书房里屋的小竹榻下，榻脚有一片干涸的血迹和几道被剐蹭的血痕，应是沈延临死前挣扎所致。书房的房门在正南，窗户在正北，里外屋用半扇屏风虚隔，屋里满是泥泞的大脚印，还有被风吹进屋的碧绿色花瓣。

探春蹲下身来，看着地上的泥脚印和花瓣，笑着说：“有些意思。”说着转身来到院子里，冲杜大娘招招手，杜大娘正不满这官差心不在焉，见探春招手，忙抽身走来。

“这位姑娘，你和沈夫人是亲戚？”杜大娘睁着褐色的眼睛上下打量探春，“真俊哇，这眉毛像，鼻子也像，眼神儿更像，像大海似的一眼瞧进去都看不透……”

“嗯，她是我姐姐。”探春笑着说，“你们昨天那么晚出去做什么？”

“哦，是这样，三天前，也就是五月十二，真真国致仕老御医华先生云游到蔷薇群岛，在琼薇岛回春堂坐诊七日，就是从昨天——五月十五开始一直到五月二十一。五月十二那天我正巧去琼薇岛买针线、香料、盐巴，还有布料和茶叶，你们中国的茶叶是最好的，我喜欢蒙顶茶，可是价格贵得很，就只买了些瓜片……”杜大娘絮絮叨叨扳着指头数她当日采购的物品。

探春僵笑着打断道："说简短些……"

"瞧我这啰唆劲！"杜大娘一拍脑门，"路过回春堂门口时候，我忽然想到沈夫人有痰痈病，不如给她约一张诊票。你是不知道排队的人有多少，队伍倒是不长，但粗得很！别看我年纪大，力气可不小，见缝插针挤进去，可也排在五十名以后了，华先生一天只诊二十名病人，只诊二十名哦！我本还想着怎么也得到明后天，谁想昨儿就轮到了，昨天是华先生坐诊的第一天哟。前儿东屋林公子看到了回春堂公布的首日诊客名单，沈夫人是最后一位，就赶紧回来告诉我们，所以我们昨儿用过了午饭，就直奔琼薇岛了，谁知道家里出了这么档子事。"

探春默默思索一阵，又问道："那沈延酒醉是怎么回事？"

"嗐！"杜大娘摇着头说，"三天前我告诉沈夫人说给她在华先生那儿排了号，沈夫人便千恩万谢的，弄得我还怪不好意思，可是沈先生这些天一直愁眉不展，也不知道遇上了什么烦心事儿……昨儿中午，沈夫人备下一小坛好酒请我小酌，嘿，老太太我这酒量可不差，那坛杏花春也真有滋味！可是……沈先生的酒量真次到家了，勉勉强强喝了两三杯就一个劲儿要退席，还到一边的小茶几上倒了几杯茶解酒，还没等我们填饱肚子，沈先生就在茶几上睡着了，还是我和沈夫人把他抬到小榻上的，重得跟死猪似的，呸呸呸……罪过罪过，恶口业恶口业。"

"然后你们就锁了门窗，坐船到了琼薇岛，直到亥时才回来？"

"没错，我一直陪着沈夫人，看完病后夫人心情不错，还在夜市逛了逛，买了些东西，琼薇岛是附近最大的岛，那儿的夜市热闹极了……"

好容易打发走杜大娘，莫文到探春耳边说："这个华先生名叫华洛，服侍了三代帝王，我也与他相识，这就去找他聊聊。"

"嗯……顺便问问他，有没有见过一个圆脸蛋、弯眉毛、大眼睛、翘鼻头，嘴角下有一颗小痣的中国男孩。"探春盯着门外的林珑儿说。

华洛一头卷曲的银发整齐地绾在脑后，双眼微闭，手指搭在眼前穿着公服的干瘦汉子手腕上，半晌，开口道："饮酒过度，太过，太过了……"说着摇了摇头。

"不会吧。"那汉子道，"我每天只喝五坛。"

坐在一边的莫文险些咬断舌头，华洛身后一男一女两个药童也像受惊的猫似的瞪大了眼。

那汉子又说："这不是昨天血薇岛那座无主老宅里一下子死了六个中国人，人人身上都带着刀，个个七窍流血死不瞑目，也不知道中了多烈的毒！咱这地方几十年没大案子，衙门里连个仵作间都没有，吕大人派我去宅子里守着那些尸首，我能不怕吗，这不为了壮胆，就喝了八坛……”

华洛听得直皱眉头，摆手道：“你若不戒酒，这肝胆不适之症只怕永远好不了，我给你开个方子，你先调养半月，滴酒不得沾牙！”说着提笔在一张印有粉色蔷薇干花瓣的纸上写了药方，交给身边女童，又对那男童说，“下一位是谁，要他先等等。”

男童拿开墙角方案上压在一摞纸笺上的玉镇纸，抽起最上面一张纸笺说：“下一位是雪薇岛的方公子，我去叫他稍等一会儿。”

莫文拿起那一沓用来排号的纸笺，见这些纸的一角都嵌印着几枚粉红色的蔷薇花瓣，淡雅可爱，一张张翻过去，突然见到一张纸上印着白色花瓣，再往后翻，仍然全是粉色，不禁皱了皱眉：“这花瓣的颜色不一样……”

“这些纸都是赋丽轩制作的蔷薇笺，每包纸五百张，一套十包，每一包所印入的花瓣颜色都不同，这一包已经打开，五百张是粉色花瓣，那一包是碧色，那一包是红色，不过纸张本身的颜色和质地都是一样的，我们平日里很少注意花瓣的颜色，用完一包就拆另一包，管那些边边角角做什么？病人就诊时进屋拿着自己的排号纸，先生诊断后就把方子写在纸的背面，抓好药后病人可把药方带走。”男童解释道。

“那就怪了，为什么唯独这张写着‘张乙’的纸是嵌着白色花瓣呢？”莫文问道。

男童挠挠头：“怪了，嵌白色花瓣的纸先前抄录古方用了不少，到排号那天只剩下二十张，刚好把第一天的病人排完，之后我才拆开这包粉色的纸，按说从今天开始，所有病人的排号纸都印着粉色花瓣。”

莫文眼珠一转，问道：“昨天有一位沈夫人叫袁霏华老可记得？”

“记得。”华洛点点头说，“痰痈之症，是昨天诊治的最后一位病人。”

莫文暗自思量：杜大娘说袁霏的排号本应在五十名之后，也就是这个张乙排号所在位置，她所用的无疑应是嵌入粉色花瓣的蔷薇笺，可小箜篌师莫名其妙地带来消息，说袁霏可以在第一天来回春堂求诊，也就是说有人刻意把袁霏和张乙的排号调换了位置，为的是……莫非想让袁霏在昨天下午到晚上这段时间不在碧薇岛？昨晚箜篌师和老道都不在岛上，以杜大娘与袁霏的关系，应该会陪她同来琼薇岛就诊，这样一来，整个碧薇岛上就只剩下被锁在北屋酩酊大醉的沈延，也就是说一旦发生凶案，岛上的人都可以摆脱嫌疑。箜篌师和老道在昨天都有妥当的理由离开碧薇岛，只有袁霏没有，她一介女流，如果晚上莫名其妙地离开，定会惹人怀疑，也许此人是为了让袁霏顺理成章地抽身，才玩这一招李代桃僵？

他转念又一想：奇怪，按常理来说，陪袁霏求诊的应该是她的丈夫沈延。还有，袁霏明知沈延酒量不济，还让他入席陪杜大娘饮酒，杏花春的后劲可不小啊，难道他要趁沈延酒醉做什么见不得人的事？而且在回春堂偷换排号也不是那么容易的吧？林珑儿……他怎么那么巧路过回春堂门口，这地方多少有点偏僻，他来这儿做什么？

“华老，前天您是否见到一个圆脸蛋、弯眉毛、大眼睛，长得非常可爱的中国小男孩，他嘴角下还有一颗小黑痣。”莫文问道。

“我不曾注意过。”华洛茫然摇头。

“啪。”那抓药的女童突然把一包药掉在地上，随即慌手慌脚地去捡。

莫文俯下身去帮忙，正巧一阵微风扫过，莫文鼻子一痒，只觉那女童身上甜香扑鼻，忽然身子一震，猛地一把抓住那女童手腕：“你擦的香粉是那中国男孩给你的，对吧！”

“呀，放手！”女童惊慌失措，奋力把手抽出来。

“这种香粉是中国官宦之家，甚至是王公贵族的女儿才可使用的上等货色，你从哪儿得到的？”莫文咬牙切齿做出凶神恶煞的表情说，“你知不知道你闯了多大的祸！那张纸笺已经和一桩命案扯上关系了！你不说实话，我就叫你们先生赶你走，还在你脸上刻小乌龟，八只脚的小乌龟，哇呀呀呀！”

那女童“哇”的一声哭了起来：“他……他就说……说要我把那个袁霏的排号提前到第一天下午，我就把她和排在第二十号的张乙换了……别赶我走啊，我不要刻小乌龟……”

“殿……莫先生，不要欺负小孩子。”华洛见女童哭得稀里哗啦，顿时心疼无比，同时也明白昨儿晚上来回春堂大闹一场被赶走的家伙是谁了，诊期平白无故被推后两天，谁都觉得憋屈啊。

莫文诡笑一声，捏着那女童水蜜桃似的脸蛋说：“作为报酬，他送给你一盒上等香粉对吧？小孩子不要学大人擦这些东西，会变丑的，脸上会长出像龟壳一样的癍，还会冒出来三环套月的麻子。”

女童惊慌失措地搓着脸，哭得更凶了。

那男童气咻咻瞪着莫文：“大骗子！”又对女童说，“他骗人，擦了香粉不会长瘢出麻子的！不过……不过你以后别和来路不明的坏小孩玩，更不要拿他给的东西！”

“你在吃醋吗？”莫文点着男童的额头说，“真可爱，来给捏捏。”

“才……没有！”男童的脸涨得通红，拼命躲开。

“莫先生！”华洛看着两个孩子一个哭得涕泪交流，一个羞得面红耳赤，只觉得忍无可忍，“你到底要干什么？”

“没什么，我先走啦！别把我在这儿的事说出去哦！”莫文一眨眼，笑着离开：大有收获。

回到碧薇岛后，莫文惊讶地发现吕檬和大队人马竟然已经离开了，只留下少量官差守在小院外。莫文暗道：吕檬已经认定是外来强盗作案，当然不必继续留在这里，那个六人中毒暴毙案才是他现在最忧心的事，恐怕因为我在这里，才留下这些守卫。

“吕檬还算聪明。”在书房勘查良久的探春倚着门笑着说，“如果留下的守卫太多，会让人怀疑到你的身份。”

“有什么发现？”两人同时说。

“大有收获。”又是同时回答。

“你先说。”探春抢先要求道。

莫文略整思绪，把在琼薇岛所见所闻一一道出，只略去了自己欺负小孩的片段。

“那林珑儿大有问题！”探春霍地站起身，“他为什么要安排姐姐在昨天离开碧薇岛，难道他知道昨天会出事？另外他哪来的那种香粉？可如果他是凶手，他昨晚一直在吕府啊，他的证人就是吕檬。还有，那个酒鬼说的六人暴毙是怎么回事，吕檬怎么只字未提？”

莫文被这连珠炮似的一连串发问噎得直打愣，呆了好一阵，才问道：“你是什么时候注意到那小鬼有问题的？在我去回春堂前你就让我去问华洛有关他的事。”

“你难道没注意到屋里的泥脚印？”探春拉着莫文走进屋，指着脚印说，“我几乎可以确定凶手不是外来的窃贼，甚至可以说就是这院子里的人。”

“为什么……”莫文盯着脚印仔细端详，“院子里的人哪有这么大的脚？老道是个瘸子，杜大娘和袁霏是女人，那小鬼更别提了，脚还没我巴掌大……噢！我懂了，脚印里没有沙土！”

“明白了吧！碧薇岛浑圆的主体可以说是分成三层的，最外一圈是沙滩，沙土细白，向内一层是泥土，种了不少蔷薇，蔷薇花包围着最内层的院子。如果是外来人作案，他的鞋底一定沾有白色的沙土和褐色的花泥，可是你仔细看看，这屋里的脚印上只有泥土，还有被风吹进来的花瓣。再看步伐长短和前进方向，不觉得有些刻意吗？

如果真是劫财的窃贼，他深夜进屋后应该是小步摸索，步伐很短才对，而地上的步伐却长得很，好像生怕人不知道进屋的是个腿长脚大的魁梧强盗，我想应该是个矮小的人穿着大鞋迈着大步故弄玄虚。而且此人从窗户翻进屋后，并没有在靠窗的桌柜上四下搜寻财物，而是直奔沈延所在的小榻，之后脚印的方向才转向了箱柜等处，显得凌乱无章，由此看来，他最初的目标就是要沈延的命，之后的劫财不过是掩饰罢了。”

“嗯，有些欲盖弥彰了，你又是怎么怀疑到那小鬼的？”莫文问道。

“时间。”探春掰着指头说，“老道一整天不在岛上，姐姐和杜大娘用过午饭后不久就离开了，据差人询问，林珑儿离开碧薇岛的时间是在下午申时初刻，到吕府的时间是在申时六刻，他完全有时间在姐姐离开后到北屋书房里布置这些假象。”

“但是沈延直到戌时才死啊。”莫文神色突然变得怪异，像是有些抱歉地说，“申时以前他应该一直醉卧在小榻上，难道这小子踩下这些脚印时没有把他惊醒，他人小腿短，又穿着不合脚的笨重大鞋，迈这么大的步子很费力，难免会搞出什么动静。还有他是怎么进屋的，破窗而入会把沈延惊动吧？”

探春的脸色难看起来。

莫文小心地说：“除非他清楚地知道沈延醒不了，他根本不是醉酒，而是昏死过去，多半是被人下了药，也许……也许袁霏那场酒席的主角不是杜大娘，而是沈延……”

“姐姐和杜大娘也喝了酒，怎么她们没事？”

“你别忘了沈延酒量很差，袁霏灌了他几杯酒后，他便退席坐到里屋的小茶几旁，而杜大娘也说过，小茶几上早就备下一壶茶。一般人都认为茶有解酒功效，喝得晕头晕脑的沈延此时会怎么做呢？当然是迫不及待地灌下几大杯茶醒神，可这茶里已经被人下了迷药，摆在茶几上请君入瓮，而下药的只有可能是……”

探春叹了口气，坐在茶几旁低头不语。

莫文向她身边凑了凑，又说：“你再想想，林珑儿一个小乐师，从哪儿得到这么珍贵的香粉？但如果照你所说，那个女人真是你姐姐的话，这香粉的来源倒是说得清了——她去世的消息本不属实，也许是遇到什么变故而出离宫廷，逃走时还随身携带了大量的珠宝首饰和胭脂水粉。”

“林珑儿是有名的筌篌师，也许……也许是哪位官家太太赏给他的……”探春毫无底气地说。

“赏给一个男孩子这种玩意儿？你可别说他女扮男装，这小鬼身材结实精干，任谁都看得出是货真价实的男孩子，而且我看他脚步扎实，十足是有武功底子的，所以这香粉的主人应该是……”

“是我。”神色忧郁的袁霏推门进屋，望着局促的莫文和探春，苦笑道，“遇到你的那一刻起，我就知道这件事情瞒不住了。”说着关上门，坐在靠椅上，坦然地看着探春，“好胆识，竟脱离使团独自前行，虽然冒险，倒也真算剑走偏锋了。”

“那……你真的是……”

“凤藻宫尚书，贤德妃贾氏元春。”

探春呆呆地坐着，莫文有些尴尬地靠在一旁的书架上，手指还不闲着，在一架箜篌上来回拨弄，气氛一时有些冷。

“姐姐，你还好吧……”面对沧桑瘦削的元春，探春的坚毅和锐气顿时消散殆尽，柔柔地问出这一句，让莫文忍不住想把她抱在怀里好好疼惜一番，谁知就是这一句，竟让从容的元春动容落泪。

“我是皇上的棋子，或者说，是弃子。”元春拭去眼角泪珠，苦笑着说出了当日木兰行馆惊心动魄的一幕，这近半年的光景，她从不敢对任何一个人倾吐心声，直到此时才一吐而快，却把探春听得心惊肉跳，冷汗直流。

“石嫔是怎么回事？”莫文小心地问。

“石嫔嘛……那是一年前的事了，他和李太医私通有孕，我奉皇命送去一碗药，我记得方子是丹皮、附子、红花，好像还有桃仁之类吧，到事后才知道，红花的剂量被加了三倍，药碗的底子里还点了水银……”

“难道是……”探春惊骇地捂住嘴。

“是皇上授意别人做的。”元春摇着头说，“我以为皇上只是要我打掉她的孩子，没想到皇上又派人在药里做了手脚，这样一来罪人是我，皇上倒摘得干净。石嫔让皇上如此难堪，皇上为了面子不会在明面上处置她，但绝不会饶她活命。”

“那……秋狝呢？”探春又问。

“现在想来，去年秋狝也是皇上将计就计设下的圈套，引郑亲王入彀的圈套。”元春道。

莫文暗自点头：箭支太充足了！

元春继续说：“皇上早已察觉郑亲王预借秋狝之机发动兵变，那天他之所以带我同去围猎，为的是回赠石光珠一件厚礼，答谢皇上早已为他备下的‘救驾之功’，可笑我只是一支箭，皇上用我射死了石嫔，就没打算再收回来。

“我当时就想，皇上为了追捕那只白鹿，只带了一队千余人的禁军上了木兰山，为什么能在郑亲王万名亲兵近一个时辰的强攻下游刃有余？如果不是早有提防，他怎么会准备那么多箭支？甚至还有踏弓、硬弩！难道木兰山里有黑熊白兕吗？携带这样充足的武器，分明不是围猎，而是要打一场攻防战。按说郑亲王知道石光珠的沙陀骑兵驻扎处离木兰山不远，但按照常理，万余名亲兵面对一支毫无准备的千人卫队和一座小小的山包，在石光珠集结队伍以前攻下木兰山绰绰有余！可惜，这老庸才就像一只蠢猫儿似的被皇上玩弄于股掌之间，到头来只是黄粱一梦，兵败身死，连他偌大一片膏腴封地也落入皇上手中。”

“那……姐姐是怎么逃出来的？”探春忙问，“既然那个皇帝他……如此冷血绝情……”

“抱琴替死！当夜从小路离木兰山的时候，我都不敢去想石光珠会用什么手段来对付抱琴，她陪了我三十年啊……”元春满眼含泪，“皇上身边的老太监褚龄做了手脚，木兰山解围后，皇上先一步回宫，而按照皇上和石光珠的约定，我会独自留在行馆等候石光珠处置。石光珠从未见过我，因此褚龄想出了这一招李代桃僵，石光珠上山时，等在行馆的是盛装的抱琴。沈延是一个受过褚龄恩惠的侍卫，褚龄假称沈延在郑王攻山时战死，又安排我们离开木兰山，假扮夫妻一路辗转来到海外，这沈延是个胆小怕事的人，性子倒老实得很，从不敢近我分毫。”

“那你为什么要……要给他下药？”探春问道。

“你以为褚龄为什么要救我？”元春反问。

“他……是要利用你做些什么？可是手里握着一个已经死去的娘娘，到底有什么用？”探春不解。

“褚龄的三个义子是沿海一带贩卖火铳和红夷大炮的豪商，个个腰缠万贯，我们和真真国这一场海战，他们更是赚得钵满盆溢。围猎之前，打得疲惫不堪的两国军队隔海相望，暂且休兵，朝堂之中战和两派争执不休，而主战的郑亲王风头正劲，褚龄这蠢材没有摸透皇上的心思，透露给他们战争会继续扩大的错误消息，当这三头巨鳄从佛朗斯牙购入大量火器时，真真国的使节已经到了京城，这之后主和派便占了上风，皇上心情大好，因此决定到木兰山附近围猎。”

“呵，老太监岂不是血本无归？”莫文幸灾乐祸。

元春继续说：“褚龄亏得两眼冒血，所以要在石光珠身上打主意。石光珠麾下两名大将久驻雁门，对北方蛮族所用射程达五百步的硬弓头痛不已，因此石光珠早想为麾下沙陀马队配置火铳、火炮，可皇上却怕养虎遗患。石光珠这个跋扈将军虽嚣张狂傲，但对皇上非常信任，因此皇上几句好话，就轻易让他打消了组建火铳骑兵的念头。试想，如果他在为石嫔报仇半年多后突然知道我这个仇人还活着，会怎么想？如果此时褚龄把我交给他，他又会怎么样？”

“认为皇帝偷梁换柱，就此与之心生嫌隙，而对褚龄感激不尽，引为知己。”探春有些吃惊。

“如果这时候褚龄提出有关火铳和大炮的事呢？”元春继续问。

“石光珠会和他私下达成交易。”莫文道，“老太监砸在手里的货得以重见天日，也许会赚得更多。”

“褚龄认为，现在就是完成计划的好时机，因此派了一个名叫杀鹰的人来和沈延联系，准备走海路带我回中国，我当然要先下手为强……”元春说到此处，突然一愣，深吸几口气，拭去泪痕，微笑着对探春说，“我可什么都没承认，妹妹说我杀了人，有证据吗？沈延死时，我和珑儿都不在岛上，甚至可以说，岛上一个人都没有。”

“沈延死在这张矮榻上，咽喉被刺破，凶器不知所终。”探春站起身来，手指轻轻拂过莫文身边的箜篌，“这根弦的音实在不准，它被人松动过。这是一架波斯竖箜篌，也叫胡箜篌，共二十二弦，其柱如弓背，如果把适当位置的某一根弦调松，就可以制作一张可以自己站得稳稳当当的弓。”

元春神色微微一变。

探春指着书架说：“书架上与箜篌中段持平的高度有新近被挂过的痕迹，而且，仔细看，书架、箜篌、矮榻在一条直线上，就此我可以做出一个大胆的推测。”

“洗耳恭听。”元春淡然地挑挑眉毛。

“我不知道那个林珑儿是什么来路，不过他确是姐姐的同谋无疑。当你发觉沈延蠢蠢欲动时，就开始谋划除掉他，你最初的设想就是制造一个时间上的误差，并设法使自己在这一时间不在碧薇岛上。首先就是让林珑儿以教你学箜篌为名，购入一台箜篌，作为凶器，其次就是寻找一个机会，让自己合理地离开碧薇岛。

“恰好在此时，热心的杜大娘为姐姐在琼薇岛回春堂排了诊号，时间就在后天，这真是一个绝好的机会。更有利的是，蔷薇群岛布政吕檬痴迷管弦丝竹，林珑儿在首府所在的金薇岛一场精彩绝伦的表演理所当然受到吕檬青睐，得到吕檬的邀请去布政府表演，得以为自己炮制不在现场的证据。但不知因为什么，你和林珑儿把行动的日期提前到了昨天，因此林珑儿强硬地把表演日期提前到昨晚，并且偷换了你在回春堂的排号。

“昨天中午，你设局用迷药灌倒了沈延，把他扶到矮榻上，和杜大娘一起离开了碧薇岛。在你们离开之后，林珑儿从东屋的后窗跳了出去，光脚踩着院墙外侧的青石板，拿着一双大靴子来到北屋窗外，用靴子沾满了花泥，再用强力破窗而入，穿上大靴子，在屋里，尤其是矮榻旁边留下了泥脚印。然后他脱下靴子，光脚来到箜篌旁边，拿出早就备好的一根前端有毒的箭头，中间有钩的坚硬轻巧的蔷薇花枝，用箭头对着沈延咽喉，花枝中间钩住那根松动的箜篌弦，向后拉，使弦蓄满力量，花枝的尾端早已用冰与另一支尾端有钩的蔷薇枝的前端冻结，令第二根花枝的尾端钩在书架上，这样一支定时发射的毒箭就瞄准了昏迷的沈延，当然要在‘弓背’上粘一个木块之类的东西用来托住箭头，用以稳定方向，冰块下用小几烛台之类的东西托住，保持‘箭尾’不会因冰块的融化而上下晃动。

“完成这一切之后，林珑儿装模作样地拿走了你的财物，穿上大靴子，从窗户离开了房间，然后他向北走到海岸边，脱下靴子，远远丢进海里，再光脚走到海里在海水没至大腿的地方，踏着海水沿着碧薇岛绕了半个圈，一路走到岛的最南端，从院子大门走了进去，回到东屋。从院子南端的码头到院子里有不少串脚印，他这一串小脚印混入其中也不会被人发现。这样一来在岛上留下的脚印就只能表示有人从岛的北案坐船逃走。

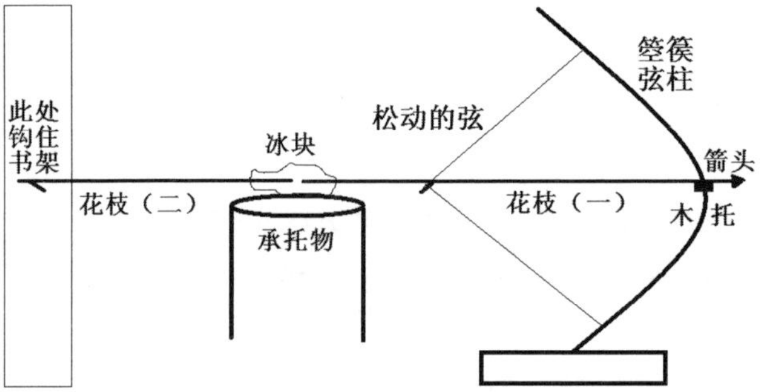

“林珑儿回屋后，穿上自己的鞋，带好一应演奏器物，到码头等候预约的小船。不过他到底是个小孩子啊，竟然忘了留下‘凶手’登岛时的脚印，所以才留下一个让吕大人头疼无比的‘凶手从天而降’的现场。”

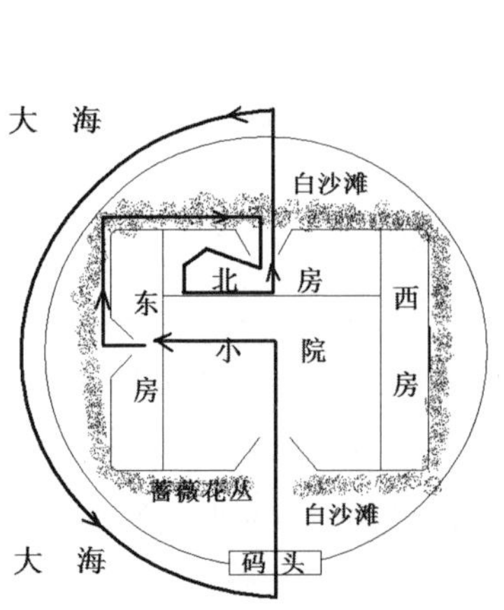

林珑儿行动路线图

“这倒是可惜了，脚印的事我吩咐过他的，事先带上两双靴子，从窗户出去之后，自己穿着第一双靴子向北走，手上拿着第二双靴子，每走一步，都在旁边印上靴头朝南的脚印，这样可以制造出登岛后又离开的两串完美的大脚印。”元春摇头一叹，“这小家伙疏忽了，早上还偷偷找我请罪呢。”

探春继续说：“等林珑儿离开后，这块冻结了两根花枝的冰开始融化，到戌时左右，两根花枝终于脱离，那根钩在箜篌弦上的‘毒箭’失去了尾端的制约力，顿时飞射而出，刺穿了沈延的咽喉，可怜沈延在昏迷中送了命。不过很可惜，姐姐在冰块的来源上出了一点小纰漏，蔷薇群岛盛产黄鱼，黄鱼的贮存需要大量的冰，在群岛有多座岛屿地下都有冰窖，可惜碧薇岛没有。你们这两根花枝是在某座岛上藏鱼的冰窟里冻结的，有鱼腥味，虽然我们不大能闻出来，但是猫却可以。今天我独自在现场时，小悟在书架和箜篌之间的地毯上又嗅又舔，才引我发现了这条线索——地毯上还有些潮湿，这应该是那块冰沿着承托物滴下的水还未晾干吧，毕竟要从申时拖延到戌时，这块冰绝不能太小，否则早早化开，林珑儿的辛苦就白费了。总之发现这条线索是小悟的功劳。”探春四下看看，却找不见小悟的踪影，“小淘气，哪儿去了？”

元春拍手喝彩：“好精彩，那妹妹可有证据，指明凶手就是我二人？”

“姐姐和杜大娘回岛上后，时间已经不早，姐姐当然要先把杜大娘送去休息，然后独自回到屋里，迅速处理现场，把承托物移开，两根蔷薇花枝扔到窗外的花丛里，藏木于林，但是那个毒箭头不便丢弃，更不能留在现场，最好的办法就是带在身上。姐姐身上只有袖筒和荷包能装东西，装在袖筒里容易掉落，因此最稳妥的就是先放在荷包里，借去白薇岛买棺材的机会丢到海里，不过，荷包里沾的毒血是丢不掉的。”探春看了看元春的荷包，继续说，“此外，只要在林珑儿处找到姐姐的金银首饰，一切就很明朗了，姐姐一定要藏好啊！”探春焦急地叮嘱。

“哎，你这是帮凶行为哦。”莫文道。

“喵……”小悟优哉游哉地从窗户跃进屋里，把嘴里含着的一只明珠耳坠放在探春脚边，喵喵叫着邀功。探春无奈地把小悟抱在怀里，拂去耳坠上的蔷薇花泥说：“埋在花丛里并不保险啊，姐姐。”

元春脸色却忽然白了。

“姐姐怎么了？”探春问道。

“林珑儿出事了。”莫文揉着眉头说，“元妃娘娘和我们两个不速之客谈许久，他竟然没有偷偷跟来听墙角，小悟在他窗外的花丛里挖土找东西，他也没有发现，这孩子哪儿去了？”说着迅速走出书房，探春和元春也跟了出去，莫文把东屋各个房间找了个遍，也没有发现林珑儿的踪迹。

“杀鹰……他来了……”元春喃喃道。

“杀鹰是谁？林珑儿又是谁派来的？还有那死在血薇岛的六个中国人是怎么回事？”莫文严肃地问。

元春定定神，说道：“杀鹰是褚龄手下的杀手，神龙见首不见尾，平时极少和褚龄联系，除非在西海一带有紧要的差事，才会突然现身。那六个人是褚龄的义子派来供杀鹰调遣的，大前天晚上，那六人放出联系沈延的信鸽被一只大贼鸥咬伤，落在我书房外，我便私拆了鸽子脚上的信，这才知道他们准备在今天把我交给杀鹰，因此我和林珑儿提前了行动。”

“林珑儿是……”

“妹妹应该知道，木兰山行馆是北静王的私家园林，而北静王每年正月都会在行馆拜祭母亲，因此我从木兰山行馆离开前，偷偷在灵堂的香炉里留下一封求救信。”

“林珑儿是北静王的人？”探春觉得不可思议。

“没错，北静王是儒雅贤王，也是玩世闲王，最好声色犬马，身边搜罗了不少名伶雅士，连他的贴身侍卫林珑儿也是技艺精湛的少年箜篌师，北静王得信后便派林珑儿四处寻找，这孩子聪明能干，胆识过人，而且年纪小，不易引人注意，两个月前他在一艘大客船上找到了我，此后一直明里暗里和我联系，这个月初就索性和我们租住在一座院子里，万幸沈延没有怀疑到他。”

“那六个倒霉鬼也是他做掉的吧？”莫文道。

“没错。”元春点头道，“我模仿沈延的笔迹写了回信，把那六人骗到血薇岛，那里有一座无人的老宅，便于珑儿行事。珑儿提前打扫了那座老宅，等那六人赶到后，扮作沈延的侍童奉上茶点，假称沈延尚未赶来，请他们先稍作片刻，喝些茶，吃些点心。”

“那茶里下了剧毒？”

“没错，天竺黑蝮蛇毒，见血封喉。”元春道，“我本以为这样一来暂时切断了杀鹰和沈延的联系，可是现在看来，他已经找到我了。”

“他早就找到你们了，只是一直藏在你们身边。”探春道，“吕檬离开之前，我亲眼看到林珑儿进了东屋，然后我进北屋书房寻找线索，姐姐在布置灵堂，杜大娘和罗道士都在西屋各自房间里，棺材铺的伙计早已离开，吕檬留下的守卫都在院子外面来回巡走，杀鹰要掳走或杀害林珑儿，只可能是院子里的人。”她说着向西一指，“罗道人，或者杜大娘。”

莫文轻轻一笑：“到他们房间里找一找不就行了，他们都没有离开院子，难道能把小鬼头凭空化掉？”说着径直走上前去，推开了罗道士的门。

罗道士悠哉地躺在藤椅上，一手捻着半片玉佩，一手举着一卷《金瓶梅》，心摇神荡，一见莫文进屋，迅速把《金瓶梅》塞在枕头下，又抽出一卷《黄庭经》，嘟嘟囔囔地诵念。

莫文抬眼在屋中一扫，见屋里空荡荡冷清得很，想来是云游道人家当不多，故而也只租下了西屋的一间房。

“啊，施主有礼了。”罗道士站起身来，打个稽首。

“道长，我们在找那个中国来的小孩子。”莫文道。

“啊，到中国买座小宅子？”罗道士咂咂嘴，“买不起买不起，中国的房子贵得吓人呢！”

莫文无奈，只得说道：“那个箜篌师！”

“买点猪油吃？”罗道士摇摇头，“老道我可是正经的出家人，不沾荤腥，不像某些道貌岸然的家伙，满嘴的普度众生，满腹的男盗女娼。”

“不是，我是说林珑儿！”

“你屋里有虫儿？”罗道士一摊手，“让杜大娘撒些药啊，这里的桌子柜子都是她的产业，她那个死鬼老伴是扬州富商，这些东西都是她老伴儿的遗物呢，让虫子啃坏了该她心疼。”

莫文见老道油盐不进，心中暗恼，一咬牙，小声骂道：“老王八。”

“啊？你爸爸？”罗道士挤着眼说，“我不认得啊。”

莫文倒吸一口凉气：“好，你要玩，我跟你好好玩玩！”

站在门口的探春直咧嘴，对元春道：“这老道是说相声的？”

元春急得直皱眉头：“分明是装聋作哑，珑儿要有个三长两短，我可怎么和北静王交代！”

“哎，那个……刚才岛上来了一位俊俏的道姑，说是从墨薇岛来的，口口声声要见她的郎君，真是烦人得很，老道姑哪来的郎君？我就让官差把她赶走了，现在想想，她腰间的玉佩和道长你这半块好像很相配。”莫文指着罗道士捏在手里的半片玉佩说。

“啊，你把她赶走了？你个兔崽子啊……不对，你哄我！”罗道士揪住莫文的衣领，气呼呼地说。

“谁让你装聋作哑？”莫文扳住罗道士的手，轻轻一拧，把他单臂反剪在背后，冷笑道，“每天一大早就走，半夜才回来，有时索性睡在你的‘道友’家里，哼，道友？

谈禅？谁信呢！分明是姘头！你这半块玉是典型的鸳鸯佩，一般是两片合成一块，男佩鸳，女配鸯，可想而知，那个墨薇岛上的道姑，呵呵……”

“你把珑儿藏在哪儿了！”元春踏进屋里，焦急地问。

“不是我干的！”罗道士辩解道。

“那是谁干的？”元春急问。

“莫非是……杜大娘？”探春自语道。

“怎么会？”元春有些难以置信，“杜大娘是西洋人，怎么会是褚龄的手下……啊！”

“看来姐姐想明白了，这个杜大娘有问题。”

“是啊，她是西洋人，丈夫是扬州人，她怎么说得一嘴京城官话？”元春后怕不已，“天啊，她到底是什么人！”

“是什么人去她屋里看看就知道了。”莫文松开罗道士，大步走出屋去。

罗道士晃晃手臂，不满地嘟囔：“没轻没重的小鬼，折腾死道爷了……”

“杜大娘，您在屋里吗？”对方毕竟是女子，莫文也不敢直接闯进屋去，敲了敲门，彬彬有礼地问。

“在在在，刚洗过澡，正梳头发呢！”杜大娘一面说着，一面小跑着来开了门，一头卷曲的银发散在肩上，笑容可掬地问，“哟，三位，怎么啦？噢，我晓得了，你们俩也想租房子对吧？”说着把三人迎进屋去。

探春四处打量这间小屋，见屋分里外两层，外间只有些桌椅柜子，唯一可能藏人的柜子还打开着，里面的东西一览无余，都是些普通的衣服鞋帽。

“哟，瞧我这粗心劲儿，刚取了换洗的衣裳忘了关柜门。”杜大娘说着关上柜门。

探春和元春站在里外屋相接处向里望去，见里屋只有一张床，一个浴桶，水并不脏，浴桶清清楚楚一望见底，床也铺得整整齐齐，探春失望地皱皱眉头，走了出去。莫文顺着杜大娘租房的话题敷衍几句，三人便告辞离开。

“怎么样？”刚走到院子里，莫文便迫不及待地问。

“什么也没有啊。”探春摇摇头。

“正是因为什么也没有，才让我觉得奇怪！”元春道，“杜大娘腿脚也不太灵便，而且特别注意保养皮肤，因此每次沐浴时都要放蔷薇花瓣和花根，这次很奇怪，偌大的浴桶里水清清澈澈，什么也没有。”

探春眼睛一亮，摇头道：“嘿，她是为了让我们一眼望见浴桶的底，所以没有放那些累赘东西。林珑儿就在浴桶里。”

“你猜我听懂了吗？”莫文眨着眼说，“一眼望见浴桶的底，浴桶里除了水什么也没有，林珑儿就在浴桶里？”

“这并不奇怪，因为这浴桶分两层，上面一层更高一些，里面放着水，下面一层是空的，林珑儿被五花大绑蜷起手脚侧躺在里面，他那么一点儿大的小孩子，这完全可以做到，我们平时从浴桶外面看装满水的桶，都会觉得浴桶浅了很多，刚才看到那个浴桶的桶底有些高，我也没有多想，现在看来，这浴桶确实是浅了不少。”

“那好办了。”莫文道，“我去帮她倒废水，看她许也不许！”

“哟，不许！”杜大娘的声音幽幽地从三人背后传来，“没想到还是被你们发现了破绽。”她胖胖的手里握着一把蓝光闪烁的尖刀，刀尖抵在林珑儿颔下，另一只手勒着林珑儿的脖子。林珑儿被捆得像粽子似的，小脸涨得通红，嘴上还紧紧勒着布条。

“本来还想用这小鬼做一个筹码，现在看来，用不到啦！我竟然直到今天才看出他是个身怀武功的护卫，哼，真是丢脸。”

“你是杀鹰？那你为什么对我这么好？”元春有些难以置信。

“啧，说实话，我不是碧薇岛上的‘杜大娘’，我妹妹嫁给一个扬州富商，过得有滋有味，竟然不愿参与我们的计划，我只能让她先睡在海底。所以，一个月前你们到碧薇岛时，我就成了杜大娘，我的相貌和我妹妹完全一样，只是口音不同，幸好在你们之前入住的老道是个聋子，什么也听不出来。至于为什么对你那么好嘛，我们当然想把一个身康体健的元妃娘娘交给石将军，让他好好地炮制一番，将军越解气，主人的货越好出手不是嘛？再说我和沈延本以为你不知道我们的计划，本想骗你乖乖和我们回中国，如果不对你好些，你会听我这个老婆子的话吗？唉，现在告诉我，你是什么时候知道主人救你是另有所图的？他在宫里一直是个悲天悯人的老好人，沈延那个糊涂虫还一直以为你对他们感恩戴德呢！”

“从褚龄救我的那一刻起，我就知道他另有算计，因为在宫里是没有好人的。也幸好他派了沈延这个蠢材挟持我离开，我几杯酒就能灌出他不少实话。他酒量小，你也是知道的吧？”元春道。

“自然知道，所以昨天他睡倒在茶几上时，我竟然没有起疑。你这可恨的妮子，竟然能牵着我的鼻子走！沈延是你的人杀的吧？你们是怎么做到的？”杜大娘恨恨地说。

“这你就不必知道了。”莫文挡在探春元春身前，笑着说，“你放了他，我们放了你，如何？否则我只要大喊一声，院子外的官差冲进来，你可插翅难飞。”

“这倒是个不错的交易。”杜大娘笑着说。

林珑儿瞪大了眼睛，拼命地摇头，还一个劲地挤眉弄眼。

探春扯扯莫文的袖子：只怕有诈。

莫文笑着挑挑眉毛：放心好了。

没等探春多做反应，杜大娘一把将五花大绑的林珑儿推了出来，同时宽大的袖子也对准了眼前三人。

“乖乖睡吧！”杜大娘咬着牙大笑，袖中一大蓬细小的针被机簧弹射而出，与此同时，莫文气定神闲地一抬手，一支半尺长的小伞“嘭”的撑开，顿时大如车盖，数千根银针如雨点般叮叮当当打在伞上，有的掉落在地，有的刺在伞面上，竟无一根伤到三人。

被推倒在地的林珑儿挣扎着抬起头来，不可思议地望着大伞。元春几步赶上前去，扶起林珑儿，解开他嘴上的布条，林珑儿哇的一声哭了起来，元春把他揽在怀里，轻轻说：“乖，没事了。”

“你从哪得到这东西的？”探春惊喜地问。

莫文抖落伞上的银针，把伞上机关一按，那夸张的大伞又缩回一根镇尺大小：“真真国机关大师寻彰做的小玩意，件件不是凡物，老太太，你和他玩机关，再修炼五百年吧。他在你这儿住了一个多月，早把你身边的机关暗器迷药陷阱摸了个透，你接下来是不是要搬动那边的花盆，让房檐下喷出毒烟呢？又或者要打开柱子上的暗格，喷出带铜钩子的绳网把我们罩住？其他的我也懒得一一说破，如果这院子里的四十九种机关全部失灵，你是不是想把脚边的石凳踢倒，从下面的地道逃走？哼，说实话，这些机关既简单又幼稚，在寻彰面前班门弄斧都算不上。”

“寻……寻彰？”杜大娘红润的脸色渐渐惨白。

“哎，看来我很出名啊。”罗道士一瘸一拐走出屋来，扯下脸上薄薄的面具，微笑着说。

探春这才看清这聋子“罗道士”的真容：这就是机关大师寻彰啊！好个俊秀儒雅的老头儿，如果穿一身青衫，驾一头白驴，说是哪里的神仙也有人信吧？

寻彰咳了一声，一指杜大娘：“抠老太太，还不束手就擒，催我的房租催了不下五六次了吧，这回总算不用交了！”

杜大娘一咬牙：“老东西你别得意！”说着飞起一脚踢翻了石凳，闪电般钻入地下，那石凳隆隆两声，竟又自动站起。

元春看得目瞪口呆：“好……好快！”

寻彰摆摆手：“不用追啦，她不是杀鹰，杀鹰没这么蠢，而且我在地道里点了迷香，她逃不了。”

“她不是杀鹰？”探春一惊。

“没错。”寻彰坐在石凳上，捋着胡子说，“杀鹰是褚龄的人，褚龄的目的是什么？”

“卖出火器……哦！”探春恍然大悟，“我懂了，把大姐带回去只能让石光珠买下他们无法卖出的火器，但如果出事的是我，两国战火便会重燃，他们则可继续从中牟利，这笔生意可比为一支骑兵队配置火器肥得多！只要战火一天不停，他们的摇钱树就一天不倒！这样不仅可以把手里囤积的货物尽数卖出，还能赚出金山银海！”

“所以当杀鹰知道你南安郡主到了碧薇岛，便立刻改变了计划。”寻彰道。

“在这岛上知道我们身份的，除了元妃娘娘，就只有……吕檬！他没有对我提起那六人暴毙的案子，是因为这几个倒霉鬼就是他的手下。”莫文一拍桌子，“好你个吕檬，真是个好内奸！枉我从前对你多有提携！”

“也……也就是说，院子外面的那些守卫，根本不是保护我们的，而是监视我们的！”元春愕然。

“嘿，有什么好慌的？”寻彰一脚踢翻了石凳，“咱们从下面走，我的云云还在墨薇岛，我可不能就这么栽了。”

“你不是放了迷香吗？”探春道。

“所以要先给你们吃解药啊！”寻彰从怀里掏出一个小药瓶。

“希望公公不会怪我擅自改变计划。”吕檬一扬手，一只健壮的信鸽扑啦啦飞了出去，吕檬目送它飞过窗外的大树，正要转身，却见树枝上一道黑影闪过，只听信鸽喳喳两声惨叫，吕檬定睛一看，只见一只黑猫咬着信鸽的翅膀，威风凛凛地坐在树枝上。

“天杀的小畜生！”吕檬从墙上摘下一张弩，大步赶出屋去，只见那黑猫轻轻巧巧下了树，把血淋淋的鸽子放在一人脚边。

“殿……殿下。”吕檬意外地退了一步，也不知发生了什么事，眼珠转了几转，讪讪笑着说，“殿下怎么亲自来了？”

莫文一言不发，慢慢拆开了信鸽脚上的信。

吕檬退了一步，慢慢举起手中的弩，阴恻恻地说：“殿下，不要怪我。”

莫文叹了口气：“你为什么要这么做？”

“呵，殿下自诩中国通，应该听说过‘人为财死，鸟为食亡’这句话。您自幼长在深宫，尽日锦衣玉食、驷马高车，也许不会知道，一船火器的利润要超过我三年的俸禄。”吕檬咬着牙说。

莫文摇摇头：“如果仅仅为了钱，我真的无法原谅你。”

“那你就去死吧。”吕檬狞笑一声，一支弩箭激射而出，莫文身子一闪，那弩箭呼啸着钉在树干上。

莫文叹了口气，抬起手来，一只精致的木盒对准了吕檬的胸口：“这东西，是寻彰送给我的。”

准备背水一战的吕檬听见“寻彰”二字，心顿时凉了，脸孔也因恐惧而扭曲起来，那小小的一只盒子在他看来远比洪水猛兽可怕万倍，此时他能做的只有逃，因为这世上的人永远也猜不透寻彰这十根手指会拼凑出何等可怕的机关暗器。

莫文轻轻按动盒底的按钮，一股浓浓的红雾噗地喷了出来，仔细看去，都是极细极小的尾端带刺的红色飞虫，不过一眨眼的工夫，便把这布政衙门的小小后院挤得满满当当，吕檬刚刚跃上墙头，即被一团红雾包裹住，顿时发出一声撕心裂肺的惨叫，重重跌落在地，圆睁双眼，抽搐不止。

莫文嗅嗅事先喷洒在身上的驱虫剂，抽抽鼻子，走出小院，对等在一旁的寻彰道：“就烦请寻老处置他了。”

“为什么？我还要去找云云！”寻彰不满地说。

“我不能把他带回王城请父王处置，毕竟他和中国大太监勾结破坏和亲，如果被父王知道此事，定会与中国心生罅隙，到时候无论后宫前朝，只要再来一股邪风，父王心里那盘棋随时可能陷入死局。”莫文为难地说，“秘密处置吧，如果你不答应，我就把机关大师私会情妇的事到处乱说。”

“你！”寻彰气得直翻白眼，暗暗叫苦：惨！不对，怎一个惨字了得！被小魔头抓住把柄，日后还不知要让老头子我做什么苦差事呢！

在一旁静观事局的探春微微一笑：这也是个混世魔王！不过……很有大将风范。

第七章 此情可待成追忆

五月的蔷薇群岛宛如花海，清晨的鸟语虫鸣都带着一丝香甜气息，彻夜风急，莫文打着哈欠走出房门时，地上已铺了一层软嫩的花瓣，白的淡雅、粉的娇柔、红的浓烈，偶尔有一两瓣金黄、浅蓝点缀其间，宝石般明艳动人。莫文惬意地揉揉眼睛，畅快地伸个懒腰，见元春、探春坐在一丛淡粉色的蔷薇边，正往手帕上描花样子，小悟喵喵叫着在地毯般绵软的花瓣上打滚，莫文拍拍手唤它过来，小悟却扭扭身子扑到探春怀里。

“忘恩负义的猫。”莫文磨着牙过来揪小悟的尾巴，小悟奓着毛钻进花丛里，脚上的肉垫踩在花刺上，咪呜一声，灰溜溜钻了出来，莫文哈哈直笑，小悟气呼呼叫了两声，自去追鸟儿撒气。

“你多大了，跟一只猫过不去？”探春捻着线头，无奈地说。

“妹妹别这么说，我看殿下可爱得紧，倒有几分文与可、苏学士的风范。”元春笑道。

莫文揉揉鼻子道：“说正事吧，我们明天就坐船走，有两条路，一条向南走石镞岛，一条向北走霏烟岛，路程海况都差不多，你们想怎么走？”

“我们对海路生疏得紧，你拿主意吧。”探春道。

忽听“喵”“哎呀”两声，林珑儿从花丛后跳了出来，小悟一脸坏笑地吊在他裤腿上，神气地翘着尾巴。探春三人吃了一惊，莫名其妙地看着这一幕。

“你的猫会笑！”探春惊喜地说，莫文无奈地笑笑。

“珑儿，怎么一个人站在后面，有事吗？”元春问道。

林珑儿满脸通红揪着衣角，见元春问他，忙俯身跪倒，叩首道：“娘娘、郡主、殿下，珑儿有个不情之请。”

“快起来说。”元春忙道。

林珑儿站起身来，说道：“我想回家看看，想走霏烟岛。”

“回家？你不是中原人士吗？”探春仔细打量林珑儿，看不出半分真真国人的样貌。

“我曾祖是江东名士，为避祸举家迁往海外，在霏烟岛定居。”林珑儿道，“我本名林龙，只因善擘箜篌，又懂些拳脚功夫，十一岁那年被北静王府的老乐师管玄带到京城，得王爷垂青，赐名珑儿，时时带在身边，现在算来，已近三年未能回家了。我家里还有个孪生弟弟，善弄忽雷、捏泥塑，亦通书画，只因先天痼症，没能被管大人选中，只好留在家里，由一位韶音姐姐照顾。这些年我寄出的信全无回音，心里实在不安，这回我主动请命出海寻找元妃娘娘，实则存了私心，想回家看看他，陪他说说话。求娘娘、郡主、殿下成全。”林珑儿说着重重磕了三个头。

元春见他这般模样，心疼极了，忙伸手把他扶起来，揉揉他的额头，又回过头去带着几分恳求的神色望着莫文。莫文笑了笑：“走霏烟岛也好，岛上种满了琼花，还有高耸入云的毛竹，烟雾蒙蒙，恍如仙境，不过值此春夏之交，岛上天天阴雨不断。”

“点滴霖霪，倒也雅趣十足。”探春点头道，“我倒是喜欢霏烟岛的名字，比石镞岛好听许多。”

林珑儿也抢着说：“五月份的霏烟岛，只在每天子时后有雨，不等天亮便放晴了，而且岛上每条街道、每座院子都有水渠疏导，白天行车走马绝无阻碍。而且从此处去霏烟岛顺风顺水，只要五六天就能到达，从霏烟岛还有大船直通国都，水旱交通方便得很。”

莫文笑着弹了他一下：“你这小家伙用的什么功夫，让两个美人都向着你说话？难道就因为这张粉团子似的脸蛋？”说着捏住他的腮帮子。

“唉唉……”林珑儿被捏疼了，叫了两声。

元春情不自禁地抬手，“啪”的一声把莫文的手打掉，这一下探春、莫文都愣住了，元春自知失态，也呆了半晌，她毕竟在宫中游刃多年，早历练得泰山崩于前亦泰然处之，只讪讪笑了笑，便以准备衣服船只为由把话题引开，只有林珑儿浑然不知，扁着嘴在一旁揉脸。

莫文冲探春递了个眼色：什么情况？莫非……

探春一咧嘴：不会，姐姐的年纪足能当他娘了。

霏烟岛夜雨刚过，几束柔和的阳光从湖蓝色的云层里钻出来，岛上的竹叶刚刚被雨水冲得一尘不缁，在乳黄色的光束下显得油润纤薄，三三两两的琼花树上已经鲜有花朵，只在大团大团的浓绿中透出几点难得的雪白。“啪”的一声，一只短粗的手掌把挡路的花枝打开，幸存的几瓣残花黯然落地。

“丘管家。”一声谄笑从花树后传来，“您走这边，免得溅一身水。”说话的这是一个常年奔走于西海诸国的中国商人，名叫萧鼓，此时正毕恭毕敬地走在一个干瘦如骷髅的紫髯男子身边。这紫髯人名叫丘魁，是霏烟岛布政黎刚之弟——黎峻府上的大管家。

“从现在开始，你就是北静王府的乐师，这件东西的名字记住了吗？”丘魁阴沉沉地叮嘱。

“记住了记住了。”萧鼓小心翼翼地捧着手里的木盒子说，“这东西叫忽雷琵琶，是林虎最擅长的乐器，锡兰黄酸枝的琴身，爪哇犀牛角的琴头，价值不菲！”

“还有我描述的林龙的样貌、身材、习惯，都给我死死记住，不能露出丁点儿破绽，这回一定要把悉音草庐买到手。”

“是是是，不过丘管家，林家有这样一座豪宅，怎么生活如此拮据？偌大的宅子就剩了一个小孩子和一个丫头？”萧鼓疑惑不已。

丘魁幸灾乐祸地笑了笑：“这倒要感谢林虎那小子从胎里带来的病，这些年他看病买药坐吃山空，连家里的奴仆丫鬟都跑净了，就剩这么一座祖产豪宅。小东西一心想把宅子东边的几座院子租出去，哼，你也知道黎爷的手段，整座霏烟岛，谁若敢租他的房子，一顿好打扔下岛喂鲨鱼……”

“他哥哥不是在中国北静王府做事吗，就不想着周济他？”

“嘿嘿，那小鬼倒是常寄送些金银玩物来，不过你觉得，那些东西真能送到林虎手里？”

“莫非……”

“呵呵，凡是中国来的信使，全被我截下了，但凡有寄往林家的，一个子儿都不留给他！昨儿我赏你的金锞子，就是北静王府的东西。”

“原来如此。可我还有件事儿不明白，黎爷既然这么喜欢这座宅子，何必这么一个院子一个院子地买，直接想个法儿把那主仆二人赶走便好，城西那三座花园不就是这么来的吗？现在几乎整座林府都被黎爷买下，林家小鬼手里只剩两座院子，还用得着这么麻烦？”

“嘿，你是瞧不透黎爷的心，他老人家最爱美酒美人，不论辣的甜的来者不拒，不论男人女人都爱得紧，我早看出来了，他想把这林家小公子和韶音丫头一口气全吃下去！不过也难怪，那小娃长得水灵粉嫩，韶音丫头也是又俏又辣，任谁不爱呢！”

“噢，明白了，明白了，连房子带人，黎爷都要收入囊中。”

“哼，你总算开窍了。学着点吧，给黎爷办事，要的就是这么股机灵劲儿，你得把他的心思摸透喽。”丘魁奸笑着说，“对了，我教你的话你都记住了吧，一会儿见了林虎，可别露了馅，那小子鬼着呢！”

“他再鬼，鬼得过您吗？”萧鼓谄笑着说。

“这话不错。”丘魁志得意满地说，“这些年我帮着黎爷东挡西杀，不信收不了他一个小娃娃。”

“是是是，您手上的人命没有一百，也有八十，他一个小……呃……”这话一出口，箫鼓的肠子便悔青了，恨不得把自己这条没遮没拦的舌头拔下来。

丘魁蓦地停步，冷幽幽盯了萧鼓一眼，箫鼓只觉得背上寒毛直竖，僵笑两声，不由自主地后退几步。

“太抬举我了，哪有那么多？”丘魁阴森森地一笑，露出两排焦黄的细牙，掐着干瘦的手指说，“让我算算……嗯，至多不过三十条人命罢了。”

萧鼓冷汗直流，觳觫地点了点头，畏畏缩缩地跟在丘魁身后，走进了林虎所住的小院。这座院子在林府西北角，虽然不大，却收拾得纤尘不染，井井有条，一条黄土小路通向房屋正门，小路两遍缀着一丛翠竹，两株琼花，一个少女布裙荆钗，正在井边打水，听得人声，一抬眼便瞧见丘魁，顿时柳眉直竖，“当”地把桶一摔，挽高了袖子，左手抄起墙角的烧火棍，右手叉腰，怒冲冲喝道：“你们还来做什么？整个林府都被你们霸占了去，难道连个安身之地都不给我们留了吗？”说着眼圈竟有些发红。

丘魁笑得满面春风，拱了拱手：“韶音姑娘说笑了，你也知道，黎爷乃颇具雅兴之人，他老人家只想要悉音草庐，这座院子他是不会动的。”

“悉音草庐？你痴人说梦！”韶音恨得牙痒，举棍指着丘魁额头，喝道，“那是大公子最喜欢的房子，你们休想抢走！”

丘魁捻着胡须，笑而不语，萧鼓躲在丘魁身后，心里打鼓：这么俊的姑娘竟然是只母大虫，真是人不可貌相。

正在此时，“吱呀”一声，房门打开，一个纤瘦的少年扶着门框走了出来，许是刚刚起身，黑缎子似的长发柔柔地垂在肩上，穿着单薄的白色纱衣，赤脚趿着一双素色锦鞋，脸色苍白，整个人宛如羊脂美玉，只有唇上带着一点血色，他身子倚着门望着丘魁，饶是丘魁百般刁钻，被这双黑亮的大眼一扫，顿觉满腹心事都叫他看去了，心中暗恨：可恼，可恼！也不知怎么的，一见到这小鬼，便不由得心里发慌。

这少年便是林虎，他歪着头看看丘魁，又看看目瞪口呆的萧鼓，问道：“黎峻要买悉音草庐？”

丘魁定下神来，和气地笑了笑：“正是如此。”不等林虎说话，便又说道，“我也晓得，两位公子幼时在草庐研习音律，最爱那座房子，不过小公子如今重病缠身，也要延医买药不是？黎爷已经出到了两倍的价钱，这可是从来没有过的！何况，大公子他不会再回来了。”

“你这话什么意思？”韶音跳了起来。

“这位是北静王府的乐师，他带来消息说，大公子前不久在王府病故了，他知道小公子善抚忽雷，便托我从京城带了一把好琴来，地道的皇城造……”丘魁指着萧鼓说，萧鼓连连点头，小心翼翼地把忽雷琵琶递上前去。

林虎不动声色接了，也不顾在一旁如遭晴天霹雳般泪如泉涌的韶音，淡淡说了句：“草庐，我卖了。”

元春看着整日兴高采烈在船上撒欢的林珑儿，笑着摸了摸他的发髻说：“要见到你家兄弟，便这么高兴啊！”

“嗯，我每天都在想弟弟，还有韶音！他们见到我还不知高兴成什么样呢！”

元春涩然一笑，自语道：“只怕我这辈子，再也见不到我的弟弟了。”

“您说什么？”海上风大，林珑儿没有听清。

“啊，没什么。”元春遮掩道，“那你是要留在霏烟岛，还是跟我们一起走？”

“娘娘觉得怎样好，珑儿就怎么样。”林珑儿眨着大眼望着元春。

“嗯……我有点舍不得你。”元春话一出口，便觉满腹歉意。

“那好啊，此次容我和弟弟小聚几日，便随娘娘到真真国都城，然后可以把弟弟也接来住，到时候还要求殿下给我们在乐馆谋个差事。”林珑儿憧憬地说。

探春站在侧面船舷旁边，看莫文钓鱼，耳朵却偷偷听着元春和林珑儿说话。

“越看越合适对吧？”莫文挤着眼睛笑嘻嘻地说。

“去。”探春在他肩上捏了一把，莫文手一抖，一条刚准备咬钩的大鲷鱼猛吃了一惊，翻身一跃跳出水面，甩甩尾巴游开了。

“哎呀，中午的主菜！”莫文跳起来，惋惜地说。小悟幽幽地叫了一声，不满地看了莫文一眼，溜溜达达回船舱去了。

三天后，船停靠在霏烟岛西岸，此时天已黑透了，岛上城镇中依然灯火通明，隐隐约约传出歌舞喧闹之声，探春暗道：果然是个繁华所在！又抬头看看天空，黑沉沉星月无踪，一场夜雨正在酝酿。

林珑儿提着满满几盒礼物，迫不及待跳上岸去，探春三人跟不上他的脚步，只好远远地走在后面，在灯山人海中费力地瞄着林珑儿的背影。走了几条街，绕过一个转弯，忽听林珑儿愤怒地喊道：“什么黎府？这是林府！”

三人赶上前去，只见林珑儿站在一座府门外正和一个骨瘦如柴的男子争执。

“这里是林府，我是林家大公子，我弟弟呢？”不知那男子说了什么话，使得林珑儿又惊又怒，叫嚷不止。

“胡说！大公子已经死了！”那男子正是大管家丘魁，他眼珠转了几转，恶狠狠地说，“来人，给我把他轰出去，若敢反抗，打死勿论！”

林珑儿大怒：“强霸民宅，当街行凶，还有没有王法？”

“在霏烟岛，黎家就是王法！你……啊！”丘魁话音刚落，林珑儿便一跃而起，狠狠一脚踢在他鼻子上，鼻头顿时歪在一边，血流不止。

丘魁狐假虎威多年，哪吃过这等苦头，捂着鼻子气急败坏地喊道：“给我打！往死里打！”

“接着！”林珑儿把礼物向后一甩，莫文急赶几步，伸手抱住，轻轻放在地上，兴奋地挽了挽袖子说：“我也来，好久没打人了……哎？”没等他上前，三个围攻林珑儿的壮汉已痛苦地蜷成一团，吸着凉气满地乱滚，叽里咕噜咒骂不止。原来林珑儿机巧灵活，出手极快，专挑两腿之间下毒手，三人一时轻敌，眨眼工夫便都着了道。

林珑儿拍了拍手，浓眉直立，两眼紧盯着丘魁胯下，丘魁只觉得浑身皮肉一阵发紧，以手护裆，嘶声吼道：“你要做什么？还有没有王法？”又对着周围看热闹的人厉声喝骂，“好刁民！还不去报官！你们这些嘴脸爷都记住了，当心我家大老爷……你别过来！”

围观百姓恐他报复，三三两两作势要散，探春忙拉住一个拉胡琴卖艺的佝偻老人，三言两语把黎家、林家的事略作询问，斜睨莫文，冷笑道：“天下贪官一般黑，真真国的官也不过如此，鱼肉百姓、纵弟行凶、强索民宅、欺男霸女，你就在这儿看着？”

莫文脸色微红，磨着牙说：“放心，我自会整治他。”

正说着，忽听一声撕心裂肺的“公子”，接着一个十五六岁的少女提着两包药从人堆里扎了出来，一把搂住林珑儿，放声大哭：“真的是你，真的是你！那个老狐狸说你死了，我哭了好几天，嗓子都哑了……”

探春好奇地看着这女子，知道她一定是林珑儿所说的韶音，见她衣裳虽然简朴，却打理得一丝不苟，面容姣好，宛若凝脂，只是一双大眼睛红肿红肿，脸上也未施脂粉，看来这些天定是以泪洗面。

“韶音姑娘。”丘魁试图解释，“这是……”

“闭嘴。”韶音搂着林珑儿的脖子，回头恶狠狠地瞪了丘魁一眼：“骗子！无耻！”

“这位就是大公子呀。”丘魁正张口结舌时，几个青衣短打的精壮汉子强横地拨开人群，一个渊渟岳峙的高大男子踱了进来，此人两手各搂着一个美人，竟是一男一女，个个媚态十足。这男子走进人群，把手一甩，两个美人哪禁得住，踉踉跄跄退到一边。

探春细细打量，见此人身长九尺，肩宽背阔，卷曲的褐色胡子遮住了大半张脸，灰蓝色的眸子精光暴露，煞气逼人。

“这是黎峻？”探春小声问那拉胡琴的老人，老人缩着脖子点了点头，钻出人群逃走了，探春四下看看，见满街百姓皆面有惧色，缩颈藏头走了不少，却还有好事者忍不住围观。

黎峻走到林珑儿面前，先拍了拍韶音的肩膀，韶音被这霸道的气场压得透不过气来，两肩一颤，不由自主地靠在林珑儿身上。

“黎爷，今天这么早就回府吗？是不是莺歌楼的姑娘们伺候的不好？我叫季妈妈教训她们……”丘魁赔着笑说。

“哎，夜色正好，回什么府？燕语楼的姑娘们还眼巴巴地等爷呢，爷是从莺歌楼赶去燕语楼，正好路过家门口，赶上这么场热闹，嘿嘿。”黎峻摸摸胡子，笑着说。

丘魁一指林珑儿，正要说话，却被黎峻摆手制止。

“你要做什么？”林珑儿挡在韶音身前，抬起头来与黎峻对视。

黎峻笑了两声，一伸手捏住林珑儿的下巴：“真是孪生兄弟，和他像极了。”

“你做什么！”林珑儿大怒，拨开黎峻的手，举拳要打，却被黎峻一手抓着脖领提了起来，林珑儿也不害怕，顺势抬脚直踢黎峻下颏，黎峻吃了一惊，仰头躲过，仓皇间把手一甩，林珑儿借力凌空翻身，稳稳落地。黎峻拍了拍手，哈哈一笑：“不错，不错，兄弟俩一个病美人，一个小老虎，爷都喜欢！爷去喝花酒，你们自便！”

他一转身，正与探春对了眼，顿时愣住。

“美人……”话一出口，被探春眼神一冽，只觉得浑身血都凉了，忙把眼睛从她脸上移开，又看见站在一旁的元春，元春虽已出离宫闱，但一股闲适雍容的高贵气质还是让黎峻微觉气窒。元春见黎峻目瞪口呆的模样，微一蹙眉，厌恶地转过脸去，黎峻没来由地生出一股自惭形秽的感觉，只觉得春意浓浓的美好的夜色顿时灰暗下来。莫文轻轻咳嗽一声，挡在探春元春身前，笑吟吟与黎峻对视，他眼里满是高深莫测的邪气，让人半点捉摸不透，不一会儿，黎峻的眼神便萎靡下来，哼了一声，带了一众奴仆娈侍，大摇大摆地离开，围观百姓忙不迭地让出一条大路，纷纷低着头散了……

次日清晨，一束阳光透过竹林照进林虎的卧房，林虎觉得鼻子痒痒的，轻轻伸了个懒腰，甫一睁眼，便觉得身边有些异样，是一种暖暖的十分熟悉的感觉，鼻子里顿时腾起一股酸楚。

“你醒啦？”林虎一抬头，只见林珑儿微笑着坐在床边，忙揉了揉眼睛，愣了半响，咬了咬自己的手指，又戳了戳林珑儿的肚子，林珑儿揉着肚子咯咯直笑。

“哇，是真的，哥哥回来了！”林虎猛地掀开被子一头扎进林珑儿怀里，呜呜地哭了起来。

林珑儿见他瘦骨嶙峋，大为心疼，抬手摸摸他的头说：“好啦，我不是没死嘛，那个姓丘的骗你们的。”

“我早就知道了，当他拿出那只忽雷琵琶的时候，我就知道他一定在骗我。哥哥不会送我那种华而不实的东西，酸枝琴身犀角头，再加上那些烫金的龙凤，拿在手里沉甸甸的，还不如一把普普通通的老桐木。”

“好哇，你早知道也不告诉我！”韶音端着药碗进来，怒冲冲地说。

林虎缩进被子里，嘀咕道：“你哭得酣畅淋漓，我哪敢打断……”

“胡说，你就是性子恶劣，顽皮得紧！”韶音气咻咻地说。

“哪有，我也很伤心的。”林虎扁着嘴叫屈，“这些天我天天用黏土捏成哥哥的样子，连院角的黏土都快挖光了……”

林珑儿笑着说："我们来时便看到了，都放在窗台上，别说还挺像。阿虎从小就爱'抟土造人'，现在手法越发精到了。"

韶音叹了口气："公子出去这些年也不知道寄信回来，害我们白担心一场。"

林珑儿皱眉道："看来我送出的信和财物，全都没有寄到。"

林虎难过地点点头："我就知道哥哥不会忘了我们……可黎家在岛上一手遮天，我一点办法都没有。对了哥哥，你什么时候回来的？"

林珑儿道："我昨晚就到了，只因你每天早早就睡下，故此没敢叫醒你。"

"哥哥，悉音草庐……"

"我都听韶音说了，你放心，黎刚黎峻猖狂不了几天了。"

"嗯？为什么？"

林珑儿趴在林虎耳边，嘀嘀咕咕说了几句，林虎瞪大了眼睛："真的呀！王子，还有中国的娘娘和郡主？"

"是个落跑娘娘。"韶音补充道。

林珑儿不悦地看了她一眼，韶音皱皱鼻子说："快穿衣服，出来吃饭，客人都上桌了，主人还没起床。"

嫩黄色的笋段表面泛着一层浅浅的清澈的油光，衬着圆滚滚的粉色虾仁，与鲜红碧绿的辣椒丝相互枕藉着躺在乳白色的折沿盘里，淡淡的热气袅袅而上，似有似无的清香扑鼻而来，令人食指大动。林珑儿提鼻子轻轻一嗅，赞不绝口："韶音姐姐的手艺又精进了，比北静王府的厨子强出百倍。"

韶音红着脸道："大公子少打趣我，一筷子没尝就知道好坏啊？"说着左手一伸，把筷子递到林珑儿面前，眼巴巴瞧着林珑儿。

林珑儿却先礼让元春，元春笑了笑，夹起一块笋段吃下，只觉得齿颊留香，连声称赞。

韶音见林珑儿先顾旁人，心中老大不快，转身又进了厨房，不多时又端出一盆白腻浓稠的鱼汤，元春笑着对林珑儿道："你先尝。"

林虎也乖巧得很，站起身来为林珑儿盛了一碗，笑着说："哥哥先……"话音未落，便觉一阵头晕目眩，手一软，汤碗当啷一声摔得粉碎，身子向后一仰，跌在椅子旁边。

林珑儿霎时变了脸色，慌手慌脚地去扶："阿虎，你怎么了？阿虎！"

林虎喘了几口气，勉强笑笑："这些天身子越发软了，连碗都端不动……"说着强撑着站起身来，冲韶音招招手，“扶我去卧房。”

林珑儿也要跟去，林虎却摇摇头：“哥哥怎么能冷落了客人？我这是老毛病了，休息几日就好。”

探春忙道：“无妨，我们自己吃些便好，珑儿快去陪你弟弟吧。”

林珑儿答应一声，跳下座位，不由分说一把抱起林虎，向卧房走去。

探春皱皱眉头，望向元春，元春轻轻叹了口气，低声说道：“胎里顽疾，本不好养活，现已病入膏肓，只怕就在这几月了，他心里定也明白。”

探春略吃了一惊，心下怜惜不已，刚才一见林虎，便觉得是个让人心疼的小尤物，这般机灵乖巧，早早夭亡实是苦遭天妒。

莫文也不说什么，给探春盛了一碗鱼汤，又夹了两块雪白的鱼肉，递到她面前。只有小悟在窗外屋檐下津津有味地吃着韶音丢给它的鲜鱼，全然不受房中感伤情绪所扰。

三人默默吃了些菜，就见林珑儿从内室出来，给林虎盛了一碗鱼汤，眼圈发红，抱歉地说：“娘娘、郡主、殿下，招待不周，请莫见怪。”

元春忍不住要伸手为他揉揉眼睛，又觉得实在不妥，想安慰几句，又不知从何处说起，探春见气氛古怪，只好轻轻咳了一声。林珑儿默默端着鱼汤进了卧房，正与韶音擦肩而过，韶音停下脚步，拧着眉毛望了林珑儿一眼，咬了咬嘴唇，抱紧了怀里的木盒子，快步走了出去。

林珑儿端着汤碗坐在林虎床前，问道：“吃些饽饽、米饭吗？鱼汤可填不饱肚子。”

“不要了。”林虎调皮地眨眨眼睛说，“哥哥喂我。”

林珑儿笑着摇摇头，舀一勺鱼汤吹了吹，送到林虎嘴边，林虎开心地喝下去。

不一会儿工夫，汤碗便见了底，林虎又吃了两块松软的鱼腹肉，拍拍肚子，靠着床垫畅快地伸了个懒腰。林珑儿放下碗，问道：“方才我见韶音匆匆忙忙跑出去，手里捧着一个紫色的大圆盒子，是怎么回事？”

林虎大眼睛转了两转，说道：“那个盒子我见过，里面是韶音姐姐存的私房钱，还有几样漂亮的首饰，也不知道她要去做什么……”

林珑儿心中一动，又见林虎脸上变颜变色，便放下碗，问道：“你这颗九窍心肝，难道想不出她在做什么？”

林虎低下头，嘟囔道：“她不就是想把悉音草庐赎回来吗？这也没什么不好，哥哥你若拂了她一片心意，她只怕半夜里要偷偷哭鼻子呢……”

话音未落，只听门外一阵嘈杂，隐约间似乎有家丁惊慌地叫喊说：“黎爷死了……在悉音草庐！快请黎大人来……你们去叫丘管家……”

林珑儿愣住了，林虎一攥拳头：“死得好！”

外屋的莫文沉默了好久，此时终于长叹一声，望着探春，似笑非笑地说：“我就说嘛，总觉得要出什么事儿……”

探春横他一眼：“怎么用这种眼神看着我？”

“没什么。”莫文笑了笑，“真想看看这位不可一世的黎爷落个什么结局，还有，我要会会这位布政大人黎刚！”

在去往悉音草庐的路上，探春一行才真正欣赏到林府的景致，府中各院内外种满了高大的老竹，微风一过，飒飒作响，置身其间，清爽自如，又有几树琼花点缀其间，花残叶茂，引人感伤。小悟跑在最前面，不时地攀上竹枝，骚扰枝头的鸟雀，鸟羽掸枝，存水簌簌而下，众人急忙躲闪，探春伸手招小悟下来，抱在怀里。昨夜那一场急雨自丑时始，直到寅时末方才止歇，所幸今天的太阳格外好，府中排水渠道也颇尽其能，故而虽只半午，路面已几乎干透，踏着散落的竹叶和花瓣，恍如处于江南竹海。

府中各处院落造型各异，却与真真国常见的圆顶屋舍截然不同，都是青瓦白墙，雕窗回廊，一派浓浓的江南味。一条排水渠从东北流向西南，渠宽约六尺，深三尺有余，清澈见底，渠底渠边满是圆润光滑的鹅卵石，大多只有鸡蛋大小，色彩浅淡，小巧可爱，水渠两边密密层层种了不少灌木，足有四尺来高，整条水渠未划破任何一座院子，绕了一个浅浅弧线，淙淙南下。

探春道：“岛上家家都有这样的水渠吗？”

林珑儿点头道：“霏烟岛多夜雨，水渠必不可少，不过修得这么漂亮的只有我家，只可惜大半个宅子被人霸占了去，水渠最上游还住着丘魁那老狐狸！”

“呵，这倒有些煞风景。”莫文摇头道。

“那座院子本是我父亲住过的，韶音说一年前黎峻主仆欺上门来，百般威胁强买了去，连我父母的灵位都被挪了出来，我真恨不得亲手杀了他。”林珑儿咬着牙说。

“一会儿到了那边，可不能这样说！当心被人拿住话柄。”元春见林珑儿口不择言，忙嘱咐道。

探春看看莫文：你会为他们做主的，对吧？

莫文一笑：当然了，不然还能怎样？

悉音草庐坐落在林府西南角一座僻静的小院里，与其他院落都有不少距离，院墙内外也种满了竹子，因此最是清静宜居，排水渠在此处蜿蜒环绕，从草庐前十余步远的小水闸流出府外。此处名为草庐，实则是一座不小的别墅，方三丈有余，高亦有三丈，屋墙、房顶皆用碗口粗的老竹搭就，一面墙少说有三层老竹，足以挡风遮雨，又用各种小竹枝制成窗架、竹帘，远远望去，尽是一派朦胧雅致的青黄色。窗前是一丛细瘦的紫竹，在遍地粗竹的林府显得别具情调，紫竹后有数棵枝叶繁茂的琼花，花几乎落尽，只剩零零散散几瓣残雪苦撑萼梢。院子一角是一口水井，院墙边放着高大轻巧的折叠竹梯、扫帚，以及未开刃的石斧、石镰，在山篁雅趣中点出几许田园气派。

探春暗道：好个雅致的所在，这林珑儿的祖父不愧是浙东名士，小小一座别墅也修整得如此精致。她只觉亲切，抬脚便往屋里走，一进竹屋，便瞧见黎峻满脸鲜血倒在地上，左脑侧偏面门处有一个血窟窿，看来是被钝物所伤，连眼眶都打碎了，探春吓了一跳，赶忙把脸扭开，又见一架轻巧的竹躺椅侧翻在黎峻身边，一只小茶几也被撞翻在一旁。屋子东部南北两侧分别是书桌和书柜，西北角放着一个衣橱，西南角是一个几盆普通的花草和一个鱼缸，看起来都无甚不妥。尸体旁边有一棵金橘树，种在厚实的青瓷花盆里，约有四尺来高，树梢的两颗小金橘已经不见，但萼顶断茬还很新，探春四处看看，见一颗掉在黎峻领口里，一颗掉在茶几脚下。橘树最顶端的一片绿叶上有一条似是飞速涂抹而致的血印，已经暗红干枯。

探春看看躺椅，又看看橘树，再抬头看看房梁，心中略一比较屋子的宽度，不由得暗笑：难道竟是这样？随即走到躺椅右侧的竹墙前，仔细端详墙上的一幅《五子登科图》，一只毛色红亮的雄鸡昂首立于石上，草丛中五只小鸡或展翅，或引吭，或相偎相依，闲趣十足，小悟作势欲扑，探春一把揽住，笑了笑：“我还道你是冲鸡雏去的，原来是奔着那只大公鸡！不过颜色倒是合适，也亏了你了。”

她来到竹屋门口，问正在院子里惶然无措的韶音和两名家丁：“是谁发现的尸体？”

韶音道：“是我……”

“仔细说说。”探春见韶音脸色苍白，又柔声道，“别怕，我见这黎峻少说已死了两个时辰，可见此事与你无关。”

“哦……”韶音松了口气，说道，“这里是悉音草庐，是两位公子幼时学艺的地方，大公子到中国前，最喜欢在这里住，所以……所以我想用我的私房钱，从黎峻手里把草庐赎回来。刚才我来这里时，见院门虚掩着，便走进院子，喊了两声，却没人答应，我上前推了推门，发现门也未闩住，我不敢直接进去，只推开一条缝，就闻见一股和着血腥味的酒肉臭气，低头一看，瞧见黎峻躺在地上，一脸的血！我吓坏了，赶紧到附近的柴房叫了两个人来。”

探春又看看那两个家仆，两人猛点头道：“是是是，我们来时，黎爷已经死了……”

“哦，是这样，这里只有黎峻一个人住吗？”

“是。”家仆道：“黎爷还未娶亲，更没有儿女，去年有个被黎爷强买来的丫头伙同相好的家丁趁夜刺杀黎爷，幸亏被丘管家撞见，从此之后黎爷睡觉时身边绝不许有旁人在，而且自买下草庐这十余天来，黎爷每晚都睡在这里，也不喜旁人进来。”

“哦，是这样……”探春暗自思量：屋门未锁，醉酒独卧，这不是任人宰割吗？

“咄！那女人！”一声尖利的怒喝打断了探春的思绪，她回头望去，只见一个身穿褐色锦衣，白面短须的肥胖汉子满脸悲怒盯着自己，大声嚷道，“这里是命案现场，你是什么人，竟敢闯进来？”说着一挥手，身后一帮装束严整的捕役虎视眈眈围上前来。

探春自然猜到他便是黎峻的哥哥黎刚，冷着脸走出屋，正要说话，却被莫文一把拉住，又冲黎刚拱拱手道：“我们是林公子的客人，听说此处发生凶案，觉得好奇，便来看看。”

探春看着莫文：还不表明身份？

莫文笑了笑：再等等。

正在此时，只听一阵号丧似的大喊，丘魁跌跌撞撞跑了进来，一头冲进竹屋，抚尸大哭，连验尸的仵作都被赶出门来，无奈地看看黎刚说：“二老爷死于今日凌晨寅时，天将亮未亮之时……”

话音未落，忽听屋里丘魁大喊一声：“大老爷，您来看！”

黎刚吃了一惊，晃着一身肥肉挤进屋里，只见丘魁满眼兴奋地指着尸体旁边的一只蝶形白玉佩，跳着脚说：“这玉佩是中国的东西，您瞧这做工，您瞧这玉质！”又一指林珑儿，“十有八九是中国王爷赏给这小子的，一定是他杀了二老爷。”

林珑儿一见那玉佩，顿时瞪大了眼睛，刚要说话，元春便伸手在他肩上一按，林珑儿一个激灵，立刻明白：这是去年我寄给弟弟的玉佩，怎么丢在命案现场？此时我若说出认识这物件，那才叫百口莫辩呢！当即闭口不言。丘魁狠狠地看了元春一眼，元春轻蔑地一挑嘴角，望向别处。

黎刚却对丘魁深信不疑，一拍大腿：“原来是你！小小年纪竟如此歹毒，来人……”

“可笑。”探春冷笑一声，指着黎刚的尸体道，“大人仔细看看，死者伤在头部右侧偏前处，定是凶手与他对面而立，手持铁锤之类的钝器重击所致，死者如此魁梧，一个小孩子怎么打得到他的头部呢？”

“当时黎爷可能睡着在躺椅上，他要下手当然容易得多，而且这小东西是会功夫的。”丘魁道。

“若是睡在躺椅上，他的头离地面不过四尺来高，而且应是仰面睡着，这样凶手击打之处定然在额头或面部，而不会在脑侧太阳穴，所以当时黎峻定是直立着身子，与凶手对峙，故此凶手的身材不会太矮。”

“他可以站在桌子上。”丘魁指了指面前的茶几，眼珠一转，又说道，“就算不是他，那也可能是你们，我看姑娘你身材高挑，抡起铁锤来完全可以砸到黎爷头部。”

探春“哧”地一笑，摇摇头说：“且不说我能不能使得动铁锤，就算可以，我也完全做不到。”

“哦？为什么？”丘魁问道。

“黎峻死于寅时，当时正在下雨，而且下得不小，若我昨夜动手杀人，定然会在院子里留下深深的泥脚印，但我方才来时，院子里只有几串浅浅的脚印，几不可见，显然是上午雨水干涸后留下的。我注意看过，地面上几串杂乱的脚印中，只有一串绣鞋印，余者都是平底小靴的印痕，这应是上午发现尸体的韶音和家奴们的脚印，试问丘管家，若是我雨夜行凶，那我的脚印在何处？”探春反问道。

“这……大老爷，休听这女人胡搅蛮缠，林龙回家当日，二老爷便惨遭横死，这小鬼，还有这些莫名其妙的客人，与此案决脱不了干系！”丘魁继续撺掇。

“对！来人！给我……啊！”他正要下令，莫文却闪身挡在他面前，一伸手便把他拉到屋子一角。

“你干什么！竟敢挟持本官……呃……”莫文笑着拍了拍黎刚的肩膀，把手伸到他面前，掌中赫然托着翠羽金雕佩，玉质油润剔透，雕工细入毫末，金雕栩栩如生，一派王室气度，黎刚一见此物，舌头登时伸出老长，人也呆住了。

捕快们正等着黎刚下令拿人，却见他哆哆嗦嗦站在那个漂亮的年轻人面前，五官皱成一团，两腿抖个不住。众人面面相觑，不知其故。

“大老爷？”丘魁敏感地察觉到事情有异，试探地问了一句，黎刚却苦着脸狠狠摆了摆手，毕恭毕敬地站在莫文身边，头脑一阵眩晕：天欲亡我，诠王子竟然在这里，早听说他是个行事古怪的混世魔王，我刚才是不是险些下令拿他？啊，怎生是好，怎生是好……

探春、元春自然心知肚明，彼此嘀咕一阵，各自一点头，一人拉住一个，把林珑儿和韶音带出屋外，低声吩咐一番。

林珑儿茫然地抬起头：“什么意思？”

“来而不往非礼也。”探春轻轻笑了笑，小声说道。

元春也点了点头：“一切小心，万不可露出马脚，尤其是翻墙的时候千万当心，不可摔着。”

林珑儿只觉得元春、探春脸上竟都浮现出一丝从未有过的杀气，心里突的一跳，吞了口唾沫，使劲一点头说：“一定办到。”

韶音也点了点头：“只要对公子好，我什么都愿意做。”

探春一笑，把小悟塞到韶音怀里：“带着它，捉鸟方便。”又拍了拍韶音的肩膀说，“一上午忙碌两遭，倒真苦了你了。”

韶音心中一紧，也不说什么，自与林珑儿离开草庐。

元春听着屋里丘魁舌灿莲花，对探春道：“你都想好了？不会有破绽吧？”

探春在院子里四处端详，笑道：“姐姐还不相信我？”说着一一看过竹梯、石斧、扫帚等物，又在紫竹丛里逡巡片刻，顺手攀了一根竹枝，微微一笑。

元春拍拍她的脑袋：“好啦，我们进去吧。”

探春点点头，深吸一口气，撇下竹枝，施施然走进竹屋，张口便说：“黎大人，这位丘管家就是杀死黎峻的凶手。”

“你血口喷人！”丘魁正为黎刚的油盐不进而恼火，突然听到这么一句，顿时火冒三丈，瞪着一双圆鼓鼓的眼睛，便要扑上前来。

黎刚吓得脸色发白，慌手慌脚将他扯住，苦着脸说：“且先听听她说什么……”

探春指着丘魁的鼻子说：“黎峻对这位管家十分信任，也未能提防他突施杀手，故此着了道。”

“胡说八道！”

探春冷冷一笑，也不理他，继续说：“我听韶音说，黎峻曾于睡梦中被侍女偷袭，险些丧命，因此他睡觉时不许任何人靠近，他也未娶妻，就是说昨晚的悉音草庐，只有黎峻一人，这使你的杀人计划进行得异常顺利。据家丁所述，昨夜黎峻回到草庐时已过子时，他早已喝得酩酊大醉，独自走进草庐，倒头便睡，连门都没有闩，刚才韶音来时，门只是虚掩着，因此昨夜醉酒熟睡的黎峻就像待宰的羔羊一样，任人宰割。”

“哼，那任何人都能杀了他，为什么一定是我？”丘魁冷笑着问。

“只有你能杀了他，因为凶手没有在院子里留下脚印。”探春盯着黎峻说。

“笑话，我又没有你们中国人的腾挪功夫。”丘魁撇着嘴说。

探春带众人走到院子里，指着院门的门槛和屋门的台阶说：“悉音草庐的院子是扁方形，加上竹屋就像一个扁‘凸’字，从院门到屋门只有不到两丈远，要在这一丈多长的地面上不留脚印走到屋里其实不难，只需要一张竹排就够了。”

“你……什么意思？”丘魁没有听懂。

探春道：“整座林府种满了碗口粗的竹子，高逾三丈者遍地皆是，你完全可以砍伐自己院中的四五棵老竹，编成一架一丈来长的竹排，先令竹排首端搭在院门门槛上，压住尾端令首端翘起，慢慢向前送去，等首端悬在屋门外台阶正上方时，再慢慢落下，这样一座竹桥就搭成了。竹排的柔韧远不及单根竹子，院门的门槛和屋前的台阶都有一尺多高，你又瘦小得吓人，故此不必担心行走过程中因竹子的韧性而触地。”

“哼，这……不可能！”丘魁不屑地说，“从我的住处到草庐距离不近，搬运四五棵老竹搭成的竹排一路到此，早把体力耗尽了，哪有力气杀人？再说当时虽下着雨，但搬着一张这么大的竹排走在路上就不怕被人看见。”

探春微微一笑：“林府的排水渠有三尺深、六尺宽，从整座宅院的东北流向西南，整条排水渠没有大的弯折，只在草庐旁有几个急弯。据我所知，你丘管家的住处就在草庐西北方，你完全可以让编好的竹排顺流而下，在草庐外的急弯处自会停下。这条水渠两侧种满了茂密的灌木，常人如不走到水渠旁边，根本不可能看见竹排，何况当时正是凌晨，阖院人口都在熟睡，就算你搬着竹排走，又有谁会看见呢？

“你放下竹排后，迅速冒雨来到草庐，也许当时门已经上了闩，但这种简单的门闩在门外用匕首之类的薄刃完全可以挑开，你用竹排搭桥走进屋里，也许此时熟睡的黎峻被响动惊醒，但他刚刚起身，尚在蒙眬之时，你便一锤打了下去，待杀人得手后，再踏着竹排走出院门，拆开竹排，让竹子从水闸一根根流出府外……”

丘魁气极，暴跳如雷地喊叫：“诬陷！这是诬陷！若是照你所说，住在水渠旁边各院的人，都有可能杀人！”

探春点头道：“不错，我们所住的院子在林府西北角，离水渠远得很，所以杀人的不是我们。”

“哼，那枚玉佩是怎么回事？”丘魁还想反击。

“谁说中国的玉佩就一定是我们带来的？我看大人手上的翡翠扳指也是上好的中国货。”莫文一把抓起黎刚的手说。黎刚也不敢把手缩回去，只是赔着笑、苦着脸，那神情活像是生吞了二斤马蜂。

探春补充道：“而且那玉佩是你进屋后才发现的，当时屋里没有别人，可能是你偷偷放在那儿的，故此不能作为证据。”

“对！证据！你说我杀了人，你有证据吗？刚才只是你胡乱猜测！”丘魁道。

“等的就是你这句话。”探春胸有成竹，“你的杀人凶器，当晚所穿衣物，可能都在你的住处，我们只要去找一找，总能找到蛛丝马迹。”

“好啊，我等着你栽跟头！”丘魁恶狠狠地说。

丘魁的院子倒比林虎的住处大许多倍，他身边的奴仆方才都跟着赶去草庐，因此院子空无一人，大门紧锁。丘魁见探春一脸胸有成竹的表情，心里也不禁打起鼓来，但黎刚已经站在门外，他也只好强定心神，用钥匙开了门。

大门正对着一座房屋，房屋两侧都种满了竹子，几处尚新的断桩赫然在目，丘魁顿时愣住了。

黎刚惊愕地望了丘魁一眼，丘魁干笑两声，连叫不妙。

探春道：“丘管家，这些竹子哪里去了？”不等他回答，便在院子里四处观看，只见水井边的土有松动痕迹，便命人来挖，只一铲，一件宽大的粗布衣便显露出来，抖开之后，果然有一片血迹。

黎刚一跺脚，指着丘魁喝道：“原来是你！”

“这……这是栽赃！”丘魁几乎要跳起来，“大老爷，您可要为我做主！这血衣定是她命人埋的，血还未干呀！竹子也是她刚刚命人砍掉的！”

莫文道：“埋在水井旁边，湿气极重，血当然干不了，若说竹子刚刚砍掉，那请问这些竹子到哪儿去了？碗口粗的大竹，这么短的工夫，能藏到何处？黎大人，还是先把这位丘管家带到布政衙门，仔仔细细审问一番。”

黎刚连连点头称是，脸上的肉随着他的头上下晃动，果决地一挥手，两名捕快抖着锁链套到丘魁脖子上，丘魁被冰凉的铁链一激，顿时愣住了，难以置信地看看黎刚，又瞧瞧莫文，惶然无措地问：“你到底是谁？”

莫文拍拍黎刚的肩膀：“他的债主。”

丘魁颤了两颤，突然歇斯底里狂叫起来：“冤枉！冤枉！黎刚，你伙同贼人制造冤狱，就不怕我把你的事全抖出来，每一件都够你斩首抄家，唔……”话没说完，黎刚亲自抓起一把土，慌不迭塞进丘魁嘴里，连声喝道：“带走！快带走！连他的奴才一起带走！”

莫文在他背后拍了一巴掌，笑着说："大人且先回去，待我得空再去审问他们。"

黎刚一咬牙："好。"

探春正要说话，莫文却眨眨眼睛，摇了摇头。

黎刚一行走得飞快，喧沸的林府顿时安静下来，一日之内，黎家二老爷和大总管一死一擒，阖府上下大小仆役顿时树倒猢狲散，聪明些的又把眼光望向林家兄弟所住的小偏院。

探春拉拉莫文的衣角说："丘魁手里定然捏着黎氏兄弟鱼肉乡里的铁证，你就这么让黎刚带走丘魁，就不怕他杀人灭口？"

"恐怕丘魁现在已经死了。"莫文低头叹了口气。

"什么？"探春皱眉，元春却淡然一笑。

莫文眉头一挑："元妃娘娘明白我的意思？"

元春莞尔一笑："穷寇莫追，铲奸除恶亦不在一时。殿下身份虽高，但毕竟是轻车简从微服至此，黎刚身为霏烟岛布政，总领一岛军政大权，若真把他逼急了，只怕他狗急跳墙，做出什么出格的事，到时玉石俱焚，反却不美，还不如留个空子，让他先钻出去。"

莫文拍手道："正是如此！若真要办他，霏烟岛百姓都是人证，到时只要父王一道旨意，还怕他跑了？"

探春恍然道："不错，是我太心急了。"

元春笑了笑："妹妹疾恶如仇，还真有几分侠女味道。"又回头问跟在身后的林珑儿，"锯下的竹子呢？"

林珑儿一攥拳头："都按娘娘的吩咐，深深插在竹林的土地里，外人一时看不出来，锯竹子时我让韶音扶着，竹子并未倒过，远处的人也不会知道，怕只怕官府的仵作验出那衣服上的麻雀血。"说着摸了摸蜷在怀里的小悟，"它本事可真大，像只小豹子，多刁钻的鸟儿都捉得住。"

探春道："不过你这小子做事忒不仔细，也幸亏黎刚愚笨些，否则早看出那衣服上的血是滴染之痕，绝非喷溅所致，刚才真吓得我大气也不敢出。还好他走得急，你赶紧去把那衣服藏了，不，烧了。"

林珑儿咕哝道："那么短的时间，我能做出这些已经不错了。"

莫文道："其实血衣未干已是破绽百出了，不过我已经表明身份，黎刚一心要杀丘魁灭口，才未加考虑。还有啊……你果然是栽赃，丘魁真的不是凶手？"

探春道："那是自然，以彼之道，还施彼身。他若不是急着把罪行强加到我们身上，我也懒得对他下手。也幸亏珑儿说起丘魁住在宅子东北的水渠旁，我和姐姐才能顺理成章想到这么个办法。"

"唉，如果杀人的是你们，一定神不知鬼不觉。"莫文抱着肩膀抖了抖。

探春一笑："所以不要得罪我。"又转过身去，对一直默默跟在后面的韶音说，"你家小公子，究竟让你去做什么？"

"你什么意思？"韶音退了一步。

"我的意思是，杀死黎峻的是林虎，你就是为他扫除痕迹的帮凶。"探春似笑非笑地说。

"郡主，这不可能，阿虎他身子弱，拿起铁锤都不容易，怎么能抡得动？"林珑儿忙为弟弟辩解。

"他不用自己动手，凶器会自己砸到丘魁脑袋上。"探春道，"据我观察，竹屋内部的原本家具陈设并不像现在这样吧？"

韶音警惕地点了点头。

"林虎在卖掉草庐之前，特意做了这样一番布置，也许你到今天上午才弄明白他为什么会这样做。"探春道。

韶音退了一步。探春笑着说："放心，此刻我说的话再不会有旁人知道，你可不要对我说谎。"

韶音看看林珑儿，林珑儿点了点头："郡主从一个老巫婆手里救过我的命，我相信她。"

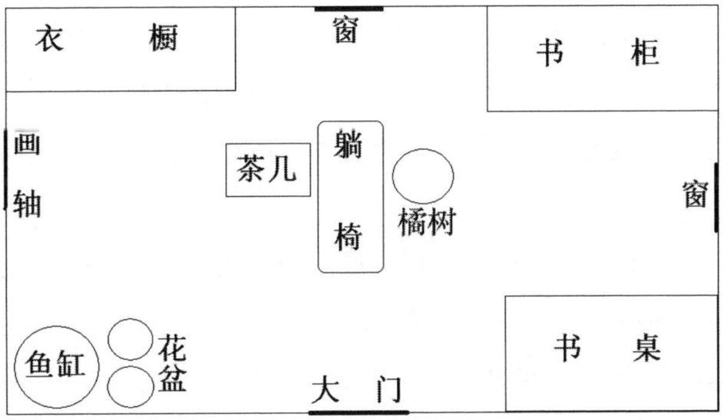

一行人走回早已空无一人的悉音草庐，探春指着竹屋道："屋门的位置在正面墙的中央，一进门正对着的便是头朝里、脚朝门的躺椅，这样的布置实在奇怪。我想原来躺椅和旁边的茶儿应该放在屋子西南角，即现在放鱼缸和花盆的地方，也就是说，在卖掉草庐前，林虎把躺椅和鱼缸换了位置，并且在躺椅东侧摆了一盆橘树，与西侧的茶儿一起，把躺椅紧紧夹在中央。还有，在西墙上挂着一幅'五子登科图'，那只雄鸡展翅扬首，占了大半篇幅，其羽毛还用了大量的黑红色，使这幅画的题材、色彩都与整个房屋极不搭调。”

“他为什么要这么做？”林珑儿不解，“以他的身体，做完这些只怕要累瘫了。”

探春道：“当他无可奈何地卖掉草庐时，便已动了杀死黎峻的念头，这样的摆设，正是为杀死黎峻做的准备。韶音姑娘，你每隔一阵便要出去买药吧，昨晚我们在府门外相遇时，你正是买药回来对吗？你每次大概何时出门，多久回来？”

“我每三天去买一次药，都是在晚上戌时服侍公子睡下之后，到五条街外的长济药铺去买，大概不到一个时辰就能回来。”韶音道。

“时间足够了。”探春道，“他知道黎峻对悉音草庐垂涎已久，也知道黎峻整日在酒楼妓院厮混，至少子时才回，若不是凌晨多雨，只怕他要在外面耗到丑时寅时。在卖掉草庐后，林虎应该经过数日观察，确认了黎峻确实天天睡在草庐，而且这孩子对韶音买药的时间了如指掌，因此在昨天晚上韶音离开草庐后，他便开始实行计划。”

“什么计划？”林珑儿急问。

探春道：“在韶音离开后，林虎悄悄起身，向悉音草庐走去，当时天已黑透，人们也都用过晚饭，很少有人在外面，他身子瘦小人也机灵，对府上路径非常熟悉，如果挑竹林里走的话，不会被人发现。”

“那他会拿什么凶器呢？”莫文道，“总不会是草庐院子里的石斧吧？那东西干净的很，连蚂蚁都不往上爬，而且斧头太小，还不及黎峻脸上伤口一半大。”

“当然不是石斧，他也没有带着凶器。”探春道，“他应该留了草庐院子和竹屋的钥匙，因为当时还没有下雨，所以他顺利地走进了空无一人的竹屋，哦对了，他还搬了院子里的高梯，这梯子虽然不重，但他搬起来也会有些吃力。”

“他搬梯子做什么？”

“布置杀人机关。”探春道，“他应该带着一个布袋之类的东西，要非常结实，还要在草庐外的水渠里捡一些鹅卵石，装满布袋，把袋口扎紧，再拿一根琴弦之类坚韧结实的细绳，一端牢牢系在布袋口，爬上竹梯，把另一端系在主房梁正中央，再把竹梯搬到屋子东边，用一根宽布条打个活结把装满石子的布袋牢牢兜束在主房梁东端，布条打得结扣一角用第二根琴弦牢牢系住，从竹窗缝隙里伸出窗外……”

“伸出窗外？”林珑儿点点头：“您是想说窗外有人一扯琴弦，布条的活结就会被打开，鹅卵石袋就像钟摆一样走一条弧线打在黎峻脑袋上？嗯……以屋子的高度和宽度，这样一击力度极大，若被打中太阳穴，必死无疑，但是谁来拉动琴弦呢？难道阿虎要在住屋外等到黎峻回来睡下？”

“不需要，拉动琴弦的是泥土、竹子和雨。”探春道，“窗外有细小的紫竹，这根琴弦拉出屋外后，系在一根大概小指粗细的竹枝上，令竹枝弯折，用一块他捏泥人用的黏土，将竹枝梢头粘在竹干上，做完这一切之后，林虎便锁好屋门院门，回到住处。他确实累坏了，倒头就睡，等我们到林府时，他早已睡熟了。照往常一样，黎峻赶在子时下雨前回到了草庐，依旧醉醺醺睡在躺椅上，很快便睡死了。

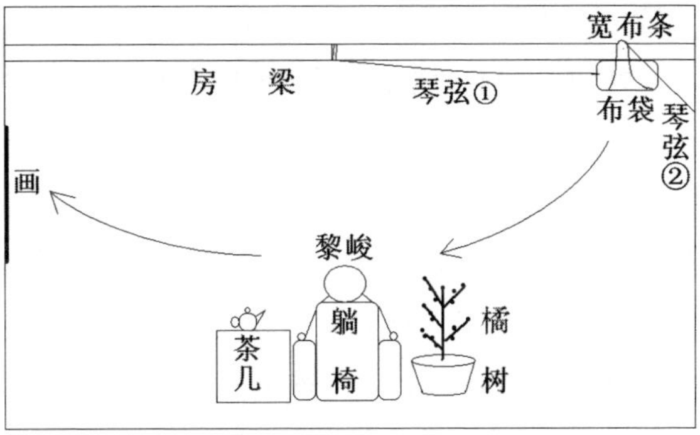

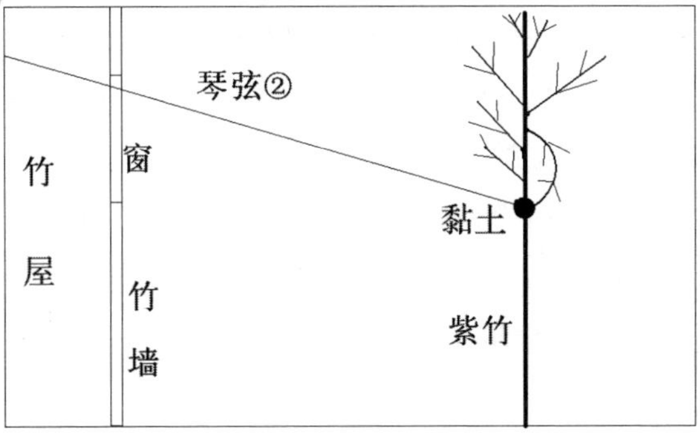

“凌晨时分那一场阵雨，使得粘在柱子上的黏土融化松动，弯折的竹枝在某一刻终于失去了约束，猛地弹起，牵动琴弦，琴弦又拉松了布条，布袋失去了约束，迅猛地向斜下方砸来，真正的四两拨千斤！黎峻就这样在睡梦中丧了命，强大的撞击力使得他的身体带着躺椅一起翻倒，茶几也被撞歪在一边。沾血的布袋沉沉撞在西墙的‘五子登科’图上，雄鸡用大量黑红色平涂，血却是鲜红的，但人们发现尸体只能在上午，当时血已干涸，与雄鸡的毛色浑然一体。不过此法也有破绽：击打只有一瞬间，布袋上沾的血虽然不多，布袋悬停时不致滴落，但当它从西墙摆回时，鲜血却蹭在橘树顶部的一枚叶梢上，我两下一比较，才想出类似于钟摆的杀人武器。

“林虎本想今早找个理由——赎回草庐这样的理由——自己到草庐‘发现’尸体。他不知道黎峻回来时是否会闩门，因此一定要带薄刃用于挑动门闩，打开房门后，他会收起布袋、布条、琴弦，把鹅卵石倒回水渠，装作像是刚刚发现命案一样到附近叫人。因为黎峻的死亡时间是在昨夜下雨时，因此第一发现人并不会受到过多的怀疑，而且确定死亡时间后，没有留下脚印的地面也显得尤为奇怪，这样一场谋杀就会变得疑虑重重，而人们都知道他是个沉疴缠身的孩子，很难把这样一桩以重器击打造成的血案与他联系起来，据我观察，韶音是左撇子吧？左撇子右手不便，不会击打丘魁的左脑。

“但他没想到的是，昨晚珑儿回来了，没有不在场证据的珑儿难免会面对丘魁的质疑。但我想珑儿已经告诉他我们的身份，因此他并未对此过于担心。让他没想到的是，由于昨夜的一番劳累，他已经无力再去清理现场，因此当珑儿把他抱回卧房后，他假意让珑儿出来给他盛鱼汤，自己吩咐韶音去做那些事，韶音也许并不知道为什么，直到看到那个血淋林的场景。”

韶音又开始抽泣，脸色惨白，小声说：“吓死我了，我现在心还跳个不停……”

林珑儿还是有些难以置信：“郡主……您怎么想到的？您有什么证据？阿虎他那么善良，怎么会做这种事……”说着眼圈一红，流下泪来。

元春摸了摸他的头，把他揽在怀里，卧在林珑儿臂上假寐的小悟抬起头来，舔了舔他下巴上的泪珠。

探春指了指韶音右边的袖子：“琴弦又露出来了，若方才被丘魁看见，如何是好？”

韶音大惊，忙把盘成一团的琴弦使劲塞进袖口。

探春继续道：“我一走进竹屋，便发现躺椅和左边的茶几因巨大的撞击力而翻倒、偏移，右侧的橘树却几乎未受损伤，只有梢顶的两颗小橘子不知被什么东西扫落下来，但依然完整，而橘树顶部离地面约有四尺高，和躺在躺椅上的黎峻头部几乎持平，这样一来，凶手挥动凶器的轨迹和发力点都让我满腹疑窦——难道他是以离地四尺的高度水平挥动重物的？这样使不上劲吧！此时小悟盯着雄鸡图作势欲扑，令我发现了雄鸡身上的血迹，这样一来我心中就浮现出了凶器的运动路线，以及凶器的质地。

“之后我来到窗外，看到了一株紫竹上尚未被完全冲刷干净的黄色泥土，这种土绝不是草庐附近的土，我只在林虎的院子一角看见过，窗台上的泥人就是用它捏的吧。还有靠在院墙的那架梯子，梯脚的印迹之于梯子当时的摆放处略有偏移，显然近期被人搬动过。”

林珑儿抽泣着说：“他为什么会做这种事……”

“因为悉音草庐是公子最爱的地方。”韶音抹着泪道，“这些年公子音信全无，小公子说，他只有在悉音草庐才能找到一种和哥哥在一起的感觉，但又不敢常去，生怕待得久了，这种感觉就消失了……”

元春轻轻拍拍林珑儿的背：“拂了逆鳞，再善良的孩子也忍不住反戈相击。”

“可是……我了解他，做了这种事，他会做一辈子噩梦的。”林珑儿的泪水打湿了元春的衣袖。

众人回到偏院，已是正午，院中静寂无声，韶音生怕林虎饿着，飞快地跑去厨房。林珑儿和探春等人走到林虎的卧房，见林虎怔怔地坐在床上，脸色惨白，好像比上午憔悴许多，连唇上也失了血色，众人都吓呆了。

林虎一见林珑儿回来，却忽地眼睛一亮，脸上浮现出别样的神采，拉着他的手问东问西，元春不禁黯然：不好了……

莫文拉拉探春，悄悄走了出去，元春鼻子一阵发酸，不忍点破，也转身离开。

“我本来不想告诉哥哥的，可是这件事憋在心里，我实在难受极了。”

“是……钟摆……对吧？”林珑儿痛苦地问。

“哥哥已经知道了？”林虎一脸惊讶。

“郡主都看出来了。”

“噢，是她！我早知道她不是一般人。”

“是你吩咐韶音做的？”

“不，都是我自己做的，我自己搬梯子上梁，我自己系上布袋，也是我自己把竹子粘在黏土里，我本想今天上午去拆掉琴弦和布袋，没想到身子终究没撑到那时候。”林虎难过地低下头，“这样韶音就成了我的帮凶，她是那么干净，那么单纯的女孩子……”

“你别担心，不会牵连到你们的，郡主设计把所有罪责都推到了丘魁头上，反正这个坏蛋助纣为虐，死有余辜！”

“黎峻也是个大坏蛋，对吧……”林虎嗫嚅道。

“对，坏透了！全岛的百姓哪个不恨他！”

“可是他却从来不肯对我用强，说实话今天早上，我还真存了几分侥幸，希望他没有被砸死，可是……可是……到现在我的心还像油煎一样！”林虎忽然挣扎着坐起身来，攥着林珑儿的手问，“哥，我会下地狱吗？”

“怎么会！你这么漂亮，这么乖巧，一定是天上仙童下凡，天帝哪舍得让你下地狱……”林珑儿抚着林虎的脸，心疼地说。

“可是我杀了人……哥哥最喜欢悉音草庐，我却亲手弄脏了它，咳咳……”

“别再想它了，你快躺下。”林珑儿鼻子发酸，眼泪簌簌而下。

“哥，我想听你弹《空山》，还有《鹿寨》……”林虎使劲抓着林珑儿的手，努力地说。

“好，哥这就弹给你听。”林珑儿抹了一把眼泪，从墙边取了箜篌，两手轻轻抚动，指尖嘈切叮咚，宛如碎玉鸣珂，清澈自如，宁静空灵。窗外小雨淅淅沥沥，几瓣迟迟不肯入泥的琼花再禁不住雨露的分量，水灵灵跌落尘埃。

一曲未完，林虎瘦小的手软绵绵垂在床边，韶音再按捺不住，扑在林虎身上失声痛哭，林珑儿手一抖，琴弦崩断，顿时涕泪交流，呜咽道："阿虎，先别走好吗，你还没听完呢……"

房门外的元春叹了口气，喃喃道："没想到心魔杀人，竟会这么快……"

探春搂住元春的手臂轻轻说道："他早晚要经历这些。"

"你说谁？"

"珑儿。"

七日后，林虎的后事操办完毕，他见过丘魁率奴仆掘人墓地，被腐坏的尸体吓得不轻，曾对韶音说过，如果他死了，一定要用白松枝架火烧掉，放在玉瓶子里。可惜后来看病买药，他心爱的玉瓶子也被当掉了，林虎曾苦笑着说："我的棺材本没了。"被忌讳晦语的韶音好一顿埋怨。

韶音求莫文从当铺赎回了玉瓶，用以盛放林虎的骨灰。瓶子通体雪白莹润，秀气挺拔，肩部雕着一对神气活现的虎头铺耳，林珑儿抱着瓶子独坐数日，才把林虎的骨灰埋在草庐的紫竹林中，手抚箜篌，低低唱道："新月又如眉，长笛谁教月下吹？楼倚暮云初见雁，南飞，漫道行人雁后归，意欲梦佳期。梦里关山路不知，却待短书来破恨，应迟，还是凉生玉枕时……"

元春远远望着，怔怔出神。

"姐姐喜欢他吗？"探春小心地问。

"喜欢？呵，喜欢。"元春道，"我到了这般年纪，一个孩子都没有，也许以后也不会有，但这些日子有珑儿在身边陪着，我心里真的踏实不少。"

"那……等我在真真国安顿下来，便派人把他接过去。"探春觉得满心歉疚，小声建议道。

"只怕他这辈子都不愿再离开这里……只盼他长大后，终有释怀的一天。"元春望着呆呆坐在紫竹下的林珑儿，轻轻叹了口气，转身离开，刚绕出一座月亮门，便和韶音迎面相遇。

"你……"韶音两眼红肿，有些不知所措，低着头小声问元春，"你愿意留下吗？"

探春心里一动，忙望向元春。

元春淡淡一笑："你愿意我留下吗？"

韶音不语。

元春咬咬嘴唇，缓缓说道："有时候你该学着自私一点，我看得出，你对林虎只是宠溺和疼惜，对珑儿却不一样，是一种……"

"哎呀，走便走吧。"韶音一跺脚，急着打断了元春的话，红着脸跑了。

元春望着韶音的背影消失在月亮门后，喃喃道："三丫头，你愿意我留在这儿吗？"

"不。"探春拉住元春的手，笑着说，"我是个自私的人。"

第八章 未妨惆怅是清狂

霏烟岛的清晨一如往昔，砖瓦巷陌都笼罩在湿润的雾气中，路上行人走得不急不缓，悠闲惬意，偶有娇生惯养的小家碧玉匆匆闪过，必与半新的油纸伞形影不离。极目远眺，一片雾气蒸腾，恍如仙境，只有悠悠扬扬穿街过巷的叫卖声还是十足的红尘味道。

探春单手托腮，坐在茶馆“雪乳楼”二层临街位置，怔怔地望着对街的大门紧闭的古玩店，一副失魂落魄的模样。

莫文盯着一盏渐渐变冷的极品雀舌，无奈地说：“那是人家的镇店之宝，你索性断了这心思吧！再说，那只是一副残缺的拓片，又不是哪位书道圣手的墨宝。”

探春轻轻哼了一声说：“那是‘正始石经’的残拓，虽残尤珍，石经原刻唐代初年便十不存一，至今更是湮灭已久，只影难寻，想不到竟能在海外孤岛见到拓片，还是隋拓！呜呼！”她把盏中凉茶一饮而尽，扁扁嘴，委屈地望着莫文道：“那孙掌柜死活不肯出手，阿诠，我好不甘心。”

莫文倒吸一口凉气，惊喜地捏住她的下巴：“你在对我撒娇哦，可怜巴巴的真惹人疼。若能改掉‘阿诠’这个称呼更是妙极，叫个‘殿下’听听，或者依你们的习惯，叫‘相公’‘官人’也行。”

“不叫！”探春脸色通红，一把拍开莫文的手，恶狠狠地说。

沉默良久的元春尴尬地低下头道："诠王子，你在调戏我的妹妹，依照中国律例，轻侮国公府内眷者，脊杖八十，流配八百里……"

"嗯，那个……好吧，不逗你了。"莫文讪讪地撇嘴，"我买到了'鲸王殿'的船票，十日后，我们便可乘船直达王城。"

"鲸王殿？"探春闷闷地说，"名字倒气派。"

莫文兴冲冲地介绍："鲸王殿是真真国皇商穆氏旗下的豪华客船，远远看去宛如海上楼阁，斩风破浪如走平川，船上有茶室酒馆，还有倡优舞女。若是皇家出海巡视，必以穆氏大船为海上行宫，鲸王殿比之宫船虽小了些，但早年也做过陪巡船。这些年这鲸王殿用作客轮，往返于西海各国各岛之间，船分天、地、玄、黄四层，天、地两层为客房，玄字层用于饮食娱乐，黄字层为船上人员使用，黄字下还有便宜的格子房，我订的是天字一号、二号房。"

元春在西海时日不短，也听过鲸王殿，不禁奇道："鲸王殿一票难求，殿下如何得来？"

莫文道："鲸王殿船长是穆家长女青榴，我朋友。"说着稍一咧嘴，探春看在眼里，不动声色。

元春心里一阵警惕，忙问："殿下脸色怎么不好？"

莫文一怔，知道她姐妹二人敏锐异常，只好笑笑说："我们脱离使团时间不短，恐怕孟堂已有所察觉，鲸王殿虽可避开孟堂眼线一路直达王城，但穆家与孟堂多有生意往来……"

"天哪！"元春骇然，"若穆家把我们的行踪透露出去……"

"不打紧的，那青榴姑娘和我很……"莫文忙摆手宽慰。

"和你怎样？"探春面色一寒。

"呃……我们少年时皆随鸿音先生——就是苏雪——修习武艺，总有些同窗之谊，她应该不会把我卖给孟堂。"莫文忙着解释。

"应该？"探春眉头一挑，"还不是没把握吗？"

"一定！"莫文一挥拳头，坚定地说。

"一定？"探春眼睛一眯，"你和她什么关系？"

"你到底要怎样啊！"莫文哭丧着脸一头拍在桌上。

探春胳膊一抬，露出一截皓腕，纤指敲着桌面，直直盯着莫文。

莫文讨好地笑笑，为探春拉上袖子说："茶楼人多眼杂，别把镯子露出来，好家伙，一百零八颗小宝石，识货的见了，难免要动歹心！不瞒你说，离此不远的玉露岛就是西海最大的珠宝黑市，你记得孙掌柜店里有一对核桃大的包金蓝宝石吧，那东西就在玉露岛黑市出现过。”

元春也有些担心：“妹妹出门时，还是把镯子摘下的好。”

探春摇摇头说：“我被影仙的事吓着了，这镯子代表中国皇室，断不能再离身的。姐姐把那盘糕点递我。”

元春无奈，把一碟核桃酥推到探春面前：最近越发能吃了。

莫文又问：“还要茶吗？”

探春捏着焦黄酥脆的核桃酥，心情略好了些，想了想，点头道：“好啊，消磨时候也好，要一壶碧螺春，姐姐也爱这个。”

此地商人惯与锡兰、爪哇通商，多贩卖红茶、咖啡、可可甚至各类叫不上名的果汁，整座霏烟岛只有雪乳楼卖些花茶、绿茶，虽多是去年陈茶，但身处海外，探春也顾不得挑剔了。

莫文叫了一壶茶，一壶黑咖啡，又瞧瞧脚边眼巴巴望着茶桌的黑猫小悟，又点了一叠黄鱼酥，见探春心气平和下来，才轻轻吁了口气。

雪乳楼上春水微澜，对街大门紧锁的古玩店里却是惊心动魄。

“让那女人抓心挠肺的，就是这么件玩意儿？”孟堂端详着手中的拓片，嗤笑着说，“废纸而已，比这两颗宝石差远了，你说是不是？”

“是……是的将军。”孙掌柜浑身战栗，吞着口水说。

“好啦，钱归你，拓片归我，别再抬价啦。”孟堂把一袋银币在孙掌柜眼前晃了晃。

孙掌柜有些丧气：这不是强买吗？堂堂将军只肯出这么点银子，还不如卖给那个女人呢！伸手正要接，却听孟堂道：“对了，你的命我也一并收下了……”

“什……”孙掌柜大惊，话未出口，已觉一股凉风灌入喉间，紧接着一阵剧痛，仰面跌在一尊黄花梨三足圆香几上，香几上的一件青瓷滚落在孙掌柜胸前，继而落地，碎成数块。

“船票订下了？”孟堂擦去刀上的血，回头问道。

“订下了，天字三号。账簿在手，她不敢不从。”

“好，你二人手脚干净些。”孟堂掌中把玩着那对核桃大的蓝宝石，把拓片递过去，狞声道，“此番定要她死无葬身之地！”

“是是是，属下会在拓片装裱上涂抹足够剂量的剧毒，她只要玩赏几个时辰，便会毒发身亡。可是……这个郡主死了，就不怕使团那边临时派一个女人当替身吗？我国人皆未见过郡主，到时怕说不清楚。”

“放心。”孟堂摆手道，“那对金凤手镯足以证明她的身份。”

“先生救我！”穆青榴手足无措地跪在苏雪脚边，泪水在眼眶里打转。

“你先起来。”苏雪俯身搀起青榴，命小蓝斟了茶，问道，“你说孟堂的人盗走了你父亲的账簿？那账簿里记了些什么？”

“这……”青榴眼神闪烁，掩饰道，“爹爹素来心善，去年曾用官船运了些药物到爪哇，用以平灭瘟疫……”

“他自个儿也捞了一大笔吧。”小蓝素来不喜青榴为人，忍不住讥讽道，“私用官船啊，这事说大不大，说小不小，若被人拿来做起文章，啧啧……”

青榴手足无措，险些连手中的茶碗也打翻了。

小黑拽了拽小蓝的衣角：“别落井下石啦。”

小蓝轻轻一哼：“就是看不惯她像苍蝇似的缠着殿下。”

小黑抹汗：“她是苍蝇，那殿下是什么？”

小蓝伸手便掐。

苏雪轻咳一声，搪塞道：“你且莫慌，此事尚有转机，但你也知道，孟堂麾下杀手时时盯着和亲船队，有我在此坐镇，他们不敢妄动，而且郡主因水土不服卧病在床，我一时脱不开身。”

青榴冷笑一声：“先生休要瞒我，这和亲使团不过是个幌子，遥哥哥和中国郡主早抄小路走了，现在船上的‘郡主’不过是个侍女。”

小黑、小蓝顿时紧张起来，都攥紧了拳头，望向苏雪。

“哦？你怎么知道？”苏雪轻轻放下茶盏，微微一笑，青榴顿觉一股浓重的杀气遍布周身，忍不住打了个寒噤，扑通一声跪倒，辩解道：“先生！先生切莫误会，我绝无窥探使团机密，是遥哥哥前日向我买去两张鲸王殿的船票……”

“呵，是吗……”苏雪微微颔首，“鲸王殿直达王城，倒不失为一条稳妥路径。”

青榴轻轻舒了口气，又小心翼翼地说：“可是……不知怎么，孟堂的杀手竟发现了遥哥哥的行踪，也订了一张船票……”

“嘀——”小蓝倒吸一口凉气。

“我去杀了他！”小黑立刻向苏雪请命。

苏雪一摆手，盯着青榴道：“你把船票卖给他了？”

青榴忙作委屈之态：“爹爹的账簿在他们手里，我不敢不从啊。”

苏雪蛾眉微蹙，挥挥手唤过小黑、小蓝，吩咐道：“看来你们要做一回梁上君子了。”

青榴喜得连连点头：“劳烦两位了，到时把账簿送到鲸王殿便好。”

霏烟岛码头素来忙碌，除了来往客船货船，还有附近小贩推车挑担贩卖食货。岛上的橙酿蟹十分有名，莫文排了小半个时辰的队才买到两盅，得意地捧到探春面前：“这是鼎鼎大名的王氏橙酿蟹，前儿我想给你买的，谁知王老头儿大病半月有余，今天早上才出摊，快尝尝。”

探春横他一眼：“你倒真有兴致，上船再吃！”说着向码头边望去，只见鲸王殿六座巨帆犹如雪山，船体真如小型宫殿般霸气十足。

“不打紧，这船要停半个时辰给养，先趁热吃吧，你还没吃早饭，而且你瞧，现在登船梯上正挤呢。”

登船梯上，一个短腿汉子牵着两匹小狗般大小的矮马，喜滋滋地陪着一个身材袅娜的少妇上船，两个伙计打扮的精壮少年抬着沉重的箱子跟在后面。探春皱皱眉头，又瞧瞧橙盅里雪白粉嫩的蟹肉，肚子咕噜一声，脸不禁红了：“那就先吃吧，姐姐也尝尝。”

“若是陆上楼阁，破云摘星也属平常，但在海上造出这样一座移动宫殿，实在不易。”探春赶在开船前细细品了一盅蟹，满足地站在船上，仰头赞叹。

“鲸王殿本是依你们中国盛唐时的海船图造的。”一个锐气逼人的红发姑娘拔步走来，毫不客气地上前倚着莫文，下巴一抬，挑衅地看着探春，冷笑数声，如连珠炮般说道，“可惜你们这些黄皮种儿一辈子只知面朝黄土背朝天，却不知汪洋之外天宽地广，倒把老祖宗留下的宝贝抛之脑后，和我真真国一场海战，堂堂的王爷都做了俘虏，逼得你家皇帝老儿把这么个身无二两肉的雏儿送给我们做礼物，呵，可笑！遥哥哥，咱不稀罕对吧？”说着粲然一笑，挽住莫文胳膊，阴冷而轻蔑地盯着探春。

莫文脸登时黑了，如生了跳蚤似的迅速跳开。

探春斜睨莫文：“遥哥哥？”

“殿下本名霍遥，你忘了？”元春低声提醒。

探春望着她腰间的“穆”字腰牌，心中了然，轻轻一哼，把莫文扯回自己身边，转过脸去笑吟吟对那女子道：“久闻鲸王殿的歌伶娼妓冠绝天下，今日一见果然名不虚传，不知哪位妈妈如此好手段，竟调教出姑娘这样的绝世花魁？”

“花魁？”那女子一时气结，“你竟敢……”

探春伸手牵住莫文的手，高声道：“自家男人在楚馆歌楼逍遥快活，我们做女人的本不该管，可是外子昨日偶感风寒，实不宜与姑娘……嗯……亲近。”说着腕子一使劲，狠狠攥着莫文的手把他拽回自己身边。船上客人纷纷侧目，对那红发女子指指点点，那抱着小矮马的少妇忍不住哧地笑出声来。探春循声看去，不禁一愣：此人好生面善，好像在什么地方见过……

“你才是妓女！”那红发女子大怒欲狂，指着探春的鼻子骂道。

“哦，姑娘不是？”探春也顾不得再想那少妇，毫不示弱地盯着青榴笑道，“哎呀，恕我失言，恕我失言，只是见姑娘衣不蔽体，媚态横生，竟与中原妓……呃，竟与中原高唐女儿无异，一时错认，望姑娘海涵。”

“哼，哼哼！”几人站在登船口处，此刻开船的时辰已近，正有水手要收起登船梯，这女子当着下属也不好发作，只气得胸口上下起伏，粉白的脸蛋涨得通红。

“这位是青榴姑娘，我与你们说过的。”莫文无奈地介绍。

青榴怨毒地盯了探春一眼，冷笑道：“还是你们中国女子穿着得体，裹得如绸棍子也似，老远便嗅到一股三从四德的腐臭气！”

“三从四德，总好过轻狂愚蠢。”探春冷笑道。

“咳咳。”元春适时地打断探春，问青榴道，“穆姑娘，我们的房间……”话音未落，只听雷鸣般地“啊哟”一声，一个提着三五个大小包裹的壮汉脚下一绊，从登船梯顶部踉踉跄跄扑上甲板，一时收脚不住，巨大的身躯直冲探春撞来，他身后一个瘦小的少年吓得脸色惨白，手足无措地大叫：“掌柜的，当心！当心啊！”

探春眼见巨熊般的身影轰然而至，登时花容失色，急忙闪身时，竟被青榴踏住裙角，动弹不得。探春大怒，正要呵斥，忽觉身后一暖，莫文双手扳住她的肩膀，轻轻将她揽在怀里，顺势抬腿在那扑跌而至的大汉膝盖上一点，只听一声轰然巨响，伴随几声“嘭”“啪”“哗啦”的声响，那大汉摔了个嘴啃泥，一身锦绣斑斓的衣帽也摔得歪歪斜斜。

探春惊魂稍定，怒视青榴，却听元春“呀”的一声，轻呼可惜。

只见那大汉包袱里滚出一只青釉凤尾尊，堆塑缠枝牡丹，釉色滋媚如玉，可惜已碎成十多块。

“这……”莫文自知闯了祸，小声问探春道，“贵不？”

“尚可。”探春盯着碎片道。

“什么叫尚可？”莫文无奈，“不是让你品评瓷器，是说这东西我们怎么赔，是我把人家挑到一边去的。”

“不用赔，不用赔。”那大汉拍拍衣裳站起身来，擦擦额上汗水，歉然道，“是俺老唐急于赶船，走路不稳，险些伤着姑娘。这一跤迟早要跌的，跌在地上好过跌在姑娘身上。”

那少年拉拉大汉的衣袖：“掌柜的，那个好贵的呀。”

那汉子却爽快地一摆手：“不打紧，倒是我惊着了姑娘。”又打量了青榴两眼，见她戴着“穆”字腰牌，便拱手道，“这位是穆船长吧，我那马车半道儿出了毛病，害我主仆二人一路飞奔过来，险些误了船，不知天字三号房在何处？”

青榴脸色大变，失声问道：“你住天字三号？”

“对啊！”大汉拿出两张船票。

“那……敢问二位先生贵姓？”青榴眼神闪烁，小心翼翼地问。

大汉大咧咧地说：“在下唐闵，专做古玩生意，这孩子叫唐六，是我店里的伙计。”

青榴定了定神道：“四层右手第二间，我叫侍童带二位客人去。”

唐闵抖抖衣袍，笑呵呵冲探春等人一抱拳：“稍后向姑娘赔罪。”又高声道，“六儿，走了。”

唐六慌手慌脚地拾起瓷片，拔腿跟上。

青榴犹疑片刻，对莫文道：“遥哥哥，你们的房间在四层左右手第五间，已经到了起航时刻，恕青榴不能相陪。”说着急匆匆奔去。

这边早有水手把笨重的登船梯拉上船来，紧接着一阵轻微震颤，鲸王殿已平稳开动，乘风破浪向西驶去，莫文拉探春姐妹躲开缓缓封闭的登船口，走入客舱。

抱着小矮马的少妇从木柱后探出头来，望着探春的背影，眼圈微微泛红，那毛茸茸的小马蹬蹬蹄子，从少妇怀里跳了出来，奶声奶气地叫了一声，乖巧地在她脚边蹭蹭。

短腿汉子为少妇披上一件斗篷，低声问道：“是她吗？”

少妇难掩激动，连声道：“是她，是三姑娘！那孩子没说谎！哦对了，她身边的素衣女子，好像是……元妃娘娘！”

短腿汉子大张着嘴呆了好久，蹦跳着喜极而泣：“无巧不成书，无巧不成书！天公作美啊，我能向王爷交差了！”

少妇定了定神道：“看来，我们从海里救起的那个男孩确是三姑娘侍从，你好生照顾着，千万保住他的性命。”

“放心。”短腿汉子一拍胸脯，“我走南闯北二十年，治疗外伤最是拿手，而且那孩子结实得很，定能挺过这一关。”

天字号房共六间，是鲸王殿最豪华的客房，探春姐妹所住的一号房亦是如此，地面上铺着一巴掌厚的波斯羊绒毯，顶壁上满绘西洋仙人，瘿木茶几上摆着青花渔樵耕读茶壶，配着四只轻巧盈薄的青花茶盏，分绘梅、兰、竹、菊，旁边一只挺拔高挑的白色咖啡壶，配着两只白瓷杯，茶壶后面一个纸包，一个木盒，分别是陈年的武夷茶饼、新磨爪哇黑咖啡。一扇满绘山水的八折大屏风自左至右隔断房间，屏风后的座椅床铺皆是上好的南越花梨，紧致深沉，床上被褥都是红粉橙黄的暖色调，轻软的鹅绒里，柔滑的丝绒面，床左侧是一人来高的穿衣镜，一旁的三层抽屉里摆放着各种精致的西洋画册，上好的烟膏烟具，还配送各色胭脂水粉。

元春啧啧称奇，四下环视一番，摇头叹道：“太奢侈了。”

探春却四处吹毛求疵，不是抱怨地毯太软，就是嫌弃被子太厚，随手拿起桌上的茶壶茶盏，又嗅嗅配送的茶饼，照例批得一无是处。

元春瞪了莫文一眼：你倒是哄哄啊！

莫文挠挠下巴，正要说话，却听倚在床上抱着枕头的探春道：“唐闵有问题。”

元春也点头道：“不错，那主仆二人头上的不是汗，而是水，他们根本没有长途奔跑，而且那唐六衣袖上沾着独特的金色汤汁，正是我们刚才吃的王氏橙酿蟹。他们既然险些赶不上船，怎会优哉游哉地在码头吃蟹？他袖口汁水几乎干透，他们应是早已来到码头，吃过蟹后又等了些时候，直到快开船前，才慌手慌脚地上船，那他们在等什么？”

“等我们，我们是最后登船的客人，他们见我们上了船，才快手快脚赶过来，此时有可能借机和我们相识。”探春淡然一笑，“登船板十分平坦，在那里绊倒本就蹊跷，而且甲板是较为松软的木板，瓷器外面又裹着厚厚的锦缎，怎会一摔便碎成十几片？”她说着从袖子里捧出小悟，小悟吐出嘴里衔着的小块瓷片，舔了舔爪子，喵呜一声。

探春摸摸小悟的头，用手帕拈起瓷片说：“瞧，断面处沾着早已干透的黑红色污渍，说明那包袱里原本就是一件破碎的瓷器，这些污迹可能是血，也许是打碎瓷器的人收拾瓷片时割伤了手，而唐闵主仆手上并没有伤口。”

“那他们想做什么，碰瓷儿？”莫文笑道，“他没有缠着我赔银子啊，我心里还怪过意不去。”

“没那么简单。”探春道，“你记得吧，那个穆青榴一听唐闵所订的房号就变了脸色。”

“嗯，的确如此。”莫文若有所思。

“你曾说过，穆家与孟堂有生意往来，对吧？”探春眯着眼睛问道。

“你是说唐闵是孟堂派来的人？”莫文听出了探春话中意指，连连摆手道，“不可能，这两人几乎不通武艺，而且青榴也没理由把我出卖给孟堂，倒有可能是孟堂察觉了我们的行踪！”

“我只是猜测。”探春搔着小悟的下巴说。

元春担心地望着探春道：“总之一切当心，不要和这两人走得太近。”

莫文道：“一味躲着也不是事，总要把事情搞明白。好了，先休息吧，现在船还不算满，未时前后便到玉露岛了，那里是西海最大的宝石黑市，到时会有数十名客人上下船，鱼龙混杂可有的闹呢，不过倒能趁机捡几个漏儿。”

黑暗阴湿的黄字一号房里，小蓝被几条粗重的铁链牢牢锁在一人来高的木架上，脸色苍白，嘴角挂着瘀青，蓝色的眸子里布满血丝，白皙的手腕被铁铐磨得鲜血津津。青榴傲气十足地坐在木架对面的木墩上，满面怒容：“我记得你说过，你们在盗取账簿时曾听到，那杀手把船票弄丢了，怎么今日又有人带着天字三号的票登船？”

“哼，你……你是傻子吗？”小蓝冷笑一声，虚弱地说，“他能把船票弄丢，别人就不能捡到吗？蠢货！”

“落在我手里，还敢出言不逊？”青榴霍然起身，大步上前，抄起鞭子在小蓝额上猛击一记。

“啊！”小蓝惨叫一声，眼眶里泪花闪闪，恨声道，“你这毒妇！你若杀了我，师父不会饶你，殿下也不会放过你！”

“哼，先生那边我自有办法交代。”青榴阴狠地笑笑，“孟堂麾下高手众多，你们盗取账簿时折在他们手里，也不是不可能吧？到时候让先生去找孟堂拼命岂不绝妙？至于遥哥哥嘛，他素来是信我的。”她提到莫文时，脸上全无狠戾神色，竟洋溢着一种神往与迷恋。

“呸，不要脸，殿下对你从无半分好感。”小蓝骂道，“而且现在殿下和郡主两情相悦，你趁早别做春梦了！”

青榴大怒欲狂，重重一鞭打在小蓝颈上，一指粗的血痕触目惊心：“遥哥哥是我的！一辈子都是我的！郡主？哈哈哈哈，我不会放她活着下船的！”

“你斗不过郡主！”小蓝忍痛道，“你也就能欺负我这个小孩子！”

“欺负？哼，要怪就怪你们自作聪明，竟然去翻看我的账簿。”青榴恶狠狠地说。

小蓝啐了一声：“你家身为皇商，竟然私吞贡品，勾结海寇，倒卖军需，还贩卖孩童，老天不会放过你们的！”

青榴狠狠捏住小蓝两颊，森然道：“老天？老天是谁？那个黑衣小子已经死了，只要你闭嘴，这件事便不会再有人知道了。”

“小黑不会死！”小蓝愤愤道。

“异想天开。”青榴失笑，“负伤十余处，跌入茫茫大海，这样都不死，难道他是神仙？我穆家八大高手可不容小觑。”

“好个不容小觑！以八敌一，对手还是个小孩儿，竟落得五死三伤，可真是‘高手’！”

“你放肆！”青榴恼羞成怒，刚刚举起鞭子，门却吱呀一声开了，一个侍童恭敬地走进屋来，双手捧着一个没有署名的信封：“大小姐，方才小奴见这封信插在你房间的门缝里，小奴怕有什么急事，便赶着送了来。”

青榴莫名其妙，接过信来抽出一看，登时冷汗涔涔。

时已近午，青榴握着手中的信笺，焦虑地走到地字号船舱的走廊，心里惊疑不定：他怎么会来，他怎么上的船？天啊，遥哥哥……

她浑浑噩噩地走到地字二号房，迟疑片刻，颤颤巍巍地敲了敲门，轻轻说道：“将军，是我。”

门吱呀一声开了，露出一张千娇百媚的脸庞，一双明艳阴厉的凤眼盯着青榴，几乎令她喘不过气来。

“影……影娘子……”青榴畏畏缩缩地说。

“穆姑娘啊，快请进。”那女子正是影仙，她挽着青榴的手，引她到屋里坐下，笑着说，“殿下上船了？”

“是……是的……”青榴望了一眼屏风后高大的人影，小心翼翼地说，“而且……有两个人住进了天字三号，应该不是将军的人吧？”

“哼，那两个笨蛋中了下三烂的迷香，弄丢了船票和拓片，已被将军就地处决，否则将军也不会亲自登船，更不需劳烦穆姑娘了。”影仙玩味地盯了青榴一眼，青榴只觉得浑身汗毛直竖，连道不敢。

影仙自顾自倒了一杯黑咖啡，用银匙轻轻搅动，一面享受地听着银匙碰触瓷杯发出的悦耳声响，一面慢悠悠说道：“若有人拿着天字三号的票上船，多半是该死的偷儿，知道该怎么办吗？”

“不……不知道。”青榴颤声道。

“这里有两瓶药。”影仙轻轻啜了一口咖啡，变戏法似的从袖中摸出两只小巧的琉璃瓶，一红一绿，煞是精致。

“这个……”青榴预感不妙。

“红色药瓶里是鹤顶红，沾唇即死。绿色药瓶里是合欢露，只要服下一滴，大德高僧也会意乱情迷。”影仙咯咯一笑，“你很喜欢诠王子吧？只要把合欢露点几滴在天字二号房的咖啡壶里，他就是你的人了。至于郡主嘛，你只需把鹤顶红滴在一号房的茶壶里即可。”

见青榴脸色煞白，影仙又阴阳怪气地宽慰道：“放心，诠王子最恶这种老茶饼，黑咖啡则是他的最爱，你是知道的。”说着陶醉地啜了一口咖啡，“有这种极品货色在，他断不会再碰其他饮品的。”

“我不敢杀人。”青榴做出怯生生的样子慢慢站起身来。

“别急着推辞嘛。”影仙缓缓起身，扶青榴坐下，轻轻按着她的肩膀说，“别忘了，令尊的账簿在我手里，那里面每一笔账都能让他人头落地。陛下他老人家最恨的就是以权谋私，到时龙颜大怒，你这煊赫三朝的皇商世家眨眼间便灰飞烟灭，那时你再想和诠王子结鸾凤之好，只怕难比登天，还不如今日釜底抽薪，你说对吧？”说着把药瓶强塞到青榴手里，“记住，我能从令尊书房取来账簿，也能从他的卧房挖走心肝。”

青榴迟疑片刻，将药瓶收入怀中。

“这才对嘛。”影仙笑着说，“午时左右他们应该会去玉馔厅吃饭，那时房间里没人，你明白吧？哦对了，三号房里的两个偷儿，别忘了也用鹤顶红伺候着。”

攥着药瓶走出房门，青榴稍一舒展身子，觳觫之态一扫而空。

“皇天助我，不过……鹤顶红？你缠了遥哥哥这么多日子，这么轻易让你死了，实难解我心头之恨！倒不如把春药下在你的饭食里，让你当着遥哥哥的面，哦不，当着满船乘客的面像只叫春的母猫般发起情来，那才绝妙！小郡主，我先用合欢露让你颜面扫地，再用鹤顶红送你命归黄泉，那时遥哥哥一定会认为你是含羞自尽……”青榴阴狠地一笑，心中已有算计：过不久就是午时，依遥哥哥的习惯，一定会拉你去玉馔厅吃龙虾，那里少说有二十多名乘客在，哼哼……合欢露……

“她应该知道我们手里的账簿被盗了吧？”目送青榴身影消失在走廊拐角，影仙关门转身，担心地说：“这事十有八九是穆家做的，都怪将军不小心。”

“穆家还没有这种高手。”屏风后的孟堂慢悠悠拍着椅子扶手说，“账簿我已命人誊写了一份，而且这并不重要，重要的是自和亲的消息传出后，这个一厢情愿的蠢女人便恨透了郡主。”

“如果是我，宁可让那郡主服下春药。”影仙笑嘻嘻地说。

“女人复仇的手段实在让人胆寒。”孟堂抚着拇指上蛟龙形状的白玉扳指笑道，“红色药瓶里是鹤顶红不假，那绿色药瓶里的不是合欢露，而是孔雀胆。”

“孔雀胆？”影仙花容失色，险些叫出声来。

孟堂残忍地笑笑，一抚鬈须，点了点头。

“如果穆青榴把药下在二号房的咖啡壶里……天啊，您要连诠王子一起毒死？”影仙有些难以置信，“他是王子啊！”

“王子又如何？杀了他，一举三得。”孟堂眯着眼睛，一点影仙的胸口说，“你不懂。”

“愿闻其详。”影仙后退一步，小声道。

“其一，杀了他，可为我除一强敌，这自不必多说；其二，陛下一心修文经商，为通商路竟执意与中国求和，恐怕只有丧子之痛才能激发他的斗志了；其三，郡主和诠王子孤男寡女死在一起，中国皇帝会怎么想？陛下会怎么想？天下人又会怎么想？”孟堂快意地说。

“男人发起狠来，比女人残忍得多。”影仙喃喃道。

“你现在要考虑的，是事后怎么宰掉穆家那丫头，还不能让穆船王怀疑到我头上，毕竟穆家财力雄厚，我不想失去这个助力，这杀人灭口的事，我只信得过你。”孟堂揽着影仙道。

“将军放心。”影仙道，“我已把她颈下的翡翠扣子换成了‘冰翠丸’，毒丸大小颜色皆与翡翠无异，但体温会使它慢慢挥发，等她吸入足够的毒气，便会气力衰竭而亡。”

“你该知道，这世上有一种东西叫‘合欢露’吧……”青榴得意地在小蓝面前炫耀，“有这东西在，还怕遥哥哥不从我吗？”

“你卑鄙！”小蓝叱道。

“卑鄙？还不是被这场和亲所逼！”青榴说着从怀中取出一只绿色的瓷瓶，打开瓶塞，得意地轻轻一嗅，却被一股苦腥味呛得直皱眉头。

“这不是合欢露！”小蓝大声惊叫，“合欢露、相悦散之类春药都有一股淫靡之气，这股腥味……这股腥味分明是孔雀胆！”说着拼命挣扎起来，身上的铁链哗啦啦乱响。

“孔——雀——胆？”青榴双目圆睁，狠狠一咬牙，“好个毒妇！”

“玉馔厅能尝到来自各国的美食，有东瀛的比目鱼，大理国的银鱼，还有三尺长的龙虾……”莫文掰着手指介绍。

“有金陵小吃吗？津门点心也可，鱼虾什么的我吃腻了。”探春揉着小悟的肉垫说。

“喵！”小悟不满地叫了一声。

“总之去瞧瞧嘛。”莫文拉着探春出了房门，元春懒懒地靠在床上，翻着床头的一本西洋静物画册说，“我乏了，你们先去吧。”

探春道：“姐姐想吃什么，我去带回来。”

元春抱住攀上身来的小悟说：“随便带些素食就好，我先去透风的地方散散步，你们慢慢吃。”

玉馔厅虽然不大，却足可供数十人同时用餐，桌椅干净整洁，竟比一些陆上酒楼还要排场。行至二层走廊外，浓浓酒气已扑鼻而来，混合着各种辛辣香料的味道。探春皱着眉头走进厅门，险些被三个端着一只龙虾的侍者撞着，忙闪身退开，望着一桌桌素日难得一见的山珍海味，愕然道：“真不愧酌金馔玉之名，酒池肉林也莫过于此吧？”

莫文搔搔脑袋，觉得有些难为情。

“姑娘、公子，这边来。”洪钟般的一声招呼，莫文、探春抬头看去，见厅堂左侧，唐闵主仆坐在一张方桌旁，桌上摆满了鱼虾蟹蚌鸡鸭猪羊，红彤彤白生生，油光闪闪香气扑鼻。唐闵大口大口吃着羊肉，唐六也端着一只螃蟹吃得汁水横流。

莫文一咧嘴："够油腻，一顿吃下去得长三斤膘！"

"姑娘，坐这边。"唐闵把啃了一半的羊腿扔下，挥手招呼道，"这顿我请！"

探春实在不情愿，却见整个玉馔厅几无空座，正踌躇时，莫文已笑着走过去："那怎么好意思？"说着一拉探春衣袖，探春叹了口气，扁着嘴坐在莫文身边，望着满桌的油腻辛辣，眼睛有些发直。

莫文谈笑风生，一面敬酒，一面不住地给唐闵道歉，探春素来仔细，呆呆看了半晌，见唐闵几乎每道菜都已吃过，才把筷子伸向一碟辣子虾球。

莫文看了她一眼：太小心啦，玉馔厅人山人海，他不敢在这里动手的。

唐闵掰开一只龙虾，嚼得满嘴流油，边嚼边说："早间我老唐风风火火的，可吓着了姑娘？"

探春暗道：你的吃相才吓人！口中却说："不妨事，倒是把唐掌柜的瓷器摔坏了，我们心里实在过意不去。"

唐闵眨眨眼说："摔一件瓷器没什么大不了的，只要我那宝贝拓片没事就好。"

"拓片？"探春心中一动。

"嘿！"唐闵压低声音道，"那可是你们中国曹魏正始年间三体石经的拓片，还是隋拓！"

"呵——"探春倒吸一口凉气，险些咽岔。

莫文扶额：得，这下乐子大了！

唐六拉拉唐闵的衣袖："掌柜的，别什么都往外说！"

"怕什么？要是姑娘想看，随时都成啊。"唐闵满不在乎地一抹嘴，不等探春说话，便邀请道，"看两位风度不凡，定是风雅人物，一会儿请到我房里给掌掌眼，二位可别推托啊。"

唐六嘟嘟囔囔，攥着一只鸡腿大口地咬。

探春看看莫文，又摸摸腰间那柄莫文送的佛朗斯牙小火枪，微笑道："唐掌柜诚心相邀，我二人岂敢推辞？"

"唐掌柜，这幅拓片花了多少银两？"莫文眼珠转了转，试探地问——我才不信你个吃穿都没品位的老粗能认得出、买得起这拓片，十有八九是偷来抢来的。

"嘿嘿，这个不可说，不可说。"唐闵啃着羊腿搪塞，"先吃饭，先吃饭，吃龙虾。"

“好，唐掌柜请，说好了，这顿算我的！”莫文嘴角一挑，举杯道。

墙角一张小桌旁，短腿汉子宠溺地抚着少妇道：“我的好茜雪啊，怎么吃着饭便哭了起来？”

茜雪道：“三姑娘还是没变，像小时候一样，遇到上好的法帖便走不动道了。”

“喝点茶，喝点茶，瞧这眼泪流得，都够沏茶了。”短腿汉子挤着眼道。

“你这砍头的！”茜雪咬着牙伸手便掐，短腿汉子笑嘻嘻伸胳膊。

“那孩子怎么样了？”茜雪无奈问道。

“大有起色，我的俩伙计看着呢。”短腿汉子咬着大饼说，“刚才清醒了一阵子，嚷着要见郡主……”

“嘘——”茜雪按住他的嘴。

唐闵的食量实在惊人，待他酒足饭饱，已过了小半个时辰，探春点了一碟素什锦，一碗白米粥，向侍者讨食盒盛了，叫莫文提着，四人结伴走回鲸王殿四层。一号房门还从外面上着锁，探春忙掏出钥匙开门，见椅子上叠放着二人的衣物，桌上画册下压着一张纸条：昏倦难熬，甲板散步，勿悬心。

“姐姐怎么回事，说去散步醒神，这么久还不回来。”探春咕哝道。

莫文拍拍探春的后脑勺说：“你姐姐是中国后宫游出来的老陈鱼儿，机灵着呢，她身上也带着我送的小火铳，不会出事的，而且这时候甲板可能有海钓赌局，想去看吗？”

“不想，爪子拿开！”探春瞪他一眼，低声呵斥，心中暗道：最近这家伙胆子越来越大了！

莫文笑嘻嘻收手，又见唐闵站在门前探头探脑，便笑道：“唐掌柜稍等，我们这就来。”

二人进三号房落座，唐六捧了一只细长的雕花紫檀木盒递与唐闵，唐闵小心接过，又吩咐唐六煎茶。天字客房里都配有小泥灶，唐六快手快脚烧了一小壶热水，掰了一块茶饼冲泡。

唐闵打开木盒，捧出一幅装裱古朴的纸卷，轻轻展开，得意地炫耀：“瞧，魏刻、隋拓，可称极品否？”

探春眼前一亮，这正是孙掌柜店中拓片，三体古字笔笔若铁石陷壁，古拙大气，精妙万端。竟使探春心底萌生出一份浓厚的归属感：这才是古文之髓华，书道之滥觞。

唐闵见探春痴然如醉，不禁得意，捻着蓬松的胡子笑而不语。

莫文心中暗自盘算：哪有这等巧事？此人定有非分之想，但左看右看，他也不像什么杀手刺客……

探春陶醉良久，才抬头问道："敢问唐掌柜，此物自何处得来？"说着忍不住咳了一声：方才吃得太辣了！

唐闵笑呵呵地吩咐唐六倒茶，又说道："这拓片是我两日前从霏烟岛一位姓孙的掌柜处购得，可花了不少银两，现在想起还肉痛！不过左思右想，这钱花得值啊，只要拓片一出手，我少说能逍遥快活七八年。那件瓷器实没什么赚头，除非卖到茜香国，那儿的女人喜欢这种竹子一样的青绿颜色。"说着伸手拿起桌上的青花竹纹小茶盏，颠来倒去地把玩。

莫文道："唐掌柜谬矣，茜香国女子虽爱青瓷，却不知竹为何物，而且青瓷似玉，与竹之翠色相差甚远。"

唐闵忙打哈哈："管它呢，碎都碎了。"

此时水已烧开，唐六提了砂壶过来，唐闵亲自接过，为莫文斟了一壶茶，又为探春倒了一杯，最后给自己那竹纹茶盏里倒了一杯。莫文望着热气蒸腾的浓酽茶汤，扁了扁嘴——这种茶实在难以下咽，中国人口味真重！

唐闵道："请，这茶还算不错。"说着咕咚咕咚喝了两大口茶，烫得直扇舌头。

探春直皱眉：活脱脱饮驴子！看这唐闵主仆并不像大奸大恶之人，不过他们设局"碰瓷"与我相识，又特意在玉馔厅等候，还迫不及待拿出拓片，究竟打的什么主意……嗯？

她正捉摸不透，却见唐闵一面喝茶，一面用眼角瞟自己手中的杯子，眉目间似乎有些期待的神色。

他在盼我喝下这杯茶？探春冲莫文递个眼色，莫文微微一笑，轻轻吹了吹杯中的茶，低声嘟囔道："好烫，晾一晾再喝。"

探春也就势把杯子放在桌上，继续欣赏拓片。

唐闵脸上闪过一丝失望神色，唐六也皱了皱眉头，探春看在眼里，觉得有些好笑。

唐闵定定神，又说道："接下来就要为它寻个买主了，哎，我见姑娘如此喜爱，不如……不如……嗯……"他话说到一半，突然摇摇晃晃挣起身来，惊愕地望了唐六一眼，嘴张了张，像是要说什么，却已发不出声响，口鼻中汩汩涌出鲜血，扑通一声栽倒在地。

莫文大惊，一把打翻探春手边的茶杯，又伸手去探唐闵的鼻息，气脉全无，已是死得透了。

唐六瞠目结舌倚在墙角，呆了好一阵，才一跺脚，指着莫文道："好哇，你们下毒呃……"话音未落，已被莫文一把按住咽喉，又伸脚在小腿窝里一点，重重放翻在地，厉声道："你们这对毛贼居心不良，还敢反咬一口？"

"杀……人啦！"唐六被莫文摁住喉咙，挣扎着说。

"小子，你落在我们手里，我说什么就是什么！"莫文抬膝压在唐六胸口，唐六哎哟哎哟直叫。

"当然，我会让你心服口服的。"探春冷幽幽地说，"你给我把嘴巴闭紧了，乖乖听着就是。"说着捏住鼻子：忒胆小，都吓尿了。

唐六蜷在地上不吭声了，眼前里莫名地出现一个凶悍的山大王和阴险的压寨夫人的形象：好可怕！

"你们道行实在太浅。"探春定了定神，坐稳身子，慢悠悠说道，"且不说在登船梯上那一幕闹剧露出多少破绽，单说我们到玉馔厅用餐时，你们桌上已经摆满了山珍海味，见我们过去，便故意做出大碗喝酒，大块吃肉的粗豪模样，还真容易让人对你们失去戒心。

"我无意中看见你们扔在渣斗里的蟹壳，虽七零八碎毫无剥蟹功夫，却连蟹足里的肉都挑得一干二净，还有几块鹌鹑骨，更是啃得干干净净一丁点肉丝都没沾，甚至还有大堆的石榴皮、石榴子，可知你们只是细嚼慢咽消磨时间。玉馔厅拥挤喧闹，并不是消遣的好地方，你们之所以不急不缓，很可能是在等什么人。午时四刻左右，我们出现在玉馔厅时，你们才换了一副泼辣吃相，显然是做给我们看的，这令我确信，你们的猎物是我。

"不出所料的话，你和唐闵是一对珠宝大盗！西海沿子自古以来盛产宝石珠玉，自然也盛产珠宝盗贼，玉露岛更是远近闻名的珠宝黑市。"探春戏谑地瞧了唐六一眼道："我连断指玉盗都见识过，你们这种三流人物，在我眼里不过土鸡瓦犬罢了，我想，你们的猎物就是它吧？"她轻轻一抬手，掀起水蓝色的宽大衣袖，露出光华璀璨的金凤手镯，金光熠熠，栩栩如生，掐丝纤细如发，錾刻细入巅毫，红、蓝、白三色共一百零八颗宝石盘旋镶嵌于凤凰顶翎、双目、尾羽，宝光四溢，令人目不暇接。

"眼光还不错。"探春冷笑，"这样的品质、工艺，足够在西海沿子买下两三座小岛。”

唐六吞了一口唾沫：“你……你……”

“想问我怎么知道的是吗？很简单，除了这条性命和这对手镯，我身上再没有其他值得盗贼垂涎的宝物。而且在玉馔厅用餐时，你们，尤其是唐闵的眼睛，总会不由自主地被那些贵妇们佩戴的名贵首饰吸引过去，你这小子，更是不时地瞟向我的腕子，几乎要把衣袖望穿！

“再说，你们若想要我的命，也不会蠢到自己把毒药喝下去吧，除非是你在唐闵毫无防备的情况下将他毒杀，但那样的话你也不会吓得尿裤裆了。”探春笑道，“我想，你们是在霏烟岛盯上我的。在霏烟岛时，我们并不像其他旅客那样住在客栈，而是住在林府，那里墙高院深，还有大批的护院家丁，你们万不敢潜入行窃。我在岛上很少外出，只会不时地去孙记古玩店求购石经拓片，可恶的孙掌柜奇货可居，价格一抬再抬，始终不肯出手，哼。”

“那个，跑题了。”莫文戳戳探春。

“嗯，咳咳。”探春继续说，“除了古玩店，我只会去对街的雪乳楼饮茶。我出门时一向镯子不离手，虽有长袖遮盖，但把玩器物时难免露出，你们应该是在孙记古玩店踩点时——孙记古玩店有一对上好的包金蓝宝石，一定很合你们胃口——无意中看到了我的镯子，顿时财迷心窍，但你们自知身手奇差，我身边又有一个高手，呃不，看上去像高手的人相随，所以你们不敢伺机抢夺。”

莫文咧了咧嘴：我的功夫其实不错。

唐六腹诽：你才身手奇差！我只是看到了他腰间和靴筒里的火枪柄。

“但这只手镯的诱惑实在太大，为了它你们也算下足了功夫，前前后后跟踪我不下五六次吧？两天前在雪乳楼，你们应该也偷听到我们要乘坐鲸王殿的消息，这令你们感到十分棘手。众人皆知鲸王殿如山节藻棁，一票难求，如果没能在我们离开霏烟岛前下手，你们将与它失之交臂。令我奇怪的是，凭你们的身份，竟能买到鲸王殿天字号房的船票！”

莫文眨眨眼：我也很奇怪！

探春道：“但想想穆青榴见到你们时的神色，还有这见血封喉的剧毒，我只能做出最坏的推测。”她顿了顿，望了莫文一眼道，“我的仇人发现了我们的行踪，而且这位仇人和穆家关系匪浅，已有螳螂捕蝉之计，而你们却因为一次扒窃，无意间成了一只浑水摸鱼的黄雀，呃不，至多算是天牛。不料螳螂的爪子有毒，一爪下去，蝉儿安然无恙，天牛却成了替死鬼。”

莫文嘴唇微动：仇家是……孟——堂？

探春愤愤点头，继续说：“登上鲸王殿对你们来说实在难比登天，你们应该已经放弃了这对手镯，转而把目标放在孙掌柜店里的金簪上。但当你们再次回到古玩店时，却发现孙掌柜已经遇害，令你们垂涎已久的宝石也已被夺走，幸运的是，你们发现了凶手的行踪，并一路跟踪他们，用下三烂的手段——估计是迷香之类——盗走了他们所有财物，包括石经拓片和鲸王殿船票，或许还有那对宝石。”

“没，没有宝石。”唐六连连摇头。

唐六瞠目结舌：“你都看到了？”

莫文也有些吃惊：“孙掌柜死了？”

探春笑道：“唐闵的青瓷凤尾尊我曾在孙掌柜店里看到过，但这样的瓷尊存世不少，我也未敢多想。此外我注意到，凤尾尊一块碎片的边缘处沾有已经干透的血迹，故此断定那包袱里的瓷尊早已被打碎了，当时我也未曾多想，只以为这点血迹或许是碎片划伤了人手。直到方才，令我辗转反侧的拓片也出现在你们手里，这使我几乎确定，打碎的凤尾尊就是孙掌柜店里那一件！这时我在想，或许是你们打伤了孙掌柜，夺走了拓片。但紧接着唐闵喝下了含有剧毒的茶，迅速丧命！此时，我只能做出最坏的推测——仇家来了。

“我和孙掌柜打过多次交道，也知道他贪婪成性，一心要把拓片卖出天价，我那位仇家对这种人是没有耐心的，或是直接杀人夺宝，或是亮出身份逼孙掌柜就范，当然亮出身份后杀人灭口是免不了的。总之，孙掌柜必死无疑，此时再看瓷片上的血迹，就不是划破手指那么简单了。”

唐六暗道倒霉：早知道就不捡来那堆碎片了，“碰熟”比“碰瓷”简单得多，随便拿件完整的东西也好啊，可是……完整的都被掌柜的卖了……

“无意间偷到的两张船票为你们提供了继续盗取手镯的机会，你们当然欣喜若狂。兴奋之余，你们想出了一个并不高明的盗宝计划：先假冒船客登船，设局和我们相识，再寻找机会——比如在玉馔厅时——提到拓片引起我的兴趣，之后便可邀我来房中欣赏，你们已提早在茶杯中涂抹了迷药，虽然我们喝的都是壶中倒出的茶，效果却截然不同。对了，唐闵拿着把玩的那只竹纹杯是给他自己预备的，里面没有迷药。

“但奉茶待客只是一种礼节，我们也未必会喝，为保万无一失，你们点了一大桌辛辣食物请我们同食。等口干舌燥的我们喝下茶昏迷后，你们便可不慌不忙地摘下我的手镯，未时船会停靠玉露岛，那时会有大量乘客上下船，你们正可借机逃走。不过姐姐没有和我们同来，多少令你们有些紧张，但玉露岛已近在咫尺，当姐姐发现我们迟迟未归时，你们早就逃之夭夭了。

“不巧的是，大量辛辣的食物使得唐闵口渴无比，在自以为竹纹茶盏没有迷药的情况下，唐闵放心饮下大半杯茶，却不知早有人在茶壶甚至茶饼里做了手脚，无论谁喝下壶中的茶，都必死无疑。

唐六看看唐闵狰狞的脸，吞口唾沫，暗道：老天，我们这是卷进了什么阴谋里！

“那毒是谁下的？”莫文拿过杯子问，“老家伙还派了其他刺客？”

探春道：“我们是蝉，唐闵主仆只要蝉蜕，那只螳螂却要吃我们的肉，天牛是佐餐。”

“你的意思是……”莫文的心倏地提紧了，“孟……也要杀他们？也对，那老贼睚眦必报。”又拍拍唐六道，“小子，你摊上大事了，知道你偷的是谁吗？哼，爷不告诉你！”

探春轻轻点头，起身去捧了一号房的茶壶回来，轻轻摆在桌上，注入一股热水，轻轻晃了晃，拔下头上錾刻杏花乳燕的银簪探入壶中，再提起时，银亮的簪头已变得乌黑可怖，探春点头道：“这壶茶是凶手为我准备的。”

莫文心惊肉跳：“房门紧闭，门锁牢固，毒是如何下到茶壶里的？”

探春道：“有两种可能：其一，早在我们上船前壶中便被下了毒，但之前我们喝过茶，也用银具试过，均无异状；其二，午时左右，我们去了玉馔厅，姐姐去了甲板，此时屋里空无一人，正可供凶手潜入。”

“可是门锁没有被破坏过。”莫文道。

“又有两种可能。”探春道，“其一，姐姐出门前忘记锁门，但以我对姐姐的了解，她绝非疏忽大意之人；其二，凶手有钥匙……哦对了，凶手在我和唐闵的茶壶里都下了毒，总不能姐姐和唐闵都忘记锁门吧？所以凶手一定有所有房间的钥匙，他是鲸王殿的人！”

“在鲸王殿，每个房间的钥匙只有三把，两把交到客人手里，一把由青榴自己保管，其他人无权过问。”莫文道。

“这样看来，穆姑娘嫌疑不小啊。”探春幽幽地说。

莫文抱着胳膊来回踱了几步，慢慢走到唐六身边，轻轻叹了口气，唐六正惶惑时，莫文突然发难，一记掌刀如闪电般斫向唐六后颈，咚的一声，尚未回过神的唐六软绵绵瘫在地上，昏死过去。

探春吃了一惊："你做什么？"

莫文镇定自若，抽下唐六的腰带，将他牢牢捆在桌腿上，微微一笑："先让他安静些，省得麻烦。"又一把拉住探春的手道，"回我房里看看，以孟堂的性子，连我一起干掉不是不可能。"

探春只觉得此时的莫文较之平日的闲散顽皮别有一种邪魅味道，举手投足间如帝王般魄力十足，竟使人毫无抵抗之力，不由自主地被他牵着，神迷意乱地横跨宽阔的走廊，在几声哗啦啦锁钥相触之声后，又浑浑噩噩走进二号房门，紧接着一个激灵，头脑瞬间清醒——血腥味！

探春的心狂跳不已，不自禁地抱住了莫文的胳膊，环视周遭，只见桌椅、箱柜一切如常，只有里间的床铺被宽大的山水屏风挡住。

探春望了莫文一眼，努力平复紧张的心情，莫文倒是从容不迫，在她背上轻轻拍了拍，将她挡在身后，伸手拔出一柄威尼斯双管火枪，飞起一脚，踢翻了屏风。

"呀！"探春轻呼一声，一具女尸倒在床前，头上流出黏稠的鲜血。

莫文扶探春坐在椅子上，自己小心翼翼地走到床边，定睛一看，失声道："影仙？"

"小兄弟，你多大了？"小蓝对看守自己的侍童道。

"将死之人，管得倒宽。"侍童冷冰冰地说。

"我要喝水。"小蓝道，"快死的人了，就这么点请求，小兄弟行行好吧。"

"真是麻烦。"侍童不耐烦地起身，捧了一碗水晃晃悠悠杵到小蓝面前。

小蓝眨眨眼睛："再近一些。"说着舌头一挑，夹在上牙床边的一枚银丸已咬在门牙间，咔嘣一咬一吐，银丸里的药粉扑簌簌喷在水碗里，顿时雾气蒸腾。

小蓝迅速低头屏息。

"哎呀，你干什么！"那侍童大吃一惊，被一股雾气扑在脸上，跌跌撞撞跑到门边，一头栽倒。

"哈！师父给的东西果然好用。"小蓝松了口气，手指弯回，在拇指的铜扳指上按了两下，扳指侧壁弹出一条三寸来长的蛇形铜丝，小蓝忍着痛弯曲手腕，将铜丝伸入手铐的锁孔，拨弄一番，咔嗒一声，手铐弹开。

"呼！"小蓝甩了甩胳膊，痛快地吐了口气。

影仙直挺挺躺在床下，眉心处开了一个血洞，圆睁的双眼已失去神采。

“这么小的伤口……是佛朗斯牙小火枪？和你那柄一样！”莫文愕然，“是你姐姐杀了影仙？一击毙命，高手啊！”

探春神色稍定，鄙视地说：“她若是被火枪击毙的话，早该有人听到声响了。”

莫文仔细看看，点头道：“还真是！伤口边缘干净得很，屋里也没有火药味，凶器也许是匣弩一类的东西。”说着又在影仙尸身上四下摸索，探春脸一红，扭过头去，忽然看见莫文随身的行李包被放在床脚，不禁大骇，忙重重咳嗽一声，向莫文递个眼色，咬着嘴唇，伸手指了指柜子：你不是把行李放在柜子里了吗？现在行李被搬到了床脚，那柜子里是什么？

莫文双眼一眯，举起火枪，挥挥手让探春躲在墙角，蹑手蹑脚向柜子走去，轻轻呼了几口气，小心地伸手，猛地拉开柜门，举枪指向柜中，却只见红影一闪，软绵绵跌出一个人来，正是青榴。

莫文愕然，与探春对视一眼，伸指一探青榴鼻息，只觉她气息微弱，只余一丝游气，再细看时，却见她手里软软地握着一只沉甸甸的白铜匣弩。

“咦，她颈下第二颗扣子，怎么比其他的小了许多？”探春端详一阵，指着青榴的脖颈说。

“冰翠丸？”莫文愕然，“这是一种无味的药丸，挥发虽慢，但毒性极烈，在房屋角落处放置一盒，不出半月，满屋住客必死无疑，像这样戴在身上，三五日内即可取人性命，青榴被关在柜子里，挥发的毒气散不出去，把毒丸的功效放大了数倍……你怎么不说话？”

“我们刚才进来时，门是从外面锁上的吧？”探春皱眉道。

“对呀！既然青榴和影仙都被锁在屋里，形如困兽，那锁门的是谁？”莫文摘下冰翠丸，扔在茶几上，用茶杯扣住。

探春心念一动，道：“刚才我回一号房取茶壶时，见我和姐姐的毡帽斗篷都放在椅子上。”

“嗯，那又如何？”莫文不解。

“甲板风急浪高，姐姐体弱，少不得要穿上斗篷的。”

“你姐姐出门时忘了穿斗篷！那当她走到甲板时，受不了海风吹打，会立即折返回来。”

“没错。”探春道，“就此时情况看，此番孟堂派来的杀手又是影仙，她把穆青榴当作棋子，但又不放心她独自动手，便与她一同来我们房中下毒，当姐姐返回时，他们已经在左手边的一号、三号房下了毒，正在你所住的二号房中。”

“你姐姐见我的房门开着，立刻发觉蹊跷，躲在门口看见青榴在我壶中做手脚……”莫文说着神色黯淡下去：她竟下得了手？

探春轻叹一声：“姐姐不会武功，断不敢贸然行动，最好的办法就是把锁头合上。天字房甚是宽敞，茶几离房门有五六步远，姐姐又穿着厚底锦缎绣鞋，当影仙二人听见锁声时，已经来不及了。

“被锁在一座小屋中，两个形同困兽的可怕女人不知为何争执起来，青榴用匣弩射杀了影仙，又怕我们回屋时一眼瞧见，便把尸体藏在屏风后，自己无处可藏，只好躲进柜子里，只盼你发现尸体后出门找人，她正可趁机逃脱。”探春说着把簪首浸在茶壶里，未见异样，又浸在咖啡壶里，簪首的杏花变成了黑色。

“你倒真厉害，凭一件放在椅子上的斗篷，竟想出这么些道道来。”莫文黯然道。

“只是猜测罢了。快扶你的青榴姑娘到床上躺下，我们去找姐姐，她一定去玉馔厅找我们了。”探春也不知怎么劝慰，只好先顾眼前要紧事。

“嘭嘭嘭”，轻巧的叩门声吓了二人一跳，莫文低声问道：“谁？”

门外那人迟疑一阵，说道：“三姑娘，我是绛芸轩的茜雪。”

探春乍闻“绛芸轩”三字，浑身如过电一般，思绪飞转。

“三姑娘？”

“呃……嗯……和你一起入府的都有谁？”探春颤声问道。

“袭人、金钏、鸳鸯、琥珀、麝月……”茜雪话音未落，探春早抢着开了门，只见早晨那携着两匹小马的少妇两眼通红站在门外。

“你……”茜雪离开贾府时日不短，早已长大成人，容貌气度变化不小，探春怔怔地望着这个并不熟识的女子，一时语滞。

“三姑娘，事情紧急，速跟我来。”茜雪拉着探春的手，急匆匆转下楼梯，向地字房走去，莫文扶青榴躺在床上，把火枪藏在袖中，锁好房门，紧随其后。

“出了什么事？”探春见茜雪神色惶急，心里着实没底。

“元妃娘娘在我房里。”茜雪道，“情况不大好。”

“怎么了？”探春急问。

“嗯……我说不好……到了。”茜雪在地字五号房停下脚步，推门道，“三姑娘来了。”

探春向房中一看，顿时愣住。

狭窄的房间里除了桌椅床柜再无他物，元春虚弱地靠在椅子上，一个短腿汉子殷勤地端茶倒水，两匹毛茸茸的小矮马像小狗似的卧在墙角，小悟懒懒地躺在那匹奶白色的马背上，两个伙计打扮的少年正裁剪新纱布，为一个遍体鳞伤的男孩子换药，那男孩儿见探春进来，顿时哇地哭了出来："郡主……"

"小黑？"探春大惊。

"郡主，你……"小黑心急如焚，一口气没喘匀，剧烈地咳嗽起来。

"哟，小少爷，你可当心些。"短腿汉子急道。

茜雪介绍："这是外子，人称王短腿，贩马为生。"

王短腿笑着向探春施礼。

"你在哪家王府供职？"探春打量了王短腿两眼，问道。

王短腿夫妇相视愕然，一齐问道："姑娘怎么知道？"

探春道："步履扎实，举止精悍，礼数周到，已不似寻常人物，更何况你腰间的马鞭是九股牦牛皮拧成，鸡翅木柄嵌碧玉，这是亲王府中的配给，想来是你的心爱之物吧。"

"啊，是是是，此鞭是王爷所赐。"王短腿连连点头，"小臣是北静王府的驯马人，奉王爷之命到海外寻找元妃娘娘下落，姑娘休要误会，王爷先前派了林珑儿出海，已传回娘娘消息，此番派我来只是为了确定娘娘平安，并非要带娘娘回国。"

元春疲惫地叹了口气："王爷有心了，你回去替我谢谢他。"

"姐姐这是怎么了？"

元春一笑："见你二人平安，我也放心了。方才我……"

"你去甲板时忘了带斗篷怕受风所以折回房间却发现我的房门没锁然后看到两个坏女人在屋里做坏事便偷偷把门锁上了。"莫文如竹筒倒豆般地说。

"啊……对。"元春微微惊讶，"我走到你房间门口，听到穆姑娘说什么'这真的是合欢露吗，不会是孔雀胆吧'，又听一个女子说'穆姑娘玩笑了'什么的，我一时慌了手脚，又见锁子挂在门上，便索性把锁合上了。之后便觉肩上一痛，原来一根细针从门缝里射了出来……"

莫文看看已被取下放在桌上的银针，暗道：软骨针，影仙的手段。

元春继续道："我只想到玉馔厅去找你们，谁知刚走到楼梯上便觉浑身酥软，这时有人在背后叫我'元妃娘娘'，我几乎吓昏了……"

茜雪歉然道："婢子唐突，娘娘恕罪。"

元春笑道:“不怪你，还要多谢你们，我现在好多了。”

王短腿挠挠头:“我只是用一些寻常的解毒丸压下毒性，要想除根只怕难了。”

探春叹道:“小蓝若在就好了。”

“郡主！”小黑咕咚咕咚喝了一大杯水，喘匀了气道，“小蓝被穆青榴捉走了！”

探春一愣，看向莫文:你的好同窗啊！

“怎么回事？”莫文神色严峻。

“孟堂弄到了穆家的一本账簿穆青榴去求师父帮忙师父让我们去偷回来我们偷偷翻了账簿发现穆家勾结海盗倒卖军需私吞贡品贩卖人口穆青榴要杀我们灭口派人把我打进海里还捉走了小蓝。”

“你说话不会喘口气吗？也不知跟谁学的。”莫文抱怨道。

众人都看莫文。

“什么时候的事？”探春问道。

“有两天了。”小黑道，“按照航行路线，这两日来鲸王殿没有停靠穆氏码头，小蓝应该还在船上。”

“底层黄字间。”莫文揉着眉头说:“只有底层不准客人下去。”

小黑摘下手腕上的珠子，扔到小悟面前:“嗅嗅，这是小蓝的东西。”

“它又不是狗。”探春道。

“哈哈，我的小马儿可比狗还厉害。”王短腿得意地笑，“这是此次出海要进贡给茜香女王的神驹，神骏非凡啊。”

探春呆呆地望着两匹除可爱之外一无所长的马，怎么也无法把它们与“神骏”两字联系起来。

“听穆青榴说，殿下住的是天字二号房。”小蓝一路飞奔至莫文的房门外，用细铜丝扭开了门锁。

“血腥气！”小蓝吃了一惊，继而发现躺在床上脸色灰败的青榴和倒在床下的丧命多时的影仙，“这什么情况？”小蓝嘴角一抽，不由自主地上前，伸指按在青榴手腕上，“这毒妇好像中了……”

“小姑娘，你叫什么名字？”

“啊？”小蓝猛吃一惊，险些跳起来，悚然回头，只见一个彪形大汉冷笑着站在她身后，手中攥着一柄巴掌宽的弯刀。

“孟堂？”小蓝失声道。

“不，这是我的名字。”孟堂沉沉笑了一声，“丫头，你倒有些穿房越户的本事，不知有没有见过一本一寸来厚的账簿啊？”说着冷森森瞪着小蓝，步步逼上前来。

小蓝大惊，她武艺低微，用来防身的暗器药粉几乎都被青榴收缴了去，只得连连后退，心中暗道：糟了糟了，这回死定了，咦？

她慌乱之下，看到桌上倒扣着一只杯子。

“穆青榴中的好像是冰翠丸的毒，可她身上并没有带着，房间里也没有，否则我早该察觉异常，除非有人……赌了！”她两步退到桌边，屏住呼吸，伸手揭开了杯子，一头钻到桌子底下。那小小的瓷杯里，一股淡淡的白气呼地四散开来，顿时无迹可寻。

“这是冰翠丸，你该晓得厉害吧。”小蓝在桌下喊了一声，迅速捂住口鼻。

孟堂一惊，转身便走，小蓝见状，暗道：机会！躲在屋里横竖是个死，还不如拼条活路！想到此两眼一闭，小腿一蹬，飞快地从孟堂胁下溜了出去，孟堂伸手便抓，却只扯下小蓝一块后襟。

小蓝埋头向甲板奔去，边跑边喊：“救人哪，有人贩子啊！”

“垂死挣扎。”孟堂冷笑一声，不慌不忙地挥了挥刀，随后追来。

船上客人见一个柔弱的女孩子衣衫褴褛浑身是伤，一个凶恶的壮汉持刀追赶，哪有不信的？但客人多是养尊处优的富商阔太，见了孟堂那把冷森森的弯刀，三魂吓丢了两魂半，唯恐避之不及，哪敢出手相助？片刻工夫，甲板上设局赌钓的闲人跑了个干净。小蓝又气又急，绕着甲板一边跑一边抹眼泪，忽觉颈后一紧，衣领已被孟堂抓住。

“丫头，你不老实啊。”孟堂狞笑一声，“先挑了你的脚筋如何？放心，我不会杀了你，毕竟你还是一只小小的筹码。”小蓝眼睛一闭，心道：殿下，小黑，师父，我再也见不到你们了。

孟堂正要动手，却听“唏律律”一声，回头看去，只见一匹两尺高的奶白色小马呆呆地站在自己身后，仰着头睁着大大的眼睛盯着自己，颈后漂亮的鬃毛被海风吹得左右舒展，一只毛茸茸的黑色小猫趴在马背上，嘴里叼着一只红绳编成的手链，穿着一只浅灰色的缠丝玛瑙珠子。

“什么东西？”孟堂不耐，举刀便剁，小马笨拙地躲开，委屈地叫了一声，那只黑猫嘶叫一声，浑身的毛炸了起来，弓起身子，如箭般弹射而起，一爪向孟堂面门抓来。

孟堂万没想到小小一只猫有这样的胆量，左臂扼住小蓝咽喉，后退一步，右手挥刀携风雷之势挥下，小猫灵巧地跳起，落在刀背上，发出嘶嘶的怒吼。

孟堂正要变招时，忽觉手上一紧，一只苍白硬瘦的手掌死死按住他的手腕，孟堂只觉得头皮阵阵发麻：什么人？什么时候来的？我怎么一点都没有发觉？抬头看时，却是一个浑身缠满绷带的少年，正怒冲冲盯着自己，湛蓝的眸子里似要喷出火来。

“小黑！”身后传来一声焦急的呼喊。

孟堂手腕一翻，轻松将小黑震开，回头看去，见一个身穿水蓝色襦裙的中国女子静静站在甲板上，身后跟着一个短腿汉子，那匹小马低低叫了一声，踩着小碎步一路奔去，直往那汉子怀里钻。

“这位是孟将军？”那女子从容地问，这份气定神闲的神色着实让孟堂怒火满膛——中国郡主，我们终于见面了！

探春袍袖一翻，掌中托着一轴古卷，孟堂认得，那是被偷去的石经拓片。探春微微一笑：“多谢孟将军的礼物。”

孟堂冷笑一声：“别以为你赢了。”

探春嘴角一挑，道：“你还真以为能控制得了穆青榴吗？你想用冰翠丸杀她灭口，还不知道她也在你身上下了毒吧？”

孟堂心中一凉，毕竟手段高超的影仙都死在青榴手里，不由对探春的话信了几分。

“知己知彼，百战不殆，看来孟将军没有听过这句话。不怕将军生气，你这点微末道行，在诠王子面前就像猴戏一样，不足一哂。”探春戏谑地说，“将军臂弯里应该已经开始隐隐作痛了吧？”

孟堂一惊，手臂刚刚弯起，却听探春大叫一声：“跑！”

小蓝脚尖一拧，凌空向孟堂肋下点去，孟堂这才想到手臂酸痛不过是被小蓝的骨头硌得，此时又见她发难，恼怒之下，手臂一扬，狠狠将小蓝抛上半空，右手一挥，弯刀飞出，打着旋向探春颈间斩来。

“砰——”

“砰——”

两声枪响，紧接着便是叮当一声，被拦腰打成两截的弯刀当啷啷落在探春脚边，隐在白帆后的莫文收了枪，轻轻舒了口气，望着肩窝汩汩流血的孟堂，又看看双手握枪瑟瑟发抖的探春，叫道：“偏了一点哦！”

探春胸口大起大伏，喘着粗气喃喃道：“我开枪了，我竟然开枪了？我……我再也不碰这玩意儿了！”

小黑张开双臂，接住自半空落下的小蓝，两人一起倒在甲板上。

“你好重。”小黑忍着痛说。

小蓝哭着在他耳朵上咬了一口：“你命真大。”

“小子惯会暗使阴招！”孟堂捂着伤口，退到船舷边，怨毒地盯着白帆后若隐若现的淡紫色衣角。

探春深深吸了几口气，才觉两臂上传来一阵酸麻胀痛，只得强打精神，盯着孟堂道：“这场闹剧该收场了，孟将军。”

孟堂脸色阴沉，忽然仰起头来，望着探春手中的拓片，哧地冷笑几声，身子猛地一翻，从船帮上越了出去，扑通一声，再无动静。

莫文吃了一惊，一撩长袍，抬脚踏住绳索凌空溜下甲板，望着墨蓝色的海水静静涌动，眉头微蹙。

“穆姑娘怎么样？”莫文问小蓝道。

“死不了，不过暂时也醒不了，她吸入的毒气太多了。”小蓝没好气地为青榴开药方。

“账簿已经找到，我会交给父王。”莫文拍拍小蓝的脑袋说，“许她不仁，不许我不义，先救人再说。”

“她也算可怜人。”探春淡淡说道，“寂寞脂痕渍汗光，温柔一旦付东洋。只因遣得风流迹，此日衣衾尚有香。”

“好啦，我要去看小黑了。”小蓝收拾药箱，“对了，元妃娘娘的毒要由师父来解，我用鸽子和师父联系过，师父会派人接她和使团船队会合，那个拓片上有些奇怪的东西，也要一并交给师父。那个姓唐的掌柜是神仙难救了，他的伙计除了被吓傻之外没其他毛病，靠岸以后直接送官就好。”

“你还真习惯‘小蓝’这个名字？”莫文揉着小蓝的头发笑道。

“这名字怎么了？”探春要与元春分离，心里满不舒服，闻言哼了一声，下巴一挑问，“你不满意？”

“没有！”莫文迅速收手，“小蓝这名字听起来亮晶晶的贵气十足，对吧？”

“对呀。”小蓝道，“还有小黑这名字听起来毛茸茸的可爱得紧呢！”

探春怀里的小悟懒懒地喵了一声。

隔壁屋里的小黑重重打了个喷嚏。

“哟，伤风啦，你这孩子怎么跑去甲板都不穿衣裳？”王短腿絮絮叨叨地说。

孟堂披着厚厚的衣裳坐在狭小的茅屋里，喝了一口浓浓的咖啡，望着面前如白玉般俊美的长发少年：“多谢三王子救命之恩。”

霍迩淡淡一笑，把玩着手里核桃大小的蓝宝石，咳嗽两声说：“将军的手段也太小儿科了，大哥不是这么好对付的。”

孟堂讪讪低头，暗骂一声：小妖孽，连你也敢小瞧我！

霍迩笑了笑，说道：“将军私蓄水兵不下三千人吧？咳咳……”

孟堂瞳孔一缩，顾不得肩伤彻骨，霍地站起，一把掀去外衣，扑上去按住霍迩的肩膀：“你怎么知道？你怎么知道！”

霍迩被孟堂口气冲着，嫌恶地皱了皱眉头。

孟堂正惊疑不定，忽觉腹中一阵绞痛，两臂顿时脱了力，软软地滑落在霍迩脚下。

“将军一路好走。”霍迩轻轻俯身，摘下孟堂手上的扳指，“这三千人，我先收下了，你这样的对手太无趣，我要和大哥玩两把，咳咳……”

第九章 葡萄美酒夜光杯

“我要琼花谷。”

“嘿嘿，你的胃口真大，琼花谷可是真真国最大的酒庄，无论王公贵族还是豪商巨富都对这里的酒又爱又恨。”

“这我晓得，爱其口味醇香，恨其价格高昂。不怕你笑话，我父王喝过琼花谷的‘橙黄橘绿’后，足足回味了大半年。据我所知，琼花谷的财富抵得上两三个小国的国库。”

“恕我糊涂，你要这酒庄做什么，卖掉换钱？”

“当然不是，我会好好经营的。”

“经营？你会酿酒吗？那小子可是不世出的酿酒天才，你所说的‘橙黄橘绿’是他十二岁时酿成的！而你……呵呵，且不说你根本不会酿酒，就算他死了，剩下那几位呢？他们个个都比你有资格！你凭什么接管偌大的琼花谷？”

“你不用管这么多，尽快帮我除掉他！只要他死了，我自有办法得到琼——花——谷！”

“咬牙切齿地做什么？嗯……也罢，我就帮你来个釜底抽薪，一箭三雕吧！”

“你打算怎么做？”

“借刀杀人。”

“我需要做什么？”

“借尸还魂。”

“什么意思？”

“暂时保密。不过你要答应我，事成之后，帮我在‘君莫笑’里做些手脚。”

“君莫笑？”

“‘君莫笑’是那小鬼酿的葡萄酒，令我们的国王如醉如痴，亲自选为诠王子婚宴用酒。不过嘛，这酒现在只剩两瓶，那些参加婚宴的王公大臣能抿到一小口便是大大的荣幸了。”

“你想做什么？”

“这与你无关。”

两侧山壁如刀砍斧劈，巍然屹立，山谷正中，一弯涧水奔腾鸣溅疾行而去，莹白清澈的水花被岩礁冲起，打湿了探春的裙角。山涧两旁是平缓的小草坡，长满了野花野果，探春接过莫文折下的一枝枸杞果，放在嘴里细细品嚼，只觉唇齿留香，连细碎的枸杞籽都像活的一样，在齿缝间灵活地游动。展眼望去，窄小的山谷中满是朦胧的绿，偶有几座水车在绿荫中探出头来，却被淙淙流水冲得飞速旋转，无暇顾及山谷景色，只好老老实实把涧水输送到棋布谷底的水渠里。

“恍如仙境。”探春嗅着隐约传来的果香，称赞道，“想不到真真国都城附近，竟有这世外桃源般的所在。”

莫文逗弄着爬到他指尖上的松鼠说：“琼花谷离都城虽不足百里，景致格调却千差万别，一面是楼台高耸殿阁峥嵘，一面是山青水碧云淡天高。”说着把抱成一团的松鼠放到一弯软绵绵的连翘枝上，笑眯眯看着它手舞足蹈地跌入草丛。

“你不是说你那位朋友会来接我们吗，怎么到现在还不见踪影？”探春抱住要去扑松鼠的小悟，揉了揉它毛茸茸的脑袋，带着几分倦意说。

“时候还早，我信上说我们大概晚饭前后到，你若累了就到马车上小睡片刻。”莫文道。

“不要，闷死了。”探春说着找了一块干净厚实的草地，仰面躺下，望着缓缓西移的太阳，长长舒了口气。

小悟喵喵叫着在草地上来回打滚，压倒了一大片嫩黄色的三瓣野花，吓得一窝鼹鼠躲在地洞里瑟瑟发抖。

莫文倒是收起了一贯的开朗性子，静静地坐在探春身旁，出神地望着她微微翘起的嘴唇，竟有些痴了。

“亲上去啊！”一句充满期待的怂恿骤然出现在莫文耳边，也惊醒了痴痴望天的探春，二人像炸了毛的猫一样和一只真正炸了毛的猫一道从草地上跃起，一个满面通红，一个满脸惊疑，一个满脸草。

只见一个少年笑嘻嘻站在二人身后，见莫文起身，张开双臂一把将他抱住：“诠哥，可想杀小弟了。”

莫文无奈地说：“你还是这么神出鬼没。”

探春讶然，细细打量这少年，见他不过十六七岁年纪，头上随意地插了一枝粉白色的野花，满头浅黄色的长发用一把镶满了玛瑙珠的银环束成辫子，垂在肩上，一双桃花眼微微上挑，水蓝色的眸子被斜阳照出两条似有似无的竖线，活像一只看似高贵优雅，实则满腹算计的猫。但他黏着莫文絮絮叨叨，一面炫耀从大食商人手里买的豹皮小包，一面晃着脚上柔软精致的牛皮小短靴，眉飞色舞说个不停，这副样子又活像一只欢快的小狗，还是金毛的那种。

莫文只好无奈地向探春介绍：“这就是星河，真真国首屈一指的酿酒师。”

“这位是诠哥说的郡主吧。”那叫星河的少年压低声音眨眨眼睛，粲然一笑，轻轻走到探春身边。

探春一怔，身子本能地向后微倾，星河却略一躬身，优雅地伸出右手，四指指尖托住探春掌心，薄薄的嘴唇在她手背上似有似无地轻轻一啄，抬头浅浅一笑，露出略显参差的虎牙道：“真是如海棠般的仙女！”这一套动作如行云流水般温柔潇洒，若是寻常西洋女子早就意乱神迷如坠春风，可探春自幼生长在礼乐之乡，哪受过这般“轻侮”，愣了一愣，猛地飞起一巴掌，冲那张奶油般俊美可爱的脸蛋打去。星河大骇，忙一缩脖子，头上那朵略显粉嫩的野花早被探春一巴掌呼落，束发的银环也哗啦啦乱响。

“仙女姐姐，这是何意？我这串束发环本来就不结实，已经丢了好几颗珠子了，玛瑙的！波斯产的！缠丝的呢！”星河傻傻地望着探春，又看看幸灾乐祸的莫文，不解地问。

“咯咯咯，无知！”探春还未说话，一个洪亮尖厉的声音如鬼魅般从星河身后的海棠林中钻了出来，探春竟被激起了一身冷疙瘩，定睛一看，只见一个肥胖汉子捧着两个纸包快步走来。

那胖汉斜着布满血丝的眼睛瞥了星河一眼，冷笑道：“看这位姑娘衣着相貌，定是来自东方黄金世界的书香门第，我虽不才，也知道那里自古严男女之大防，人人皆知‘男女授受不亲’，哪有你这样乖张乱行的粗野小子？我看打你都是轻的！”说罢抽着嘴角冷笑连连，一副大为解气的模样。

星河一拍脑门，冲探春深施一礼：“小弟唐突了，不过不知者不怪嘛，还请姐姐宽恕则个。不过……”他回头戏谑地瞧着那胖汉道，“三个月前，不知是谁因为调戏良家女子被打得满地找牙啊？”

“你……油嘴滑舌的小子，少在这儿翻旧账！”这胖汉油晶晶的额头青筋暴起，红涨着脸大声辩驳，声如枭啼，偏又洪亮尖锐，震得方圆数百步内鸟雀惊飞，远处果树林里采摘山杏的酒庄伙计都不得不提早收工了。

探春听得头皮发麻，低声问莫文道：“嘶……这是谁？”

莫文压低声音道：“他叫施淳，算是星河的副手吧，这家伙好酒好色好赌，酿酒的手艺虽然不错，但比星河相差甚远，所以对那孩子妒入骨髓，一逮着机会，便想在口舌上找回场子。”说着有些无奈地看看施淳，“毕竟他与星河的父亲平辈论交，星河也懒得和他争执。哦对了，他不知道我们的身份，你可别说漏了嘴。”

探春轻轻踩他一脚道：“只要你那个毛手毛脚的小兄弟别说漏嘴就好，刚见着我，脱口便称郡主，实在冒失。”

那边施淳吃了瘪，又见探春毫无为他说话撑腰的架势，正吹胡瞪眼要再与星河理论一番，却忽地身体一僵，慌乱地望着北面的树莓丛，探春顺着他的目光看去，只见一个器宇轩昂的高大男子绕过一丛树莓，沿着山涧悠悠走来，这男子三十来岁年纪，肤色黝黑，一双猎鹰般的眼睛牢牢盯住施淳，冷冰冰讽刺道：“隔着老远便听到你的声音，不愧是‘震天吼’啊。”

莫文扑哧一笑，在探春耳边小声道：“这施淳好赌，逢赌必输，偏又生就一副万中无一的大嗓门，每次输了就坐在赌场外面哀号，这附近几座城镇的赌场都对他头疼无比，给他起了个绰号叫‘震天吼’。”

施淳肥胖的脸哆嗦一阵，讨好地说：“惊扰了祁爷，实在对不住。”

那祁爷哼了一声，轻缓地把手探到背后，轻轻拍着，探春这才发现一个瘦小的女子羞答答躲在他身后，被那祁爷健壮宽厚的身子挡得严严实实。这姑娘二十来岁年纪，肌肤晶莹洁白，一头略带卷曲的淡褐色的头发松松地披在肩上，一双水汪汪浅绿色的眼珠牢牢盯着施淳，露出惊恐之色。祁爷满脸宠溺地在她背上轻拍两下，柔声安慰道：“好了，我们走。”说着横了施淳一眼，也不理睬其他人，径从旁边的小路绕开了。

施淳长出一口气，抹着汗冷磨了磨牙，快步离开。

莫文对探春道：“那汉子叫祁彪，武艺极高，负责琼花谷治安，听说他少年时能徒手搏虎，二十岁那年一人挑了三个山寨，还用一双飞毛腿力拼奔马，硬生生从马背上把那个逃跑的寨主踢飞三丈，骨断筋折！”

探春愕然。

莫文继续道：“琼花谷地处偏僻，山林茂密，人口稀疏，难免有野兽、流匪之类伤人盗窃，不过敢打酒庄主意的家伙，都无一例外地折在这位祁先生手里。那个姑娘嘛……”

“她叫阿萱。”星河主动牵着莫文的马车，带二人向山谷深处走去，“我和施淳都不会算账，原本是由祁先生掌管酒庄账务的，三个月前，祁先生说身兼二职力不从心，便向我推荐了阿萱，她虽然腼腆了些，管账却是一把好手。”

“你查过她的来历吗？”莫文问道。

“祁先生推荐的人不会有错的。”星河满不在乎地说。

“我看那祁彪对阿萱姑娘疼爱得紧，阿萱姑娘也半步不离地黏着他，他们会不会……”莫文咧嘴坏笑，被探春轻轻掐了一把。

星河笑着摆摆手说：“你还是那么坏啊！祁先生为人素来正派，他与阿萱姑娘发乎情止乎礼，在捅破这层窗户纸之前断不会做出什么出格的事，不过祁先生极疼爱阿萱姑娘倒是真的，否则也不会为了她打掉施淳三颗牙齿。”

“啊？施淳做了什么？”莫文忙问。

“那时候阿萱刚来琼花谷。”星河道，“一天晚上，施淳在山北小镇的赌场输得血本无归，回到山谷便喝了个酩酊大醉，借着醉意调戏了阿萱。阿萱口哑，说话极吃力，不过也算施淳倒霉，老天给了他一副气吞山河的大嗓门，当他撕破阿萱的衣服，抑制不住兴奋大声叫嚷时，祁先生赶到咯！等我赶去时，那场面，真叫一个惨！要不是阿萱拦着，只怕施淳的肋骨要被祁先生一根根碾碎。”

“凌辱妇女，你们没有报官吗？”探春问道。

“这附近归山阳镇管辖，那儿的巡捕头子收了施淳的贿赂，只罚了他些银两便草草了事，反倒呵责祁彪出手过重，祁彪为此还怪罪我胆小怕事，说我嘴上没毛办事不牢，一见官面儿整个人就尿了。”星河无奈地一摊手说，“从那以后，阿萱就搬到了祁先生家的后院，极少出门。”

探春斜了莫文一眼：“看来这种受贿滥判的事在哪都不新鲜啊。”

"是啊，毕竟真真国是个唐风洋溢的国度。"莫文还击道。

"我们筑玉国也是。"星河笑着说。

"筑玉国？"探春好像从未听说过这个国家，想来不过是个蕞尔小国，连遍游西海的宝琴都不曾提过。

"他是筑玉国王室的后裔呢。"莫文道。

"王室后裔在这里酿酒！筑玉国亡国了？"探春恍然：难怪没听宝琴说过。

"什么话呀？"星河愤愤地说，"我是筑玉国老国王他曾祖父的庶子的庶子的庶子的……"他扳着指头一个一个往下数，探春无奈地摆摆手道："好了，我明白。"同是庶子，探春倒也算与星河同病相怜，心念转了数转，竟平白泛起一股淡淡的伤感，一股无明业火消释不少，又知道他早先亲吻自己不是有意冒犯，哪能再与他置气？

"好吧。"星河捋捋已经数乱的手指，道："一共六代，所以嘛，除了上天赐予的酿酒天赋，我一无所有啊，就像你们中国那个大汉昭烈皇帝刘备刘玄德，堂堂中山靖王之后，竟沦为织席贩履之辈，我可比他强多了，好歹有这么大产业……"

"嘿！"探春忽地冷笑一声，咬牙道，"好小子，知道中山靖王之后，知道大汉昭烈皇帝，知道中国庶不如嫡，知道'发乎情止乎礼'，竟然不知道'男女授受不亲'？"

莫文也回过味来，一把揪住星河的领子，桀桀怪笑："小东西，你色胆包天啊！"

星河见伪装败露，吓得魂飞魄散，连声告饶道："我只是想一亲芳泽罢了，色胆包天这罪名实在是……实在是担不起啊……我将功赎罪，带郡主姐姐参观酒窖如何？反正去客房也是顺路，这里的酒窖可是独一无二的呢！"他眼珠一转，立刻想到了转移视线的好办法。

"酒窖啊……"莫文搔搔下巴：应该能顺两瓶好酒吧。想到此处，眯着眼一笑，放开了星河的衣领。星河忙招呼远处已经收工的伙计喂马擦车，自己带着探春二人向西北走去。

走不多时，一座梅子林赫然在目，一座缓缓旋转的水车藏在茂密的梅子树之间，将寒冽涧水引入一条窄小的水渠，一座不大不小的院子安稳躺在梅树环抱中。星河掏出一把奇形怪状的钥匙，打开了嵌在两扇大门中间的弹簧锁。

"这是天玑国巧匠造的锁，花了不少钱呢。"星河炫耀道，"只有我、施淳、祁先生和阿萱有钥匙。"

走进院门，只见院中铺设了平整的石板路，小路两旁则满是未经修剪，野性十足的小草小花，几棵野龙葵、野枸杞点缀其间，连后墙角的排水孔里都探出一颗粉白的草莓。院子四面墙边都摆放着高脚花架，花架上摆满了月季、兰草和许多叫不出名字的小盆栽，个个鲜活水灵，惹人喜爱，莫文忍不住摘下一颗水盈盈的金橘塞进嘴里。

除此之外，院子里只有一座两丈见方的小石屋，活像一只仰着脸蹲坐的青蛙，星河又取出一把钥匙，打开小屋，只见这黑魆魆的石屋里别无他物，只有一条盘旋向下的窄小楼梯，星河提着一只石榴形的可爱纸灯笼在前引路，探春一手扶着墙壁，一手紧紧抓着莫文的袖子，一步一挪跟在后面，越向下走，身上便越发凉爽，转过一个弯，星河道："我们到了！"说着掏出一把银白色的钥匙，打开了眼前厚重的半圆形木门。

一股浓郁的果香和着淡淡的软木味扑面袭来，令探春熏然欲醉，眼前的近千个高约八尺的木架上，摆满了大大小小用瓷、玉、玛瑙、玻璃制成的酒瓶，五光十色，姿态万千，令人目不暇接，比豪富之家的多宝格华丽万倍。

"这一小瓶酒，抵得普通人家半年的开销吧？"莫文随手从酒架上摘下一只高不足半尺的柳叶形碧玉瓶，轻轻摩挲着嵌金线瓶身说，"我记得这种'金风玉露'是用熟透的金色樱桃与薄荷酿成的，多少道工序来着？"

"六十六道，大吉大利，这是我十三岁那年酿的。"星河得意地说。

探春喟然道："真是朱门酒肉……"

"这个就送你们了。"不等探春发完感慨，星河便大度地拍着胸脯说，"这儿我做主，别怕那胖子说嘴。"

"真是'金樽清酒斗十千'！"莫文抢过探春的话头，笑呵呵把酒瓶藏入怀中道，"我已经半年没尝过琼花谷的美酒了。"

探春恨恨瞧着他一副馋猫相，幽幽道："也罢，我也'莫笑农家腊酒浑'，勉为其难收下了。"说着一面欣赏着如艺术品般琳琅满目的酒瓶，一面自顾自走向酒窖深处。

"小心迷路哦郡主。"星河调皮地眨眨眼道，"这酒窖大着哪！"说着几步跑到探春前面道，"我领你们去看'君莫笑'吧！"

"君莫笑？"探春嘴角一挑，"这名字倒有趣。"

"当然咯。"星河骄傲地扬起头说，"这是我酿的最香、最美、最清、最纯、最艳、最烈的果酒，放眼天下，自问无敌！"

莫文伸手揉揉他淡金色的头发，笑道："许久不见，还是这么狂。"

星河不满地打掉莫文的手，鼓着腮说："天下无双，这是你父王说的！这酒我只酿成三瓶，第一瓶在半年前就被你的馋鬼爹强索了去，剩下两瓶是准备你大婚时用的！"

"大婚？哦……"探春脸色一红，微微低下头去，偷偷瞧了莫文一眼，见他捧着

“金风玉露”笑得像一只心满意足的虎斑猫。

“没错啊，王子婚宴用酒！”星河晃悠着脑袋边走边说，“就在明天上午……”

“什么？”探春大惊，回头甩给莫文一个询问的眼神，却发现偷喝“金风玉露”的莫文早把酒喷得满地都是。

这一口少说喷出去三两银子，探春心疼地想。

“明天上午……”星河一本正经地说，“王室的大总管就要派人把酒取走了，再想见到它们，只能等到下个月大婚的时候……”

探春深深吸了几口气，问莫文道：“我可以打他不？”

“不可以！”星河连连摇头，小跑着在酒架间来回穿梭，莫文扶额一笑，一手把酒揣好，一手轻轻挽住探春的小臂紧随其后。探春身子微微一暖，只觉他手掌的温热透过臂上纤薄的衣裳，包裹住自己的手臂，力道不轻不重恰到好处，令探春无比受用，一时把美酒、大婚统统忘个干净，只知快步跟在他身后，认真享受这短短一刻相携奔走。

“就是这里。”星河停住脚步，探春也渐渐缓过神来，见莫文似笑非笑瞧着自己，不禁一阵脸红，轻声喝道：“松手。”莫文笑着松开探春的胳膊，又抬手为她拉展了衣袖。

眼前宽敞的空地上只摆了一个小小的橡木酒柜，两只高不足二尺的月白色酒瓶端庄地站在柜中的檀木座上，在漆黑的酒窖中泛着似有似无的光泽，探春大为新奇，“咦”了一声，凑近去看。星河笑着用袍袖盖住灯笼，酒窖顿时黑暗下来，两只玲珑有致的瓶子却发出淡淡的宛如明月的柔光。

“这叫皓月瓶，是大秦人制造的，价值不菲。”星河道。

“宫里也有这种瓶子做摆设，我父王很喜欢。”莫文小心翼翼地伸手抚摸着瓶身说，“这种瓶子在西海诸国极受欢迎，市面上一只十六寸高的皓月瓶能换一匹绝好的龟兹骏马，那些手艺精湛的大秦的吹铸师个个家财万贯，绝不亚于那些坐拥良田的恶霸财主。”

“这就叫好马配好鞍，只有皓月瓶才配得上我的‘君莫笑’啊。”星河得意地说，“好啦好啦，别盯着你们的交杯酒看啦！先去吃饭，再去泡个温泉消消乏，明天我带你们去东山打猎，我有一只大大的匣弩，可以射死犀牛！”

探春惊道：“《楚辞》谓‘君王亲发兮惮青兕’，君王围猎都对犀牛无可奈何，是什么样的弩可以射杀这庞然大物？”

星河笑道：“也怪楚怀王那昏君箭法不精，若换了养由基，管它什么青兕唐猊，照样一箭射杀！我这把弩靠的是机栝之力，比火铳都不差呢！”

莫文笑道：“这话不假，星河最爱打猎，是这一带有名的神射手，他的屋子里藏了不下一百把弩，有猎豹弩、穿云弩、搏雁弩，还有灭蚊弩。”

“唉，这几个月忙得焦头烂额，早命伙计把弩收到书房的大箱子里了，不过我最喜欢的猎犀弩一直挂在床头。这弩是我爹亲手做的，久未使用，机栝有些老化，估计能射死狐狸就不错了，有空得去城里找个好弓匠保养一下。”星河说着顺手从酒架上拿下一只白如糯米汁的鼓腹小瓷瓶，笑着说，“这是‘暗香盈袖’，给诠哥和郡主姐姐接风。”

三人说着话离开了酒窖，循着谷中的石板小路走向星河的住处，道路两边草木葱茏，密密层层种满了各种果树，有海棠、金橘、梅子，展眼望去，茫茫无际，尽是掩映在绿叶后的点点微酸，转过几个弯，又有千余座竹架上爬满了葡萄，有青色初生的小果浑圆如豆，有的绿中带红已能拈来品尝，更有深紫、浅黄、乳白、淡墨之色，如一粒粒饱满圆润的宝石，被阳光冲洗出通透柔和的奇妙光泽。

莫文摘下一小串水润通透的乳白色葡萄递与探春道：“琼花谷四季温暖，最宜种植瓜果，来尝尝。”

探春肚子实在有些饿，掐了一小枝，用手帕擦了擦，一颗接一颗吃个不停。

又走不远，便是涧水分流处，这里有一座杨梅林，梅子红润可爱，探春见这琼花谷各季水果皆能见到，不由啧啧称奇。杨梅林之南，一座三丈来宽的石桥飞架两岸，石桥对岸则是酿酒的作坊，远远望去宛如街市，作坊后不远有数排瓦房，被晚间山雾笼罩，朦胧难辨。

星河道：“那边是酒庄伙计的住处，现在时候已经不早，他们都收工回去了，山涧这边只有我们几个主人的宅子，还有客房和酒窖，我就住在北面山壁上的樱花别墅，山壁下是一座樱桃园，西边山壁上就是客房——煮酒别墅。”

“不怕有狼吗？”探春笑问。

“不怕，山壁上的楼梯陡峭，狼上不去，山下有夜巡队，每天戌时开始巡逻。”星河笑着说。

“说到戌时……”莫文揉着肚子道，“是不是到了祭五脏庙的时辰了？”

“对对对！”星河忙道，“我早已命人准备饭菜了，这酒庄虽然偏僻，但有自己的粮油店、卤味店、糕饼店，还有手艺绝好的厨子！”

“琼花谷野味极鲜，我早就垂涎欲滴了。”莫文道。

这顿饭吃得探春赞不绝口，接下来的温泉浴更是令她无比惬意，当穿着舒适的纱衣走进酒庄客房——煮酒别墅时，她格外满足地推开窗子，望着满天星斗，悠悠含笑低吟：“绿竹入幽径，青萝拂行衣。欢言得所憩，美酒聊共挥。长歌吟松风，曲尽河星稀。我醉君复乐，陶然共忘机。”

“很舒服吧？”莫文坐在她身后的藤椅上，两脚跷上小桌，垂下手去骚扰着把自己埋在毛绒地毯里的小悟说，“这两三个月海上颠簸，今儿总算是脚踏实地了，到自个儿的地盘儿就是舒坦。”

“这里还是人家的地盘，大王。”探春调侃道，“咱们只是客人，什么事都得主人说了算，你又不敢暴露身份，万一孟堂还活着，或者说他的手下贼心不死……”

莫文仰着脑袋，一伸懒腰说：“没事儿，一个早已卸任的将军有甚可怕？他那些地下势力，我迟早要连根拔起！至于身份嘛，你瞧这是什么？”他手一扬，亮出一块腰牌。

“巡——捕？”探春瞪大了眼睛望着腰牌上的金漆红字。

“这一路上就没太平过，虽然现在到了陆地上，但我怕还会出什么事儿，就托人拿了一块巡捕的腰牌来。这里不是都城，一个小巡捕的身份比什么王公贵族之流好用得多。”莫文嚼着一块酥饼认真地说。

“但愿用不到吧……”探春道，“哎，你为什么用这种眼神看着我，好像我走到哪人就死到哪似的……”

“难道不是吗？哎别动手别动手，你可是郡主，天朝郡主！”莫文绕着桌子跑，边跑边说，“早些休息吧，星河走前说明天带我们去打猎……”

“那你怎么还不走？这是我的房间！”

半个时辰后，一声凄厉的惨叫划破夜空，宛若鬼语枭啼，一时间夜鸣的虫儿都吓得噤了声。

探春一个激灵从床上坐起来，苦笑一声：定是那个“震天吼”。转头看看墙上的自鸣钟：亥时四刻。看罢急匆匆掀开薄被穿衣下床。

莫文已经候在门外，见探春绾着头发出来，忙说：“声音是从下面传来的。”说罢一手提着灯笼，一手拉着探春，一路飞奔下山，赶往樱桃园。

探春迷迷糊糊被莫文强拉着跟在身后，只跑得腿脚发软，暗骂星河：为什么把客房建在那么高的山壁上，明明樱桃园就在脚下，可这一路盘折下山好像下七八层楼似的，还不敢向下看。

好容易等莫文停住脚，喘息未定的探春便觉一股血腥气刺入鼻腔，只好苦笑着揉揉眼睛，定睛看去，见星河头发散乱，穿着单薄睡衣，赤着脚站在林间的石板路上，手里握着一把二尺来宽的大弩，满脸错愕地望着不远处的一棵樱桃树，探春顺着他的目光看去，只见一个肥胖的男子软绵绵靠在树上，正是施淳。

探春轻呼一声，转过脸去，莫文轻轻将她揽住，又定睛细看，见施淳双目圆睁，神采涣散，心窝里插着一根小指粗细的长箭，直透后心，将他的身子牢牢钉在树上，身上鲜血尚未凝固，显然死去不久。在他身边不远的地上散落着微微发光的皓月瓶残片，淡红色的酒洒了一地，慢慢渗入土中，发出淡淡的醇香。

祁彪神色凝重地从樱桃园外飞奔而来，稳住身形，与喘息未定的探春二人对视一眼，问道：“刚才的声音……这……施淳？怎么回事？”

“已经死了。”莫文道。

祁彪气冲冲跳着脚，睁圆了一双牛眼怒喝道：“谁干的？是谁干的！”又瞧见星河一副呆呆的模样，一时气急，伸出蒲扇般的大手用力搡了他几把，星河哪禁得住祁彪这蛮牛般的力气，趺趺撞撞连退几步，一头撞折了几根樱桃枝，这才开口问道：“这……怎么回事？”

祁彪冷然道：“弩在你手里，你还问我？”

一阵零乱的脚步声响由远及近，一群夜巡队员气喘吁吁地赶来，一见眼前情景，个个目瞪口呆。

“我的神！是施爷！”

“怎么会这样？公子拿着的是……”

“猎犀弩哎，不会吧……”

“你看地上！那不是‘君莫笑’吗？”

“嘘，噤声！”

星河此时才回过神来，手足无措地说：“我……不是我！刚才我睡得正香，突然听见山下有人惨叫，还以为有野狗猞猁之类的趁夜伤人，顺手抄了挂在床边的弩跑了出来，等我赶到这里，就看见他已经……”

“嗯？”祁彪眼珠转了转，沉吟道，“他胸口插着一支弩箭，你手里却握着一把弩。

而且我们赶到现场时，只有你一个人在，嗯……是不是……是不是你把他误当作闯入樱桃园的野兽误伤了，对，一定是误伤……”

星河发急道：“绝非如此！祁先生从小看我长大，也该知道我是神箭手，眼力极佳，更何况今夜月色甚好，我又怎能分不清人和野兽？”

“你是承认蓄意谋杀了？”祁彪阴恻恻地问。

“啊？不不，我怎会蓄意杀人？呃……我是说，我不是凶手，凶手是别人，别人多半不是误伤……唉，越说越乱！”星河雪白的脸涨得通红，挠着头发不知怎么往下说，人们的目光却都集中在他脸上：月光明澈，误伤的可能几乎不存在，现场除了一具被射杀的尸体，就只有一个手持巨弩的神箭手。

探春见此事处处透着奇怪，便轻咳一声，问星河道：“你的弩匣里还有多少支箭？”

星河眼睛一亮，忙拉开弩匣说：“好久没用过了，弩匣是满的！”说着舒了口气。

祁彪脸色变幻莫测，在月色下显得格外凝重，静了好一阵，才道：“公子恕我无礼，如果你真是蓄意杀人的话，会不会额外带一支箭以洗脱嫌疑呢？”

“你！”星河气苦，“我没有！你……”

探春一拦星河，又问祁彪：“他若蓄意杀人怎会不穿衣服？杀了人为何不跑？”

祁彪嗤地一笑，道：“案发现场在樱桃园门口，离这里最近的就是悬建于北面山壁上的樱花别墅，若有人听到施淳惨叫赶来时公子未到，岂不显得可疑？所以……他杀人后并没有急着离开，而是脱去衣服并迅速藏起，装成从床上爬起刚刚赶来的样子。”

“那弩呢？我若藏起衣服，怎么不把弩也一道藏起来？”星河气咻咻地问。

“这里有可以藏弩的地方吗？”祁彪一把夺过那把巨大的弩，“衣服鞋子可以包成一小团藏在树上，樱桃树枝叶茂密，但枝条细软，这么沉重的猎犀弩是藏不了的。来人，搜一下这附近的树。”

“我……你搜啊！搜不出来我咬死你！”星河急了，扑上去要咬人。

“且慢。”探春一拦星河，道，“祁先生以为眼前的情况到底该作何解释呢？”

祁彪略整思绪，开口道：“公子……呃，这个凶手用弩箭射死施淳后，脱下衣服藏在树上，装作刚刚赶来，这把弩无处可藏，但公子可以说他是顺手摘下床边的弩赶来的，毕竟这弩是他小时候的随身武器，顺手取弩已经成了他的本能。去年夏天一个伙计半夜偷瓜被野猪袭击，公子赤条条地从被窝里冲出来，迷迷糊糊握着这把弩把野猪钉在瓜田里，还有前年冬天野狼半夜伤人，公子也是如此赤足踏着雪赶出救人，这种本能在山庄人人皆知，他正可利用这一点打消我们对这把弩的怀疑。”

“你胡说啊！”星河跺着脚大叫，不幸没有穿鞋，脚下偏却有一块皓月瓶的碎片，痛得他哇哇直叫。

“你是这样认为的？”探春盯着祁彪的眼睛问。

“呃……我觉得多半是误杀……”祁彪避开探春的眼神。

“胡说！我来的时候他已经被钉在树上了！”星河嚷道。

“除了你的弩还有什么能把一个大活人钉在树上？”祁彪反问。

探春笑道：“弩中机栝已经老化，不可能把人射透。”

“哦，对啊，我睡糊涂了。”星河拍着脑袋，从有些茫然的祁彪手里抄过猎犀弩，向樱桃树射了一箭，箭镞竟未没入细瘦的树干。

“如此力道，若未伤到重要脏器的话至多是皮肉伤罢了。”莫文打圆场说，“星河不会是凶手的，实在不行你们去摸摸他的被窝，看看是凉是热。”

探春见祁彪面色阴沉，又说道：“这透膛一箭也未必是机械造成，还可能是臂力极强的高手……”

“住口！你们为何处处与我作对？你们是什么人？”祁彪蓦地发怒，迅速打断探春。

“我是巡捕。”莫文一扬手，亮出腰牌正气凛然地说。

“这……”祁彪大感意外，星河却险些笑出来：真能装，这就是传说中的帝王术？

“衣服在这里！”不远处一棵樱桃树旁，一个夜巡队员高声叫着从茂密的树枝里拽出裹成团的黑色短衣和窄腿裤，轻轻一抖，一双黑色牛皮小短靴掉在地上。

“公子，这你怎么解释？”祁彪不安地望了莫文一眼，转身问星河。

“一定是凶手故意陷害我！”星河道，“你若一口咬定我是凶手，那请问我是如何杀死施淳的？在没有弩的情况下，用弩箭一击穿身，整个箭镞都没入身后的樱桃树，我自问没有这样的力量。再说，我又为什么要杀他？”

祁彪望望一群呆愣愣的夜巡队员，又直视星河，正色道：“你趁夜偷盗‘君莫笑’，回到樱桃园时被施淳撞见，起了争执，故此要杀他灭口。”

“我？偷‘君莫笑’？别傻了，这洒在地上的根本不是‘君莫笑’。”星河不以为然地说。

“公子身负嫌疑，恕我无法相信，而且……”他回头看看身后的夜巡队，道，“你们说吧。”

一个夜巡队员上前小心翼翼地说：“今天晚上亥时二刻，我们巡视到离酒窖不远的地方，突然听到院子里传来一阵响动。当我们赶到时，院子大门敞开，靠着后墙的花架已经翻倒，十几个花盆都掉在地上，摔碎不少，而且石屋的门也没有上锁……”

“酒窖怎样了？”星河心突突直跳。

“‘君莫笑’……不见了，我们在小酒柜里找到了这个。”说着从怀中拿出一颗小小的玛瑙珠，却迟疑着不知交给谁。

“拿来。”莫文伸手夺过，皱了皱眉：这玛瑙珠呈褐色，遍体缠丝纹路，和星河束发银环上镶嵌的完全一致，而星河那只银环上的珠粒多有脱落，若要核对数目，恐怕星河自己也说不清，只能推说可能是别人捡到了之前脱落的珠子，故意扔在现场，这种看似不可信的说辞也许恰恰就是真相。

“而且……”夜巡队员吞了口唾沫，继续说，“在翻倒花架上，还有花架后的墙头都发现了脚印，大小样式都和公子所穿的靴子一致，队长觉得事情蹊跷，便带了一队兄弟守住酒窖，命我们速速去找祁爷。我们一路赶来，从樱桃园后面的小路绕行时听到了施爷的叫声……”夜巡队员畏畏缩缩地说。

星河暗暗苦笑：自己平日里除了酿酒就是玩，除了作坊的伙计对自己这个毛头小子有些小崇拜，酒庄的其他人都对祁彪又敬又畏，甚至有一种不自觉的依赖和盲从。

“那个，祁先生，你有没有想过施淳为什么会出现在这里，这个时辰除了夜巡队，酒庄所有人都在睡觉吧？”莫文问道，“还有，就算施淳嗓门再大，惨叫声也不可能传到你祁先生的住处啊。”

“我也觉得奇怪。”探春补充道，“如星河所述，他听到惨叫时来不及穿衣服便赶了出来，祁先生你赶到时却是衣衫齐整。而且你住处离此甚远，来得却如此及时，说明你在案发时并不在家，你又不是夜巡队员，为什么这么晚了还要出门？”

祁彪皱起眉头，尴尬地摸了摸鼻子说：“其实……是因为今晚亥时初刻，施淳带了些酒菜来找我喝酒……”

不等他说完，星河便抢着问道：“施淳怎么会主动去找你？他怕你还来不及呢！”

祁彪迟疑片刻，冷笑道：“那老色坯不过是又赌输了，想找阿萱提前支些钱用。”

“你们答应了？”莫文奇道。

“阿萱心软，禁不住他一把鼻涕一把泪地故作可怜，只好答应了。他提前支钱也不是第一次了，我们倒不奇怪。”

“那他是什么时候走的？”探春问道。

“他只逗留一刻钟左右，离开时是亥时二刻。”祁彪干脆地答道。

“亥时二刻，这倒和夜巡队听到酒窖动静的时间一样。那这之后呢，你们在做什么？”探春忙问。

“他离开后阿萱就回房睡了，我被施淳那厮哭哭啼啼地一番折腾，心情烦躁，喝了些酒出门去散步，走到这附近时听到施淳的叫声，这才跑过来。”祁彪不耐烦地说。

“噢，这样啊……”探春狐疑地看着祁彪道。

“好了，先把尸体成殓起来，各位请回住处暂歇，我们要去酒窖看看。”莫文道。

“这……”祁彪有些不情愿。

“祁先生，阿萱姑娘现在可是孤零零一个人啊。”探春道。

祁彪眼珠转了几转，无奈道：“也好。”

“全仰仗二位了。”星河故作老成地叹了口气，拔脚便走。

“把你的弩准备好，这凶手的目标十有八九是你。”探春吩咐道。

“好啊，他若敢来，我有二十四发的连弩准备着。”星河一握拳道。

探春望着星河、祁彪等人渐次离开，又看看收殓施淳尸身的两名夜巡队员，轻轻叹了口气，对莫文道：“从酒窖到樱桃园，倒也算环环相扣，走吧。”

“喵！”探春刚走出园门，小悟便兴冲冲叫了一声，毛茸茸的后爪在探春身上一蹬，扭着身子从她怀里挣了出来，轻巧地落地，凑在门外的矮树丛边嗅了嗅，喵呜一声，又跑回探春身边。

“怎么了？”探春问道。

“喵！”小悟蹭蹭探春的脚。

“总之先去酒窖吧。”莫文催促道。

“也好。”探春抱起小悟，眯着眼看看树丛下密密麻麻的蚂蚁，轻笑一声说，“快手快脚的，倒难为他了。”

气势汹汹赶到酒窖的莫文打起官腔，拉着夜巡队长叽叽咕咕好一阵，又三言两语把夜巡队打发走。

“软硬兼施，恩威并济，官面儿上的本事你倒学得齐全。”探春笑道。

“身居其位，不得不学。”莫文几脚踢开花盆的碎片，一屁股坐在草丛里，揪下一颗黑紫色的野龙葵果儿扔进嘴里说，“这块腰牌果然派上用场了。呸，好酸！”

探春掏出莫文送的小怀表看了看，已是子时初刻，不禁摇头叹道：“好好的一个人间仙境，生生被这血淋淋的祸事糟蹋了。”

“现在这院子里只有我们两个人哦。”莫文向探春身边蹭了蹭，如皓月般的脸孔倏地凑到探春面前，鼻孔呼出的软软的气息令她心嗵嗵直跳。昏昏欲睡的小悟被他垂下的长发扫中鼻子，蹬了蹬腿，把头埋进探春怀里。

“你想做什么？”探春把小悟挡在身前，望着莫文线条柔和的脸，紧张地问。

“我能做什么，当然是好好查案子咯。”莫文有些扫兴，递了一支野龙葵给探春。

“不要，你都说了是酸的。”探春也有些扫兴，撇了撇嘴，走到花架旁，俯身摸了摸花架脚下的草地，又踏着翻倒的花架攀上墙头看了看那个清晰的脚印，沉默良久，问道，“酒庄各地的位置，来往大致的时间你知道吗？”

莫文道：“这我晓得，酒庄各处建筑依涧水、山体走势而建，星星点点散布各处，从酒窖到山壁下的樱桃园大概要走两刻钟，祁彪住处要偏僻一些，离酒窖最远，巧的是从他家到樱桃园大概也要走两刻钟。”

“这三处是一个钝三角？”

“算是吧，从祁彪家到施淳家一定会经过贴着山壁的小路，也就是说一定会经过樱桃园大门口。这样看来，一切事情发生的时间非常合理，盗酒贼踏倒花架的时间是亥时二刻，施淳离开祁彪处也是亥时二刻，我们听到施淳惨叫时是亥时四刻，而从祁彪家和酒窖走到樱桃园的时间差不多都是两刻钟。”

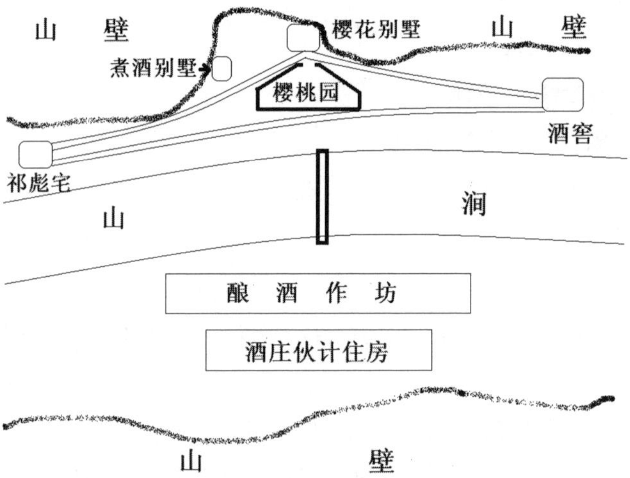

探春思索一阵，说道：“假设呈现在酒窖和樱桃园的证据都是真的，案子的过程便很明了了：星河不知出于什么目的要偷走两瓶‘君莫笑’，趁夜潜入酒窖盗酒，但在准备离开时发现夜巡队走到了酒窖院子附近，因此不敢从院门离开，而是选择从后墙翻出，却在翻墙时不慎踩倒花架，惊动了夜巡队，此时是亥时二刻。施淳为还赌债，买

了酒肉去讨好祁彪和阿萱，并于亥时二刻离开祁彪家，祁彪随后出门散步。

“亥时四刻，樱桃园附近的人都听到了一声惨叫，赶到时发现施淳的尸体和穿着睡衣的星河。星河手里握着一把弩，在现场不远的树上发现了一套夜行衣，在酒窖也发现了他束发环上的玛瑙珠子和脚印，这些证据无疑在告诉我们：施淳在路过樱桃园大门时遇见了偷酒返回的星河，二人发生争执，施淳被杀。”

“是，这一切看似合理，但不合情，星河为什么要偷酒？”莫文道。

“所有的证据都是伪造的，不必放在心上啦。”探春笑着说。

“伪造？这是什么意思？”

“你不觉得奇怪吗？星河若是要去偷酒，只需准备一套合身的夜行衣即可，何必要随身携带这样大的一张弩？”

“为了防身？”莫文试着解释道，“不对，不对，为防身的话，他不必拿这种笨重的大家伙。星河书房有很多巴掌大的小弩，力道不弱，我曾见他把一只可怜的斑鸠活活钉在树上。”

探春道：“他会拿这把大弩只可能如他自己所说：听到施淳惨叫后不及细想，顺手摘下床边的大弩便赶了出来，毕竟在他看来，这多半是野兽之类的趁夜伤人，若去晚一步，后果不堪设想。再看这两个脚印，整个院子被青草覆盖得严严实实，只有中间的一条干净的石板路，踏着花架翻墙的窃贼脚上哪来那么多不干不湿的泥土？

“至于藏在树上的那套夜行衣，用祁彪的话说，是星河为了打消别人的怀疑，故意脱了衣裳扮作刚从床上爬起来赶到的样子。但是星河作为琼花谷的主人，怎么会不知道夜巡队巡视的路线和时间？他完全可以等夜巡队巡视过酒窖后再动手行窃，这样得手后可以轻而易举地从大门离开，完全不必去翻后墙。还有，夜巡队既然听见了花架翻倒的声音，也判断酒窖出了状况，为什么没有前去追赶呢？”探春说着看了莫文一眼，“那夜巡队长刚才跟你说了吗？”

“啊，是这样。”莫文道，“夜巡队走到距大门百余步的地方听到花架翻倒，可能是这小偷脚程太快，他们从旁边的梅林绕到院墙后面时，连个人影也没看见。在梅林松软的土地上发现几个鞋印，大小花纹都和花架、墙头的完全一致，梅林中的石板路离酒窖后墙不过四五尺，窃贼只在土地上走了两三步便踏上了石板路，再无迹可寻。但他们并没有听到有人在石板路上跑动的声音，想来是这种牛皮小靴极为松软之故，夜巡队长派人往林中追了一程，什么也没有发现。”

探春笑道：“也许当时根本就没有人，难道你认为酒被盗的时间真的是亥时二刻？”

“难道是有人做了圈套？”

“不错，就算盗酒者远在十里外也能使花架按时翻倒，方法多极了。”探春道，“这是离后墙排水孔最近的花架，架子四脚下有四块不算低的垫脚石，只要其中一块歪斜或者消失，失去平衡的花架必然倾倒。夜巡队的巡视线路是固定的，盗酒者可以准确计算出他们来到酒窖附近的时间，如果他控制好这块垫脚石的话，自然能造出小偷在亥时二刻翻墙踏倒花架的假象。

“至于具体的方法……如果要时间稍短的话，可以把其中的一个垫脚石换成冰块，等它慢慢融化；如果要时间稍长的话，可以换成糖块，引蚂蚁、老鼠来啃食；最好的办法，则是如此案窃贼，把一块厚实稳当的垫脚石换成另一块下盘不稳的石头——比如倒锥形——用一根坚韧的钓线牢牢系住，钓线另一端越过院墙一角的排水洞绑在不远处的水车上，配合水车的转速和需要延长的时间调整钓线的长度，再把留出的线盘成一捆套在院子外的某根树枝上，这样可以准确地控制拉走石块的时间，而且花架翻倒之后，水车还会继续转动，会把这根绑着垫脚石的细线从排水孔拽出院墙外……”

“那你有什么证据？”莫文在花盆碎片中翻翻拣拣。

“证据当然有。”探春道，“如果窃贼要在垫脚石上做手脚，当然要抬起花架，花架共四层，上上下下摆放了十余个花盆，分量不轻，若是贸然抬起一脚，难免会使花盆掉落，所以他一定会先把花盆都搬下来再做手脚。你看看墙角下的青苔，上面还留有新近的倭角方形印痕，大小形状与一些摔破的月季花盆完全一致。”说着把手中的纸灯笼压到墙角。

莫文捡了一只尚还完好的花盆凑过去比对，果然分毫不差。

“注意看，从花架脚下到院子后墙排水孔之间的草地上有一条两寸来宽的压痕。”探春蹲下身子，拨开地上的花盆碎片，只见一片小草呈斜倾状伏倒，被月光照出一条不甚明显的银白色条带，直至排水孔处消失，那棵在孔洞中艰难生长的草莓秧也被溜出排水孔的石头拖倒。

莫文咂咂嘴：“可怜了这小东西。”说着伸手掐下那颗白里透粉的半生草莓，扔进嘴里。

探春看得舌下发酸，瞪他一眼，吞了口唾沫说：“从花架到排水孔的距离不过四尺，而酒窖附近这条山涧水流速度极快，水车转速也不会慢，当听到响声的夜巡队赶到院子里时，这块会动的石头早就溜走了。当然，窃贼多半还没有工夫来处理水车上留下的小尾巴，我们可以去看看那块石头是不是还缠绕在水车上。”

莫文手支着下巴说："嗯……要做这么多细碎活计，少说要花两三刻钟的时间，也就是说这该死的小偷在戌时末就开始行窃了，这家伙是谁？"

"酒窖的门是用钥匙打开的，没有被强行破坏的痕迹。"探春道。

"那窃贼只可能是祁彪或是阿萱了？"

"不然，除了星河，有钥匙的人共有三个，祁彪、阿萱还有施淳。"

"可是施淳已经……"

探春道："如果我们真的以为窃贼在亥时二刻逃离酒窖，那么首先会排除谁的嫌疑呢？"

"亥时初施淳便和祁彪、阿萱在一起，到亥时二刻离开，照此看来他是没有行窃时间的，祁彪和阿萱都是他的证人，呃不，他们三人可彼此为证。"莫文道，"不过施淳偏偏在今晚去找阿萱姑娘预支银两，这也太巧了。"

"没错。"探春道，"有酒窖钥匙的一共有四个人，除了当时聚在祁彪家的三位，就只有星河了。我想施淳在今晚戌时许就来到了酒窖，轻而易举地偷到了两瓶酒，接着做好一整套机关，丢下玛瑙珠、印好脚印，随即迅速赶到祁彪家，你也说过酒窖到祁彪家距离不近，他必须加快脚步……"

"等等，他偷到的酒呢？"莫问忙问。

"当然是藏在半路上的某个地方了啊。"探春道，"当他和祁彪、阿萱磨蹭到九点半左右，顺利获得不在场证明之后便告辞离开，赶往星河的住处……"

"再等等，酒呢？樱桃园里被打碎的酒从哪来？"

"早在去酒窖前就藏在樱桃园了。"探春道。

"怎么藏？皓月瓶在夜里是会发光的。虽说晚上戌时初所有伙计都收工到河对岸去了，但若是星河心血来潮出来打鸟怎么办？夜巡队巡视到附近发现光亮怎么办？"

"简单，只需把酒瓶用黑布裹住，藏在园门旁边矮树丛里便是，那树丛茂密得紧，再说星河这几日忙得焦头烂额，觉都睡不够，哪有空出来玩？"

"可是负责搜查的夜巡队并没有找到黑布……夜行衣？"莫文顿时醒悟。

"不错！"探春道，"施淳从祁彪家里离开，路过樱桃园时正是亥时四刻，按他的计划，他会取出事先藏好的皓月瓶，故意发出一声大叫，甚至还会装作与人高声争执，随即将两个瓶子打碎。施淳声音尖厉洪亮，这一嗓子足可把星河和我们惊醒，只怕连涧水对岸的伙计……哦，这不太可能，又不是虎啸龙吟。"她一吐舌头，眯着眼笑了笑。

“亥时四刻。”莫文道，“夜巡队应该在赶往祁彪家的路上了，他们走的是钝三角的最长边，这一边会经过樱桃园正后方的小路。”

探春一点头：“不错，在施淳离开祁彪家时，他安排在酒窖院的机关已经生效，被引去的夜巡队员发现‘君莫笑’丢失，又发现星河的束发环和脚印，必不敢擅动，而是会派人请示祁彪，当然经过一番粗略检查，夜巡队动身赶往祁彪家时应该已经过了亥时三刻，他们途经樱桃园时多半是亥时四刻前后，就算他们脚程稍快，无疑也会听到这声惊天动地的惨叫。

“施淳无法算到祁彪会莫名其妙地出门散步，我们也暂且不考虑这一点。夜巡队听到叫声后采取的应急措施只能是再度分兵两路，一队继续去向祁彪禀报酒窖的情况，另一队则会迅速绕道赶往樱桃园正门。星河住处近在咫尺，又是风风火火的性子，他当然会第一个赶到，我们这两个住在稍远的西面山壁的客人是在他算计之外的，但这对计划并不产生影响，按照正常速度，我们应该会与夜巡队前后脚到。

“如此一来，当我们赶到樱桃园时，就会看见这样的场景：施淳与星河在樱桃园门口对峙，地上散落皓月瓶残片，瓶中的酒已经洒在地上。看到这一幕，知道酒窖出事的夜巡队员和随后赶到的祁彪会怎么想？”

“他们会以为打碎的两瓶酒正是‘君莫笑’。”

“不错，这时有充分不在场证明的施淳便可绘声绘色地开始他的栽赃计划，比如自称他走到樱桃园门口时看到星河拿着酒匆匆赶回，便上前质问并和他厮打起来，推搡间星河打碎了酒瓶云云。渗入土中的酒在夜色中极难辨认，如果原料和气味大致相同的话，恐怕连星河这样的高手都无能为力，施淳本是仅次于星河的酿酒大师，此时他的证言比星河这个嫌犯可信得多，就算星河看出地上的酒并非‘君莫笑’，人们也只会认为他是在狡辩。

“还有，施淳深知星河风风火火急公好义的性格，他听到有人惨叫，一定会不顾一切迅速赶来，当时已经是深夜，星河赶来时定然穿着睡衣，这一点或许令施淳颇为头疼，但他随即想到了办法：事先准备一套衣服。他与星河共事多年，应该知道他衣服鞋子的尺码——这些衣服正可用来包裹事先藏在樱桃园的酒瓶，等他摔碎酒瓶后再把衣服藏在树上。按照常理，当星河被人怀疑时，首先会据实辩解称自己当时在睡觉，是听到施淳的惨叫声才跑出来的。人们看到这孩子衣衫不整，或多或少会打消些疑虑：谁会穿成这样去做贼啊？

“施淳这时便可做出一副恍然大悟的样子，说：‘难怪打碎酒瓶后，你这小东西要把衣服脱下来，原来还有这么一招啊！祁爷，你可别信他，他的衣服都藏在那棵树上！'你想想，此时在树上发现夜行衣的祁彪等人会怎么想？除此之外，还有酒柜里发现的玛瑙珠，花架、后墙上发现的鞋印，种种证据串联起来，星河真是百口莫辩了。在敲定星河罪名后，施淳便可寻个机会，趁夜取走藏在酒窖到祁彪家之间路上的真正的'君莫笑'，并且清理掉绕在水车上的线和石头，消除一切痕迹。"

"可是这一切都只是你的推理而已，毕竟施淳死了啊！嗯……不过你学施淳的样子学的还真像，坏兮兮的。"莫文笑着一挑探春下巴，"再给我来个'恍然大悟'瞧瞧！"

探春眼神一寒，也不说话，抬手拔下头上的簪子照着莫文的咸猪手便刺，整套动作一气呵成，只是刺下去的时候力道减轻大半。

"哇！"莫文缩回手，"你什么时候练的？"

"哼，苏雪教的。"探春得意地说，"刚才你说的没错，施淳死了，他的计划也宣告终止，现在，两瓶真正的美酒没有被取走，那条细线还绕在水车上。但这一切并不仅仅是我的推理，我多少有几条证据。

"首先，星河也说洒在樱桃园的酒不是'君莫笑'，我仔细看过酒瓶的塞子，实在太新了，君莫笑酿成已经超过三年，酒瓶的塞子绝不会这么新鲜。"

"看来施淳也下了本钱啊，且不说能冒充'君莫笑'的是什么档次的酒，单那两只皓月瓶价格也不低。"莫文啧啧叹道，"有魄力，有魄力。"

"你还真别夸他，这点本钱实在算不上什么，且不说两瓶真正的'君莫笑'何其昂贵，一旦除掉星河，他施淳就是琼花谷首屈一指的酿酒师，财源滚滚，名利双全，甚至有可能结交你家的各路亲戚和西海各国的豪商巨富。"探春道。

"呼……"莫文长出一口气道，"别的证据呢？"

"脚印，花架上和墙头都有非常完整清晰的鞋印。"探春道，"窃贼翻墙时要以花架做楼梯便于攀爬，若脚下要借力，踏上多半只脚掌最为稳妥，何必要把整整一只脚都踩在花架上？你看这个脚印满满地横跨整个架板，而且鞋底各部分都印得如此明晰，这难道不奇怪吗？"

"有人用手抓着靴子印上去的。"莫文点头道，"这个我明白。"

二人说着走到院后的梅林中，探春俯身用灯笼照着所谓窃贼逃走的几枚脚印说："脚印太深、太明显了，星河还是个十六七的孩子，身量未足，又练过些功夫，步履轻盈，这些脚印多半是施淳布置好机关离开时，绕到院子后穿着星河常穿的那种小皮靴在梅林里走了一趟，又换上自己的平底布鞋赶去祁彪家的。"

“嗯，倒是没错，这胖子的脚比星河小，却抵得上那小子两个重。”莫文道，“这么说来，他来偷酒时怀里还揣着一双布鞋呢。我算算啊，他为这个计划一共买了两双小皮靴，一双和夜行衣一起藏在樱桃园的树上，另一双伪造脚印时用，那这双鞋藏在哪了？”

“我怎么知道，我又不是猎狗。”探春道，“多半扔进山涧，或者和真正的‘君莫笑’在一起吧。”

“那你知道是谁杀了施淳吗？”莫文又问。

探春道：“把施淳这个大活人生生钉在树上，这不是一张老化的弩可以做到的。”

莫文一点头：“但据我所知，琼花谷其他人并没有这么霸道的弩。或者是用弓？能射出这么霸道的箭，这家伙的尺寸绝小不了，杀人后往哪儿藏呢？”

“不需要藏，凶手是用手发力，以箭作剑，刺死了施淳。”探春道，“弩箭入胸，鲜血喷溅，箭枝上会沾有鲜血，但箭的尾端和箭羽却十分干净，应该是被凶手用手握住了。还有，箭枝尾端上翘，所以凶手的身量比施淳高出一大截，又有这样可怕的臂力，恐怕只有……”

“祁彪！”莫文点点头，“这厮时机选择够好的啊。”

“这也是让我感到不解之处，若真是祁彪所为，他一定知道施淳的盗窃栽赃计划，而且知道得很详细。此外，要准备一根长而粗的弩箭，还要有一件阻挡鲜血喷溅到身上的外衣，当然这些东西很容易找到。

“据祁彪所述，他在出门散步时听到了施淳的惨叫，随即赶到樱桃园，当时我们也刚从西面山壁的煮酒别墅下来。其实仔细想想，祁彪完全有行凶的时间，若在施淳离开祁家后，祁彪便随后跟踪，待他走到樱桃园门口时便迅速上前，一击致命。面对一个能徒手搏虎的人，手脚笨拙的施淳全无招架之力，他发出的惨叫是真的，也许在他的计划里，打碎酒瓶后还会高喊几句‘公子，怎么是你’之类的话以加大星河的嫌疑，但此时他什么也喊不出来了。

“杀死施淳的祁彪迅速处理掉染血的外衣，也许是扔进水渠，也许是浅埋于土中，然后躲在园门外的矮树丛里，静静等待星河赶来。当星河出现时，他绝不会贸然现身，等我们从西边赶到，而星河又尚未和我们解释时，他才肯装作刚刚赶来的样子跑进樱桃园大门。如果没有我们这两个客人，他一定会在星河视线死角等二度分兵的夜巡队员赶来，假称忌惮猎犀弩的威力不敢轻易现身，只好等待援兵。”

“而心慌意乱的夜巡队就会像找到主心骨一样唯其命是从。”莫文道，“真像在做游戏！施淳利用了星河的脾性，祁彪利用了施淳的计划，夜巡队素来敬畏祁彪，对他有一种本能的信任，而且在酒窖发现玛瑙珠和脚印本就使他们对星河有所怀疑，当看到樱桃园中的场景时，任谁都不会再细想了。”

“倒不像是商量好的。”探春道，“施淳欠了大笔的赌债，倒是有盗酒的动机，可他怎么会有闲钱购买皓月瓶？他又是怎么想到水车吊线这个方法的？这需要计算水的流速、绳索的长度和韧度，还有替换垫脚石的形状和承受的力道，可星河说过施淳这家伙连账都不会算。”

“你的意思是……有人在为他提供钱财和计划？”莫文道，“是祁彪！不然他怎么会处处利用施淳的安排？”

探春摇摇头：“这种可能不是没有，但是祁彪为什么要这么做？杀死施淳，除了为阿萱泄愤之外，他还能得到什么？而且他和施淳素有矛盾，施淳去找阿萱签字恐怕都心惊胆战，怎么会心甘情愿听祁彪的话？祁彪的猎物只有施淳，除掉星河对他并没有什么好处，只会使琼花谷一蹶不振，栽赃星河不过是顺势而为罢了，毕竟施淳安排下的所有证据都指向星河，祁彪一介武夫，也很难想到更高明的法子。”

“那你认为……”

“有人先为施淳提供了一个复杂的盗酒栽赃的计划，又把这个计划向祁彪全盘托出。”

“那这个人是谁？”莫文不解。

“去水车旁边守着吧，凶手要为施淳收拾残局，只有今晚了。”

“别动。”探春伸手按住躲在树丛中的莫文，声如蚊蚋，生怕被水车旁的祁彪听见，但山涧水淙淙如漱玉，满头冷汗的祁彪也顾不得其他，只是红着一双眼，埋头奋力撕扯缠绕在水车上的钓线，不时有噼啪的断裂声传入探春耳孔，令她心惊肉跳，死死拽着莫文的衣袖：“我后悔了，我们不该来，他是个力举万钧的杀人犯。”

莫文拍拍她的手背微微一笑，自树丛中悠然踱出，轻咳一声。

祁彪肩膀倏地一缩，骇然转身，与莫文四目相对，半晌无语。

“谁把施淳的计划告诉你的？”莫文微笑着问。

祁彪瞳孔一收，不自禁地倒退一步。

“两瓶真正的‘君莫笑’藏在哪里？”莫文继续问。

祁彪咬了咬牙，冷冷发笑，两眼如鹰，四处逡巡。

“为什么杀掉施淳？为什么陷害星河？那位阿萱姑娘在其中扮演着什么角色？”

“不关她的事，她只是太可怜了，险些遭施淳玷污……”祁彪终于开口。

“你已经教训过他了，事情过去这么久，为什么突然要杀了他？”莫文眉头微皱，周身散发出一种令人难以抗拒的气场，令躲在树后的探春心头一乱。

“阿萱遭到施淳的威胁，把自己的首饰都当了去为他还债。”祁彪声音阴冷，令人不寒而栗。

“威胁？为什么？”莫文不急不缓地问。

“不便说。”祁彪回过头去。

“让我猜猜……施淳和阿萱密切接触，唯有那次酒后乱性，莫不是他看到了阿萱姑娘身上什么了不得的东西……”莫文放慢了语速，循循相诱。

“你……”祁彪眼中显出几分惊恐。

“是文身、伤疤还是随身的配饰、小衣，只要大张旗鼓地检查一番，定会水落石出。”莫文邪邪地一笑，挑衅地看着祁彪。

“文身。”祁彪踌躇半晌，沉声道，“属于佛朗斯牙官妓的文身。”

莫文微微惊讶，道：“原来如此，这施淳倒也该杀。想来是阿萱的油水已被他榨得干干净净，否则他也不会如此大胆，去偷王室预订的酒。”

“是啊！”祁彪喃喃道，“他欠下八十万的赌债，偏有个热那亚商人愿出一百万钱来尝尝被真真国王赞为‘天下无双’的美酒，真是上天赐予的机缘。”

“是上天赐予你的机缘吧。”莫文冷笑，“有没有觉得对不起星河？”

“是有一些吧，不过这孩子常年混迹宫廷，早被王公贵族间的虚与委蛇磨得狡狯圆滑。”祁彪思及晚间咄咄逼人，脸色微微发红。

“其实啊，既然知道了施淳的计划，你完全有更妥帖的办法杀死他，比如……在他布置水车机关时制造一场意外。”莫文道，“涧水看似清浅，实则深浅不一，且流速极快，暗潮汹涌，转弯、支流处多有旋涡，施淳若‘失足’跌入水中‘溺死’也不是不可能，你要制造的只有一个滑倒的脚印罢了，哪需要把星河也搭上？”

“妙计。”祁彪苦笑，“我没这么多心思，只好按着他安排的计划来。”

“这个‘他’是谁？”

“不清楚，他的身份、相貌我都不了解，不过他的声音很好听，柔柔软软的，像个十八九岁的男孩子，还是读过很多书，温文尔雅，极受父母疼爱的那种孩子，却不料有如此心机。”祁彪说着一笑，忽然冷冷道，“巡捕大人，你既与星河相熟，应该知道我的深浅，你觉得凭你的本事能拿下我吗？”

树后的探春心猛地被揪紧，施淳被钉在树上的惨状令她心有余悸，此刻只一心盼着莫文松口服软，任祁彪逃走。

莫文笑了笑：“你若逃了，阿萱怎么办？明天一早人人都会知道你祁先生为阿萱杀了人，若闹将起来，我可不敢保证她的身份不被拆穿。”

祁彪不语。

“自首吧。”莫文劝道。

“其实，我若在此杀了你，此事便不会再有人知道。”祁彪冷然道。

探春手一攥拳，怀中的小悟险些叫出声来，探春手忙脚乱地捂住它的嘴，搔搔它的下巴，小悟舒服地翻了个身，又睡着了。

“你若真想杀我，就不会听我讲这许多废话了。”莫文一笑，袖口上翻，露出手中的火铳，“你站在水里，我站在岸上，你腾空凌跃阻力不小，而我的铅弹早上了膛，方才你若突然发难，此时我只有替你收尸了。当然，凭你的轻身功夫，若一心要走，我也未必留得住你。”

祁彪幽幽一叹：“你想怎样？”

莫文道：“现在，离开山谷，无论是到山阳镇自首，还是逃之夭夭浪迹天涯，我都不会管你。”

“你会这么好心？”

“我无意把你逼入绝境，但我必须洗脱星河的嫌疑，无论你自首还是‘畏罪潜逃’，我的事都好办得多。我会托星河照顾阿萱，还会请名医除掉她的文身。”莫文郑重道。

“笑话，官妓文身深入肌理，岂是说除就能除掉的？”祁彪惨然道。

“噢，你看过她的文身？”

“没有！”祁彪愤然道。

“那不试试怎么知道？放心，我会请世上最好的女神医来治。”

“好，信你一回。”祁彪冷笑一声，“树后的姑娘出来吧，我的血衣就埋在樱桃园外的树丛下，找‘君莫笑’就去蓝莓园吧！”说罢纵身跃起，在涧水对岸几个腾挪，便消失了身影。

“你怎么来了？”阿萱看着站在门口的少年，慌乱地问。

“嘿嘿，事情有些难办。”那少年笑道。

“出什么事了？你不是说有办法帮我得到酒庄吗？”阿萱有些恼怒。

“嗯……谁知道他们会来啊，不好好在都城待着，跑到这穷乡僻壤来坏我的好事。”少年嘟囔着说。

“计划失败了？”阿萱有些恼怒。

“呵呵，有些意外。”

“意外？为了你的计划，为了你的借尸还魂，我把脸都变成了祁彪亡妻的样子！你知道我每天照镜子时心里多痛！你一句意外就……”

“好啦，人算不如天算嘛，那两个皓月瓶还是我花钱买的呢。”少年懒懒地说。

“也就是说，你没办法帮我做掉星河了？”阿萱脸涨得通红。

“好事多磨，你也无须着急，只要别让他看到你的文身，事情便有转机。明天或者后天，星河会带着那两位客人去东山打猎，深山老林里，我们的机会多得是，只要别伤了那两位客人便好。”少年拍拍她的肩膀，将一个高不足寸的小瓶放在阿萱手心里，安慰道，“公主殿下，你们筑玉国的内斗我不想多问，我只希望天亮之前，这两颗药丸能顺利地融进美味的‘君莫笑’里。”

“这是……”阿萱有些害怕。

“毒药啊。”少年轻描淡写地说。

“你到底是谁？你知道这药一旦下入‘君莫笑’，害死的都是些什么人？你和真真国王室有什么仇？”阿萱颤声问道。

“你猜。”少年舔了舔尖尖的虎牙，笑得温和高贵。

第十章 古墓埋藏暗箭深

探春小心翼翼地抖着缰绳，双脚牢牢踏住马镫，轻轻夹着马腹，眼中隐隐含着一丝兴奋。她骑的是一匹还未长成的桃花马，生得小巧可爱，通体桃红色的纤细长毛，走起路来不急不缓，颇有几分怡然自得的雅士风度。

“咱们是出来打猎的，不是散步啊！”星河奋力勒着胯下矫健狂躁的青鬃马说，“郡主姐姐，快点儿成不？这都未时了！”那青鬃马束手束脚撒不开腿，也凶狠地一回头，呼哧呼哧喘着粗气，愤怒地盯着娇小圆润的桃花马。

“怪谁啊？”莫文幸灾乐祸地瞧着星河道，“马是你挑的。”

原来星河与莫文在马厩辛苦挑选了一早上，才选中这么一匹温和驯顺的小马驹给初次骑马的探春。说也奇怪，这小马一见探春，便忽闪着亮晶晶的大眼睛，低着头直往她怀里蹭，探春被拱得咯咯直笑，伸手去抚摸它头顶的鬃毛，小悟却呼的一声跳到马头上，伸出黑黝黝的肉垫拍个不停。

“这年头，连猫都会吃醋。”莫文轻轻驾着自己的三花老马，伸手将小悟抄在怀里，点了点它的鼻子。小悟愤怒地挥起肉垫揉了揉脸，打了两个喷嚏，噌地亮出爪子，莫文嘿嘿笑了两声，将小悟放在探春鞍前。

探春绾着倭堕髻，也不戴什么珠翠首饰，上身穿了一件月白色圆领窄袖襦，下穿一条藕色绫子缚袴，散着裤脚，脚蹬一双乌皮小靴，虽说是活脱脱的塞北胡儿扮相，却像小孩子似的万分紧张地攥着缰绳说："马都是有脾气的，急不得，快不得……"那桃花马似乎懂得主人的心思，撩起眼皮瞟了青鬃马一眼，走得更慢了，趴在鞍前的小悟只觉得像卧在摇篮里一样，竟轻轻打起鼾来。

莫文勒住了三花马，与探春并辔而行，见她鼻尖上渗出细细的汗珠，不觉心疼道："要不要休息一下？"

"不用了，你瞧他。"探春用下巴一指星河。

莫文抬眼看去，只见星河一边吃力地与青鬃马较劲，一边嘟嘟囔囔地爆粗口，不由摇了摇头："琼花谷出了这么大的事，他心情自然不爽。"说着抬头看了看无边无沿遮天蔽日的古树，"不过这地方离酒庄甚远，山深林密，人迹罕至，难保有什么野兽出没，真撒开了缰纵马狂奔也不安全，让他悠着点也好。"

"野兽出没？这山里没人住吗？"

莫文道："可曾听过'渭水桥边不见人，摩挲高冢卧麒麟。千秋万古功名骨，化作咸阳原上尘'？"

探春笑了笑："是闲闲老人的诗吗？中国还有一句俗话叫'咸阳原上埋皇上'，难道这山是真真国的'咸阳原'？"

"不错。"莫文点头，"传说这琼花谷外的白鹿山是千年前古国王陵所在，周遭还有不少贤臣猛将陪陵而葬，因此阴气极重，千百年来从未有人在山中居住，我们所走的这条小路翻山而过，直通山后的白鹿村，星河酒庄的伙计有六七成是村里的娃娃，有些性子野的偷偷钻到山里玩，还捡到过古代铜币。"

探春点了点头，听着飒飒山风，心中竟涌起一股浓浓的敬畏之感，忙深吸两口气，大着胆子一抖缰绳，桃花马欢快地小跑几步，追到星河身边。星河却轻轻一摆手，"嘘"了一声，抬起弩箭，指着远处一棵老槐树下的矮树丛道："那儿有只狐狸！"

探春定睛去看，只见那荫蔽于树荫下的矮树丛簌簌晃动，几道光束透过树冠打在矮树丛里，隐约可见一团褐色的毛茸茸的东西探出头来，尖尖的嘴似乎在嚼着什么，一动一动的倒有几分可爱。探春还未说话，星河的箭已出了匣。

探春"啊哟"一声，忙伸手去拉星河的手腕，箭已离弦，"嗖"的一声如流星般向树丛中射去。那缩在树丛中的狐狸却极灵巧，后腿在地上一蹬，轻松避开箭枝，衔着一块骨头似的东西飞也似的蹿入密林深处了，星河放出蹲在肩上的猎隼，却只抓回两簇短短的绒毛。

"真扫兴，一定是山风把我的箭吹偏了，这里风大。"星河红着脸撇了撇嘴，纵马踏过清浅的小溪，去拔钉在树上的箭。

莫文催马上前，揉了揉探春的头发，又递上一顶风帽说：“这里风大，潮气也重，来戴上。”

探春伸手接过帽子，莫文又道：“不过，你是来打猎还是来放生啊？星河心情不好，他想打什么你就让他打嘛，就当是哄哄孩子吧。”

探春哼了一声，指了指挂在星河鞍后肥壮的小野猪、硕大的老黄羊和几只五颜六色的野鸡：“这还不够吗，他喂老虎啊？”说着轻轻一抖缰绳，催马向前走，那桃花马似乎有些紧张，轻轻嘶叫了两声，回头瞧着探春。

“这马怎么啦？”莫文伸手抚了抚桃花马的鬃毛。

“我的妈！这啥？”远处的星河又开始爆粗口，那匹暴躁的青鬃马也唏律律一阵咆哮，猎隼一抖翅膀直接飞到莫文怀里，浑身的毛都炸了起来，活像一只受了惊的胖鹌鹑，树林里隐隐约约传来几声布谷鸟叫，像是在嘲笑着胆小的猎隼。

探春听着远处的鸟鸣，眉头微蹙，似是觉得有什么不妥，但又见那猎隼瑟瑟发抖的样子实在惹人怜爱，忍不住伸手搔了搔它的下巴说：“这家伙也是第一次打猎吗？”马鞍上的小悟喵了一声，也仰起下巴给探春。

“不会啊。”莫文戳着猎隼的头道，“星河说这家伙半年前就孵出来了，虽然一直和鹦鹉养在一起，但星河带它出去打过麻雀，还捉过蝈蝈……”

探春无奈地说：“猎隼会捉蝈蝈吗？这果然是鹌鹑吧？”正说着，只见远处的星河奋力勒住马，高声叫道：“诠哥快来啊！有死人！”

“怎么回事？”莫文迅速环视周遭，未见异常，一手从靴筒里抽出铜柄龙吞精钢匕首，一手将猎隼放在探春鞍后，抖缰绳跑上前去。

方才狐狸藏身的树丛边躺着一具僵硬的男尸，看年纪还不满二十岁，头上破旧的风帽歪在一边，露出褐色的卷发，一身粗布短衣洗得发白，一只袖子袖口用系带系紧，一只散着，赤脚穿麻鞋，趾间尽是尘土草屑，一个赭色织金线的哆罗呢包袱丢在手边，看上去颇有分量。这少年身躯蜷起，脸色发青，牙关紧闭，嘴唇呈淡紫色，虽有半幅帽裙耷拉着遮住脸颊，狰狞之色犹令人胆寒。

莫文跳下马，伸指探他颈脉：“断气至少五个时辰，已经死透了，看样子应该是中毒。”

“什么毒这么可怕？”星河挺着一丈来长的双股猎叉，两腿紧紧夹住青鬃马，远远躲在一边探头探脑地说，“他脸都变色了。”

“也许是蛇蝎之类的吧。”莫文道。

“可是伤口在哪？”探春催马上前，望了望死去少年的腿脚。

“先别管伤口，你看这些。”莫文翻动少年的尸体，只见他尸身下压着些凌乱的细小树枝，树枝上躺着一张短弩，弩匣里满满的三棱倒刺箭，腰间还挂着一把短刀。莫文抽刀出鞘，见这刀虽不名贵，但锋利无比，两道凹槽里隐隐透着血腥。

“这是杀过人的刀。”莫文神色凝重，还刀入鞘，放回少年尸体旁。

“星河，把那个包袱拿来。”探春眯起眼睛，指着死去少年手上的包袱说。

星河吞了口唾沫说：“不要，万一咬死他的东西还藏在包袱里怎么办？”说着一抖缰绳，拨马躲到莫文身后，那匹暴烈的青鬃马也乖乖地任由星河摆布。

莫文嘴角抽搐几下说：“小鬼，你不仗义。”

小悟“喵”了一声，伸了个懒腰跳下马背，三蹿两蹿跃到尸体旁，亮出小爪子三刨两刨，便解开紧紧束扎的结。

“郡主姐姐，这猫给我吧，太可爱了。”星河道。

小悟甩了甩头，翘着尾巴走开了。

星河撇撇嘴，用钢叉挑开包袱，只见二十根成色绝好的蒜条金用绸带系着，整齐地码放在包袱里，旁边是一只白瓷小药瓶，药瓶下压着一张字条。

“哇！好多金子！”星河登时呆住了。

“事情不对劲。”探春一皱眉道，“纸条上写的什么字？”

莫文拈起纸条，粗略一看：“吾妻素有咳喘之症，需隔日服食此瓶中药丸，特与赎金一同奉上，乞请大王……咦，赎金？是绑架案哦！”

“看来是哪个有钱人家的太太被绑架了，这个人是去送赎金的。”星河道。

“不对，这条山路连接琼花谷酒庄和白鹿村，中途杳无人烟，我们这些天就住在你的酒庄，那儿并没有什么女眷，所以遭劫的只可能是白鹿村的富户。如果死者是穿过山路去送赎金的话……难不成绑匪藏在你的酒庄里？”探春道。

星河挠挠头说：“这当然不可能啦……”

“你再看他这身衣裳，能拿出二十根蒜条金的人家，怎么会有穿成这副德行的下人？还有，包金条的是牙色绸里织金线的赭色哆罗呢包袱皮，好家伙，这东西我家都没几张。”

“老婆，你家好有钱！”莫文闪着蓝幽幽的大眼睛瞧着探春说，“不过白鹿村闭塞偏僻，村民安逸清贫，如此财大气粗的只有姜家，姜玄这个人你知道吧，星河？”

“知道啊，孟堂将军府曾经的大管家，他年纪不小了吧？”

莫文冷笑道：“老家伙足有七十开外了，此人才智卓绝，心狠手辣，着实是个难缠的对手。自从他离开将军府后，孟堂的管家换了三五茬，再没一个令我感到头疼的狠角色。”

“这么说被绑架的是这个姜玄的夫人？”探春问道。

“可我听说姜玄自原配妻子死后便向孟堂告病回乡，此后再未娶妻，也许被绑架的是他的儿媳。”莫文迟疑地说，“但是这纸条上的笔迹确实是姜玄的……”

“笔迹且不说，这字苍劲老辣，力道惊人，少说有五六十年的功力。”探春道，“我想这纸条上患有咳喘之症的‘吾妻’应该是姜玄的续弦，死者则是负责取回赎金的绑匪。既然这个姜玄不是易与之辈，那么绑走他的夫人就绝非一两个毛贼草寇所能办到，或许姜家内部有绑匪的内应。

“绑匪将姜夫人绑架之后，多半会命姜家人把赎金放到山里的某个地方——比如小路第几个转角的石头下或是树枝上等——再命一个无足轻重的小喽啰趁夜去取回来。依我看，现在这些绑匪十有八九正躲在白鹿山里。”探春望着隐没在远处密林中的小路说，“此处山高林密，几处地穴山洞总是有的，那正是藏匿人质的绝佳……”

话音未落，“嗖”的一声，一支长箭破空而来，直挺挺钉在星河小腹上，星河“哇”地惨叫一声，一头撞下马去。莫文、探春乍逢激变，一时没回过神来，好在星河机灵冷静，凌空一侧身，甩手将钢叉刺在马身后的树干上，手肘在叉杆上一借力，使左肩着地，又侧身一滚避开马蹄，低头一看，见那长箭已刺入腹中。星河也有些狠劲，也顾不得疼痛，当下便伸手将箭拔出，箭镞上的倒刺挂起一溜血花，伤口处汩汩涌出鲜血。探春见如此惨状，几欲晕倒。

星河痛得打了几个滚，正要挣扎，“嗖”的一声，又一支短箭射穿了他的小臂，将他钉在地上。“怎……怎么回……”星河痛得说不出话，只捂着伤口颤抖不止。那只猎隼吓得喳喳直叫，刚扑腾着翅膀从探春鞍上飞起，早被一支短箭射穿了喉咙。

那三匹马哪见过这等场面，早扬着前蹄咆哮起来，探春手足无措，被桃花马掀出一丈多远。所幸莫文早早下了马，纵身一跃，长伸双手飞扑出去，一把接住探春，却被短草土石把小臂划得血肉模糊，小悟喵喵惊叫几声，一头钻进探春怀里。

“你没事吧……哎？”莫文抱住探春坐起身来，吸着凉气要去看星河，却猛觉颈间冰凉刺骨，低头看去，见一柄白森森的长刀横在颔下，一个瘦小的獠牙男子攥着刀柄，恶狠狠瞪着莫文，厉声问道：“你们是什么人？”

探春心突突跳个不停，双手紧紧抱着莫文的手臂，颤声道："我们是来打猎的……啊！"话没说完，便觉衣领被一股霸道的蛮力猛地一扯，不由自主地向后仰去，探春双眼向上一瞟，只看见一个红脸汉子正狞笑着盯着自己。这大汉身躯雄壮，比莫文还要高出两头，上身穿敝旧的粗布短褐，下身裈裤短靴，手指上却戴着一只镶嵌硕大南红玛瑙的锻银戒指，包浆古朴，足有千年岁月，腰间悬着一柄粗糙的大刀，刀背厚近一寸，最惹眼的则是那满脸刀疤，如蜈蚣般横七竖八绞拧一处，令人心惊肉跳。

探春被他揪住衣领，一时间挣扎不得，小悟"喵"地嘶叫一声，飞身跃起，一口咬在那刀疤汉子手上。那大汉负痛怒喝："小畜生！"狠狠一拳打在小悟软肋，小悟惨嘶一声，跌在探春脚边不动了。

刀疤冷笑一声，扼住探春咽喉，在她颈侧一嗅道："好香啊。"

探春紧闭双眼，心道：无怪乎当年妙玉一心求死，这般情状，比死了痛苦百倍。思及此处，身子不禁微微战栗起来。

莫文眼神一寒，双指如电，按在颈间长刀上，那獠牙男子一愣，只觉一股难以抗拒的大力骤然袭来，长刀顿时脱手而出，飞上半空去了。莫文正要伸手接刀，却听探春嘶声高叫："别动！"

莫文一怔，"当啷"一声，长刀落地，獠牙男子退出五六步，难以置信地瞪着莫文。

"姑娘，我很好奇，你为什么叫他别动，看样子我这兄弟绝不是他的对手。"刀疤伸手捏住探春的下巴，指尖粗糙的老茧刮得她嫩脸生疼。

"你们的袭击以箭为先锋，但你们两人都未带弓弩。"探春忍痛道。

"还有埋伏？"莫文四下打量，猛然发现不远处一个老桦树上隐约闪烁寒光。

"埋伏不止一个。"探春道，"射伤星河的箭一长一短，时间间隔很近，应该是不同的人射出的。"

"哈哈，姑娘果然聪明。"刀疤哈哈一笑，伸手打个响指，狭路两侧的老树上陆续跳下三个灰衣男子，为首一人身材颀长，白面短须，戴一顶阔缘帽，穿一身整洁紧利的灰布窄袖袍，左手持一张油亮厚重的柘木长弓，右手戴一只宝光四射的镶翠戒指，面戴黑色眼罩，正眯着灰蓝色的独眼玩味地望着探春。另有两人都是不满二十岁的少年，一个粗壮如牛，满脸横肉，一个瘦小如猴，缩头缩脑，二人衣着装扮都和死去的少年相差无几，手中各持一张短弩。

莫文冷汗涔涔，又望了星河一眼，见他脸色惨白，冷汗津津，小腹上一箭虽被牛皮腰带所阻，仍入肉一寸，浅蓝色的衣襟已被染得通红。

莫文惊骇地望着手持长弓的独眼男子，暗暗后怕：这一箭力道着实不弱，那牛皮带厚度不亚于皮甲，他竟能在二百步开外一箭射透，如果星河今日束了锦带，早去见阎王了，我方才若贸然发难，此刻还不知是何等光景。

刀疤一手扼住探春咽喉，一手掣刀出鞘，粗狂地咧开血盆大口，哈哈大笑："想不到出门找人，竟能碰到油水这么足的肥羊。"

独眼走到死去少年身边，在他周身上下仔细检查一番，冲刀疤摇摇头道："没救了，少说死了五个时辰了。"

刀疤疑道："怎么好端端就死了？"

"看这里。"独眼抬起少年的脚说，"脚趾上有毒蛇的牙印。"

刀疤眯眼望去一瞧，果然在那少年脚趾上有两个暗红色的小孔。

独眼叹了口气："也是这孩子命苦，大笔金子刚刚入手，竟糊里糊涂地被蛇咬死。"说着站起身来，掏出手帕擦了擦手，拾起金条和药瓶，慢慢踱到莫文面前，微笑着说，"我们只为求财，不伤人命，三位险些儿断了兄弟的财路，这笔账怎么个算法？"

莫文焦急地望了探春一眼，抱拳道："几位求财，我们只求个平安，不如……"

"不如你先放下匕首！"刀疤扼紧了探春的咽喉，厉声喝道。

"好，好，你别伤害她。"莫文一面答应着，一边俯身把匕首放在地上。

"对，很好。其实我倒不想要你们的命。"刀疤大声笑道，"不过你们不但猜到了老子绑的是谁，还瞧见了爷儿几个的脸，我是真不敢放人，对吧，老三？"

"不错。"独眼一咬嘴唇，点了点头。

莫文暗暗咬牙，知道自己脱身不难，但要带走探春和星河几乎绝无可能，只好赔笑道："咱们有话好说，切勿伤了和气。我们是琼花谷的人，几位也该知道，姜家那几文钱比起琼花谷酒庄来，简直是九牛一毛。"

此言一出，众匪眼睛都是一亮，那瘦小少年凑到刀疤耳边说："大哥，那个被三哥一箭撂倒的小子我见过，好像是琼花谷的主人，这可是笔送上门的大买卖！"

"琼花谷……哈哈，琼花谷，真真国最大的酒庄！"刀疤望着痛苦挣扎的星河，眼都红了，"这几只肥羊浑身都是金羊毛啊！"

独眼也附和道："大哥，这是一笔意外横财，就这么杀了也可惜，不如先把人绑回去，再商量下一步怎么办。"

刀疤哈哈一笑，对莫文道："我看不如这样，把这两人留在山里，你回去取钱，如何……”一语未毕，猛地一把将探春抛给那粗壮少年，自己迅速欺身而上，一记手刀砍在莫文颈侧。莫文正盘算怎么讨价还价，哪想到刀疤骤然发难，只觉一阵剧痛自脖颈传遍全身，头脑也是一阵眩晕，踉踉跄跄跌在地上，隐约听见探春哭叫，心中暗道：这花脸牲口真他娘的黑！

獠牙怒吼着扑上前来，一脚踏住莫文胸口，抬手便是两个耳光，莫文吐出几口血沫，顿时清醒了不少。

刀疤冷笑一声，像抓小鸡似的提起莫文，狞声道：“小东西，跟老子耍心眼，你还嫩点。”又招呼獠牙道，“老四老五，去挖个坑把老六埋了！老二老三去把那几匹马牵来，看品相还都不错，哈哈。”

众绑匪的巢穴远离山路，藏在枝丫横生的密林深处，这一路走来，探春直累得簌簌发抖，大汗淋漓，只好紧紧抱住怀里昏迷不醒的小悟，咬着牙一声不吭。背着星河的莫文忍无可忍，高声道：“是爷们儿的就让出一匹马来给姑娘骑！”坐在三花马上的刀疤回头冷笑道：“不必骑了，已经到了。”

走在最前面的独眼勒住马，一扬手扔出一把钥匙，吩咐道：“老五去开门。”

胖子老五灵活地紧走几步，抬手接住钥匙，吭哧吭哧地挪开铺在一棵老柏树下的断枝落叶，一条通向地下的斜坡露了出来。

探春暗暗吃惊：这伙贼人的巢穴竟在地下？难道是……

刀疤甩镫下马，看着喘息不已的探春道：“这小娘们儿倒也俊俏，不知能换多少根金条，哈！”

独眼忙道：“这种事情还是速战速决的好，不如先从三位贵客身上各取一件东西吧。”说着一伸手摘下探春头上的风帽。

獠牙狞笑一声，手起刀落，削下莫文脑后一缕头发，又扯下星河腰间的嵌宝牛皮带道：“还用老办法吗，老三？”

“没错。”独眼老三慢悠悠下了马，转着探春的风帽，抬手一指星河，“他的伤口还没愈合吧，用来写血书再好不过了。”

“畜生……”星河贴在莫文背上瑟瑟发抖，咬着牙说，“丧尽天良！”

莫文本想挣扎，但獠牙的刀一直架在他脖子上，只好强压怒火，无奈地听着星河发出一阵声嘶力竭的惨叫。

“姑娘，你看爷这几个字有几年功力啊？哈哈！”独眼晃着写在风帽上鲜红刺目的血书，轻佻地瞧着探春说。

探春疲倦地背过身子，茫然无措地望着莫文，莫文轻轻眨眨眼，一吐舌头：别怕，有我。

独眼把血书、头发和牛皮腰带交给那排行老五的粗壮少年，吩咐道："骑那匹三花马去，把这三样东西一起扔到酒庄里，你务必躲在暗处看着他们的人把东西捡走，当心别被人发现了，速去速回。"

"放心吧三哥。"老五瓮声瓮气打了包票，牵了三花马，把血书等物塞进马上的兜囊，踏着蒿草树丛钻入密林。

"这回你要了多少？"刀疤不识字，只知道淡紫色的风帽上红通通写了一大篇，不禁难抑兴奋地问刀疤。

"大哥觉得是多少呢？"独眼得意地一笑。

"少说七……八十根金条！"刀疤掂着哆罗呢包袱里的蒜条金说。

"八十根？"獠牙两眼放光，吞了口唾沫，架在莫文颈上的刀也颤了颤，莫文不由得也吞了口唾沫。

"哈哈，我要了一百根！"独眼放肆地大笑。

莫文心中暗暗冷笑：刚死了一个兄弟，竟然开口闭口都是金子，这帮见利忘义的莽汉竟能把姜家女主人绑走？看来姜玄已经老不中用了。

刀疤压下兴奋的心情，挟着探春沿古老青砖砌成的斜坡走入地下，不过百余步便来到两扇雕着衔花走兽的石门边，刀疤伸手一推，厚重的石墓门隆隆打开。探春借自铁栅门处投下的微弱光亮偷眼打量，见这些绑匪的老窝竟是一座古墓，由硕大的青灰色砖石垒砌而成，眼前是一座圆顶方形墓室，东西两侧各有一耳室，都用挂着大铜锁的铁栅门封死。墓室正中有一围屏石榻，一具白骨斜倚榻上，身上的锦袍几乎朽坏殆尽，探春暗自咋舌：怪道他有这样稀罕的宝石戒指，定是从这墓主人手上夺来的，这些铁栅门看上去并不古老，应该是后来改装的。

不多时獠牙老二和瘦子老四押着莫文和星河下到墓底，老四还骂骂咧咧地抱怨星河的血弄脏了他的衣服，故意在星河腹部按了几把，星河本就痛得几欲晕厥，只骂了一声"活畜生"，便彻底昏死过去。

独眼老三提着黄金走在最后，将铁栅门关闭，又用一把厚重的大锁跨过闭合处的两根铁栅，将大门牢牢锁住，才紧走几步，追上獠牙等人。

刚走进墓室，独眼便一拍脑门道："糟了。"

"怎么了？"刀疤急问。

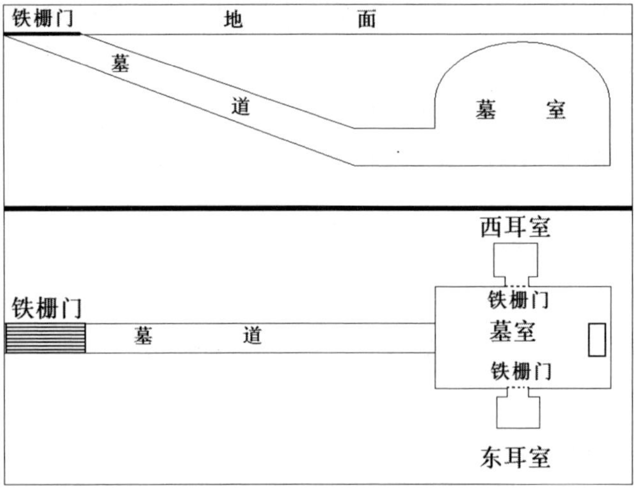

"刚才我把钥匙交给老五让他开门，忘了要回来，老五那孩子脑瓜不灵光，也忘了还我。"

"嗨，眼看太阳就下山了，琼花谷也不算很远，赶明儿上午他怎么也能回来。"刀疤满不在乎地撇撇嘴，用钥匙打开东侧的耳室的铁栅门，一把将探春推了进去。

獠牙不声不响，重重把莫文往耳室里一摔，莫文龇牙咧嘴吸着凉气咒骂不止，那瘦子老四斥道："少给老子嘀嘀咕咕的！"一把将昏迷的星河丢在莫文身上。

耳室狭小逼仄，远不及主室明亮宽敞，一个身材纤瘦的女人斜倚在砖墙上，探春借微弱光亮望去，见这女子三十一二年纪，穿一身碧绿色长裙，肌肤如雪，头顶高绾单螺髻，插一根黄杨木簪，深褐色的头发软软地垂于腰际，灰蓝色的眸子宛若古井深潭，寒澈幽远。

这女子与探春对视良久，淡淡一笑说："我猜你们比我值钱。"

探春有些意外地问："姜夫人还真淡定，难道不怕他们撕票？"

那女子眉毛一挑："你认得我？"

"她猜的。"独眼一脚踏进耳室，冷笑道，"姜夫人倒是好眼力，这几位少说值一百根金条！"说着一甩手，将随金条一起取回的小药瓶丢到姜夫人怀里，"先吃药吧，小心喘死了。"

"如果他家的奴才一时筹不到黄货，只好拿美酒来换呢？"姜夫人吞下一颗救命的药丸，微笑着问。

独眼一愣，继而恶狠狠地问："你怎么知道他们是谁？"

"除了琼花谷，这方圆五百里还有谁能拿出一百根金条？"姜夫人懒懒抛出一句话，便不再理睬刀疤，长长地打了个哈欠，靠在厚实的草垛上闭目养神。

独眼哼了一声，转身走出耳室。

莫文、探春也无暇他顾，忙扶星河平躺下。星河虽尚未成年，但身材却较一般孩子高大，这一躺下几乎占了半座耳室。莫文解开星河的衣裳，扯下半幅衣襟，为他擦拭肚子上的血迹。探春见星河赤裸了上身，忙转过脸去，轻轻揉小悟的肚子，小悟虚弱地一抬头：“喵……”那姜夫人却从容地瞧着莫文处理伤口，见他将血涂在星河束发的银环上，对着已渐渐黯淡下去的光仔细观看，便说道：“放心，他没中毒。”

莫文见银环未变色，回头问道：“夫人怎么晓得？”

姜夫人道：“血色鲜红，毫无腥臭之气，眼窝、脸颊都未见青黑色，显然是没有中毒的。”

莫文也不再多问，快手快脚地将衣襟裁成布条，仔细包扎了星河小腹及手腕，解下自己的外衣为他盖住上身，又伸手去摸他的额头。

姜夫人道：“他失血过量，是要烧一阵子的，不过我看这孩子体格健壮，一定熬得过去。”

探春道：“看来姜夫人精通医术？”

“不敢当，略懂而已。”

莫文问道：“我听说姜家财力雄厚，护院家丁人数众多，身手也不差，姜夫人怎么会被区区五六个匪徒绑走？”

姜夫人道：“他们事先潜入白鹿村外的六通寺，趁我上香还愿时突然发难，实在防不胜防。而且这伙贼人个个武艺高强且计划周密，我身边丫鬟小厮死伤不少，几个保护我的家丁也全部遇害。”

探春心中一动，似乎觉得哪里有些奇怪。

“你们呢？你们怎么遇到他们的？”姜夫人问。

“遇到？为什么不是处心积虑策划绑架？”莫文眉头一挑，饶有兴趣地问。

姜夫人道：“我这边的钱还没到手，他们没那工夫再去‘处心积虑’，不过这帮匪徒贪得无厌，送到嘴边的肥肉不会不吃……哎呀，有烤肉味！”

原来星河猎获的野猪和黄羊早已被瘦子和獠牙剥皮开膛，上架烘烤，油脂被火燎得毕毕剥剥响个不停，不多时便有阵阵烤肉的香气传入耳室。

姜夫人摸摸肚子道：“也不知什么时辰了，好饿。”说着拍拍手站起身来，提着裙子从星河腿上跨过，走到耳室门前，两手抓住铁栅，冲吃得满嘴流油的绑匪大声叫道：“我饿了，分我一条羊腿！”

四个绑匪齐齐回头看去，见姜夫人把手伸出耳室门外，脸上还露出一副满不在乎的表情，刀疤三人正觉得有些不爽，独眼早从瘦子手边抓起餐刀，切下一条羊腿，站起身来递给姜夫人，姜夫人接过羊腿，又一伸手：“盐巴。”

独眼摇着头笑了笑，又回到火堆旁，拿起一个小纸包，瘦子老四连忙拦住：“三哥，盐巴不多了。”

独眼捏了一小撮盐洒在羊腿上，说道：“今儿得了这么多金子，过几天再去城里买些来就是了。”

刀疤伸出蒲扇似的大手，大块大块撕扯着羊肉说：“不止盐巴，还要买胡椒和孜然，关键是酒，要老毛子那种最辣最烈的酒！”

獠牙一听“酒”字，顿时两眼放光，抖着嘴唇不说话，喉结一动一动，显然在回味不知多久前品尝过的俄国烈酒。

瘦子老四看了看三人，畏畏缩缩地说：“可是……因为上次绑了那个子爵夫人，皇城和附近各镇所有巡捕都在抓我们，我们不是为了逃命才躲进山里的吗？要不是趁那帮盗墓贼火并抢了他们的老窝，咱们现在还窝在山洞里呢，哪敢进城啊……”

“少给老子说丧气话！”刀疤大口咬嚼着羊肉，擦擦嘴角的油，呵斥道，“老子早晚要大摇大摆地离开这鬼地方！”

独眼将一小包盐递给姜夫人，望着刀疤眼神迷离，喃喃道：“是，早晚要离开的。”

姜夫人嗅嗅羊腿，道：“味道还不错，刀。”

“你要做什么？”刀疤警惕地站起身来，獠牙和瘦子也转过脸去，六道目光齐刷刷盯住姜夫人的脸。

“这羊腿太大，我们吃不了。”姜夫人接过独眼递来的粗短的餐刀，切下一大块羊肉，却被刀疤等人吓了一跳，手一松，刀顺着长裙滑落在地，碧绿的裙角沾得满是油污。姜夫人却毫不在意，用裙角仔细擦了擦刀上的尘土，“反正这裙子也不打算要了，回去我就烧了它。”说着又把刀递还给独眼。

探春坐在靠近耳室小门的地方，细细观察四周情况，见几名绑匪兴奋地大呼小叫，扭曲的脸被主室正中的火光映得格外狰狞，倒比石榻上的白骨恐怖几分。主室里凌乱地摆放着几堆干草，彼此距离五六尺远，草堆上铺着兽皮，应该是众匪徒的床铺，西侧耳室里则铺着更为厚实的干草，上面还铺了一张黑色熊皮，应该是匪首刀疤的“寝殿”。整座墓室还算干净，除了墙角堆着众匪早先猎获的一些野鸡野鹿和盛水用的皮囊，几乎没有什么杂物。

姜夫人用纤细的手指将羊腿细细撕开，与探春、莫文分着吃了，莫文摇了摇星河，见他仍昏睡不醒，只得叹了口气，在手帕上沾了水，润了润他的嘴唇。

墓室外已是残月当空，主室的火堆仍熊熊燃烧，

獠牙嘟嘟囔囔地一头倒在草堆兽皮上，不多时便鼾声如雷。刀疤笑道：“平时就八竿子打不出个闷屁，这会儿睡得倒快！”说着摘下獠牙腰间的挎刀，又冲独眼、瘦子一伸手，二人忙不迭地把自己的刀和弓弩、箭囊都递到刀疤手里，刀疤仔细检查了箭支数量，点了点头，带着全部武器走到西边耳室里，用一把挂锁从里面将门锁死，长长伸了个懒腰，倒头便睡。独眼仔细检查了东边耳室的锁，和瘦子睡在火堆旁的草堆兽皮上。

探春连怕带累，不多时就偎在莫文怀里沉沉睡去，莫文小心翼翼地捋了捋探春的头发，轻轻喘息一阵，壮着胆子在她额上轻轻一吻，心嗵嗵跳了半天，见探春酣睡未醒，才轻轻松了口气，又一眼瞧见姜夫人闭着眼睛倚在草堆上，嘴角上挑，似笑非笑，不禁暗自奇怪：这女人倒是镇静得不寻常，一不慌二不急，倒像在自己家似的……哼，不管她，反正现在老婆和星河都不在贼人手里，先养好精神再作打算……

一夜无话。

次日清晨，莫文是被一声惊叫惊醒的，肩膀一抖，探春咚的一声撞在墙上，顿时彻底清醒，怨念地瞪了莫文一眼。莫文伸手扳住耳室门上的铁栏杆，探着头向外望去。

獠牙老二双目紧闭，直挺挺躺在铺着豹皮的草堆上，颈脉上有一道深深的伤口，鲜血浸透了身下的兽皮和草垫，人早已气绝。刀疤在一旁跳着脚大叫：“这他娘的是闹鬼了吗？先是老六，又是老二，怎么接二连三地死人？”

探春眯起眼睛，后退几步倚墙坐下，对莫文道：“第二个哟。”

“也许是第三个。”姜夫人波澜不惊地说。

“为什么？”莫文摸了摸星河的额头，不解地问。

“嗯，瞧那瘦猴小鬼。”姜夫人打了个哈欠，指了指靠在石榻后的瘦子老四。

那边刀疤和独眼急得跳脚，老四却依然安安静静地靠着石榻，手里像是拿着什么东西。

“嚯，难道他也见阎王了？”莫文兴奋地嘀咕。

那边刀疤和独眼也发现了异常，刀疤大步走到石榻边，喝道：“老四，你小子……”说着伸手一推，瘦子身体失去支撑，颓然倒地。刀疤、独眼猛吃一惊，仔细看去，只见老四脸色发青，嘴唇发紫，竟和死在林中的老六如出一辙，唯一不同的是两个细小的蛇牙孔清晰地印在脖子上。

“这……难道墓室里有毒蛇？”独眼瞠目结舌。

“先别管什么毒蛇，你看这是什么？”刀疤面色阴沉，从老四手里抽出一件又尖又长的东西。

“这是……一截肋骨？”独眼奇道，“被磨得又尖又利，像一把匕首。”说着伸手去摸，一个不慎竟被刺破手指。

刀疤的脸抽搐不止，纵横交错的疤痕像几条蜈蚣在翻滚：“哼，我说嘛，所有的铁家伙都在我手里，我正纳闷老二到底是被什么兵刃所杀，想不到竟是这死鬼提供的凶器！”说着一把抓起肋骨匕首，狠狠掷向围屏石榻上缺了一根肋骨的尸骸，那尸骸登时七零八落。

“奇怪。”探春凑到莫文耳边，按着嗓子说，“这种不用棺椁而用石榻，像是数百年前粟特人的葬俗，如果这真是一具在石榻上曝露几百年的古尸，骨头很可能已酥脆至无法打磨……”

“继续看戏吧，姑娘。”姜夫人幽幽地说。

“好啊。”探春微微一笑。

“你们好像一点都不怕。”莫文摇头一笑，“我们是人质啊。”

刀疤满面怒容，狠戾地盯着瘦子的尸首说：“我每天晚上收缴你们的兵器，还不是怕再发生老八为那个俄国娘们儿趁夜砍死老七的窝囊事！谁知道竟然有人用死人骨头杀人！背着我们磨得这么锋利，不知他藏了多久！”

“老四和老二有什么深仇大恨？”独眼不解地问。

“老四已经死了，你叫我问谁去？”刀疤没好气地说。

独眼讨个没趣，也不敢再说话。

“不过，这墓室里怎么会有蛇？”刀疤看了独眼一眼，“知道是怎么回事吗？”

“这……这我怎么会知道？”独眼后退了一步，摆着手说，“难道大哥怀疑我？我又不像天竺人那样会御蛇之术！”

刀疤斜了独眼一眼道：“老二素来警觉，睡觉也浅，就算在睡梦中遇袭也不会毫无反应。虽然骨刀攥在老四手里，但这小子武功低微，怎么可能一击割断老二的喉咙？就算被他偷袭得手，老二又怎么可能毫不挣扎？当时我就睡在东边耳室里，只要老二开口呼救，我立刻就能听到。”

独眼后退一步：“难……难道大哥怀疑我？”

“怀疑谈不上，只是有些不明白罢了。”刀疤死死盯着独眼说，“睡在主室里的三个人，一夜之间死了两个。”

“那……那要这样说，所有兵刃都在大哥那里，东西耳室的钥匙也在你手里，你完全可能趁夜出来……”

“你敢怀疑老子？”刀疤跳了起来，“如果是我，就连你一道宰了！”

“不……不是，我想还是在墓室里好好搜一搜，看那条蛇还在不在。”独眼忙道。

“娘的，给老子搜！”刀疤猛地抽出刀，狠狠剁在石榻上，震得整座墓室晃了几晃，石榻上登时多了一条一寸多深的白印。

莫文头皮一阵发麻：幸亏当时没跟他动手。

二人在墓室里好一阵折腾，干草兽皮抖得到处都是，探春嫌恶地捂住口鼻。

突然独眼喊了一声：“在这儿！”接着手起刀落，“铮”的一声，刀疤回头看时，一条半尺来长的小黑蛇分尸两段，死在石榻下。刀疤又赶上来，恶狠狠补了几刀，将那蛇尸剁成肉酱。

探春掩面回首，紧张地在耳室四下打量，莫文见状，贴在探春耳边说：“咱们四个人几乎把耳室塞满了，蛇这东西胆子很小，不会主动进来的。”

探春道：“那蛇会主动攻击人吗？就算急眼了要咬人，它能够着人的脖子吗？”

“那瘦子靠着石榻坐着，蛇躲在那堆骨头的锦袍里……”莫文低声道。

“你杀人之后会乖乖坐在那儿等蛇咬吗？”探春道。

“也许他晕血，杀了人之后腿一软……”

“一跤跌出十来步跌到石榻下吗？”

“看戏吧。”姜夫人幽幽吐了口气，盘腿坐好，暗道：这两人怎么一点都不怕？

探春、莫文莫测高深，闭口不言。

刀疤、独眼又没头没脑地翻找一通，连石榻上的白骨都搅得凌乱不堪。

“娘的，这地方不地道。”刀疤不悦地说。

独眼幽幽地叹了口气说：“先前住在这里的那帮盗墓贼也发生了火并，我们才得以乘虚而入占了这座被改造过的古墓，想不到我们的兄弟也……”

“不是都说这地方风水好吗？那帮盗墓贼住在这儿不就是为了扒人古代国王的祖坟吗？”刀疤恨恨地说，“那天要不是你带头追那只豹子，我们也不会撞进这么个鬼地方。”

“这鬼地方不还给大哥留了一个价值不菲的宝石戒指吗？这颗宝石足足能值……啊……不过……老五怎么还不回来？”独眼见刀疤脸色不善，不禁一阵心慌，忙扯开话题。

刀疤面色凝重，起身看着斜上方洞口投下的阳光，眯起眼说：“已经日上三竿了。”

独眼默默无语。

“只好等了。”刀疤阴恻恻地说。

空荡荡的墓室里只剩下两个活人，各自阴沉着脸远远地坐着不说话，眼睛却都望着放在石榻下的哆罗呢包袱，被锁在耳室的几人也不敢说话，只用眼神和手势传递些琐碎信息。

不知过了多久，独眼终于捂着咕咕直叫的肚子说：“要不……吃些东西吧。”

刀疤重重哼了一声，走到昨天吃剩的烤肉旁，一刀剁下半只小猪，拎回熄灭的火堆旁，一屁股坐在豹皮上，也不顾猪肉冷硬，便撕扯着大快朵颐。

姜夫人也用手拍了拍耳室的铁栅门道：“我们也饿了！”

探春心里默默抱怨：真不经饿，我宁可挨饿也不想激怒那个疤面魔鬼。

刀疤冷冷盯了耳室一眼，还未说话，独眼已站起身来，割了一块猪肉送到耳室门外，姜夫人忙探出手去，小心地把肉捧回，用手捏了捏，嘀咕道：“太硬了，我牙不好，得切薄些，再借刀用用吧。”

独眼把刀递过去，姜夫人仔细地把肉切成薄片，又用手捏着刀面，把刀柄冲外递了出去。独眼接过刀，正要离开，却忽觉手指一阵酥麻，定睛看去，一只褐色的小蜘蛛正趴在褐色的刀柄上，墓中光线昏暗，刚才接刀时竟未瞧见。

独眼顿觉浑身冰凉，半条胳膊已经失去知觉，难以置信地望了姜夫人一眼，跌跌撞撞倒退几步，勉强说出一句：“你……你好毒……”便口吐白沫仰面跌倒，手脚抽搐几下，一命呜呼。

刀疤登时愣住了，含着满嘴嚼得半碎不碎的猪肉，望着独眼的尸体呆坐良久，猛地起身，操刀扑到耳室门外，一把攥住门上铁栅，强压惊怒颤抖着问：“是你杀了他？”

“嗯。”姜夫人从容地看了刀疤一眼说，“现在金子都是你的了，你应该感谢我。”

“老二和老四也是你杀的？”刀疤胸口夸张地一起一伏，显然已经愤怒到极点。

“不是。”

“不是？”

“她没说谎，毕竟她彻夜都被关在东耳室里。”探春仰起脸平静地望着刀疤缓缓开口，“而且，这场绑架案从一开始就是一个圈套，或者说，是一场阴谋。”

“圈套？阴谋？哼……”刀疤眼珠转了几转，想不通探春在说什么。

探春微微一笑：“提议绑架姜夫人的是谁？”

“是老三，可是这又说明什么？姜家财大气粗，拿出二十根金条不在话下，他家又藏在山窝窝里，只要老子扼住这条山路，他们连官都报不了！”

“风险低，收益高，果然很诱人。”探春点点头，“我再问你，是谁指使那小胖子去送勒索信？是谁最后下到墓室，声称墓道口的铁栅已经上锁而钥匙又被那小胖子拿走？”

“是……老三。”

“那又是谁‘发现’了老六死于蛇毒？”

“老三……”刀疤狐疑地看了看独眼的尸体。

“我们发现老六的尸体时，我曾留意过他的脚。”

“哦，为什么？”

“他的死状明显是中毒，他陈尸之处山深林密，潮气甚重且处在风口，因此蜘蛛、毛虫、蝎子等物都不大可能出现，而毒蛇咬人一般都在腿脚上，他又只穿了一双露趾的便鞋，因此被蛇咬死的可能最大——如果他真的死于意外的话。”

“这话是什么意思？”

“我清楚地记得他脚上本来没有伤口。”探春道，“而且当独眼抬起老六的脚时，这两个‘牙孔’周围也未出现黑色血晕。显而易见，他的脚趾刚被刺破不久，刺破脚趾的尖刺也没有毒，而在我们之后接近过死者的只有独眼。”

“那老六怎么死的？老三刺破他的脚做什么？”刀疤有些难以置信。

“我说过，他陈尸之地潮气甚重且处于风口。”

“那又如何？臭婆娘说话痛快些，别给老子吞吞吐吐的！”刀疤眼睛瞪得溜圆，狠狠一脚踢在耳室的铁栅门上。

探春抱紧了强挣扎着要伸爪子挠人的小悟，又向莫文怀里蹭了蹭，继续说：“他衣袖较宽，而且下半截袖子有许多死褶，我猜他的袖子平时常挽至手肘处，没错吧？”

“哼，那又如何？”

“他的死亡时间在四更前后，夜间山风刺骨锥心，他行至此处一定会把袖子放下御寒。我见他袖口处有系带的袖扣子，而且只系住左手边的袖口。”

“这也没什么不对……”

“别忘了这种系带位于手腕处，而且比较短。”探春道，“要系紧左腕的系带，弯回左手根本够不到，而仅用右手也只能拉住系带的一边，所以要拉紧袖口的系带则必须用……”

“用牙！”刀疤道。

“没错，我看他袖口的系带上有被长年牙咬的痕迹，想必他从前也是这样扎系袖口的，如果事先在两只袖口系带都涂上剧毒的话，就能在寒冷的夜晚神不知鬼不觉地夺走他的命。”探春平静地说。

“怪不得他的嘴唇会变成深紫色，原来是这么回事。”莫文嘟囔道。

“独眼老三与死者朝夕相处，觑机下手施毒并不难。”探春道。

“可是……老三根本不会用毒啊，他的箭上也从不涂毒。”

“呵，这个我稍后会说到。”探春神秘地一抬眼皮说。

“少给老子故弄玄虚！”刀疤见探春这副神情，有些恼羞成怒：这些人质个个气定神闲，好像把老子当作小猴般戏耍！明明是他们的命攥在老子手心儿里，怎么好像是老子被这娘们儿牵着鼻子走？

“我想先说说那个小瘦子的死因。”

“他不是被毒蛇……”刀疤一股无名之火霎时化作满腔疑惑。

“这种说辞连你自己都不信吧？否则你这一上午也不会处处提防着独眼。”探春冷笑道：“蛇通常是不会主动袭击人的，就算情急之下张口咬人，一般也会选择细小之处下口，比如手指、脚趾等处，绝不会一口咬在脖子上。你们，不，应该说独眼老三‘发现’那条小蛇后，不等你赶过去便一刀将它挥作两段。按说这并没什么不妥，但那条蛇被斩断后竟一动不动直挺挺躺在地上，若被斩前是活蛇绝不会死得如此干脆，所以这小蛇应该是独眼早就准备好的替死鬼。”

“你的意思是……”

“老四颈上伤口是人为造成，凶手就是独眼老三，凶器多半就是在老六脚趾上刺出蛇牙孔状伤口的物件。”

“是什么？”刀疤伸手攥住铁栅门，急切地问。

“他在老六脚趾上刺出伤口时，在场所有人都未发觉。独眼穿的是一件窄袖灰袍，袖中无法藏匿凶器，如果凶器事先藏在身上的话，事先取出动作太大，事后收回也不好掩藏，这件东西只可能是他原本就戴在手上的。”探春看了看刀疤手上的镶翠戒指。

刀疤愕然起身，快步走到独眼尸身旁，摘下他戴在手上的戒指，仔细端详好一阵，才小心翼翼地用指甲一挑翡翠戒面，薄如蝉翼的空心半球形戒面轻轻抬起，露出两只细小的管状尖刺。

“这……这不是老三的东西，这是绑来这娘们儿的时候，老三从她大拇指上捋下来的！”刀疤头皮一阵发麻，悚然望向姜夫人。

“这种镶有戒面的戒指怎么会戴在拇指上？很明显这是姜夫人提前为独眼预备的杀人工具——女子的拇指和成年男子的中间三根手指粗细近似，若是女子合手的戒指，男子根本无法戴上。所以我早就说，这场绑架案从一开始就是一个圈套。”探春扬眉笑道，“看来姜夫人和独眼还算配合默契。”

“不……这……不对！这东西若是毒的话，老六脚趾的伤口也会出现血晕啊！”刀疤已经有些癫狂，跳着脚质问探春。

“在老六脚趾上制造假伤口时，这戒指原本是没有毒的，姜夫人在你挟持我们回到墓室后才为独眼提供了毒药。”探春看了姜夫人一眼，姜夫人依旧斜倚砖墙坐着，只微微抬头，淡然一笑。

刀疤脸有些抽搐，指着姜夫人咆哮道：“她？不可能！什么时候？”

探春抚着小悟的头说：“那天晚上，姜夫人闻到你们烤肉的香气，便起身走到耳室门边索要食物——耳室狭小拥挤，姜夫人又坐在耳室最内侧，要走出去极不方便，如果是我的话，会劳烦坐在外面的人辛苦一趟。当时独眼老三的动作也有些奇怪：那晚你们四人围着火堆坐在地上，餐刀放在瘦子老四手边，而且背对耳室坐着的老四是离我们最近的，按理说应该由他切下羊肉拿给姜夫人，可独眼竟然在姜夫人话音未落之时，便主动切下一条最肥硕的羊腿，站起身来双手奉上，这未免有些殷勤过头了。我清楚地记得，当时姜夫人和独眼的身体，把交递羊腿的双手挡得严严实实——你们正大快朵颐，也无心去看——他们完全有可能在此时传枪递锏，毒药就是借此机会顺利交接到独眼手中的。”

“那……老二和老四都是练武之人，就算在睡梦中也会非常警觉，怎么会无声无息地被老三杀掉！他们稍一挣扎喊叫，我一定会听到。”

“如果你们当时都睡得像死猪一样呢？”

“什么意思？”

“当时姜夫人说一整条羊腿吃不了，用餐刀切下去一块。”

“对，那婆娘毛手毛脚的，还把刀掉在地上。”刀疤道。

“准确地说是掉在姜夫人的裙角，又滚落到地上的，姜夫人还不顾油腻，仔细用裙子擦了擦刀面。”探春看向姜夫人的青色长裙，那长裙一角油渍依然。

“也许姜夫人早在被绑架前就将极强劲的迷药溶淬在裙角，她之所以一直坐在耳室角落，就是因为这里地面上有薄薄的水汽，可以保持裙角的湿润，从而使迷药更好更均匀地沾在刀上。也许你没有注意到，自从姜夫人借刀切肉以后，独眼就再也没用这把餐刀，而且在吃过饭后还用所剩不多的清水仔细清洗过。”

姜夫人幽幽一叹：“涂抹在刀上的药本就不多，就算药性再烈，也不会有多大力道，所以你们饭后并未迅速昏迷，只是当夜睡得更沉而已。”

“你这个毒妇！”刀疤双眼赤红，恶狠狠盯着姜夫人，姜夫人却淡然一笑：“多谢夸奖。”

见刀疤大怒欲狂，探春忙道：“獠牙老二的死应该不用我多说，是独眼用早就磨好的骨刀切开了他的脖子，然后他用戒指里的毒针刺中瘦子的脖子，脖颈处血流速极快，瘦子几乎在瞬间毙命，之后独眼再把他的尸体拖到石椁边，把早准备好的毒蛇尸体放在墓主人几乎朽坏的锦袍里。你们发现瘦子尸体时我曾留意看过，发现他腿下压着几根稻草，从他的‘床铺’到石椁之间也有些稻草零碎散落着，应该就是尸体被拖动时带出的。当然独眼迅速发现了这一问题，在寻找毒蛇时把各位的‘床铺’抖得凌乱不堪，这些散落在石椁边的稻草也不显得那么引人注目了。”

刀疤回头望着靠在石椁上狰狞可怖的瘦子的尸体，狠狠咬了咬牙，又盯着姜夫人道：“这些毒，你怎么带进来的？我记得当初我们把你身上的荷包、耳环、手镯，还有那个看起来最不值钱的该死的戒指全都拿走了，连你身上都仔细搜过了！”

“我想这些毒应该一直藏在夫人的义髻里。”探春道。

“你能看出我带了义髻？我还以为掩饰得很好。”姜夫人有些惊讶。

“呵，夫人受困数日，满头乌发已失去光泽，只有头顶一束发髻油光黑亮，不能不叫人起疑。而且这家伙说你本来戴着手镯、耳环等物，还都比翡翠戒指值钱，显然你出门还愿前打扮得非常讲究，那为什么在头上只别了一根普通的木簪子？当然是因为这东西实在太不值钱，这些绑匪不会把它夺去。”探春笑着说，“它是用来固定义髻的。”

“姑娘好眼力。”姜夫人点头赞叹。

“你好像一点都不怕我。”刀疤双眼赤红，死死盯住姜夫人，浑身微微颤抖，脸上的肌肉也因愤怒而抽搐不止。

“你还不明白吗？”探春无奈地看着刀疤，“命在须臾而不自知，实在可怜。”

“什么？”刀疤一惊，忽觉头脑一阵眩晕，心也跳得飞快，不由自主地扶住铁栅门。

“你应该是中毒最早的。”探春望着怛然失色的刀疤，平静地说，“你说这藏身处是从一伙盗墓贼手里抢来的，对吧？”

“对……”刀疤有些站立不稳。

“这座墓里没有任何陪葬品，显然早已被盗掘一空，既然如此，那枚大如鸽卵的红宝石戒指怎么会好端端戴在墓主人手上？”

“这……”

“这显然是他们故意留给你的，你是绑匪团伙的首领，这种涂满剧毒的极品货色被你收入囊中也是理所当然的。”

“难……难道……”刀疤呼吸开始急促，浑身力气迅速流失。

“还是那句话，这场绑架从一开始就是一个阴谋，盗墓贼火并也是阴谋设计者为把你们引入这座千年古坟而制造的假象——我记得你说过是独眼追猎一只豹子才‘无意中’把你们引到这附近的。”

“为什么……”

“也许姜夫人想借此逃出姜家吧。”探春望着刀疤渐渐断气，又回头看向姜夫人。

姜夫人轻轻舒了一口气：“药性还是烈了些啊，本来想激他斩断铁栅门锁的。”

“刚才拍打铁栅门的时候，你就趁机在铁栅上涂了毒药对吧？”

“哦？姑娘何出此言？”

“你一直坐在耳室最内侧，今天一早却借口讨水喝坐到了铁栅门口，一来是为了方便在门上下毒——这种烈性毒药和戒指上的慢性毒药都是通过皮肤进入人体内的，而且两股药力融合之后才会爆发出令人迅速丧命的剧毒——二来是为了避免我们碰到铁门。”

“说得不错，不过咱们怎么出去？”姜夫人一耸肩问。

探春嘴角一挑，伸手扯下半副衣袖，仔细擦了两条铁栅，搔了搔小悟的下巴。小悟伸了伸懒腰，像没受过伤似的爬起身来，灵活地钻出铁栅门，从刀疤的尸体上叼回了一串钥匙。

“哇，这猫还会装熊？”姜夫人啧啧惊叹。

小悟似乎对“装熊”二字不大满意，用亮如金珀的大圆眼睛瞪了姜夫人一眼，又钻回探春怀里，打个哈欠，选了个舒服的姿势卧下。

“姑娘怎么还不开门？门锁附近没有涂毒。”姜夫人道。

“自然是有些问题想请教夫人。”探春将钥匙交到莫文手里。

“哦？姑娘请问。”姜夫人眉毛一挑，坐直了身子。

“请夫人先把我头上这只蜘蛛收好。”探春指了指在耳室房顶结网的蓝色蜘蛛，“墓底阴湿，普通蜘蛛绝不会在此结网。”

姜夫人站起身来笑道："姑娘还真是目光如炬。"纤手一抬，指尖轻轻碰触蜘蛛的腹部，那蜘蛛竟乖顺地爬到她手背上，"这蜘蛛的毒见血封喉，但三天才吐一小滴。"

"那好，第一个问题，这场绑架的策划者是你还是独眼老三？"

"都不是。"

"那么，你二人各有什么目的？"探春倒是对姜夫人给出的答案毫不惊讶。

"我的目的嘛……姑娘也猜到了，只为从姜家那个吃人的魔窟逃出来。你们既然知道姜家，也该晓得那姜玄的年纪足能做我爹了，可是他……"

"难道这家伙老牛吃嫩草？"莫文瞪大了眼睛说，"我还以为你是姜玄的儿媳。"

"哼，他那些儿女啊，啧啧……"姜夫人苦笑着摇摇头，"为了争夺家产，三番五次对我暗下杀手，我若再不设计脱身，只怕……"

"你完全可以让姜家满门死绝。"探春道。

"罢了，毕竟姜玄对我还不错。"姜夫人叹了口气说。

"夫人没说实话。"

"至少前半段是实话。"

"也罢，那独眼老三为什么要与夫人合作？"

"为了钱，独吞二十根金条，甚至还有更多我不知道的财富。"

"好俗的理由。"探春摇摇头说，"你们是怎么认识的？"

"直到绑架发生前，我们都没有见过面。"

"这么说有人为你们提供了具体的计划，你做的每一件事都是他事先安排好的，刀疤鸠占鹊巢；你出门进香，独眼怂恿刀疤等人伺机绑架；独眼夺取你的戒指以及在古墓中和你一唱一和实施杀人计划，都是他事先谋定的。奇怪的是，既然夫人只为逃出姜家，为什么不在刚刚被绑到此处时就联合独眼下手除掉这些匪徒？"探春指了指姜夫人手中的蜘蛛说，"以你们的手段，这完全可以办到。到时候独眼自去取赎金，你则逃出山林另寻出路，何必在这鬼地方忍饥挨饿？"

莫文也质疑道："我更无法理解的是独眼为什么要费尽心机提前毒杀去取赎金的老六，他完全可以让他和獠牙、瘦子一起去见阎王。"

"我不知道，这都是那位公子的安排，我和独眼也只是按计划执行而已。"姜夫人道，"要明白个中缘由，你也只能去问他本人。"

"我想，他是为了把我们卷进这桩案子。"探春冷笑道，"因为独眼和老六是共犯！"

"嚯哟，连我都吓住了哎！"莫文一手拉拉探春的袖子，一手拍着胸脯说。

“因为独眼老三的目的是向官府缴一份投名状，从而洗脱之前的罪名。夫人说独眼老三是为了钱，可是他们因为先前劫持了一位子爵夫人而遭到官府通缉，不得已遁迹山林，若他这种容貌特别的人拿着大量金银贸然出现在附近市镇，难保不被官差发现。”

“嗯，有道理。不仅要有钱花，还要有命花，劫持子爵夫人的罪名足够把他送上断头台，我真想不通什么样的投名状能把他洗白。”莫文咂着嘴说。

“杀尽劫匪，解救比子爵夫人尊贵百倍的贵人。”探春盯着莫文道。

“救出姜夫人？”莫文抱歉地看了姜夫人一眼说，“抱歉啊，不是看不起您，不过你的身份比起子爵夫人……咦？”

“你还不明白吗？”探春戳了戳莫文的脑袋。

“你是说……救我？”莫文难以置信地指着自己的鼻子嚷道，“不可能！我的身份什么时候暴露的？”

“你的身份？”姜夫人坐直了身子，狐疑地盯着莫文问，“你是什么人？”

探春竖指挡唇，“嘘”了一声说：“夫人还是不知道的好。”

姜夫人淡淡一笑，望了星河一眼说：“能和琼花谷大老板携手出游的，不是皇亲国戚就是豪商巨贾，但比子爵夫人身份高贵的可真没几人。”

莫文的神色极少见地严肃起来：“这么说有人早就知道了我的身份，从而设计了这一连串计划来洗白独眼老三，可这又和老六的死有什么关系？你为什么说他是独眼的同伙？”

“发现老六时，你们的注意都被那一包金条吸引，而忽略了尸体下的一堆明显是人为折断后平平摊放在地上的细碎树枝，还有透过树枝从地下升起淡淡的烟缕。”探春道。

“有人在这里休息过，或者是打算在这里休息。”莫文道，“猎户在山林里常用这种办法过夜：烤熟食物后把火堆移开，在烤热的地面上铺上一层细小的树枝，未散去的热气会通过树枝透上来，躺在上面暖烘烘的非常舒服。你的意思是老六取到金子之后并没有直接赶回古墓，而是在小路旁准备过夜，却因要扎系袖口束带而毒发身亡，对吧？”

“没错，当时星河准备射杀的狐狸埋头在树丛里吃着什么，在逃走时嘴里还叼着一根骨头似的东西，我想应该是老六取回赎金走到事先与独眼约定的地方，烤熟了途中猎获的野鸡或兔子之类，吃过之后又把内脏和骨头丢在一边的树丛里，然后捡了一些细小的树枝铺在火堆处，拉紧了袖口准备小睡片刻，谁知却一睡不醒。”

“我现在只能做出这样的判断：为姜夫人和独眼提供计划的人知道我们今天会进山打猎，并告知独眼我们的身份和他的计划，独眼兴奋紧张之余拉拢了和他一样希望洗白的老六，不知用什么理由哄骗他取回赎金后不要直接回古墓，而是在小路上等什么人，或许是独眼，或许是什么官府中人，不过这只是他为利用老六而开出的空头支票，具体细节我无从知晓，也无须知道。总之老六果然服从了他的安排，在取回赎金后连夜等在路边的树林里，也如他所料用牙拉紧了袖口的系带，但他没有料到的是这个老六太会照顾自己了，不仅要吃饱穿暖，还要舒舒服服地睡一觉。

“直到次日午后，独眼撺掇已等得焦急难耐的众匪徒出来寻找老六，并且在走到小路附近时提议分头寻找，有意无意地把别人派去或劝去其他方向，他自己则直接走到事先与老六商议的等候地点，也就是老六的陈尸之处，等我们出现后，学布谷鸟叫将其他匪徒引来，一起躲在暗处看到了我们识破老六身份的一幕。”

“对哦，我当时好像听到了一声布谷鸟叫。”莫文道，“但你怎么知道那是匪徒的联络信号？”

探春嫌弃地看着莫文道：“你们这些纨绔子弟，真是四体不勤，不识农时。李时珍称布谷鸟‘春暮即啼，夜啼达旦，鸣必向北，至夏尤甚，昼夜不止，其声哀切。田家候之，以兴农事。惟食虫蠹，不能为巢，居他巢生子，冬月则藏蛰’，此时秋凉已重，这山中断不会还有叫得如此欢实的布谷鸟。”

“所以说独眼的计划是……”

“先用老六的尸体引我们入彀，再给众匪一个不得不掳走我们的理由，然后配合姜夫人毒杀獠牙和瘦子——也许还有进一步杀死刀疤的计划，但他还没有来得及实施——然后救我们脱离险境，再告知我们他杀贼从良的意愿，好好表一番功，指望着我们对他感恩戴德，帮他脱去罪名。我想他连姜夫人的命也不想留，毕竟她知道得太多，而且留着她，那些金条说不定还得归还姜家，毕竟身为官家人，我们还是要按律法办事的，就算姜夫人对我们隐瞒了身份，难保不会和他对半分赃。”

姜夫人一怔，摇头苦笑：“我不想留他的命，他也不想留我的命。”

探春道：“姜夫人治哮喘的药是经独眼的手交给你的，若他在里面混一颗有毒的药丸，就这样两天一颗吃下去，总有一天会……”

姜夫人一惊，忙将小药瓶倒个底儿掉，所有药丸都是一样洁白圆润，看不出丝毫破绽。

“让我搞不懂的是，刀疤说过独眼不善施毒，独眼在计划中用到的毒应该都是夫人你提供的，那么这颗毒药他从何处得来？他又怎会知道瓶中毒药的模样？如果他塞进去一颗完全不一样的药丸，夫人吃药时一定会发现的。”

“也许是那位公子安排的吧，他让我趁机毒杀独眼，又让独眼用这种办法毒死我，真是手脚利索不留痕迹。”姜夫人眼中寒光一闪道，“小小年纪便如此歹毒，若长大些可还得了？”

“那这位幕后的公子到底图什么？”莫文忧心忡忡地望了星河一眼。

“看来你已经猜到了。”探春道，“独眼从未为难过我们，但一出手便对星河下杀招，若不是那条牛皮腰带，星河早就一命呜呼了。”

莫文点点头道：“独眼和星河无冤无仇，实在不必对他下杀手，多救下一个人，独眼脱罪的筹码不是更多吗？他这么做只有一个理由：那位公子想要星河的命！但是他一击未中，后来也不敢明着下手，毕竟他自己一心要将功折罪，若被我们看见他故意杀人，这罪名就不好洗清了。”

“说到这里，你想到了谁？”探春问道。

“那天在琼花谷酒庄为祁彪提供杀人计划的人，祁彪说过他是一个十八九岁温文尔雅的公子。”莫文道，“明明有更简单易行的办法让施淳‘意外’死去，他却安排祁彪布下一个烦琐复杂的连环计，并把星河当作其中一环紧紧扣住，显然他的目的根本不是帮助祁彪杀死施淳，而是为了借力打力除掉星河，祁彪不过是他操控的一具玩偶罢了。当日一计不成，此番又出一计，不杀了星河誓不罢休，真够执着。”

探春见星河枕着莫文的腿，身子微微颤抖，眼珠也来回滚动，便说道：“醒了就睁开眼吧，想想什么人和你有这么大的仇。”

星河扁着嘴睁开眼，气呼呼地说：“不知道！”

莫文道：“此人是个年轻的公子，知道我们的身份，而且有钱有势——这整套计划又是盗墓贼又是古粟特珠宝，还有这么一座不知何时被何人盗掘过的古墓，阵仗不可谓不大。”

“或许……此人并不是与星河有仇。”探春道，“杀死星河也许只是他和另一人做的另一笔交易：他帮此人杀死星河，此人帮他做一些别的事情。”

“星河是琼花谷的老板，而真真国皇室用酒都由琼花谷提供。”莫文拍拍星河的脑袋说。

“如果星河死了，琼花谷会归入谁的名下呢？”探春问道。

“我孑然一身，要说勉强沾亲的，只有在筑玉国的远亲了。”星河疲惫地说。

“对了，你身上有没有文身之类的东西？”探春突然问道。

“有啊，我再怎么说也是筑玉国皇室后裔，出生时身上都要文一朵紫色鸢尾花。”星河奇道，“郡主姐姐怎么突然想到这个？”

探春叹了口气，说道：“那天祁彪对我们说出他杀施淳的理由：施淳在强暴阿萱时看到了她身上属于佛朗斯牙官妓的文身，事后还屡屡以此向阿萱勒索钱财，如今想来，那个连祁彪都未曾看过的所谓文身也许根本不属于佛朗斯牙官妓，而是筑玉国皇室。”

“你是说……要杀我的是阿萱？”星河有些难以置信。

“这完全有可能，一来此女来路不明，二来他和祁彪、施淳都有说不清道不明的关系，三来她在酒庄口碑甚佳，如果她获得酒庄继承权，以她的人缘、手段，完全可以顺利独揽大权，成为酒庄的实际掌控者，并且源源不断向真真国王宫输送她酿造的果酒。”探春看了莫文一眼说，“我们的婚期已近，如果星河死了，只怕到时我们的婚宴上就要用阿萱的酒了。”

“或者说是那位公子的酒。”莫文骇然道，“兜了好大一个圈子。”

“你是诠王子？”姜夫人愕然变色，“皇室成员中近期要大婚的只有诠王子！难怪，难怪，区区一个子爵夫人怎能和国王的长子相比？更何况要和他结秦晋之好的是来自中国皇室的南安郡主！”

“既然夫人猜到了，我们也就不藏着掖着了。”莫文道，“你既然在铁栅上涂毒杀死了那个刀疤脸，应该有办法从这鬼地方离开吧？”

“不急。”姜夫人定了定神道，“这伙匪徒中除了独眼都不识字，他写的所谓血书根本不是勒索信，而是求救信，信中详细描述了古墓所在的位置，我想过不多久，发现血书的酒庄伙计就会带着官兵巡捕来救人了，当然在独眼的计划中，是他带着被救出的人质和迟来一步的官兵会合，独占风骚。”

“那去送信的小胖子呢？”莫文问道。

探春道：“我想独眼早就在马鞍上藏了毒针之类的利器，当他牵着马穿过密林走上小路时一定会骑上马跑向酒庄，那根毒针就会……”

“扑哧一声刺破他的屁股。”莫文道，“等他毒发身亡后，识途的老马则会跑回酒庄，伙计们就会发现马兜囊里的血书。我还记得是独眼吩咐那小胖子骑我的三花马去送信的，他早就知道，或者说那位公子早就告诉他那匹是识途老马，而独眼也依计在马鞍上设下致命的机簧。”

正说着，地面上传来阵阵脚步声，夹杂着此起彼伏的焦急的呼喊。

"你们的救星来了。"姜夫人怔怔地望着莫文和探春说。

"那夫人怎么打算？"探春问道。

"只要离开姜家，怎么都好。"

"和我们走吧，你若落了单，定是那位公子的俎上鱼肉。"

"这……"

"夫人自忖斗得过那位公子吗？"

"也好……不过我能为你们做什么？"

探春摸摸小悟的头说："夫人既然善于使毒，应该能帮我们检查一批做过手脚的美酒吧？"

第十一章 窗含西岭千秋雪

熊熊燃烧的马车飞驰在雪水泥泞的山路上，滚滚烈焰中不时地传出撕心裂肺的惨叫，夹杂着惊马的嘶鸣震怖了满山生灵，终于在百余丈深的断崖下戛然而止。

“攫吾器者，煅之于燧渊……”身高不满四尺的红发侏儒望着深不见底的悬崖，咧开肥厚的嘴唇冷冷发笑，“常爷，您可别怪我们。”

一个须发灰白的老人拄着竹杖走到侏儒身边，波澜不惊地说：“一个月后，常循盗掘雪后之墓的消息就会传遍真真国。”

“大……大哥，这样做真的好吗？”一个身材高壮的汉子畏畏缩缩地躲在老者身后，紧张地望着还不及他大腿高的侏儒说，“到时人人都相信雪后诅咒真的存在，这批货会不会砸在手里？”

“哈，蠢材！”侏儒狂笑道，“与诅咒牵连的美丽珠宝更能勾起疯狂的收藏家的占有欲，这批货在黑市的价格会在三年内翻上几十倍！”

“可是常爷他……”壮汉望着火光冲天的崖底，露出一丝不忍神色。

老者森然发笑：“事情总要有人来扛，就让常循来当这只火中取栗的猫吧……”

“那官府会不会发现……”壮汉还是有些担心。

“你太高看那些吃皇粮的脓包了。”侏儒不耐烦地摆摆手，“此时大雪封山，他们绝不敢悬绳下崖，更何况制作马车的木材都用桐油泡过，大火过后将不留一点痕迹。等到明年春天，他们还能查出个鬼啊！”

“那第一匹马的尸体还在悬崖下啊！”壮汉大着胆子说。

“悬崖下的豺狼不下千只。”老人冷冰冰地说，“时隔数日，那匹马现在定已尸骨无存了。”

“那……那这匹马和常爷他们烧焦的尸体……”

“放心，我在他们身上撒了药，肉食野兽最讨厌这种药的气味，豺狼虎豹都不会靠近焦尸和马尸半步。明年春天，缩手缩脚的巡捕们只会发现几具冰封的焦尸……”

大雪崩腾，寂无行旅。

探春穿着一件玉色绸里的雪狐裘，抱着精雕细錾的白铜手炉，坐在一辆牙色卷篷毡顶马车里，伸手在莫文奶油似的脸蛋上一戳，抱怨道：“这就是你口中仙境般的雪咒山？现在才十月哎！”

“不是有这么句话嘛，‘胡天八月即飞雪’，这雪咒山常年飘雪，但天气并不很冷。”莫文用雪青色的丝帕掬了一捧剥好的松子仁递到探春面前，又拿出一根穿在竹签上的玉米放在座前的火盆上烤。

探春无奈地叹了口气，捏起两枚松子扔进嘴里，腮帮子一鼓一鼓地嚼着，活像一只自恃高贵的土耳其猫，吃东西时却不受控制地流露出一丝娇憨。

莫文极力克制住伸手去捏的冲动，笑着说：“雪咒山支脉横生，峰岭众多，我们落脚的瑞色山庄背靠雪咒峰，面朝冰女湖，湖里有鲜美的白鱼和水晶虾……”

探春一手拈着一条小鱼干喂小悟，一手抚着它的头顶说：“你老实告诉我，我们是不是来避难的？”

莫文挑挑眉毛说：“算是吧，我们在明对手在暗，与其硬着头皮和他斗，还不如做个缩头乌龟，先保住小命再说，毕竟七日后……”他伸手轻抚探春香腮，微笑道，“你将身披红纱，与我交杯共饮。”

探春脸腾地红了，轻轻一拍莫文的手背，正要照例斥骂几句，话到嘴边，却不知为何讲不出口，嗫嚅好一阵，才慢吞吞地说：“到时赶得回去吗？”

“好说，雪咒山到都城不足百里，快马加鞭半日足矣。”莫文微笑着说。

“噢……”探春摸摸自己发烫的脸颊，一颗一颗小口吃着松子，莫文偷眼瞧着，心痒痒的，颇有几分惬意。

不多时，马车缓缓停下，车把式操着浓厚的乡音道：“小哥儿，咱到了。”

莫文掀开车帘，见风雪早已停了，初升的阳光透过淡淡的晨雾洒在远处雪山上，恍如仙境。探春伏在莫文肩上，头探出车门，轻轻一嗅道：“好香啊。”

莫文小心地扶探春下车，伸手从路边折下一枝梅花道：“温丽人是个极好排场的人，这瑞色山庄前的小路两侧种满了红梅，常年不败，远远看去便如火海一般。”

“温丽人？”探春踩着雪羯皮小绒靴，咯吱咯吱踏着雪走进梅林，抬手攀着一枝红艳如血的梅花，回头盯着莫文，微嗔道，“好俏的名字嘛。”说着一咬下唇，掐下一簇将开未开的红梅，滴溜溜一转，轻轻掷在雪里，发出“嚓”的一声轻响。

莫文见探春这副神态，心里“嗵”的一声，喜滋滋凑上前道：“你是不是在吃醋？”

“谁吃你的醋？”探春一脸嫌弃地摘下斗篷的帷帽，露出一头青丝，忽然眼睛一亮，盯着眼前一片童话般的木屋道，“那就是瑞色山庄吗？”

不规则的灰青色石块砌成了一人多高的院墙，墙头积雪中还蹦跳着几只不知名的白色长尾鸟，几座敦厚高大的木屋高低错落在满院云松斜影下，宛如仙人洞府，侧耳细听，远处还似有淙淙水声。

“这是山庄的东门，其实我们已经在冰女湖中的一座半岛上了，只是被梅林阻隔视线，看不到湖水罢了。这座半岛是龟背形，自东向西伸入湖中，中间高高隆起，外缘平缓渐与湖面相平，山庄就建在半岛正中。”莫文话音未落，便听一阵急促的踏雪声“嚓嚓嚓”由远及近，探春一愣神的工夫，便见几只毛茸茸的黑白相间的大狗拉着一辆桦木雪橇冲进山庄大门，围在一个身材高挑的女子身边，兴冲冲地挤成一团蹭来蹭去，睁着圆溜溜的灰蓝色大眼睛汪汪直叫。

探春紧紧抱着奓毛的小悟道：“这……这狗？”

莫文笑着说：“没事啦，这狗是来送食材的，可温顺了。”

驾雪橇的老人凌空甩个鞭花，笑呵呵道：“温掌柜好生意啊。”

那女子爽朗地笑笑：“入秋后我这儿就没什么生意啦，就那么几个常客。”说着抛出一枚银币，“喏，这个月的菜钱。”

老人兴高采烈地接了，晃晃膀子要从雪橇上卸货。

“不劳您了！老胳膊老腿儿别撅折了。”那女子一挽袖子，露出两条浑圆白腻的胳膊，一手提了沉甸甸的大菜篮，一手扛起半扇猪肉，迈开大步便往回走，“您等着我啊，剩下两篮子菜一会儿出来拿，垃圾也烦劳您运出山去。”

“老胳膊老腿儿……”老人扁着嘴摇摇头。

“这就是温丽人啊！”探春瞠目结舌：好大的力气！

“咦？”温丽人闻声一回头，正与莫文四目相对。

“啊！诠王……呃，熟客啊！帮我提菜篮子。”温丽人毫不客气地吩咐。

“你和她到底熟到什么程度？”探春小声嘀咕，一边伸手在莫文胁下戳来戳去，一边抬眼仔细打量温丽人，见她身量极高，皮肤白皙，一对绿色的大眼睛波光流转，闪过几分惹人喜爱的精明，金色卷发随意挽在脑后，上身穿一件浅褐色窄袖短袄，下身配一条藕色百褶长裙，浑身上下透着泼辣干练。

“没熟到什么程度啊……”莫文老老实实地提了一个菜篮子，“这女人也是苏雪的弟子，在真真国黑白两道都颇有地位，在这儿开店只是……吃饱撑的。”

“哟，这次带了个新妞儿来哈？”温丽人轻轻松松扛着猪肉走在前面，随口一句话，惊得莫文、探春两人一起跳了起来。

“你什么时候带别的女人来过！”

“我什么时候带别的女人来过！”

“啊……你上次不是带……”温丽人压低声音说，“带你姐姐玄静公主来过？”

“你再说话大喘气我就踹死你！”莫文气咻咻地哼哼。

温丽人哼了一声：“敢？王子了不起啊？”

莫文爆着粗口走到后院，重重把篮子放在地上，叉着腰大口喘气：“这一篮子菜得有五十斤吧？”

温丽人轻松地放下半扇猪，不屑地撇撇嘴，从住房后面拎出一个大垃圾袋：“先去客厅等着吧，我再出去一趟，回来给你们煮面。”说着潇洒地拖着半人高的垃圾袋走了。

“这里还算不错，对吧？”探春疑惑地看了垃圾袋一眼，又微笑着搔搔小悟的下巴，四下打量小小的后院，见山庄外那条糙石子铺成的小路自大门直通进来，小路北面是厨房，南面是一座精巧可爱的小木屋，西墙下两棵松树高耸入云，地上的积雪已经被打扫干净。

“咦？那边的松树怎么都被砍掉了？我上次来还有呢！”莫文指着西墙下的十多个树桩说，“怎么只剩两棵了？”

正说着，一个十三四岁的瘦小少女怯生生从小木屋里走出来，水葱儿也似的小手里攥着一瓶酒，腼腆地望了莫文一眼，抿着嘴笑。

“怎么还在后院儿站着？赶紧去前厅啊！”温丽人又提了两篮子水果鸡鸭来，见莫文一脸惋惜地盯着满园子的树桩看，便笑着说，“我买了两只雪橇犬，就把树砍了盖间犬房咯。”说着指了指南墙下一间精致宽敞的犬房和一辆崭新的小雪橇。

莫文跳着脚说：“有雪橇犬不让他们来拉货啊！”

温丽人打个呼哨，只见两只肉乎乎的雪橇犬欢蹦乱跳地扑了出来，一只摇着毛茸茸的大尾巴在温丽人脚边撒欢，一只跑到那小姑娘脚边蹭来蹭去，突然发现了缩在探春怀里的小悟，又蹦蹦跳跳地扑了过去。

“像肉团子一样啊。”探春安抚着涕泪横流的小悟，蹲下身来摸摸小狗的头，“多大了？”

“八个月了，可爱吧？”温丽人对那小姑娘招招手，“哑儿，快牵去喂食吧！看那小猫都吓得弓成虾米了。”

小姑娘笑嘻嘻地点点头，一溜烟跑去厨房了。

“你是中国郡主？”温丽人盯着探春上上下下仔细打量，“你好美啊！”

“哦……谢谢，你也很美。”探春微笑道。

“来，进客厅坐！你比这个顽劣的王子可爱多了。”温丽人招呼着探春走出后院，向南不几步是一座高大的木屋，这便是瑞色山庄的客厅了。

和一般的客栈前厅大不相同，这座客厅大约十丈见方，高大宽敞，稀疏地摆着五六张老桦木茶几，茶几四周是宽厚敦实的皮质大靠椅，摸起来弹性十足，莫文说这是大食的沙发，探春却觉得像是汉代的绨几。东墙边摆着三个高高的书架，放满了小说、画册，大门左手边是一张白桦木制成的柜台，柜台上摆着一只丰肩细腰的白瓷花瓶，插了一枝含苞的红梅，柜台后是高高的橡木酒架，摆满了五颜六色的酒瓶。最令人称奇的是，客厅的整面西墙竟是一座宽大的玻璃落地窗，白雪反射的柔和阳光透过玻璃洒入客厅，照得整间屋子亮堂堂暖融融。

“还没吃早饭吧？我去煮面。”温丽人道。

“给我些饵，我要去钓白鱼。”莫文轻车熟路地从书架旁拿起两根鱼竿。

“早些回来啊！”

走出客厅后门便是山庄的南门，一条七八尺宽的小路一路延伸到冰女湖边，雾气朦胧中的冰女湖一眼望不到边，柔和的阳光在湖边泼洒了一层金色的光点。

“你别吃了好不好？这是鱼饵啊！”探春悚然望着津津有味嚼着鱼饵的莫文。

“没事，这小东西叫油馍，和你们的油糕差不多，外酥里韧，很耐嚼的，湖里的白鱼最喜欢吃。”莫文递给探春一颗葡萄大小的金黄色小油馍。

“嗯……好有筋道啊，比牛皮糖还……难咬……”走到湖边的钓台，探春一颗油馍还没咽进肚里。

钓台用数百根一尺来粗的桦木搭成，宽敞结实，钓台东、南都有温丽人设下的渔网，网中已困住不少鱼虾，想来住在这瑞色山庄，一日三餐是少不了湖鲜的。

“用这个钓白鱼百发百中。”莫文走到钓台西边，将钓钩垂入水中。

“其实钓鱼是件雅致的事儿……咦？”探春话音未落，只见莫文一提钓竿，一条四五寸长的小鱼蹦跳着被提出水面，浑身如米粒般细小的白色鳞片令小悟兴奋不已，在探春脚边跳来跳去，喵喵直叫。

“喏，给你了。”莫文取下白鱼扔给小悟，又挂上一只油馍。

“这鱼怎么这么容易……呀！”探春惊讶地看着莫文又提起一只白鱼，不禁愤怒地跺跺脚，“这里的鱼都是饿死鬼吗？”

“哈，只是数量太多而已啦。”莫文摸摸吃得忘我的小悟说。

不到一刻钟，莫文提来的小鱼篓已经塞得满满当当，还有些意外上钩的小螃蟹小乌龟在钓台上爬来爬去。探春戳戳小悟吃得圆滚滚的肚子说：“这根本不是垂钓，明明就是收割！唉……”她忙着抱怨，不防一只硕大的螃蟹一钳子剪断了浮漂。

“好了……也该回去吃早饭了。”莫文收了钓竿，拍拍探春后脑说。

靠窗的桌上摆着两碗热气腾腾的面，雪白如玉的面条一缕一缕盘在泛着油花的汤汁里，清香四溢的汁水中还点缀着粉嫩白虾和水灵的香芹。

“好香啊！温掌柜真是好手艺。”探春吃得赞不绝口，连声称赞，却半晌不见温丽人回应，回头一看，才发现她正双手托腮支在柜台上，如痴如醉地望着窗边。

探春这才注意到一个身穿白衣的清瘦男子浸在窗下的阳光里，五官柔和，长发如瀑，虽身在室内，却好像与窗外茫茫白雪融为一体。这男子在窗前支了一个画架，一手持调色板，一手持画笔，在画布上涂涂抹抹，一举一动潇洒从容，如仙如灵。

原来落地窗外是一条石子路，路边放着一大盆热腾腾的煮豆子，一只驯鹿正在幸福地大快朵颐，温丽人的两只小雪橇犬在鹿肚皮下打滚咬耳朵。

“商公子。”莫文吸了一口面条，挥挥手打招呼。

那男子礼貌地点点头。

“这位是商璃公子，真真国身价最高的画师。”莫文介绍道。

探春定睛看去，见一只优雅美丽的鹿跃然纸上，线条看似随意，实则轻快流畅，整个画面柔润浑厚，生机盎然，不禁暗暗赞道：好手段！

“商公子也是瑞色山庄的常客，他最爱这雪咒山中圣洁的颜色。”莫文说着抿了一口面汤。

“对了，我一直想问你，这里为什么叫雪咒山？怪吓人的。”探春道。

莫文喝完了最后一口面汤，又要了一杯红茶，清清嗓子说：“在千年之前，统治这里的是一位如冰雪般凌厉而美艳的女子，人称雪后，她去世后就葬在这座雪山，随她入葬的除了数以千计的仆从仪卫，还有不可胜数的珠宝珍玩。我父亲收集的一卷古木牍上记载，雪后的大祭司为了制作运送陪葬宝物的雪橇，几乎伐净了国内所有的玉柏……”

“倒与始皇帝有几分相似。”探春愕然。

“雪后去世前，担心有人掘墓盗宝，便命人在墓阙上刻下诅咒，时隔千年，雪后陵踪迹难寻，两座高逾百尺的墓阙也化作丘墟……”莫文抿了一口浓浓的红茶，享受地眯起眼睛说，“流传于世的只有凿刻在墓阙上的诅咒……”

“发吾丘者，溺之于溟川……”莫文话音未落，一个干涩暗哑的声音忽然从皮椅后传出，莫文“噗”的一声把红茶吐在桌上。

温丽人无奈地把倾慕的目光从商璃身上拔出，不悦地转出柜台。

莫文郁闷地坐起身来，扳着靠背向下看去，只见一个身高不足四尺的红发侏儒瞪着一双怪眼仰起头来与他对视，口中还嘟嘟囔囔地念着：“蹈吾陵者，缢之于建木。近吾椁者，磔之于刀丛。开吾棺者，煅之于燧渊。攫吾器者，瘗之于鬼府……”

这侏儒说起话来好像喉中含着蓖麻，探春听得头皮发麻，忍不住裹了裹身上的衣服。温丽人一挺胸脯，迈开近四尺的长腿走到侏儒身边，冷笑道：“柯里森，你吓到我的财神爷了。”

侏儒咕咕一笑，扔给温丽人一枚银币道：“爷几个每年都到你这儿消遣，难道还不算你的财神爷吗？烧壶热酒，切一盘熏肉，再来一盘牛肉饼，要三人份。”说着在客厅正中的桌旁坐下。

温丽人撇撇嘴，掂掂银币，跑到后厨去了。

“这是什么人？”探春偷偷问莫文。

莫文小声道：“他叫柯里森，是有名的黑心古董商，他和穆达、洛嘉三人都是倒卖雪后时代的古物起家的，也都是瑞色山庄的常客。”

“哦……”探春瞧瞧放肆地仰在皮椅上的柯里森，暗道：好另类的古董商。也没多想什么，继续问莫文道，“这诅咒的事真有人信吗？”

“虽是怪力乱神，却不由人不信，十年前掘开雪后陵的盗墓贼死得那叫一个惨！”莫文道。

“墓被盗了？”探春愕然。

“没错，但盗墓贼在运走数以千计的宝物后终于引起了官府的注意，数十名巡捕日夜追袭，将其逼入雪咒山深处。在逃避追杀时，他们驾马车坠下百丈悬崖，粉身碎骨。当时正值腊月，大雪封山，直到三个月后，缒绳下崖的巡捕才在谷底近一丈厚的积雪中找到了他们的尸体。奇怪的是，这些盗墓贼的尸体都被烧成了焦炭，他们乘坐的马车却未被焚烧，连马匹的尸体都未受多大损伤，好像这诡异的火还有思想，有目标！”

“这就是‘开吾棺者，煅之于燧渊？’”

“人人都这么想，这件案子可谓轰动一时，那些被盗掘流散的古玩更是炙手可热，我父亲也未能免俗，前前后后收购了二十几件小玩意儿，有水晶杯、玛瑙发箍、错银嵌宝石的花口铜盘……”莫文说着偷偷看了侏儒柯里森一眼，见他果然竖着耳朵凝神偷听，灰色的眸子闪闪发光。

“这算不算以权谋私？”探春俏皮地调侃，忽然觉得对那位未来的公公有了几分好感：原来也是个凡人哪。

莫文尴尬地笑笑。

“柯里森！”温丽人捧着一个漂亮的银托盘回到客厅，“你的酒肉。”

“好嘞。”柯里森踮起脚接过托盘，猥亵地看了温丽人胸部一眼，怪笑着离开客厅。

温丽人冲着他的背影没好气地“呸”了一声，从柜台后拿出一瓶颇有年头的葡萄酒送到莫文桌边，一边收拾碗筷一边说：“最讨厌这三个阴阳怪气的家伙，矮子猥琐，老头子阴沉，大个子是软蛋。”

“老头子和大个子就是穆达和洛嘉。”莫文解释道。

“这酒算我请你的。”温丽人说着含情脉脉地望了望商璃。

“请谁？”莫文歪着头说。

“请……你们呀！我和这位妹妹投缘……”温丽人面红耳赤地瞪了莫文一眼，手忙脚乱地跑回柜台，对打扫酒架的哑儿说，“这个我来吧。”又指指书架上塞得满满的旧书，“先把书整理一下，一架放画册，一架放小说，一架放杂书。”说着忍不住又回头看了商璃一眼，见他正不急不缓地调着颜色，莫文却满眼戏谑地瞧着自己，不禁羞臊地跺跺脚，端着碗筷一溜烟也似奔后厨了。

探春不禁莞尔：这样干练的女人，怎么连“停舟暂借问”的勇气都没有？

充满阳光的宽敞的客厅牢牢地抓住了探春的品位，坐在软软的皮椅上，倚着毛茸茸的小悟，捏着细长的红酒杯翻看一本装帧精美的油画画册，对奔波数月的探春来说确实是一种奢侈的享受。莫文早就和两只傻乎乎的雪橇犬闹在一起，软软的沙发上到处都是黑白的狗毛，直到半个时辰后，满院子找她两只心爱的宝贝的温丽人风风火火冲进客厅，才把浑身狗毛的莫文一脚踢开。

“听着，你们两个已经很二了，不要和更二的人混在一起。”温丽人戳戳小狗的肚皮说。

莫文险些跌进火炉里，满脸不悦地拍拍衣服站起身来：“我的衣服很贵的！”

“想知道那瓶红酒值多少钱吗？”

“算了。”

温丽人拍拍小狗的头：“乖……”又吩咐被满架子书折腾得眼花缭乱的哑儿，“手里的活儿先放放，去把渔网和蟹笼收了。”

哑儿欢天喜地地披上雪貂皮小短袄，踏上一双鹿皮长靴跑了出去。

莫文伸个懒腰：“啊，我今天中午要吃白鱼羹，要带子的鱼。”

“行，你在宫……”温丽人掩口吐舌，望了商璃一眼，继续对莫文道，“你在家里也这么放肆吗？”

“噢，那会被念死的。”莫文将自己摔到软软的皮椅上，被他压住的小悟“喵”一声嘶叫，伸出爪子，“刺啦”一声，莫文无奈地开始盘算修补这件昂贵的驼绒锦袍的费用。

窗外那只驯鹿早就吃完了豆子，隔着窗子舔舔商璃的手，巨大的角蹭得玻璃咯吱吱响。

“那个……商公子……”温丽人红着脸小声道。

“好，我明白……”没等温丽人说话，商璃便挥挥手让那驯鹿走了。

“商公子为了画它，每天都要喂一大盆煮豆子啊？”莫文道，“寒来暑往，也半年多了吧？”

“偶尔进城卖画。”商璃站起身来，优雅地揉揉胳膊，“这可是雪咒山中的鹿王，能拉拢到它是我三生有幸，多亏温掌柜心善，每日一盆豆子供养着它，这鹿早拿温掌柜当主人了。”

几人正在闲聊，忽听一阵沉重的脚步声响，只见一个山一般的壮汉堵住了客厅的大门。探春揉揉眼睛：天啊，他足有九尺多高，三百多斤，壮得像一头犀牛！

那壮汉搓着身上华丽的锦袍，畏畏缩缩地吞了口唾沫说：“见到柯里森了吗？”

“咦？他不是早就带了三人份的食物回去了吗？”温丽人道。

“然后他又神秘兮兮地离开房间，直到现在也没回来。”壮汉身后传来苍老阴郁的声音，一个白须白发的瘦高老人用拐杖敲敲地面，从壮汉身边的窄窄缝隙挤进客厅，“这种天气，他不可能在室外待这么久……”

话音未落，只听一阵急促的喘息，伴着慌乱的嘶哑的喊叫：“掌……柜……矮子……死……”

温丽人变色道：“哑儿？怎么了！”说着一把推开挡着门的壮汉，见哑儿哭得梨花带雨，缩在门外瑟瑟发抖，手上还戴着收渔网用的皮手套。

“我……喃喃……他……”哑儿的嗓音干涩而稚嫩，听得人难受无比。

“总之先去湖边看看吧。”老人预感不妙，重重顿了顿手中的拐杖，阴沉沉地说。

柯里森的尸体被渔网拦着浮在钓台下的湖面上，随着细碎的水波上下起伏，惨白发青的脸上蒙了一层薄薄的霜，头发和睫毛都变成了细密的冰条，华贵的熊皮短袄被湖水泡得透湿，密密麻麻的白鱼围着尸体打转，不时跃出水面翻个筋斗。

莫文一步一滑地走到钓台，飞身一跃跳上哑儿撇在岸边打转的小船，划着船来到湖中央。

探春搓着手站在岸边，望着柯里森尸体旁浮在水面的点点油花，微微皱了皱眉，回头问道：“温掌柜最后一次见到这矮子是什么时候？”

“半个多时辰前，和你们一样。”温丽人道。

“也就是说自他离开客厅之后……这倒怪了。”探春望了满脸狐疑的商璃一眼。

“可不是嘛。”温丽人嫌恶地眯起眼睛，望着被莫文捞上小船的尸体说，“据穆达说他是拿食物回房后又出来的，从客房到湖边要么会经过客厅西窗外的糙石板路，要么直接从客厅穿过，当时你们就在客厅靠窗的皮椅上坐着，无论他从哪儿走你们都会看到……”她偷眼瞧了瞧商璃，脸上划过一抹红晕。

“更奇怪的是，我并没有看见柯里森的脚印。”探春道，“昨夜至今晨下过一场不小的雪，山庄内小路上的雪都被打扫得干干净净，山庄外的积雪却未经清扫，东门那条路连通雪咒山内外，又有送客送菜的马车、雪橇来往，路面积雪破坏比较严重，南门外这条小路只连通山庄和钓台，脚印还是比较清晰的。在我们赶来时我注意过路面，只有我们钓鱼时一来一回的脚印和哑儿去收渔网时一来一回的脚印，其中哑儿回去时步幅较大，说明她看到尸体后是飞奔回去报信的。”

“没有柯里森的脚印？”温丽人咋舌道，“他是怎么跑到湖里去的？”

莫文划着船到了岸边，纵身一跃跳到探春身前道：“这家伙是溺死的，不过额头上有奇怪的文字。”说着抬头看了一眼躲在温丽人身后的洛嘉和穆达，继续道，“像是雪后时代的古文，二位可认得？”

高壮的洛嘉躲躲闪闪不敢上前，穆达叹了口气，走上前去，见柯里森额头上被利刃划刻出细小的文字，绞拧在一处的殷红的线条冷冰冰地展伏在青白色的脸上，令人观之可怖。

“确实是雪后时代的文字。”穆达混浊的眼中闪过一丝讶异的光芒，他抬起头来望了莫文一眼，为难地说，“雪国文字晦涩庞杂，这几个字又写得潦草，老夫实在无法辨认。”

“发吾丘者，溺之于溟川。”商璃平静地说，“写得稚拙了些，倒也算不得潦草。”

穆达神色古怪地打量商璃。

温丽人“哎哟”一声跳了起来：“诅咒！是诅咒！发吾丘者，溺之于溟川……发吾丘者？难道这矮子也挖过雪后的墓？”

穆达重重“哼”了一声，恨恨打量着在场众人，洛嘉则吓得脸色惨白，比柯里森犹有过之。

探春道：“柯里森左额有一个肿块，显然是被人击昏后落水溺死的。”

“杀人案？”温丽人脸色大变，伸手指指洛嘉和穆达，“你俩，谁干的？”

洛嘉一个激灵，连连摆手：“不是我！”

穆达恨铁不成钢地瞪了他一眼，又冲温丽人微笑道：“温掌柜也忒性急了。今早开始，我们三人便一直在我的房间观景聊天。大概巳时左右，柯里森称腹中饥饿，独自到前厅去点餐，当他取回早餐后不久，却又推说身体不适要回房间休息。半个时辰前，我们去柯里森房间看他，但无论怎么敲门都无人回应，我们只好去客厅询问，却遇到这小姑娘回来报信。”说着指指哑儿，又说道，“而且各位刚才也说过，从客房到湖边一定会经过客厅内外。”

温丽人眯起眼睛说：“那没准儿你们从窗户跳下去……”

莫文道：“不会，跑出山庄南门时我回头看过，客房墙外的积雪平整厚实，没有脚印。且不说他们，连柯里森也是从窗户跳出山庄的，他好像是凭空移动到冰女湖的。”

探春小声嘀咕：“这不是废话吗？他那小短腿儿连窗台都爬不上去。”

莫文眯起眼睛，伸手去捏探春的腮帮子。

温丽人戏谑地吹了个口哨，饶有兴致地看着探春满地追打莫文。

商璃摆了摆手：“我先回去了，温掌柜叫巡捕吧。”

“咳咳。”莫文清清嗓子，从怀里掏出百用不爽的腰牌，“我就是巡捕啊。”又见温丽人一脸鄙视，只好挠了挠头说，“那个，我最近休假。”

穆达稍一迟疑，回头看看已经矮了半截的洛嘉，冲莫文一拱手道：“那柯里森的事就劳烦官爷了。”

莫文为难：“尸体怎么办，总不能放在这儿吧？”

“你来搬咯，官爷。”探春道。

“我不！”莫文摇头。

温丽人撇撇嘴，利索地挽起袖子，一把将柯里森拦腰抱起，大步向山庄走去。

探春望着众人的背影，问莫文道：“你有什么想法？”

“我想带你到庙里驱驱邪，怎么走到哪人就死到哪？你们的皇帝把你嫁过来有什么阴谋啊……啊！不准掐人！”莫文揉着胳膊，扁扁嘴说，“好吧，说正经的，现在有两个问题需要解决：其一，柯里森是如何避开我们的视线来到冰女湖的；其二，杀死柯里森的是什么人，是山庄内部的人还是从外面来的人。”

探春呵了呵手，转身向山庄走去：“这里天寒地冻的，就算真有什么人躲在暗处，也早冻成冰棍了，哪有力气杀人？”

“嗨，雪咒山里的猎人披张野熊皮可以在雪窝里藏大半个时辰呢！”莫文不以为然地说。

“咦？听你这意思，好像已经有眉目了。”探春一歪头看看莫文说，“那凶手是谁呢？”

“嗯嗯！”莫文自信满满地点头，“理论上说，柯里森离开山庄的办法有三种：其一，从东门离开；其二，从南门离开；其三，驾驶滑翔翼从客房房顶上飞走！”

“飞走？”探春失笑，“真是好创意。”

“首先，从东门离开是不可能的。”莫文清清嗓子说，“我没有发现从东边松林走向钓台的脚印。若说从东门向北绕行嘛……一来路途太远，二来钓台西边的雪地上也没有发现脚印，若走水路，柯里森没有小船，冰天雪地的游泳等于自杀。”

“不错，从东门离开确实不大可能。”探春点头赞同。

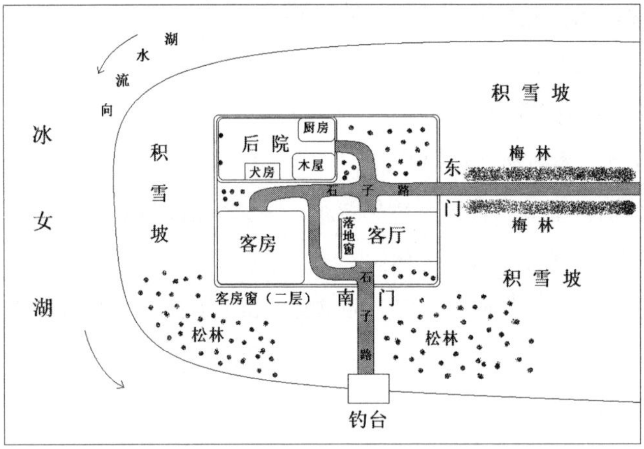

“走南门就更困难啦，三双眼睛看着呢，而且南门外这条路上也没有柯里森的脚印，除非……”

“除非什么？”探春好奇，她真想不出柯里森怎么才能从南门离开。

“嘿嘿，我们身边是落地窗，落地窗外是站在石子路上吃豆子的驯鹿，那驯鹿身后是什么？”

见莫文做出一副高深莫测的样子，探春忍俊不禁：“当然是客房的东墙了。”

“不不不，你不了解商璃是什么人物。”莫文摇摇手指说，“他的画立体感极强，几乎有一种让人身临其境的魔力，如果他真的花心思在一张巨大的画布上画一幅《客房东墙图》，坐在玻璃窗后的我们是绝对无法看出破绽的。”

探春瞠目结舌：“你的想法总是这么诡异。”

“过奖。”莫文继续道，“客房的房檐超出墙壁将近三尺，商璃可以早早将卷好的画轴挂在东檐下，将一幅用颜料和画布搭成的客房东壁呈现在我们眼前，虽然比原本的客房靠近客厅一两尺的距离，但不常造访瑞色山庄的我们根本不会察觉。

“在作案之前，商璃或许私下和柯里森联系过，也许是用什么价值连城的硬货来诱惑柯里森吧，你也知道这些做古玩生意的有时疯狂得很。总之柯里森乖乖通过画布和客房东墙壁之间窄窄的缝隙走出南门，用早就准备在南门外的滑雪板一路滑到钓台，却被等候在湖边的商璃同伙打入湖中溺死，滑雪板也和石头捆在一起丢到湖里。”

“哈？”探春点点头，伸出手指，“两……呃不，三个问题，第一，那幅巨大的画哪儿去了？”

“商璃是最后赶到仙女湖畔的，他完全有可能处理掉画之后再离开。”

“那么短的时间，那么大的一幅画，他能藏在哪儿呢？”探春继续追问。

“埋在雪里就可以啦，院墙外面那么厚的雪！”莫文对这一点倒是考虑得很周到。

“好，先不说这个，第二个问题，如果驯鹿或者风触动了画布怎么办？砖墙是不会随风摆动的！”

“呃……”

“第三个问题，商璃凭什么知道我们今天会来，并且和他一起见证‘柯里森未从南门离开’这一怪象？”

“嗯……这个……”

“再加一个问题，滑雪板为什么没有蹭掉我们早上钓鱼时留下的脚印？”

“嗯……”

“还有，你在湖边看到所谓‘同伙’的脚印了吗？”探春走进客厅，向刚刚搬完尸体正拼命擦着手的温丽人要了一杯热咖啡，“你当人家是你啊，爬高上低地挂一幅可能比自己还重的画哪有那么容易！”

莫文扁扁嘴：“好吧，第二种方法本来就不太实用，不过第三种方法其实是完全可行的。客房共有两层，一层用来堆放工具和杂物，只有二层供客人居住，每个房间都有火炉和烟囱，如果柯里森手脚灵便的话，完全可以熄灭炉火，钻进火炉，再从烟囱爬上房顶，乘滑翔翼飞到湖边。”

探春摇摇头：“滑翔翼的平稳与否很大程度上取决于风，如果是我的话，绝不会如此冒险。”

“子非鱼，安知鱼不作死？”莫文道。

“还是那个问题，就算柯里森用滑翔翼顺利飞到湖边，那把他打入湖中的人的脚印呢？”

“哈，此案根本没有凶手！”莫文道，“如你所说，在风向不定的雪山之中，滑翔翼非常不好控制，而客房以南又是一片松林，你明白了吧……”

“你是说柯里森滑翔时遇到一阵急风，一头撞到松树上，撞晕之后又滑到湖里？”探春忍不住发笑，“那滑翔翼去哪儿了？”

“啊……这个，挂在树上……呃不……被螃蟹剪断，啊不……”

“好啦，别嘴硬了。”探春道，“我注意过客房顶上有四根冒着白烟的烟囱，温掌柜和哑儿应该住在后院那座漂亮的小木屋里，我们还没有正式入住，所以这四间点了火炉的房间的住客只可能是商璃、穆达、洛嘉还有柯里森，既然烟未熄灭，证明炉火依然烧得很旺，柯里森根本没有爬过烟囱。”

“这样啊……”莫文垂下头。

探春笑道：“其实你仔细看看柯里森的尸体就知道了，尸体虽然被水泡过，但袖口、领口或者皮袄内的翻毛上总不会一丁点儿煤屑都留不下。他的手非常干净，连一点划伤和磕碰都没有，不像刚爬过烟囱的样子。”

莫文蔫耷耷冲柜台一招手：“一杯糯米酒。”

“唷，你的口味什么时候变得这么软啦？”温丽人道。

“没事……”莫文没精打采地答应一声，趴在桌子上发呆。

“怎么啦？”探春戳戳莫文的胳膊问。

“唉……”莫文叹了口气，“这也不行，那也不行，难道真是诅咒？”

话音刚落，端来酒水的温丽人，打扫客厅的哑儿，摆弄画笔的商璃，坐在皮椅上发呆的穆达和洛嘉都抬起头来盯着莫文。

“喂，你别瞎说啊！”温丽人大声呵斥。

“这位官爷……”穆达一捋胡须，温和地说，“老夫有一言不知当讲否。”说着看了攥着掸子紧张兮兮站在墙角酒架下的哑儿，“发现尸体的是这位小姑娘，回来报信的也是她，钓台上还有她的脚印……”

“老家伙，你什么意思？”温丽人操起一只酒瓶从柜台走了出来。

“啊，啊，温掌柜，莫急，老夫只是怀疑。”穆达连连摇手，趁温丽人不备，用混浊的眼睛狠狠盯了盯缩在角落里抹眼泪的哑儿。

温丽人重重把酒瓶放在柜台上，抱住哑儿的肩膀，轻轻拍拍她不足一掌宽的背道：“乖，不哭，我们去准备午饭。”一边不住好言宽慰，一边狠狠剜了穆达一眼，和哑儿一起离开客厅。

探春用手指敲敲桌面，对穆达道：“诚如老先生所言，湖边只有哑儿的脚印，那柯里森的脚印呢？如果是哑儿在湖边杀死柯里森，她是如何把柯里森的脚印抹去的？”

“这个……”穆达脸颊上的肌肉微微抖动，阴森森地瞪了探春一眼。

“还有啊……”探春浑若不觉，继续说道，“如果你无法解释柯里森是如何离开山庄的，就少给老娘胡说八道。”

莫文像猫头鹰一样愣住了，伸手在探春眼前晃了晃：“哇，你今天好别致！”

“嘿！偶尔做一回温丽人这样的女人也挺刺激。”探春一把抢过莫文的酒杯，将糯米酒一饮而尽，脸上泛出一丝红晕。

“你这样我会把持不住的。”莫文坏坏地一笑，放肆地舔了舔嘴唇。

商璃咳嗽一声，默默在一旁画静物。

穆达见自己似乎成了两人调情的催化剂，不禁有些恼火。洛嘉自回到客厅后便一直心惊肉跳地缩在皮椅上，喃喃地念叨：“难道诅咒是真的？难道诅咒是真的？难道……”

穆达端起一杯冰水泼在他脸上，冷冷道：“闭嘴。”

洛嘉一个激灵，险些从椅子上蹦起来。

“你好好冷静冷静吧。”穆达甩下一句话，径自回房去了。

“我们现在做什么？”莫文兴冲冲地问探春。

“你想做什么？”探春骇然。

“你以为我想做什么？”莫文反将一军。

“啊，这些画册不错。”探春咬牙切齿地翻看身边书架上的西洋画册。

正此时，温丽人风风火火地闯进客厅：“点菜点菜，中午吃什么喝什么？在这儿吃还是回房间吃？哦对了，你俩还没订房呢，要几间？”

“两间。”莫文绅士地说。

“一间。”探春没头没脑地说：哦，阿弥陀佛，我在说什么？

莫文差点咬到舌头：“你今天给我的惊喜太多了，难道是近朱……近墨者黑？”说着一瞥温丽人。

商璃收起画笔，满意地打量着跃然纸上的一瓶盛放的红梅，淡淡一笑，收拾起画具，对神魂颠倒的温丽人道：“一份虾仁炒饭，少放油，不要青豆，一瓶白葡萄酒，回房吃。”

“啊，好！”温丽人心怦怦直跳。

走过探春身边时，商璃忍不住“噗”了一声：“我听说中国的女子都很矜持啊。”说着像一只雪白的鹿一样从容静默地走出客厅。

坐在房间里软软的天鹅绒大床上，探春闷声不响地埋头吃饭，虽然温丽人烹制的白鱼羹和小牛柳异常可口，探春却根本没心思品尝。

“哎，你。”莫文笑嘻嘻地说，“别脸红嘛，这不是有两张床，还用屏风隔开了吗？”

“哼，我是……口误。”探春皱皱鼻子，将浓浓的鱼汤喝完，“当啷”一声扔下银汤勺说，“我困了，你过那边去。”

“好吧。”莫文心满意足地擦擦嘴，拿起那瓶未喝完的樱桃酒，晃晃悠悠走到屏风后，蹬掉靴子，重重把自己摔在弹性十足的小床上，咕咚咚灌下一口闪着宝石般红润光泽的美酒，心中暗想：人还是应该尽量让自己过得舒坦些，嗯……他定定心神，偷偷踩着凳子爬上屏风，看着侧身躺在软床上的探春，不由得挑起嘴角：怎么困成这样？这么看，和墙角那尊大理石雕成的森林女神像真有几分相似。

“哈啊——侍书，什么时辰了？”探春打了个哈欠，睁开眼睛，却只看见一对金黄色的圆溜溜的猫眼和一对蓝汪汪的宝石似的大眼睛。

“她睡着了真美，对吧？”

“喵！”

“哇！”探春大叫起来，一把揪住莫文的耳朵。

“你想侍书了？”莫文突然问道。

探春怔住了，呆了半晌，才缓缓说道：“也不知道她们现在怎么样了，侍书冒充我称病不出，凤船上的侍婢童仆会不会发觉异常？”

“不会，侍书和你从小一起长大，对你的言行举止起居习惯再熟悉不过，何况范恩、苏雪、邓将军和小黑、小蓝都在一起，这一局会做得很漂亮，等到船队到达王城当日我们再来个瞒天过海偷龙转凤，任谁都不会察觉什么。”

探春揉揉眼睛，点了点头，正要为莫文裹挟小悟偷窥自己睡颜的事兴师问罪，却听一阵急促的敲门声：“起了吗？出事儿了！”

二人随温丽人走进客厅，见哑儿坐在商璃面前，一边抹着眼泪，一边咿咿呀呀地比画着，奋力撕扯着嗓子吐出“死”“血”等几个不清不楚的音节，商璃静静听着，不发一言，穆达则阴沉着脸在客厅里走来走去。

温丽人把哑儿揽在怀里，抚着她的背说：“我们本想去采些梅花来酿雪梅酒，可是……在一棵梅树下发现了洛嘉的尸体。”

“天哪！”莫文摇摇头，“东门外脚印车辙凌乱无比，几乎无法辨认凶手的脚印啊。”

“官爷！”穆达道，“柯里森的尸首尚未仔细验看过，是不是该派人去请镇上的仵作来一趟？您别怪老朽多嘴，这雪咒山环境复杂气候多变，老朽恐您独力难支，是不是请镇上的巡检老爷多派几名巡捕来？”

“正应如此。”莫文问温丽人，“这里有信鸽吧？”

“有的，我刚才已经放出去了。”温丽人绞着手指说，“要不要去梅林那边看看？”

山庄东门外小路两边的梅花林里积雪如棉，洛嘉庞大的尸体倒在两棵梅树之间的雪地里，喉咙已被割断。

穆达呼吸渐渐沉重起来，灰色的眸子凶光闪动。

商璃依然出奇地平静，只是眼中露出淡淡的疑惑。

“从东门到这里有百余步，但我连一个大脚印都没看到。”莫文指了指洛嘉那双小船似的脚说，“和柯里森一样，不是走过来的。”

“还有更奇怪的。”探春把头埋在莫文怀里说，“被割喉而死怎么只流了这么一点儿血？”

“杀人移尸？”莫文点点头，“这凶手力气也够大的，这家伙少说有三百斤重，连温丽人这种怪力女都扛不动啊！”

“会不会是用雪橇？”探春偷瞄了温丽人一眼。

莫文摇头道：“狗对血腥味非常敏感，而且温丽人这些雪橇犬还是小崽子呢，拉一个柯里森还勉强，哪儿拉得动洛嘉这种彪形大汉？”

“那洛嘉的遇害之处在什么地方？”

“你去他的房间看过吗？”莫文问穆达。

“凶信传来时我就去看过，但房门锁着，我进不去。”穆达摇摇头说，“那锁头又大又重，我可拗不动。”

温丽人一抖手道：“我这儿没备用钥匙，撬锁吧。”

众人匆匆折返回山庄，刚刚走到东门外，探春怀中的小悟却突然挣扎着跳了出来，灵活地爬上紧挨着院门的一棵粗壮的梅树，喵喵叫个不停。

探春看着被小悟蹭落的一地红梅，大呼可惜，忙走到树边，伸手招呼小悟下来。

“会爬树的就是喜欢到处闯祸，所以养狗最好了，回去一定要养他五六只雪橇犬，越胖越好。”莫文嘀咕道。

探春从树上抱下小悟，忽地眼前一亮，赞许地摸了摸小悟的头。

洛嘉的房间在客房最西边，房门紧锁，房中隐隐传出一股血腥味。

“看我的。”莫文说着从靴中拔出匕首，三拨两弄，竟把门锁挑开了。

“看来我要换一批锁了……啊！”温丽人正抱怨门锁的质量，猛地被眼前情景惊呆了。

床铺上雪白的天鹅绒被褥上满是几乎凝固的鲜血，地板上也有不少滴落的血迹，最令人可怖的是，房间角落里那尊大理石雕成的手拄战刀的侍卫像，雪白的刀刃、铠甲和脸颊上满是喷溅状的血迹。

“看上去……是这尊神像杀死了洛嘉，然后发动神功把他的尸体……变到了梅林？”莫文推了推锁得紧紧的玻璃窗，把脑门贴在窗上看着窗下平整干净的积雪，摇摇头道，“又是诅咒？”

“我想凶手是这么安排的。”探春指着石像腰间刀鞘上用血写成的古怪文字道，“商公子，看看这个。”

“近吾椂者，磔之于刀丛。”商璃倚着门框说，“这次做得有些牵强啊。”

“温掌柜。”穆达脸上的肌肉抖动得越发狰狞，生硬地转过头，看着躲在门外的温丽人，沉声道，“每一座房间里都有石像吗？”

“啊……是啊，有武士、仙女、童子，还有仙鹤之类的，大老远的运过来还怪不容易的……”

“哼，我房间里的冥王像，是不是为了‘瘗之于鬼府’准备的？”穆达道。

“嗤……你这想法太奇葩了！”温丽人不屑地反驳，“雪后的诅咒是惩罚盗墓贼的，‘攫吾器者，瘗之于鬼府’，难道你自认盗走了雪后墓中的陪葬品？”

“哼……”穆达恨恨不语。

“对了，洛嘉的尸体还在雪地里。”莫文搓搓手，望向温丽人。

“别看我，我可拖不动他！”

温丽人和被探春撺掇来帮忙的莫文气喘吁吁地把洛嘉的尸体拖到后院，用皮褥裹好，再用席子苫住，一道跟来的探春却在小小的后院里四处闲逛。

“走了走了，去洗手！”莫文喘着气招呼探春。

“温掌柜，这里最大的锅有多大？”探春却一把拉住莫文的手，径直走进厨房。

“哎……”温丽人一愣，忙不迭地跟上。

厨房的墙脚放着一口巨大的铁锅，比婴儿的澡盆还大出一倍。

“这儿还做大锅饭？这像是军队用的锅吧！”莫文偷偷观察探春的脸色，心中一动：要开始了！

“啊……这个锅已经很久不用了。”温丽人强笑道。

“瑞色山庄只有不到二十间客房，就算盛夏旺季也不会接待太多的客人，这种大锅无论何时都用不上吧？而且锅上一点灰尘也没有，像是刚刚清洗过。”探春用手指敲敲锅耳，又一指灶台说，“我想这间厨房原本只有那边的一排小灶，温掌柜为了实行这次的杀人计划才在这里砌了一个巨大的灶台。”

“是哦……”莫文忧心忡忡地看了温丽人一眼，用手拍拍砌在墙角的足有四五尺宽的灶台说，“今年夏天还没有……”

“哦……”温丽人冷笑着点点头，怀抱双手倚着灶台，挺起傲人的胸脯，斜眼一扫探春，“我倒想听听，这大锅、灶台和杀人有什么关系。”

“首先……”探春正色道，“我只想讲出真相，并不想干涉温掌柜的行动，其次，也请温掌柜顾及哑儿的感受。”

温丽人目光一黯，又仰起脸说：“说吧，你所谓的真相。”

“先来说说这两个奇怪的案子吧，两个死者似乎都是从山庄里凭空移动到陈尸现场的，从表面上看，侏儒柯里森是在离开瑞色山庄后被人打落湖中溺死，而壮汉洛嘉是被人杀死在自己的房间后移尸到梅林中的……”

“难道不是这样吗？”温丽人不耐烦地问。

“这不过是凶手制造的障眼法罢了，将原本很容易办到的事情变得不可能，哦，准确地说是让我们认为不可能，从而嫁祸给雪后的诅咒。”

“我听不懂哎。”莫文拽了拽探春的袖子，“那柯里森是怎么走到山庄外的？还有洛嘉的尸体又是怎么搬出去的？”

“其实这很简单，被杀害后移尸的是柯里森，被人骗出山庄杀害的是洛嘉，这口大锅只是为柯里森做了一层皮，哦不，一个壳。”探春说着走到院子里，指指紧挨着后院西墙南北两角的两棵云松，“这样粗壮的木材，最多用两三棵便能搭建一个犬房，温掌柜伐净了后院所有的松树，却单单留下了这两棵，应该只是为了制作一个巨大的弹弓，并留出足够大的拉弓的空间。”

“弹弓？”莫文顿时傻了。

“难道你没有注意到这两棵树上的积雪少得出奇吗？”

“确实是啊！”

“凶手用这两棵树作为弹弓的两杈，用至少九束兽筋拧成的皮索作弦，将柯里森的尸体弹射出去。用中国话说，这就是‘以隋侯珠弹千仞之雀，必笑所用至重，所取至轻’。”探春摇了摇头。

“明珠弹雀，郡主觉得不值吗？”温丽人眉梢一挑。

“我可不会为杀人砍掉这么多高大美丽的松树。”探春道。

“你的想法比我大胆得多哦！”莫文道，“这可能吗？”

“《考工记 · 弓人》有云：‘量其力，有三钧，郑玄又释之曰：假令弓力胜三石，引之中三尺，弛其弦，以绳缓擐之，每加物一石，则张一尺。’两棵松树距离不近，但以温掌柜的膂力，拉开这样的弹弓很容易办到，就算无法直接将尸体弹射入水，也能打到离冰女湖很近的土坡上……”

“再从坡上滑到水里？哈，那儿是雪又不是冰……哦，除非事先在雪坡上放一个雪橇，再把尸体准确无误地抛到雪橇上！”

“我可没那准头。”温丽人撇撇嘴说。

“谁说是滑的？尸体是从坡上滚到湖里的。”探春道。

“嗨，柯里森又不是球！”莫文一摊手。

“谁说他不是球？”探春自信满满地眨眨眼。

“呃……用雪？把柯里森滚在一个大雪球里……”莫文说着摇摇头，“不对不对，后院里的雪一早便被扫得干干净净，根本不够用啊。如果发射时力道小些没能把雪球射入湖中，一定会摔碎在土坡上吧？就算把雪球直接射入水中，也会迅速下沉融化，柯里森的尸体就应该沉在半岛正西的湖底，而不是挂在钓台东侧的渔网上。”

“怎么不想想那口大锅呢！”探春道，“哑儿给我们准备的鱼饵是小油馍，这东西用油炸过之后轻巧坚韧，弹性十足，而且很合湖中白鱼的胃口。凶手用大锅炸制了一个巨大的空心的球罐状油馍，内外皆炸透——使得内壁也有一层油壳，避免面沾在柯里森的熊皮袄上——然后将溺死的柯里森蜷缩起来放进去，再用一张油馍饼将口封住，弹射到院墙外的雪坡上。油馍筋道坚韧，落在雪坡上也不会大开大裂，院中作弹弓杈的两棵松树上的雪却被筋束弹射引起的晃动抖落在地……”

“当这个香喷喷的大圆球顺着雪坡滚到湖里，就会被馋嘴的白鱼围拢吞食。”莫文一拍手，“难怪尸体周围浮着一层油花呢。”

“对，这也正是引起我怀疑的地方。”探春道，“我钓鱼时不慎把浮漂掉入湖中，发现湖水是自北向南缓慢流动的，落进半岛西面湖水中的油馍球会随着水流向南漂去，直到被你设在湖中的渔网挡住，网内网外的白鱼面对如此丰美的食物，当然会毫不客气大快朵颐。

“湖水流速不慢，油馍球在到达钓台前不会被白鱼咬出空隙，温掌柜应该计算过湖水流速和白鱼吃食的速度，会在炸制油馍时注意厚度和硬度，并在相对稳妥的时候命哑儿出去收网，让她发现被网上的铁钩挂住的柯里森。我观察过白鱼的嘴，它们像鲤鱼一样并没有锋利的牙齿，是无法啃食柯里森的尸体的。”

“那柯里森是在哪儿被溺死的？”莫文又问。

“喏。”探春指向墙角的大水缸，“这水缸虽不粗壮，但比柯里森高得多啦，把打晕的柯里森头下脚上放进水缸里，再搬一块大石头压在水缸的盖子上，就算他有三头六臂也爬不出来。”说着一脚踩在水缸旁一块干净的石头上，“想必这石头上的雪就是在搬动时蹭掉的吧。”

“这……你有什么证据？”温丽人咬咬嘴唇问。

“柯里森离开后，我们和商璃一直在客厅，哑儿也被你安排整理书架，穆达和洛嘉二人也可彼此为证，虽然不排除他们联手杀人的可能，但若要在后院和厨房做这许多手脚，也只有你这个掌柜的能做到。让哑儿把三架书全部整理分类，这显然是为了拖延时间，不让她到后院去。当你以找狗为由再次回到客房并吩咐哑儿到冰女湖收渔网时，柯里森已经挂在渔网上了，这之间也就是半个多时辰吧，你手脚可够快的。

“那两棵松树上应该有被筋索捆束留下的痕迹，再看这口大水缸，又笨又高，釉面火光未退，显然是新买不久专为柯里森准备的。这一缸水何止千斤，处理起来极不容易，后院既没有水井可供倾倒，地上也没有大片积冰，说明你尚未处理这缸‘凶器’，水中也应存留着柯里森短袄上的熊毛和他的红色卷发。”

莫文听了，踩着大石头便往水缸里爬，温丽人重重哼了一声：“好啦，我承认行了吧！”

“哇！不是吧你，你干吗要杀他们啊？”莫文见温丽人亲口承认，仍然有些难以置信。

温丽人不悦：“‘他们’？你凭什么说洛嘉也是我杀的？三百多斤腱子肉我可扛不动。”

“你有雪橇啊。”探春道，“你可以约他在东门口见面，哦，准确地说，在东门口铺着羊皮的地方见面。”

“你怎么知道！”温丽人骇然问，紧接着又改口道，“呃不，我是想问，你为什么会这样想？”

探春道：“洛嘉毙命之处就在东门口的梅林外，确定了这一点，我便着意考虑怎样才能一刀断喉却不留下血迹……”

“等一下，你怎么知道洛嘉是在梅林外被杀的？”莫文问道。

“路边的梅林是从东门一直向东延伸出去的，刚才我们看过洛嘉的尸体回到东门外时，小悟突然跳到路边的一棵梅树上叫个不停。”探春摸摸蹲在肩上的小悟毛茸茸的爪子说，“当我走到树下要把它抱下来时，突然发现树干上有两点喷溅状的暗红色斑点，正是血迹无疑，再仔细观察被小悟踩在脚下的一枝梅花，发现在其中两朵鲜红的梅花瓣上也有几点细小的血痕。”探春说着从袖中取出偷偷折下的一枝梅花，“这是喷溅状的血迹，如果是从客房移尸路过此地，血怎么可能溅到树上？从血点的大小形状来看，洛嘉当时所站的位置应该在距梅树一丈来远处的东门口。”

“那羊皮的事你怎么知道的？”

“一根白色的羊毛挂在东门口左侧那棵梅树根部的糙树皮上，而这附近并没有羊蹄印。”探春道，“你事先与洛嘉约定在东门外铺着羊皮的地方见面，在哑儿和住客睡下之后，你便独自走出东门，把一块巨大的羊皮——可能是几张皮连缀起来的皮褥——铺在门口，等洛嘉来赴约时，趁其不备一刀将其格杀。洛嘉的尸体倒在羊皮上，大量的鲜血喷溅在羊皮上，你只要用羊皮卷起尸体，再把尸体拖到雪橇上就行了……”

“怎么一直强调雪橇？那两只小狗崽可顶不了什么用。”莫文道。

“所以要和那只驯鹿拉好关系啊！”探春道，“如商璃所说，那只雄壮的驯鹿吃了温掌柜大半年豆子，早把你当主人了。”

“等一下，东门外小路上虽痕迹凌乱，但我并没有看到鹿蹄印。”

“只要走在雪橇后面，用力踩在鹿蹄印上就好了。”探春道，“当驯鹿走出东门百余步时，你命它停住脚步，又将裹着尸体的羊皮拖下雪橇，展开后把尸体从羊皮上滚到梅树下，放走驯鹿，收走沾血的羊皮，搜走洛嘉的钥匙，拖着雪橇回到山庄，将早就准备好的鸡血或者鹿血洒在洛嘉的房间里，然后在石像的战刀上写下血字。

“之后你便可回到自己的房间换下血衣，装作午睡刚醒的样子唤醒哑儿。为了不引起我们的怀疑，你换上的这件衣服和上午所穿的一模一样。不过你也该知道，女人对衣服首饰之类是非常敏感的，你上午穿的裙子一角有为我们煮面时滴上的一点酱汁，现在这件却干干净净。还有，虽然羊皮是不渗血的，但羊毛难免会脱落，尤其是将尸体拖到梅树下时，树根处的糙皮很容易挂住纤细的毛。”

“呵，这倒是我大意了。”温丽人抖抖裙角，叹了口气，“什么时候开始怀疑我的？”

“今天我们到山庄时，看到了你让送菜老人运走的垃圾袋。”探春道。

“垃圾？”莫文开始努力回忆那辆臭烘烘的雪橇。

“一段被剪下的筋束从垃圾袋里漏了出来，我当时还奇怪，这么粗的筋束是极少用到的，难道温掌柜还亲自用弩车猎象吗？”探春道，“虽然当时还未发生命案，但我总觉得……嗯……有些不对劲，也许是一路走来的习惯吧。”

“你为什么要杀他们？”莫文讷讷不解。

“问得好。”温丽人恨恨地说，“我杀他们，是为我大哥全家报仇雪恨。”

“你还有个大哥？”莫文从未听说这个独来独往的泼辣女子还有亲人在世。

“十年前的雪后墓被盗案，巡捕在悬崖下发现的焦尸，就是我大哥、大嫂、侄儿和他们家的下人。”温丽人疲惫地坐在一块大石上，幽幽叹了口气说，“我大哥是不世出的盗墓高手，就是他通过几篇纸草和一块残碑推测出雪后墓穴的所在。”

“你大哥是挑穴书生常循？”莫文倒吸一口凉气。

“很意外吧？雪后墓中机关重重，我大哥本不愿去碰，但柯里森早就对雪后墓这座被各种传说大肆渲染的地下宝库垂涎三尺，在百般劝说未果之后，便伙同穆达、洛嘉将我侄儿从学堂骗走，绑至雪咒山中……”

“这么说常循是为了救儿子才掘开了雪后之墓？”

“没错，如果没有我大哥，这些鼠辈早就被墓道中的机关碾成肉泥了！”温丽人咬牙切齿地说，“他们却过河拆桥，在躲过官差的追捕之后，竟然对我大哥下了毒手。”

“嗯……躲过了官差的追捕？那坠下悬崖的马车呢？”莫文不解。

“我大哥使了个障眼法，在官差眼皮底下坠崖的马车里什么也没有。那处悬崖乃是绝地，千百年来杳无人迹，除了从崖顶攀缘而下，别无他路可通，那些惜命的巡捕是断断不敢在寒冬腊月悬绳而下的，更何况他们亲眼看见了马车坠崖，认为盗墓者必死无疑，便放心离去，只等第二年春天再下崖收尸。”

“你大哥他们正可趁这段时间从容地安排逃亡计划，等官差发现崖底空无一人时，他们早就远遁他国了。”莫文点点头，“巧妙的安排。那悬崖下的尸体……”

“很诡异是吧？明明是坠入百丈崖底积雪中的尸体，为什么会被烧焦？”温丽人冷冷道，“因为柯里森和穆达准备了第二辆马车。”

“我大哥只想打一个时间差顺利脱身，但柯里森不这么想，如果巡捕没有在崖底发现尸体，这案子始终不算完，他们手中的宝物也不敢贸然出手。你也知道，真真国大大小小的古玩黑市里都有你老子派出的探宝猎人。”

“呃……呵呵，这些猎人不是查案的……”莫文小声嘀咕。

“于是柯里森三人将我大哥夫妇，我十六岁的侄儿，包括家仆侍女等人迷昏之后，挑断手筋脚筋，塞进一辆用桐油泡透了的马车，点火之后赶下悬崖。那里是人迹罕至的深山，我大哥全家在熊熊燃烧的马车里号哭惨叫，坠崖惨死，但只有住在山外村庄的老农隐约看见冲天的火光，不到半个时辰便熄灭了，还以为是什么雪后显灵，哼，荒唐！”

“被桐油泡过的马车会被大火烧得渣都不剩，开春之后赶去的巡捕只会发现烧焦的尸体以及第一辆马车的碎片，第一辆马车并没有被油泡过，反而在冰雪中埋了好几天，就算被大火波及，也不可能被大面积烧毁。比事件发生迟了数月赶到的巡捕在厚厚的大雪中能发现的线索少之又少，更何况烧焦的尸体和完好的马车，再加上山外老农的证言，只怕这件事很难不和诅咒联系在一起。”探春道，“官府就这样草草结案了？”

“那还怎样？无能的巡捕被雪后的诅咒吓破了胆，连散落在崖底的遗骸都没有收拾干净就匆匆逃出了雪咒山。柯里森三人自从杀死我大哥之后，就开始疯狂地散布有关雪后诅咒的消息，雪后时代的古物价格不断上涨，一片残破的纸草的价格都被捧到三百两以上。等官府宣布结案一年之后，柯里森又耍了几个狡猾的手段，借他人之手令上千件雪后时代的古玩几乎同时流入全国各地的大黑市，等官府惊讶地发现这些古物都是真品时，早已无力管控了。”

“于是柯里森等人在短短十年之内摇身一变成为腰缠万贯的大古玩商。”莫文点点头，“其实我父王的探宝猎人早就注意到了柯里森和洛嘉，不过穆达嘛……”

“这个老家伙最难对付，柯里森残忍暴戾贪婪冒进，洛嘉胆小如鼠畏首畏尾，这个穆达……哼，心机极重，深不可测。”温丽人愤然道，“官府的人根本靠不住！”

“你打算怎么对付他？”探春问。

“那条筋束我还留着，缢之于建木。”温丽人道，“你说过不会阻止我。”

“是……可你考虑过哑儿的感受吗？她还是个孩子，你两次让她成为尸体的发现者，这对她来说会不会太残忍了？”

“我……”温丽人少见地露出羞愧之色。

“说起来……哑儿是什么人？”

“她是我大哥家老管家的孙女……”

“难怪，从她华贵的穿着和细嫩的皮肤即可看出你对她格外关心，但你今天却吩咐她做各种各样的粗活累活，虽然哑儿毫无怨言，但这里的常客难免不会发现异常。还有，命案发生后，你竟然还放心地带她去采梅花，这说明你根本不担心遇到那个可能隐藏在山中某处的凶手，这点太反常了。”探春道。

“穆达也极可能发现蹊跷。”莫文继续补充。

“是啊，这太反常了，我当然会发现蹊跷……”穆达无声无息地突然出现在后院门口，双眼赤红，须发凌乱，声嘶力竭地发出几声狞笑，枯瘦的手掌如铁钳般紧紧锁扣，歇斯底里地大叫，“你们别过来，别过来！否则我掐死这小丫头！”说着手掌微微发力，牙齿咯嘣嘣打战。

“我们没过去啊。”莫文一摊手，“而且你要掐死谁？”

探春莫名其妙地指指攥着一团空气的穆达：“他是不是以为自己挟着哑儿？”说着回头看看温丽人，“你给他下了致幻药？”

“没有！他可能中了……天哪，不可能！”温丽人看着浑身肌肉中如钻了蠕虫般颤抖不止的穆达，一时有些手足无措。

“双眼赤红，皮肉发青，毛发直立，产生幻觉，这是雪后时代的炼狱蛊！他皮下那些蠕动的突起就是蛊虫。”莫文大惊道，“我以为这种古术早就失传了！”

“难道这是雪后的诅咒？”探春见穆达挣扎着倒在地上，着实狰狞可怖，忙扭过脸去道，“难道这诅咒真的在十年后才生效？”

“陛下的陵寝中飘满了炼狱蛊的虫卵，会在不知不觉间飞入盗墓者的口鼻之中。”商璃抱着默默抽泣的哑儿走入后院，冷冷望了穆达一眼，淡然说道，“他在十年前就中了蛊，而且是……”

“千年之前的蛊？”莫文愕然。

“不错。”商璃跨过倒地抽搐的穆达，不急不缓地说，“这种蛊虫进入人体后还能存活二十年，一旦中蛊者同时吃下冰女湖中带子的白鱼和白虾，蛊虫就会在两个时辰内彻底苏醒，这才是真正的诅咒。不过白鱼、白虾育子的季节不同，很难同时吃到。”

“你怎么知道？”莫文把探春和温丽人挡在身后，伸手去靴筒里摸匕首。

“别慌，我不会伤害你们。”商璃轻轻放下哑儿，淡然一笑道，“先祖就是那个为雪后伐净全国玉柏的祭司，我家世世代代都是雪后陛下的守墓人。”

“不也没守住吗？”莫文小声嘀咕。

“他们挖开的只是五座疑冢之一罢了，陛下怎么会允许有自己陵墓位置的线索记载保存下来？”商璃微笑着看了温丽人一眼，“这三人之所以常年在此逗留，也是为了寻找真正的雪后之墓。温掌柜诱骗柯里森、洛嘉单独与你见面并杀害也是以此吊住他们的胃口吧？”

“啊，对呀。”温丽人满脸通红，小声说，“我找到一块雪后时代的无字木牍，又高价收购了一块古墨，在木牍上写了有关雪后之墓的信息，再找机会私下给他们看……”

“真舍得下本儿啊！”莫文佩服地看了温丽人一眼，又用脚尖指指穆达，“三人中真正精通古文字的只有穆达，你的小伎俩怕是骗不了他，偏偏这家伙同时吃了带子的鱼虾……他会怎么样？”

“就这样放着吧，他很快就解脱了。”商璃语气轻松得很，像是在处理一件废弃的物品，“这个季节没有带子的白虾，是我在他的饮食中放了白虾子。”

温丽人怔怔地躲在莫文身后，探春拉拉她的袖子说：“你就没有别的话想说？”

正要转身走开的商璃也停住脚步。

“啊，没，没什么……”温丽人扭捏地捏着哑儿的肩膀道，“我……我去看看信鸽怎么还不回来。”

商璃一咬嘴唇，微笑着走开。

哑儿突然跑出去扯住了商璃的衣袖，袖中一片小小的画纸落在雪地上，一个泼辣干练的美貌女子被炭笔描绘得栩栩如生。

第十二章 清秋碎割咸阳玺

“这里美吗？”莫文小心地牵着探春的手问。

“美。”探春站在高塔上，望着脚下灯火辉煌的天浴城，蓦地涌起一股浓浓的孤独感，喃喃道，“真真国，天浴城，这里就是我此生的归宿吗？”

“是我们的。”莫文握紧了探春的手，指着天浴城中心被河水环绕的豪华宫室说，“那里就是我们的家。在那里，我是大王子霍遥，也是远方诠智岛的主人。”

“不，你还是瑰兰庄的莫文，还是我的阿诠。”探春泪眼婆娑：“身在异乡，我不希望我唯一熟悉的人也变得陌生。”

“好，我还是你的阿诠。”莫文轻轻在探春额头一吻，伸手摘去她头上一片翠钿，“大婚前我们不能再见面，就让它陪陪我吧，不然我会害相思病的。”

“好啊，我也要。”探春一笑，伸手捋下莫文束发的银环。

“这天浴城龙盘虎踞，冠盖云集，到处都是涂了蜜的嘴，淬了毒的心，馆驿里只怕不大安全。明天我会安排你住进渊伯爵府上，那里是平安坊，坊中都是主和派官员的府邸。”莫文轻轻一抚探春的脸说，“你姐姐和侍书留在邓将军那里，尽可放心，我留小黑、小蓝照顾你，你万事小心，三日后别忘了来喝我的喜酒。”

“鬼才会忘，那也是我的喜酒。”探春拂去眼泪，扑在莫文胸前。

探春露出一脸程式化的笑容瞧着类似于中国大鸿胪的锦衣男子费力地挪动着硕大的身躯，带领着不下三十名操着一口流利汉语的大小官员殷勤地操持着一切琐碎繁杂的迎候事务，侍从仪卫则恭谨小心地应承着送亲队伍里的邓殊等人，百十来双湛蓝碧绿的眼睛里盛满了礼节性的笑意，一切流程周到流畅，紧凑而不失礼数。大大小小几场应酬下来已是正午，被恭恭敬敬送到住处的探春早累得头晕眼花，强笑着送走了最后一批深目高鼻的官员，终于支撑不住一头栽倒在软茸茸的鹅绒躺椅中，长长地吁了口气，眯着眼四下打量豪华得无法形容的客房。

“这里真称得上富丽堂皇，到底是都城啊！”探春啧啧叹道。

“这里是渊伯爵府。”小蓝一手抱着小悟懒懒地靠在软皮椅上，长长伸了个懒腰说：“整个天浴城除了王宫就数这儿大了，渊伯爵是个一等一的顽主，也是个一等一的败家子，那句话怎么说的来着，一船一船的酒啊！”

“莫惜连船沽美酒，千金一掷买春芳。”探春笑着端起纤巧的白玉杯，轻轻抿了一口樱桃汁说，“这样的人往往活得自在，心也不脏。”

“哈哈，多谢郡主夸奖！”一个浑厚的声音从屏风后传来，“不知郡主现在可方便否？老夫要从屏风后出来了。”

探春一口果汁喷得小蓝满裙子都是。

“哎呀呀，可是老朽自家酿的果汁不合郡主胃口？”一个白净清癯的中年男子把玩着一只白玉佛手从屏风后探出头来，略显顽皮地翘起一只脚说，“惭愧惭愧，照应不周，郡主见谅，老夫这就命人换一杯普洱茶来。”

“伯爵大人，您怎么在这儿？”小黑挡在花容失色的探春和小蓝身前，警惕地望着渊伯爵道，“大礼未成，您身为祖辈，竟然藏身于侄孙媳房中，未免太失礼了吧！”

“啊，那个，我本来想看看郡主还有什么需要的，谁知刚进门就听到你们的脚步声，当时人又多场面又乱，我实在不好出面，只得躲在屏风后面……呃，不对，你个小兔崽子胆敢训斥老夫！哼哼，到底是跟着那个混世小魔王的，一个个胆子贼壮。你叫什么稚玄是吧，啊，听说前阵子改叫小黑了？嘿，我还以为是它的名字呢！”渊伯爵吹着胡子指了指蜷在小蓝怀里的小悟。

小蓝举起小悟挡在自己面前，心突突直跳：他不会听到我说他是败家子了吧？这个渊伯爵最小气了，保不准什么时候会往我饭碗里丢毛毛虫。

“喵——”小悟打了个哈欠，伸了伸腿。

探春定了定神，好奇地打量了渊伯爵几眼，笑着说：“伯爵有事求我？”

“啊？哈，没有！郡主想哪儿去了，哪有初来乍到连口热茶还没喝就请人办事的？老夫可没那么不讲究。”渊伯爵打个哈哈，偷眼瞧瞧探春，见她气定神闲拈着白玉耳杯，轻轻晃着透亮的樱桃汁，满脸戏谑地盯着自己，不禁有些忐忑：呀，真怪，这丫头的眼睛像是故王后似的，你瞧不透她，她却把你的皮肉骨头都看化了。

“好吧，我承认，是有那么些小事儿要麻烦郡主。”

“爵爷客气。”探春将樱桃汁一饮而尽，默默享受了自喉管至肠胃的阵阵清甜，一抬手道，“请坐，请讲。”

“啊，好。”渊伯爵掏出一只錾花白铜柄的象牙小梳，一边梳着已经整齐得一丝不乱的胡子，一边试探地说，“郡主破了安洛城断指玉盗的案子，对吧？”

“没错，不过那个断指玉盗是别人冒充的。”见渊伯爵对和亲路上发生的案件了如指掌，探春并不感到惊讶，毕竟这是莫文口中“最可信的三位王室成员”之一。

“七日前，你还破了雪咒山雪后墓的案子对吧？”

“爵爷消息灵通得很啊。”

“呵呵，郡主见笑了。”渊伯爵正色道，“十年前雪后之墓被盗，大量珍宝散落民间，有的瘗于雪山冰窟，有的流落市井摊铺，但雪后的几枚印玺一直不曾现世。”

“呃……其实被盗的只是一座疑冢罢了，雪后印玺应该还沉睡于雪咒山中。”探春见渊伯爵脸色阴晴不定，也猜不透他的心思，只得又道，“虽是疑冢，冥僮明器却多得吓人，也称得上金碧辉煌了。”

渊伯爵无奈地笑了笑：“真真国古来蒙昧，虽有数百年唐风浸染，却远没有你们周秦汉唐般煊赫，远隔多年的雪后时代便是我们心中唯一的古国记忆……”

“您到底想说什么？”探春听得糊里糊涂。

渊伯爵幽幽叹了口气：“三日前，陛下和几位大人忙里偷闲来我府中钓鱼时，有一位道骨清奇的瘦小少年趁机驾船献宝，是两只封于冰中的古印匣。”

探春仔细琢磨了一下伯爵这一句话的信息量：伯爵府的钓鱼池能行船，果然奢侈；未来公爹玩心很大，老不正经；不对，一介草民怎么跑到伯爵府划船的？

渊伯爵见探春露出奇怪的表情，忙解释道：“我府上的碧波池与游人如织的瑞鹤湖相通，其间不设围墙，仅以五顷莲花相隔，现下莲叶虽凋，但湖鲜肥美，瑞鹤湖畔冬钓者甚众。那少年独驾小船自瑞鹤湖驶入枯莲丛，被扮作钓客的暗卫所擒。

“得知其来意后，陛下命他携宝来见。只见他船头上用厚厚的锦缎包裹着两块七寸见方的冰，冰中各封冻着一金一银两只印匣，冰虽污浊，但近看时隐隐约约能看出印匣上錾有纹饰，图案风格与雪后时代的遗物一般无二。当时我和陛下欣喜若狂，将那少年迎入伯爵府，厚礼相待。也许是乐极生悲，当我们砸碎冰块，打开银印匣时，匣中的数折纸扎已化作尘泥。

探春摇头道："纸帛之类本就易腐，于湿冷之处封冻千年，早被湿气沁透，贸然破冰取宝，使之曝露于天日之下，岂有不朽之理？印玺可在？"

"印玺尚好，是一方小巧的狮钮铜印，其文交错套叠，晦涩难识。"渊伯爵偷偷瞟了探春一眼，道，"当时我们不知匣中有纸，否则断然不敢凿冰取宝。"

"那爵爷需要我做什么，真真国古文类别繁多，系统庞杂，我也不认得啊……"

渊伯爵吞了口唾沫，小心地说："那不是雪后时代的古字，而是你们中国的古篆，当时有一个人认出了印上的文字。"

"哦，什么人？"

"南安郡王。"渊伯爵道，"南安郡王是篆刻名手，自他战败被俘后，一直被安置在我府西院，陛下准他在伯爵府上下随意行走，只要不出府门即可。后来郡主奉旨和亲，我们两家便算结了亲家，陛下每每出宫游玩，总会邀郡王同往。"

探春眯起眼睛，心中细细盘算：我被南安太妃认作义女，带了数十船嫁妆出海和亲，目的之一便是赎回去年海战中被真真国所俘的南安郡王。虽然我现在的身份是南安郡王之妹，但我只在老祖宗寿宴上和这个便宜哥哥见过一面，只记得他穿金冠玉仪态翩翩，样貌如何我已记不清楚，更不知他品性如何……

渊伯爵轻咳一声，打断探春思绪："南安郡王说，这印上所写是中国篆书，是什么凤翔节度使……什么潞王的……"

"凤翔节度使？潞王……李从珂！"探春猛地一拍座椅扶手，霍然站起，"后唐废帝李从珂弑君称帝前便是凤翔节度使，封潞王！"

渊伯爵似乎早料到探春如此反应，无奈地点点头："啊……我知道，更可怕的是……"

"玉玺！"探春心怦怦直跳，好一阵才回过魂来道，"自李从珂于玄武楼自焚后，传国玉玺便再未现世，玉玺的最后一位主人正是李从珂！"

渊伯爵叹了口气道："当时南安郡王的反应比郡主还要激烈，毕竟李从珂少年时的印信摆就在眼前，那冰封的金函里……"

"极有可能是传国玉玺！"探春惊呼一声，拊掌道，"郡王……呃不，家兄若得此玺献于天子，不仅能抵战败之过，还是一件旷世奇功。"

“郡主……”小蓝有些摸不着头脑：中国人真怪，自残唐五代至今，王朝已更迭数遭，怎么人人都心心念念记挂着这块石头？听说还是磕坏了一个角的石头。

探春定了定神，秀眉一蹙道：“怪了，若此二玺真为李从珂所有，怎么会出现在真真国？难道李从珂自焚前命心腹之人将此物带出皇宫潜逃海外？不对啊，石敬瑭大军将洛阳城团团围住，携宝逃生难比登天，而且真真国远在万里之外，乘船出海数月方至，若此人侥幸逃脱，为何不去安南、东瀛，偏偏来到西海？不过细细算来，雪后时代大致相当于宋辽之时，李从珂印玺出现在雪咒山……从时间上倒也说得过去！”

“郡主啊，你凭什么确定那金函中便是李从珂所失的传国玺呢？”渊伯爵黑着脸问。

“哦，爵爷莫怪，是我失态了。这金函之中，也未必一定是传国玉玺。”探春略有些尴尬，抿嘴一笑，又说道，“毕竟这是献于真真国陛下的宝物，我们怎好强索？而且诠王子婚期将近，战和两派皆蠢蠢欲动，于此时突然出现的古玺到底是祥瑞还是太岁，会被哪样人拿来做哪样文章，全看此事处理得当与否了。”

“嗨，正是如此！”渊伯爵一拍大腿道，“当时南安郡王激动得手舞足蹈，也不顾场合便直接向陛下索要金函，陛下心中不悦，一口回绝，郡王便勃然作色，愤愤离去，在场十余位大臣都看在眼里。”

“这可不是什么好事，家兄实不该如此唐突。”探春歉然道。

“而且那献宝人阴阳怪气，身份不明，我更觉得此事不简单。陛下唯恐这金函有什么机关，便先将双函和献宝人一起安置在我府上。铜印和银函锁在后院阁楼，冰封金函藏在冰窖里。”

“只盼有幸一观。”探春忙道。

“这个好说。”渊伯爵笑道，“郡主先用午饭，咱爷俩饭后赏玺，权当消食。”

“果真是李从珂之印。”探春捧着一方布满均匀的瓜皮绿锈的狮钮铜印，啧啧称叹，心里却连生疑窦：造型字体皆堪称完美，不过锈色未免太均匀了些。

“好古怪的文字。”渊伯爵一咧嘴，“我还道雪后时代文字繁杂，谁知你们那边的字更古怪。”

“这不奇怪，中国古籀虽以二周钟鼎铭文为宗，然吴楚有鸟虫书，秦有石鼓文，至于淹没于秦火的六国古字更是奇谲古拙，唐人擅篆者颇多，印文也多用篆书，自唐殁宋兴，则有辽夏金元诸藩文字，复杂难辨尤胜古篆。”探春轻轻放下铜印，又捧起那只盛印的银函。

这银函不过四寸见方，前有司前，后有铰链与盝顶函盖相连，顶面錾两金雕于云间相斗，四壁皆有仗剑腾挪的神祇图案，边角处饰以卷云忍冬，雕錾之精细，令人叹为观止。探春啧啧称奇：“这银函做工之巧，后人实难企及。”

“这正是雪后时代的绝妙工艺。”渊伯爵道，“这样的银函存世虽然不少，但大都被皇亲贵胄所得，散于草莽者不过寥寥。对了，老夫藏宝阁中尚有两函，虽然函中无印，但做工绝好，是老夫用一座茶园换来的。”

探春暗暗吐舌：真是个败家子。又问道：“那个献宝人没说这两方印来自何处吗？”

“他不肯讲，只说严冬将至，雪咒山中危机重重，待明年开春他亲自带我们去。”渊伯爵言语中透着几分疑虑，“我总觉得事情没这么简单，可人家好心好意前来献宝，偌大的阵势搞得尽人皆知，我总不好严刑拷问吧？多少双眼睛盯着呢！”

“此事容后再说，先带我去看看那块尚未砸开的冰吧！”

一条宽不足六尺的小水渠蜿蜒曲折，自西南向东北贯穿伯爵府，那水清澈寒冽，流速极快，水中并无鱼虾，沿途可见童仆侍女在水中浣洗葡萄，有贪嘴的趁机偷吃，被渊伯爵抓了个现行。

“这是府中饮用之水吗？”探春奇道，“这季节怎么会有葡萄？”

“郡主见笑了，府中每座院落皆有水井，井水甘洌更宜饮用，不过这渠中之水也是上等寒泉，可用于浣洗果菜、研墨、沐浴。至于葡萄嘛，哈哈，这就值得炫耀一番了！我府中有一座驻春园，地下有热泉，园中四季如春，故此时虽已入冬，府中仍然能吃到四时瓜果和绝好的鲜菌。”渊伯爵略显得意地从侍女的竹篮里抓起一把树莓，分给探春。

又走不多时，来到伯爵府东北角的小偏院，那条水渠便由从松树下院墙的水门流出伯爵府。院门上悬挂一块扇形匾额，上书真真国古字，似楔似凿，探春看得直咧嘴。渊伯爵介绍说：“此院名曰‘寒园’，冰窖便设于此院地下。”

冰窖是一座地穴，原本只是贮存伯爵府后厨用冰的地方，故此虽有厚厚的石门，却并无锁具，可随意推开。近日来由于藏了冰封金函的缘故，才有一小队侍卫手持火枪弯刀驻守于此。

渊伯爵推开石门，引探春走进冰窖，但见一块七寸见方的冰块端放正中，四周则是数千块被切割成半尺一块的食用冰。渊伯爵晃亮火折子，点着墙上的玻璃罩灯，冰窖中顿时亮堂起来。探春裹了裹衣裳，定睛看去，见那冰块颜色较食用冰略显脏暗，冰中裹着不少草籽污泥，切割得也并不十分工整。冰块正中封冻着一个四寸见方的金色盒子，在昏暗的火光中泛着淡淡的金属光泽，由于冰块混浊暗淡，只模糊可见人头凤尾及手持法器的神祇图像。

“用这样的宝函盛放，定是旷世奇珍。”渊伯爵抚摸着冰块说。

“极有可能是传国玉玺呢。”探春用鎏银护指敲敲冰块，喃喃道。

“郡主！”渊伯爵忍不住道，“这金银双函都是我真真国的古物。”

“但是银函中盛放了一方中国古印。”探春道。

“这金函和银函不一样。”渊伯爵急道，“银函倒还罢了，雪后时代的豪阔之家皆可打造，但古文所载金函只有皇族才可使用，而且多用来盛放私人玉质印信，故此存世极少。目前真真国还没见到过存世完好的雪后皇族玉印，这金函里的东西非同小可，但绝不可能是你们中国的传国玉玺！献宝人说过，金银双函皆出自雪咒山，那里是雪后陵寝所在，山中疑冢无数，还有不下数十位贵胄重臣陪陵而葬。据我所知，雪后身边酷爱金石，雅擅篆刻的臣子不在少数，其中不乏晓天文、识地理、知水文、察星象，扬帆远航极东之地者。定是当时的某位航海家从中国带回了一枚铜印，爱不释手，便打造了一只银印函小心盛放，而他的私人印信则盛于金函之中。待他百年之后，这金银双函和函中宝印就随他一起安睡在雪后陵旁。”

探春笑了笑：“是这样啊，爵爷早对家兄讲明，也不会闹得如此不愉快了。”

“我倒是说了，可他死活不信。”渊伯爵无奈地一摊手说。

“不过在金函打开之前，谁也不知道里面究竟是什么。”探春还是有些不甘心。

“可不能贸然打开啊，这里面极可能有珍贵的纸草。”渊伯爵叹道。

探春正要开口，却听冰窖外一阵骚乱，似乎是有人和驻守的侍卫发生了冲突，不时传来几声犬吠，还伴着一句字正腔圆的国骂，虽然粗鄙难听，却令探春倍感亲切，转身向外便走，渊伯爵脸色一沉，忙随后跟上。

与侍卫纠缠的是一名不到三十岁的中国男子，衣着锦绣，腰间斜挎雁翎刀，面貌还算英俊，那满脸戾气却足以拒人于千里之外。他身后跟着的两名极年轻的中国侍卫，皆如皮鞭一般英武精悍，身上散发出浓重的肃杀之气。漂洋过海一路走来，探春只在邓殊这样从死人堆里爬出的沙场宿将身上嗅到过这种铁血的味道，很奇怪，这两个看起来不到二十岁，作剑童打扮的少年竟然浑身透着一股血腥，探春已经有些明白眼前之人的身份了——被俘的南安郡王。

“你是来和亲的郡主？”南安郡王见了一头乌发的探春，冷哼一声问道。

“是，兄长一向可好？”探春恭敬施礼。

“哈，来的怕是个柔福帝姬吧？”南安郡王嗤之以鼻。

“哥哥自比缩阳绝嗣的宋高宗，这不太好吧。”探春微笑道。

南安郡王脸顿时涨得通红，怒吼一声：“好个牙尖嘴利的贱人！”身后两名剑童顿时像鹰隼扑食般向探春逼压而来，小黑清叱一声，一闪身挡在探春身前，一名剑童伸手推在小黑左肩上，反被小黑身子一晃卸了力气，跌跌撞撞栽向一边。

“哥哥可是在这里受了什么气？也罢，有火只管往妹妹身上撒吧。”探春后退两步，做出娇怯委屈的样子说。

南安郡王望着渊伯爵和一干真真国侍卫鄙夷的眼神，气得浑身哆嗦，指着探春鼻子半晌才说出一句：“你……好！”说罢恶狠狠扫了在场诸人一眼，拂袖而去。

“呵呵，他也知道自己的分量。”渊伯爵见南安郡王离开，才无奈苦笑道，“堂堂郡王被俘陷身，郡主和亲弭兵罢战，你们兄妹二人的安危可谓此局之眼，牵一发而动全身。这半年来主战派派来我府上刺杀郡王者多不胜数，却无一人成功，亦无一人生还。”

“哦，爵爷府上高手如云啊！”探春道。

“若仅仗我府上侍卫，郡王有十条命也不够丢的。与他一同被俘的那两名少年才是真正的高手。哎，这二人是自幼随侍在郡王身边的剑童，郡主应该认得吧？”

“哦……兄长自小便在军中，和我很少见面，至于他身边的人，我更不了解。”探春小心地说。

“也是，这一身杀伐之气如何近得王府女眷？这两个剑童一个叫南良，一个叫北奇，身手了得，手段残忍，和他们交过手的刺客，个个脑浆迸裂，肠穿肚破。”渊伯爵说到此处，不由得打了个冷战：“直到那时我才知道为什么陛下如此放心地把郡王软……呃不，安置在我府上……”

“看来爵爷待家兄不差，不仅可以在府中随意走动，还能随身佩刀，我看那把刀价值不菲啊。”

“那是来真真国贩运珠宝的中国商人送的。自从两国罢战，郡主出海和亲以来，到我府上给南安郡王送礼者不在少数，多是苏州、杭州、明州、泉州等地的商人。南安王府把控东南各州郡海运市舶，这些商人便一心想着抱住南安郡王这棵大树，待海上硝烟散去之后，便可行商四海，财源滚滚。”渊伯爵道，“这几个月他们送来的宝物不下千件，什么金樽银盘、珍珠美玉、宝刀名剑，甚至还有送火铳的，被老夫一顿鞭子抽了出去。”

“看来这送礼之人要进伯爵府，还得重重搜查啊。”探春笑道。

“这个……也是为郡王安全着想……总之，那些商人送的都是难得一见的奇珍异宝，西院的书房都被塞满了！”

“趋利投机乃商人本性，这也没什么好奇怪的。”探春笑道，“看来家兄过得还挺滋润。”

“可他心情一直不好，不过这也难怪……”

“谁？”渊伯爵话音未落，忽听小黑暴喝一声，右手一扬，一枚石子已将一枝粗若儿臂的松枝打断，咔嚓一声，落入水渠。

“我随便走走，这边有动静，过来看看。”站在树下的少年面无表情，连说话都淡然得吓人，好像小黑那雷霆一击在他看来与风吹落叶般平淡无奇。

探春见这少年身材瘦弱，相貌平平，黄发稀疏，眉目间却带着几分清雅，倒也称得上“道骨清奇”。

“打扰了，告辞。”少年安静地一垂首，转身默默离去。

“他就是献宝人，很奇怪的家伙，对吧？”渊伯爵小声道。

“看来这些天爵爷的烦心事也不少。”探春笑道。

“这样幸灾乐祸不好吧，我可是你相公的爷爷辈呢。”渊伯爵像小孩一样扁着嘴说，“今晚酉时，我在碧波池旁的秀雨亭里宴请你们兄妹。不要这样看着我，我知道你不想见他，但这套礼数必须要做到位。”

“好吧。”繁文缛节虚情假意一类的事，探春再熟悉不过了。

“那我送郡主回房休息？”

“不必了，府里五步一岗十步一哨，出不了问题，我们自己回去。”

“也好，我先进宫一趟，郡主有什么要求只管吩咐下人去做。”渊伯爵也不再客套，带着几名侍卫匆匆离去。

“小蓝，扶我一下。”小黑见渊伯爵离去，硬生生从牙缝里挤出一句话来。

“哎呀，你怎么了？”小蓝突然发觉小黑浑身是汗，半边身子簌簌地抖个不停，忙伸手按住他的脉搏，“怎跳得这么快？”

“回去再说。”探春幽幽地望了一眼远处楼台高耸的西园，那是渊伯爵专为南安郡王辟出的院子。

“肩膀都错位了，他怎么下手那么狠。”小蓝咬牙道。

“如果我没有及时卸掉他的力气，只怕这条胳膊就废了。”小黑惊魂未定。

“是我的错，我也没想到这位王爷是个心胸狭窄之辈。”探春歉然道，“据说此人自幼统兵，战功赫赫，素来狂傲嚣张，此番不仅自己战败被俘，还要朝廷派一个女子出海和亲，他面子丢了个干净，当然要把气撒到我头上。”

“我听殿下说，这位王爷在战场上好像恶鬼似的，杀敌不求杀死，只一味虐杀，狼都不及他狠！最后围攻他的时候，死在那两个剑童手下的大小军卒不下数百，如果不是南安郡王伤重昏迷，我们又同意为他医治，这两个怪物绝不会投降的。”小黑道，“这回他被我闪了一跤，跌得不轻还折了面子，只怕愤懑难平呢。”

“你还得意啊！不怕被人背后暗捅刀子？”小蓝接骨的力道加重几分，“喀拉”一声关节复位，疼得小黑哇哇直叫。

“他不会。”探春道，“此人性子不像曹操，倒像关羽，虽然骄狂自负，但还不至于背地里阴人，倒是那个献宝人让我心里老觉得不自在。”

“就是，这人阴森森的好吓人。”小蓝道，“而且雪后时代金函珍贵异常，他竟然能搞到手！”

“我也觉得事情不对头。”小黑活动活动胳膊说，“他把这东西献给谁不好，偏偏要送到渊伯爵府上，要知道南安郡王就被安置在这里，现在郡主也住了进来，马上就要和诠王子成亲……”

“且瞧着吧，狐狸终究会露出尾巴的。”探春靠在椅背上，透过小窗望着王宫方向：未来的新郎现在应该被一大堆琐事缠得头昏脑涨吧？不知三天后再见他时还会不会有这些日子以来的微妙感觉。

冬日的黄昏来的紧，申时刚过，探春便被小蓝推醒。

“哈啊——”探春打个哈欠，望着西窗外一片晚霞，轻轻捏了捏眉头，起身更衣。

桌上放着一块成色绝好的普洱茶砖，又添了一套矾红描金的茶具，探春揉揉眼道：“爵爷倒是有心。”

“这是伯爵夫人送来的，刚才郡主睡得正熟，夫人不让叫您。”小蓝为探春绾起头发，又插上一对掐丝累金坠珊瑚的步摇，道，“伯爵夫人名叫惠欣，是出了名的雷厉风行，这伯爵府没有管家，上上下下大小事宜都是夫人安排打点，包括郡王和郡主的吃穿用度，都是夫人打发人从中国商人那边购置的。”

"那可要好好谢谢夫人。"探春抚了抚发鬓说，"去把我的琥珀坠儿的迦南手串拿来，用那个紫竹丝织的带象牙搭扣的小盒装好，筵间赠给夫人。"

转眼已近酉时，探春沿着从门前流过的水渠不紧不慢走到碧波池旁，水渠未注入池中，而是蜿蜒流向东北。地热隰然，池边芳草尚绿，不远处便是驻春园。渊伯爵坐在池上亭中，摇着大漆描金骨的折扇惬意地望着一个忙碌的中年贵妇。探春看那贵妇衣着做派，知她定是伯爵夫人惠欣无疑了。

此时惠欣正站在驻春园门口，指挥着一众仆人侍女从院中采摘新鲜的葡萄瓜果。

小蓝羡慕地说："这驻春园四季如春，种了不少四时果蔬，有时候陛下口淡了也会来伯爵府解解馋。"

"陛下那是忙里偷闲图个清静自在，你以为谁都像你一心想着吃。"小黑幽幽地说。

"谁一心想着吃啊！"小蓝恶狠狠地瞪他。

"哎呀呀，到底是年轻人有活力啊。"渊伯爵夫妇听得此处吵嚷，一起走到秀雨池边，渊伯爵摇着扇子笑着调侃。

伯爵夫人惠欣四十来岁，慈眉秀目，体态微丰，嘴角天生地向上微微挑起，酒窝下含着淡淡的笑纹，让人不由得产生一种亲近之感。

"郡主可真美。"惠欣拉着探春的手，携她走进亭中，絮絮叨叨地说，"这么个大美人儿娶回家，那小魔星也算有福咯！说起来你那个哥哥怎么还不到，这酉时已经到了，我请的舞姬都早早儿候在那边儿了！我早吩咐后厨那边到了时候就上菜……哎哟，到冰窖取冰的丫头们怎么还不回来，这瓶酒得赶紧用冰镇上，不然滋味儿可就变了，这可是黑提子酿……"

话音未落，伯爵府西南传来一声轰然巨响。

剧烈的爆炸声震得湖面泛起层层细碎的水波，连亭子都晃了两晃。小黑迅速挡在探春身前，警惕地四下环视，小蓝一把抱住探春的胳膊便往亭子外面冲。探春在亭外九曲桥上站定，拍拍小蓝肩膀，轻叹一声："这一声巨响，只怕连宫里都惊动了。"

渊伯爵一时间有些失神，拍拍轰鸣的耳朵，扶着惠欣的肩膀道："爆炸的是冰窖方向。"

探春道："请伯爵先派一队侍卫，以保护为名将那献宝人围在其住处，再派一队侍卫去我哥哥那边探探情况，据我所知家兄最重军纪，误卯者一律杀无赦，若无塌天大事，他是绝不会爽约或者迟到的。我们去冰窖那边看看，这么剧烈的爆炸，只怕守护侍卫伤亡惨重。”

冰窖周遭横七竖八躺了八具尸体，血泊中遍是散落的松枝土石，冰窖石门也被巨大的冲击力震成三截，冰窖顶更是早被掀了起来，冰块砖块的碎屑纷纷扬扬散落在院墙内外，两个缩在寒园外小路拐墙角瑟瑟发抖的侍女也已是灰头土脸，取冰用的竹篮、锤凿早滚在脚边。

“这……一个活口都没有？”渊伯爵目瞪口呆地望着冰窖，突然大叫一声，拔腿便冲，被惠欣死死拉住。

“夭寿的！天知道这半拉什么时候会塌？不准下去！”

“可是金函在里面！”渊伯爵跌足道。

探春也劝阻道：“冰窖是一座半地穴，再霸道的炸药也不可能从外面把它轰得四分五裂，凶犯应该是事先把火药之类放在冰窖里，点燃一根长长的引线，燃烧的时间足以供他逃离冰窖。现在废墟中还有星点火光，爵爷下去恐有不测之难，不如先命家仆将火浇灭，再把碎砖瓦清一清，找几个身手好的侍卫下去。”

“对对，清理砖石的时候注意金函和玉印，就算是碎屑也要一丝儿不少地捡回来。”渊伯爵道。

“郡主，他们在爆炸前就死了。”小蓝扯扯探春衣袖道，“是被毒死的。”说着打开放在墙角的食盒说，“这里面或许有文章。”

探春默默点头：爆炸时他们当然已经是尸体了，如果是站着承受这么猛烈的爆炸，身子早就血肉模糊了。又看了看瘫倒在寒园外的两名侍女，心道：这两个丫头也算走运，若是方才在院子里，这会儿已经香魂渺渺了。

小黑见伯爵府家仆已扑灭了冰窖中的火苗，便要来一盏气死风灯，一纵身先跳了下去，仔细看了看爆炸痕迹，又从地上捻了一把土，小心地嗅了嗅，浓眉一扬，冲探春喊道：“郡主，这爆炸是军中使用的雷火弹所致！”

探春紧皱眉头，问渊伯爵夫妇道：“爵爷最近可曾得罪过军中要员？”

渊伯爵挠头：“没有啊……”又猛然惊道，“莫非是孟堂旧部？”

探春心中一沉，孟堂是最强硬的主战派，一路上对自己百般追杀，虽然这老家伙被迫跳海生死不知，军中势力也被莫文以雷霆手段清除殆尽，但他毕竟广罗刺客异士，难保有什么死忠余孽一心复仇。

“总之，先加强戒备吧。”对于无法预知的隐患，探春一时也不知如何处置，索性去询问瘫坐在寒园的两个侍女。

“你们叫什么名字，爆炸发生时你们在哪里？”

“我叫红绡，她叫绿萝，爆炸时我们刚走到寒园外的小路上，就在这棵树旁边。”一个红衣侍女小声道。

“你们有没有看到什么人或者……”

“有！我看到了！”红绡激动地挥舞着双手说，“有个蒙着脸的黑衣人从寒园的院墙上跳出来，又跳到路这边墙后面的竹林子里了！我们吓了一跳，还没回过神来，那边院子里就爆炸了！”

绿萝战战兢兢地靠在红绡肩上，一边抹眼泪一边拼命点头，抽抽搭搭的一句话也说不出来。

“你看到一个越墙而走的黑衣人？”探春愕然：伯爵府的侍卫都是摆设吗？

“没错！他还提着一个包袱。”红绡激动地站起身来，走到院墙边，指着布满青苔的院墙说，“你看，墙头上的青苔被他踩去好大一片！”

众人抬头看去，果然见那寒园外小路西侧的院墙上有一片厚厚的苔藓被什么东西蹭去，露出潮湿的青灰色砖墙。

“爆炸前从冰窖逃出，手里提着一个包袱……这分明是把金函盗走了啊！”渊伯爵跌足道，“调集所有侍卫，在全府上下搜查一个拿着包袱的黑衣人！”

“能抓到才叫有鬼。”探春腹诽一句，又问小蓝道，“那食盒里有什么发现吗？”

“说也奇怪，这食盒中的碗筷和残留的肉汤、饭粒都没有毒。”小蓝把千奇百怪的小工具收回药箱，又捧起倒放在一旁水淋淋的食盒盖子道，“这盖子上面有蛇毒，已经稀释过了，不然一滴便能毒死一头大象！”

“毒下在盖子上？”渊伯爵摸不着头脑。

探春环视周遭，突然冷笑一声，怒喝道：“好歹毒！”

渊伯爵夫妇吓了一跳，惠欣小心翼翼地问：“郡主这是怎么啦？”

探春道：“且不说别的，爵爷赶紧命人快马通传平安坊，令坊间吏民不得再用这渠中之水！小黑，戴好手套到水渠里摸一块最轻的石头！差不多在这一带！”说着走到寒园入口处水渠转弯处，那里正是寒园中的视线死角。

渊伯爵隐隐察觉不妙，也不多问什么，唤来十余名近侍，把探春的话吩咐下去。小黑戴上小蓝验尸用的鹿皮手套，跪在水渠边的青苔上，将手伸进渠底，不多时，摸起一块白色的“石头”，伯爵府家仆忙将灯笼凑到小黑手边。

“这东西最轻了，但好像不是石头，像是瓷质，中间是空的。”小黑小心地将那白色的瓷器放在水渠边的青苔上，众人围作一团，只见这东西浑圆光滑，柔润如玉，周身布满小孔。

“这……这不是个白瓷球形香薰吗？”渊伯爵道，“这可是中国瓷器，价值不菲啊，谁把它丢到水里？”

“当然是毒杀侍卫的凶手！爵爷请看。”探春说着将一盏灯笼凑到草地上，“这里有一片细嫩的桑葚，那边草丛里还有几个水灵灵的树莓萼。这个季节，除了驻春园其他地方长不了桑葚和树莓吧？所以这只可能是侍卫们吃过树莓和桑葚留下的垃圾。再看干干净净的碗盘和那个水淋淋的有剧毒的食盒盖子，即可推测：侍卫们吃过晚饭后，一名侍卫在手边的水渠里洗了桑葚和树莓，用食盒盖子盛着拿给大家吃，却不料清洗水果的水含有剧毒，而桑葚、树莓皆不需剥皮直接便可食用，且表面凹凸不平最易存水。侍卫们吃过后不久，便纷纷毒发身亡，这里偏远冷清，恐怕他们临死前的抽搐挣扎都没人听见。在他们死后不久，这座冰窖也轰然炸毁。”

“不错。”小蓝点头，“尸体还热着，他们应该是在爆炸前刚刚咽气。”

“天啊，水里有毒？”惠欣骇然望向水渠，手抚胸口，定定神道，“后厨每天晚上都会摘一些水果放在侍卫的食盒里，是我吩咐的，驻春园里的瓜果蔬菜吃不了送不完，浪费了也可惜，给家仆侍卫们佐餐最好不过了。今天准备的是桑葚和树莓，侍卫去后厨领晚餐的时间正是酉时前，大概就是爆炸发生前一刻钟。”

“看来凶手对伯爵府的事儿很了解呀。”小蓝小声嘀咕。

惠欣不满地瞪了她一眼，探春透过镂孔看看香薰内部，道：“凶手将凝成膏状的蛇毒放入香薰内，扣合之后用白膏泥之类的东西裹住香薰，将它放进水渠，远远看去便如一块鹅卵石。渠中水流速极快，不多时便将白膏泥冲刷干净，毒也从镂孔中释出，顺势流入水渠。对于伯爵府来说，东北角的寒园处在水渠最下游，会误食蛇毒的只有这几名守卫冰窖的侍卫，但对于整座平安坊来说，伯爵府处在最上游，这些在短时间内可以说源源不断的毒水从伯爵府流出，不用半个时辰便能流遍平安坊，而平安坊正是诸位主战派大臣的住所！”

渊伯爵听得手脚发凉，颤声道：“这么说，这凶手是要把主战派一网打尽了？”

“是也不是，毒水流至下游毒性会减弱不少，而且各位大人府中应该都打有水井，他们府中下人也未必会在香薰中蛇毒流尽前食用这渠中之水。但爵爷素来是主和派核心，此事一旦被揭开，诸位大人与爵爷之间难免心存芥蒂，此时主战派乘虚而入，阻挠和亲……”

“哼！他们休想！”渊伯爵气得脸色发白，背着手来回踱了几圈，一把甩开要来劝解的惠欣，问探春道，“凶手为何要用白膏泥包裹住香薰？”

探春道：“虽然寒园地处偏僻，但毒水不能过早流入水渠，否则不知哪个侍卫口渴掬一捧水喝了，岂不是提前露了馅？必须要所有侍卫一起服下毒药才算妥当，这样想来，也只有饭后吃水果时才符合时机。但此时正是夜宴开始前夕，伯爵府上下忙作一团，也许这位凶手无法抽身，才必须提前将香薰置入水渠。他事先测算了渠中水的流速和白膏泥被冲刷掉的时间，也许还做过不少次试验，以确定毒药流入水渠的时间大致在酉时前夕。”

渊博爵点点头，又问：“那郡主可知这凶手是谁，又为何要炸毁冰窖？”

探春默默摇头，一股不祥的预感骤然袭遍周身。

“老爷，您看看吧。”伯爵府侍卫队长小心翼翼地走到渊伯爵身后，抬起双手。

渊伯爵转过身去，见侍卫队长手中捧着几块粘连着冰块的金片，几块洁白无瑕的碎玉。

“这……这是……”渊伯爵颤声问。

“这是方才在冰窖里找到的。”侍卫队长后退一步，小心回答。

“金函不是被黑衣人偷走了吗？怎么会被炸成这样？”渊伯爵长叹一声，伸手拿起一块金片，将它从冰块上扯下来，忽然眼睛一亮，“咦？这东西是赝品啊！郡主你看看！”

探春一怔，伸手接过金片，凑在灯笼旁定睛看去，果然，那金片錾刻虽然精细，但刀工绵软，处处拘谨，显然是仿制的。

“这下爵爷可以安心了，这被炸毁的金函是假的。”探春舒了口气，却见渊伯爵捏着那几片细小的白玉碎块，神色凝重。

“这是哪里的工艺？”渊伯爵把一块碎玉递到探春眼前。

“这……爵爷何意？”探春看了那块白玉一眼，额头顿时沁满汗珠：苏州玉工，太明显了！

“这是中国的苏州玉工。”渊伯爵说着，又把握在掌心的几块碎玉拼合起来，“喏，这是半个蘑菇，雪后时代的人从不会把美玉雕成蘑菇这种东西，中国的传国玉玺上也不会出现这玩意吧？但我听说近世以来，中国有一种玉佩名为‘君子佩’，‘君子’乃取‘菌子’谐音也。看这块玉的工艺、材质、形貌，雕成应该不超过两年吧。”

探春叹了口气，点点头道：“爵爷所说丝毫不差，这正是一件令人所雕的君子佩。”

“还是上好的苏州工。”渊伯爵再次强调，“我记得给王爷送礼的商贾，有不少来自苏州，那些令人眼花缭乱的礼物里，也有不少大大小小的玉器珍玩。而且，郡主仔细看看，这块玉不像是被炸碎的，倒像是被摔碎的。”

探春咬咬嘴唇：“那爵爷的意思是……”

渊伯爵摇摇头，屏退家仆侍卫，小声道：“我觉得……嗯……唔……”

惠欣见渊伯爵半晌不语，一跺脚，拉住探春道：“这还不明显吗？你那好哥哥被猪油蒙了心，一心觉得金函里是玉玺，这老头子又打死不肯放手，这才动了劫盗之心。”

渊伯爵急得跳脚：“小点声，小点声！”回头看去，见众侍卫家仆交头接耳，显然已经听到，不禁汗如雨下：这却如何是好，这些人里不知有没有主战派的探子。

惠欣一拍脑门，忙压低了声音继续道：“他本是篆刻名家，将商贾所赠金器捶打成片，撕扯成小块，在上面錾刻一些与金函类似的图案再容易不过了。之后只要摔碎一块质地上好的玉佩，再把这些碎金片冻成这副样子，毕竟现在已是冬月，呵气成冰。”说着指了指渊伯爵手里粘连着冰的破碎金片，又说道，“再命人带着这些金片和玉屑来到冰窖。盗走冰封的金函，将金片和碎玉撒在冰窖里，点燃雷火弹，从容逃走。这散落满地的金玉碎片就会让随后赶来的人以为金函和里面的玉印都已被炸毁从而不再搜查，而他就能怀揣美玉从容回国，向你们的皇帝邀功请赏了。”

探春木然道：“有侍卫在，家兄所派之人是不可能轻易进入冰窖的。”

“所以他就……”

“夫人是说毒是家兄下的？别忘了现在两国都在力求罢战，他下毒盗玺把真真国主和派搅得鸡飞狗跳对和亲有什么好处？”探春有些动怒。

“也许他的目的只是杀死这些侍卫，以便盗走金函，至于毒水流出府后流向何方，就不在王爷的计划之内了。”惠欣歉然一笑，“只是推测罢了，我随口说说，郡主勿怪。”

探春苦叹一声：“只怕看到眼前这块君子佩，大多数人都会像夫人这样想。”

渊伯爵沉默良久，道：“唉，若是没有这场爆炸，没有流遍平安坊的毒水，只要郡王交出金函，这事倒还可以遮掩过去，可是……”

话音未落，前往南安郡王处查看的侍卫慌手慌脚地赶过来，离着老远就大喊“爵爷，出事了，出事了！”

渊伯爵咬着牙拧那侍卫耳朵：“谁出事了？爷好好的！”

“呃，不是，守卫西院的一队侍卫像是中了毒，有三个已经咽气了，五个身子健壮的还有气息。”

渊伯爵大惊，急问：“郡王可好？”

“尚好。”侍卫道。

渊伯爵舒了口气，却听那侍卫补充道：“不过南安郡王和两名剑童手持利刃欲闯出西院，意图杀出府去，我们拼死阻挡，伤了数十人才用硬弩将他们逼入伯爵府西北角的一座凉亭，现在大队人马正与其对峙。”

渊伯爵险些把自己的舌头咬下来，抖着手连连顿足，可怜巴巴地望向探春。

探春肃然道：“家兄绝非不识大体之人，若非大难临头，断不会于此时突然出逃，破坏和亲。”

渊伯爵脸色铁青，重重叹了口气：“冰窖爆炸惊天动地，恐怕各方探子都已潜藏于伯府周遭，这事情断断瞒不住的。”

南安郡王面沉似水，端坐在凉亭中的石桌旁，双拳紧握，攥得骨节发白，两名剑童各执一把从伯爵府侍卫手中夺得的钢刀，侍立郡王两侧。凉亭外密密层层围着数十名弩手，院子四周横七竖八倒着十余具尸首。

探春怔怔地站在院门口，迎着南安郡王阴鸷的目光，朗声道：“王兄何至于此？”

南安郡王转过头去，一言不发。

剑童南良倨傲地冲探春一抱拳，道：“今日申时七刻，向院中投书示警的可是郡主？”

“不是。”探春隐隐感觉不妙，“投书示警？如何投法，书信何在？”

“我们正要去秀雨池赴宴，就见一张潮乎乎的白绢裹着石块，打在檐下惊鸟铃上。”剑童北奇道，“至于信嘛……”

“信后署着你的名号，还写着阅后焚毁。”南安郡王幽幽地说，“信上说伯爵府西院的侍卫被主战派收买，在食盒中暗藏火铳意图行刺本王，还说宴席之间暗藏凶器，让我不可前去赴宴。”

探春看了渊伯爵一眼，苦笑道：“所以你命他二人去搜查了侍卫刚从后厨取回的食盒，还搜查得相当细致，对吧？”

“对，饼子都掰开查了。”南良道。

“蠢材！”探春道，“先去洗手吧，王兄也是。”

“什么意思？”南安郡王冷冷问道。

“投书示警是在申时七刻，此时正是伯爵府侍卫去后厨领晚饭的时间，西院离后厨不远，等你们看完书信惊骇莫名尚不知如何应对时，便见一个侍卫提着食盒回来了……”

“不错，所以我们立即搜查了他们的食盒，这有什么错？”北奇道。

“你们就没想过投书人为何要将信写在一块潮乎乎的白绢上吗？”

“请郡主明示。”北奇道。

探春黑着脸道：“刚刚看过浸满剧毒的信，又去翻人家的食盒，你手上的毒不都沾在人家的碗筷上了？哦，你们连饼也掰开了，难道火铳能塞进饼里？”

“不是怕饼里藏着铅弹嘛……”南良嘀咕道。

“也亏了你们正要去赴宴，不曾吃什么东西，否则这会儿还得多三具尸体。”

“出了这种事，我们也没心思去赴宴了。”南安郡王松开了攥紧的拳头道，“没过多久，守在院门外的侍卫浑身抽搐倒了一地，我们正不知如何是好，西南边又传来一声巨响，这种声音我太熟悉了，只有军中的雷火弹引爆后才会像这般惊天动地，就像恶鬼的咆哮。”

“然后呢？”探春问。

“然后？然后我们为求自保，当然要离开这个鬼地方！紧接着这帮不知死活的杀才就冲了上来。”南安郡王指着重重包围凉亭的侍卫，重重一拳捶在石桌上。

“郡王所说的投书示警可有凭据？”仿佛瞬间苍老了几岁的渊伯爵有气无力地问。

“我都说了信上写着阅后焚毁！”南安郡王怒冲冲站起身来大吼道，“这分明是别人下了个套子让本王钻，你应该去找那个送信的狗贼！”

小蓝从探春身后探出头来，小心地说：“我刚才去看过尸体，三个死者身体尚温，有五个精壮些的还吊着口气，毒药和冰窖那边一样，不过由于毒转了几手，药量小了许多。”

“设局者自然要留下几个活口，好指证接触了食盒的人。这五个活口是人证，两个剑童手上的毒是物证，人证物证俱全，唯一可用于洗清嫌疑的书信又被烧掉，这回王兄真的是有口难辩。”探春道。

“若是本王没有烧掉信件，栽进去的就是你。”南安郡王盯着探春说。

探春苦笑：“是啊，信上署着我的名字。不过王兄可曾想过，小妹今日初到此间，人生地不熟，怎会得知有人意图刺杀，又如何投书示警？”

“老爷，夫人！”惠欣的侍女红绡、绿萝气喘吁吁地从西边跑来。

“遵照夫人的吩咐，我们搜查了南安郡王的卧房。”红绡得意地扬起头，一抖手中的口袋说，“在尚未熄灭的火炉里，我们发现了被熔成汁水的黄金，在后窗下的草丛里还发现了被砸碎的冰块和极细碎的玉渣。”说着伸手从口袋里抓出一把白色的粉末。

绿萝躲在红绡身后，低着头小声说：“我们还从那个叫南良的剑童床下找到了一件夜行衣和一双鞋，鞋底沾满了青苔。”说着拿出一个乌皮靴。

在场众人齐刷刷看向南安郡王主仆三人，南安郡王目瞪口呆，愣了半晌才拍案大叫：“什么鬼！我不知道！”

南良也高声道：“栽赃，这他娘的是栽赃！”

渊伯爵惊怒地盯着惠欣，好像在看一个陌生人：“夫人为何命人搜查郡王住处？”

惠欣被渊伯爵的眼神刺得脸上发烫，忙黏到渊伯爵身边，怯声道：“我不是想把金函玉印找回来吗？我怕陛下怪罪你啊……”

渊伯爵连连顿足：“真是妇人之见，和亲在即，一件死物算得什么？你……你糊涂啊！”

惠欣一咬牙，冲到红绡、绿萝面前抬手便打：“好你两个长舌的贱人，找着什么东西不会私下来和我说吗？偏要这会儿喊出来！”红绡、绿萝也不敢躲闪，只是跪在地上连叫“饶命”。

“好了夫人。”探春冷然道，“想想怎么收场吧。”

惠欣收了手，幽幽叹了口气道：“恐怕不好收场啊。就今日情状看，到时陛下和各位大人都会认为郡王垂涎一个根本不存在的‘玉玺’，故而命人毒杀侍卫，盗走金函，待砸碎冰块后，却发现金函中所盛根本不是什么传国玉玺，而是一块真真国古玉印，失望恼怒之下，便将金函投入火炉烧化，玉印碾成碎渣，丢进草丛，以毁灭证据……”

南安郡王已气得说不出话，额角青筋突突直跳。

探春拍了拍手，大笑道：“好，好啊！夫人此计若仅止于此，一切都还能讲得通，可是毁灭了一切证据的哥哥本可以安坐西院，或者当作什么也没有发生，赶到冰窖去看看情况，为什么要突然毒死西院侍卫逃离伯府呢？”

“郡主在说什么啊？”惠欣笑着摆摆手，“我只是就事论事，可什么也没做啊。至于郡王为何要逃走……因为他心慌了呗。”

“胡说，本王行得正坐得端，有什么好慌的！”南安郡王怒斥道。

探春猛地回头，怒喝道：“在我问你之前，你老老实实把嘴闭上，什么也不准讲！否则我剥了你的皮！”

南安郡王顿时呆了：嗯？她是在和我说话吗？这丫头疯了吗？她怎么敢这么和我说话！

探春压下杀气，转过身来，直直盯着红绡道：“你方才说，你在寒园外看到一个黑衣人跃上墙头，钻入竹林不见了，对吧？”

“不错。”红绡点点头。

“那你觉得此人是谁呢？”

“当然是他，靴子都被找到了。”红绡一指南良。

南良还没说话，被探春眼刀一飕，立刻闭了嘴。

“作为郡王随身剑童，他可以在府中任意行走，又何必黑衣蒙面惹人怀疑？”探春问红绡道。

“伯爵府有侍卫来往巡视，他大概是不想被侍卫撞见吧。”红绡解释道。

“从西院到寒园距离极远，也难为他一路潜踪藏形。”探春笑道。

“此人武功极高，又借夜色藏身，躲过侍卫的眼睛应该不难。”惠欣抢着说。渊伯爵狠狠拉了她一把，有些难以置信地看着结发二十年的妻子：她怎么了？如此咄咄逼人，好像一心要把南安郡王往火坑里推！

探春点点头，又指指绿萝手里的乌皮靴：“这是你从南良床下搜出来的？”

绿萝点点头，缩到红绡身后：“是……是婢子在他床下找到的，定……定是他盗窃金函时所穿……”

“哦，是吗？”探春戏谑地看了惠欣一眼，又问绿萝道，“你确定？”

绿萝瑟缩着不敢回话。

“不会错的，您看这鞋底还粘着寒园外墙头的青苔。”红绡恨铁不成钢地剜了绿萝一眼，抢着说道。

“呵呵，白长了一副好皮囊，偏生了一对猪脑子。”探春斥道，“他又不知道墙外有人，又何必踏墙而出？就算他知道你二人在院墙外，月黑风高他又蒙着面，还怕你们看出个什么？退一万步讲，真如你二人所说他踏墙而走，鞋底粘了青苔，但自寒园长途奔走回到西院，这么一丁点儿苔藓早就擦蹭干净了，怎么会鲜灵灵的粘在鞋底给你发现？”

红绡咬咬嘴唇，偷眼看向惠欣。

探春却不给她喘息的机会，继续道：“你的手段也太不高明，尽是些坊间妇人的小心机小计谋。看看这双鞋，虽然在鞋帮、鞋底上做出了一些剐蹭痕迹，还仔细抹了灰土，磨涩了皮质，但鞋底却厚薄均匀，根本不像有人长时穿过。南良年纪虽小，但身量高大，又是练武之人，他的鞋前脚掌和脚跟处一定比脚心薄得多，不信让他脱下给你看。”

“也许他行动时换上了新鞋……”红绡有气无力地辩驳。

“盗玺炸冰危险重重，有谁会蠢到换下柔软合脚的旧鞋而穿一双硬厚磨脚的新鞋呢？”探春嗤笑道，“我想寒园外的竹林里有一根细长的竹子可以轻易拔起——是你们用竹竿挑着手帕将墙头的青苔蹭去，又将竹竿插入竹林。不要狡辩，不然就给我好好解释一下为什么绿萝哭得泪流满面都不用手帕擦，为什么她腰间的荷包那么鼓，如果我从荷包里搜出一块揉成一团沾满青苔的手帕你怎么解释？”

红绡切齿不语，绿萝紧紧攥着红绡的胳膊，瑟瑟发抖，红绡羞恼地把她甩开。

“再看这些玉屑。”探春道，“比绿豆还要细碎，家兄为何会下这么大功夫碾磨呢？”

“我刚才说过，那金函里多半是一块雪后时代古玉印！”惠欣也微微动了怒，声音高亢而发颤，“南安郡王发现所盗之物非其所欲，又恐事情败露，所以把玉印碾碎以毁灭证据。”

“那丢在冰窖冒充被炸毁玉印的君子佩为何纹路可辨且可拼合完整呢？”探春瞥了惠欣一眼，又对渊伯爵道，“爵爷有没有想过，那妖异少年所献金函原本就是假的，只因银函中那卷被做了手脚的纸草风化腐坏，令陛下心存忌惮，不敢轻易凿开金函的封冰，而是将其存入伯爵府，这既是献宝人无中生有、瞒天过海之计，亦是其阴谋得以开展之根本。”

“这……那金函本就是假的？”渊伯爵拍拍脑门，喟然道，“若真如此，这闯湖献宝自打一开始便是一场针对南安郡王的阴谋。”

“正是如此。”探春道，“虽然被污浊的冰块封冻，图案细节无法看到，但金函造型和大致纹样都与雪后时代真品相符，更何况一同献来的银函铜印乃是货真价实的古物，因此，当时在场诸人都未对此物起疑，尤其家兄惊喜欲狂，不顾场合直接出言讨要，遭拒后又愤愤离去，这便给了凶嫌诬陷他盗宝的动机。这几天里哥哥应该多次流露出对玉玺的渴望，尤其今日午后又在冰窖外与侍卫发生争执，几乎整座伯爵府都知道这位软禁于府中的中国王爷对冰封的金函垂涎欲滴。

“当被炸毁的冰窖里出现伪造的金函残片，几块碎玉又拼成了苏工白玉君子佩，凶嫌的身份已呼之欲出了。夫人据此二者当场做出推测，再加上红绡、绿萝的证词，看起来一切都是那么合情合理。紧随其后的杀人出逃，更坐实了家兄做贼心虚，抵死反抗的罪名。再加上你们在西院里找到的所谓‘证物’，真令人有口难辩。”

“和亲，完了……”渊伯爵仿佛瞬间苍老了几岁，愣愣地看着惠欣。

探春却仿佛没有听见，继续道：“我记得爵爷说过每座院子都有水井，如果家兄真的为了毁灭证据，为何不直接把金函玉印丢进水里，而要碾碎撒进草丛？从爆炸发生到你们搜查西院不到两刻钟，如果火炉里的熔金真的是南良盗回的金函，怎么可能如你所说已熔炼成汁水？这一切都说明所谓金函玉印或许根本不存在，那少年献给陛下的就是冰封的赝品。爵爷也说过这里有不少中国海商贩贸货物，我见爵爷手里常把玩着一个白玉佛手，伯爵府里也有专供我和哥哥的中国器皿、衣物，可想而知在这里买到中国玉器并不困难。”

“为何不；可想而知；或许不存在。郡主所说都是推测而已吧！你有什么证据证明献宝人所持金函原本就是赝品呢？”惠欣反击道。

“证据我当然有。”探春从袖口里拈出一块碎冰，冰上冻着一片细小的金箔。

“这是什么？”惠欣警惕地问。

探春展颜一笑：“可曾闻‘藏得开元一捻痕’否？今日午后我和爵爷到冰窖去看金函时，曾无意在冰块上留下一个指甲印。”说着把冰块在众人眼前一晃，“方才我命小黑进入冰窖废墟时留意寻找一块有指甲印的冰，小黑不负所望，真给我找到了！就这么小小‘一捻痕’，足以证明被炸碎的正是原本存放于冰窖的冰封金函，至于什么锻打后錾刻商贾所赠金器用以伪造现场之事纯属子虚乌有，只是夫人的猜测而已。”

“就是，我哪有那闲工夫！不信你去搜，那些奸商送给本王的金器都在书房锁着呢！”南安郡王终于忍不住出了声，却换来探春冷冰冰一记眼刀：那两个丫头能造出这么多“证据”，藏起你几件金器还不是易如反掌，少给本姑娘找麻烦！

所幸惠欣并未在金器一事上纠缠，只是冷冷“哼”了一声。

渊伯爵环视周遭：“小黑办事还真利索，不过这小家伙跑哪儿去了？”

“我另有安排。”探春道。

“郡主怎么证明这指甲印不是你刚才偷偷掐的？”惠欣恨恨盯着探春问道。

“这个简单。我午后去冰窖时戴着用迦南香熏过的银护指，味道极浓烈，现在可没有带着。”说着晃了晃光洁如玉的手指，又道：“你再嗅嗅这块冰，是不是还有淡淡的迦南味道？”

“我来。”渊伯爵一把夺过冰块，凑到唇上使劲抽了抽鼻子，惊喜道，“哎呀，果然有迦南的香气！”

探春心道：当然有，这冰块就是方才在冰窖旁边捡的，指甲印也是本姑娘刚掐的，疼死了！亏得我把准备给这恶婆娘的一串迦南手串揣在袖子里，这一路走到西院，香气透过紫竹盒，早把这冰给熏透了。

"那……这雷火弹是怎么回事？这种催命的恶鬼怎么会出现在伯爵府？"渊伯爵小心翼翼地问，"一旦涉及军火，那可都是塌天大事。"

"为了招待我这个和亲郡主，伯爵府近几日采买了不少东西吧？比如被褥、器皿、鱼虾肉食，或许还有新的家具？"

"啊，不错，这都是夫人操办的。"

"要在送货时瞒天过海简直太容易了。"探春道，"宰杀好的猪羊腹中，新漆过的箱柜夹层，如果有人故意放纵，我都想不到有多少手段能把这些东西带进伯爵府。至于雷火弹是何时被放入冰窖的，那就要问红绡、绿萝了，你们去取冰时所带的篮子是不是太大了一点？而且，有必要带这种笨重粗糙的带盖篮子吗？"

红绡早已不似刚才机敏自如，只剩满面惶急，绿萝更是吓得啜泣不止。

探春上前两步，逼视红绡："既然你说你走到寒园前爆炸就已发生，那你的篮子里应该没有火药的味道，更不会有黑色的药渣吧？"说着一挥手，小蓝把两个篮子扔在红绡脚边，"我还说郡主为什么让我捡上这两个大家伙呢，原来是这么回事！"

红绡紧紧攥着衣角，手指骨节发白。

"红绡，把竹篮盖子打开。"渊伯爵道。

红绡向惠欣投去求助的目光。

"不要看她！这里的主人是我！"渊伯爵怒喝道。

红绡绝望地打开竹篮，探春用手帕在篮子底部一抹，洁白的手帕上顿时出现一个灰黑色的指印。

"红绡、绿萝以取冰镇酒为名，挎着装有雷火弹的带盖竹篮来到冰窖时，八名侍卫都已毒发身亡。她二人顺利进入冰窖，将一块君子佩摔碎在地上，再用凿冰用的锤凿将冰封金函砸裂，堆放在雷火弹上，点燃引线，逃之夭夭。我想这个引线应该很长，等她们跑出寒园后雷火弹还没有爆炸，所以这两个沉不住气的丫头在寒园外的小路旁不知所措地走来走去，却不知脚下的野花野草被踩扁多少。"

"原来在那时你就怀疑她们了。"渊伯爵惊道。

"当然，两个被一声巨响吓得瘫倒在地的小丫头怎么会有工夫把周围方圆三四丈的野花野草都踩扁了？"

渊伯爵恨恨道："好，好！来人，把这两个丫头给我拿下！"

惠欣脸色微微发白，眼圈也蓦地红了，满怀怨愤地望着渊伯爵道："老爷！你为何反助外人？"

渊伯爵也恼了："你给我住口！"

惠欣呆了半晌，忽地仰天大笑："南安郡主，此事确实怪我，怪我没有管教好这两个丫头，她们竟然和主战派勾结，意图诬害南安郡王，破坏和亲，惠欣心中有愧啊！"

红绡一咬牙，扬起脖子道："不错，都是我们干的，和夫人无关！"

绿萝呜咽着缩在红绡身后，绝望地看了惠欣一眼，又默默低下头去。

"哦，那没有夫人暗授机宜，你们是如何把雷火弹运入伯爵府的？还有，凭你们那点微薄的月例，怎么可能买得起自苏州远涉重洋的白玉君子佩？更何况……"

探春话音未落，渊伯爵便一把扯住她的衣袖，送上一个哀求的眼色。

探春心中一软，叹道："好吧，等小黑回来，便见分晓。"

"我回来了！"

探春话音未落，便听人群外传来小黑的声音，紧接着包围凉亭的侍卫纷纷闪避，让开一条通路，鼻青脸肿的小黑像拖死狗一样拉着那献宝少年的脚踝，将他拖到探春脚边。

"郡主所料不差，这家伙真难对付，我赶到的时候，去监视他的八名侍卫只剩一个活口，不过他下盘功夫到底还差些，被我在腿弯里一脚就撂翻了。"小黑得意地一挥拳头说。

"他是会武的？"渊伯爵难以置信地望着昏死在地的献宝少年，呆呆地说，"这细胳膊细腿儿的，能杀死七个侍卫？"

"武艺平平而已。"小黑一撇嘴道。

"你看不起我府中侍卫？"渊伯爵伸手去揪小黑耳朵。

"这小子最善用毒。"小黑轻巧地躲开道，"我从他身上搜出不少巴掌大的小弩、飞刀、蒺藜子、针匣，还有十多个稀奇古怪的药瓶子，物件儿太多我拿不了，都交给那个还能喘气儿的侍卫了。"

"东西在哪儿！"惠欣忽地爆出一声嘶吼，飞扑到小黑面前，伸手扳住他的肩膀，歇斯底里地问，"那些药瓶在哪儿？"

小黑见她双眼赤红，圆润可亲的一张脸也扭曲得不成人形，一时不知所措，结结巴巴地说："啊……在……在南边有芭蕉树的那个院子里，那个侍卫在树下休息。"

惠欣拔脚便走，渊伯爵忙扑上去将她抱住：“你怎么了？这不是你！到底出了什么事？”

惠欣猛地回头，脸贴着渊伯爵胸口，嘶声咆哮道：“你枉活了五十岁，连被人下了毒都不知道！成日里就想着和亲和亲和亲，不知什么时候就把命和没了！”

“我？被人下毒？”渊伯爵顿时呆住了。

惠欣从渊伯爵怀里挣出来，攥住他的手腕，一把捋起衣袖道：“平日里光溜溜的胳膊，现在青筋都暴起来了，你就一点儿都不觉得难受吗？是了，他说的果然不错，这种南海奇毒能让人在不知不觉间一觉睡过去，再也醒不过来！”

“我……我……以为是我最近忙得瘦了……”渊伯爵惶然道。

“今天是他给我的最后期限，如果再不把那个中国王爷置于必死之地，他就要把解药毁掉！”惠欣紧紧抱住渊伯爵，呜咽道，“府里的供奉先生都被做了手脚，成了那献宝人的木偶，我偷偷让红绡、绿萝找外面的郎中来给你看，可那个郎中还没到王府就被一匹惊马踩破了肚子。我还不服气，一气儿请了三个郎中，可一个个死状奇惨，没有一个能活着走到府里的！作为惩罚，他们还给红绡的父母、绿萝的弟弟都下了这种毒。”

“既然他不敢让郎中给爵爷看病，说明这所谓的南海奇毒也没什么了不起，普通郎中就能医治。”探春道，“真正让我害怕的是这献宝人背后的势力，借献宝之名入住伯爵府，下毒之后又悄无声息地控制了府上的供奉郎中，并将夫人的一举一动置于监视之下，这绝不是一般人能做到的。也许现在我们都处在他们的监视之下……”

“他们是谁？”渊伯爵将惠欣揽在怀里，疲惫地问。

“不知道，不过在两国和亲既成之际突然把家兄推到风口浪尖，除了贵国主战派还有谁会这么做？”探春道，“但绝对不是夫人，夫人虽然依从献宝人的安排步步设计，但在最后却把疑点一股脑儿送到我面前，无论是沾满青苔的靴子，还是熔成汁水的黄金，看似能置家兄于死地的证据却成了我绝地反击的筹码，如此明显的欲纵故擒定是夫人刻意为之。”

“两面三刀的愚蠢女人……”被小黑踩在地上的献宝少年突然怪笑几声，吐出一口血沫，吃力地抬起头盯着惠欣，森然道，“你就不怕我把解药毁掉？”

“啊，这种毒呀……不过是砷丸罢了，没什么了不起的。”小蓝按着渊伯爵的手腕，眯着眼说，“一会儿我开个方子，保管药到病除。”

“呵——”惠欣紧绷的神经骤然间放松下来，身子也软软地倒在渊伯爵怀里。

“谁指使你来的？”渊伯爵紧紧抱住惠欣，怒视献宝人道，“落在老夫手里，就算你把牙关咬碎，也得把你知道的一丝不差吐出来！”

“老儿。”献宝人冷笑一声，“你知道伯爵府周围埋伏着多少杀人如麻的奇人异士吗？只要我一声令下……”

“你下不了令了。”探春冲站在院墙上的小悟招招手道，“吐出来，以后不准吃这么血淋淋的东西。”

小悟乖巧地吐掉衔在嘴里的黑毛鸽子，纵身跃下墙头，三蹿两跳来到探春脚边，“喵——”地长叫一声，蹭了蹭探春的裙角。

探春俯身抱起小悟，笑着对献宝人道：“身陷重围，浑身法宝都被搜刮干净，除了呼哨信鸽还有什么手段能与伯爵府外的凶徒联系呢？”说着搔搔小悟的下巴，又道，“不要用那种眼神看着我，我知道你准备了不止一只鸽子。不过我想那些潜藏于伯爵府外的悍匪刺客稍后便会接到一封书信，命其火速赶往五里之外的文乐坊待命，到时坊中会埋伏五百名重甲火铳兵，你就等着欣赏好戏吧。”说着放出了窝在怀里打盹的小悟，“再抓一只，要全须全尾儿的。”

“喵哈——”小悟打了个哈欠，竖起尾巴轻巧地蹿入重重夜幕。

“你……”献宝人气急败坏地要挣起身来，被小黑一脚踩住。

“郡主……”渊伯爵吞了口唾沫，小心问道，“要笔墨吗？”

“不必了。”探春道，“此间事宜爵爷自己安排，宫里的人只怕眨眼就到，爵爷千万小心应付。”

渊伯爵点点头道：“两国和亲势在必行，陛下也正有心清洗三军，此事倒是个契机，我只担心夫人……”

“假痴不癫。”探春道，“凭爵爷的手段，还愁保不住夫人吗？”

渊伯爵尴尬地笑笑：“夫人是爱极了我，她一时糊涂才受制于人。你们不是也常说那句‘在天愿作比翼鸟，在地愿为连理枝’吗？夫人此举，我看还算情有可原。”

“我只是为无辜惨死的侍卫感到不值。”探春幽幽叹道，“爵爷怎知他们家里没有一个爱极了他们的娇妻呢？”

“这个……”渊伯爵讪讪挠头。

“莫唱当年长恨歌，人间亦自有银河。石壕村里夫妻别，泪比长生殿上多。”探春摇摇手道，“夫人好自为之，别让我再看见你。好了哥哥，你可以说话了，这边的事你和爵爷商量着办吧。”

“好，好个南安郡主。”南安郡王淡淡地冷笑几声，走下凉亭，一脚踏住献宝人的头颅，森然道，“伪造那个劳什子金函费了不少功夫吧？那个见风便腐的纸草想来也是你们的奇技淫巧吧？”

“呃……”献宝人几乎感觉到自己的头骨慢慢裂开，不禁痛苦地呻吟。

“不过，凭你们这些黄毛番子，不可能弄到李从珂的凤翔节度使印，说吧，是哪个雅好金石的中国主战派和你们沆瀣一气？”

“哥哥慎言！”探春大惊。

“说。”南安郡王不理睬探春，脚下的力度又加重了几分，“是镇国公牛清，齐国公陈翼，神武将军冯唐，还是戴权那个老阉人？”

探春叫苦不迭：这几家都与荣宁二府颇有交情，一旦南安郡王回国，必借此事兴风作浪，这“通番之罪”的大帽子扣下来，任他累世公卿满门朱紫，一样得灭门抄家！想到此，不禁大急，正惶然无措时，又见那献宝人癫狂地挑起嘴角，嘶声道：“你，希望我说谁？”

“哥哥！他手中有暗器！”探春急中生智。

话音未落，只听“扑哧”“咔嚓”两声，已成惊弓之鸟的南安郡王脚下蓦地发力，几乎同时，南良，北奇手中的钢刀也毫不留情地挪到那献宝人身上，顿时红光迸现。

探春以袖掩面，轻轻舒了口气，转过头去望着蹲坐在墙头叼着一只扑腾得羽毛纷飞的黑色鸽子的小悟，轻轻一笑：“无妨，文乐坊那边还有不少活口呢！”又对小黑、小蓝道，“好了，我们走，我早就饿坏了。”

第十三章 烟笼寒水月笼沙

夜色尚浓，司仪监的数百名官吏童仆早已忙碌起来，急促的脚步把满地月光踏得粉碎。

“喵——”小悟晃晃悠悠爬上探春的花梨月洞床，一头钻进暖烘烘的鹅绒被，使劲蹭了蹭探春脖子。

“别闹。”探春打了个哈欠，伸手一抚小悟软软的耳朵，抬头看看灯罩里燃尽的蜡烛，心中蓦地迸出一股难以抑制的羞怯焦灼。

“郡主！”在外屋打点的小蓝听得里屋动静，忙趿拉着驼绒小鞋快步走来，“四更天了，去白沙岛的车驾已经在外面候着了。”

“是吗……”

“嗯，快起来吧，您那套婚礼吉服起码要穿小半个时辰呢。”小蓝道。

“四更天了，再过四个时辰，我便是真真国王妃了。”探春长长吐了口气，一手抄起小悟坐到梳妆台前，望着镜中通红的脸，轻启朱唇，喃喃吟唱，“登车随伴仗，谒庙入中闱。汤沐疏封在，关山故梦非。笑看鸿北向，休咏鹊南飞。宫髻怜新样，庭柯想旧围……”一曲未罢，眼圈竟已红了。

“郡主……”小蓝见探春泪眼蒙眬，歌不成调，一时有些发慌。

“喵——”小悟不安地舔了舔探春的手背。

探春拢拢发鬟，自嘲地笑笑："昨晚……我梦见怡红院里'一枝红杏倚云栽'的酒令签子，便恍恍惚惚地和姐妹们玩笑了一夜……有时候我觉得，这几个月间海上飘零才是一场梦，一心要挣着醒过来，却总会把自己魇着。"

小蓝自幼学医，心思纯粹，又是顽皮跳脱的性子，从不晓得愁字是怎么个写法，见探春如此情状，一时不知怎么开口，正抓耳挠腮时，忽听守在门外的小黑扯着嗓子叫喊起来："郡主，有人擅闯闺房，您……"

话音未落，又听一人道："闪开闪开，吃里爬外的小鬼，里面是我的新娘，你把我拦在门外可像话吗？看我不拧掉你的耳朵……"

"这个冤家，怎么偏这时候来了？"探春心怦怦直跳，红着脸站起身来，一不留神踩住裙角，"哎呀"一声向前扑去，被闯进房来的莫文搂个正着。

"这便是'夫妻对拜'吗？看来你已经迫不及待要成为我的新娘了嘛。"莫文一抬胳膊，把睡得软若无骨的探春横抱在胸前，笑嘻嘻道。

小黑揉着红红的耳朵在门口探头探脑，小蓝念叨着"非礼勿视"，拉着小黑另一只耳朵把他拖了出去，两人托着粉扑扑的腮帮子坐在门外挂着红锦绣球的石阶上发呆。

"放手。"探春咬着牙恶狠狠盯着莫文。

"我放手的话你的屁股会摔成八瓣。"莫文笑得像一只白色的狐狸。

"粗俗！"探春气咻咻掐住莫文腋下的软肉。

"好，好，莫要冲动。"莫文老老实实地把探春放进淡粉色的天鹅绒躺椅，自己跷着腿坐在梳妆台边，胳膊倚着半开的抽屉笑吟吟道，"可想我吗？"

"你个涎皮赖脸的夯货！"探春满腹乡愁正要化作眼泪喷薄而出，却被莫文这一通胡搅蛮缠硬生生堵了回去，只好用一个靛蓝缎子金线滚绣并蒂花的香囊砸莫文出气，小悟飞快地叼起从莫文额上弹走的香囊，跳到探春腿上喵喵叫。

探春摸摸小悟的头，没好气地对莫文道："偷偷跑来的吧，白沙岛上出什么事了？"

白沙岛，坐落于天浴城北郊的金冕湖，岛上的红荔山庄是真真国最豪华气派的皇家园林，也是探春与莫文大婚的喜堂。

莫文叹了口气，坐直了身子，正色道："三天前，我根据你从渊伯府传出的消息擒获了主战派雇佣的黑道杀手。"

"可曾问出背后主使？"探春紧紧攥住躺椅的扶手，猛地坐直身子。自她出海和亲以来，以海军大将孟堂为首的真真国主战派像一只如影随形的幽灵，不知会在何时何地痛下杀手。在海上心惊胆战地漂泊数月，探春早已身心俱疲，无论是明目张胆派出杀手的孟堂，还是在帷幕之中谋控全局的神秘公子，都令她恨得牙痒，却又无可奈何。

莫文一摊手道："苦苦审了一夜，只问出几个下级武官的名字。我本想先把人拿了，再顺藤摸瓜，却不料有人赶在我前面杀人灭口，釜底抽薪。"

"那线索就这么断了？"探春不甘心地一捶椅子。

"这却不好说。"莫文道，"父王为保大婚一切顺利，一个多月前便从天浴城巡城司调了两个短枪营去白沙岛。统辖短枪营的校尉一个叫严穆，一个叫路玄，都在那些杀手供出的名单里。"

探春眼睛一亮，道："金函案发是三天前，这两人离开天浴城已有月余，应该不会遭人灭口吧？"

莫文苦着脸一咧嘴道："得到名单后，我便飞鸽传书把严穆、路玄涉嫌参与金函案之事报于父王知道，可昨儿一早我从天浴城赶到白沙岛时，才知道这两人竟然莫名其妙地失踪了！父王已命人搜检白沙岛，直到昨晚戌时，才在红荔山庄的废弃仓库'实廪园'里发现了严穆的尸体，路玄依然下落不明，父王恼怒不已，母后想起我曾说过你擅破奇案，便命我来寻你去瞧瞧。"

"哎呀，这些事情也好在你父王母后面前说？"探春嗔道。

"如何说不得？二老可对你好奇得很呢！"莫文笑道。

探春羞恼地横了莫文一眼，起身道："你且先出去，唤小蓝带那些小丫头进来与我更衣！"

"为何要自家相公出去。"莫文调笑道。

探春咬着牙把小悟砸到莫文身上。

十余艘锦绣辉煌的楼船缓缓驶入金冕湖，为首一艘凤船周身朱漆髹饰，悬坠流苏羽葆，尤为奢华。

探春头戴皂縠九翟冠，身穿大衫霞帔，腰间红罗玉带恰到好处的收束将她纤瘦的躯体约系得纤侬合度，端庄中透着一丝妩媚，正是"蓝田玉带曳长裾，白玉圭璋擎采袖"，手腕上那对御赐嵌宝金凤手镯华光熠熠，更衬得探春明艳生辉，一如飞燕新妆，望之令人称羡。

小蓝怔怔地走在探春身后，喃喃道："郡主今天好美啊，好像仙女一样。"

探春淡淡一笑，抬手捏捏小蓝的脸蛋，继续问坐在身边嘎巴嘎巴剥着榛子的莫文：

“两个小小的短枪营校尉怎么会卷入金函案？”

莫文笑道：“拿人钱财，替人办事罢了。这些低级武官薪俸微薄，生活拮据，却与市井顽徒、江湖侠客颇有交情，那个神秘公子收买他们联络江湖死士再合适不过了。”

探春点点头，思索片刻，又问道：“发现尸体的是什么人？”

“司邸监的一个小僮。”莫文道，“他奉命去实廪园取一袋白沙，刚进园门就瞧见严穆倒在一棵茶花树下，一把尖刀自小腹直插左胁，那孩子当场就吓尿了。”

“司邸监？”

莫文笑道：“红荔山庄司衣监总管伊观，掌冠服礼仪；司膳监总管石宝，掌筵宴饮食；司邸监总管祝广，掌宅舍住宿；司舆监总管邢肃，掌车船马匹。这伊、石、祝、邢四人，正巧执管红荔山庄的衣、食、住、行。”

探春笑道：“这倒有趣。”

莫文用帕子捧了白生生的榛子送到探春面前，道：“一会儿到了岛上，少不得要会会这四位总管的，毕竟凶手就在这四人当中。”

“怎么说。”探春秀眉一挑，咯嘣嘣咬着榛子问。

莫文坐在探春的剔红大椅扶手上，道：“实廪园大门的钥匙只有五把，分别由四位总管和失踪的路玄保管。”

探春心弦一松，笑道：“既如此，案子便好办得多了。”随即眉头一皱，摇头道，“可是咱俩大婚在即，红荔山庄上上下下忙成一团，四位总管把钥匙交与手下小吏去实廪园办事也是有可能的吧？就像那个司邸监的小僮……哎？他为什么到仓库去取白沙，难道沙子都堆在库房吗？”

莫文听到探春一声“咱俩”，顿时心花怒放，喜滋滋向探春身边蹭了蹭。

小蓝红着脸地贴在小黑耳朵上说：“殿下现在就像大公主从北海带回来的那种叫哈……哈什么的狗儿……”

莫文耳力绝佳，闻言瞪了他们一眼，咳嗽两声，道：“半年前，父王命人在红荔山庄东南修建一座驻雪楼，还要在楼前庭院中铺满白沙以应‘驻雪’之名。司邸监总管祝广命人在金冕湖边挖取了一百多袋白沙，沿水道运入山庄，与砖石木材一起存放在实廪园的五号仓库。之后不久，母后便决定在红荔山庄给咱俩办喜酒，祝广分身乏术，只好先把驻雪楼那边的活儿停了，一门心思扑在婚礼上，为驻雪楼准备的砖石木材也被挪去修建了新仓库——‘盈溢园’。那些白沙一时也无处使用，就暂时堆放在实廪园里。那阵子父王时常眼巴巴望着驻雪楼的房基唉声叹气，还一个劲儿地埋怨母后重子轻夫，母后亲自下厨炒了两盘鸭舌，才把父王哄住。”

探春暗暗好笑：我这未来公爹玩心着实不小，真真儿的有其父必有其子。又问道：“为何要建新仓库，实廪园不够用吗？”

莫文道：“实廪园虽美，毕竟潮气过重，货物无法久存，所以红荔山庄中大多财货都在半年前被搬到新修建的盈溢园仓库存放，实廪园里只剩了些破旧的杂物，已经很久无人进去过了。哦，对了，一个多月前路玄来白沙岛时，奉父王之命用小船运了些热那亚琉璃盏来供婚宴之用，但母后不喜琉璃，偏爱瓷器，又兼着近来采买货物极多，盈溢园仓库也无空闲，父王无奈之下只好命路玄把这批琉璃盏存进实廪园的九号仓库，仓库钥匙便暂时交由路玄保管。昨儿母后突然说起礼堂那两株红珊瑚树的花盆里要铺一层白沙，祝广便把久未使用的钥匙交与小僮去实廪园取沙，这才发现了严穆尸体。”

“既然实廪园几乎废弃，那四位总管的钥匙……”

“一直随身带着，这是规矩，也是习惯。实廪园中共有十座仓库，一号、二号仓库归司衣监，钥匙由伊观保管，三号、四号仓库归司膳监，钥匙由石宝保管，五号、六号仓库归司邸监，钥匙由祝广保管，七号、八号仓库归司舆监，钥匙由邢肃保管。其中司膳监的四号仓库是地下冰窖，极是阴寒湿冷，即可呵气成冰，我都不敢轻易下去。前室存放小块食用冰，后室存放未经切割的大块湖冰，严穆的尸体就存在冰窖后室用大冰块雕成的冰棺里。另有九号仓库，建于水上露台，由于潮湿阴寒，早已闲置，只放了那几箱琉璃盏。”

探春略一沉吟，继续问道：“严穆何时被杀，这几人在当时可有不在场证明？被杀的严校尉身手如何，现场可有争斗痕迹？”

莫文道：“严穆死于昨日午时，四位总管都自称当时在房中午睡，没有人证。”

探春点头道：“这倒不巧，那路玄呢？”

莫文道：“路玄最是可气，父王说当天本应由他率人巡视山庄外围，结果短枪营将校苦等半日不见人影，派人去他住处寻找，早已人去屋空了。偌大一座白沙岛，除红荔山庄外处处深林密布，路玄若有心潜藏，岛上那点人马根本无力搜查。我还想着借我大姐的狗来循迹追踪，可那条狗呆透了，傻乎乎的只会到处撒欢。”

小黑、小蓝凑在一边嗤嗤直笑。

“说正事，严穆身手如何。”探春扶额道，“你们好像一点也不紧张啊！”

“哦，咳咳……”莫文挠头道，“严穆身手虽非上乘，但膂力过人，枪法极准，算是难得的勇士。现场未见到明显的厮打痕迹，想来是凶手猝然发难，一刀便伤了严穆要害。”

莫文朝小蓝打个响指，道：“刀自腹下入，左肋出，人还能挣扎几时？”

小蓝立即答道：“若未拔刀，尚有不足半炷香工夫，若将刀拔出，喘息间命归黄泉。凶刀既留在死者体内，多半是凶手办事仓促，或者是……已无力拔刀或补刀。”

“嗯，想法不错！”莫文赞道，“一会到了岛上，你再把尸体仔细查验一遍，多穿些衣裳，冰窖冷得出奇！”

星光黯淡，晨月如琢，微风鼓浪，水石相搏，山间栖鹘闻人声而起，磔磔于云霄之间。金冕湖浩渺无际，波声汩汩不绝，探春背着湖面站在白沙岛码头，仰头望去，但见山峦平顺如青牛伏卧，满目苍翠间攒顶红墙鳞次栉比，山下便是平坦宽阔的白色沙滩，数条宽窄不一的溪流自山中流出，划破了沙滩注入金冕湖。脚下一条三丈来宽的红毯自码头直铺至山前石阶上，两侧灯球夹道照明，远远看去，如一条赤练逶迤盘绕，直入红荔山庄。

小蓝欢快地扑在雪白的沙滩上，挽着袖子捧起一把细碎如粉的白沙，任它在指缝间无声无息地滑落。“软软的，滑滑的，好舒服！你来试试。”小蓝兴奋地冲小黑招手。

“才不要。”小黑努力做出一副小大人的样子，眼巴巴盯着小蓝掬起一捧又一捧的白沙，心中不无恶意地想到公主的呆狗。

“这里怎么样？”莫文轻轻走到探春身边，扶着她的手问道。

“拂银河而举袖，星月满衣，仰桂影以斜身，烟雾俱至。白云横处，琼玉宛在潭中，秋月圆时，螺黛分明镜里。真如唐人潜山之赋，秋意无穷。”探春不吝溢美之词，又嫉妒地盯着小蓝道，“我也想玩沙子。”

“嗯！咳咳……”莫文脑中顿时生出探春欢蹦乱跳地在沙滩上打滚的场景。

“你脸怎么红了？”探春狐疑地盯着莫文道。

“啊，没什么。”莫文晃晃脑袋，伸手向前一指道，“喏，那边就是来接我们的宫廷司仪监大总管南柔，衣食住行四大总管都受她辖制。”

红毯两侧，百余名衣着鲜亮的明艳少女手持灯球急趋而来，为首一名丰容靓妆的华服女子携两名俊俏侍童，乘坐小白驼驾车，转眼已到探春面前。

探春轻轻按着莫文的手，款动莲步，踏着红毯，借月色灯火抬眼看去，见一个身穿浅粉色长裙的纤瘦女子轻轻巧巧走下驼车，微笑着走上前来。

这女子三十来岁，一头米白色长发高高挽起，用光素无纹的白玉发箍扎束整齐，穿一身藕色圆领广袖长裙，眉梢眼角满满地都是温和的笑意，嘴角稍稍向上挑起，神色柔和得就像二月初开的杏花，虽只中人以上之姿，却令人情不自禁地产生一种亲近感，好像多年未见的知交老友一样。

“这位是司仪监南总管，我母后的体己人儿。”莫文笑着介绍。

探春微笑颔首。

“郡主真美，像从画里走出来似的。”南柔打量探春两眼，微笑道。

探春忙谦让道：“哪里，南总管谬赞了。”

“一路风刀霜剑，可怜郡主憔悴得紧了。”南柔叹道，“如今孟堂势力几除，金函离间案已破，郡主婚后可要好生将养一番。”

“南总管说的是，不过岛上这案子……”

南柔点头道：“我晓得，请郡主先到暖晴斋更衣，再去实廪园可好？”

“也好。”探春一点头，又冲莫文道，“你来吗？”

南柔歉然道：“婚礼在今日午时，殿下还要赶去雄飞院，有好些事情要做呢。”

“饶了我吧，被一群老嬷嬷插花儿似的摆弄半上午，我会疯的。”莫文连连告饶。

南柔一歪头，无奈道：“王后亲口嘱咐过，我可不敢违拗。”说这纤手一挥，十余个侍女一拥而上，簇拥着莫文坐上驼车。

莫文苦着脸一摊手：“我要去慷慨赴义了。”

南柔扑哧一笑，嘱咐随车伴驾的侍女道：“到了庄里支会四位总管一声，叫他们不时便来实廪园。”

实廪园坐落在白沙岛东南低洼处的小树林中，园子正中是一座不小的池塘，凌晨的淡淡星光洒在碧绿的池水上，显得格外宁静。几条沟通白沙岛各处的水渠在园门外汇聚成一股，注入池中，通入园门的小路铺着整齐的石板，渠水自石板下流入，若有货船出入时则有辘轳绞起石板。此时实廪园几乎废置，水道的闸门也已被锁死。

池边的种满了山茶树，晨风动处，则有花瓣翩翩宛如蝶翼，飞入淡淡烟雾中，缤纷络绎，五色焕然。茶花树簇拥着几座环池而建高低错落色彩各异的尖顶小木屋，一座小木桥弯弯曲曲伸向池塘正中，连接着一座如睡莲般静静卧在水面的露台。水上稀疏枯黄的莲叶、莲蓬未曾清剪，乱蓬蓬相互枕藉着，不时有几尾乌黑修长的游鱼浮上水面，在莲叶底下吐了几个水泡，又摆着尾巴潜入池底。

“这些房子是……仓库？”换了一身轻简淡紫色锦袍的探春伸手折下一枝含苞未放

的红色山茶，赞道，“精巧雅致，浑然天成，挥斥八极，吞吐阴阳，乱而不荒，杂而不芜，深得‘道法自然’个中三昧，果然与众不同。”

南柔浅笑道：“这红荔山庄穷尽了三代名工巧匠数十年光阴，自然处处不是凡品，郡主这边来。”说着引探春走到一座灰墙绿顶的仓库外，道，“这是发现严穆尸体的地方，除尸体被运往冰窖外，其他一切都保持原样。”又指指池塘对面的灌木丛，对小蓝道，“那座酸枣树丛下就是四号仓库冰窖的入口，这冰窖在地下分里外两间，外间是切割成小块的食用冰，里间存着不少雪山里采来的足有六尺见方的寒冰，尸体存放在里间东北角的一座冰棺里。冰窖的钥匙本由司膳监总管石宝保管，我已讨了来。”说着从腰间解下一个白铜制成的首尾相衔的龙头虺身钥匙环——环上扣着两枚钥匙，一枚大些的刻着“实廪”，二字，一枚小些的刻着“四”——递与小蓝道，“运冰的坡道很滑，可不能淘气跑上去玩。”

“知道啦，我又不是小孩子了。”小蓝一吐舌头，抱着南柔为她准备的深檐暖帽和貂鼠皮袄，挎着沉重的药箱，像小鹿一样快步绕过池塘，钻进浓雾缭绕的灌木丛中。

小黑望着小蓝的背影，小声道：“哇，好像走进仙境一样。”

探春微微一笑，径自走到仓库门前，挑着灯球仔仔细细观察一阵，又踩踩山茶树下的砖台道：“这里的道路都铺着光滑的石板，山茶树下也用红砖整齐地砌了一圈，几乎没有脚印留下……”话未说完，忽然“咦”的一声，一指池中的水上露台道，“那座房子便是九号仓库吗？”

露台上建有一座造型别致的木屋，高三丈有余，下宽上窄，宛如碑形宝塔。

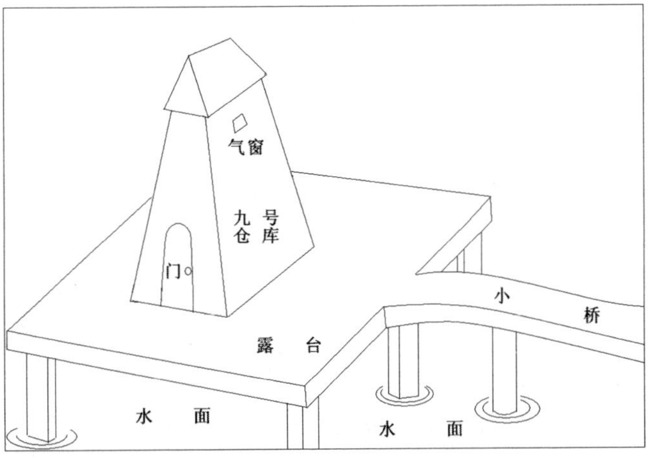

实廪园九号仓库造型示意图

南柔点头道：“正是，这九号仓库潮气太重，存放的东西容易朽坏，已经三五年没人用过了，只有上月初五路玄来时存了些琉璃器进去。”

“最近几天有人进过这座仓库，可能还不止一次。”探春快步走到小桥边，眯着眼望着苍苔斑驳的木屋说，“他失踪后你们没有到仓库去找找吗？”

南柔一怔，道：“郡主何出此言？从岸边通往露台的小桥上布满陈年青苔，青苔上并无足迹，而从水上到露台又需小船，自路玄存入琉璃盏后，实廪园水道闸门便已锁死，小船是进不来的。若用司舆监存在八号仓库的破旧小舢板，则需要钥匙来打开库门，路玄可没有八号仓库的钥匙。”

探春站在桥头，双眼一眯道：“我不知他是如何到达九号仓库的，多半是泅水吧，但是你瞧……”说着一指露台边沿与水中睡莲残叶相偎处道，“露台一角有水鸟用莲杆建造的窝儿，巢穴里还有几枝未完全枯萎的莲梗，说明这座鸟巢刚刚建成不足两三日。”

南柔定睛看去，惊喜道：“啊，那是金鹭的窝，少见得很呢！但这和近日有人进出仓库有什么关系？”

“现在天还未亮，远不到水鸟离巢觅食的时间，可是我们在这里停留许久，却未见到巢中水鸟出没，说明这座巢穴已被金鹭废弃了。”

“啊？可惜，可惜，金鹭美若仙俦，但胆子极小，寻常不易看见。”南柔摇头叹道，“郡主的意思我懂：金鹭搭好巢穴后有人频繁进出九号仓库，惊得这窝金鹭不得不弃巢而走。”

“正是如此。”探春一提前襟，抬脚走上木桥，回头看去，厚厚的苔藓上留下一串纤小的鞋印，不禁叹道，“倒是可惜了这片鲜灵的雾苔。”话音未落，脚下一滑，险些跌进水里。

南柔踏着渐渐淡去的雾气纵身一跃，稳稳落在探春身边，伸手搀住探春的臂弯，浅笑道：“郡主当心。”

“无妨。”探春站稳身形，紧走几步，来到九号仓库前。

仓库主体呈碑形，东西宽南北窄，高三丈有余，厚厚的风干海草搭成四阿顶，屋檐下斜挂着几缕绿藤，枝叶苍翠欲滴，四周墙壁上水痕斑斑驳驳，大门上深褐色的漆皮也残褪不少，整座仓库如苦行高僧般端坐于氤氲缭绕的水面露台，透着几分神秘。露台用光滑平整的硬木搭成，方五丈有余，周围没有树荫遮挡，使其曝露于阳光下，既没有存下灰尘，也未能生出青苔，光滑干净，纤尘不染，像新近打磨过又蒙了一层淡淡水雾的古镜。

探春仔细观察了大门枢轴，道："这里的苔藓都脱落了，常言道流水不腐，户枢不蠹，盖因动也。"

"确有蹊跷。"南柔点点头，用手拍拍厚实的大门道，"短枪营搜寻路玄踪迹时，从未进过这座仓库，一则水道闸门并未开启，二来这座小桥青苔密布，不像有人走过的样子，我们也未想到路校尉会藏在这里。"

探春学着莫文的姿势耸耸肩膀道："我胡乱猜测罢了，毕竟白沙岛这么大，路玄真想躲起来的话，完全可以找个干燥暖和的山洞。"说着推了推仓库大门，纹丝不动，只见走龙躬身状的黄铜把手边是一把内嵌式弹簧锁，锁身是一只紫铜所制的狻猊头，锁舌深深卡入门框上的金属槽。

"郡主……"南柔挽着探春的手，将她拉到一边道，"这些仓库大门上都镶着茜香国的弹簧锁，工艺复杂得紧，若不用钥匙而用蛮力撬锁的话，狻猊的眼珠会喷射而出，那力道比火铳差不多少。"

探春一吐舌头，暗道：这些西夷的奇技淫巧啊……实在有些吓人。

南柔道："司邸监总管祝广精通各种锁具，便叫他来试试吧。"又望着实廪园入口处被重重茶花树遮掩的道路道："诠王子说一到山庄便命他四人赶来实廪园，想来也该到了……"说着转身吩咐小黑道，"你去园门外迎一迎四位总管，那个最富态的便是祝广，让他速速来。"小黑答应一声，转身便走，只见一道黑色闪电掠过月光，卷着雾气消失在树丛深处。

"身手越发快了，像一只猎鹰，诠王子的随侍果然个个不凡。"南柔赞道。

探春微微一笑，也不知为何心中有几丝得意，围着仓库踱了几步，忽然抬头指着距地面近三丈处的一处半尺见方的小窗道："那里是气窗吗？"

"是，每座仓库都留有气窗……"南柔道。

正说着，只听池塘东北处有人高声呼喊，探春回头望去，只见小蓝头戴米色鹿绒深檐暖帽，身穿银灰色貂鼠皮袄，搓着小手快步跑来，身后巨大的药箱叮当乱晃。

"郡主！"小蓝噔噔噔跑上小桥，吁吁喘了两口气，又重重打了个喷嚏。

"瞧你，裹得像个圆滚滚的羊羔儿。"探春笑着一敲小蓝的帽檐，问道，"可冻着了？"

"不妨事。"小蓝道，"我验看过那严穆的尸首，果然如殿下所说留凶刀在体内未及拔出。”

南柔点头道：“确是如此，我当时也觉奇怪，凶手为何不把凶器带走，反而留在严穆身上？”

小蓝道：“严穆尸体紧攥右拳，拳背有轻微的伤口，像是被腰带上的铜扣压印所致。我猜是严穆临死反击，狠命一拳打在凶手腰肋间，被革带上凸起的铜扣硌破了拳头，才留下这么个口子。那严穆的胳膊比我的腰都粗，又是这样狠的力道，想必凶手受伤不轻，甚至可能当场呕血，总之他已无力拔出凶刀带走……”

探春赞许地拍拍小蓝，道：“凶手软肋遭到重击，内腑受伤定然不轻，这倒是个有用的线索。”

“可我记得，昨夜诠王子传讯四位总管时，四人都精神得紧，不像受过伤的样子。”南柔皱眉道，“难道是路玄？”

“如果凶手身受重伤，应该不会逃得太远吧？”探春道。

南柔无奈道：“虽说如此，但实廪园地处偏僻，与山庄、码头等处皆由溪流、渠道相交通，水道两岸皆是深山古林，路玄若隐匿其间，实在令人无从下手。在水道旁发现了折踏过的树枝，却也无法确定是路玄还是野羊野鹿之类留下的痕迹。”

探春又问道：“那凶刀呢，可有什么线索？”

南柔摇头道：“只是普通的猎刀，红荔山庄几乎人手一把。岛上军卒轮休时常到深山中猎取野味，连在庄中侍候的小仆也耐不住性子常进山里玩耍，王后恐大山深处有猛兽伤人，下令制止了几回，不料大公主带头不守规矩，带着两个童儿趁夜溜出庄去，进山打了一只猞猁回来，给王后做了件比甲，王后又气又爱，也不再管此事了。”

小蓝也道：“我拔出刀来看过了，实在普通得很，这种刀在天浴城铁匠铺子三十个铜子儿能买两把……”

话音未落，只听一阵粗重的脚步声由远及近，二人回头看去，只见小黑已拖着一个矮胖的年轻男子踏上小桥。

“哎呀，你……你这孩子性子怎的如此……如此急躁！我们四个本来就是要来这儿的……又耽搁不了时候……我……我的腿都快跑……跑断了……”胖子嫌弃地蹭着脚下的苔藓，一边掏出一块精致的手帕抹着滚滚而下的汗珠，一边气喘吁吁地埋怨小黑。

小黑撇撇嘴，小声嘀咕：“赶紧把这口气儿咽了，郡主还要问话呢。”

“啊，南总管！”胖子一眼瞧见站在仓库旁的南柔，忙一个激灵，规规矩矩地上前打招呼，全然不顾脑门上咸滋滋的汗水流进眼眶。

南柔温和地笑笑:“祝总管先擦擦汗。”

“哎，哎好，呼呼……”司邸监总管祝广点头哈腰地在脸上胡乱抹了一把，又偷眼打量探春，暗暗一咬舌头:好漂亮啊，我将来也要娶个东方美人做老婆，最好是又媚又乖又温柔的那种……

“祝总管，先开门吧。”南柔见祝广心猿意马的样子，眉峰一蹙，催促道。

“哎，是是是。”祝广紧走两步，把圆圆的滚着汗珠的脸贴在门边，伸手在狻猊锁上敲敲打打，侧耳细细听了片刻，又从腰间拔出一把小巧的解衣刀，小心地刺入狻猊口中，南柔忙拉着探春退到一旁。探春细细打量祝广行动举止，见他虽虚弱肥胖，但身手灵便，面色红润，绝不像脏腑重伤的样子。

小黑一脸紧张地护在探春身前，凝神细听，只听见狻猊口中咔嗒、咔嗒几声轻响，两颗眼珠微微一颤，发出“咯噔”一声。祝广油乎乎的脸顿时白了，“我的娘哎”一声惨叫，扭头便跑。

狻猊眼珠哧哧两声，像火铳铅弹一样激射而出，祝广跌跌撞撞地发出一声绝望的惨叫。

小黑清叱一声，左手一扬，拇指上的墨玉扳指倏地射出，凌空撞上狻猊左眼，啪的一声碎成数块，狻猊的右眼却仍如流星赶月般直奔祝广的肥臀而去。

小黑一捂脸，喃喃道:“我尽力了，胖子你自求多福。”话音未落，只听祝广一声惨叫，扑通一声扑倒在小桥边，哀怨地哼唧:“哎哟我的脚呀，小兔崽子你好狠心啊!”

小黑把手指打开一条缝，只见一个尖嘴猴腮的精瘦汉子，一个红光满面的健壮女子，一个眉目如画的鬈发少年联袂而来。那少年轻轻巧巧走到祝广身边，嫌弃地撇撇嘴:“哼，要不是小爷眼疾手快一石子儿把你撂倒，你的大肥屁股早就开花了。”

祝广揉着脚踝，恶狠狠地一把抓起脚边那颗棱角分明的石子，重重砸进池塘。精瘦汉子幸灾乐祸地掩口而笑，健壮女子无奈地叹了口气，和那少年一起与南柔、探春见礼。

“这孩子是司舆监总管邢肃，最是心灵机巧，办事也老练得很。”南柔拉过那鬈发少年介绍道。

探春细细打量这少年，见他穿一件淡红色绣飞鱼的窄袖缺胯圆领锦袍，戴绛色软巾，身量纤瘦，脸色白皙，若不是一对碧绿色的眼珠神采飞扬，透出几分少年意气，探春还真当他是个作男儿打扮秀气的女子。

“这位姐姐是司膳监总管石宝，人称真真国第一神厨。”南柔微笑着挽住那健壮女子道，“中国菜品也难不倒她，无论川鲁晋粤淮扬诸多菜系，都能信手拈来。”

“呵呵呵，哪里哪里，南总管谬赞啦，啊哈哈哈哈！”石宝开心地捧腹大笑。她姿色平平，贵在天生一副笑模样，穿深褐色大袄，头发随意地盘在脑后，用紫罗银丝帕裹着，显得精神干练。

探春见她爽朗大方，生出几分好感。

南柔又一抬手指向那精瘦汉子：“这位是司衣监总管伊观，对各色布匹绸缎和各国织绣工艺了如指掌，整个真真国无出其右。”

伊观谦虚地连称不敢，脸上却是掩饰不住的满满得意。

这位司衣监总管衣着最是精巧，头戴淡棕色驼绒小帽，身着挽绒金绣绿罗袍，稀疏上翘的胡须也打理得一丝不苟，眼睛细小有神，透着几分精明市侩。探春见了，不由暗笑：这份派头倒像金陵巷子里应奉大户人家奶奶小姐的裁缝铺子掌柜。

南柔介绍过三人，又对祝广道：“祝总管，这锁是怎么回事？”

祝广揉着脚踝站起身来，哼唧着说：“我还道这机关从未启用，锁芯已经锈死了，谁知道……唉，轻敌，轻敌了。”

探春命小黑道：“推开门看看。”

小黑一点头，两步跳到门前，用力推去，只听“吱呀”一声，厚重的大门缓缓打开，一股阴寒之气扑面而至，小黑激灵灵打个寒战，忙退开两步，搓搓手道：“郡主先不忙进去，那里面好冷……”

探春也被寒气冲着，皱着眉紧了紧衣裳，正要退到一旁，却听小黑大喊道：“哎呀！有死人！”

门前众人齐齐倒吸一口凉气，也不顾寒气彻骨，纷纷凑到门前。

仓库里空空荡荡，阴暗湿冷，地上铺着厚实的羊毛地毯，踩上去噗滋滋直冒水泡。地毯完整精确地覆盖住整座仓库，呈长方形，正中增厚一层，织成圆形重轮宝相花图案，宝相花心重瓣处则又增厚一层。这最厚实的地毯正中心处仰面躺着一具男尸，脸色青白，嘴唇发乌，已死去多时。男尸头戴软脚幞头，穿青色短衣，腰束革带，以虎形带钩扣结，带侧黄铜钮钉悬银链挂着一个白木刀鞘，两手叠在胸前，左手握一药瓶，右手腕上戴着一个精巧的白铜制龙首蛇身钥匙扣环，扣着两把精致的紫铜钥匙，大些的钥匙刻有“实廪”二字，稍小些的刻着“九”字。不远处靠墙的位置堆放着几个轻薄精致的髹漆大箱，一个箱子顶盖破裂，露出晶莹剔透的海棠形琉璃盏。

“噢，天哪！这是路校尉！”司衣监总管伊观尖利地大叫，翘起的胡须微微颤动，活像一只受惊的黄毛貂鼠。

“他怎么进来的，我们来的时候，桥面青苔上没有脚印。”南柔愕然道。

“难道有……鬼？”祝广一瘸一拐地靠在墙上，打了个冷战。

此时晨光熹微，寒气未退，水池上白雾朦胧，安静得不似人间，远处山中忽地传来几声高亢悠扬的鸟鸣，吓得伊观一个机灵跳了起来，怒冲冲瞪着祝广道：“死胖子，你别吓我啊！”

“是泅水过来的，他衣裳头发还都湿着。”邢肃小小年纪，倒比伊观祝广冷静许多。

“咦，这是什么？”小黑眼尖，快步走到祝广身边，一把扳开他的肩膀，把灯笼凑到墙上。但见厚实的木墙上工整地刻着十余行字，墙角丢着一把小巧的解衣刀。

九号仓库底部俯视图

南柔默默读过，脸色微微一变：“这是路玄的遗书。”

“难道是自杀？”小黑挠挠头，凑上前去，念道，“陛下钧鉴。微芥之臣天浴城巡城司校尉路玄临死泣诉：西海中国交锋半载，损耗甚烈，商路疮痍，市井凋敝，幸陛下圣宏，以结姻之策弭罢刀兵，然朝中主战诸公固执己见，不计利害，欲假奉金函以施离间之策，遣使密贿臣等为之筹措于市井。臣本欲拒之，奈何同僚严穆贪婪，主战诸公横暴，质臣家门性命相逼在前，施臣田舍金帛利诱在后，臣彷徨束手，问策无人，一时意动，故与严穆、朱季、黄轲邀集江洋悍恶之徒伏伺渊伯府侧，以待时而击。不料所谋事败，刀兵夜起，臣闻讯惶悚无似，悔痛莫及，自忖必死，故诱严穆至此杀之。穆骁勇狠戾，负刀垂死，尤能暴起击臣肋腑，臣重伤落水，泅渡至此，念一时行差踏错，惨酿巨祸，痛哉！悔哉！心气悲怆，唯吞毒以自决，衷意完白坦述，以垂昭介。”

探春静静听罢，点点头道：“如此说来，倒也算个有担当的汉子。”

“原来是泅水过来的，难怪桥上没有留下脚印。”伊观小声道。

小蓝道：“路玄鞘中无刀，腰间革带上有悬挂刀鞘的铜扣，而且……”她蹲下身子拨弄着带侧悬挂刀鞘的铜钮钉道：“这里与严穆拳上的伤口吻合。”说着又快手快脚地脱下貂鼠皮袄，挽起袖子，露出汗津津的小臂，哧哧地扯开路玄的衣裳，露出青紫色的软肋。

“死亡时间至少在十个时辰前，嗯……大致和严穆遇害相隔不久，死因是中毒，不过胁下有殴击所致的伤痕，还断了一条肋骨，脏腑受伤怕也不轻，那个严穆果然是个狠角色，临死一击仍如此霸道。”小蓝拍拍路玄圆软软的肚子，嫌弃道，“瞧这身膘，准能榨出二斤油来，就他这副身板儿，挨上这么一拳，少说半个月下不了床。”又拿起严穆左手中的小瓶，拔去瓶塞，轻轻嗅了嗅道：“置他于死地的便是这瓶中的药丸了，怪了，一个短枪营校尉竟然有这种见血封喉的烈性毒药。”

探春点点头道：“服毒身死，倒还和遗书对的上，你继续说。”

“衣服未见厮打痕迹，他应该不曾与严穆正面交手，而是突使暗算。腰带扣上挂着一截干掉的水草，这种‘银丝絮’只在阴暗的池水中有，衣服和头发上还潮乎乎的，可见遗书中所说重拳落水果然不假。”小蓝说着又伸手拨弄路玄精致的虎形带钩，忽然弯眉一皱，道，“呀？奇怪，老虎嘴里卡着一粒白沙。”

“是啊，好生奇怪。”探春俯身在毛绒地毯潮湿的纤维中一捻，指尖上也托了一粒小小的白沙。

“这是……”南柔淡蓝色的眸子轻轻一转，浅笑道，“也不奇怪，经沙滩来来去去的人那么多，白色沙粒完全有可能嵌入他们的鞋底被带到岛上的任何一个地方。”

“包括铜带钩的缝隙里？泅至此仍然未被水冲掉？”探春笑问。

“这个……多少难免。”南柔不温不火笑道。

探春不置可否，又问小蓝：“如果他中拳落水，可能从岸边游到这里吗？”

小蓝想了想，道：“如果这路校尉有海军水鬼营那样的水性，倒是有可能，不过一般人若被重力击打落入水中，疼痛惊慌之下多半会溺水，就算不死也得丢半条命。”

探春转头问南柔道：“路校尉水性如何？”

南柔道：“路校尉调来白沙岛时候不久，我只知他身手尚可，其他的尚不了解。”

探春揉揉眉头，默默盯着路玄的尸体。

南柔望着遗书，轻叹道：“遗书中所言朱季、黄轲已遭灭口，严穆又被路玄所杀，渊伯府金函案只怕很难再查下去。”

探春暗自切齿，走到墙边，轻叩路玄遗书道：“奇怪。”

南柔一愣：“又有什么奇怪？”

小黑拾起掉在墙角的解衣刀，在指间轻巧地转个刀花道：“这座木墙厚实坚硬，在墙上刻字极费心力，一个被殴伤软肋的人怎么有力气工工整整刻下这三百多字？”

探春给小黑一个赞许的眼神，又道："这字的位置也有问题。"

"位置？"南柔伸手粗略一量，道，"路校尉身长近六尺，他抬手持刀刻字大约就是这个高度吧？"

探春摇摇头道："他肋腑遭人重击，恐怕连站直身子都不大容易。小黑，若是你，会怎么做？"

小黑想了想，把腿一盘坐在墙角道："倚着墙坐下，再侧过身子，抬手刻字。"说着伸手在距地面三尺处的墙面上敲了敲。

"哦，确有几分道理。"南柔点头道。

"也许他当时伤得不重。"祝广小心地说。

探春道："肋骨已断，还说不重？"

"呃……"祝广讪讪不语。

探春踏着松软潮湿的地毯，用力踝了踝，那地摊上噗滋噗滋直冒水泡。

"郡主当心，莫叫浸湿了鞋袜。"南柔道。

探春抬头笑笑，道："无妨，这里冷得过分，也潮湿得有些过头了。"说着走到堆在墙角的几箱琉璃器旁，用手指一扫破裂箱盖的断茬，道，"这……倒像是被什么东西砸碎的。"又伸手从裂缝里取出一只盛着半盏浑水琉璃盏道，"连这盏子都砸破了，实在可惜。"

"多半是路校尉搬运时不大小心吧。"邢肃站在远处，沉声道。

探春一笑，不置可否。

南柔踌躇半晌，拉探春走到一边，小声道："路玄已经找到，严穆的死因在遗书里也讲得很明白，刻字的位置虽然高了些，倒也不是无法解释，我看是不是可以向陛下和娘娘交差了？"

探春嘴角一挑："多谢南总管美意，我生就一副犟脾气，宁可被人忌惮，也不愿被人小觑了。"

南柔愣了好久，才展颜一笑："好，那我就看看郡主怎么破这个局。"

探春轻轻卷起袖子，伸手捏住路玄右手腕上的钥匙扣环，却不知怎么打开。

祝广上前道："呃，郡主，这种钥匙环叫'蟠虺扣'，挂上钥匙时得先打开扣锁，拔掉扣栓，挂上钥匙，再将蟠虺的头销入扣孔。往腰带上或是手腕上戴时要先将扣环的弹簧卡子扳开，将蟠虺扣扣在手腕上，再松开弹簧卡子才成，步骤烦琐得很。"

探春听得头昏脑涨，扶额道："一个钥匙扣，竟然做得如此烦琐精密。"

“还不止哪！”祝广喋喋不休道，“实廪园这些仓库用的锁都是先帝营建红荔山庄时司邸监的房总管从佛朗思牙定制的，一把锁配一把钥匙，绝无多余。而且这种‘眦目狻猊’锁和‘九曲玲珑忍冬结’钥匙是佛朗斯亚名匠龙德尔所铸，自龙德尔死后即成绝响，旁人是仿制不来的。”说着略带几分得意地亮出挂在腰间的蟠虺扣，扣环上挂着三枚钥匙，分别刻着“实廪”“五”“六”。

邢肃也沉静地拍拍挂在腰间的钥匙道：“我们来时仓库大门紧锁，而钥匙牢牢扣在路校尉手腕上，也就是说……”

“也就是说路校尉一定是自杀身亡的。”伊观伸着长长的脖子道，“别人根本进不来，就算在仓库里杀了人，他也没法儿从大门紧锁的仓库离开。”

探春道：“仓库的大门是内嵌式弹簧锁，从屋里屋外锁门都是一样的吧？”

祝广小心地道：“但……钥匙还挂在路校尉手腕上，如果有凶手杀了路校尉，在屋里锁门的话，他便无法离开仓库，若杀人后再走出仓库在外面上锁的话，又无法把钥匙扣回路校尉的手腕上。”

探春点点头，道：“话虽如此，但……”说着抬头看了看高处的小气窗：“这不是有个小窗户吗？凶手把钥匙从这儿送进来不就成了。”

“哎哟郡主，这气窗那么高还那么小，凶手的胳膊得有多长才能把手伸到路校尉腕子上！”伊观翻了翻白眼，阴阳怪气地说。

“如果扣合钥匙链时凶手就在死者身边呢？”探春笑道。

“噢，我知道了。”小黑一拍手道，“凶手行凶后用绳子绑住死者，把绳头坠上重物从小窗抛出，之后离开仓库，用钥匙锁住大门，绕到窗下用力拉扯绳索，将死者吊到小窗边，再把绳索固定好，蹬着高梯爬到窗外，再把钥匙扣在死者手腕上，然后割断绳索，让死者坠落。”

“不可能。”小蓝打断道，“死者的衣服和身体都没有被捆绑悬吊的痕迹，也没有从高空坠落的迹象。”

“而且，从窗口坠将下来也不可能那么规规矩矩地躺在地毯的花心里。”邢肃也道。

“所以说嘛……”伊观一摊手，胡子一翘一翘地说，“路校尉一定是自杀。”

探春挥挥手，示意众人安静，一指地面道：“瞧。”

“什么啊？”伊观像一只黄毛貂鼠一样瞪着小眼珠在地毯上上左瞧右瞧，一摊手道，“什么也没有啊？”

探春伸手一指道：“瞧，石总管脚下，有被什么东西压过的印子。”

默默站在一边的石宝忽地一惊，忙缩脚退了几步。

“嗯？还真是哦！”小蓝躬下身子，歪着头说，“像是什么东西被从门口推到……地毯中间的花心旁边，会是什么东西呢？”

“哦，这里还有，紧贴着花心的这一周花瓣上，有一圈窄窄的方形的框形的印痕，这是什么啊？”小黑也道。

探春眉毛一扬，大步走到路玄身旁，抬眼一扫众人道：“我们且先假设路玄是被人杀死的，那么……”

“不可能啊，这……”伊观像一只急眼的黄毛貂鼠一样打断了探春的话。

“伊总管，安静。”南柔森然道。

伊观咕叽一声，缩了缩脑袋。

探春不以为意，继续道：“一座老旧的仓库，大门紧锁，唯一一把钥匙挂在死者手腕上，那凶手是如何杀死路玄，又顺利离开仓库的呢？”

小黑抬头看了看巴掌大的气窗，又低下头去。

探春笑了笑，抬眼在伊、石、祝、邢四人脸上一一扫过，轻轻摇了摇头道：“费这么大力气，何必呢？”

四人面面相觑，都有些莫名其妙。

南柔蛾眉一蹙，问道：“郡主何出此言？”

“哦，没什么。”探春高深莫测地笑笑，清清嗓子，对伊、石、祝、邢四人道，“实廪园的大门钥匙，只有四位总管和路校尉有，对吧？”

“对啊，怎么了？”伊观有些警惕地缩了缩脖子，活像一只胆怯的公鸡。

“但是我们没有九号仓库的钥匙！”邢肃听出探春语气中透着几分怀疑，不禁微恼道。

“这遗书不是已经写得很明白了嘛，路玄参与了前些天的那桩金函大案，是他追悔莫及，杀了严穆后畏罪自杀的，而且这座仓库是……是那什么，密室呀！”祝广躲在石宝背后嘀嘀咕咕地说。

“是啊，仓库门锁着，唯一的钥匙还在路校尉手上。”石宝无奈地看了祝广一眼，指了指路玄的左腕。

探春笑了笑：“四位总管无须紧张。我只是有些想不通，从路玄遗书的口气来看，他确实对之前所做之事后悔莫及，杀死严穆并服毒自尽只是为了尽早了断此事，好让诠王子的婚礼顺利进行。既然如此，他为何不在遗书中写明幕后‘主战诸公’姓名？

为何不索性在显眼处自杀好及早叫人发现，免得白沙岛人心惶惶？为何偏偏选择孤身一人死在阴冷潮湿的仓库，还留下一封毫无价值的悔罪遗书？他图个什么？”

“是啊，他图个什么？”南柔缓缓道，“若非郡主发现被弃置的金鹭巢穴，我们根本不会想到要打开九号仓库，也不会发现路玄的尸体。”

“这么说郡主还是怀疑我们了？”邢肃年少气盛，终是按捺不住性子，高声质问道。

“邢总管，你失态了。”南柔脸色一沉，幽幽一句轻责，像小猫一样立起颈毛的邢肃顿时蔫了下来。

探春并未动怒，自顾自说道：“其实方才小黑说得很有道理。仓库大门紧锁，与外界连通之处只有这个气窗。除非这个凶手是个未满月的婴儿，否则他不可能从上锁的仓库从容离开，所以他杀人之后一定是从门外上锁，又通过气窗将钥匙送到路校尉的手上的。但钥匙环扣合程序复杂，凶手要做到这一切，就必须在路校尉手边操作，唯一的办法就是让尸体来到窗边。”

“可是死者身上并没有……”小蓝有些不解。

探春一摆手道：“凶手当然害怕在路校尉身上留下捆绑悬吊的痕迹，所以他并没有悬吊尸体，而是想了个别的办法。”

“什么办法？”南柔奇道。

探春一笑，道：“我看四位总管的钥匙都挂在腰间，可为什么路校尉的钥匙挂在手腕上呢？我看路校尉右手上有厚厚的茧，显见是个惯用右手的武士，这么沉甸甸的一串钥匙挂在手上，无论如何都累赘的紧吧？”

“他都打算自杀了，钥匙挂在何处不重要吧？”伊观道。

“扣合钥匙环步骤复杂，他却只用一只不惯使用的左手来将之扣在右手上，对于一个将要自杀的人来说，这合理吗？”探春道。

伊观讪讪地撇了撇嘴。

“那……是有人故意把钥匙挂在路校尉手上的了？”南柔道。

“正是，凶手才能在气窗外只能够得到路校尉的手腕。”探春道。

南柔眉毛一挑：“郡主请明言。”

探春笑了笑：“其实仓库中的线索已经足够：我们初入仓库时，寒气袭人；仓库下宽上窄；堆放在墙角的薄皮髹漆箱子被砸破，箱中的海棠琉璃盏也被砸破，而几只盏中还盛着有些混浊的水；还有，路校尉的虎形带钩中沾着白沙；宝相花心，也就是第三层地毯周围的宝相花瓣，也就是第二层地毯上有一圈被压过的痕迹；另有一片较重的压痕则出现在花心旁边。”

“啊……这些线索，有什么关系啊？”小蓝苦思不得，抬手便捶了小黑一拳。

“我怎么知道？”小黑鼓着腮揉胳膊。

探春笑道：“除这些线索之外，我还发现一件有趣的事，仓库东西宽南北窄，而气窗位置南北边长和地毯花心的直径大致相当，大致六尺有余，和路校尉身高基本一致，也和人双手展开的长度相差不大。”

“那……又如何？”南柔适时追问。

“凶手使伸开右臂的路校尉的尸体来到气窗边，但他采用的手段不是将尸体吊起，而是当将地面抬高。”探春踩了踩松软的地毯道。

“啊？”小蓝有些蒙。

南柔眼神迷离，略一思索，便默默颔首。

“这……这怎么可能，这地板可是实打实的硬木板子，地面和墙壁之间都是死榫，断断挪动不了的。”站在墙边的祝广小心地跺了跺脚，浑身肥肉也微微颤了两颤。

探春却道：“那么只抬高一部分地面呢？”

“什么？”祝广倒吸一口凉气。

探春道：“地面和墙壁之间是死榫，那地面和地毯之间呢？”

“这个……自然是松动的。”祝广道，“但是把地毯抬起来这也不大现实……您看，仓库成四棱扁锥形，下粗上细，若把地毯吊起至小窗位置，地毯多半会皱成一团，而且可供操控吊索的只有半尺来宽的一个小孔，凶手如何能准确地把路校尉的手腕送到窗前？再有，就算凶手控制吊索的手法极精准，也无法保证被他如此折腾过的地毯还能平平整整铺回地面，更无法保证路校尉的尸体能规规矩矩地躺在花心。”

“就是嘛。”伊观瞪着眼珠子一挺干瘪的胸膛道，“这地毯的毛料我最清楚了，这种波斯羊绒毯虽说是年份越陈越值钱，但日头久了也容易打死褶儿。而且这张老毯子分量不轻，要把它连着一具尸体一道儿吊起来，嘿嘿，没有撕虎搏象的神力休想办到。”

“对啊，这毯子吸饱了水，分量更足。”祝广缩头缩脑地补充道。

石宝扯扯伊观和祝广，小声道：“别这么咄咄逼人……”

邢肃走到墙边，掀起霉气弥漫的地毯一角道：“要验证这个方法其实很简单，掀开地毯看看那就行了。瞧，地毯边沿和墙壁贴合还非常严密，边缘的毛绒几乎霉化，地板上还有成片的霉斑，再有……”

“总之，这地毯应该从未被吊起过，对吧？”探春轻轻摆手，打断邢肃。

“正是如此。”邢肃重重一点头道。

“可我也从没说过凶手会傻到要把地毯吊起来啊！诸位为何如此剑拔弩张地反驳我呢？”探春一摊手，俏皮地眨眨眼睛道，“还是说，真有人利用这地毯做过什么文章？”

四人面面相觑，呆了半晌，一直笑容可掬缄口不言的石宝讷讷开口，道：“那……郡主的意思是……”

探春高深莫测地道：“地毯的织造者为求豪华富丽，将其第二三层巧妙地叠织成宝相花形，简单地说，这张地毯是由大中小三张地毯叠织而成的。”说着命小黑将路玄的尸体搬到一旁，自己则俯身抓住红色宝相花花心的边缘，用力一掀，只听“呼噗”一声，径约六尺的花心竟然被探春揭了起来，花心覆盖下的花体上密密麻麻散布着薄薄一层白色沙粒，而地毯正中竟有一个圆圆的杯口大小的洞，透过两层地毯凿穿了仓库的地板，向下望去，池水绿波如玉。

“呼呼，好沉。”探春把潮乎乎的地毯扔在一边，揉着腰笑道，“要命了，好沉！看来，这地毯的花心似乎和花瓣缝合不牢……哦不，是缝合线完全被剪断后，又将花心稳稳地铺在花瓣中心。也仗着这种波斯羊绒毯实在厚重，吸饱了水又被路校尉尸体压住，我们也嫌弃它潮湿肮脏，落脚时都收着两分力道，因此没能使这层地毯挪动。”

南柔抱着胳膊踩踩颜色尚存着几分鲜艳的第二层地毯花瓣道：“看来是有人故意拆了花心边缘的线，让它和花瓣脱离开来。”

“对，但南总管请看这里。”探春指指地毯上杯口大的小洞道，“这个才是把部分地面抬高的关键。”

“唉哟，这是谁干的呀，整个儿凿穿了。”小蓝趴在小孔上，望着微微荡漾的碧绿色池水道，“郡主，这么一来可就有两个小孔可以通到外面了哦。”

“难道凶手是藏在水里，用一根竹竿把人顶起来？”小黑目瞪口呆地凑到小孔上，小蓝一抬头，咚的一声撞在小黑的下巴上，痛得“哎呀”一声，揉着脑袋坐了一身白沙，嗔怒道：“你这呆子！从仓库地面到小窗将近三丈高，池水只有一丈来深，哪容得下能把尸体顶到气窗附近的竹竿？”

探春扑哧一笑：“小黑的主意从来都是简单粗暴，看看被花心压着的花瓣上还有什么？”

“这……沙子呀！”小蓝拍打着裙子上的白沙道，“但是为什么会有这么多沙子，还都压在花心下面？”

“因为凶手把仓库的芯子做成了一只巨大的沙漏。”探春道，“沙漏的边长和第三层地毯，也就是花心的直径相同，这也就是花心边缘的花瓣上有一个方框压印过的痕迹的原因，你抬头看看气窗的位置，那个高度仓库横截面的窄边长也和花心直径几乎相当：六尺左右，正是路校尉身高，也即他伸直了双臂的长度。”

“沙漏？”小黑、小蓝脸颊抽动两下，抬头望着近三丈高的气窗。

“没错，沙漏。”探春道，“一个高近三丈，径约六尺的方筒形，里面盛满了细小光滑的白沙，放在仓库正中央，就是花心下的位置，被拆下的第三层地毯——宝相花心就铺在沙漏最高处，哦对了，方筒的边长要比花心直径略大，而路校尉的尸体，就伸展了右臂躺在花心正中。凶手只需在库外锁好大门，蹬着高梯来到窗口，路校尉伸直的右臂正好把手腕送到窗前不远处，凶手小心地将钥匙挂回路校尉的手腕，再把他的手臂推回胸前，然后收好高梯，潜入水下，在仓库地板下凿一个窟窿，让白沙缓缓流入池塘，于是……”

“于是沙漏中的白沙平面会缓缓降低，地毯花心和路玄的尸体也随之下降，等到白沙流尽时，地毯和尸体就会回到地面，稳稳当当铺回原处。”小黑一拍手道。

“对啊，有沙漏约束着，这层地毯落地时不会跑偏，白沙稳稳下沉，地毯也不会上下翻动。”小蓝道。

“白沙从小孔流入池中但，沙漏何在？”南柔迟疑半晌，幽幽问道。

四位总管却难得地没有出声。

“南总管还记得我们刚进仓库时有什么感觉吗？”探春笑道。

“冷，寒气逼人。”南柔道。

“因为沙漏刚刚融化不久，而且窗口太小，冷气一时散不出去。还有，虽然九号仓库建于湿冷的池塘上，但地毯也不至于潮成这个样子。起初我还怀疑过凶手使用硕大的冰块叠摞起来做成了一个巨大的冰柱，但仔细想想，一则冰柱融化时可能倒塌变形从而使尸体位置移动，二来十多个时辰的工夫如此巨大的冰柱无法完全化尽。”探春说着踩了踩噗滋滋渗着水珠的地毯，“这一筒白沙从杯口粗细的小孔流入池塘最多不过两刻钟，这两刻钟的工夫，巨大的方冰筒还不至融化，足以约束着缓缓下降的地毯花心和尸体回到花瓣中央。但案发至现在足有十几个时辰，冰筒早已融化成水，水或从小孔流入池塘，或被地毯吸附。还有，那些堆在墙边的琉璃盏多半是被从高处融化掉落的大冰块砸破的，这冰块砸破琉璃盏后，部分存留在盏中慢慢融化，所以我们看到盏中还存着些混浊的水。”

“那凶手是如何把这巨大的冰筒运进仓库的呢？”南柔道，“库门只有五尺来宽，一丈多高。”

“很简单，分节拼接。六尺粗、三丈高的冰筒，原本就是四五节叠摞起来的。我记得小蓝说过，冰窖后室的那座冰棺就是由一块巨大的冰雕成的，在那样一个可以呵气成冰的冰窖里，制作五个方六尺，高五尺的无盖无底的‘冰棺’。之后还要把地毯最中间一层仔细地拆下，把冰筒摆放在花瓣正中央，在其中填满白沙，接着再把第二个冰筒叠放在上面，再倾入白沙，如此反复，直至冰筒最上沿靠近气窗下，再把拆下的地毯铺在上面……”

小黑仰着脸看看窗口的位置，道：“跑到那么高的位置，就需要……”

“梯子！”小蓝一拍手道，“花瓣上另一处压痕是小平台式的升降高梯留下的，我见到天浴城里建房子的人用过，就是这样的梯脚。”

探春一点头，道：“不错，仓库平面呈长方形，自下至上逐渐缩窄，当短边大致六尺左右时，长边尚有一丈余，足够留下凶手攀爬梯子，运送沙袋的空间。凶手做完了这一切，最后还要扛着尸体，攀着梯子爬到冰筒最上层，把尸体规规矩矩摆在地毯上，左手放在胸前，右手伸展至气窗边。之后再把升降高梯搬至仓库外气窗下，用路玄的钥匙锁好库门，踏着高梯来到窗外，把钥匙小心地扣回路玄手腕，再潜入水下，凿穿库底，让白沙流入池塘，逃之夭夭，只要等着白沙流尽，尸体落地，冰筒融化，这个局才算布完。哦，当然，和这套烦琐工序相比，杀人、刻字之类都不算费时费力了。”

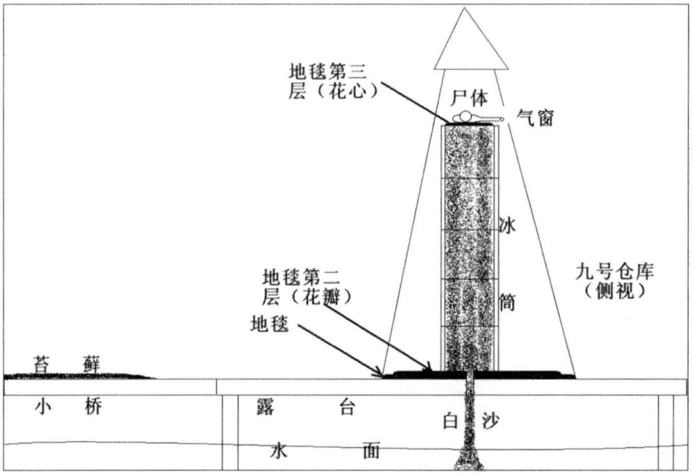

南柔幽幽叹了口气，道：“那么，冰、沙、梯子来自何处呢？”

“冰自然是来自冰窖。”探春看向石宝，“而保管冰窖钥匙的……”

“呃……是……不过，不过如果有人要入窖取冰，可以到我这里来取钥匙，只要登记一下就好。”石宝呼吸略微有些急促。

“但是现下天气渐寒，已有两个月无人来取用冰块了对吧？”探春不等石宝回答，忽又转向祝广，“祝总管，能打开五号仓库的大门给我看看吗？”

“啊！五号？”祝广一缩脖子道，“为……为什么？”

探春道：“陛下本欲在驻雪楼前铺满白沙，却因着诠王子大婚之事耽搁下来，那些已打包好运至实廪园的白沙就堆放在五号仓库。”

“呃……”祝广吞了口唾沫。

“还有，司邸监要负责房屋修缮，仓库里应该有伸缩高梯吧？”

“啊……有……”祝广道。

“不知梯脚是否粘着暗红色的羊绒丝？”

“这个……”

探春不等他回答，又看向伊观：“波斯羊绒地毯织绣工艺复杂，线缕钩合绵密，要把宝相花心完好无损地从花瓣上拆离下来，要费不少工夫吧？白沙岛上谁有如此精妙的手艺？”

伊观梗着脖子“哼”了一声。

探春点点头，又道：“冰筒、白沙、地毯、高梯……哦，对了，这池塘不算小，冰筒可以浮在水面漂到九号仓库下的露台，五号仓库的沙袋可漂不过去，如果有一艘小船的话，岂不省事许多？实廪园水道虽已封闭，但司舆监旧仓库里不会连一艘小舢板都没有吧？对吧，邢总管？”

“哈，制造冰筒，驾船运沙，这凶手不嫌累得慌吗？”邢肃冷笑道。

“做完这一切的凶手还真不嫌累，毕竟他们不止一人啊。”探春冷笑道，“甚至可能不止四个人，参与设局者或许还有衣食住行四监的僮仆，虽然他们可能并不知道发生了什么，更不理解为什么总管会叫自己去锯割冰块，为什么总管会命自己搬运已在实廪园存放数月的白沙，为什么总管突然从废物仓库中取出了破旧窄小的舢板，为什么总管拿着精巧的针线剪镊匆匆赶往实廪园，但他们只管照总管的吩咐做就对了。”

“呃……郡主，那凶手何必要用白沙，直接在冰筒里灌满池水岂不更省力？”小黑疑道。

探春道：“扛着沙袋爬梯子比提着水桶爬稳当得多，而且水流注入池塘声音不小，若被人听见可大大不妙。”

"依着郡主的意思，我们四个都是凶手了？"伊观尖着嗓子道。

"就是，我们和路玄无冤无仇，连话都没怎么说过。"邢肃咬牙道。

探春点头道："我也觉得奇怪，四位总管正为筹备王子的婚礼忙得焦头烂额，好端端的怎么会对严路二人动了杀心？难道是四位总管受人之托，忠人之事？"探春道。

南柔吓了一跳，轻声劝道："郡主慎言。"

探春直视南柔，道："能令四位总管甘为效死者，白沙岛上能有几人？"

南柔勃然变色。

"当然只有一人。"探春托着下巴想了想，又道，"或者说是一对夫妻？"

南柔不禁一窒。

探春继续道："阿诠和我说过，他刚从被擒死士口中问出这些小军官的名字后，便飞鸽传书至白沙岛通知国王陛下，请他拿下严穆、路玄，他则留在天浴城捉拿其余几人。但一天之后，也就是昨天，当阿诠一无所获地从天浴城乘船来到白沙岛时，却得知严、路二人失踪，国王正命人四处搜寻。白沙岛面积不小，陛下还要留下大量守卫保护红荔山庄中诸位贵人的安全，所以搜检白沙岛的人马十分有限，直到傍晚时分才在极为偏僻的实廪园找到严穆的尸体。呵，现在想来，这不过是陛下一面之词罢了。陛下可能在刚刚接到传书时就雷厉风行地拿下了严穆、路玄，并迅速逼问出二人身后的主使者。陛下深恨主战派在和亲之际借由一个子虚乌有的金函搞出这么大的动静，便杀掉了已被榨出所有消息的严穆和路玄泄愤。"

"既然如此，二人是罪有应得，陛下名正言顺把他们处理掉便好，又何必做出冰沙漏这么个鬼东西？"小黑不解。

探春哭笑不得："奇怪的不仅这个。我上岛时南总管便安排好了我的行程：先去暖晴殿更衣，再去实廪园查案。却并没有让我去四监处所去询问四位应该正忙得抽不开身的总管，而是让四位总管大老远地跑到偏僻的实廪园来。现在想来，多半是因为陛下召集四监总管僮仆凿冰抬沙，四监僮仆多半满腹狐疑，我若到四监所，万一心血来潮询问其中僮仆，实廪园这边的安排多半会露馅儿的。"

南柔无奈，随口接了一句："只瞒你一人，或者说只瞒你与诠王子两人，又是为何？"

探春更是无奈："无外乎是想和我这个新媳妇玩一个可恼的游戏罢了。他们想看看我是不是真如阿诠所说的那么……那么……"

"那么蕙质兰心，机巧多智。"探春听到脑后有人笑嘻嘻说话，猛地一惊，还未回过神来，便觉身后一暖，一双手臂环住她的纤腰，将她轻轻抱住。

探春吓了一跳，又觉耳边一阵温热之气，有人柔声道：“莫恼，我父王大事上明白，小事一向是不着调儿的。”语调柔和又略带一丝沙哑，分明是莫文的声音。

探春回过头去，见莫文穿了一身玉绒金丝绣瑞兽腾云的月白色广袖圆领锦袍，腰间系着文犀宝带，细银链子坠着箭囊，囊中插着三支花枝，显得儒雅气派，喜气十足，唯独头发凌乱地挽着，辫子只束了一根绛色丝绦，显然是打扮到一半趁教理嬷嬷不注意偷偷跑出来的。

探春见他如此模样，顿觉哭笑不得，转身在他臂上擂了一拳道：“这人命关天的事，也是混闹得？”

莫文不顾众人神色古怪，径自轻轻吻住探春额头，软语劝慰：“婚礼结束后，我带你去诠智岛，那里是我的地盘儿，咱不理这老无赖。”

“咳咳。”南柔轻轻一咳，对探春道，“郡主莫要误会，陛下诛此二人倒也不是残忍好杀。前日陛下命人逮捕路玄时他正率人巡视红荔山庄，走至四监所附近，见人来拿他，便持两管火铳拒捕，着实伤了几人，石总管情急之下一拳击中他肋下，几乎同时，伊总管发出一根毒针射入他的顶心。蓝姑娘验尸前先看了路玄手中的药瓶，又见尸体情状与此药毒性相符，便未再细查别处，只一心去看肋下拳痕。而且路玄戴着幞巾，高挽发髻，也把顶上伤口掩藏得极好。”

“哎呀！”小蓝噘着嘴跺了跺脚。

探春听得浑身一冷，回头看向正有些尴尬地挠头的石宝和像黄毛貂鼠一样趾高气扬抖着腿的伊观。

南柔继续道：“严穆倒是老老实实地交代了背后主使，不过是个……”

她说着看了莫文一眼，莫文点了点头，示意她继续。

“不过是个专司军火枪炮交易的皇商总司罢了。”南柔轻轻一叹，“他背后一定还有大鱼。这位总司尚在天浴城，陛下设计出路玄杀严穆而自杀的假象，便是为了暂时稳住主战派大鳄，莫教他们狗急跳墙，连这位总司大人一并除了灭口。”

“那陛下杀严穆是为了……”

“严穆在被押至监室途中经过白沙岛南的货运码头时，挣开绳索，打昏了看押的士卒，意欲抢夺司舆监的飞鱼船逃走，被忙里偷闲要去打猎玩耍的邢总管掷出猎刀，钉死在岸边，所幸当时正处中午，严穆被杀并无外人看见。”南柔道。

探春又看了看抱着胳膊站在墙角的邢肃，啧啧道：“想不到三位总管竟都有如此身手，你们可瞒得我好苦。”

石宝尴尬地笑笑：“陛下吩咐过的，不好不办啊，我生怕演得不好，便一直未曾开口，可憋死了，郡主莫生气，我做金陵菜给你吃，蟹黄瑶柱小汤包，如何？”

探春摆手大笑：“石总管，婚礼在即，你可抽不出手来。”

“嗨，都交给孩儿们了，我压轴就行。”石宝拍拍胸脯道。

探春又看向祝广，道：“祝总管莫非也是高手？”

“我？”祝广哭笑不得，“我这模样哪像高手，开锁高手倒是真的，哦对了，墙上的遗书是我刻的。”

“好了好了，时候不早了，各路宾客也陆陆续续到了，范恩和邓将军他们早就在连理殿候着了，你也有段时间没见到他们了吧？”莫文轻轻挽着探春小臂道。

探春听着远处悠悠扬扬的喜乐声，一时有些不知所措。

莫文笑着拍拍她的后脑，打个响指，仓库外顿时喧闹，只见三十来个托着衣冠首饰帷帐鞋履的仆妇侍女吵嚷着如一窝蜂似的冲将过来，将昏头昏脑的探春围在金色陀罗尼锦帐中，重新戴了九翟喜冠，穿了大衫霞帔，束了嵌玉红罗带，捧了和田玉如意，坠了合卺双鱼佩。

待渐渐回过神来，探春羞恼地掀开帐帘，指着笑嘻嘻的莫文正欲发火，却见莫文拿着一支细细的笔点将过来。

“我的王妃，我来画眉。”莫文在探春修长如柳叶的眉上轻轻一描，笑着将她抱起，冲候在岸边的驼车一挑眉道，“迎亲队，出发！”

第十四章 别有幽愁暗恨生

“转面流花雪，登床抱绮丛，鸳鸯交颈舞，翡翠合欢笼；眉黛羞偏聚，朱唇暖更融，气清兰蕊馥，肤润玉肌丰；无力慵移腕，多娇爱敛躬，汗光珠点点，发乱绿葱葱；方喜千年会，俄闻五夜穷，留连时有恨，缱绻意难终……”

探春嘤咛一声，慢慢睁开双眼，只觉得浑身骨节好似浸在酒里，酥软无力，又依稀听得耳边有人懒洋洋念叨着什么，凝神细细听去，正听得“汗光珠点点，发乱绿葱葱”两句，顿时羞得满面通红，怒冲冲偏头望去，只见莫文单手支颐，斜卧枕边，双眼微睁，蓝色的眸子藏在上翘的睫毛后，偷偷瞧着自己，嘴角带着几分狡猾得意的笑，嘟嘟囔囔继续念着：“衣香犹染麝，枕腻尚残红……”

探春羞恼地往被子里缩了缩，怒斥道：“你这坏人，昨夜欺负得我好苦，今日又在这念的什么淫词艳曲……哎哟……”她挣起身来推了莫文一把，却忘了自己臂软如棉，这一推没把莫文怎么着，自己却先跌进这坏人的怀里。

莫文放声大笑，一把抱起探春，跳下床去，趿着金丝软锦便鞋，跳到窗边，笑道：“此乃汝大唐诗人元微之名作，十三韵道尽新婚燕尔之诸般妙事，意重情浓，哪是什么淫词艳曲？”说着把探春轻轻放在镜台前的玫瑰椅上，笑道：“怎的脸这么红？哦，定是昨儿喝多了琼花谷送来的美酒。”

“去！”探春恼道，“我哪有心思喝酒？琼花谷里的盗酒杀人案还没彻底了结呢！”

莫文轻轻一叹，拿起象牙嵌宝梳轻轻梳理着探春头发，道："是啊，还记得古墓中的姜夫人吗？就在你到红荔山庄前，她果然在琼花谷进贡的婚宴用酒'君莫笑'里发现了奇毒，此毒不易验出，中者轻则昏沉嗜睡，重则五感全失，我不敢宣扬此事，只命人用樱桃酒换掉了'君莫笑'，婚礼总算顺利无事。那神秘公子一计不成，定有后招。"

探春烦恼地靠在椅背上，道："和亲已成，朝中主战势力被你父子或杀或贬，连孟堂老贼都不知所终，其余的不过是土鸡瓦犬，无力扭转乾坤，这神秘公子还如此不依不饶，目的何在？"

"若那两瓶毒酒真的用于婚宴，足以把参加婚宴的主和、主战两派王室贵胄一网打尽，故此我想，此人并不关心两国是战是和，只想让真真国王室经历一场震荡。"莫文为探春盘起发髻道。

"区区两瓶毒酒，每人分到的不过一小盅儿，就算中毒昏睡，也应无甚大碍吧？"探春疑惑不解，"这人难道就为了好玩？"

"就眼下情况看来，此人对付我时心狠手辣，不遗余力，但对真真国王室及朝中要臣下手时，尚存有几分理智，我猜他应该是我认识的人，或许和王室关系很近。"莫文道。

"若他真是你的至亲，你会大义灭亲吗？"探春随口问道。

"嗯，咳咳……我为娘子画眉。"莫文伸手抓起了眉笔。

探春淡淡一笑，自拢了拢头发，任由莫文在脸上雕琢摆弄。

含饴殿位于红荔山庄西南，偏远僻静，虽名为"殿"，却是由茅竹搭就的庑顶重檐屋。院中种满了四时瓜果，时值冬日，桃李凋零，柑橘却黄澄澄缀满枝头，煞是喜人。真真国王夫妇坐在紫竹编成的围屏长榻上，笑眯眯瞧着涨着一身松蓬蓬的羽毛坐在窗边的枯枝上的寒雀。

莫文、探春由一队红衣紫帽的轻装侍儿引着走入含饴殿，在廊下除了鞋履，小步趋入，跪拜父母。

探春偷眼望去，见真真国王夫妇都穿着宽松简素的燕居衣裙，如寻常人家老夫妻般安闲舒适，心下便放松不少。

"快起来吧。"王后道。

探春小心翼翼地抬头，轻轻答应一声。

“怎的还这般拘束？哦，是了，定是你这老头子昨儿借严穆那逆贼的案子考校媳妇儿，人家孩子还恼着呢！”王后佯装恼怒，轻轻一拳打在真真国王肩上。

“哎？那明明是你……”国王急了，指着王后便要争辩，却被王后拿眼一瞪，登时偃旗息鼓，嘟嘟囔囔哼了一声，靠着垫子剥了个橘子，递与探春道，“是父王的不是，你消消气噢！”

探春有些无奈：“这父子俩怎么都像没长大的孩子一样，阿诠这年岁顽皮些还好，这老国王都年过半百了……”

“好了，都起来坐吧。”王后笑着一抬手，两名侍女奉上早茶。

探春捧着凉盈盈的橘子坐在铺着鹅绒垫的圈椅上，望着紫竹榻上一对笑容可掬略有发福的中年夫妇，一时不知该说些什么，倒是王后先开了腔：“这老头子脾性恶劣得紧，昨儿实廪园那案子怕是吓着你了，我也不知你喜欢什么，这东西权当是给贤媳赔礼的。”说着一抬手，有侍女捧了一个紫檀画轴盒，献至探春面前。

“多谢母……母后。”探春恭敬地接过画轴盒。

“打开看看。”王后微笑道。

探春轻轻拨开象牙扣，展开卷轴，见那书卷长逾九尺，莫文忙接过轴头，渐次展开，探春愈看愈奇，轻轻吞了口唾沫，偷眼去瞧王后。

“霓晔煜兮揭朱旗，云曈昽兮披纁衣。蹙绿跗兮扉修眉，姹鲜萼兮伸微辞……这啥啊？”莫文手指轻轻摩挲墨迹，一皱眉头，“看上去有些年份了。”

“妍丽温雅，端庄稳素，这是蔡襄自书其文《季秋牡丹赋》……吧？”探春偷眼瞧着王后，小声道。

“是真迹吗？”王后忙问。

探春犹豫不语。

“贤媳只管如实讲。”国王咯嘣咯嘣剥着花生说。

探春略一迟疑，道：“蔡襄积学深至，心手相应，其飞白书存张旭怀素之韵，有风云变幻之势，又纵逸而富古意，且惜字如金，不轻为书，偶尔赠人尺牍，人皆藏以为宝。传世蔡襄书法皆为小幅手卷，如此近丈长卷，世所未有，且此卷运笔折转处略有迟滞，当非真迹……不过总体来说仿效甚妙，已有蔡君谟七分神韵，算是十分难得的佳作了。”

王后笑眯眯抿了口茶道：“我粗手笨脚不通书道，贤媳喜欢就好。”

“对啊，此卷纸品墨质极好，装裱手艺也堪称一流，真真国断找不出这样的妙手名匠，母后还真是下本儿了。”莫文忙为王后找台阶。

“啊……这是醇儿从一个中国客商手里买来的。”王后仍旧笑容可掬，莫文脸色却忽地一沉。

探春默默收了卷轴，端身坐好，见王后微笑不语，莫文面沉似水，国王自顾自吃花生，便识趣地问：“不知醇儿是……”

“他叫尹醇，是天浴城王宫司膳监的总管，专司品鉴贡御美酒，从小我当儿子养的。这孩子是个不世出的品酒天才，心地至纯，为人坦荡，就是性子太直了些，说话也不会绕弯子，在宫里也没什么朋友。”

“除了品鉴美酒，他最爱中国书法，所以才肯花一年的薪俸买了这卷《季秋牡丹赋》。”真真国王道，“后来知道上当，便怒冲冲跑去流金坊找那个叫郑乾的中国古董商理论，也是这孩子脾气太暴了些，一言不合竟与郑乾扭打起来，一路撕扯闯入巷尾的韦驮庙，踢翻了功德箱，平白惹下一场杀身之祸。”

“杀身之祸？”探春一怔，心道：看来这卷赝品分量不轻啊。

王后慨然一叹：“醇儿死得不明不白，我们实在愧对他父亲……”说着眼圈微微一红，歉然道：“瞧我，你们大喜的日子，我本不该提这件事的……”

探春腹诽道：你把这卷赝品拿出来，就是为了引出这案子吧。也只好识趣地问：“不知这杀身之祸所为何来？”

王后忙道：“上月二十九夜里，醇儿被人杀死在王宫叠翠园的比翼塔里，死因是心脏遭到钝器重击，坊间都说他是被庙里的韦驮菩萨祭起金刚宝杵打死的，为着他数日前踢翻了功德箱，开罪了菩萨。”王后略一迟疑，道：“真真国和中国通商已有百余年，天浴城西的‘流金坊’‘东来坊’‘持义坊’等二十余坊共住了不下万户中国客商，坊间也修建了不少寺观庙宇，大的占据整坊之地，小的藏于陋巷之中。这座韦驮庙年代久远，早已残破，只有一个眼花耳聋的老僧住着，平日也无甚香火，和几户民居、几间粮油肉铺一起挤在一条小巷里。但醇儿被杀的第二天，便有人在韦驮神像手中的宝杵上发现了血迹，一时间传为‘菩萨显灵’，案发至今不过十日，那小庙的香火捐资已是翻了不止千倍……”

莫文叹了口气，冲探春递个眼色，探春会意，上前道：“此案蹊跷，又涉及神异之说，还是及早破解为好。”

“对了，贤媳啊……”国王放下啃了一半的苹果，伸了个懒腰道，“贵我两国交战之时，有不少真真国泼皮借机闯入流金坊等处，欺男霸女，纵火劫掠，我虽已下令严惩，但只怕中国客商恨意未消，醇儿惨死之事传出宫外，流金坊里拍手称快者不在少数，那座小小的韦驮庙里也香火不断。贤媳破案之后，若能亲至流金坊平抚安慰一番，自是最好不过。”

探春暗暗咬牙：我还没答应查案呢！却也只得应道：“儿媳定当竭力，父王勿虑。”

真真国王笑道：“真真国受唐风浸染数百年，天浴城早已是一团胡汉交织的乱麻，大刀阔斧斩除宿弊是要不得的，还是条分缕析地慢慢梳理为好。”

探春忙道：“父王说的是，儿媳谨记。”

破旧的韦驮庙外香客如织，多是黄皮肤黑眼珠衣着锦绣的中国富商，个个恭敬诚挚，口诵佛号，把宽不足一丈的巷子堵得水泄不通。小悟极不习惯这种拥挤喧闹，伏在探春肩上，不满地喵喵直叫。

探春用手帕掩着口鼻，环视周遭，这巷子果如王后所说，破旧逼仄，韦驮庙挤在巷子南侧的几户民居之间，巷子北侧则是些卖粮油、果菜、肉食的小店铺，巷子的土路被踩得极硬实，路上还有两道被常年给各家店铺运货的小车压出的辙印。

莫文挽着探春的手，幽幽一叹，道：“若非尹醇惨死，这座小破庙也不会一夜之间名动全城。”

“韦驮飞杵杀人，这倒像极了垂纶岛的妈祖隔棺杀人案。”探春笑道。

莫文望着庙门外蜿蜒如蟒的长队道：“我们还进去吗？瞧这阵势，得等到猴年啊！”

“为什么不进去？我还真想看看显灵的韦驮。”探春道，“金刚宝杵上还沾着血，也不知是真是假？”

“那还有假？”人群中一个油头粉面的矮胖男子摇头晃脑地说，“那小子不识货，非说老子的蔡君谟手书长卷是赝品，还笨手笨脚地撞翻了韦驮菩萨的功德箱，这不是自个儿作死吗？”

“你就是郑乾郑掌柜？”莫问眉毛一挑，笑问道，“韦驮杀人是你亲眼所见？”

郑乾哈哈一笑，左扭右扭挤出人群，大摇大摆地走到庙门边的老树下，一指树枝越过的院墙，撇着嘴道：“喏，墙那边就是我家，庙里的老和尚打个喷嚏我都能听见！话说上月二十九夜半子时，这小庙里金光万丈，韦驮菩萨现了真身，一声怒吼天摇地动，还不等我回过神儿来，便只见一道金光飞奔王宫，径取那小儿性命去了……”

来韦驮庙进香的信徒虽多，好事者亦不少，郑乾嗓音尖亮，讲起话来手脚并用派头十足，比茶馆里的说书先生丝毫不差，不多时便有不少闲汉聚集过来。眼见身边围拢的看客越来越多，郑乾也说得越发来劲儿，手舞足蹈，口沫横飞。

莫文拉拉探春衣袖，挤出人群，一摊手道："巡捕司早问了他不下十遍，这厮除了吹牛就是胡扯，不过案发次日巡捕司确实在殿中韦驮神像的金刚宝杵上发现了血迹，从血迹变干的情况看，宝杵染血时间与尹醇遇害时间是吻合的。苏雪验看过尸体，尹醇确实是被钝器重击心脏致死，肋骨断裂，插入心脏和肺部，几乎是当场丧生，倒地后口鼻中虽涌出鲜血，但他死时身上穿着厚实的皮衣，凶器又没有破开皮肉接触血迹，那这宝杵上的鲜血，就有些画蛇添足了。"

探春点头道："这庙里的老和尚眼花耳聋，要瞒着他在韦驮神像上做些'神迹'再容易不过。但如此一来，就必须有两名凶手同时作案，一名主犯动手杀害尹醇，一名从犯在破庙的韦驮宝杵上做手脚。哎，这案子已过去近十日，你巡捕司不会连个嫌犯都没找到吧？"

莫文苦笑道："嫌犯有是有，可都是我的至亲手足。"

探春一怔，沉吟半晌，又道："宫苑中的命案和坊间小庙的'神迹'莫名地挂上了钩，这之间必有流言引导，将'误买赝品''踢翻功德箱''宫苑命案''血染神杵'几件事情连接到一起，形成了韦驮菩萨飞杵打死踢倒功德箱的王室司膳总管的奇谈故事。"

"正是如此。"莫文点头道。

"不知巡捕司可曾追查过流言的源头？"

莫文无奈摊手："流言是从流金坊的一群闲汉口中传出的，巡捕司审了几个无赖小子，得知这故事最早是从一个屠户的儿子那儿来的，不巧的是那孩子在巡捕找到他前便溺水身亡了。"

探春点头道："而且屠户家常年与血肉打交道，弄些猪羊鲜血涂抹到神像宝杵上也容易得很，小孩子身体轻捷，趁夜潜入庙中也不易引起那老僧注意。也许他根本不知道为什么会有人要他在宝杵上涂上鲜血，只是觉得好玩还有好处拿便依言去做罢了，直到凶手让他传散谣言，他才会醒过神来，但此时他已经上了贼船成了帮凶，再想从船上跳下去怕是难了。"

莫文道："但他终究是个隐患，所以在流言传开后，凶手便结果了他的性命。嗯……这里的一切似乎都能解释得通，但尹醇死得实在蹊跷。他胸口的伤痕确实像是宝杵之类钝器重击所致，而且他被杀之处在比翼双塔四层的房间里，那地方……嗨，我一时也说不清，咱们还是进宫看看吧。"

比翼双塔位于真真国王宫西南角的叠翠园中，一南一北，皆为五层楼阁式塔，青砖坚实细密，塔身斑驳古旧，四周枯藤环绕，别有几分苍凉之感。叠翠园中草木葱茏，东南墙边几株蜡梅仍有余香，南墙几株百年雪松尚存青翠，草地早已成一片枯黄之色，园门口一条石板路延至北塔下分岔，各一条小路通向双塔门前。园中一池泉水，寒冽逼人，据莫文介绍，此泉名叫鹤鸣泉，泉池两侧各一小渠，一条自叠翠园西侧院墙下的水门流出，注入宫墙外的御河，一条则源自南边不远处的酒窖旁寒井中，自叠翠园东墙下水门流入泉池。

双塔相隔五丈有余，第三层处有一条青石天桥连通，桥栏上雕镂胡人猎狮图，雄浑劲健。由于年代古远，石桥中段约三丈长的桥体早已断落，比翼双塔便硬生生地被分离开来，只有爬满石桥的干枯藤蔓若即若离。不知何处跑来的顽皮松鼠爬上枯藤，咔嚓一声清响，踏断了酥脆的枝梢，吱吱惊叫着跌进莫文怀里，小悟“喵”的一声扑过去，好奇地用爪子拨弄着松鼠的大尾巴。

“这里就是凶案现场？”探春仰望高塔，啧啧叹道，“真真国王宫里也不尽是俗不可耐的喷泉和古板幽暗的长廊嘛。”

莫文嘴角抽搐几下，道：“那些喷泉是机关大师寻彰设计的……”

“寻彰？就是那个在蔷薇群岛私会老情人的怪老头儿？”探春逗弄着瑟瑟发抖的松鼠说。

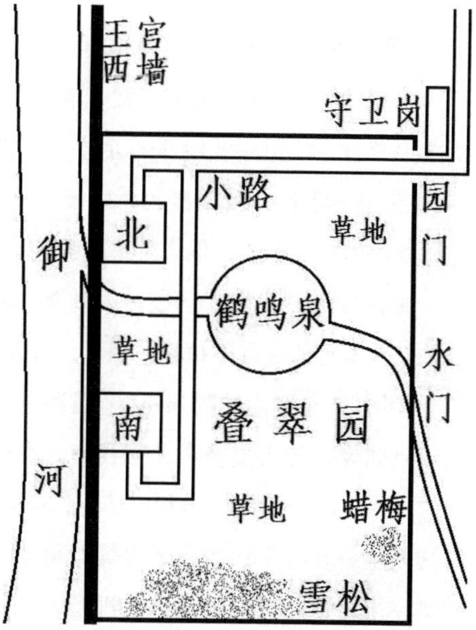

“正是，真真国王宫中三十六眼喷泉处处暗藏杀机，若有人胆敢闯入宫中妄行不轨，哼哼……”莫文抬手做了个割喉的手势，“保管叫他有来无回。”

“有来无回个屁咧！寻彰那老头子的把戏不靠谱！”一声虎吼也似的暴喝像几阵闷雷轰隆隆滚过叠翠园，震得探春心停跳了一拍，呆呆地望着把大手搭在莫文肩上的金发少年，默默吞了口唾沫：我的天！

这少年看容貌尚不足二十岁，却足足比莫文高出两个头，穿一身光华耀眼的金色戎装，腰间银丝绳悬挂一柄天蓝色珐琅鞘玉柄长剑，宽肩细腰，碧眼浓眉，浑身上下透着十足的战神气派。这少年浓眉一竖，提着莫文衣领道："你说过在大婚前帮我破案的，你……你言而无信！"

"哎哎，小迦迦，快把哥放开。"莫文被提起二尺来高，却不慌不忙地伸手捏捏那少年白皙的脸蛋。

"不准叫我小迦迦！"少年一甩脖子，咬牙切齿地说。

探春嘴角抽了抽：这就是在海战中俘获南安郡王的二皇子霍迦啊，脾气很不好的样子……

"别忘了你现在有求于我，小迦迦。"莫文龇着牙瞄了霍迦一眼。

"对哦，正事要紧。"霍迦咕哝两声，随手把莫文一扔，大步走到探春身边，探春被他气势所慑，不由自主地后退了几步，暗道：这孩子好生霸道，若非身经百战，断断养不成这股杀气。谁知霍迦和探春对视一眼，脸顿时红了，两手拧着衣角，低着头纠结好久，才吭哧吭哧地说："大……大嫂……你要帮帮我哦……"

"呃……你……"探春一时有些不适应。

莫文从比翼塔下的小树丛里爬出来，踮起脚尖拍着霍迦的肩膀道："这是我二弟霍迦，受封于千溟岛，自十三岁起便统领真真国水军'海鲨舰队'，扫荡西海所向披靡，你那个混蛋哥哥南安郡王就是被他一战而擒。"

霍迦诚恳地低头望着探春道："大嫂，看在咱们都有个混蛋哥哥的分上，帮我一把吧。"

莫文愤怒地掐住霍迦腰间软肉。

"为这混蛋哥哥的婚事，父王和母后把我从千溟岛军营召回天浴城，命我负责王宫守卫事宜，没想到我刚来不足半月，王宫里竟然发生了命案。"霍迦有些沮丧地说，"父王说破不了案，就不准我再回千溟岛。"又幽怨地看了莫文一眼："听说当时你们就在城外的琼花谷酒庄，他说好了帮我破案的，结果却带着你跑到雪咒山里去了。"

探春笑道："我们在酒庄被人劫杀，九死一生才得脱险，无奈之下只好去雪咒山避难，倒也不是他有意不帮你。对了，你刚才说寻彰制造的机关不靠谱，是什么意思？"

"哦，就是那边的喷泉咯。"霍迦一指叠翠园正中的一池喷泉道，"尹醇被杀当晚，我听到鹤鸣泉传来报警声，当我率人查看时，泉眼四周的石缝里早射出几十支短箭和泥团，横七竖八插在假山和树干上，但整座叠翠园里一个人影都没有。"霍迦道："这种事情发生好几次了，我心下也烦躁得很，便懒得进塔查看。当时大姐和几名侍女就在南塔一层，她们都未看见有人进塔，二姐正在北塔一层，也没看到有人进塔。谁知第二天正午，司膳监的小僮来报说尹总管不见了，我命人四处寻找，最后在南塔四层发现了他的尸体……”

探春道：“你刚才说案发之前，机关被触发但无人潜入园中的事情已有多次发生？”

“正是。”霍迦愤愤道，“就像你们中国的那个什么……烽火戏诸侯，我们就是被这鬼机关耍得团团转的诸侯！等那寻彰老儿回了天浴城，我非把他胡子揪个干净！”

探春无奈一笑，又问：“你说机关被触发后会射出短箭和什么……泥团？”

霍迦点头道：“正是，这种泥团中掺了荧光颜料，打在人身上会留下印记，用来追查夜行刺客踪迹再好不过。”

探春略一思索，又问道：“尹醇遇害的时间与鹤鸣泉机关被触发的时间一致吗？”

“尹醇被杀大致是在亥时初，鹤鸣泉机关被触发的准确时间是亥时二刻，也算是一致吧。”霍迦道。

“亥时初，正是万家灯火啊。”探春抬头望着比翼双塔，问道，“这双塔平日作何用途？”

莫文道：“双塔建成已有数百年，起初作镇祟辟邪之用，后来悬桥塌断，破了风水，父王又命星象大师云雷在王宫西北阴晦处修建了昏晓楼，比翼双塔便废弃了。我见这塔实在精巧雅致，便索性讨了来，众兄弟姐妹一人一间，作消闲玩乐之所，至今也有五六年了。南塔四层的凶案现场曾是我的私密小窝，不过早就送与尹醇了。”

探春奇道：“尹醇小小一个司膳监总管，怎么有资格在被王子公主霸占的比翼双塔里占据一席？”

莫文道：“尹醇母亲早亡，他父亲为救我父王被刺客所杀，父王悲痛不已，便把当时不足周岁的尹醇抱入宫中抚养，待他甚是亲厚，不过他不大喜欢和我们兄弟相处，可能是有些自卑吧，我把南塔四层分给他，他着实感激了一阵子，之后依旧我行我素。他生性耿直，眼里揉不得半粒沙子，俗话说‘人至察则无徒’，尹醇在宫里也没什么朋友，每日做完差事便一头钻进塔里，连司膳监的寓所都懒得回去。”

霍迦也道：“是啊，这人性子古怪得很，很少和我们兄弟说话，唯一一次和我讲话超过一句还是因为我弄脏他一幅字！一个小小的司膳竟敢当面指斥于我，要不是怕一巴掌把他拍死，我早跟他动手了。”

探春走到塔下，回头笑道：“你有杀人动机哦。”

“嗨，我要为这事儿记恨他，他还能活到现在？”霍迦满不在乎地摆了摆手。

“对了，这塔里有你的房间吗？”探春问道。

“北塔二三四层都是我的房间。”霍迦一扬手道，“不过我好久没进去过了，小时候贪玩，囤了不少神兵利器，长大到军营后才明白，只有火器才算硬家伙，那些宝刀宝剑、强弓硬弩屁都不是，回宫后就把它们一股脑儿地塞进了塔里，塞不下的都送人了。”

“你存了多少兵器啊！”探春惊道。

莫文笑道：“其实也没多大地方，比翼双塔虽高，内部空间却不大，除过登塔的盘折石阶，每层只有一间小小的雅室，不过一层的大些，五层的小些。”

“那五层是谁的房间？”探春又问。

“是我的。”茂密杂乱的枯藤旁站着一个苍白瘦小的少年，温和地笑着对探春道，“小弟见过大嫂。”

探春只顾看塔，未注意到他，吓了一跳，忙问道：“这位是……”

“是我三弟霍迩。”莫文道，“他身子弱，前些日子染了寒疾，不曾参加我们的婚礼。”

探春点点头，见这位三王子身材瘦削，比莫文矮了足有半头，面色白皙，几无血色，一头米色长发一丝不苟地束在头顶，戴了银丝小冠，用玉簪固定，身穿干净的天蓝色窄袖袍，下穿乳白色滚金线的裤子，蹬一双鹿皮小靴，干净儒雅，贵气逼人，只是在两个英姿勃发的哥哥面前显得极不起眼。

霍迩与探春见了礼，恭谨地问道：“大嫂是为着尹醇的案子来的？”

探春点头道：“略尽绵力罢了。”

莫文见霍迩又咳嗽起来，不禁皱眉道：“天寒地冻的，跑出来做什么？你这样不小心，身子几时能好？”

霍迦也道：“就是啊，别再穿这么少出门了。”

霍迩脸一红，道：“是，小弟再不敢了，是大姐来这边有事，我和玄容妹妹便跟着来了。”说着一伸手，从身后拉出一个五六岁的小女孩，探春一见之下，顿时“呵”地倒抽一口凉气：好可爱的娃儿！

这小女孩生得粉雕玉琢，唇红齿白，一双大眼睛蓝汪汪的如月下山泉，卷曲的金发编成一条长长的辫子，辫子上缀着几个浑圆的珍珠，柔光熠熠，衬得奶油般白嫩的脸蛋愈加粉妆玉琢，娇憨可爱。

莫文顿时眉开眼笑，蹲下身子道：“玄容啊，来给哥哥捏捏！”

玄容娇呼一声，奶声奶气道：“才不要呢！”一闪身躲在矮树丛后，咯咯直笑。

探春笑道："好俊的小丫头，宫门石雕像上的小天使都不及她万一。"说着取下头上一片翠钿，冲躲在霍迩身后探出小脑袋的玄容公主一招手，道："妹妹这边来，我是你的大嫂哦……"

也许是婚后的探春身上多了几分母性神采，玄容犹犹豫豫地探出身子，走了过来，探春忙一把搂住，将嵌了淡粉色珊瑚米珠的翠钿轻轻戴在她头上。

"谢谢姐姐。"玄容抬起头来，笑眯眯地说。

"要叫嫂嫂哦！"莫文暗中突袭，如愿地捏到了玄容软乎乎的腮帮子。

"哎呀，大哥讨厌！"玄容气鼓鼓地躲在探春身后说。

"你这家伙，怎么欺负小孩子！"探春嗔怪地捶了莫文一拳。

"就是，为老不尊。"霍迦也道。

莫文瞪大了眼睛正要反唇相驳，只见南塔厚重的大门吱扭扭地打开，一个丰容靓妆的高大女子风风火火地大步走来，如张飞见了美酒般放声大笑，重重在莫文背后拍了一巴掌道："小子哎，昨晚快活吗？"

莫文一咧嘴："快……快活……"

探春羞红了脸，暗道：这女子长得如此俊俏，却好生不晓事，这种话哪有当众问的？

霍迦小声道："这是我大姐玄畅公主，南塔一二三层都归她，那里面挂满了她猎到的老虎狮子狗熊麋鹿的脑袋，哦，对了，还有犀牛和大象！"

探春激灵灵打了个冷战，偷眼看去，见这大公主玄畅三十上下，生得劲健修长，圆脸大眼，一头淡金色长发随意地挽在脑后，两条眉毛修成英武的剑眉，颇有几分侠女味道。

"小子，嘀咕什么呢！"玄畅公主虎吼一声，丈二金刚似的霍迦猛地矮了一截，藏在莫文身后道："没什么……"

"啊！你是弟妹南安郡主。"玄畅见到穿着汉式凫绒氅的探春，顿时眼睛一亮，快步上前，大大咧咧地拍拍探春的肩膀道，"我弟弟体格结实得很，你有福了！"

探春痛得龇牙咧嘴，强笑道："多……多蒙大姐关照……"小悟喵喵叫了两声，用软软的肉垫揉了揉探春的肩膀。

莫文咳嗽一声，一把揽过探春道："先去南塔案发现场看看吧，说不定还有什么线索留下。"

玄畅公主一拍手道："哈！破案，我最喜欢了！"

探春无奈地靠在莫文肩上，小声嘀咕："这些就是你的骨肉至亲嫌疑人？"

莫文讪讪道："呵呵，呵呵……"

霍迩退到门边，恭敬地候着众兄姐进了塔，才拉着玄容的小手随后跟上，探春看在眼里，暗道：这孩子倒是笃守孝悌之道。

南塔一层是玄畅公主的房间，塔中各个房门皆不上锁，一转把手便能打开。玄畅打开房门，一扬手臂，骄傲地炫耀满墙的猛兽头颅。

玄容紧紧抓着探春的衣角，嘟着小嘴喃喃地念叨："好可怕，大姐的房间好可怕……"

小悟惊恐地"喵呜"一声，缩进探春怀里。

探春强忍不适四下打量，见整座房间呈方形，除房门外，房间正北、正西、正南各有一扇窗户，北窗正对着北塔，西窗外则是爬满藤萝的宫墙，据莫文说此处是王宫最西边，那宫墙外便是御河，御河对岸便是天浴城中各坊了。

据霍迦介绍，南塔二层、三层的房间依然是玄畅公主的功勋墙，探春小心地拒绝了玄畅"去看长牙白象头颅"的邀请，逃也似的拎着裙角跑上四层。

比起一二层的房间，尹醇这方小天地稍显狭窄，径不过二丈，地上铺着一张巨大无比的白熊皮，据满了大半个房间，墙上挂着十余卷书法立轴，屋内陈设极是简单。西窗下是一张小书案，案上笔墨诸物俱全，镇纸下压着写过的文卷，探春看过，暗道：倒是有几分功力。书案下一把高脚竹靠椅倒在白熊皮上，旁边是一小摊干掉的血迹，将雪白的熊毛染成黑红色，血迹旁不远处倒着一个孔雀蓝釉梅瓶，瓶口旁散落着几枝枯萎的梅花。墙角有一个曲囱火炉，炉膛中炭火早已熄灭。

"房中一切皆保持案发时原状，连一丝儿梅花瓣儿都不曾动过，只是将尸首抬走安葬。当时尹醇就倒在这儿。"霍迦指着血迹道，"金刚杵……呃，权且叫'凶器'吧，还未找到，但尹醇心窝伤处极像被杵、锤之类兵器正面直击造成。尸体被发现时头东脚西仰面倒在熊皮上，口鼻之中涌出鲜血。起初我推测，凶手应该是与尹醇对面而立，挥杵将其击杀，下手稳准狠，一击致命，连挣扎的余地都没有。"

莫文站在干涸的血迹旁，一歪头道："尹醇被重击跌倒后……躺在这个位置，那么他当时应该……就坐在西窗下的书案前不远处，凶手怎么可能与他对面而立？又怎么会有挥动金刚杵的余地？"

"正是如此，像是一把金刚杵从西窗外飞进来，正打在尹醇胸口。"霍迦挠头道，

“流金坊那座韦驮庙又正巧在王宫西面，那座庙又小又破，韦驮神像只有一人高，手中的金刚杵也和寻常击打兵刃一般大小。”

“这些都算不得什么。”玄畅公主神秘兮兮道，“最古怪的事是有香客发现韦驮神像的金刚杵上沾着鲜血。”

探春走到西窗前，卷起竹帘，极目望去，见半座天浴城尽在眼底，如棋局一般。一阵寒风扑面袭来，探春裹了裹凫绒氅，垂下珠帘，又看向墙上挂着的书法、画轴。

“韦驮杀人的起因只是为着一卷赝品。”探春眉头一皱，伸手指着挂在墙上的书卷道，“这十余幅书法字画，足有五六幅赝品，有些仿造得并不高明，这赵孟頫的东坡《烟江叠嶂》诗卷柔而无骨，张即之的《华严经》残卷方而不劲，还有夏圭这幅山水小品美则美矣，纸质裱工却不甚佳，权能作贵馔之家装点门面之物，尹醇却仍然把它们挂在墙上显眼位置，显见是个一味追求美感，却没什么鉴别能力的，那卷《季秋牡丹赋》仿制精良，形神兼具，他怎么可能看出破绽？”

“有人帮他鉴宝？”霍迦道。

“是有高人给他下了套儿！”莫文道，“故意点破《季秋牡丹赋》是赝品，引他去和住在小庙隔壁的郑乾争执，尹醇那性子一点就着，定会与郑乾发生冲突。”

探春道：“是啊，为了弄脏书卷险些与二王子动手的人，怎会放过用赝品坑钱的落魄古董商？尹醇正值少年，身材应该也颇健壮。”说着一指堆在墙角竹箱上未经收叠的衣物，“那郑乾我们都见过，矮小肥胖，脚步虚浮，显见是个被酒色掏空了身子的，真厮打起来，定不是尹醇的对手，流金坊那条小巷宽不足一丈，东面还是个死胡同，郑乾情急之下只有向西逃跑。”

“呃……虽然小庙就是郑家西邻，但郑乾也不一定会跑进小庙避难吧？他完全可以从西边巷子口儿逃出去啊！”莫文道。

探春摇头道：“小巷土路上有两道明显的车辙印，郑家东面还有几间粮油铺、肉食店，所以这里一定常有推着小车的贩夫走卒送货，如果‘正巧’有一个小贩推着小货车挡住去路，郑乾无奈之下便只有暂入庙中避难了。”

“无论尹醇、郑乾二人在庙中厮打时踢倒或撞翻了什么，甚至只是‘惊扰菩萨’，都会给谣言中的‘凶手’——韦驮菩萨一个杀人动机。”莫文惊道。

“这么说凶手原本便打定了主意，要把杀死尹醇的罪名推到鬼神头上？”玄畅公主愕然道，“好精明的算计啊！先鉴别赝品，激尹醇找那个郑什么的麻烦，再命人推车堵住巷口，还要给神像宝杵弄上血迹，乖乖，他也不嫌麻烦！若换了我，直接一刀劈死了事。”

探春笑道：“这凶手藏头露尾托罪于鬼神，显是不及大姐这般光风霁月、爱恨分明。”

“哈哈，这话我爱听，晚上来陪姐姐喝酒吧，罗刹国的‘灼喉焰’！”玄畅公主大笑道，“我能喝十八碗！”

探春脸色发苦，求救似的望向莫文，莫文忙道：“大……大姐，我们晚上有事。”

玄畅公主一怔，随即拍拍额头道：“晓得晓得，新婚燕尔。”

莫文一咧嘴，面皮微微一红，胁下又被探春重重拧了一把。

玄容倚着门小声道：“哎呀，大哥很少脸红哟……”霍迩微笑着拍拍她的脑袋，伸出食指“嘘”了一声。

探春重重咳了一声，俯身拾起掉在熊皮上的梅瓶和干枯的梅枝，翻来覆去端详一阵，问道：“你们发现尸体时，这梅花可还鲜灵，瓶中可还有水？”

霍迦道：“梅花倒是将放未放水灵得紧，瓶子应该是被尹醇从案上带翻在地的，水洒得满熊皮都是，瓶中自然是没水的。”

探春略一沉吟，问道：“你们之前可曾见过这瓶子？”

霍迦一摊手道：“我们从不来他这里，自然不曾见过。”

“凶器也不曾找见对吧？”探春又问。

“是啊，若是找到凶器，也不会有那么多人乱传什么韦驮杀人了。”霍迦略一思索，又道，“不过那个瓶子怎么看也不像凶器啊。”

探春笑道：“我没说这梅瓶是凶器，只是觉得发现尸体时瓶中无水很反常。从眼下情状看，梅瓶是在尹醇被杀时慌乱中拨下书案的，而地上又铺着厚厚的熊皮，因此瓶子没有打破，但奇怪的是花枝竟然会从铜钱大小的瓶口中脱出，瓶中的水竟也会‘完全’洒在熊皮上！”

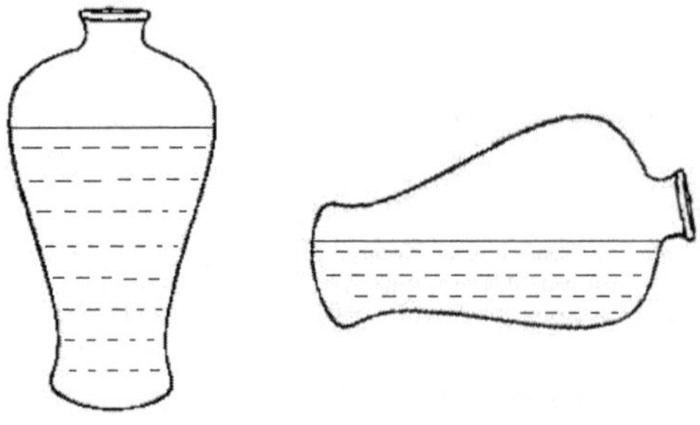

“对啊，梅瓶丰肩斜腹，横倒之后，低于瓶口的肩腹部应该还能存住一些水，就算翻倒过程中梅枝掉落，水也不可能完全洒出啊！”

“那这个空梅瓶怎么会在这儿？”霍迦挠着头问，“是凶手放的？可是有什么用啊？”

“你刚才说，发现尸体时熊皮上有水对吧？”探春道。

“呃，是啊。”霍迦点点头。

“那这个梅瓶出现在这里，多半是为了解释这摊莫名出现的水迹。”探春一指西窗下的书案道，“凶手特意整理了书案，将案角空出一个巴掌宽的位置，令人误以为梅瓶原本是摆在这里，被尹醇忙乱之中拨落在地。但是这样一来，书案上的笔架、笔筒、镇尺、水盂、砚台、砚屏、书簏、纸张等物的摆放未免显得拥挤了些，而且尹醇书案上一应文具都是黑、白、棕的暗色，突然出现这么一个孔雀蓝釉的梅瓶也会显得格外扎眼，所以我看到这张书案时便生出一种别扭的感觉。”

“也就是说尹醇的书案上并没有什么梅瓶梅花，只有一些简素的文具，这个梅瓶是凶手带过来的，把它扔在这里，就为了……解释熊皮上的那摊水？”玄畅公主摇头笑笑，“他图个什么嘛。”

“当然是为了隐藏凶器。”探春道。

“凶器？那摊水？”玄畅公主一愣，随即一拍手道，“是冰！一把冻得硬实的冰杵以千钧之力重重打在心脏，同样足以将人致死，之后只要把梅瓶、梅花放在尸体旁就成了。”

莫文也点头道：“不错，冰这东西，最易获取，南边那个酒窖便有不少存冰，有些经年未化的冻得硬实坚硬像铁疙瘩一样，那酒窖存的都是冲劲儿极大的烈酒，平日里无人踏足，连尹醇也不常去，凶手潜入窖中取冰再容易不过，将冰块放入水渠，使其从东墙水门流入叠翠园即可。守卫叠翠园的侍卫岗在园子东北角的大门处，不会注意到东墙水门这边的情况。而凶手进入叠翠园时两手空空，根本没有携带足以将人致死的大件钝器，守卫们想破脑袋也想不到究竟是谁闯入园中击杀了尹醇。”

霍迦也点头道：“嗯，尹醇人缘极差，平时根本没人来此处找他，他遇害次日午时，司膳监僮儿才发现他不见了。这屋中炉火甚好，虽是开着窗子，但一夜的工夫足以将冰杵化尽，发现尸体的人看到眼前的一摊水多半会认为是撞翻的梅瓶中……”一语未毕，便已是眉头大皱，连连摇头道：“可是……他何必呢？杀人后直接把冰从西窗外丢进御河就好了嘛，他甚至没有必要用冰，石块之类的东西也行啊！往河里一丢，谁还找得到？”

“我想是因为凶手打出冰杵后，便无力将其收回。”探春道。

“远掷武器！”霍迦眼睛一亮，道，“对对对，从尹醇倒地位置看，他被凶器击中时就在西窗前三四步远，凶手若与他对面而立，根本没有挥动武器的空间。要想重击心窝一招致命，也只有远掷武器比如链锤、飞石能做到。”

“是投石车！”玄畅公主道，“御河西岸便是民宅，在某个院子里私藏一辆小型投石车……”

莫文摇头道：“御河足有十余丈宽，河对岸还有一条二十丈宽的道路，再向西百余丈外才有住户，小型投石车怎么可能将冰块打到近一百五十丈外？又怎么能保证准确打入南塔四层西窗，击中尹醇要害？”

众人迟疑不语，皆看向探春。

探春环视四周，道：“从现场看，凶手是在营造这样一个案发现场：尹醇伏案看书时忽见窗外有一把宝杵飞来，慌乱之下退步躲闪，手碰翻了梅瓶，脚步踉跄带翻了竹椅，但飞杵来得极快，尹醇终是未能逃脱击杀，尸体跌倒在熊皮上。”

霍迦无奈道：“但若如此推断，岂不坐实了‘韦驮杀人’的流言？”

探春笑道：“若说有人潜入南塔用金刚杵打死了尹醇，为何无人听到呼叫厮打的声音？”

“不错，当晚我正带人打扫一层的房间，尹醇若大声呼救，我应该会听见。”玄畅公主道。

“除非凶手是尹醇认识的人，而此人或是骤然发难，或是先用迷药迷晕了尹醇。”探春在房间了来回踱了几步，又问道，“上月二十九亥时鹤鸣泉警报响起时，在叠翠园中的都有谁？”

霍迦道：“这里地处偏僻，极少有人来，当晚只有二姐、三弟和玄容在北塔，大姐和几个宫女在南塔，我嘛……”

“他把侍卫队派去巡视，自个儿偷懒睡在叠翠园东角那棵老雪松的叶子上！”玄畅公主走到东窗前，一指园中高大粗壮的叠翠老松，笑道，“在千溟岛军营惯出的臭毛病，天寒地冻的，也不怕睡出毛病。”

莫文道：“等哪天掉下来就老实了。”

霍迦嘿嘿笑道：“雪松下层的大枝平展层叠，如床如被，稳当得很呢。”

探春笑道：“宫苑之中，倒是难得有这么一处僻静所在。”又问道：“警报响起后尹醇可曾现身？”

霍迦一咧嘴道：“他才懒得关心这些破事儿，一门心思扑在美酒字画里，天塌下来他都不见得抬抬眼皮。”

“也就是说，警报响起时尹醇并未出现，而你们也未觉不妥。”探春点头道，“也许他当时已经遇害了。”

霍迦垂头道：“这确是我疏忽了。不过尹醇遇害前数日间，这鹤鸣泉警报多次无故而发，想来是出了故障。鹤鸣泉警报声如洪钟，响起来没有一盏茶的工夫是不会消停的，前些日子这鬼东西把王宫侍卫折腾得鸡飞狗跳，现在大家也都习惯了。”

探春道：“尹醇死后警报可曾响过？触发警报的机关又在何处？”

霍迦道：“说起来，尹醇死后警报确实不曾响过。至于机关的触发点，有很多处。叠翠园中的小路是用青灰色石板铺成，其中间杂了几块褐色石板，草地未曾修剪，长得甚是繁茂，其中也藏着几处机关，若不识机关者闯入园中，误踏了褐色石板或走入草坪触动机关，机关便会响起，鹤鸣泉边的山石缝隙也会向相应的位置射出箭矢、泥团。”说着走到北窗边，指点着塔下几处石板和草丛道：“最先是那里，北塔下面的草丛，然后又是那边的石板，还有那边的院墙下，尹醇被杀那晚是北塔东壁下的小树丛里。”

探春略一思索，道：“如此说来，故意触发机关也是极容易的吧？”

霍迦皱眉道：“话是没错……”

莫文笑道：“谁会去冒这样的险啊？一着不慎，就会被射成刺猬。”

探春笑道：“或许触发机关之人是个武功高手吧。”又转向玄畅、玄容和霍迩，问道：“不知大姐、三弟、小妹在警报响起时在做什么？”

玄畅公主眉毛一扬，两眼放光道：“呦嗬，我们也成了嫌犯啦！”话中听不出一丝恼怒，却隐隐带着几丝兴奋，探春有些无奈。

“我带着四个宫女打扫一层的房间，那些狮子老虎金钱豹的皮毛上容易积灰，要时常清理。”玄畅公主道。

霍迦小声嘀咕：“到底是女人家爱干净，我那几个房间都大半年没进过人了，上次打扫还是去年夏天呢！”

玄畅公主嫌弃地一撇嘴。

玄容公主躲在门边抱着玄畅的腰小声道：“二哥该娶媳妇啦，像个泥猴子似的。”

霍迦面皮一红，做出一副凶狠的表情道：“哼，小丫头就会打趣哥哥，说，那天晚上你在干什么？”

“我在三哥那里学画画哦。”玄容软糯糯地说，“二哥的样子好像大姐房间里挂着的野猪头喔。”

莫文“噗”地笑了出来。

霍迦一拳揍在他肩膀上。

“她说的，为什么打我？”

“我舍不得打她。”

玄容贴在探春身后哧哧直笑。

霍迦气咻咻挥挥拳头，又转向霍迩：“那三弟……”

霍迩忙道：“那天晚上玄容一直和我在一起，我在教她画美人图。”

玄容仰起脸道：“画完以后三哥还给我洗了脸。”

莫文笑道：“又把颜料抹在脸上啦？”

玄畅道：“这丫头画起画儿来心无旁骛，偏又笨手笨脚，一张仕女图画下来，小脸蛋不变成猫儿脸才是怪事。”

探春听得“心无旁骛”四字，忙问道：“那三弟昨晚可曾离开过？”

霍迩道：“不曾离开，一直在教玄容画美人图。”

玄畅学着孩童奶声奶气的嗓音道：“三哥，这一笔画的怎样？三哥，醉美人的眼睛该怎么画？三哥……”

“大姐讨厌！”玄容小脸通红，挥着小拳头扑了出去，被玄畅公主一把抱住。

“对了，你不是说还有个二姐吗？”探春问莫文道。

“是啊，走，去北塔一层。”

“这里是她的房间吗？”探春站在北塔一层的房间外，伸手一推，那门便吱呀呀地开了，二公主玄静的房间也未上锁，只在门后垂着一挂珍珠帘。探春撩起半挂珠帘向屋内望去，只见方不足四丈的房间里堆满了千奇百怪的物件，闪米特的古石碑下横着一把油纸大伞，嵌螺钿的紫檀屏上搭着一件粗布短衫，北京城的布老虎旁堆着几块锡兰宝石，花梨木的小香几上躺着两把东瀛纸扇，其余种种不知名的杂物足有数千件，或价可连城，或一文不值，横堆竖置，把本就不大的房间挤得满满当当，活像王室宝库里开了一家杂货店。

探春忍笑道：“这里倒是……很别致啊！”

莫文笑道：“呃……这都是她少年时游历诸国带回的小物件，没处摆放，便都堆在这里了。这些年来她一直把自己塞在这房间里编写她的《万国述异志》，这些东西都是她的写作材料。”

“不见了……不见了……该死的小贼……”杂乱的货架后忽然传来几声带着哭腔的

咒骂。

“二姐？”莫文循声望去，见房间角落的一张麂子皮下探出一颗乱蓬蓬的脑袋，吓了一跳，忙退后一步，道，“我的好姐姐啊，你又把自己折腾成这副样子，这回又是什么东西找不见了？”

“梅瓶，中国的孔雀蓝釉梅瓶，稀见得很！”玄静公主一把拨开盖在自己身上的麂皮灯笼拨浪鼓，焦躁地站起身来，咬着牙直跺脚！

探春定睛看去，见这二公主身材极是瘦小，貌不惊人，鼻梁上架着一副玳瑁边水晶眼镜，头发显是多日未经梳洗，乱蓬蓬搭在肩上，穿一件湖绿色窄袖长裙，一手握着精致的鹅毛笔，一手拿着厚厚的本子，气急败坏地站在一堆杂物里。

“梅瓶？”霍迦眼睛一亮，“是不是一尺来高，有些剥釉……”

“对对对！它在哪儿？”玄静公主像一只饿了三天的瘦弱的鹭鸶一样飞扑过来，挂在霍迦脖子上，两眼放光。

“呃……在尹醇遇害现场……”霍迦从脖子上摘下玄静，放在身旁道。

“尹醇？”玄静公主歪着头想了想，一拍额头道，“被菩萨打死的那个！是他偷了我的梅瓶？”

霍迦一咧嘴，不知怎么回答。

探春轻咳一声，上前道：“二姐安好。”

“你是……”玄静公主眼神迷离。

“我是中国南安郡主……”

玄静公主想了好一阵，才点点头道：“哦，是弟妹啊……”又忽地一抬头，握住探春的手道：“你们东方处处都是奇闻妙事，我这本《万国述异志》里，一半都来自那里！你今晚来给我讲几个故事吧，我送你一块赫梯石碑！”

“咳咳……她和这小子今晚还有要事。”玄畅公主用下巴一指莫文，从探春身边拎走了玄静。

“嗯……二姐……”探春忙打断考虑“要事为何事”的玄静的思绪，问道，“那个梅瓶平日放在哪里？”

“就在墙角那张麂皮下面盖着，两三年没动过了。”玄静一指尘土弥漫的墙角道，“今早我休整书稿时突然想到一个章节需要它，便爬进墙角去找，谁知竟然不见了！”

“方才二姐在骂‘该死的小贼’，二姐如何确定梅瓶是被盗走而不是……”探春环视杂乱的房间，道，“而不是被二姐忘在别处？”

“因为麂皮上有一小块没有尘土，显然是有人揭开麂皮，取走了下面的东西。”玄静道。

“那麂皮上的指印可清晰？”探春忙问。

“极不明显。”玄静怒道，“多半是那小贼嫌脏，还衬了手帕。可恶，偷我的东西，还嫌我的屋子脏！”

莫文一把拉过探春，低声问道：“这么说极可能是凶手从二姐这里盗走了梅瓶，丢在尹醇那里伪造现场？”

探春点头道：“叠翠园门口有侍卫驻守，要从外携带一个花瓶极易被发现，冰块可以通过水门流入园中，但脆弱的花器却不能，花器一则鲜艳，易引人注目，二则脆弱，易被水门铁闸划伤，最好的办法就是进入叠翠园后再寻找花瓶。凶手在现场丢下花瓶的目的是解释凶器溶化后遗留的水渍，所以无论是花瓶、花囊、花尊、花觚、花插都可以，而叠翠园中可供他私取花器的只有二姐住的这间被塞满了千奇百怪杂物的房间。凶手为了在短期内不引起二姐注意，特地选取了极不起眼的角落去寻找所需花器，同时为了不在积灰处留下指印，还特意在翻取花器时衬了手帕。看二姐如此情状，她对身边诸事多半不甚关心，更不会去注意尹醇的命案，这只在凶手看来早已被她遗忘的梅瓶应该不会引起任何人的注意。不巧的是，不闻窗外事的二姐今日编写述异志时正巧需要这只梅瓶，也只能算是凶手不走运了。”

莫文一点头，黯然道：“凶手知道二姐这里乱，也知道能在这里找到花器，说明他对我们秘密小窝的情况十分了解……”说着望向挂在霍迦脖子上索还梅瓶的玄静。

探春却一拉他的衣领，附耳道：“一会儿去找叠翠园门口的侍卫，理出一份单子，写明在案发当天和案发第二天上午出入叠翠园的人的名单。”

莫文一怔，轻轻点头。

探春展颜一笑，冲踩在杂物堆里乱哄哄的王子公主道：“我想去楼上看看。”

“哦，二楼是我的房间。”霍迦从脖子上摘下玄静道。

二层的房间堆满了神兵利器，展眼望去，尽是些刀枪剑戟斧钺钩叉，寒光灼灼，杀气腾腾，探春一路西行，也算是枪林箭雨里闯过一遭，仍被这些绝世神兵压得有些喘不过气，粗略扫了一眼，便道：“好端端的兵刃，都被蛛网灰尘掩杀了，实在可惜。”

霍迦搔搔头：“我不日就着人清扫。”

三层房间里挂满了样式各异的盔甲战袍，依然是积满了灰尘，南窗外便是早已残断的悬桥，与南塔三层北窗外的断桥遥遥相望。

见探春望着桥头出神，霍迦便道："悬桥两端残断处间隔足有三丈，寻常人是过不去的。"

探春点点头，道："上四楼看看吧。"

四楼的房间摆满了各式弓弩，小到掌间弓、马镫弩，大到猎象弓、床子弩，林林总总竟有数十件。

霍迦笑道："这些东西大都过时了，现在火器才算硬家伙，南塔五层是范恩的房间，那里面怎么也有一百来把火铳。那小子现在在红荔山庄过得别提多舒坦了，连他的宝贝都忘在脑后。"

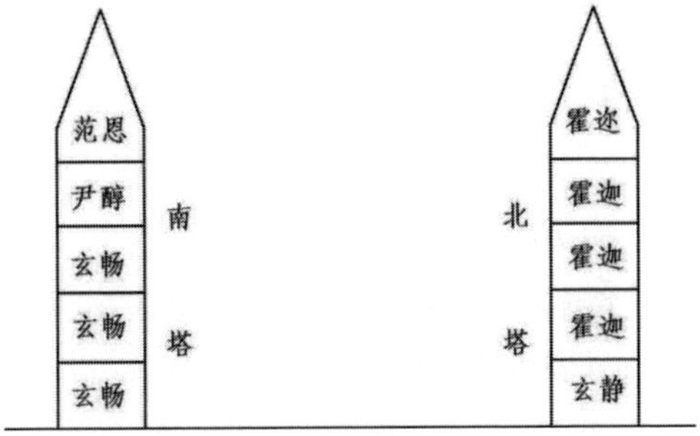

探春想起素来顽皮的范恩在鲲临岛上手持两把火铳百发百中击毙主战派杀手，不禁一笑，道："那孩子是把火器爱到了骨子里的。"说着四处端详，却见脚下几块砖石地板分外干净，像是被冲洗过似的，略一思索，抿嘴一笑，起身在房中四处打量，又见距窗口三四步远处也有水流过地砖的痕迹，暗暗点头，又在北墙正中几个摆放弓弩的木架上四处翻看，好一阵才道："再上楼看看吧，上面是三弟的画室吧？"

"是。"霍迩忙应道。

霍迩的画室比之堆满杂物、兵刃和猛兽首级的房间要雅致整洁得多，三面窗上皆挂着竹帘，窗边有三盏玻璃罩灯，地上铺着淡蓝色波斯毯，两张画桌，三个画架排列得错落有致，各色画笔、颜料以及探春叫不出名的画具都摆放得整整齐齐。墙上挂了三幅幼画，两幅是霍迩所绘，一幅出自玄容之手，个个典雅素净，比之探春之前所见的或过于真实，或不知所云的画更合东方人的胃口，连玄容画得像鹌鹑一般的麻雀都胖得可爱。霍迩卷起竹帘，阳光洒进画室，荡起一层暖意。小悟喵呜一声，从探春怀里跃出，在地上打滚撒欢。

探春见霍迩要去点火炉，忙道："三弟不必忙了，我看看便走。"说着四下环视，又问道："尹醇遇害当晚，你们可曾听到或看到什么？这里应该能看到南塔四层的情况吧？"

霍迩忙道："大嫂说的是，但当晚小弟一直和玄容伏案作画，心无旁骛，未曾注意南塔那边情况，而且小弟体虚畏寒，竹帘一直不曾卷起。"

玄容小手一指房间西北的两个画架道：“我和三哥一直在那里画画，看不到南塔那边。”

霍迦也道：“我们发现尸体时，尹醇房中的灯烛不曾点过，也就是说遇害当晚他只点着火炉，老三就算趴在南窗去看，也看不到尹醇房里的情况。”

“这倒奇了，司膳监伺候罢了宫里贵人们的晚膳，时辰也该不早了吧。”探春道。

“大致是酉时末的样子。”霍迦道。

“眼下正值寒冬，昼短夜长，酉时末天应该黑透了，你说过尹醇每日事毕便会回南塔安歇，那么从戌时许他回到南塔直至到亥时初刻遇害，这之间近一个时辰他为何不点灯？”探春抱起小悟，问道。

霍迦瞪大了眼睛道：“对啊，这一个时辰他在做什么？”

探春抚着小悟的尾巴，淡淡一笑，打了个哈欠，道：“我也有些乏了，今日就先到这里吧。”

玄畅公主暗暗点头：想是昨夜劳累狠了。抬头促狭地看了探春一眼，拍拍手笑道：“中午去都大姐那里吧，我有上好的罗刹国美酒，还有海鲜、野味！”

“好喔！”玄容欢笑着拍了拍手。

“我再吩咐司膳监炖些红枣乌鸡，给弟妹补补。”

探春尴尬地点点头：“多……多谢大姐。”

“哈，不客气！那你们……”

“我们在宫里随意转转。”

“好了，人都走了，你有什么想对我说？”再次回到尹醇的房间，莫文小心地关上房门，从袖中取出一张纸条，对探春道，“这是叠翠园外的守卫统计的尹醇遇害当天和第二天进出叠翠园的名单。”

探春接过纸条，仔细看过，笑道：“看来我所料不差。”

“你知道凶手是谁了？”莫文急问道：“是谁？”

探春见莫文面带忧色，轻轻一叹，拍拍他的肩膀，温言道：“阿诠，你不要慌。”

莫文苦笑一声：“我很想知道凶手是谁，但又怕知道。”

探春道：“你……该有准备的，你早就知道……不，是所有不相信韦驮杀人传言的人都知道，凶手是你的兄弟姐妹之一。”

莫文叹道：“不，我担心的是，这个凶手就是这几个月来在我们背后施展手段的神秘公子。”

探春略一犹豫，道：“你所担心的恐怕正是真相。尹醇只负责品鉴御酒，就算性子直些，也不会和人结下死仇，那么凶手要杀他，最有可能是想除掉这个油盐不进的御酒品鉴者。这让我不得不去联想琼花谷进贡的那两瓶毒酒。”

莫文黯然道：“尹醇负责品鉴御酒，琼花谷为婚宴酿造的‘君莫笑’一定会经过他的检验，而此人生性耿直，脾气火暴，一旦发现酒中有毒，定会掀起一场风波。那神秘公子要将‘君莫笑’顺利送入红荔山庄，王宫司膳监这一关他是必须要过的，尹醇这样一块风雨不透的硬骨头，除了直接铲除，没有其他更好的办法。尹醇生活单调，除了每日往返于叠翠园和司膳监，就只有买些法帖赏玩，而神秘公子将毒手伸向婚宴之际，正是司膳监忙得焦头烂额之时，尹醇很少有时间出宫，自然也很难给神秘公子动手的机会。司膳监人多事杂不便下手，叠翠园偏僻无人，尹醇又和王子公主素无交往，在此处借由鬼神之手将他除掉再合适不过了。凶手展开阴谋的起点是真真国人和侨居汉商之间关于一卷赝品的争执，此事一旦处理不当，侨居汉商闹起事来，势必给主战派的魑魅魍魉垂死挣扎的机会，所以父王只好先顺着舆论的调调，暂时将这案子压了下去。”

探春一点头道：“是，所以你必须接受这个事实。而且……”她一抖手中纸条道：“有了守卫的证词，应该能锁定嫌犯了。”

“什么？”莫文凑上去，瞪大了眼睛盯着纸条，“嗯……十月二十九，就是尹醇遇害当天，三弟申时初刻便到了叠翠园，申时末，二姐也到了，酉时末，尹醇回到叠翠园，戌时初，二弟甩下侍卫队独自溜到雪松上打盹，戌时四刻前后，大姐带着玄容和四名侍女到了叠翠园，嗯……大姐应该是去打扫房间，玄容去了三弟的画室。嗯……警报响起的时间是亥时初刻，尹醇遇害应该也在此时，这个时候他们五人都在叠翠园中，大姐和四名侍女在一起，三弟和玄容在一起。唉，叠翠园外的守卫是看不到园中情况的，所以二姐、二弟都没有证人，二姐手无缚鸡之力，无法挥动冰杵，那凶手是……”

“哎呀，你傻呀。”探春在莫文后脑拍了一巴掌道，“你忘了吗？凶手是使用冰杵远掷伤人，根本用不着挥动冰杵啊！”

“哦……”莫文低下头，继续看纸条，“警报响起时，守卫冲进叠翠园，看见二弟从树上跃下，大姐只派了一名侍女出来打问情况，二姐、三弟、玄容、尹醇都没有出来查看，看来是已经习惯了这种屡次无端发出的警报。确认园中无事后，守卫便离开了叠翠园，养足了精神的二弟也和他们一起离开，去找巡夜的侍卫队。亥时二刻，被警报烦扰得无心写作的二姐离开叠翠园，亥时三刻，大姐和宫女离开，也带走了在北塔的三弟和玄容。也就是说，亥时三刻之后，园中便只剩尹醇一人，呃……不，此时他已经是一具尸体了。可是……亥时初刻，有谁能打出远掷冰器击杀尹醇呢？”

“继续往下看啊。”探春道。

“次日一早，辰时初刻三弟来到园中，辰时六刻，二姐也来了，巳时初刻，大姐送玄容过来，随后离开，午时初刻，司膳监的人开始寻找尹醇，并惊动了巡视的侍卫，午时四刻左右，二弟和侍卫在叠翠园比翼南塔四层，也就是此处发现了尹醇的尸体。”莫文看完，不解道：“这个，能说明什么？”

“不急，听我慢慢说。”探春轻轻点点脚尖，“我脚下是什么？”

“熊皮啊。”莫文道。

探春一笑：“比翼塔内部结构，东面是楼梯间，每间房都只有南、北、东三面有窗，南塔南窗外是叠翠园，西窗外是御河，并没有一个与南塔四层等高的发力点可供凶手掷出凶器，所以，凶器的掷发处只有可能是北塔四层。”

“可是尹醇的样子确实像是被来自西窗外的凶器击倒的，现场所呈现的就是这样的情况。”

“这很简单，包括尸体、血迹、竹椅、梅瓶甚至消失的凶器所有一切在内的‘现场’都盛载在熊皮之上，凶手要移动现场，只需要转动熊皮就好了啊。”探春踩踩脚下的熊皮道，“这又不是地毯，更不是地砖，我看这熊皮下的地砖极是干净光滑，显然尹醇时常清洗，将熊皮和尸体一起旋转移动很是容易。尹醇心脏受到重击倒地身亡，肋骨刺破心脏，口鼻中会涌出鲜血，如果地上没有这张熊皮，鲜血渗入地砖，那可就不好办了。”

“你是说……”

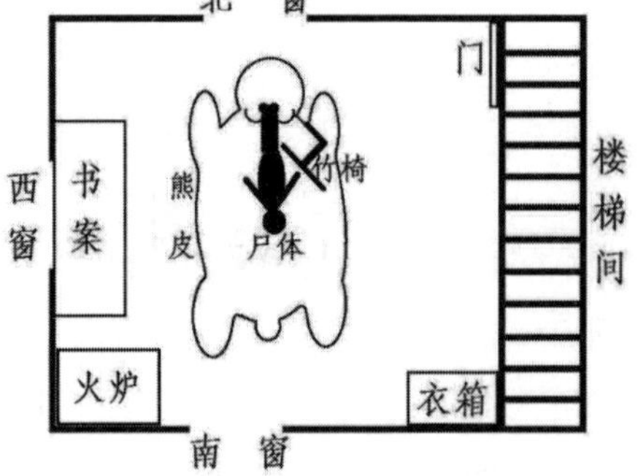

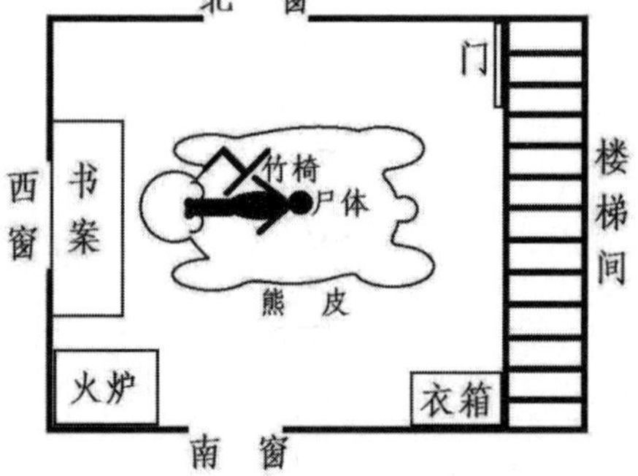

“看见这把椅子了吗？凶手先用迷药将尹醇迷倒，转动原本头朝西、尾朝东的熊皮，使之头朝北、尾朝南，把椅子面向北窗摆在熊皮上，再把昏迷的尹醇放置在这张竹椅上。当来自北塔的冰杵击中尹醇心脏后，尸体带着椅子一起跌倒，待次日清晨，凶手再次回到这里，将熊皮转回到头朝西、尾朝东的原本位置，这样看来，无论是翻倒的尸体还是熊皮上的血迹都毫无异状——熊皮宽大厚实，内伤毙命者口鼻中流出的鲜血不多，也不必担心血会流到熊皮外，尹醇看起来真的好像被来自西窗外的凶器击杀。”

莫文愣了片刻，道：“你说‘待次日清晨，凶手再次回到这里’，为什么凶手没有在当晚回到这里布置现场？”

“因为操控远程武器的凶手身处北塔，三层连接双塔的悬桥早已残断，凶手要到南塔四层的案发现场，必须经过大门一层层地爬上去，而大姐此时正在南塔一层清扫房间，凶手从门外经过，很有可能被看到，凶手没必要去冒这个险。而且，凶手当时恐怕脱不开身吧。”

“那……他为什么脱不开身？是因为去和侍卫巡夜，还是因为在教玄容画画？”莫文咬了咬嘴唇，问道。

探春轻叹一声，道：“你早就知道，只是不愿承认罢了。次日霍迦再次回到叠翠园时，正是发现尸体之时，他怎么会有时间处理现场？”

“那……那难道是三弟？”莫文有些难过。

探春道：“其实，你还记得霍迦指点的那些被触发机关的地点吗？”

“怎么？”

“南塔以南草地里的几处机关从未被触发过，所有曾被触发的机关都在北塔附近，这说明什么？”

“说明……说明是有人从北塔扔下什么东西，击中了机关？”莫文愕然，“准头不错啊！”

探春道：“是啊，有这样的准头，才能操控床子弩准确击中处于黑暗中的尹醇的心窝。”

“可是之前机关被触发后，二弟和侍卫们并没有在箭支和泥团中发现石块之类的异物啊，他是用什么触发机关的？”

“沉甸甸的泥团啊，身为精擅油画的王子，制作混合了荧光颜料的泥团再容易不过了。”探春道，“凶手屡次触发机关，就是为了掩盖尹醇被杀当晚他用警报声遮掩振弦声的把戏，所以在尹醇被杀后，鹤鸣泉的警报就再未响起过。”

莫文揉着眉头，坐在翻倒的椅子上，道：“那……你有直接的证据吗？证实我三弟是杀死尹醇的凶手……还是屡次对我们暗下杀手的神秘公子的证据。”

探春捧起小悟道：“看它的尾巴，这里粘着一根麂毛。真真国不产麂子，一般也不用麂皮毛制作衣物被褥，近来我所见到的麂子皮只有二姐房中从别国寻得的那一块儿，可是在二姐房间时，我并没有把小悟放下乱跑，反倒是在五层三弟的画室，小悟从我怀里跳出，在地毯上四处打滚，当我抱它离开画室时，无意中发现它的肚子上、尾巴上都挂着几根麂毛，这画室地毯上的麂毛是哪儿来的？”

“你是说……三弟从二姐房里拿走了被麂皮盖着的梅瓶，当他把梅瓶带回画室时，无意中把粘在瓶上的麂毛掉落在地毯上？”莫文强笑道，“可……只有几根麂毛无法作为证据吧？十月二十九那天晚上戌时到亥时，三弟一直和玄容在画室里，哪儿也没去，你总不会说玄容也撒了谎吧？”

探春道：“别忘了你三弟下午申时便到了叠翠园，尹醇回到叠翠园是在酉时末，而玄容被大姐带到叠翠园时已是戌时四刻，从申时到酉时末，只有你三弟霍迩和一个不闻窗外事的二姐玄静公主在叠翠园的北塔中，霍迩有近两个时辰的充裕时间可以制作机关，而从尹醇回到叠翠园到大姐和玄容到来之间有半个时辰的工夫，足以供他将尹醇迷倒，放置在面朝南塔北窗的竹椅上，再从容回到北塔。哦对了，虽然尹醇屋中不曾点灯，这椅子不能放在离窗口太近的地方，否则有可能被楼下的人看到。

“比翼双塔中各个房间都不设门锁，霍迩可随意进出霍迦那几个堆满了兵器的房间，四层那间用来放置弩箭的房间正与尹醇的房间相对，两者相隔不足十丈，将冰杵放置在床子弩上，绞动弩机，用冰连接两端线绳，系住床子弩的机栝，线绳另一端系在木架上，便可回到五层画室等候玄容到来。待这块连接线绳的冰将化尽时，再趁玄容不备，伺机从窗户扔出一块泥团，触发塔下草坪中的机关。悠长的警报响起时，正是他计算好的冰块化开，床子弩将冰杵推射而出，击中尹醇心脏，尸体和竹椅一起倒在厚厚的熊皮上之时，警报声足以掩盖振弦声和尸体倒地的声音。从戌时四刻玄容到来，直到警报响起，再到亥时三刻大姐带他二人离开，他未出画室一步，只用了一大一小两块冰疙瘩，就暂时撇清了嫌疑。哦对了，我之所以想到是冰，是因为霍迦那间房里灰扑扑的地板上有两块被水冲滴的渍痕——小冰块融化的同时，冰杵也在缓慢地融化，水滴滴在地砖上，流进砖缝里。还有，和尹醇房间现场的布置一样，这架床子弩也不能离窗口太近。而与南窗正对的靠北墙陈置的木架上，还有一处被细绳捆系的痕迹。次日一早，霍迩来到叠翠园后，将尹醇房间中那块盛着尸体和竹椅的熊皮转向西窗，又回到北塔四层房间，将床子弩车推回原位，解下系绳，但地上冲开积灰的两小片水渍他却无法清除。”

“这……唉，真是……梅瓶里少了半瓶水，北塔那边却多了两摊水，果然多巧妙的杀局，都会有不得不露的破绽。”莫文苦叹道。

探春轻轻摇头：“这所谓杀局可算不上巧妙，甚至显得有些累赘。凶手的目的不外乎是让下了毒的‘君莫笑’绕过尹醇这道关口，顺利进入红荔山庄，他只需要制造一个意外使尹醇‘暴毙’就好。他已经顺利地利用《季秋牡丹赋》引尹醇出宫找郑乾理论，他完全可以在宫外悄无声息地设置一场‘意外’或是‘劫杀’，为什么偏偏要大费心机搞出一场‘韦驮杀人’的闹剧？”

“是呀，为什么？计谋越是复杂，牵涉的人就越多，露出的破绽也就越大。”莫文道。

探春道：“你有没有想过，几乎所有和这神秘公子有关的案子都是兜了一个大圈子，把原本简单的案子搞得无比复杂，甚至还要葬送许多无辜性命。琼花谷盗酒案、古墓劫持案，包括现在的韦驮杀人案都是如此。他似乎很享受这种让人陷入重重迷雾的感觉，不像个阴谋家，却像个疯狂的顽童，而且他的目标似乎总是你和我，而我和他素未谋面，那么他的目的，就是让你陷入焦灼恐惧。”

“我……我从未得罪过他啊……”莫文惶然道。

“我也不明白为什么，或许是……唉，我看那孩子柔懦静默，也实在不像什么冷血无情的……”探春话未说完，忽地闷哼一声，软绵绵扑倒在莫文身上，莫文大惊，忙伸手扶住，却见探春颈窝里插着一枚细弱发丝的金针，未等他回过神来，便觉腿上一麻，一跤跌在书案下。

“柔懦静默的人，从来无法得到别人的注意，甚至是父王和母后。”霍迩悄无声息地从门后转出，手中握着一管竹筷粗细的吹针筒，安静地笑笑，道，“大哥放心，大嫂也别害怕，这针上只有一些麻药。”

探春倚在莫文怀里，吃力地抬抬眼皮，道：“你……用这个……尹醇……”

“是的，不过剂量要比这个大得多，足以令人昏睡两个时辰，而且为了防止被验尸官看出针孔，我用的是涂满了麻药的木炭，尹醇是在点燃火炉时晕倒的。”霍迩轻轻晃动着针筒说。

“为什么？”莫文沉声问道，“我从未苛待过你，更未欺负过你！”

“欺负？我是真的，真的，真的很希望你像欺负霍迦和玄容那样来欺负我，给我起外号，捏我的脸。”霍迩道，“一直以来，你们所有人对我都是‘客气’‘照顾’‘同情’，说话时候也是字斟句酌，让我觉得我就像一个住在宫里的客人，说白了，你们从来不拿我当兄弟。”

“你……母妃走得早，而且从小不爱说话，我们小时候不敢和你胡乱说话，只是怕伤着你……”莫文讶然，“这……这绝不是不拿你当兄弟！你怎么会这么想？”

霍迩却浑若不觉，自顾自不急不缓地说道：“客套惯了，也就真生分了。你们越不在意我，我就越不愿和你们说话，有时候我觉得，我和尹醇真的很像，他身份低微，我丧了母妃，都是寄居在宫里的可怜孩子。可是他一个低贱的下人，竟然不时能得到父王的关照，他只是一个下人，就算他的父亲为救父王而死，他仍然是一个下人。”

探春心下微动，吃力地抬起头，道：“你……恨你的兄弟，还是……尹醇？”

霍迩微微一怔，怆然苦笑：“尹醇？谈不上恨，只是有些嫉妒罢了，毕竟我们的处境大同小异，至于对这些兄弟姐妹嘛……我已经没有任何的感觉，毕竟我们处境不同，池底的游鱼凭什么去嫉妒天上的飞鸟呢？”

“你对玄容也没有这种感觉？”莫文有些难以置信，“她最喜欢和你在一起啊！”

“玄容？她的母妃比大姐还年轻，正是最得宠的年月，与其去和一个小娃娃争宠，还不如暂且照顾着她，权当是养着一只通人性的猫儿。”霍迩笑道，“你没看到她母妃见到玄容和我在一起时的神色，两个字——嫌弃，也对，你十二岁便被封至诠智岛，霍迦十三岁被封至千溟岛，我这个年满十六岁还没有一岛封地的王子，也当不起别人高看一眼。父王把我忘了，我就只好让他好好地长长记性……”

“父王曾想过把望川岛封给你，可是他怕你的身体吃不消。”莫文忙道，“他从没有忘了你，我们都没有忘了你！”

霍迩好像又进入了自己的世界，对莫文的话充耳不闻，喃喃道：“但是怎么才能给父王一个教训呢？让他引以为傲的二哥麾下的海鲨舰队和东方的无敌帝国开战，应该能让他吃些教训了吧？那个孟堂将军对我的计划非常感兴趣，依我的计策，他命麾下杀手以真真国军人的名义先后在远海劫杀了二十余支中国商队，每次都会有意无意地留下一两个活口，船上的丝绸、茶叶、瓷器尽数掠走，但药品、淡水、食物一概不碰……知道为什么吗，大哥？”

“为了保证这些目击者顺利回国？”莫文悚然道。

“不错。负责中国海上贸易的是南安王府，那南安郡王又是个火暴脾气，他哪咽得下这口气？”霍迩道。

“一个巴掌拍不响……真真国这边……总也要撺掇起来。”探春软软地偎在莫文怀里道。

“不错。”霍迩眉头微蹙，道，“包括海鲨高级军官在内的一群老家伙大多对你们中国的茶叶迷恋不已，真想不通这种干瘪的小叶子有什么魔力！”

“子非鱼……安知鱼之乐。”探春苦笑道，“想必……想必你在中国商船贩运的茶叶中做了手脚。”

“不错，那些嗜茶如命的老家伙们一个个上吐下泻，骨软筋酥，想想都觉得可笑！”霍迩捧腹道，“还有几个又臭又硬的老谏官索性一命呜呼，见了阎王，谁叫他们总不理睬我。”

探春骇然道：“归根到底，这场茶叶贸易战争只是为了……为了你可笑的自卑和自负？”

“自卑？自负？对啊，但谁想到马可波罗口中强大到不可战胜的东方帝国在海鲨的火器面前竟惨遭败绩，连堂堂王爷都做了战俘，海鲨虽折损过半，但威风一时无两。”霍迩看了莫文一眼，道：“还莫名其妙地把一个神秘古老的东方帝国牵扯到你的床上，也不知此计是成是败。风头都被二哥的海鲨舰队出了，孟堂的老牌水军缩在港里喝西北风，老家伙不甘心，成日里盼着父王派他出战，不料却等来了休战和亲的消息，而且朝中主和呼声日盛，孟堂再想翻天，难上加难。无奈之下，他只有剑走偏锋，先对出海和亲的大嫂你下手了。孟堂此人，刚愎自用，志大才疏，我懒得再去管他的闲事，索性去独自品味玩弄苍生于股掌的感觉，你知道吗，这就像饮酒一样，会上瘾的！”

探春听得牙齿咯咯打战，莫文抱着她的肩膀，怒喝道：“你这是丧心病狂！你可想过两国一旦开战，会葬送多少条人命！”

霍迩淡然一笑，指指脚下道：“这座宫城里，发出的每一道政令，都牵涉着万万条性命，帝王将相弹指之间，不正是挥斥着天下生民的身家性命吗？我从未有过这样的感觉，真的很渴望享受一下这种玩弄天下于鼓掌的快感。对了，你记得父王是怎么向佛朗斯牙、茜香国的国王介绍我的吗？‘哦，这是孤第三子，雅擅丹青，二位王兄赞不绝口的美人图，就是出自他手，哎哟，国宴就要开始了，二位王兄这边来……’瞧，我在他眼里，不过是一个随口提及的画匠，说得好听点，一个画师。”

“你……那你想要什么，直接去和父王说啊！”莫文怒道。

霍迩仍然自说自话：“到那时，我真的什么也不想要，只想看着你们这些国之骄子在我的设计下困惑、焦灼、不知所措。大哥你是父王母后最优秀的嫡子，文武皆通，八面玲珑，如果让你吃些苦头，足够父王母后五内俱焚吧？”

“你……你真是……真是疯子！”探春道。

“可惜，你们每次都能从我的设计中脱出身来，还活得有滋有味，这让我非常生气。”霍迩口气一变，森然道，“所以我想，与其这样，倒不如玩一场刺激的游戏，让真真国王室贵胄、文武群臣、西海诸国贺使和中国送亲使团一起在你诠王子的婚宴上昏倒，这足以让举国心惊，让整个西海胆寒，也让父王焦头烂额！”霍迩两眼放光：“杀死尹醇，只是整个计划的开端。只可惜，只可惜……”他摇了摇头，叹道：“百密一疏，竟漏了那个精通毒道的姜夫人。”

莫文怔了良久，怆然长叹道：“百密一疏？怕是不止一疏。你以为事情做得干净，其实众兄弟姐妹人人都发现了你的破绽，只是不愿揭破罢了。”

“你说什么？”霍迩一呆，继而勃然失色，愣了半晌，却又笑道，“大哥，你可蒙不了我。”

莫文道：“十月二十九日当晚，你趁玄容专注作画之机，从东窗扔下泥团，那泥团当然是你早就做好的，为了保证它和机关中喷射出的泥团一样新鲜，你应该会对它进行保湿，最好的办法，莫过于裹在湿布里。不巧的是，当你去窗前丢下泥团时，被颜料弄脏了手的玄容也用花架下的一块湿布擦了手，这块湿布正是你为泥团保湿用的。留在玄容手指缝里的荧光颜料，也沾在牵着玄容的手将她送回她母妃处的大姐手上，以大姐的聪明，难道看不出一点门道？”

霍迩愕然。

“你去二姐的房间偷东西时，特意衬了手帕翻取积灰的杂物堆，却忘了脚下。当二姐发现梅瓶失窃，咒骂小贼时，特意跺着脚将积满灰尘的地毯上的脚印踏得纷乱不堪，恐怕正是因为听到我们向她房间走去的脚步声，害怕被我们撞破脚印的主人偷东西的事情。二姐不闻窗外事，她不知道梅瓶失窃和尹醇被杀有何关联，但她却在情急之下为脚印的主人隐瞒了偷窃之事。别跟我说二姐不知道脚印的主人是谁，我、大姐和霍迦的脚比你的大得多，二姐、玄容的脚又比你小得多，你的脚印是最好分辨的。”

霍迩眼神一阵狞厉，切齿道：“胡说，你一厢情愿，猜测罢了……”

莫文不睬他，继续道：“至于二弟，你以为他愿意睡在树上？这小子是为了抓住那个屡屡触发警报的家伙，可惜北塔正处在雪松的视线死角，久而久之，他最先察觉到，所有警报触发点都围绕在他看不到的北塔附近，而常年进出北塔的只有二姐、你和玄容，还要我继续说下去吗？”

“说啊，为什么不说？”霍迩连连冷笑，尖声道，“这些王子、公主，竟是连揭穿我都不屑吗？”

“你……你怎么不识好歹？”探春怒道，“疯子，真是个疯子！”

“疯子又如何，不是疯子，怎么享受这种翻云覆雨的感觉？”霍迩清秀的面孔渐渐扭曲起来，用力挥舞着手臂道。

“罢了……”莫文凄然一叹，“你打算怎么办？”

“我？”霍迩一歪头，道，“你刚才的话让我很恼火，我需要撒撒气！你肯把这个女人给我玩玩吗？我都十六岁了，还从没品尝过东方美人的味道呢！”

莫文倒吸一口凉气，怒道：“小子，你说什么？”

霍迩森然一笑：“你已经听得很清楚。”

莫文面无表情，冷冷道：“我再给你一次机会。”

“大哥，是我在给你机会，别忘了你们现在在我手里。”霍迩从腰间拔出一柄轻薄如蝉翼的短剑，双指一弹，嗡嗡作响。

“我真的在给你机会。”莫文声音有些颤抖。

“我真的想要这个女人。”霍迩一挑眉道，“别误会，我不喜欢她，但是你很喜欢她，所以我要她！”

莫文重重咬着下唇，满嘴鲜血，仰头长叹一声，惨然道：“动手吧。”

霍迩很欣赏莫文这副愤怒无奈的样子，却不相信莫文这么快就服软交出探春，正有几分意犹未尽的失落，猛然想到这“动手吧”三字还有别的意思，心头忽地一凉，未及开口喝问，便听北窗外一声短促的弦响。

“啊呀！”霍迩惨叫一声，像麻袋一样扑倒在地，肩窝里插着一支细小的羽箭。

“嗯……”霍迩痛苦地呻吟，苍白的手指紧紧抓着熊皮，想要挣起身来。

莫文身子一松，扶着探春的头颈，叉开双脚躺在地上，道：“别忘了，对面北塔四层的房间摆满了弓弩。弩箭的主人比你更了解这些兵器，准头也更好。别怕，这把弩是猎兔子的，不会伤着你的筋骨，只是箭头上的药液会让你昏睡几个时辰。”

霍迩呼呼喘着粗气，苍白的脸颊涨得通红。

探春费力地抬起手臂，拍了拍莫文的肩膀，愠道：“你早知道是他？”

“不知道，我不敢去整合那些零零碎碎的线索。”莫文弓起左腿，揉着发麻的膝盖道，“让你看笑话了。”

探春淡然一笑：“兄弟阋墙的闹剧我见得多了，为钱、为权、为色的都有，可第一次见到这种为了……为了……为了给自家父兄找不痛快而挑起一场战争的。”

“哎哟快别抬举他了，挑起这场战争的是军火销路受阻的真真国主战派大员和想继续拓宽海上贸易的中国南安郡王，那个茶叶计只不过是顺着几个老家伙的意思搓出了一条导火线，你还真当一个小毛孩子能翻覆天下大局啊！”

奋力抬着眼皮保持清醒的霍迩一听此言，浑身血气翻涌，哇地吐了一口鲜血，力气一泄，软软地昏厥过去。

莫文落寞地揉着眉头，喃喃道：“不过茶叶计之毒，真不像一个十五六岁的孩子堪能为之啊。”

探春枕着白熊的头，伸手拍拍莫文的头，道：“我们现在怎么办？我身子还麻着呢。”

“陪我躺一会儿吧。”莫文道，“就一小会儿，二弟马上就来。”

“你父王母后不会怨我吧？”探春心下惴惴。

“不会……应该不会。”莫文道，“他们大事上从不糊涂。就算心里不痛快，也不会拿你怎样。你若不想留在天浴城，咱们便早些回诠智岛，那儿离天浴城虽不过一日船程，但毕竟是我的封地，咱们可以‘肆意妄为’。”

探春把头向莫文胸口靠了靠，道：“再留些日子吧。我这个南安郡主还要去流金坊安抚侨居的中国客商呢。”

莫文道：“好，这里以后就是你的新家，那些汉侨就是你的老乡，我会好好待他们的。”

探春喃喃道：“新家？嗯，新家，倒是应了昨晚我梦里一个道士唱的‘乱烘烘你方唱罢我登场，反认他乡是故乡’。”

“什么道士啊？”莫文一皱眉，“你怎么好端端地梦见一个道士？”

“那梦断断续续的，很多片段我也记不起来，哦对了，我还梦见一个美人对我说，我的什么册子已被移出‘薄命司’，还一副欣慰不已的样子，奇奇怪怪的……”

“你要不要去看看郎中啊？”莫文有些担心，“梦到这些莫名其妙的东西。”

“不必了，也许是思念故乡旧人吧。”

第十五章 旧栖新垅两依依（番外篇）

天香地暖，绣户慵开。

探春午睡刚起，便见莫文坐在桌前，捧着一张焦黄的薄纸发呆，便揉揉眼睛，道："这是……"

"房契，董家'等闲别墅'的房契。"莫文道，"今儿是董辰头七，大姐去了城郊墓园。"又摇头叹道："大姐这是何必。她对董辰虽有几分敬重，却并无夫妻之情，去看自己丈夫和另一个女人合葬的坟茔，心里如何好受得了？"

探春听了便是一怔：想不到那疾风烈火似的玄畅公主竟还有这样一段情史！

莫文见探春像只猫儿也似的瞪圆了眼睛，便笑了笑道："大姐和董辰无情也无恨，七年前便已'和离'，五年前董辰再娶时，大姐还送了贺礼。"

探春道："真真国驸马和公主还能和离？"

莫文笑道："有何不可？正所谓'二心不同，难归一意，一别两宽，各生欢喜'。这场婚事背后是王室和董家的一笔交易：董家为王室提供调香、酿酒、织锦、制铅等七项绝艺的技法、图纸和工匠，王室则把可可、茶叶、丝绸、玻璃等七项货品的采买权交予董家，用来维系这笔交易的纽带就是大姐和董辰的婚姻。"

探春狐疑道："这个董家，岂不是做了亏本买卖？能与王室结亲的商阀，怎么会如此在意区区几种奢侈品的采办权，乃至于为此外传自家的独门技艺？"

莫文道："诸行无常，盛极必衰。董家煊赫百年，已呈败象，西海诸国相继打通海上商路，对靠垄断路上行商而做大的董家无疑是致命一击。董老爷无奈之下，只好出卖自家秘技和工匠来换取几笔利润还算丰厚的采办生意，权以维持周转。"

"饮鸩止渴。"探春摇头道。

莫文抓起一块酥饼，咬了一口道："可惜了大姐，她和董辰成亲前从未见过面，脾气秉性天差地远，日子过得也极不顺遂。这两人都是心气儿极高的主儿，婚后三年竟从未同榻而寝，大姐占着府宅的正院，夜夜呼朋引伴，宴饮歌舞；董辰独居西院，每日玩赏金石，舞弄丹青。二人无事绝不见面，见面也无话可说，府上一应事务全由董辰的管家杜忠操持。"

探春怅然道："生在帝王家，诸事身不由己。大姐和那董辰也算是有几分胆色的，竟敢明目张胆地别院而居。"

莫文轻叹道："董老爷一心盼着大姐能诞下子嗣，为董家延续香火，父王母后也日夜念想着抱外孙，大姐和董辰如此做法，自是惹得两家长辈又急又怒。后来董老爷病死，董家的商业帝国便在半年之内分崩离析，对于王室来说，这场婚姻便失去了维持下去的价值。母后素来疼惜大姐，对这场婚事早已心生不满，见董家败落，便动了和离的念头。那董辰性子高傲，却也是个识时务、明事理的，不等母后开口，便主动提出放妻。"

探春道："这自是极好，也免得相憎而居，反目生嫌。"

莫文忙道："是啊，这世上哪能人人都像我们这般两情相悦，心有灵犀。"

探春脸一红，轻叱道："去！"

莫文嘿嘿一笑，又道："不过这董辰也是个苦命人，他身子一向不好，与大姐和离两年后，娶了一个叫卫濂儿的女子，两人恩爱非常；谁料半年前，那卫氏竟在自己的寿宴上被毒蛇咬死，董辰悲痛难抑，不久也撒手人寰。奇怪的是，他在临死前给大姐寄来了一张房契和一封信。"

"信？"探春奇道。

莫文从桌上拿起一张信纸，无奈道："董辰求大姐查明他后妻卫濂儿的死因，还说凶手就在他的几个兄弟当中！"

"你不是说那卫氏是被毒蛇咬死的吗？"探春奇道。

"但董辰不这么想。"莫文道，"他在少盈山中有一处房产，名叫'等闲别墅'。董辰临死前，给每一个兄弟，也就是每一个嫌疑人各去了一封信，邀请他们三月初三到别墅相聚，还说，凡是找到杀死卫濂儿的凶手并使之认罪伏法的人，就能得到等闲别墅的房契，他已约请前妻玄畅公主去作见证，那张房契也已交由玄畅公主保管。临死前玩这么一手，这是要让董家兄弟阋墙，彻底土崩瓦解吗？”

探春接过信来看了，冷笑道：“董家这种富可敌国的商阀，衰而不败，败而不灭，灭而不死，死而不僵，须从家里自杀自灭起来，才能一败涂地呢！”说罢沉吟片刻，又道：“奇怪，就算董家家道中落，但瘦死的骆驼比马大，董辰的几个兄弟会为了区区一座房产自相攻伐吗？”

莫文道：“这你有所不知，等闲别墅是董老爷的曾祖董丰营建的，迄今已逾百年。据说董丰临死前，将一生的私蓄分为两份，一份交予子孙经营，一份藏于等闲别墅。自董家衰败以来，董老爷和董辰父子两代在等闲别墅，甚至是少盈山中掘地三尺，都没能找到宝藏的下落。”

探春惊叹道：“一笔几乎与四代之前董家财富相当的巨额宝藏，足够把君子变成小人。”

莫文摇头失笑：“董家后辈中，只有董辰一个君子，其他几个，说是小人都算抬举他们。”

探春纤眉一挑道：“想必三月初三的等闲别墅，会上演一场好戏。”

“三月初三，不就是后天吗？”莫文伸了个懒腰道，“闲了三个月，身上都快长蘑菇了，倒不如去少盈山看一场热闹，权当消磨时间嘛。大姐把这场麻烦交给我，估计是想让你破了这件半年前的悬案呢！”

“我？”探春愕然。

“对啊。”莫文笑眯眯地点头，又道，“关于这案子的具体情况，可以去问董辰的老管家——杜忠。”

三月的少盈山，阳和方起，水秀花明，梨云杏雨，卉木萋萋。等闲别墅建在山间的一块开阔的盆地里，花木葱茏，侧映一片小小的湖泊，湖东岸坐落着五六座雅致排场的屋舍，西岸则是几座精巧简素的亭阁。莫文躺在被午后的太阳晒得暖烘烘的青石上，惬意地眯着眼，懒洋洋地吟道：“春来睡困不梳头，懒逐君王苑北游。暂向玉花阶上坐，簸钱赢得两三筹……”

探春笑道：“你这副样子，活像只软绵绵的懒猫。”

莫文嘻嘻一笑，道：“圣人云：‘与天和者，谓之天乐’，眼下这般景致，正是‘柳眠花困春如醉’，唯有一个‘懒’字可与天地同流。”说着伸长胳膊，卷着舌头打了个哈欠：“喵呜……”

“噗……”探春笑得险些把嘴里的樱桃喷出来，指着莫文道，“你这坏人，只会要宝作怪。”

莫文见探春恼中含笑，局促地擦拭着齿颊间一片绛红，格外娇俏可人，顿时春心浮动，一跃而起，伸手抱住美人纤腰道：“这里山深林密，景致虽好，却未免幽暗了些，待此间事情了了，我便带你去山前的媚人湖边好好玩耍……”说着便往探春颈颊边凑去。探春腰肢被莫文揽住，只觉他呼吸间暖气逼人，正心摇神荡，忽听脑后有人叫道：“殿下，四位少爷和小姐都到了。”

探春一个激灵，忙回头看去，只见来人六十来岁，青袍葛巾，须发灰白，躬身站在花园门口的杏花树下，面带尴尬，正是董辰的管家杜忠。

莫文龇着牙瞪了杜忠一眼，咳嗽一声道：“嗯……那个……人到齐了？”

“是，都在别墅会客厅。”杜忠道。

“好，我们走。”莫文牵住探春的手道。

别墅客厅里七零八落地坐着几个衣饰华美的年轻男女，眼神闪烁，各怀心事。探春见了，不禁暗道：听说董家兄弟皆从事商业，散居各处，平素极少走动，自去年卫氏死后，便再无往来，不想今日兄弟见面，竟至冷漠如斯？

董家众人一见杜忠引着一对风流蕴藉的男女进来，不觉都是一愣。

一名戴了满手宝石戒指坐在软皮椅中的圆胖男子见二人衣衫简素，便冲口道：“你们是谁？玄畅公主呢？”

莫文微笑道：“董二爷请了，今日公主有恙在身，无法前来，在下伯爵莫文，代公主行见证之责。”

“伯爵啊……这位是……”董豪语气客气不少，又望向探春。

“这是拙荆。”莫文含笑介绍道。他举止谈笑贵气逼人，倒让穿金戴玉的董豪生出几分自惭形秽之感。

莫文抬眼一扫，又对董豪身边满头珠翠的妇人道：“董夫人好。”

董豪之妻庞氏身材健壮，淡眉细眼，擦着一脸上好的铅粉，却仍盖不住糙黄的肤色，见莫文向她道礼，忙局促地仰起脸来，堆着笑道了声“好”，又低下头去暗自盘算。探春见她举止轻浮，满眼市侩，心中暗笑：珠宝大鳄董二公子怎么竟娶了这样一个浅薄的妇人？

叼着石楠木烟斗靠窗站着的干瘦男子见庞氏如此做派，大为不屑，轻轻冷笑一声。莫文忙上前见礼道：“董三爷。”

探春听了，便知此人是专做烟草生意的董薰。

董薰一回头，扬着下巴道：“伯爵大人辛苦。”莫文见他一脸盛气凌人，也不着恼，只微微一笑，又冲倚在墙角一盆石榴花旁的青衣女子道：“董小姐。”

那女子怯生生地点了点头，抿嘴笑笑，算是见礼。

探春暗暗纳罕：想不到经营着近百家成衣铺的董艳竟是个闷葫芦，不过一身装扮倒是不俗。

莫文一转身，又对大模大样跷着脚坐在茶几边的两个少年道：“董四爷、董五爷。”

探春见二人年纪尚小，心中奇道：这董初、董烈如此年幼，竟也是杀害卫濂儿的凶嫌吗？

那董烈年纪虽小，体格却十分健壮，半眯着眼睛，满面轻浮浪荡；董初则身材精瘦，粗眉大眼，脸上有几道浅浅的擦痕，手上也裹着纱布，一脸晦气。探春正自纳罕，却见那董烈满面淫亵，长长吹了声口哨，笑嘻嘻道：“伯爵大人，哪里寻得如此标致的东方美人？我给你一座茶园，你把她让给我可好？”

探春何曾见过这等粗蛮无礼之人，一时又惊又恼。莫文抿嘴轻笑，左臂一扬，只听“啪”的一声脆响，那董烈如陀螺也似滚到茶几上，撞得杯盘乱飞，顿时满堂皆寂。

待董烈踉踉跄跄站起身来，小脸上早多了五道指印。他自幼便是小霸王似的人物，哪受过这份罪，一时羞怒欲狂，抬手抹去嘴角鲜血，指着莫文骂道：“你……你……区区伯爵，算个什么东西！公爵、王子都不敢对小爷动手！”

莫文嗤笑道：“你当今日的董家是个什么东西？”

此言一出，董家兄妹脸上或阴或阳，皆愀然不悦。

董烈恨恨地盯着莫文，“呸”地吐出一口血沫道：“莫文伯爵是吧？好，这梁子咱算是结下了！”

莫文笑道：“我一介闲人，本无意与董家结怨，只因五爷出言不逊，故而略施薄惩。我今日到此，乃是受公主之托来做个见证，只要诸位在明晚日落前揪出杀害卫濂儿的凶手……”说着从怀里掏出一个巴掌大的木匣道：“便可得到这等闲别墅的房契。当然，令兄临终前写给公主和诸位的信中说得明白，杀害卫濂儿的凶手，就在诸位当中。”

董豪擦抚着手上嵌蓝宝石的金戒指道：“大哥对大嫂用情太深，才会出此狂昧之言，伯爵切莫当真。”

“是啊，大嫂明明是被毒蛇咬死的。”庞氏眨着眼附和道。

董薰吐了一口烟圈，慢条斯理道：“蛇类咬人，多半为求自保，你若不去招惹它，它又怎会来咬你？咱们都知道大嫂幼时被大蛇缠过，连看到黄鳝都吓得腿软，怎么可能去靠近毒蛇？”

“你有话直说，少卖关子。”董豪胖脸一板，怫然作色道。

“三哥是怀疑有人把蛇藏在琅衣楼中，咬死了大嫂。”一直半躺在茶几旁的董初轻轻搔着脸上的伤疤，冷冰冰道，“我猜大哥也是这样想的，用这座别墅吊起我们的胃口，便是想查出这个人。”

“可笑！”董烈道，“事情都过去半年多了，还能查出个屁！”

“咳咳。”莫文轻咳一声，道，“如果诸位在明天日落之前无法查出凶手，这张房契便由公主收回。”

“凭什么，这是我大哥的房产！”董烈跳着脚道。

“这正是令兄的意思。”莫文道，“区区不才，对于侦查刑狱之事也懂些皮毛，诸位若诚心查明此案，便把当日情形略说一二，在下也好抽丝剥茧，梳理头绪，以供诸位参详。”

董家兄妹面面相觑，半晌无语。

莫文扫视众人道：“诸位意下如何？”

董豪见众弟妹皆缩首不语，便犹犹豫豫道：“大嫂是在春蕊湖西岸的琅衣楼遭难的。”说着指向窗外。

莫文走到窗边，展眼望去，见湖对岸的几座小巧楼阁高低错落，夕阳斜照，别具风致。

“最高的那座便是琅衣楼。”董豪道，“那天是大嫂的生日，当时我们都在这座客厅里陪大哥说话，老四、老五在湖对岸钓鱼。妹妹送了大嫂一件桃红绫子滚金线的百褶长裙，大嫂喜欢得什么似的，当下便拉着妹妹去花园的木屋里换上——大哥大嫂一直住在那座木屋里——又怕换下来的那件湖绿色绸衫皱了，便说要把它放回琅衣楼，唉，大嫂对衣裳是极爱惜的，可是这一去竟然丢了命。”

“大姐去时戴着二哥二嫂送的红宝石项链，那颗宝石搭配小妹送的百褶裙最是合适不过。”一直默不发声的董艳突然道。

庞氏悚然一惊，嘴角抽动两下，勉强笑了笑道：“是……是……那宝石是极难得的……”

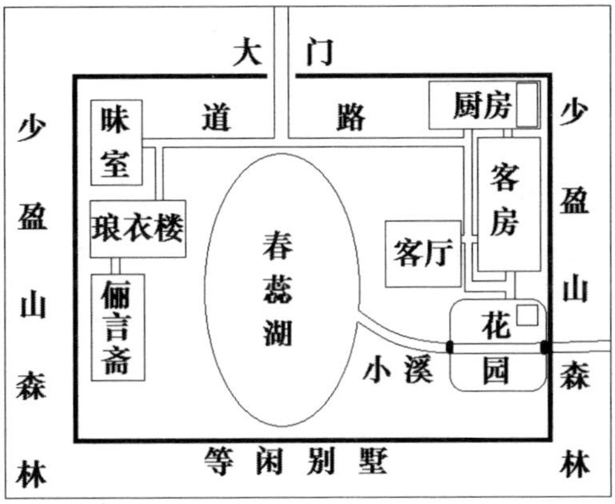

等闲别墅

董豪脸上微现恼色，却转瞬间压下怒气，只轻轻咳了两声，继续道：“当时大嫂是独自离开客厅往琅衣楼去的，过了不多一会儿，我们忽然听到湖对岸传来一声尖叫，正是大嫂的声音。我们从窗户向外看时，只见湖对岸的老四、老五也丢下鱼竿站起身来，向琅衣楼跑去。我们追出门去，从春蕊湖北边绕行，待冲进琅衣楼时，就见大嫂倒在地上，脸色青白，浑身抽搐，已说不出话，又见一条二尺长的白斑黑蛇吐着芯子从窗户游走了。”

莫文看向杜忠，杜忠点了点头，表示确实如此。

“被蛇咬的伤口在何处？”探春问道。

“在右手中指第二节。”杜忠道。

“附近山中有这种蛇吗？”探春又问

“有。”杜忠道，“别墅外山深林密，除北边的官道附近，其余各处常有虫蛇鼠兔之类出没，这种白斑黑蛇数量虽少，但毒性最烈。”

“不过此蛇胆子最小，轻易不会伤人。”董薰吐着烟圈道。

“黑质白章格外醒目，卫氏竟会糊里糊涂地被咬伤，也实在太不小心。”探春眨眨眼道。

董家兄妹都是一怔，各怀心事，垂首不语。

“走吧，去琅衣楼看看。”探春见众人讷口不言，便摇摇头走出了客厅，莫文随后跟上。董家兄妹满腹狐疑，不知这伯爵夫人何以对案子格外热心。

春蕊湖不过是一座大些的池塘，南北宽而东西窄，沿湖北岸缓步绕行至琅衣楼不过二百余步。

“当时你们在哪里钓鱼？”探春停下脚步，转身问董初、董烈。

“就在那边的石台上。”董初指指湖边平坦的青石道。

探春见那青石距琅衣楼只有五六步远，暗道：董初、董烈兄弟完全有可能在董辰等人赶到前攥着蛇口咬向……不对，若如此，为何卫濂儿不喊叫挣扎，她之前那一声尖叫又是为何？想来确应是卫濂儿中毒在前，董初二人进入琅衣楼在后，董辰等人赶到又在后。

琅衣楼中挂满了华服美人的画像，或读书，或抚琴，或逗弄猫狗，或修剪花木，千姿百态，不一而足，画中人样貌完全相同，正董辰的后妻卫濂儿。探春走到一幅《烹茗图》前，细细观赏，见画中美人身材纤小，面色白皙，穿一件天蓝色长裙，颈中佩一颗蓝宝石，头上随意挽着一个单鬟髻，斜插海蓝色琉璃簪，衣着、发型、首饰乃至脸上淡淡的胭脂无一不搭配得恰到好处。

“这些都是大少爷画的。”杜忠眼圈微红，叹道，“大少爷和少夫人感情极好，虽然只有不到五年夫妻情分，却能琴瑟和鸣，相濡以沫，连我这土埋半截的老头子看了，都是羡慕得紧。”

探春道：“这画里的衣裳和首饰……”

杜忠道：“都是大少爷为少夫人置办的。”说着走到五座并排摆着的红木立柜前，依次打开柜门，只见茜香国罗衣、佛朗斯亚绒袄、波斯织锦，还有中国的孔雀罗、轻容纱……各色衣裙林林总总不下二三百件，由浅到深，挂得整整齐齐。

探春称羡不已，连声赞道：“件件都是上品，董大少爷好大手笔。”

杜忠一抹眼角，笑了笑，道：“少夫人是个极细致的人，对衣服、首饰的搭配都极其用心，穿哪套衣服时要戴什么首饰，梳什么发髻，涂什么脂粉，着什么鞋袜，都会选配得一丝不苟，浑然天成似的。老朽活了六七十岁，再不曾见世上有如此灵慧细致的女子。”

“矫情。”董烈撇着嘴嘀咕。

“不知当时少夫人……”探春道。

“当时少夫人就倒在这里。”杜忠轻轻踩着脚下的木地板道。

“那楼上……”探春又一指楼梯道。

“是放珠宝首饰的。”杜仲说着引众人来到二楼，但见目所及处，都是各色精致的箱柜，柜上挂着铜锁。

“箱柜的钥匙老朽不曾带着，都放在大少爷的书房——俪言斋里，就是琅衣楼南边的那座小竹楼。伯爵、夫人、少爷、小姐这边请。”杜忠道。

众人随杜忠来到俪言斋，见这竹楼格外朴素简约，外间几副桌椅，内间别有洞天：一张书桌，一条琴案，一座书柜，一架多宝格，窗边几盆花草，门前两挂竹帘，除此再无其余家什。

探春暗道：想不到这董辰竟是满腹中国胃口。走到书桌前，见镇纸下压着一封书信，便顺手拿起，不料那封口的糨糊已经干裂，被探春轻轻一抖，便“扑”的一声轻响，裂开了口子，一张纸笺掉了出来，探春俯身拾起，一看之下，脸色大变。

“怎么了？”莫文忙上前接过信纸，看了一遍，不禁奇道，“哈？”皱着眉瞧了董初几眼，道：“把你的裤腿卷起来。”

“什么？”董初莫名其妙，忙退了一步。

莫文把信递给杜忠，问道：“你可知这信是何时寄来的？”

“大概大少爷去世五六天后，署的是四少爷的管家杜礼的名字，我也不敢擅拆。”杜忠道。

“拿来。”董薰夺过信，上上下下看了几遍，满面匪夷所思地打量着董初，道，“你是谁？”

“什么我是谁？你把话说清楚！”董初摸不着头脑，有些恼了。

董薰道：“这是你的管家杜礼写给大哥的信，信上说你打猎时被猛虎追赶，不慎坠崖，双腿齐断，故此来信向大哥索要续髓膏。看信尾的落款，这信是半个月前写的，也就是大哥去世的五天前。半个月内，你的腿怎么可能恢复如常？”

“打猎？坠崖？笑话！我几时打过猎？把信给我！”董初气得发笑，伸手便来夺信，董薰一闪身，把信递给董豪道，“你那珠宝行常与老四的木器行打交道，且看看这是不是杜礼所写。”

董豪接过信看了，点头道：“不错，正是杜礼的笔迹。”眼珠转了几转，上下瞧了董初几眼，又道：“我正纳闷你……呃不，是我四弟怎么从两个月前开始便总是给我寄些麂皮鹿角，原来是迷上了打猎。”

董薰吐了口烟圈，冷笑道：“老四这马屁拍得不响。谁不知老二连马桶上都镶着宝石，区区几张麂皮、几架鹿角，怎入得了他的眼？倒是寄给我的那剂麝香，三哥喜欢得紧。”

“满嘴胡吣！”董初道，“我从未迷上打猎，更没有给你们寄过什么鹿角麝香！”

董烈吹了声口哨，道：“四哥，怎么不猎只老虎狮子玩玩？鹿麝之类终归是小玩意，打杀起来一点都不过瘾。”

董初回头喝道：“你住口！”

董烈哈哈一笑，道：“怎么，想打架？来来来，身无二两肉的兔儿爷，小爷一指头便戳翻了你！”说着一挽袖子便去揪董初衣领。

“安静。”莫文冷然喝道。

董家兄弟只觉寒意凛冽，顿时哑了火。

“说说看。”莫文将信举到董初面前道，“这是怎么回事？”

“我怎么知道？”董初没好气地说。

“这是你的管家杜礼的笔迹吗？”莫文又问。

董初极不情愿地道：“是，定是此贼觊觎大哥的续髓膏，写信诈取。”

董豪道：“此言谬矣。杜家素来对我董家忠心耿耿，断不会做出如此卑劣勾当。而且普天下知道续髓膏用法的，只有经营董氏药行的大哥一人，大哥若知老四遭难，纵然抱病，也定会亲自赶往老四卧榻边问诊敷药，杜礼若设此骗局，岂不是一股脑露了馅儿吗？那老儿精明得紧，这种稳输不赢的小把戏他才不会玩。”

莫文看了看董初，道：“那么，你的腿……”

“我腿没断。”董初白他一眼道。

“把手上的纱布拆下来。”董豪道，“开始我便觉得奇怪，我四弟是个左撇子，可今日在别墅里，你事事都只用右手来做。”

董初怒道：“你眼瞎了吗？四爷左手受伤了！”

“难保不是你这冒牌货故意寻了个无法使用左手的理由。”董豪玩弄着金戒指道，“而且我四弟左手虎口外有一颗米粒大小的黑痣，你且把纱布摘下，给大家瞧瞧。”

董初一怔，切齿道：“伤口便在虎口处！”

“哈！天下哪有这等巧事？”董烈哈哈大笑，猛地一伸手，攥住董初的手腕。董初大惊，急要挣扎，早被董豪、董薰拿住肩膀，眼睁睁地看着董烈“哧哧”两把扯掉手上的纱布。众人忙围上前看，果见虎口处有一道两寸来长的伤疤，原本的黑痣处已变成一道血槽。

董烈一挑眉道：“嘿，还真是不留一点破绽。”

“这伤口是怎么回事？”看了好久戏的探春上前问道。

董初道：“这是……我来少盈山的路上，遇到了劫道的匪徒，他……他说我手上的银链子好看，就用刀斩断了手链，连我的手也划破了……”

董家兄弟啼笑皆非，董烈笑得直揉肚子：“四哥，这瞎话编的你自个儿都不信吧？你身上带的金银盘缠可比一条银手链值钱多了！”

“我也觉得奇怪……可这是真的！他真的只抢走了那条手链。”董初急道。

探春和莫文对视一眼：有人下套？

“荒唐！”董豪摇头道，“杜管家，此人来路不明，我可不敢和他同处，万一他心怀叵测，趁夜杀人放火，哼……”

杜忠叹了口气，望向探春、莫文。

莫文道：“别墅里有没有什么远僻些的住处？”

杜忠道：“有，在琅衣楼北面，有一座地下石穴，叫作昧室，不妨让四少爷……”

话未说完，董初便大怒道：“那是关押犯错下人的地方，你以为我不知道吗？你这老奴才当我是什么人！”

董烈道：“这由不得你，别墅的客房你别想进来！”

董初怒道：“由不得我，难道便由得了你？”

久未发声的董艳向前挪了两步，小声道：“四弟，既然大家信不过你，不如你先走吧。”

此言一出，董豪三人倒是并不反对，那庞氏也笑道：“妹妹这办法好。”

董初却一挺脖子道：“赶我走？趁早歇了这份心思！别以为我不知道你们在想什么！我若走了，便少一个人和你们争这套房产！”

董艳讷讷无声，退到一旁。

董烈一伸手，像擒拿鸡仔似的按住董初的脖子，戏谑道：“四哥，姐姐这也是为你好，你这柴火棍似的手脚，若真动起手来，折个三条五条，我心里也过意不去。”

董初又急又怒，见董豪、董烈也向自己逼来，不禁暗道：不知是谁，安排下这套连环计算计我，这几个混账明知我真是董初，竟还如此咄咄相逼，分明是顺势而为，不想我和他们争夺房产。眼下这等情状，唯有先忍一时之气，再作计较。当下重重“呸”了一声，道：“住昧室便住昧室。”便低头不语。

董烈顽劣好事，先前被莫文掴了一掌，早已是满腹晦气，正想和董初厮打一场泄愤，见他低眉顺首不再挣扎，顿觉索然无味，歪脑袋哼了一声，晃晃胳膊道：“杜忠，五爷饿了！”

杜忠连连答应：“是是是，老朽这便吩咐后厨备饭。”

等闲别墅的饭菜精巧细致，别具风味，董家兄弟却各怀鬼胎，闷头不语，席间只听碗筷交碰之声，夹杂着庞氏吧唧嘴的动静。用罢了饭，杜忠为众人安排住宿的房舍，探春、莫文住在客房二层的贵客间，董薰、董艳、董烈都住在一层，董豪夫妇则被安排到客房南面花园里董辰和卫濂儿生前住过的小木屋。

董豪夫妇见这木屋豪华阔气，排场之极，心下极是满意，又想大哥平素不住在别墅主卧，偏在这花园中另造一处屋舍，定是别有用意，祖上埋下的宝藏十有八九便在此处。那庞氏一念至此，更是急不可耐，不等下人安放被褥，便喜滋滋地扑了进去。

杜忠见董初冷眼旁观，满脸怒意难平，便让他去住自己的房间，董初却连连冷笑，恨恨地往昧室去了。董烈笑道："老头儿，你这马屁可拍到了马脚上，你和别墅下人的房间都在后厨大院里，老四虽然没有嗅觉，但他天性好洁，最受不了的便是污秽油腻，更不愿和你们这些肮脏污浊的下人住在一起。"

杜忠无奈苦笑："五少爷说的是，昧室虽然晦暗偏僻，却也干净整洁，想来还不至委屈了四少爷。"

董薰冷哼一声道："杜忠，说话可仔细着些！我等皆不知此人是真是假，你便一口一个四少爷，是不把我们放在眼里吗？"

杜忠一惊，忙躬身道："不敢，不敢……"

董薰又道："把昧室大门锁了，别让那小子趁夜跑出来害人。"

杜忠叹了口气，吩咐身边的小厮道："去将门锁扣了，动静轻些，别惊扰了四少爷。"

小厮答应一声，快步赶去昧室。

莫文见董家兄妹都已安置妥当，便冲杜忠一招手道："你上楼来，我有话问你。"

"是。"杜忠心下惴惴，恭恭敬敬跟上二楼。

等闲别墅的贵宾客房虽无什么惊天动地的豪华陈设，却透着一股扑面而来的细致周到：雀羽织金的被褥用玫瑰香熨过，紫檀嵌玉的衣橱用水安息熏过，案上瓶中插着两枝将开未开的梨花，妆台镜奁旁摆着五盒的柔红惨绿的胭脂，床边小桌放着双陆、围棋和时新的戏本、画册，窗前桌上早有侍者冲泡了一壶清茶，洗净了一盘水果，连茶盏、木签都摆放在顺手的位置。探春，莫文在窗边茶几两侧的花梨木椅子上坐了，又对杜忠道："杜管家坐。"

杜忠忙搬了一只矮绣墩，坐在二人侧首。

莫文道："杜管家费心了。"

杜忠忙道："职责所在，自当尽心。"

探春微笑道："今日杜管家是有意把我们去引去董大少爷书房的吧。"

杜忠一愣，搓着手道："这个……"

探春看了看杜忠腰间沉甸甸的一串钥匙道："杜管家把琅衣楼里，甚至是整个等闲别墅里不常用的钥匙都带在身上，却唯独把二层珠宝箱的钥匙放在无人踏足的俪言斋，是不是有些太过轻忽了？虽然俪言斋大门紧锁，但若别有用心的奴仆侍女动了贼心，越墙而入取走了钥匙，少夫人这些珠宝岂不要被洗劫一空？”

“呃……是，是我疏忽了。”杜忠长须微颤，捏着衣角小声道。

探春微笑道：“更奇怪的是，我们从未说起想看少夫人的珠宝，杜管家却迫不及待地把我们引向了放着宝箱钥匙的俪言斋。就算你有意炫耀少夫人的珍藏，自己去拿钥匙便可，为何要带着所有人一起过去？”

“这个……”杜忠不善言辞，被探春如此盘问，早慌得冷汗直流。

探春抿了一口茶，细细回味片刻道：“杜管家是想要我们发现那封所谓四少爷管家杜礼寄来的信吧？那信放在桌上最显眼的地方，轻轻一抖，封口粘胶便开，显然是做过手脚的。”

“不是！这……这……”杜忠颤颤巍巍地站起身来，踌躇片刻，为难道：“大少爷临终前，吩咐我务必要带诸位少爷小姐和玄畅公主同往俪言斋走一趟，那封信确实是在大少爷故去后才寄送至别墅的，我不敢擅拆，便依旧例用镇尺压在桌上。”

探春见他说得诚恳，不似扯谎，心中疑窦更甚：这封逼得董初遭囚的书信竟是董辰生前设计好的？这样看来，给董豪、董薰寄送的猎物和半路刺伤董初的匪徒也是董辰安排的，他甚至连董初觊觎房产不甘离开，但天性好洁，不愿与下人同住也计算在内，目的便是让他住进昧室！

莫文吃着盘中的树莓，问道：“今天那手上有伤的孩子，可是真的董初？”

杜忠迟疑半晌，道：“我与四少爷见面不多，不敢断言。”

探春道：“你直说便是。”

杜忠道：“是，除了不能用左手外，今日那人脾气、容貌、行动做派都和四少爷并无二致。”

探春哂笑道：“你看得出来，他的兄弟姐姐更看得出来。只见着一封莫名其妙的书信，便张牙舞爪齐齐向他发难，想必果如董初所说，是要趁机逼走一个争夺房产的对手。”

杜忠无奈地叹了口气。

莫文突然道：“杜管家和董初的管家杜礼相熟吗？”

杜忠道：“同出一门，自然相熟。”

莫文又问：“那依你看，今日这封书信，真是杜礼亲笔所写吗？”

杜忠为难道："老朽不过粗通文墨，看不出什么门道。"

探春问道："董初平日可曾研习过书道？"

杜忠道："四少爷虽说好静，但只好打造木器，闲来或去郊外垂钓，或是流连青楼，在书画上是从不肯用功的。"迟疑片刻，又吞吞吐吐道："不知伯爵夫人为何有此一问？"

探春道："我看这书信运笔处略显迟滞，似乎有刻意描摹之状，应非杜礼亲笔。董豪等人见了此信，便一心逼走董初，就算看出笔迹有假，也绝不肯说破，因此摹写书信之人只需骗过董初一人，便可顺利瞒天过海。"

杜忠愣了片刻，道："夫人说的是。"

探春继续道："今日在琅衣楼，我见董大少爷为少夫人所画的肖像旁皆有题字，字体变化多端，真草隶篆乃至上古文字皆能信手而书，足见其功力之深，就算在病笃无力之际，摹写一个普通管家的字迹，应该也不是难事。"

"这……这……"杜忠瞠目结舌，不知如何对答。

莫文用早已摆放在桌边的绢帕擦擦手，正色道："杜管家，董辰到底在搞什么名堂？"

"这……我也不知道啊！"杜忠手足无措地说。

莫文眉毛一挑："当真不知道？"

"当真不知！"杜忠顿足道。

探春凑在莫文耳边，小声道："这位杜管家是个厚道人，心里也藏不住话，董辰若真有什么盘算，也多半不会和他讲。"又向杜忠道："杜管家，你且坐下，把少夫人遇害当天情况仔仔细细地说一遍，一事也不许遗漏。"

"是是是！"杜忠连连点头，白须乱颤，却不敢再坐，束手而立道，"那是在去年九月初八，正是仲秋时节，大少爷的身子已经很不好，便想着借少夫人三十寿辰来冲冲喜。其余几位少爷小姐虽知大少爷病重，却也从未回来看过，只二少爷和小姐曾来过一两封书信。这一回大少爷诚意相邀，他们五人竟是难得的来齐了。少夫人是个好热闹的，见人来得齐全，自是兴奋不已，毕竟她前年过寿时，只有二少爷和小姐来了。"

莫文摇头道："这也奇了，董豪骄奢贪婪、董薰狂傲自负、董艳心机深沉、董初天性凉薄、董烈嚣张跋扈，这五人各起炉灶，从不知孝悌为何物，这一次竟来得如此齐全。"

杜忠侍奉董家多年，虽知诸位少主品性，听了莫文如此评价，也觉刺耳难堪，讪讪苦笑道："其实二少爷和小姐还算乖巧。前年，少夫人曾看上了小姐店里的一件桃红绫子滚金线百褶长裙，大少爷当时便要花大价钱买下。不巧小姐店里那件尺码过于瘦小，不合少夫人腰身，而且工艺繁复之极，三十名顶级绣娘、裁缝一年才出得一件。当时二少爷也在场，便出言讥刺小姐扫了大嫂的兴。二少爷说话太无分寸，小姐虽是文雅静默，也被激得面红耳赤，当时便承诺，待到来年必会送少夫人一件一模一样的长裙。"

"到了第二年，也就是去年九月卫濂儿生日当天，董艳果然送了长裙来，倒也算信守承诺。"探春点点头：下午在别墅客厅已听董豪提到此事。

杜忠回想一阵，又道："不过当日一早小姐来别墅时是空着手的，还一个劲向少夫人道歉，说赶工不及，没能制成长裙。少夫人性子谦和，虽稍觉失望，却也并无不悦。小姐过意不去，便要为少夫人挑选生辰晚宴的礼服——她是知道大少爷为少夫人置办了数百套衣裳的。

"少夫人知道小姐对服饰选配最是在行，便兴冲冲拉她去了琅衣楼，不多时便穿了一件湖绿色束腰长裙回到客厅，大家看了，都说极好，少夫人自己更是满意。谁知到了下午，小姐店里的掌柜快马加鞭送了一个竹丝衣匣来，匣里正是少夫人去年看上的那款长裙。原来小姐启程来此时，长裙尚未制成，无奈之下只好吩咐工匠加紧赶工，完工后便快马送来。少夫人见了那长裙，喜欢得什么似的，拉着小姐的手一个劲地道谢，大少爷也是心怀大畅。"

探春点点头道："这董艳真是有心了，杜管家说那二少爷董豪也算乖巧，不知是指……"

杜忠道："哦，那是在前年年末，二少夫人曾把店里新琢成的一条坠红宝石白金项链拿给少夫人炫耀，还说少夫人若是穿着小姐店里那套长裙，搭配这条项链是最合适不过的了。少夫人听了极是意动，大少爷更是当即便询问价格，二少爷却推说这项链已经被王室一位公主订了去，大少爷毕竟曾与玄畅公主有一段尴尬往事，所以一听这话，便绝口不问。二少爷却又说，他店里还有几块上好的红宝石原石，只需数月时间，便能为少夫人制作一条更大更精美的红宝石项链。

"但奇怪的是，去年九月二少爷夫妇来等闲别墅时，也是两手空空。二少爷一个劲地道歉，二少夫人也极是过意不去，要陪少夫人去琅衣楼里挑首饰。当时小姐还未到，二少夫人只道她会送那件桃红色的长裙来，便说要陪少夫人挑一件艳丽些的首饰来戴，却不料大少爷为少夫人置办的首饰大都清丽素雅，二少夫人便只好为她选了一条可搭配各色衣裙的珍珠项链。"

探春笑道："到了下午，董豪店里的掌柜也快马加鞭，送了一条红宝石项链来，是也不是？"

杜忠连连点头："正是正是，只比小姐那条长裙晚到一步！少夫人刚去木屋里换好了长裙出来，一见那条项链，高兴得不知如何是好，当下便摘了珍珠项链，换上那条红宝石项链。当时少夫人真是光彩照人，比天上的仙女也不遑多让！"

探春道："卫濂儿是个极细致的人，对衣物首饰又格外爱惜，换了新衣，自然要把旧衣裳、旧首饰放回原处。"

杜忠道："正是，少夫人拿着那条湖绿色长裙和珍珠项链离开别墅客厅，往琅衣楼去，过不多时，我们便听到琅衣楼里传来一声惊叫。"

探春道："最先闻声赶到的，是在楼下不远处钓鱼的董初、董烈，随后在客厅闲谈的董辰、董豪、董艳、董薰和在一旁侍候的杜管家你，也赶去了琅衣楼，发现了被毒蛇咬死的卫濂儿的尸体，对吗？"

"对，当时情状真是凄惨之极。少夫人死时，袖口里还揣着那条珍珠项链，那条湖绿色长裙就掉在一旁。"杜忠说着，眼圈又红了。

探春沉吟片刻，又问道："卫濂儿手指的蛇牙痕是横向还是纵向？"

杜忠道："是……横向。"

探春点点头，又问道："那天其他几人都送了什么礼物？"

杜忠道："三少爷经营烟草生意，便送了两杆烟袋，一盒烟膏，一炉熏香，虽都是上品，但大少爷极少吸烟，只有那些熏香还有些用处；四少爷年幼，刚刚接手了一家木器行，便送了一套平平无奇的家具；五少爷送了两封金叶子来。"

探春笑道："金叶子？倒真是简单粗暴……"

话音未落，忽听得别墅东南墙外不远处似是传来一阵似有似无的惨叫，像是距离极远，但叫声撕心裂肺，凄惨可怖，隐约有水花飞溅之声。探春听得头皮发麻，起身道："那是什么地方？"

杜忠骇然道："那……那是大少爷的鳄鱼池，这些天老朽一心操持大少爷丧事，那里的鳄鱼已经数日不曾喂食了。"

莫文推开南面的窗子，向外望去。此时已是戌时，别墅高墙外的深山密林一片漆黑，那如鬼哭般的惨叫已渐渐消退，林间鸟群早已惊飞而起，扑啦啦扇着翅膀绕林盘旋，显得格外诡异。

莫文一阵寒战，讶然道："董辰谦谦君子，怎么会养那些东西？"

杜忠无奈道：“不知为何。大少爷去世前两个月，突然买了三条鳄鱼蓄养在别墅外东南边半里处的沐鬼池里，说待他身后事毕，便杀了制成皮铠，我也不知大少爷怎么想的……”

“啊呀，那是董豪吗？”杜忠话音未落，莫文便指着客房南窗下不远处的花园叫道。

探春、杜忠忙抢到窗边，向下看去。

董豪身材肥胖，又穿了一身锦绣辉煌的短袍，在夜色中极是显眼，杜忠一看之下，连连跌足道：“可不正是二少爷！怎的倒在夏溪边上？”原来一条小溪自春蕊湖流出，经过一道水门流入位于别墅东南的花园西墙，又经一道水门流出别墅东墙，名为夏溪。

三人不及细想，忙飞奔下楼，赶往花园。董艳、董薰、董烈三人虽已听见惨叫，但因住在一楼，开窗后视线被花园园墙所阻，都未看见倒在夏溪边的董豪，见探春三人急匆匆下楼，也不明所以，便都随后赶去。

倒在夏溪边的董豪脸色青白，浑身抽搐，出气多入气少，眼见得活不成了，浑身上下都无伤口，只在右手中指第二节处有两个小小的血孔，血色乌黑。

“这……这和少夫人当时的情状一模一样！”杜忠骇然道。

话音未落，董豪已不再动弹。

董艳脸孔一阵抽搐：“这……这怎么可能？不……不对啊！”

“这……这……有蛇！”董烈神色震怖之极，身形一晃，踉踉跄跄地扶着柿子树稳住身形，牙齿咯嘣嘣打战。

“那边是怎么回事？”探春指着夏溪流出东墙下的水门木栅栏道，“七零八落的，像是被劈砍过。”又一指董豪尸体旁的斧头道：“这里还有一把斧子，是董豪把水门的木栅栏劈开了吗？”

“木栅栏？我记得大哥别墅的水闸门都是石栅栏啊。”董薰从震惊中缓醒过来，喃喃道，“何时换了木栅栏？”

“等一下。”董薰突然道，“二嫂呢？”

探春一指被砍开的水闸门道：“你以为刚才的惨叫声是谁发出的？”

“二嫂从水门跑了？”董薰愕然道，“这个采珠女水性虽好，但这么急的水流，她能驾驭得住？”

杜忠满面阴云，涩然道：“夏溪通向大少爷蓄养鳄鱼的沐鬼池。”

此言一出，董薰三人心中无不震怖。

探春从随后赶来的侍女手中接过灯笼，蹲在院墙边，仔细看着木栅门的断茬，略一思索，又在园中四处打量，忽然眼睛一亮，把灯笼凑到夏溪边上一个有两只把手的大木盆上。

众人凑上前去，定睛一看，顿时惊叫出声。

“这……这把手上有两根刺！”董薰怪叫道。

“难道是二哥端这盆子的时候，手指被毒针刺了？”董烈咬牙道。

“莫非少夫人也是如此遇害的？”杜忠惊骇不已，颤声道，“我一直奇怪，少夫人素来怕蛇，大少爷在别墅周围和别墅中各处遍洒蛇药，怎么可能有毒蛇游到琅衣楼！”

探春道：“卫濂儿的衣柜也是有把手的吧？琅衣楼一层放衣服，二层放首饰，卫濂儿死在一层……”

“毒极有可能下在衣柜的把手上。”莫文道。

“衣柜……把手……”杜忠骇然望向董艳。

“伯爵大人，您……可不要随口胡言……”董艳后退一步，微微低头，抬眼盯着莫文，切齿道。

“卫濂儿手上的蛇牙痕横列于中指第二节。”探春嗒然道，“蛇的毒牙多是上颚最前端的两个钩状或管状的尖牙，若是两个牙洞横列于中指第二节，那蛇在咬伤少夫人时，岂不是要把中指第一节含在嘴里？白斑黑蛇我素有所闻，此蛇长不足二尺，蛇头至多不过一寸，哪有这样含着半截手指咬人的？”

莫文点头笑道：“我从未见过这样的呆蛇。”

探春继续道：“我见那琅衣楼采光并不好，傍晚时分光线自然更差，若在把手内侧安置两根如蛇牙状并排而列的毒刺，自然能轻易置卫氏于死地。”

莫文道：“不错，若是在拉动衣柜门把手时被隐在把手内侧两根并排的毒针刺伤，便会在中指第二节留下两个横排的伤口。而卫濂儿独自回到琅衣楼，拉开衣柜门……便只可能是在她将你挑选的那条湖绿色裙子放回衣柜时的事。”

董艳冷冷道：“那又如何？”

探春道：“卫濂儿有五座衣柜，那天她只当着借‘为大嫂挑选礼服’之名进入琅衣楼的你的面打开过衣柜门，只有你知道你的管家会在下午送来那件桃红色百褶长裙，只有你知道卫氏会换下那条湖绿色裙子，只有你知道湖绿色裙子会被再度回到琅衣楼的卫濂儿放回何处，也只有你知道该在哪扇柜门的把手上安放毒针。说得再明白些，你故意让店里的掌柜拖到下午才把那条百褶长裙送到等闲别墅，就是为了这番设计：先借挑选礼服之名随卫濂儿一起进入琅衣楼，为她挑选一件合意的礼服——湖绿色长裙；趁她换衣服之机把毒针设置在衣柜门把手上，并帮她把身上原本穿着的衣服放回衣柜，关上存放湖绿色长裙的衣柜门——关门时可以不必碰门把手的，轻轻一推柜门便可。

"你随卫濂儿一起回到客厅，装作若无其事。下午百褶长裙送到时，卫濂儿惊喜不已，迫不及待想要穿上它，或许你在旁随口撺掇，便和她一道去就近的花园木屋换上了长裙，素来爱惜衣物的卫濂儿自然会把湖绿色长裙放回琅衣楼的衣柜。也许她曾邀你同去，却被你以'要陪大哥说话'之类的借口推掉了，所以当时进入琅衣楼的只有卫濂儿一人。诸位听见那声惨叫时，所有人都在彼此视线之内，包括在湖边钓鱼的两个孩子，客厅的诸位也可通过窗户时时看到。也就是说，卫濂儿遇害时，所有人都不在现场，再加上出现在窗台上的那条毒蛇，使这件事情看起来真的像是一场意外。卫濂儿死时，那件叠好的湖绿色长裙还在左手上捧着，换下的珍珠项链也在袖笼里放着，显然是刚刚进入琅衣楼，伸手去拉衣柜门时便被毒针刺破手指遇害的。"

探春从容含笑，娓娓道来，众人渐渐退离董艳身边。

董薰吞了口唾沫道："真的是你？"

董艳笑了笑："伯爵夫人故事讲得倒是精彩，可你没有证据，毕竟这已经是半年前的事了。"

探春对杜忠道："杜管家不妨命人到小姐房中搜查一番。"

杜忠一怔，随即对身后的几名侍女挥了挥手。

董艳幽幽道："伯爵夫人，这是何意？"

探春笑道："怎么，小姐怕了？"又俯下身来，嗅嗅木盆的把手道："有一股淡淡的黄熟香味。"

董艳惊道："这……怎么可能！"

董烈提鼻子一闻，道："真的，有一股……衣服的香味。"

董薰道："黄熟香是用来熏染名贵衣物的香，一般不易见，我记得你的成衣店里常用这种香。"说着抬眼瞧瞧董艳，冷冷一哼。

"二哥也是你杀的？"董烈难以置信地望着董艳："姐，你够狠的啊！"

董艳怒道："就算搜出黄熟香又能证明什么？我随身带着黄熟香，这是习惯，凶手知道我的习惯，才设下这个圈套坑害我！"

董薰道："知道你这个习惯的人可不多，你的意思是我们兄弟几人中，有人设计坑害你了？"

“不是你们又能是谁！”董艳切齿道。

不多时，去搜查董艳房间的侍女慌手慌脚地跑出来，拿着一个小小的瓷瓶：“杜管家，小姐床下有一个小香瓶，里面的东西腥臭得很！”

“臭？姐，你的香变质啦？”董烈调侃道。

“床下？”董艳莫名其妙，“我几时把香丢到了床下？”

“给我看看！”杜忠劈手夺过药瓶，嗅了嗅，骇然变色道：“这……这便是少夫人遇害时所中之毒，二少爷所中的虽不知是什么毒，但从症状上看，和少夫人是一样的。”

莫文肃然道：“你确定吗？”

杜忠使劲点头道：“这蛇毒见血封喉，但稀释外敷可治麻风、挛踠、瘘疠之症。老朽随大少爷打理董氏药行，对各类药物也稍有涉猎，少盈山中便产此蛇，老朽绝不会认错。”

探春瞧着董艳道：“这个你怎么解释？”

董艳沉静如水的脸上已满是不可思议，后退两步道：“这是栽赃！”

“这香瓶可是你店里特制的。”董薰道，“若说有人栽赃，那你倒说说，今晚有谁进过你的房间？”

董烈见董艳不答，便晃着脑袋说：“先是大嫂，又是二哥！姐，你打算怎么对付我？”

董艳凤眼圆睁，狠狠瞪了董烈一眼，董烈浑身一寒，缩了缩头，骂骂咧咧地退到一边。

杜忠攥着药瓶，悲愤无奈地望着董艳：“小姐，真的是你？”

董艳强压疑怒，颤声道：“这是有人蓄意陷害，我怎么会杀二哥？”又恶狠狠转向探春道：“至于伯爵夫人说我害了大嫂，纯属无稽之谈！”她惊疑恼怒之下，低沉的嗓音变得格外尖利，措辞也极不客气。

“哈，我的好妹妹，伯爵夫人一番话，可谓说得有理有据，你床下的那瓶蛇毒，更是板上钉钉的物证。”董薰长长吐了一口烟雾道，“就算你说你是无辜的，我也不敢和你同处一座屋檐下了。”

“怎么？要把我也赶到昧室去吗？”董艳尖声道。

“不不不。”董薰一摆手，“你只需今晚在昧室屈尊一夜，到了明日，自有官差请你去衙门安歇，哈哈！”

“董三爷，如此幸灾乐祸不好吧，你二哥的尸体还在你脚边躺着呢。”莫文冷冷道。

董薰面皮一红，轻轻咳嗽两声，叼着烟斗灰溜溜地转回客房。

杜忠望向董艳，道："小姐……"

"怎么，你也要赶我去昧室？"董艳叱道。

"老朽不敢。"杜忠忙回道。

董艳"哼"了一声，径自回客房去了。

"伯爵大人，怎么不把我姐抓了？"董烈打了个哈欠道。

莫文道："那个出现在她床下的药瓶太过突兀，像有人刻意为之。"又小声对杜忠道，"吩咐人把董艳的房门从外反锁了。"

杜忠诺诺点头。

探春见杜忠满面凄惶，便问道："杜管家想说什么？"

杜忠一惊，忙回道："这个……这木盆把手上的毒刺确与二少爷手指伤口相符，可老朽和大少爷曾仔仔细细地检查过少夫人遇害的房间，那衣柜把手上并没有什么毒刺。"

"当时不是有两个在楼下钓鱼的小子先闯了进去吗？"探春扫了董烈一眼道，"你这嚣张跳脱的性子，竟然会和董初一起老老实实坐在水边钓鱼，实在有些令人费解。"

"你……你什么意思！"董烈怪叫着跳起老高，"我可不是她的帮凶！"

"我也没说你是。"探春微笑道，"既然你提到了'帮凶'，那便仔细说说，你和董初听到卫濂儿叫声闯入琅衣楼后，都发生了些什么。"

"我……"董烈眼珠转了转，"我当时只顾着去看大嫂，没有注意到老四在做什么，总之……总之我是背向着衣柜的，老四一直站在我背后。"

探春笑了笑，道："这么说这位消除证据的帮凶很可能是董初，好，我们这便去昧室找他对质……"

话音未落，便有五六个家仆侍女满面烟尘，跌跌撞撞地跑进花园，失声叫道："杜管家，不好了，昧室失火，门锁从外面扣着，四少爷……四少爷他没跑出来！我们赶去时，已经救不得了……"

众人大惊，抬头望去，只见西北天空方浓烟滚滚而起，冲破了林间夜雾，隐隐有红光闪烁。杜忠身子一晃，险些瘫倒，莫文伸手一扶，道："走，去看看。"

花园和昧室一在东南，一在西北，等众人赶到时，火已被家仆扑灭。昧室本是一座孤零零的石室，没有窗户，大门也从外面上着锁，故此当家仆闻到焦煳味时，昧室里面早已被烧得面目全非，连石壁都烤得烫手。

杜忠年迈，此时已有些难以支持，气喘吁吁地跌坐在路旁青石上，捂着胸口说不出话。董烈刚把头探进石室，就被一股热浪扑得倒跌回来，捧着肚子哇哇呕吐不止。

莫文踮着脚望望火场，又弯下腰挽起裤腿道：“我进去看看。”

“进去？”探春一惊道，“那里面烧得一团焦黑，地面又黏又烫……”

“你没看见，起火点似乎在床铺附近，其他地方烧得并不严重。”莫文道，“而且床上的那具焦尸就那么直挺挺地躺着，看起来不像挣扎过。”

“起火前就已经死了？”探春惊道，“那更不准进去。昧室偏僻阴冷，连下人们都不来这边，更何况门锁已经扣合，钥匙又在杜忠手里，这间囚室从内从外都无法打开，董初怎么会悄无声息地死去？一定是这屋里有什么可以致人死命的小机关，就像花园的木盆一样。”

莫文一怔，笑道：“就算有机关，也已付之一炬了……”

“那也不能进去！烧成这副样子，里面一定有引火助燃之物，若再烧起来，可怎么是好。”探春急道。

莫文挠头笑笑，又道：“就算有助燃之物，也需要有人点火啊。这鬼地方连下人们都不会来，那点火的是谁，董初自己吗？”

“多半不会错。”探春道。

“点火……烧死自己？”莫文奇道。

“这里又冷又暗，他当然要点燃灯烛照明。”探春道，“点了蜡烛的话……对了！我猜蜡烛下半截和烛台内芯多半是中空的，里面藏了一根与烛捻相连的引线，直通向积满了硝石硫黄火油的床下。”

“那……就算董初已经睡下，听到引线燃烧的哧哧声也该有所惊觉吧？”

“除非蜡烛里事先混入了足以迅速令人昏睡或直接致人死命的毒物，当蜡烛燃尽时，毒气早已弥漫于石室，躺在床上的董初彻底失去了逃命的机会。”探春道，“我记得董烈说过，董初是没有嗅觉的，他闻不到毒烟的味道，更闻不到被密封在床下的火油！”

“这……这怎么说都只是你的猜测吧……”莫文笑道。

“总之，你就是不准进去！”探春一把抱住莫文的腰，脸贴在他的背上，小声道，“别墅里杀机四伏，咱们还是老老实实回房间吧，这边的事就交给杜管家处理。”

“短短一个晚上，六个人便只剩了三个，这三人当中还有一个是杀害兄嫂的嫌犯。”

莫文倒在床上打了个哈欠道，“好像有一只看不见的手在背后操纵着什么。”

“什么看不见的手？事情再明白不过，董辰久病难愈，命在须臾，董豪、董艳不甘这座埋藏了大笔财富的别墅落在卫濂儿这个外人手里，便生了歹意，下手将其杀害。蛇毒很难迅速致人死命，除非凝练提纯过。董辰精通药理，对卫濂儿之死定然早有怀疑，他查明真相后，悲怒难抑，临终前设下毒计，将涉嫌杀死卫濂儿的弟妹们一一推进了鬼门关。”探春道。

莫文坐起身来，揉揉眼道：“可是董辰已经死了，十天前就死了。”

“三国时曾有郭嘉遗计定辽东，死诸葛吓走活司马，只因算准了局中人的秉性。”探春道，“你说过，董家兄妹一心争夺的并不是这座房产，而是等闲别墅中的宝藏，董豪夫妇被安排到董辰和卫濂儿生前居住过的花园木屋过夜，自然会动起趁机寻宝的心思。”

“‘嘿，这等闲别墅里到处是华屋美舍，大哥大嫂却长住在一座不起眼的小木屋里，这里一定有宝藏！’董豪夫妇多半会这么想。”莫文道。

“不错，其实当杜忠遵照董辰的遗计安排董豪夫妇住进花园木屋时，针对这对土豪的杀局便已经展开。”探春道，“董豪夫妇是做珠宝生意的行家，店里还存放着珠宝原石，想必鉴别珠宝的眼力是相当独到的，我观察过那座花园，亭台、花木、屋舍、溪流都布置得恰到好处，显然是下了一番功夫的，唯独花园正中的一片小块‘山石’摆放得凌乱突兀，大煞风景。石上并没有经年的青苔积土，显然是刚刚运来不久的，更令人奇怪的是，寻常假山都讲究丑、瘦、漏、透，这几座山石却像是堆凑而成的小而笨重的石墩，毫无灵气。这还不算，一座布局精巧、设色雅致的花园，角落里竟堆放着斧子、铁锹和几个粗笨的大木盆！”

“这些……都是董辰生前安排的？”

“不错。这些山石之所以粗糙细小，因为它们根本不是寻常的赏石，而是质地平平的翡翠的原石。”

“啥？”莫文一吐舌头，“好大的手笔啊！”

探春道：“刚才在花园，我拿着灯笼去看被砍开的水门时，灯光无意照到了假山一角，那里暴露着一片铜钱大小的淡绿。这一丁点的绿色在春意缤纷的花园里很难引人注意，但绝逃不过专和珠宝打交道，且一心在花园寻宝的董豪夫妇的眼睛。”

莫文点了点头：“他们以为找到了宝藏的皮毛，却又不想被其他弟妹发现，便想偷偷把这些‘山石’运出等闲别墅。巧的是，花园位于别墅东南角，且有一道供夏溪穿过的水门，水门之后便是别墅外的少盈山森林。”

“没错，刚才董薰说过，‘我记得大哥别墅的水闸门都是石栅栏’，可见东墙水门的木栅栏是新近更换的，为的就是给董豪夫妇留出一条可以轻易破开的运宝之路。当董豪夫妇正为不知如何偷运原石而发愁时，看见了堆放在墙角的木盆和斧子，还有水位低而水道深的夏溪。董豪自作聪明地用斧头劈断了已被溪水浸得松软的木栅门，让庞氏坐着一个木盆顺夏溪漂流至别墅外接应，自己则将花园中的石头一一装盆沿夏溪运出。他没有想到的是，原石数量太多，运出山庄的几盆只是九牛一毛，而最后一只有把手的大木盆上竟有两根淬满了浓浓蛇毒的尖刺。搬运沉重的山石、木盆足以令他血流加快，使毒液迅速侵入脏腑经脉。坐着木盆漂流而出的庞氏也没想到，夏溪的流速竟如此之快，院墙外的水面如此之宽，更想不到溪水的尽头竟是一座鳄鱼池。”

“嘿！翡翠、鳄鱼，我第一次见到杀个人要烧这么多银子的，也第一次见到死人把活人算计死的。”莫文嘴角一阵抽搐，“这么说董艳床下的那瓶蛇毒，也是董辰死前就放进去的咯？”

“正是。”探春道，“董家兄妹感情淡漠，唯利是图，所以几件来历不明的猎物，一封草率粗疏的书信，一场破绽百出的抢劫，便足以将董初孤立。一瓶小小的蛇毒，更足以将董艳推向万劫不复，我猜董辰不会轻易放过她的，毕竟她才是置卫濂儿于死地的凶手。”

“那……帮凶董烈呢？”莫文道。

“他？他不是帮凶。”探春道，“一个平日里顽皮好动的小子突然静悄悄地坐在湖边钓鱼，任谁都会起疑，而且这小子轻浮浅薄藏不住话，以董艳的心计，绝不会请他来做帮凶。卫濂儿遇害现场出现的那条蛇无疑坐实了‘意外’的说法，但董辰曾在别墅四处喷洒蛇药，寻常蛇虫鼠蚁不敢靠近，那么这条出现在琅衣楼的毒蛇很有可能是帮凶放进去的。刚才董烈在看到董豪中毒身亡的尸体时，连连惊呼‘有蛇’，吓得小脸煞白，两腿发软，显然和卫濂儿一样是个怕蛇的，他怎么可能把一条蛇放进卫濂儿遇害现场？”

“难道帮凶是董初？”莫文惊道，“难怪董辰第一个对付的是他。”

“只有平素便喜欢钓鱼的董初来做这件事才不会引人怀疑。”探春道，“也只有他才能把毒蛇放入琅衣楼，并抹去董艳杀人的证据。”

莫文啧啧道：“他拔掉毒针，抹去了董艳杀人的证据，令卫濂儿沉冤难雪，董辰便令人伤了他的左手，划去他的黑痣，抹去了他是董初的证据，令他有口难辩，孤身焚死，好算计！那……董豪夫妇呢，他们可什么也没做啊！”

“谁说他们什么也没做，董辰发现此案的关窍，可能正是通过他们所送的礼物。”探春道，“别忘了董豪送项链和董艳送长裙一样，都玩了一手‘先抑后扬’。”

“空手而来……挑选项链……项链送到……换上新项链……放回旧项链。”莫文道，“难道庞氏陪着卫濂儿去挑那条珍珠项链时，也在首饰盒上安放了毒针？”

“我想正是如此，依董豪和庞氏的算计，卫濂儿本该在把珍珠项链放回首饰盒时中毒身亡，但没想到董艳用了同样的招数‘横刀夺命’，而且衣柜在一楼，珠宝在二楼，卫濂儿回到琅衣楼时当然会先打开衣柜，把那条长裙放回原处，再去二楼放回那条珍珠项链。”探春道，“所以，真正夺去卫濂儿性命的是衣柜门把手上的毒针，董豪夫妇只能算是杀人未遂。”

“你刚才说，董辰极有可能是通过董豪的礼物发现了其中的关窍，就是指首饰盒上的毒针？”莫文道。

“没错，董豪夫妇要想神不知鬼不觉杀死卫濂儿，也需要请一个帮凶，而最适合做帮凶的无疑还是董初。不巧的是，卫濂儿在一楼中毒身亡，更不巧的是，在听到卫濂儿的惨叫声后，心血来潮也跑去湖边钓鱼的董烈和董初一起跑进了琅衣楼，董初只能趁董烈发现尸体惊骇慌乱无暇他顾时轻轻摘去衣柜门把手上的毒针，并放出毒蛇，却绝不敢当着董烈的面跑上二楼去消泯首饰盒上的证据。当然，这件事只怕他不敢和董豪夫妇说。”探春道。

“也就是说……那毒针一直在首饰盒上，直到被整理卫濂儿遗物的董辰发现？”莫文惊道。

“正是，冷森森的铁证摆在眼前，重病缠身的董辰悲痛恼怒之情可想而知。也正因如此，他才会在暴怒之下对在首饰盒上安放毒针的庞氏设下最为酷烈的杀局。”探春道，“但卫濂儿死在琅衣楼一层，当董辰静下心来，仔细考虑之后，便会把眼光放在同样在送礼时‘先抑后扬’的董艳身上，但心力交瘁的他已无力再将之前的布局推倒重来，便只好在针对董豪夫妇的杀局上略加一笔，将董艳逼入绝境。”

“这一笔便是木盆上的黄熟香味和董艳床下的蛇毒？”

“正是。”探春道，“也许日后还会有第二笔、第三笔，董辰这等人物，和官面儿上，尤其是和刑狱巡捕之流多半有所往来，只要他晓之以利，动之以财，再加上几个隐隐约约的证据，不怕这些人不对董艳下死手。”

莫文点点头道：“董辰设了两套局，第一局是寄送猎物、伪造书信、雇凶劫杀、昧室引火四计连环，杀死了帮凶董初；第二局则是饲养鳄鱼、安排住处、设置假山、改造水门、堆放木盆、设置毒针六计齐出，除掉了杀人未遂的董豪夫妇；随后轻描淡写的一缕幽香、一瓶蛇毒又将董艳逼入绝境，那么……有资格争夺房产的，便只有董薰、董烈了，是吗？”

“想来……不会错。”探春道。

“可是破了这桩案子的是你，董辰遗嘱上清清楚楚地写着，破了卫濂儿被杀一案的人，便可得到这套房产，可从未说这个人必须是他董家人。”莫文道，“董辰把遗嘱和房契都交由大姐保管，却对自己的弟妹们设下杀局，多半是还念着旧情，想让聪明能干的大姐来破了案子，继承房产？”

“董辰没有想到大姐会让我们替她来，大姐却多半知道董辰想要干什么。”探春道，“大姐刚刚经历了霍迩的事，对兄弟阋墙自相残杀之事深恶痛绝，所以才不愿搅到这团是非中来。”

“哼，这董辰也实在不地道，这么多年不和大姐联系，临死却丢了这么个大麻烦给她。”莫文打着哈欠倒在床上，抱着被子打滚。

“也许是送她一大笔财富呢。”探春道。

“管他呢，大姐不在乎这个。”莫文伸伸胳膊，道，“睡觉，累死了。”

“你还好意思叫累，年过花甲的杜管家今晚要收殓三具尸体，还要派人报丧、报官。”探春捶他一拳道，“而且，你真睡得着啊，楼下可住着杀人凶手董艳呢。”

莫文道：“睡不着的该是董艳才对，得知董初惨死的消息后，被锁在房里的董艳一定觉得周身处处都是机关，恐怕这时候正缩在墙角瑟瑟发抖呢。”说着拉过枕头，垫在颈下，只听咯吱一声轻响，登时汗毛直竖，“啊哟”一声跳了起来。

“这是什么？”探春按着枕套下折断的薄片道，“像是木片之类的东西。”

莫文皱皱鼻子，嗤嗤两声，将软锦枕套扯成两半，一张写满小字的薄薄的木片掉在床上。

“这是什么鬼东西？”莫文轻轻拈起木片，细细读过，惊道，“这是董辰留给大姐的信。”

探春笑道：“把木片藏在枕头里，就是想让大姐在睡觉时发现它，上面写了什么？”

“董辰把他的计划和盘托出。”莫文嘿嘿笑道，“董初之所以无法逃离火场，并不是由于灯烛中混入了毒物，而是像藏这张木片一样，把淬毒的鱼刺藏在了枕头里，反正大火一起，董初化为焦尸，针孔、鱼刺也会消失不见。”

探春脸色一红，哼唧道："我又没进过火场，全是瞎猜的。"

莫文晃晃木片，道："你猜猜董辰还有几个目标？"

探春一怔，惊道："难道董薰、董烈他也不打算放过？我们要不要阻止他？"

莫文道："阻止？已经来不及了，董辰对董薰的报复已经开始了。还记得杜忠说过董薰曾在卫濂儿生日当天送了一盒熏香吗？那里面掺入了大量的罂粟，长期吸入这熏香，定会不人不鬼无法自拔，这董老三想以此来控制董辰夫妇，但他没想到他的哥哥、妹妹做的比他还要绝！"

探春头皮一阵发麻，半晌才道："连杜忠一嗅之下都能分辨蛇毒，董辰岂能觉察不到熏香里的罂粟？"

莫文道："董辰以其人之道还治其人之身的手段何其恐怖，可笑这董老三，却不知'董初'寄给他的麝香里也加了足量的罂粟。"

探春摇头道："可笑董薰今日还说对'董初'的礼物甚是满意，真是死到临头尚不自知。那董烈呢？"

"这小鬼倒有趣。"莫文抖抖木片，笑道，"董辰说他这五弟虽顽劣不堪，却没有什么歹毒心思。董烈当日察觉了董艳和董初的异常，便假称和董初一道钓鱼，借机监视，当卫濂儿被毒针刺伤失声惨叫时，他和董初一起赶入琅衣楼，可他见到卫濂儿的尸体便慌了手脚，也不曾注意董初做了什么，哼，到底是个嘴上没毛的小鬼啦！"

探春奇道："若真如此，倒是我看轻了他。"

莫文道："董辰还说，若大姐无意经营这座别墅，便可交由董烈打理。"

探春点头道："如此也好，也不至旁人说大姐闲话。哎，别墅里的宝藏呢？董辰没有找到吗？"

"还记得董辰的书房俪言斋吧？那里面的每一样家具陈设都是价值连城的古玩。"

"这我看得出，董丰的一半私蓄，总不只是几件古玩吧？"

"当然咯，搭建屋顶的竹子，内部中空，塞满了……"

"什么呀？别卖关子！"探春伸手去夺木片。

"位于西海各国的三千六百座别墅和庄园的房契！"莫文顺势搂住探春倒在床上道。

"你打算怎么做？"探春托住莫文的脸颊道。

"让大姐心烦去吧。"莫文长长打了个哈欠道。

图书在版编目（CIP）数据

红楼妙探／吉羽著. —北京：中国工人出版社，2019.7

ISBN 978-7-5008-7222-1

Ⅰ.①红… Ⅱ.①吉… Ⅲ.①推理小说—中国—当代 Ⅳ.①I247.5

中国版本图书馆CIP数据核字（2019）第145383号

红楼妙探

出 版 人	王娇萍
责任编辑	严　春
责任印制	黄　丽
出版发行	中国工人出版社
地　　址	北京市东城区鼓楼外大街45号　邮编：100120
网　　址	http://www.wp-china.com
电　　话	（010）62005043（总编室）　（010）62005039（印制管理中心） （010）62379038（社科文艺分社）
发行热线	（010）62005049　（010）62005042（传真）
经　　销	各地书店
印　　刷	天津嘉恒印务有限公司
开　　本	710毫米×1000毫米　1/16
印　　张	25.5
字　　数	460千字
版　　次	2019年9月第1版　2020年7月第2次印刷
定　　价	49.80元